高青丘集

〔明〕高啓 著
〔清〕金檀 輯注
徐澄宇 沈北宗 校點

上

上海古籍出版社

圖書在版編目(CIP)數據

高青丘集 /（明）高啓著;（清）金檀輯注;徐澄宇,沈北宗校點.
—上海：上海古籍出版社，2013.4(2024.7 重印)
（中國古典文學叢書）
ISBN 978-7-5325-6762-1

Ⅰ.①高… Ⅱ.①高…②金…③徐…④沈… Ⅲ.①古典文學—作品綜合集—中國—明代 Ⅳ.①I214.82

中國版本圖書館 CIP 數據核字(2013)第 035581 號

中國古典文學叢書
高青丘集
（全二册）
［明］高 啓 著
［清］金 檀 輯注
徐澄宇 沈北宗 校點
上海古籍出版社出版發行
（上海市閔行區號景路 159 弄 1-5 號 A 座 5F 郵政編碼 201101）
（1）網址：www.guji.com.cn
（2）E-mail：guji1@guji.com.cn
（3）易文網網址：www.ewen.co
常熟人民印刷有限公司印刷
開本 850×1168 1/32 印張 35.25 插頁 10 字數 710,000
2013 年 4 月第 1 版 2024 年 7 月第 2 次印刷
印數：1,301—2,100
ISBN 978-7-5325-6762-1
I·2657 精裝定價：188.00 元
如有質量問題,請與承印公司聯繫

高青丘集總目

前言
卷之一
樂府一百三首……一
卷之二
樂府六十七首 補四首……六四
琴操四首……九七
辭三首……九九
三言一首……一〇一
三四言一首……一〇二
卷之三
五言古詩八十八首……一〇三
卷之四
五言古詩八十四首……一四三
卷之五
五言古詩六十八首……一九三
卷之六
五言古詩九十一首……二三三
卷之七
五言古詩五十八首補十八首……二七一
卷之八
七言古詩四十二首……三一〇
卷之九
七言古詩四十四首……三五〇
卷之十
七言古詩四十八首 補十首……三九五
卷之十一

長短句體三十七首補一首……四三三
卷之十二
五言律詩一百八十首……四五九
卷之十三
五言律詩八十一首……五一七
五言排律二十三首補二首……五四三
卷之十四
聯句六首……五六二
六言律詩五首……五七二
七言律詩七十一首……五七三
卷之十五
七言律詩一百五十首補十五首……六〇四
卷之十六
五言絕句一百八十八首補三十六首……六六六
六言絕句七首……七一四
卷之十七
七言絕句一百六十首……七一七
卷之十八
七言絕句一百六十一首補五十一首……七六六
補遺
古今體詩一百三首從朱紹編刻三先生詩集
補原序跋附……八一八
鳧藻集五卷……八四七
扣舷集一卷……九六三
附錄……九七五

（校記）卷之七目錄小字注「補一十八首」誤，改一作二。補遺目錄下小字注末有「原序跋附」四字，並依別本補。

前言

明代詩人中，高啓天才絕特，諸體並工，後人推許爲有明三百年詩壇的巨擘。

高啓（一三三六——一三七四）字季迪，號青丘子，長洲（今江蘇蘇州市）人。在他短暫的一生——三十九年間，創作了大量詩篇，無論從質或量方面來說，都非常可觀。清人趙翼說他的詩「使事典切，琢句渾成，而神韻又極高秀，看來平易，而實則洗鍊功深。」他作品豐富，流傳到現在，除文和詞外，詩就有二千餘首。

高啓祖籍開封，隨宋室南渡，家於臨安山陰。元末浙中戰亂，避地吳門，卜居長洲北郭，和張羽、徐賁、王行、高遜志、宋克、唐肅、余堯臣、呂敏、陳則等相鄰近，時以詩文切磋，號稱「北郭十友」；同時，又與楊基、張羽、徐賁，被推崇爲「吳中四傑」，當時論者把他們與「初唐四傑」相比擬。

元末羣雄競起，各霸一方。張士誠據吳稱王，用饒介爲淮南行省參政，典文章。高啓爲所物色，擔任幕僚，楊基、張羽、徐賁等也都應徵出山。後來明太祖朱元璋次第削平諸割據勢力，推翻元朝統治，統一中國，建立了朱明新政權。即位之初，廣攬人才，他們又不得已出仕新朝。但朱元璋是個權力欲極強的人，對臣下心存猜忌，爲了加強極權統治，采取嚴厲鎮壓、濫加殺戮的政策，功臣尚多不免，何況曾在他的死對頭張士誠手下任職的人！這不能不使他們產生危懼感，時刻處於憂慮警惕之中。

洪武二年（一三六九），高啓三十二歲，應詔赴金陵纂修《元史》，翌年史成，授翰林編修；七月，擢爲戶部侍郎，他以「踰冒進用」爲辭而懇求辭官，得到允許，放歸田里，在《酬謝翰林留別》詩中說出他的思想顧慮道：「並命超列卿，寵極翻憂驚。」在歸田園後《效樂天》詩中更明白地道出他的眞實思想：「辭闕是引退，還鄉豈遷逐？……請看留侯退，遠勝主父族。我師老子言，知足故不辱。」消極地僅想求得免禍。歸里之後，他還爲「遭逢聖明，蒙恩賜還，無投荒之憂」而竊自喜慰，認爲自己的命運比韓愈、蘇軾的貶謫竄逐要略勝一籌。但是朱元璋終究沒有放過他。

洪武六年（一三七三），蘇州知府魏觀把府衙修建在張士誠宮殿的遺址上，被人告發，其《郡治上梁文》爲高啓所作，中有「龍蟠虎踞」之句，觸了朱元璋的大忌，盛怒之下，便把魏觀與高啓一併處以腰斬的極刑，卒年僅三十九歲，時爲洪武七年（一三七四）。其實，眞正的原因，據說是高啓曾做過一首《題宮女圖》詩（見卷十七），朱元璋以爲他意存諷刺，本來就嗛而未發，（按：淸初吳喬《答萬季野詩問》：「太祖破陳友諒，貯其姬妾於別室，李善長子弟有窺覘者，故詩云然。李、高之得禍，皆以此也。」均較詩注及年譜注得其實。）《上梁文》不過是藉口罷了。「吳中四傑」中，張羽投江，徐賁獄死，楊基輸作勞役，死於貶所，而以高啓被禍最慘。

《四庫全書提要》以爲「高啓詩天才高逸，實踞明一代詩人之上。其於詩，擬漢、魏似漢、魏，擬六朝似六朝，擬唐似唐，擬宋似宋，凡古人之所長，無不兼之。振元末纖穠縟麗之習而返之於正，啓實有力。」但一方面對他又惋惜地慨嘆説：「然行世太早，殞折太速，未能鎔鑄變化，自爲一家，故備有古人之格，而反不能名啓爲何格，此則天實限之，非啓過也。」

四庫館臣認爲高啓詩的主要缺點是未能自成一格，恐怕也未爲的論。他的摹擬漢、魏、唐、宋，正是轉益多師，在他的作品中，仍能充分地表現出他的思想和個性。他在《缶鳴集序》中，就反映出刻意爲詩的情景，他説：「古人之於詩，不專意而爲之也。《國風》之作，發於性情之不能已，豈以爲務哉！沒世始有名家者，一事於此而不他，疲殫心神，蒐刮物象，以求工於言語之間，有所得意，則歌吟蹈舞，舉世之樂者不足以易之，深嗜篤好，雖以之取禍，身罹困辱而不忍廢，謂之惑非歟？」在《青丘子歌》中，尤以此自負。在《獨菴集序》中，闡述他對詩的見解説：「淵明之善曠，而不可以頌朝廷之光；長吉之工奇，而不足以詠丘園之致，皆未得爲全也，故必兼師衆長，隨事摹擬，待其時至心融，渾然自成，始可以名大方而免夫偏執之弊矣。」

明初詩壇風氣，重在擬古，到明中葉，詩壇上前後七子的出現，實際上就是承繼明初擬古之風而掀起的復古運動，他們所倡「文必秦漢，詩必盛唐」的主張，幾乎與高啓「言選則入於漢、魏，言律則入於唐」(見周傳《謝晉蘭庭集序》卷首)的詩格如出一轍，所不同者，高啓長於以「多師爲師」，格調性靈能同時兼顧，且在一定程度上還能反映元末明初的時代氣息。而前後七子却偏重格調形式的模擬，未免有生吞活剝之誚。當然，高啓的詩也存在很多的缺點，首先，由于他很少關切人民的生活和鬬爭，對人民的思想感情缺乏深入理解，因而就不可能寫出熱愛祖國、關心人民的不朽之作；甚至元末明初這樣一個充滿着鬬爭和苦難的年代，在他的作品中也很少描述和反映。其次，除了中年横遭摧折之外，足跡囿於東南一隅，視野不廣，也是一個致命的缺點，使他不能飽覽名山大川、窮荒絕域，像司馬遷所說的使文章有奇氣。這在歷來著名詩人之中，像高啓這樣株守故園的可說是絕無僅有，這就使他難以成爲像杜甫那樣的偉大詩人。

高啓的詩集，有《吹臺集》、《江館集》、《鳳臺集》、《婁江吟稾》、《姑蘇雜詠》等，詩凡二千餘首，自選定爲《缶鳴集》十二卷，共錄詩九百餘首；由他的內姪周立於永樂元年印行，這是高啓詩集最早的版本。到景泰初年(約當一四五〇左右)，徐庸掇拾遺佚，合爲一編，題作《高太史大全集》，凡十八卷，《四部叢刊》影印的就是這個版本。這個版本也並不完全，例如成化間由張習編的《槎軒集》中有些詩就未被搜集進去，何況其中還有很多闕脫、墨塗、鈔寫舛誤等，且未編列目次。高啓的文集《鳧藻集》、詞集《扣舷集》，正統九年由周忱刊行，內容比較完備，《四部叢刊》曾據以影印，別名《高太史鳧藻集》，不在《大全集》內。清雍正間金檀輯注的《高青丘詩集注》，歷來認爲是高啓詩集最完備的版本，他不但從《槎軒集》內補入很多《大全集》中所未載的佚詩，還廣泛地從方志及他人編輯的合集中搜輯了許多遺詩，並附錄本傳、年譜，及與高啓同時人的哀誄、祭文、悼詩和後人對他的詩評、雜記等。《鳧藻集》和

《扣舷集》也附在詩集之後，高啓的詩文集，當以這一版本爲最完善。五十年代後期，徐澄宇先生對本書進行斷句整理的，就是以雍正六年金檀集注的文瑞樓刻本作底本，而校以墨池館本、竹素軒本、濂溪書院本，和諸家所編合集，如《明三十家詩選》、《列朝詩集》、《明詩綜》、《皇明詩選》、《明詩別裁集》等，對某些文字及標題有不同的地方，曾別列校記，以供讀者參互比較。

徐先生不幸逝世後，由我補加新式標點。除保留了徐先生的校記外，並對原金檀注文中所引書、篇名進行規範統一，對引文中因錯訛而乖文意者，作了訂正，不再出校。原書未載的部分高啓傳記、諸家評語、版本書目及提要、題識等，次諸卷末，作爲附錄，供研究者參攷。

本書蒙呂貞白先生題簽，幷此志感。

沈北宗

一九八一年十一月

高青丘集目錄

卷一

樂府

上之回……一
君子有所思行……二
李夫人歌……三
古別離……三
燕歌行……四
吳趨行……五
南山有烏……六
玉波冷雙蓮……六
芷秀葯華……七
吳鉤行……八
短歌行……八
白馬篇……九
宛轉行……一〇
長門怨……一〇
班婕妤……一〇
閶闔篇……一一
塞下曲……一三
折楊柳歌詞二首……一三
空侯引……一四
將進酒……一四
雨雪二首……一六

羅敷行……一七
當壚曲……一七
遊俠篇……一八
關山月……一九
鞠歌行……一九
古詞……二〇
王明君……二〇
烏夜啼……二二
行路難三首……二三
劉生……二四
怨歌行……二四
雉子斑……二五
蒿里歌……二六
薊門行……二六
巫山高……二七
上留田……二七
董逃行……二八
碧玉歌……二九
堂上歌行……二九
隴頭水……三〇
少年行二首……三〇
芳樹……三一
放歌行……三二
空城雀……三三
相逢行……三三
妾薄命……三三
神仙曲……三四
結客少年場行……三五
長相思……三六
君馬黄……三六

團扇郎……三七
楊白花……三七
門有車馬客行……三八
估客詞……三八
櫂歌行……三八
雞鳴歌……三九
華山畿……四〇
長安有狹斜行……四〇
雙桐生空井……四一
征婦怨……四一
襄陽樂……四二
飲酒樂……四二
鳳臺曲……四三
美女篇……四三
將軍行……四四
長安道……四六
洛陽陌……四六
悲歌……四七
邯鄲郭公歌……四七
車遙遙……四八
楚妃歎……四九
神絃曲……四九
白紵詞二首……五〇
阿那瓌……五一
江南思……五一
銅雀妓……五二
猛虎行……五二
湘中絃……五三
獨不見……五三
豔曲二首……五四

羽林郎……五四
燕燕于飛……五五
浮游花……五五
野田行……五六
壯士行……五六
邯鄲才人嫁爲廝養卒婦……五七
秋風引……五七
涼州詞二首……五八
虞美人曲……五八
築城詞……五九
永嘉行……五九
神女宛轉歌二首……六一
東門行……六二

卷二

樂府

愛妾換馬曲……六四
美人磨鏡辭……六四
朝鮮兒歌……六五
野老行送陳大尹……六七
秋江曲送顧使君……六七
湖州歌送陳太守……六八
秦箏曲……六八
從軍行……六九
大梁行……七〇
東飛伯勞歌……七一
春江花月夜……七一
踏歌行……七二

子夜四時歌……七二
迎送神曲……七三
有所思……七三
吁嗟篇……七四
擊筑吟贈張贊軍……七五
苦哉遠征人……七五
鑿渠謠……七六
荆門壯士歌……七六
城虎詞……七七
寒夜吟……七七
戍婦詞……七八
羈旅行……七八
小長干曲……七九
春江行……七九
寄衣曲二首……七九
廢宅行……八〇
青樓怨……八一
聞角吟……八一
刺促行……八一
牧牛詞……八二
捕魚詞……八二
養蠶詞……八二
射鴨詞……八三
伐木詞……八三
打麥詞……八四
采茶詞……八四
賣花詞……八五
洞房曲……八五
待月詞……八五
惜花歎……八六

照鏡詞……八七
田家行……八七
憶遠曲……八七
金井怨……八八
送客曲……八八
里巫行……八九
主客行……八九
春夜詞……九〇
新絃曲……九一
竹枝歌六首……九一
轉應詞二首……九三
五雜組二首……九三
五噫歌弔梁伯鸞墓……九四
疊韻吳宮詞……九四
鶴媒歌……九五
牛宮詞……九五
照田蠶詞……九五
妾薄命 以下三首補……九六
出門行……九六
田家行……九六
病駝行……九七

琴操

風樹操……九七
之荊操……九八
登丘操……九八
望歸操……九九

辭

望虞山辭……九九
放鶴辭……九九
弔伍子胥辭……一〇〇

三言
梧桐園……一〇二
三四言
王敬伯歌……一〇三

卷三

五言古詩
擬古十二首……一〇三
寓感二十首……一〇七
詠隱逸十六首　向長　周黨　王霸　梁
鴻　法眞　韓康　陳留老父　龐公　漢
濱老父　王績　朱桃椎　武攸緒　盧鴻
秦系　陸龜蒙　張志和……一一三
吳越紀游十五首　始發南門晚行道中　渡
浙江宿西興民家　早過蕭山歷白鶴柯亭諸郵
次錢清江謁劉寵廟　登蓬萊閣望雲門秦望諸
山　聞長槍兵至出越城夜投龕山　夜抵江上
候船至曉始行　登鳳凰山尋故宮遺跡　宿湯
氏江樓夜起觀潮　過奉口戰場　泊德清縣前
望金鵝玉塵二峰　舟次敢山阻風累日登近岸
荒岡僧舍　過硤石　謁雙廟　登海昌城樓
望海……一二四
春日懷十友詩　余司馬堯臣　張校理羽
楊署令基　王隱君行　呂道士敏　宋軍咨
克　徐記室賁　陳孝廉則　僧道衍　王徵
士彝……一三三
秋懷十首……一三八
出郊抵東屯五首……一四一

卷四

五言古詩

感舊酬宋軍咨見寄……一四三
蕭鍊師鷹窠頂丹房……一四五
隨月圖……一四七
映雪圖……一四七
顧榮廟幷引……一四七
停君白玉卮……一四九
讀史……一五〇
雜詩……一五一
池上雁……一五一
題綠綺軒……一五二
答張山人憲……一五二
澄景閣夜宴……一五三
贈馬冠軍……一五三
送劉明府……一五四
暮歸……一五四
瀹室爲吳君賦……一五五
空明道人詩……一五五
九日無酒步至西汀閒眺……一五六
題倪雲林所畫義興山水圖……一五六
錢孝子廬墓……一五七
送蜀山人歸吳興兼簡菁山靜者……一五八
幼文約余與止仲同宿士明鶴瓢山房爲試茶之會余既入郭而幼文已歸山中士明亦往海上止仲復以事不赴士明姪元修留余夜話因賦是詩以書耿耿……一五八
晚憩靈鷲院池上……一五九

贈談鬼谷數瞽師金松隱……一五九
贈惠山醫僧東山……一六〇
嫣雖太史自海上入郭因得追遊以敍舊好今日風雨偶闕晤言樓居早寒懷人尤甚想孤寓僧林同此岑寂也賦是以寄瞻戀之意……一六一
送徐七山人往蜀山書舍……一六三
會宿城西客樓送王太史……一六四
題林居圖兼簡盧公武……一六四
鴻山書舍圖爲黄君伯淵賦……一六五
詠三良……一六五
詠荆軻……一六五
魏使君見示呂忠肅公舊贈詩因賦……一六七
題秋林高士圖……一六九
春草軒雨中懷王太史……一六九
始還西齋……一六九
次徐山人與倪雲林贈答詩韻……一七〇
因病不飲……一七一
三鳥……一七一
題陳生畫……一七一
青丘道中……一七三
送李用和提舉……一七三
贈銅臺李壯士……一七三
題春江送别圖送王使君彥強……一七四
蘭室爲袁省郎賦……一七四
我愁從何來……一七四
賦得法華雨送惠上人歸江上……一七五
秋風……一七五
秋雨……一七六
題曹氏春江雲舍……一七六

燕客次蔡參軍韻……一七六
退思齋爲蔡參軍賦……一七七
遊師子林次倪雲林韻……一七七
尹明府所藏徐熙嘉蔬圖……一七八
來鴻軒……一七八
蘿徑……一七九
茶軒……一七九
讀書……一七九
過立公房……一八〇
賦得桃塢送別……一八〇
東園種蔬……一八一
聞張著作値雨宿陳山人園因寄……一八一
鄭隱君秀野軒圖……一八二
與諸公飲緑茗園……一八二
送上海石明府……一八二
逢雲巖僧元實將赴湖上賦以送之……一八三
舟歸雨中……一八三
秋夜會飲送劉別駕得星字……一八三
送陳博士歸番禺葬親……一八四
渡吳淞江……一八四
無言上人丈室逢李道士……一八四
贈陶篷先生……一八五
孤鶴篇……一八六
雜詩……一八六
白水冒我田……一八七
送韓司馬赴邊郡……一八七
醉贈王卿……一八八
送賈二文學北遊……一八八
送海昌守李使君還海虞……一八八
端居懷兩王孝廉……一八九

送芑上人東歸……一八九
大水……一八九
送黄主簿之歸安……一九〇
送王推官赴潮陽……一九一
卷五
五言古詩
吳王郊臺……一九三
長洲苑……一九四
用里村……一九五
死亭灣……一九五
毛公壇……一九六
稚兒塔……一九七
三賢堂……一九七
干將墓……一九八
吳桓王墓……一九九
虎丘次清遠道士詩韻……二〇〇
天平山……二〇一
讀書所爲錫山朱隱君子敬賦……二〇二
丁山人清樾軒……二〇三
西齋池上芙蓉……二〇三
贈松江張主簿……二〇三
客有不樂者……二〇三
送張文學之檇李……二〇四
贈羣上人……二〇四
送李别駕赴越……二〇四
龍門……二〇五
太湖……二〇五
天池……二〇七
劍池……二〇八

練瀆……二〇八
明月灣……二〇九
越來溪……二一〇
採蓮涇……二一〇
顧辟疆園……二一〇
松江亭……二一一
南峯寺……二一一
楞伽寺……二一二
慧聚寺……二一三
寒泉……二一三
乘魚橋……二一四
文遁菴……二一四
鬬鴨篇……二一五
言公井……二一五
弔幽獨君……二一六
靈巖寺響屧廊……二一六
陪臨川公游天池三十韻……二一七
夜飲余左司宅得細字……二一八
劉凝之騎牛圖……二一九
贈兒醫吳氏昆季……二一九
京口張氏世壽堂……二二〇
剡源九曲……二二一
詠殘燈……二二三
驅瘧……二二三
早過南湖……二二四
春日言懷……二二四
題晚節堂……二二五
與客攜樂游寶積山遂泛石湖……二二五
謝陳卿惠冠……二二六
獨步登西丘……二二六

袁氏高節樓……二三七
閒理篋中得諸友詩存歿感懷悵然
成詠……二三七
柳絮……二三七
徐博士愛日堂……二三八
答衍師見贈……二三八
謝周架閣移送菊花……二三〇
送蕭隱君自句曲經吳歸維揚……二三一

卷六

五言古詩

賦得眞娘墓送蟾上人之虎丘……二三三
友竹軒……二三三
遷婁江寓館……二三三
雪夜懷周著作……二三三
登西城門……二三三
期家兄宿東湖民家不至……二三四
送陶兵曹之越……二三四
豐城余君夢彩堂……二三五
過東氏廢園……二三五
送倪雅……二三五
同徐山人賁過妙蓮佛舍訪王主簿
欽……二三六
題帶經圖……二三六
題漂麥圖……二三六
秋日山中……二三六
宿幻住棲雲堂……二三七
送賈鳳進士……二三七
寄王七孝廉乞貓……二三八
送客之海上得誠字……二三九

冬至夜坐懷周記室砥……二四〇
賦永上人紙帳……二四〇
初開北窗晚酌……二四一
夏日與高廉遊無量佛院還憩王隱
　君池上……二四一
曉起春望……二四一
陳氏秋容軒……二四二
瞻木軒并引……二四二
雨中遣興……二四三
題方厓師聽秋軒……二四三
與內兄周思齊思義同過僧浩西齋
　夜酌……二四三
萱草……二四四
月林清影……二四四
春草堂并引……二四四
次韻內弟周思敬秋夜同飲白蓮寺
　池上……二四五
聞鐘……二四五
詠雨酬張進士羽見寄……二四五
徐隱君陋居……二四五
西園曉霽……二四六
題畫鷹得嘯字……二四六
哭王隅……二四七
池上晚憩……二四七
醉歸夜醒聞雨……二四七
夏夜起行西園……二四七
師子林池上觀魚……二四八
和張羽懷吳興舊遊之作效其體……二四八
送沈徵士鉉歸海上……二四八
重午書事……二四九

東白軒……二五〇
賦得姑蘇臺送賈文學麒……二五〇
聞晚鶯……二五一
西齋池上三詠 葵花 荷葉 桐樹……二五一
遊城西得豔字……二五二
卞將軍墓……二五三
綠水園宴集……二五五
答宋南宮見寄……二五五
夢梅堂……二五六
送程校理遊江上……二五六
僧齋聞雨……二五六
懷徐七……二五七
四柏……二五七
西臺慟哭詩并行……二五七
見耕者……二五九
雨中書湖上漁家壁……二五九
同杜二進士晚登潘氏樓……二五九
送家兄西遷……二六〇
至蓮村……二六〇
雨中登白蓮閣望故園……二六一
尋照公……二六一
江上過丁校書宅留飲……二六一
遊靈巖賦得越來谿……二六二
立春前一日喜雪……二六二
移家江上別城東故居……二六二
雨中客僧舍……二六二
見花憶亡女書……二六三
東陂路上阻水……二六三
獨酌……二六三
同杜徵士寅過南渚赴朱七丈招飲……二六四

始聞夏蟬……二六四
贈酈茶者……二六四
我昔……二六五
將往海上舟行值雨投僧舍……二六五
暫歸鳴珂里舊宅……二六五
江上晚晴……二六六
與王隱君宿寧眞道館……二六六
送珪上人……二六七
冒雨暮歸過白沙湖……二六七
送袁憲史由湖廣調福建……二六七
宴顧使君東亭隔簾觀竹下舞妓……二六八
夢遊仙……二六九
獨遊白蓮寺池上看雨……二六九
贈薛相士……二七〇

卷七

五言古詩

曉臥丁校書西軒……二七一
水上盥手……二七一
贈漫客……二七一
晝睡甚適覺而有作……二七二
秋日端居……二七二
夢鍾離兩兄……二七三
雨中留徐七賁……二七三
看刈禾……二七三
晚步遊褚家竹潭……二七三
召修元史將赴京師別內……二七四
早發土橋……二七四
車過八岡……二七五

寓天界寺雨中登西閣……二七五
送陳四秀才還吳……二七五
送聯書記東歸……二七六
送禮部傅侍郎赴浙西按察……二七六
對園柳……二七七
僕至得二女消息……二七七
菊鄰……二七七
出城東見古松流水坐憩久之……二七八
夜坐天界西軒……二七八
京師嘗吳粳……二七八
爲因師題松梢飛瀑圖……二七九
送周四孝廉後酒醒夜聞雁聲……二七九
答內寄……二七九
眞氏女并序……二八〇
送李架閣赴山西行省……二八一
送王哲判官之上黨……二八一
登句容僧伽塔望茅山……二八二
贈楊滎陽……二八三
寺中早秋……二八六
天界翫月有序……二八六
寄題鄞縣青山寺鍾秀樓……二八七
曉出趨朝……二八八
送顧式歸吳……二八八
御溝觀鵝……二八八
夢姊……二八九
答定水寺芑公……二八九
訓謝翰林留別有序……二八九
過白鶴溪……二九一
至吳松江……二九一
始歸田園二首……二九二

睡覺……二九三
與王徵士訪李錬師遂同過師林尋因公……二九三
效樂天……二九三
新春飲王七孝廉家……二九四
詠軒……二九四
施君眠雲堂……二九五
臥病東館簡諸友生……二九五
答張院長雨中見懷……二九六
暮途書見……二九六
施澤阻風……二九六
送張隱君歸耕西山……二九七
送劉使君……二九七
過硤石……二九七
送周將軍請老歸耕……二九八
夜登南樓觀月……二九八
題徐良夫耕漁軒　以下二十七首補……二九八
皐橋……二九九
賦得小吳軒贈虎丘蟾書記……二九九
寓興三首……三〇〇
褚彥中存耕軒……三〇一
九日……三〇一
過羊腸嶺……三〇一
登竹竿嶺……三〇二
賦得長洲苑送徐孟岳……三〇二
送金海虞……三〇二
秋夜懷張參軍思廉……三〇三
送陳秀州……三〇三
暮行園中……三〇三
冬至夜感舊二首……三〇四

春日言懷二首……三〇四
雨中遊寧眞道院……三〇五
次韻包同知客懷……三〇五
浦江鄭氏義門……三〇六
送王檢校之廣東……三〇七
姚牧林軒……三〇八
書東圃老翁壁……三〇八
題王濛聽雨樓卷……三〇八
天王寺……三〇九
周元公祠……三〇九

卷八

七言古詩

唐昭宗賜錢武肅王鐵券歌……三一〇
太白三章……三一四
江上看花……三一五
中秋翫月張校理宅得南字……三一五
送王太守還雲間……三一七
謝陳山人惟寅贈其故弟長司惟允所畫山水……三一七
書夢贈徐高士……三一八
劉松年畫……三二〇
題武昌魏孝廉櫱所藏畫……三二〇
送葉卿東遊……三二一
題韓長司所藏山水圖……三二三
煮石山房爲金華葉山人賦……三二三
九日與客登虎丘至夕放舟過天平山……三二三
夜發錢淸……三二四
草書歌贈張宣……三二四
獨遊雲巖寄周砥……三二六

練圻老人農隱……三二六
嘗蒲萄酒歌……三二七
送高二文學遊錢塘……三二八
贈李外史……三二九
聽教坊舊妓郭芳卿弟子陳氏歌……三三〇
牀屏山水圖歌……三三二
方隱君山園……三三三
觀顧蕃所藏宋賜進士絲鞭歌……三三四
憶昨行寄吳中諸故人……三三五
明皇秉燭夜遊圖……三三六
黑河秋雨引賦趙王孫家琵琶蓋其名也……三三七
期張校理王著作徐記室遊虎阜……三三八
廣陵孫孝子愛日堂……三三九
贈胡校書奎……三四〇
溫陵節婦行……三四一
答余左司沈別駕元夕會飲城南之作……三四三
江上晚過鄰塢看花因憶南園舊遊……三四四
兵後逢張孝廉醇……三四四
夜飲丁二侃宅聽琵琶……三四四
曉睡……三四六
東池看芙蓉……三四七
謝盧山宋隱君寄惠所製墨……三四七
美人撲蝶圖……三四八
次韻周誼秀才對月見寄……三四九

卷九

七言古詩

姑蘇臺……三五〇

百花洲……三五一
香水谿……三五二
太湖石……三五三
洞庭山……三五四
聖姑廟……三五五
蔡經宅……三五六
石崇墓……三六〇
初入京寓天界寺西閣對辛夷花懷徐七記室……三六〇
答余新鄭……三六一
送林謨秀才東歸謁松江守……三六四
題高彥敬雲山圖……三六五
錢舜舉畫美人摘阮圖歌……三六五
贈丘老師……三六六
玄武門觀虎圈……三六七
送許先生歸越……三六七
送證上人住持道場……三六八
送王孝廉至京省其父待制後歸金華……三七〇
穆陵行并序……三七三
獨遊山中憶周記室砥……三七四
贈墨翁沈蒙泉……三七四
淮南張架閣家舊有樓在儀鑾江上經兵燹已廢與予會吳中乞追賦之……三七六
題米元暉雲山圖……三七七
爲石城朱氏題梅雪軒……三七八
和衍上人觀梅……三七九
題李德新中宗射鹿圖……三八〇
題趙希遠畫宋杭京萬松金闕圖……三八一

芥舟詩爲陳太常賦……三八二

題周遜學天香深處卷……三八二

奉游西園命賦二題 象 鹿……三八三

題茅臞叟夏山過雨圖……三八四

偃松行……三八四

白馬澗……三八五

贈治冠梁生乞作高子羔舊樣……三八六

賦得烏衣巷送趙丞子將……三八六

宿蔡村夜起……三八七

天閑青驄赤驃二馬歌……三八七

同謝國史遊鍾山逢鐵冠先生……三八九

喜家人至京……三九〇

北山觀猿……三九一

客舍雨中聽江卿吹簫……三九一

謝友人惠兜羅被歌……三九二

會宿成均汲玉兔泉煮茗諸君聯句不就因戲呈宋學士……三九三

卷十

七言古詩

題美人對鏡圖……三九五

送曹生歸新安山中……三九五

曉出城東門聞觱聲……三九六

詠苑中秦吉了……三九七

夏珪風雪歸莊圖……三九七

始歸江上夜聞吳生歌因憶前歲別時……三九八

題董元臥沙龍圖……三九八

松隱居爲戴叔能賦……三九九

蕭山尹明府吳越兩山亭……三九九

贈賣墨陶叟……四〇〇
虎丘行次朱賞静見寄韻……四〇一
鳳臺二逸圖有序……四〇二
送張員外從軍粤上……四〇三
題陳節婦有序……四〇三
晚步西郊見鴛鴦羣飛……四〇四
次韻楊孟載早春見寄……四〇四
詠雪禁體次徐幼文韻……四〇六
思夫山……四〇七
送陶生乘寄周記室……四〇七
倒掛……四〇八
苦寒書江上主人壁間……四〇八
菜藹爲余唐卿賦……四〇八
送張貢士祥會試京師……四〇九
明月舟有序……四一二
聽南康陳協律彈楚歌……四一三
京師苦寒……四一三
約諸君游范園看杏花……四一四
南州野人爲吳邑曾令賦……四一四
欲訪李孝廉至婁江遇風而回……四一五
寒夜泛湖至東舍……四一五
京師午日有懷彦正幼文……四一五
鷗捕魚……四一六
泉南兩義士歌……四一六
姚烈婦……四一八
立秋前三日過周南飲雷雨大作醉後走筆書壁間……四一九
送張倅之雲間……四一九
送王孝廉遊京歸錢塘……四二〇
賦錢散人江村二題 釣雪灘　望月臺……四二一

愛竹軒爲陳維寅賦……四二一
幻住精舍尋梅……四二二
北郭秋夜喜徐幼文遠來兼送南遊……四二三
次韻答朱冠軍遊城西之作……四二三
贈步鍊師禱雨……四二四
題朱澤民荆南舊業圖……四二五
月支王頭飲器歌……四二六
海石爲張記室賦……四二六
張中丞廟……四二七
靈巖琴臺以下十首補……四二八
送劉將軍……四二八
和杜彥正徐幼文過甫里……四二八
送董軍咨赴邊……四二九
夜坐有感……四二九
雪海爲楊孟載題……四二九
送王邑長彥強……四三〇
范魏公手書伯夷頌爲其裔孫天章題……四三一
送劉冠軍……四三一
奉橘圖……四三一

卷十一

長短句

青丘子歌有序……四三三
登陽山絕頂……四三五
張節婦詞……四三六
與客飲西園花下……四三六
吳中逢王才隨朝京使赴燕南歸……四三六
白雲泉……四三七
戎王追彘圖……四三七

茅山陳道士臥雲所……四三八
贈醉樵……四三八
雷雨護嬰圖 為包山徐庭闈賦……四三九
南園……四三九
滄浪亭……四四〇
石射堋……四四一
走狗塘……四四一
清泠閣為陳協律題……四四二
烏夜村……四四二
醉贈宋卿……四四二
潘隱君月樓歌……四四三
約諸君看范園杏花不果後偶獨遊而杏已盡落惟桃數樹盛開感而有賦因寄諸君……四四三
番人移帳圖……四四四
夜聞謝太史誦李杜詩……四四四
贈金華隱者……四四四
春初來……四四五
題黃大癡天池石壁圖……四四六
書夢中……四四八
嫣雌子歌……四四八
贈劉生歌……四五〇
登金陵雨花臺望大江……四五一
春日客園無花偶感……四五一
白下送錢判官岳……四五二
聽錢文則琴呈良夫……四五二
雪齋為沚上人賦……四五三
燕覆巢……四五四
五禽言和張水部……四五四
約王孝廉看梅……四五五

題滕用衡所藏山水圖……四五五
余未有嗣雪海道人以張仙畫像見贈蓋蘇老泉嘗禱而得二子者余感其意因賦詩以謝……四五七
釣臺歌送嚴陵徐尊生太史補……四五八

卷十二

五言律詩

草堂夜集……四五九
過胡博士郊居……四五九
送茅侯……四六〇
孤雁……四六〇
曉步園池……四六〇
次韻過建平縣……四六〇
鵲軒有序……四六一
寄杜二進士……四六一
雨篷……四六一
聽秋軒爲僧賦……四六二
杏花飛燕圖……四六二
扇……四六二
新荷……四六三
鷺……四六三
馬……四六三
梧桐……四六四
圍棋……四六四
池上晚酌……四六四
簟……四六四
射柳……四六五
流螢……四六五
水殿圖……四六五

新蟬……四六六
林間避暑……四六六
送劉省郎出佐邊郡……四六六
湓浦琵琶圖……四六七
金人馬圖……四六七
夜訪芭蟾二釋子因宿西澗聽琴……四六七
錢塘送馬使君之吳中……四六八
與劉將軍杜文學晚登西城……四六八
和周山人見寄寒夜客懷之作……四六八
哭臨川公……四六九
一窗秋影……四六九
早春侍皇太子遊東苑池上呈青坊
諸公……四六九
題谿山小隱……四七〇
城西客舍送周著作祗……四七〇
兵後出郭……四七〇
謝賜衣……四七一
西清對雨……四七一
夜宿太廟齋宮……四七一
送秦主客遷侍儀使……四七二
春日退直呈禁署諸公……四七二
送張司勳赴寶慶同知……四七三
寓天界寺……四七三
送前進士夏尙之歸宜春……四七三
早出鍾山門未開立候久之……四七四
雪夜宿翰林院呈危宋二院長……四七四
自天界寺移寓鍾山里……四七四
夜逢故郡賀冬至使胡浦二博士同
宿……四七五
至日夜坐客館……四七五

送鮑翰林遷官陝右……四七五
送姚架閣……四七六
送曾主簿之平樂……四七六
桓簡公廟……四七六
送陳則……四七七
暮春送陳郎中出守檇李……四七七
送楊從事從軍……四七七
送王員外遷崇教……四七八
吳中送顧生歸海陵……四七八
園中……四七八
送前國子王助教歸臨川……四七九
送潘巡檢之閩中……四七九
送思上人……四七九
宴王將軍第……四八〇
送朱從事之吳興……四八〇
和友人過采石……四八〇
謔柳……四八一
無題……四八一
京師寓廨三首……四八一
送舒徵士考禮畢歸四明……四八二
陪客登陶丘……四八二
王公子宅五月菊……四八三
送周復秀才賦行李中一物得紈扇……四八三
送流人……四八三
贈張省郎……四八四
送瀚公住靈巖……四八四
送宿衞將出守鄧州……四八五
甘露寺……四八五
送張羽後夜坐西齋……四八五
徐山人別墅……四八六

客館秋懷……四八六
秋夜宿周記室草堂送王才……四八六
江上雨……四八七
送賈二進士歸省……四八七
贈衍師……四八七
送錢氏兩甥度嶺……四八八
送客歸閩省親……四八八
圓明佛舍訪呂山人……四八八
答宗人廉夜飲王氏池亭見懷……四八九
賦得蟬送別……四八九
何隱君小墅……四八九
贈張明府……四九〇
送唐博士肅移家檇李……四九〇
贈妓……四九〇
送顧倅之錢塘……四九一
答高廉同飲後見寄……四九一
沈徵士鉉野亭……四九一
題醫師王隱君墓表後……四九二
贈朱山人……四九二
谿上……四九二
次韻楊儀曹雨中……四九三
寄錢塘諸故人……四九三
送烏程馮明府……四九三
喜了上人見過……四九四
病目……四九四
病目不飲……四九四
賦得蟹送人之官……四九五
江上早發……四九五
客舍喜姪庸至……四九五
哭周記室……四九六

過永定廢寺……四九六
楓橋送丁鳳……四九六
盜發漢侍中許緘墓……四九六
過海昌贈李侯……四九七
送易從事祖飲南渚……四九七
題張靜居畫……四九七
夜懷王校書……四九八
答陳則見寄……四九八
煮藥……四九八
夜投西寺……四九八
送石明府之崑山……四九九
過城西廢塢……四九九
送范架閣赴嘉禾兼簡李使君……四九九
喜呂山人見過江館……五〇〇
贈鄰友……五〇〇
雨中就陳卿飲酒醉歸聞丁二臥病
客樓賦此寄慰……五〇〇
送醫士宋君徙居江上……五〇〇
屏居……五〇一
立秋日……五〇一
效唐人贈邊將……五〇一
送董湖州……五〇二
晚次西陵館……五〇二
送顧別駕之邊郡……五〇二
送僧恬歸靈隱……五〇三
江上寄王校書行……五〇三
送越將罷鎮……五〇三
送王稹赴大都……五〇三
送孫主簿之德清……五〇四
留別李侯……五〇四

寄熹公……五〇四
送王才歸錢塘……五〇五
送長洲周丞陞吳縣令……五〇五
冬至夜喜逢徐七……五〇五
送史丞之海門……五〇六
夜雨宿東齋……五〇六
師山周君客濠上思歸未得因畫舊隱圖求余賦詩……五〇六
微恙江館夜作……五〇六
逢李止冰道人……五〇七
冬至夜雨感懷……五〇七
過戴居士宅……五〇七
歸鴉……五〇八
晚坐南齋寫懷二首……五〇八
臘月廿四日雨中夜坐二首……五〇八

書曹谷才世訓詩後爲其子季常作……五〇九
題山居圖爲僧賦……五〇九
題華氏瑩芝檜圖……五〇九
賦得銅人贈醫士……五一〇
夏景園廬……五一〇
寄題崇明學宮天心水面軒……五一一
送柔上人得船字……五一一
中秋琵琶洲宴集得紅字……五一一
悼女……五一二
亂後經婁江舊館……五一二
悼顧宜人……五一二
過劉山人園……五一三
次韻楊禮曹移疾之作……五一三
送周履道入郭……五一三
雨齋獨坐寫寄友……五一四

次韻酬西園公……五一四
聞鄰家琵琶有感……五一四
書王生扇……五一四
送胡鉉遊會稽……五一五
送陳少府赴嘉定……五一五
報恩寺逢蔣主簿就送還如皐……五一五
贈姚東曹……五一六
鍾山雪霽圖……五一六
周輿裔墓補……五一六

卷十三

五言律詩

送吳縣令還松陵……五一七
寄沈達卿校理……五一七
贈呂醫……五一八

次韻陳留公見貽湖上行屯之作……五一八
雨後飲西園偶然亭……五一八
鄰家桃花……五一九
和王止仲校理夜坐……五一九
答陳校書客懷……五一九
酬余左司……五一九
宿道王蘭若……五二〇
與詩客七人會飲余司馬園亭……五二〇
登西澗小閣……五二〇
江上答徐卿見贈……五二一
除夕客中與家兄守歲……五二一
南溪晚歸……五二一
丁孝廉惠冠巾……五二一
西園閒興二首……五二二
送謝恭……五二二

步至東皐…………五二三
郊墅雜賦十六首…………五二三
采香逕…………五二六
響屧廊…………五二七
臨頓里十首…………五二七
春申君廟…………五三〇
吳女墳…………五三〇
眞娘墓…………五三一
鱸鄉亭…………五三二
堯峯院…………五三二
慧聚寺次張祜韻…………五三二
石屋…………五三三
贈竹里子…………五三三
送金判官之吳江…………五三三
漁…………五三四
樵…………五三四
耕…………五三五
牧…………五三五
夜起觀月…………五三六
贈劉醫師…………五三六
舟中早行…………五三六
春日懷諸親舊…………五三六
江上見逃民家…………五三七
晚晴東皐步眺…………五三七
賦得戟門送陳博士…………五三七
櫻桃…………五三八
金進士葵軒…………五三八
次倪雲林韻…………五三九
登南樓看雨有懷…………五三九
晚霽獨酌南樓…………五三九

追挽恭孝先生二首……五四〇
題宋迪晚煙歸舍圖……五四一
贈東菴道者……五四一
樂圃三首……五四一
送人戍梁谿……五四二

五言排律

月夜遊太湖……五四三
詠夏冰……五四三
題黃鶴山人畫……五四四
賦得履送衍上人……五四四
聞蛙……五四五
聖壽節早朝……五四五
洪武二年十月甘露降後庭柏樹上出示侍從臣啓獲預觀嘉瑞因賦詩頌之……五四六

冬至車駕南郊……五四七
禁中雪……五四七
封建親王賜百官宴……五四七
送安南使者杜舜卿還國應制幷序……五四八
送高麗賀正旦使張子溫還國……五四九
送鮑修撰出官關中……五五〇
送恩公還江心寺……五五〇
喜楊滎陽赴召至京過宿寓館……五五一
戲嬰圖……五五一
翫花池……五五二
送高麗貢使還國……五五二
韓蘄王墓……五五三
石井泉……五五五
焚香……五五六
詠夢……五五八

答胡博士留别二十韻……五五九
送高郎中 以下補……五六一
送周檢校使高麗……五六一

卷十四

聯句

舞劍聯句……五六二
劍池聯句……五六五
病柏聯句……五六六
風雨聯句……五六八
虎丘聯句……五六九
蓮房聯句……五七〇

六言律詩

瓊姬墓……五七二
甫里卽事四首……五七二

七言律詩

大駕親祀方丘還射齋宮奉次御製韻……五七三
奉迎車駕享太廟還宮……五七四
晚登南岡望都邑宮闕二首……五七四
奉天殿進元史……五七五
九日陪諸閣老食賜糕次謝授經韻……五七六
送沈左司從汪參政分省陝西……五七六
吳僧日章講師赴召修蔣山普度佛事既罷東歸送別二首……五七七
清明呈館中諸公……五七八
金陵喜逢董卿併送還武昌……五七八
送易左司分省廣西……五七九
送王檢校錡赴北平……五七九
京師秋興次謝太史韻……五八〇

送祠江瀆使者……五八〇
送葉判官赴高唐時使安南還……五八〇
衍師見訪鍾山里第……五八一
寄題安慶城樓……五八一
送鄭都司赴大將軍行營……五八二
送朱謝二博士進賀冬至表赴京師
聽宣諭畢還吳……五八三
送丕上人還四明育王寺……五八三
送吳生赴汴省其父指揮……五八四
客舍夜坐……五八四
送鄭山人聽宣諭後歸東陽……五八五
春來……五八五
送賈文學以郡薦赴禮部試畢歸吳……五八五
休沐日期衍公游北山不果獨臥齋
中……五八六
送內兄周誼還江上……五八六
夜聞吳女誦經……五八六
送趙使君致仕歸別業……五八七
遊南峯寺有支遁放鶴亭……五八七
送鄭僧淡雲歸笠澤……五八八
次韻楊孟載署令雨中臥疾……五八八
送呂志學秀才入道……五八八
送胡簿之陽朔……五八九
謁甫里祠……五八九
送恩禪師弟子勤歸開元寺……五九〇
送何記室遊湖州……五九〇
江上寄丁校理昆季……五九一
送顧軍咨歸梁谿……五九一
白蓮寺次韻杜進士喜余見過話舊
之作……五九一

期徐七遊雲巖……五九二
賦得寒山寺送別……五九二
聞朱將軍戰歿……五九三
送何明府之秦郵……五九三
過野寺次韻徐廉使琰舊題……五九四
送滎陽公行邊……五九四
登涵空閣……五九四
婁江寓舍喜王七隅見過却送還郭……五九五
送葉卿還隴西公幕兼簡周軍咨……五九五
范文正公祠……五九五
丁令威宅……五九六
辭戶曹後東還始出都門有作……五九六
寄余左司……五九七
聞家兄謫壽州……五九七
吳城感舊……五九七
喜幼文北歸……五九八
送宋孝廉南康葬親……五九八
送王孝廉遊京回錢塘……五九八
感懷次蔡參軍韻……五九九
寄錢塘方員外……五九九
秋日江館詠懷……五九九
得亡友周履道記室在繫所詩次韻……六〇〇
答呂志學山人見寄……六〇〇
送殷孝章赴咸陽教諭……六〇〇
送基上人希載赴天界……六〇一
寄永寧丁明府兼簡達君先生……六〇一
江山晚眺圖……六〇二
江上春日遣懷……六〇二
別江上故居……六〇二
永樂禪寺……九〇三

卷十五

七言律詩

送人出鎮……六〇四
送周省郎之海虞判官……六〇四
次張子宜園居二首……六〇五
還城南新居……六〇六
贈醫師王立方……六〇六
吳縣庠訓導徐君善醫常起人疾求詩贈之……六〇七
挽瞿隱君……六〇七
次韻靈隱復見心長老見寄兼簡泐禪師……六〇七
稚齋爲陳山人賦……六〇八
追次唐人韻……六〇九
喜聞王師下蜀……六〇九
送倪賢良歸吳門……六一一
贈林泉民張夢辰次張貞居韻……六一一
倚樓二首……六一一
闔閭墓……六一二
西塢……六一三
過海雲院贈及長老……六一三
送錢塘守……六一三
張山人見訪留宿草堂……六一四
陪臨川公遊天池……六一四
客舍歲暮……六一四
江上晚眺懷王著作……六一四
答徐七記室病中作……六一五
遊雲巖值雨……六一五
送張徵君南遊……六一五

宿張氏江館……六一六
再遊南峯……六一六
送李使君鎮海昌……六一六
賦得惠山泉送客遊越……六一六
寄題張著作青山隱居……六一七
送胡孝廉布東遊……六一七
夜雨不寐……六一八
煮雪齋爲貢文學賦禁言茶……六一八
晚香軒……六一九
次韻倪雲林見寄二首……六一九
答韓長司用韻見贈幷柬滕用衡……六二〇
答張文伯用韻見贈……六二〇
喜逢賀叔庸送還錢塘……六二〇
子祖授生……六二一
喜張太常謁告歸途見訪雨中留宿話舊……六二一
御溝……六二二
雲巖訪蟾公值雨留宿次周記室壁間韻……六二三
送任兵曹赴邊……六二三
吳下逢梁賓客子天爵復送還會稽……六二三
次韻俞士平見寄……六二四
登天界寺鐘樓望京城……六二四
十二月十九日雪中……六二五
過僧舍訪呂敏……六二五
新篁……六二五
初夏江村……六二六
江村……六二六
田園書事……六二六
梅雨……六二七

送衍師還相川……六二七
萱草……六二七
雨過舟中看山……六二八
齊雲樓……六二八
靈巖寺……六二九
孤園寺……六二九
開元寺石鉢……六二九
垂虹橋……六三〇
聞潮州遷客消息……六三一
秋日江居寫懷七首……六三一
漫成二首……六三三
喜徐山人與浩師見過……六三三
端陽寫懷……六三四
寄倪隱君元鎮……六三四
與杜進士寅登白蓮閣對雨……六三四
喜宋山人見過……六三五
與姪常遊東庵……六三五
謝周四秀才送酒……六三五
上巳有懷……六三六
徐記室賁北歸見訪南渚復送還城……六三六
被召將赴京師留別親友……六三六
過故將軍第……六三七
雨中寄劉沈二別駕……六三七
丁校書見招晚酌……六三八
杜二年四十鬚已多白戲作是詩……六三八
愛姬祠……六三八
雲山樓閣圖爲朱守愚賦……六三九
夏夜……六三九
池亭晝臥……六三九
姑蘇懷古……六三九

宿山寺……六四〇
泛舟西湖觀荷……六四〇
馬麟春宵圖……六四〇
曉涼……六四一
蘆花簾……六四一
雨中……六四一
王徵士東里草堂……六四二
客舍寒食次周著作見寄韻……六四二
新春次余左司韻……六四二
次韻楊禮曹秋日見贈……六四三
次韻西園公詠梅二首……六四三
過吳淞江風雨不可渡晚覓漁舟抵
松陵官館……六四四
次韻酬張院長見貽太湖中秋翫月
之作……六四四
暫宿行營舟中二首……六四四
首春感懷……六四五
次韻楊禮曹雨中臥疾二首……六四五
次韻王孝廉過澄照寺……六四六
次韻王七隅仙輿……六四六
岳王墓……六四七
早春寄王行……六四七
暮春次韻僧懷德見貽……六四八
寄海昌李使君……六四八
次韻金德儒文學送弟往海上……六四八
過海昌贈使君李秉鎮禦……六四九
送黃僧母入道……六四九
答薊丘聶才子……六五〇
廉上人水竹居……六五〇
梅花九首……六五一

歸吳至楓橋……六五三
送徐山人還蜀山兼寄張靜居……六五三
丫髻峯……六五四
石牛……六五四
飲陳山人園次能翁韻……六五四
寄題內弟周思敬野人居……六五五
謁伍相祠……六五五
弔七姬冢……六五五
郡治上梁……六五七
萬木堂爲毘陵卞公禮賦……六五七
鶴瓢二首……六五七
次韻楊禮曹雨中養疴……六五八
詠梅次衍師韻五首……六五九
送梅侯赴錢塘以下十五首補……六六〇
送廣陵成居竹先生之雲間……六六一
送陳博士歸南海葬親……六六一
送顥上人還天平山……六六一
張思廉退居江上……六六二
過張子宜林居……六六二
林亭山寺漁樵共話圖……六六二
赴京留別鄉舊……六六三
白鶴谿阻雨……六六三
送沈省郎赴武康縣丞……六六三
送胡端任嶺南陽朔主簿……六六四
客中述懷……六六四
重遊甘露寺……六六四
送呂志學秀才入道……六六五
送秦司訓海上省墓……六六五

卷十六

五言絕句

觀軍裝十詠　胄　鎧　纛　刀　弓　箭　麾　矛　袍　馬……六六六
師子林十二詠　獅子峰　含暉峰　吐月峰　立雪堂　臥雲室　問梅閣　指柏軒　玉鑑池　冰壺井　修竹谷　小飛虹　大石屋……六六九
題雜畫十二首……六七一
和楊禮曹刺客三詠　錐　匕首　筑……六七三
得家兄在遠消息四首……六七四
爲外舅周隱君題雜畫五首……六七四
效陰常侍……六七五
歎牆下草……六七五
草堂梵僧……六七六
新月……六七六
尋胡隱君……六七六
西寺晚歸……六七六
淵源堂夜飲……六七六
和陳左司夜泊桐江……六七七
過師子林……六七七
薔薇露盥手……六七七
西陂……六七七
園中梨花唯開一枝……六七八
江上酒家……六七八
過舊送別處……六七八
懷陳寅山人時居西山昭明寺……六七八
略上人房竹……六七九
聞雁……六七九
晚坐水上……六七九
聞謝恭夜詠詩……六七九

題馬遠畫酴醾……六八〇
黃葵……六八〇
余客雲巖陳山人居西山相望因有
懷寄贈……六八〇
睡足……六八〇
題雲林小景……六八一
題齋前芭蕉……六八一
春溪獨釣圖……六八一
池亭……六八一
聞鐘……六八一
桂花……六八二
鴈……六八二
紅葉……六八二
秋雨……六八二
月下飲酒……六八二
遊山……六八三
聞笛……六八三
秋聲……六八三
秋夜宿僧院……六八三
登樓望虎丘……六八四
外舅周隱君齋竹……六八四
寧眞道館夜觀茅隱君畫……六八四
竹林高士圖……六八四
詠水邊桃花……六八四
芭蕉美人圖……六八五
王主簿小園……六八五
晚尋呂山人……六八五
黃氏延綠軒……六八五
喜從兄遠歸……六八五
送人遊湘中……六八六

訪丁校書不遇……六八六
答陳山人……六八六
鄭隱君山園四詠 杏園 瓜圃 菊蹊 梅塢……六八六
題許瀾伯畫……六八七
除夕客中憶女……六八七
客中歲暮……六八八
題攜琴訪友圖……六八八
鴛鴦……六八八
題張校理畫……六八八
題湘南雨意圖……六八八
題扇上竹枝……六八九
題李迪畫犬……六八九
天平山五丈石……六八九
別呂隱君……六八九
林下……六九〇
不寐懷徐記室……六九〇
雪中自雲巖晚歸西村客舍二首……六九〇
立春前十日寄會稽周軍咨……六九〇
柳燕圖……六九一
隔簾聞歌……六九一
訪張司馬不值書園亭壁……六九一
壺中插緋碧桃花既而碧桃先落……六九一
優人李州僑乞米二首……六九二
端午席上詠美人綵索釵符二首……六九二
燒筍……六九三
江寺雨中訪杜二……六九三
寒夜與家人坐語憶客中時……六九三
題楞伽山寺壁……六九三
贈僧本空……六九三

聞霰……六九四
江上漫成……六九四
雨中過玉遮山二首……六九四
畫花鳥……六九四
種瓜……六九五
摘瓠……六九五
懷蜀山人……六九五
諸君會宿鶴瓢山房題畫賦詩予將
　赴召不得預明日補題其上……六九五
山中夜行……六九六
赴京道中逢還鄉友……六九六
泐禪師室中晚坐……六九六
白葵花……六九六
馬氏東軒……六九六
得家書……六九七
期陳則不至聞宿淸隱蘭若……六九七
碧筩飮……六九七
曉發山驛……六九七
焚香……六九八
榴花……六九八
階前苔……六九八
僧舍訪呂隱君爲學上人題墨竹……六九八
題孫卿家小畫二首……六九八
久别幼文偶見其畫遂題……六九九
題榮悴竹圖……六九九
叢竹圖贈内弟周思敬就題……六九九
題張來儀畫贈張伯醇……六九九
次韻及禪師懷王水曹二首……七〇〇
夜聞雨……七〇〇
大癡小畫……七〇〇

吳仲圭枯木竹石……七〇〇
題倪雲林畫贈因師……七〇一
題徐山人畫贈内弟周思恭……七〇一
訪因師而師適詣余兩不相値……七〇一
題畫贈別……七〇二
龍門飛來峯……七〇二
待渡……七〇二
西澗訪衍上人……七〇二
蔡村田家……七〇二
夢中作……七〇三
要離墓……七〇三
顧野王墓……七〇三
卓筆峯……七〇三
硯池……七〇四
千人石……七〇四
五塢山五首 白雲塢 芳桂塢 飛泉塢 修竹塢 丹霞塢……七〇四
芹……七〇五
蓴菜……七〇五
芭蕉……七〇六
中秋……七〇六
九日……七〇六
題畫贈許瀾伯……七〇六
病酒……七〇七
生公講臺 以下三十六首補……七〇七
聞柝……七〇七
柳燕……七〇七
隔簾聞歌……七〇七
軒前小竹……七〇八
暮歸寄王汝器……七〇八

登白雲寺閣……七〇八
宿紫藤塢……七〇八
夜坐聞雁……七〇八
夜泊盤門城下聞鐘……七〇九
余氏園中諸菜十五首 前已錄蒓芹二首
葵　韭　筍　芥　茄　薺　菘　葍　菌
芋　葱　薯蕷　茭白……七〇九
端陽十詠 前已錄綵索釵符二首　艾虎
角黍　菖歜　守宮　射柳　繫毬　競渡
鬭草……七一一
軍裝十二詠 前已錄其十……七一三
刁斗……七一三
箙……七一三
西園梨花唯開一枝……七一三
禪窩……七一四
雪夜宿山家寄斯道……七一四

六言絕句

江村樂四首……七一四
讀道旁舊冢碣上題曰宋黃澹翁先生之墓……七一五
楊氏山莊……七一五
陶祕書廣陵送別圖……七一六

卷十七

七言絕句

馬周見太宗圖……七一七
聞舊教坊人歌……七一八
山中別寧公歸西塢……七一八
秋柳……七一八
送賈麟歸江上……七一九

秋夜同周著作宿婁浦……七一九
方崖師畫……七一九
送陳秀才歸沙上省墓……七一九
送呂卿……七二〇
答陳校理尋花已落之作……七二〇
與諸君飲吳別駕園……七二〇
舟中聞歌……七二〇
題雨竹畫……七二一
挽楊隱君……七二一
春思……七二一
入郭過南湖望報恩浮圖……七二一
廢宅芍藥……七二二
登江閣遠懷徐記室與杜進士同賦……七二二
夏夜宿西園酒醒聞雨二首……七二二
聞笛……七二三
慰周著作悼亡……七二三
山寺冒雨還西郭……七二三
蘇李泣別圖……七二三
江上偶見……七二四
過保聖寺……七二四
王七招飲余遊紫藤塢值雪失期……七二四
江上送客……七二五
期諸友看范園杏花風雨不果……七二五
宮女圖……七二五
逢張架閣……七二五
山中春曉聽鳥聲……七二六
與親舊飲散出抵城西客舍賦寄……七二六
過山家……七二六
雲山樓閣圖……七二六
始自西山移寓江渚夜聞雨有作……七二六

晚過浦西橋……七二七
歎庭樹……七二七
雨中春望……七二七
夜齋見螢火……七二七
湖上見月憶家兄……七二八
逢吳秀才復送歸江上……七二八
十宮詞
吳宮 楚宮 秦宮 漢宮 魏宮
晉宮 齊宮 陳宮 隋宮 唐宮……七二八
次韻春日漫興四首奉酬外舅達翁……七三三
回文……七三三
春日憶江上二首……七三三
醉仙圖……七三三
觀弈圖……七三三
江村即事……七三四
偶睡……七三四

舟歸江上過斜塘……七三四
西齋庭前海棠……七三四
次韻張仲和春日漫興……七三五
與內弟周思敬晚過雁蕩僧舍……七三五
白傅湓浦圖……七三五
陶轂驛亭圖……七三五
客夜聞女病……七三六
秋江晚渡圖……七三六
夜中有感二首……七三六
徐記室謫鍾離歸後同登東丘亭……七三七
將赴金陵始出閶門夜泊二首……七三七
舟次丹陽驛……七三七
正月十六日夜至京師觀燈……七三七
夜聞雨聲憶故園花……七三八
早至闕下候朝……七三八

春日寄張祠部……七三八
左掖作……七三八
雨中登天界西閣……七三九
吳中親舊遠寄新酒二首……七三九
宿圓明寺早起……七三九
送葛省郎東歸二首……七四〇
四月朔日休沐雨中……七四〇
戴叔鸞入江夏山圖……七四〇
送哲明府之新淦……七四〇
逆旅逢鄉人……七四一
寄丁二侃……七四一
題虞文靖公書所賦鶴巢詩後……七四一
客中憶二女……七四二
晚晴遠眺……七四二
寄徐記室……七四二
寄家書……七四二
期袁卿見過因出失值寄詩謝之……七四二
宿蟾公房……七四三
陌上見梅……七四三
東歸至楓橋……七四三
江行……七四三
戲和徐七見寄臥聞鄰槽酒聲之作……七四四
見燕至……七四四
背面美人圖……七四四
對梨花……七四四
和楊余諸君在謫中憶往年西園聽歌……七四四
重過南寺尋悟公不值……七四五
過流通院二首……七四五
聞人唱吳歌……七四五

雨中過山……七四五
讀史二十二首　晏嬰　商鞅　儀秦　藺相如　平原君　范雎　范增　張子房　賈誼　董仲舒　李廣　田千秋　王章　揚雄　馬援　袁安　荀彧　孔明　張昭　王猛　謝安　韓子……七四六
題宋徽廟畫眉百合圖……七五七
題湘君圖……七五八
題洛神圖……七五八
二喬觀兵書圖……七五九
風雨早朝……七五九
雨中曉臥二首……七五九
久雨……七六〇
閏三月……七六〇
晚立西浦渡……七六〇
題孟浩然騎驢吟雪圖……七六〇
江上雨中……七六一
客館夜見亮師畫上有余呂二山人詩……七六一
海上逢王常宗雨夜同宿陳氏西軒……七六一
過北莊訪友……七六二
題畫……七六二
得故人書知未入京因寄……七六二
題王翰林所藏畫蘭……七六二
不見花……七六三
錦帆涇……七六三
楓橋……七六三
烏鵲橋……七六三
兩妓……七六四
短簿祠……七六四

聞王翰林使蕃……七六四

卷十八

七言絶句

寄雲間朱國史嘗同宿左掖約至江
上見訪二首……七六六
宣和所題畫……七六六
題張太常金華白石山房圖……七六七
次韻遜庵春日漫興……七六七
送徐山人浩師還郭二首……七六七
和遜庵尋舊偶不值效香奩體二首……七六八
東丘蘭若見枇杷……七六八
夜雨客中遣懷……七六八
題畫……七六九
紅梅……七六九
瓶梅……七六九
池亭對竹……七六九
題三香圖……七七〇
西山幻住期看梅花雨雪不果三首……七七〇
題桂花美人……七七〇
雪中喜劉戶曹君勝見過……七七一
春暮西園……七七一
雨中閒臥二首……七七一
晚陪張水部過西橋隔城望見諸山……七七一
送李丞之歸安……七七二
春日憶江上……七七二
金徽士潤玉留宿江館阻雨連夕二首……七七二
江館夜雨……七七二
田舍夜春……七七三
畫犬……七七三

登白蓮寺閣貽幼文……七七三
讀周記室荆南集……七七三
贈眞上人……七七三
寄沈侯乞貓……七七四
青城先生戴笠圖……七七四
夢歸二首……七七四
蜀山書舍圖……七七四
寒夜逢徐七……七七五
題虞文靖公墨蹟後……七七五
虎丘……七七五
逢故人子……七七五
題道上人畫梅……七七六
衍師以懷幼文詩見寄因次其韻……七七六
題遜庵墨菊……七七六
丁孝廉約中秋泛舟予過婁東竟留
飲孫卿池上……七七六
春日次北郭故人寄韻……七七七
讀半山絕句有感因效其作……七七七
立春試筆……七七七
秋日見薔薇……七七七
元夕聞城中放燈寄諸友……七七八
次杜二彥正韻……七七八
得袁卿書知赴湖廣……七七八
過保聖寺贈隆上人……七七八
讀徐七北郭集……七七九
題理髮美人圖……七七九
託流人寄書家兄……七七九
和婁秀才看梅……七七九
林間行藥……七八〇
寒食逢杜賢良飲……七八〇

晚過清溪……七八〇
黃荃子母兔……七八〇
吳別駕宅聞老妓陳氏歌……七八一
出郭舟行避雨樹下……七八一
過湖舟中望寺……七八一
江上晚歸……七八一
題瀑布泉……七八二
背面美人圖……七八二
客中春暮……七八二
深院……七八二
春睡圖……七八三
題芭蕉士女……七八三
題董卿圖……七八三
題趙魏公馬圖……七八三
題妓像……七八四
和王耕雲與愚菴倡和詩二首……七八四
夢余唐卿……七八五
離江館一月有感……七八五
過湖南舟中臥作……七八五
棘竹三禽圖……七八五
見花憶故園……七八五
贈杜進士兒端二首……七八六
城南漫興二首……七八六
題張雲門畫竹……七八七
題松雪翁臨祐陵草蟲……七八七
巨然小景……七八七
中秋無月無酒……七八七
茆翁畫雙竹……七八八
臥病夜聞鄰兒讀書……七八八
題紅拂妓……七八八

柳塘飛燕……七八九
滾塵馬圖……七八九
仙山樓觀圖……七八九
春陰……七八九
送僧震赴京省師……七九〇
題徐熙三蟲圖……七九〇
題荔枝練帶……七九〇
題陸機……七九一
題許瀾伯三蟲圖……七九一
閶門舟中逢白範……七九一
田家慶壽圖……七九一
春晚過茶磨西崦……七九二
十二月十七日夜偶成……七九二
聞諸友遊城北女冠院看杏花……七九二
雨夜偶讀王待制詩……七九二
池上納涼……七九三
客舍春暮……七九三
四皓圖……七九三
題湘君圖……七九三
倪元鎮墨竹……七九三
王架閣家畫馬……七九四
己酉初度……七九四
過北塘道中四首……七九四
夜雨江館寫懷二首……七九五
讀韋蘇州詩……七九五
送丁孝廉之錢塘就簡張著作方員
外……七九五
金徽士玫雨中見過留宿……七九六
東臯林下……七九六
遊幻住精舍……七九六

效香奩二首……七九六
江上逢舊妓李氏見過四首……七九七
九月八日對菊……七九八
舟行晚過張林……七九八
送葉山人……七九八
冬盡無雪連日大風苦寒……七九八
慰徐參軍喪子……七九九
醉後贈張架閣歸自京師……七九九
看梅漫成三首……七九九
夜至陽城田家……八〇〇
贈醫師徐亭甫……八〇〇
慰人悼亡……八〇〇
杏林圖爲沈日新先生題……八〇〇
閏三月有感二首……八〇一
癸卯九日……八〇一
題畫送人歸覲……八〇一
雲巖東院……八〇一
管夫人墨竹……八〇二
冬月寓治平寺答王仲廉……八〇二
吳王井……八〇二
消夏灣……八〇二
雞陂……八〇三
古酒城……八〇三
三高祠三首……八〇三
黃姑廟……八〇四
綽墩 以下五十一首補……八〇四
西施洞……八〇五
女墳湖……八〇六
倦繡圖……八〇六
陸羽石井……八〇六

試劍石……八〇七
生公講臺……八〇七
可中亭……八〇七
致爽閣……八〇七
小吳軒……八〇八
眞娘墓……八〇八
送王丞巡寨……八〇八
送林生往海上……八〇八
題張靜居畫……八〇九
醉歸夜坐有感……八〇九
寒食感懷三首……八〇九
城南柳……八一〇
送艾判官南歸葬親……八一〇
客舍送周履道往松陵……八一〇
送胡奎還海昌……八一〇
贈楊孟載兒阿稱……八一〇
客越夜得家書……八一一
惜春……八一一
王宅看海棠……八一一
清明有感……八一一
睡起……八一二
西園春暮……八一二
江上阻雨……八一二
開元寺綠陰堂嘗筍……八一二
西山暮歸……八一二
秋閨怨迴文……八一三
菊竹……八一三
夜泊毘陵道中遇雨二首……八一三
謫仙像……八一四
棃園圖……八一四

秉燭夜遊圖……八一四
送友謫戍二首……八一四
挽栗瀆翁……八一五
二喬……八一五
館娃閣……八一五
夜寫家書……八一五
遊石湖……八一六
涼夜……八一六
雨夜……八一六
杏林爲蕭沈二醫師題……八一六
次及愚庵懷王耕雲韻示徐良夫二首……八一七

高青丘集遺詩目錄

五言古詩
送葉卿海上尋姪……八一八
呈北郭諸友……八一八
酬張員外宿省中東齋之作……八一九
以倪隱君所畫林谷圖贈陳卿賦詩其上……八一九
送伯兄西行……八一九
送呂博士之北平山東采訪遺事……八一九
夢楊二禮曹……八二〇
七言古詩
送陳卿遊海上……八二〇

送張明府……八二二
貴遊行……八二二

長短句

送趙司令……八二三

五言律詩

郊墅雜賦二首……八二三
次楊孟載雨中池館……八二三
夜過江上……八二三
觀鷺……八二三
同傅著謝徽夜過句容尋袁丞不值
宿圓明十八院……八二三
周隱君歸東皐視田宿江上有詩見
示因次其韻……八二四
答周著作暫歸鴻山留別……八二四
賦得紈扇送周秀才……八二四
江上對雨……八二五
歸燕……八二五

五言排律

雨……八二五
送祀諸王功臣……八二六

七言律詩

端午……八二六
宿無錫城下……八二六
望家人不至效西崑體……八二七
送宋學士子仲珩自京還金華省親……八二七
次紫城韻寄西夢道人……八二七
答默堂在紹興見寄……八二八
次韻黃別駕見寄時已休官……八二八
寄山庭老人兼簡紫城山人……八二八
次則中上人賦寒盡韻……八二九

金華鄭叔車父仲舒仕燕十年不得聞元年南北既通叔車即往尋省至京師遇焉時仲舒方臥病叔車侍養久之仲舒命歸祀先塋將行賦詩送之……八二九
送梅使君之松陵……八二九
贈袁客省次居竹老人韻……八三〇
寄題篬篔軒……八三〇
瓊姬墓……八三〇
白蓮寺謁甫里祠……八三一

五言絶句

晚涼……八三一
摘枸杞……八三一
鉞……八三二
角黍……八三二
菖歜……八三二
秋望……八三二
七夕……八三二
荷花……八三三
贈雲林子……八三三
蛩聲……八三三
芙蓉……八三三
蛙聲……八三三
牧童……八三四
看松……八三四
蟹……八三四
讀書……八三四
薑……八三四
蒜……八三五
蘆菔……八三五

蒿苣……八三五
棲鳳亭……八三五

六言絶句

題畫……八三六
題宋秀才藏廬山圖……八三六

七言絶句

遊獵圖……八三六
送人之婁江……八三六
秋望……八三七
聞箏……八三七
夜宴……八三七
寄丁侃……八三七
聞鸎……八三七
紅葉……八三八
晚投田家……八三八
賀生日……八三八
聞鳩……八三八
嘲友人謫中有遇……八三八
瀟湘八景　煙寺晚鐘　漁村夕照　遠浦歸帆　平沙落雁　洞庭秋月　瀟湘夜雨　山市晴嵐　江天暮雪……八三九
送春……八四〇
月夜南樓……八四〇
飲張水部園亭……八四〇
約友出遊……八四一
憶梅……八四一
春遊……八四一
楊花……八四一
採桑……八四一
江村……八四二

夜聽張山人琴……八四二
登姑蘇臺……八四二
聽琵琶……八四二
遊靈巖……八四二
烹茶……八四三
青城先生戴笠圖……八四三
示內……八四三
村居……八四三
桃花……八四四
金鳳花……八四四
秋暮……八四四
紅蕉仕女……八四四

高青丘鳧藻集目錄

卷一

論二篇
威愛論……八四七
四臣論……八四九
記十五篇
遊天平山記……八五一
生白室記……八五二
蜀山書舍記……八五三
清言室記……八五四
煮石山房記……八五五
靜者居記……八五六

夢松軒記……八五七
安晩堂記……八五八
水雲居記……八五九
槎軒記……八六〇
遊靈巖記……八六二
素軒記……八六三
歸養堂記……八六四
春水軒記……八六五
白田耕舍記……八六六

卷二

序十八篇

史要類鈔序……八六八
元史曆志序……八六九
元史列女傳序……八七〇
送唐處敬序……八七一
送倪雅序……八七二
送錢塘施輝修太廟樂器序……八七三
送二賈君序……八七四
送呂山人入道序……八七五
贈何醫師序……八七六
荊南唱和集後序……八七七
送顧倅序……八七八
送孫先生序……八七九
野潛稿序……八八〇
贈胡生序……八八一
送徐先生歸嚴陵序……八八二
送樊參議赴江西參政序……八八三
獨菴集序……八八五
送丁志恭河南省親序……八八六

卷三

序十八篇

師子林十二詠序……八八八
贈錢文則序……八八九
送示上人序……八九〇
贈醫師何子才序……八九一
婁江吟稾序……八九二
送虛白上人序……八九三
送劉侯序……八九四
贈醫士徐仲芳序……八九六
送徐以文序……八九七
代送饒參政還省序……八九八
送江浙省掾某序……八九九
送蔡參軍序……九〇一
送黃省掾之錢塘序……九〇二
贈王醫師序……九〇三
贈醫師龔惟德序……九〇四
綠水園雜詠序……九〇五
缶鳴集序……九〇六
姑蘇雜詠序……九〇七

卷四

傳五篇

南宮生傳……九〇八
杏林叟傳……九〇九
胡應炎傳……九一〇
墨翁傳……九一二
梅節婦傳……九一三

贊八首

愛敬堂圖贊……九一四
東坡小像贊……九一五
丹厓小像贊……九一五
義鶻贊……九一五
樹屋傭贊……九一六
陳仲昭小像贊……九一七
嫣雌子贊……九一七
烏目山樵贊……九一七
箴一首
寅齋箴……九一八
銘八首
瞻松亭銘……九一八
靜學齋銘……九一九
端石雙硯銘……九一九
進齋銘……九二〇
碧泉銘……九二〇
存心齋銘……九二一
靜得齋銘……九二一
筆銘……九二二
賦二篇
鶴瓢賦……九二二
聞早蛩賦……九二三
題三篇
題天池圖小引……九二四
題朱達悟傳後……九二五
題高士敏辛丑集後……九二五
跋十篇
跋眉菴記後……九二五
跋王右軍墨蹟……九二六
跋松雪臨蘭亭……九二六

跋松雪書洛神賦……九二六
跋徐氏族譜後……九二七
跋呂忠肅與魏太常唱和詩後……九二七
跋張長史春草帖……九二八
跋蘭亭……九二八
跋張外史自書雜詩……九二八
跋溝南詩後……九二九
評史六篇
商鞅范雎……九二九
四公子……九三〇
樊噲……九三〇
羊祜……九三一
衛瓘……九三三
李泌……九三三

卷五

雜著十五篇
封建親王賀東宮牋……九三五
擬唐平蜀露布……九三五
擬劉封答孟達書……九三八
匡山樵歌引……九四〇
審游贈陸彥達……九四一
勸農文……九四二
設喻……九四三
志夢……九四四
書瞿孝子行錄後……九四六
書博雞者事……九四六
楊孟汲字說……九四八
澄江懶漁說……九四九

修忠佑祠疏……九四九
城南草堂疏……九五〇
薦亡將齋榜……九五〇
墓誌八篇
元故婺州路蘭溪州判官致仕胡君墓誌銘……九五一
陳夫人許氏墓誌銘……九五四
陳希文墓誌銘……九五四
葛仲正墓誌銘……九五五

高青丘扣舷集目錄

念奴嬌 自述……九六三
疎簾淡月 秋柳……九六三
石州慢 春思……九六四
明故高均彰墓誌銘……九五六
故韓仲逵墓誌銘……九五六
魏夫人宋氏墓誌銘……九五七
丁志恭墓誌銘……九五九
哀辭一篇
王仲廉哀辭……九六〇
書簡一首，從至正庚辛唱和詩補
與水西資聖寺雪廬新公……九六二
眉嫵 夫差女瓊姬墓……九六四
水龍吟 畫紅竹……九六四
天仙子 懷舊……九六五

一剪梅　閒居……九六五
玉漏遲……九六五
多麗　弔七姬……九六六
謁金門　渡江……九六六
倦尋芳　曉雞……九六六
太常引　丁校理邀觀妓失期不赴……九六七
賀新郎　喜徐卿遠訪……九六七
昭君怨　催梅……九六八
沁園春　寄内兄周思誼……九六八
木蘭花慢　過城東廢第……九六八
清平樂　夜坐……九六九
憶秦娥　感歎……九六九
酹江月　遣愁……九六九
沁園春　雁……九七〇
行香子　芙蓉……九七〇
滿江紅　客館對雪……九七〇
如夢令　寒夜……九七一
酹江月　送金吾右將軍赴鄧州守……九七一
卜算子　京師早起……九七一
前調　有懷……九七二
江城子　江上偶見……九七二
天仙子　秋夜客中……九七二
清平樂　春晚……九七三
摸魚兒　自適……九七三
水調歌頭　謝惠酒……九七三
鷓鴣天　秋懷……九七四

附錄

四庫全書提要……九七五
金檀序……九七七
陳璋序……九七八
胡翰序……九七九
王禕序……九八〇
王彝序……九八二
謝徽序……九八三
周立序……九八四
劉昌序……九八六
吳寬序……九八七
張泰序……九八八
例言……九八八
詩評……九九一
鳧藻集本傳……九九三
槎軒集本傳……九九五
高青丘年譜……九九八
書後……一〇一〇
哀誄……一〇一三
羣書雜記……一〇二〇
鳧藻集序一……一〇二三
鳧藻集序二……一〇二四
鳧藻集原序……一〇二五
書鳧藻集後……一〇二七
明史文苑傳高啓傳……一〇二七
錢謙益列朝詩集高啓小傳……一〇二八
汪端明三十家詩選高啓小傳……一〇二九

諸家評語……一〇三一
提要……一〇三五
版本書目……一〇三七

高靑丘集卷一

樂府

〔校記〕大全集作「古樂府」。永樂本缶鳴集同。

上之回

古今樂錄：「漢鼓吹鐃歌十八曲。四曰上之回。」樂府正聲：「漢短簫鐃歌曲。」漢書武帝紀，元封四年冬十月行幸雍，祠五時，通回中道，遂北出蕭關，歷獨鹿，鳴澤，自代而還，幸河東。師古注：「回中在安定，北通蕭關。」吳兢樂府解題：「漢武通回中道，後數出游幸焉。」沈建廣題：「漢曲皆美當時之事。」

聖主重行幸，蔡邕獨斷：「天子車駕所至，見令長三老官屬，親臨軒作樂，賜以食帛，民爵有級，或賜田租，故謂之幸。」六虯法乾旋。續漢書：「天子五輅，駕六馬。」揚雄甘泉賦：「四蒼螭兮六素虯。」北巡初避暑，王僧孺詩：「迴鑾避暑宮。」錢謙益列朝詩集：「元世每年孟夏駕幸灤京避暑，七月乃還，北巡初避暑，紀元事也。」東祠已祈年。禮記月令：「天子乃祈來年于天宗。」羣官從淸塵，司馬相如諫獵書：「犯屬車之淸塵。」粲若星麗天。前揚豹尾竿，揚雄傳注：「大駕八十一乘作三行，尙書、御史乘之，最後一乘懸豹尾，以前皆省中。」左靡魚須旃。司馬相如子虛賦：「靡魚須之橈旃。」注：「海魚鬚也。」瀚海通漢月，史記匈奴傳：「驃騎將軍與左賢王接戰，左賢王遁走，驃騎封於狼居胥山，禪姑衍，臨翰海而還。」注：「翰、瀚同。」庾信出自薊北門行：「關山連漢月。」蕭關絕胡煙。一統志：「蕭關在平涼府鎭原縣西北。」願奉千齡樂，魏徵冬至樂章：「穆穆我后，道應千齡。」皇躬長泰然。

君子有所思行

樂苑：「雜曲歌辭。」樂府古題要解：「陸機『命駕登北山』、鮑照『出登銅雀臺』、沈約『晨策終南首』，其旨言雕室麗色，不足爲久歡，燕安酖毒，滿盈所宜敬忌是也。」

騁望京輔地，漢書百官表：「漢初都長安，京兆尹、左馮翊、右扶風謂之三輔。」金城千里餘。史記秦紀論：「關中之固，金城千里。」峨峨松柏陵，靄靄桑柘墟；明堂表青陽，月令：「天子居青陽左个。」爾雅：「春爲青陽。」飛觀切紫虛。唐書諸公主傳：「長寧公主下嫁楊愼交，造第東都，崇臺飛觀相聯屬。」江總雙闕詩：「刻鳳棲青漢，圖龍入紫虛。」況有戚里第，史記萬石君傳：「萬石君名奮，高祖召其姊爲美人，以奮爲中涓，受書謁，徙其家長安中戚里。」高樓夾清渠。古詩：「西北有高樓。」曹植賦：「臨漳滏之清渠。」愛妾舞羅縠，侍兒小名錄：「越得苧蘿山女曰西施，飾以羅縠。」孌奴鳴珮琚。後漢梁冀傳：「冀愛監奴秦宮，官至太倉令。」周伯琦詩：「飛鈴颯珮琚。」東園賜祕器，漢書佞幸傳：「董賢爲上寵幸，上方珍寶，盡在董氏；及至東園祕器，珠襦玉柙，豫以賜賢，無不備具。」上林乘副車。一統志：「上林苑在西安府城內。」史記佞幸傳：「韓嫣嘗與上臥起，有詔從入獵上林中，天子車駕蹕道未行，先使嫣乘副車從數十騎騖馳視獸。」玄運有恆旋，盛時無久居！勿嗤城南巷，寂寞揚雄廬。漢書揚雄傳：「揚雄，字子雲，成都人也。其先處岷山之陽曰郫，有田一廛，有宅一區。」

李夫人歌

郭茂倩樂府詩集：「雜歌辭。」樂府遺聲：「佳麗曲。」前漢書外戚傳：「李夫人本以倡進。初，夫人兄延年性知音，善歌舞，武帝愛之。侍上起舞，歌曰：『北方有佳人，絕世而獨立。一顧傾人城，再顧傾人國。寧不知傾城與傾國，佳人難再得！』上歎息曰：『善！世豈有此人乎？』平陽主因言延年有女弟，上乃召見之，實妙麗善舞，由是得幸，生昌邑哀王。夫人早卒，上思念不已，方士齊人少翁，言能致其神，迺夜張燈燭，設帷帳，陳酒肉，而令上居他帳，遙望見好女如李夫人之貌，還幄坐而步，又不得就視。上益相思悲感，為作詩曰：『是邪非邪？立而望之，偏何姍姍其來遲！』令樂府諸音家絃歌之。上又自為賦，以傷悼夫人。」

延年罷歌少翁望，蘭芬淒淒銷複帳。鄴中記：「冬月用明光錦以白縑為裏，名複帳。帳之四角，安純金銀鑿鏤香爐，爇以百和香；帳頂安金蓮花，中懸金箔，織成錦囊。」臨歿最難忘，歔欷不相嚮。外戚傳：「初夫人病篤，上自臨候之。夫人蒙被謝曰：『妾不敢以燕媠見帝。』上曰：『弟一見我，將加賜千金，而予兄弟尊官。』夫人曰：『尊官在帝，不在一見。』上復言欲必見之，夫人遂轉鄉歔欷而不復言。」陳杯觴，列燈火，是耶非？幄中坐。新宮漏殘星欲墮。韓愈詩：「薦于新宮，視瞻梁梠。」說文：「漏以銅受水，刻節，晝夜百刻。」

古別離

樂府詩集：「雜曲歌辭。」楚辭曰：「悲莫悲兮生別離。」古詩曰：「行行重行行，與君生別離。」後蘇武使匈奴，李陵與之詩曰：「良時不可再，離別在須臾。」故後人擬之爲古別離。梁簡文帝又爲生別離，宋吳邁遠有長別離，唐李白有遠別離，亦皆類此。樂府遺聲：「別離曲有古別離。」

他人豈不別？所別諒有由。嗟君今何營？輕薄好遠遊。遙遙京洛車，一統志：「京洛，今河南府洛陽縣，禹貢豫州之域，成王營洛爲王城下都，平王東遷居王城。隋煬帝都此曰豫州，唐曰東都，宋曰西京，故稱京洛。」汎汎江漢舟。書「江漢」注：「江漢發源于梁，合流于荆，出于岷山者江也；至大別而會于漢，出于嶓冢者漢也。至大別而會于江。」君身非賈胡，所至自輒留。後漢書馬援傳：「伏波類西域賈胡，到一處輒留。」注：「言似賈胡所至之處輒停留也。」〔校記〕汪端明三十家詩選（以下簡稱三十家）作「輒逗留」。汪輯高季迪詩選同。徽音已冥邈，思懷尚綢繆。露滋紅蘭春，江淹別賦：「見紅蘭之受露。」霜變綠桂秋。白居易詩：「綠桂爲佳客，紅蕉當美人。」此時望歸來，含情上高樓。川塗本無限，君去焉得休！願令中斷阻，化彼山與丘。

燕歌行

樂府正聲：「相和歌辭平調曲。」古題解：「魏文帝『秋風蕭颯天氣涼』、『別日何易會日何難』等二篇，言時序遷換；而行役不歸，佳人怨曠，無所訴也。」文選注：「燕，地名，猶楚苑之類。」

清商變節朱火違，禮記：「孟秋之月其音商。」李白詩：「朱火始改木。」「七月流火」詩注：「火，大火，心星也。」嚴霜塗庭卉木腓。詩：「百卉具腓。」邊城蚤寒未授衣，詩：「九月授衣。」念君遐征不能歸。涼風時來動中闈，蠨蛸在戶熠燿飛。詩豳風：「蠨蛸在戶。」又：「熠燿宵行。」賤妾宵興歎無依，簪珥不施減容輝。東方朔傳注：「珥，珠玉飾耳者也。」欲寫憂思撫瑤徽，說文：「琴節曰徽。」君今不在聽者稀，啓明未出燈已微，爾雅：「明星謂之啓明。」注：「太白星也。晨見東方爲啓明，昏見西方爲太白。」愛而不見徒歔欷！

吳趨行

原注：「古樂府有吳趨行，吳人歌其土風也。」樂府遺聲：「歌舞曲。」樂府詩集：「雜曲歌辭。」姑蘇志：「吳趨坊在皐橋南。」

僕本吳鄉士，一統志：「禹貢揚州之域，天文斗分野，周太伯、仲雍始居之地，武王封仲雍曾孫周章于此，爲吳國。」請歌吳趨行。吳中實豪都，勝麗古所名。五湖洶巨澤，一統志：「太湖在府城西南五十里，禹貢謂之震澤，周官、爾雅謂之具區，史記、國語謂之五湖。圖經以貢湖、遊湖、胥湖、梅梁湖、金鼎湖爲五湖。」八門洞高城。姑蘇志：「周敬王六年，闔閭有國，伍員創築大城，爲門八。東曰婁，曰匠；西曰閶，曰胥；南曰盤，曰蛇；北曰齊，曰平。歷代皆仍其舊。梁龍德二年，始以甎甃，裹外有濠。宋初，門已塞二，惟閶、胥、盤、葑、婁、齊六門。」飛觀被山起，遊艦沸川横。土物既繁雄，民風亦和平。泰伯德讓在，祝穆方輿勝覽：「圖經序：泰伯遜天下，季札辭一國，德之所化者遠矣。更歷秦、晉，風俗清美。」言游文學成。長沙啓伯基，三國志孫破虜傳：「堅由議郎拜長沙太守，興義兵討董卓，袁術表堅行破虜將軍、領豫州刺史，後謚武烈。」姑蘇志：「孫王墓在盤門外。」異夢表休禎。吳書：「堅世仕吳，家于富春，葬于城東，冢上數有光怪雲氣，五色屬天，父老謂孫氏其興。及母懷妊堅，夢腸出繞吳閶門，寤而懼之，以告鄰母，鄰母曰：『安知非吉徵也。』堅生，容貌不凡，性闊達、好奇節。」舊閥凡幾家，史記功臣年表：「人臣功有五品，明其等曰閥，積日曰閱。」冊府元龜：「閥、閱二柱，相去一丈，柱端置瓦筒，號爲烏頭，有爵者其門立之。」奕代產才英。遭時各建事，徇義或騰聲。財賦甲南州，蘇州府志：「天下財賦多仰于東南，而蘇爲甲。」詞華並西京。帝王世紀：「漢高帝都長安，光武都洛陽，時人謂洛陽爲東京，長安爲西京。」三都賦序：「班固賦西都，張衡賦西京。」茲邦信多美，粗舉難備稱。願君聽此曲，此曲匪誇盈。

南山有烏

原注：「吳王女玉悅韓重，不得而死，重游學歸，往哭其墓，玉形見，贈重明珠。作歌曰：『南山有烏，北山張羅』云。」樂苑：「古歌辭作烏鵲歌。」

南山有烏北山羅，兩地一失驚風波，哀鳴獨宿心靡他，竟抱幽恨歸山阿。不及山上松，纏綿同女蘿。古詩：「與君爲新婚，兔絲附女蘿。」注：「女蘿，松蘿也。」毛詩草木疏：「今松蘿蔓松而生。」君歸來，聽妾歌，相思感君情意多。贈君明珠淚滂沱，死生茫茫終奈何！

玉波冷雙蓮

原注：「唐處士李巖、夜游震澤，逢女郎爲歌玉波冷雙蓮之曲。曰：『此哀吳宮二隊長之詞。』又歌其所製芷秀葯華之曲，蓋龍女云。二曲世皆不傳，予戲爲補之。」翁

澍具區志：「唐大曆初，處士李䉶，秋夕于震澤捨艫野步，望中見煙火，意爲漁家；漸近，即朱門粉雉，嘉木修竹，晝舟倚白蓮中。徘徊未敢前入，俄有青衣出曰：『君非李處士乎？願得少進。』䉶隨步而入，瑣窗洞戶中，有女郎，狹體環質，衣如雲霓，揖生曰：『延竚嘉德，積有年矣。今夕何夕？邂逅相逢。』命青衣捧方丈酌酒珊瑚鍾以勸，侍兒數輩執樂，女郎倚曲歌玉波冷雙蓮之曲曰：『此傷吳宮二隊長之辭。某非人也，生于龍宮，好楚辭，君能受我一曲，傳于世人乎？』乃以水晶簪扣盤而誦芷秀菂華之辭。俄聞鐘聲隔水。女郎曰：『此非清虛之士不得遊。』持素綃送生出門，閉扉悄然。生徐步清潯，朝日已上，廣陵胡人識其綃，曰：『龍頷小髯所緝也。』」史記孫武子列傳：「吳王闔閭以婦人試兵，武子以王之愛姬爲左右二隊長，申令之後，二隊長大笑，武子斬之。」

金風暮剪雙頭蘂，禮月令：「孟秋之月，盛德在金。」啼臉辭秋嫣血紫。宮女三千罷笑喧，漢武故事：「上起明光宮，發燕、趙美女三千人充之。」錦雲障冷鴛鴦死。滿江煙玉流古香，李賀詩：「南山老桂吹古香。」尋魂弔影愁茫茫。吳天墜露裛紅濕，一夜波涼小龍泣。

芷一作蘂秀菂華　原注：「事見前，芷即菂也，香草，出吳中者佳。」博雅：「芷葉謂之菂。」

春香上羅襦，史記滑稽列傳：「羅襦襟解，微聞薌澤。」暗引蘭橈渡。梁簡文帝采蓮曲：「桂檝蘭橈浮碧水。」

蝶散掩紅房，楚辭：「辛夷楣兮葯房。」王孫歸已暮。史記淮陰侯傳：「我哀王孫而進食。」注：「秦末多失國，言王孫公子，尊之也。」古詩：「芳草兮萋萋，王孫兮不歸。」斜條拂蛾眉，詩：「螓首蛾眉。」采擷同芳杜。吳均詩：「連洲茂芳杜。」說文：「杜，甘棠也。赤者爲杜，白者爲棠。」眽眽雨煙濃，〔校記〕「眽眽」，各本均作「脈脈」，按廣韻：「眽，相視也。」作脈誤，今改正。古詩：「眽眽不得語。」江臯斷腸路。屈原九歌：「朝騁騖兮江臯。」

吳鉤行

原注：「吳鴻、扈稽也。」吳越春秋：「闔廬既寶莫邪，復命作金鉤，令曰：『能爲善鉤者賞之百金。』作鉤者甚衆。有人貪王之重賞也，殺其二子，以血釁金，遂成二鉤以獻。向鉤呼子名曰：『吳鴻、扈稽，我在此。』聲絶于口，鉤俱飛著父之胸。王大驚，乃賞百金，遂服不離身。」

吳鉤若霜雪，吳人重遊俠。罇前含笑看，上有仇家血。

短歌行

樂府正聲：「相和歌辭平調曲。」題解：「魏武帝：『對酒當歌，人生幾何？』晉陸機：『置酒高堂，怨歌臨觴。』皆言當及時爲樂也。」

置酒高臺，樂極哀來。人生處世，能幾何哉？日西月東，百齡易終。可嗟仲尼，不見周公！鼓絲拊石，以永今日。歡以別虧，憂因會釋。燕鴻載鳴，月令：「仲春之月，玄鳥至，仲秋之月，鴻雁來。」蘭無故榮。子如不樂，白髮其盈。執子之手，以酌我酒。式詠短歌，爰祝長壽。

白馬篇

樂府遺聲：「車馬曲。」樂府詩集：「雜曲歌辭齊瑟行。」歌錄：「名都、美女、白馬，並齊瑟行也，皆以首句名篇。言人當立功立事，盡力爲國，不可念私也。」題解：「曹植『白馬飾金羈』、鮑照『白馬騂角弓』、沈約『白馬紫金鞍』，皆言邊帥戰征之狀。」

白馬銀鏤鞍，李白少年行：「銀鞍白馬度春風。」流光皎如練。韓詩外傳：「顏淵望吳門，見一匹練，孔子曰：『馬也。』」謝莊舞馬賦：「狀吳門之曳練。」龍沙積雪裏，後漢書班超傳贊：「坦步葱、雪，咫尺龍沙。」注：「葱嶺、雪山，白龍堆，沙漠也。」一去誰曾見？昨日羽林兒，漢書百官公卿表注：「『羽林』，宿衞之官，言其如羽之疾，如林之多也。武帝太初元年置，名『建章營騎』，後更名『羽林騎』。又取從軍死事之子孫，養羽林官，教以五兵，號『羽林孤兒』。」獨拜建章殿。三輔黃圖：「建章宮有函德等三十六殿。」天子親賜與，騎向交河戰。漢書西域傳：「車師前王居交河城，河水交流繞城，故曰交河。」疾驅不辭家，恐獲逗遛譴。萬里倏若飛，神速虜難變。前收日逐屯。漢書宣帝紀：「日逐王先賢撣，將人衆萬餘來降。」晉書匈奴傳：「呼延氏最賢，則有左日逐、右日逐，世爲輔相。」〔校記〕「賢」，一作「貴」。右斷康居援。漢書西域傳：「康居去長安萬二千里。」事定入關來，箙中有餘箭。周禮冬官考工注：「箙，盛箭器也。」

宛轉行　樂府詩集：「琴曲歌辭。」

宛轉復宛轉，宛轉日幾迴？君賜鹿盧斷，鹿盧，通作轆轤。廣韻：「圓轉，木也。」集韻：「井上汲水木，或作槐櫨。」我腸車輪摧。

長門怨　樂府正聲：「相和歌辭楚調曲。」題解：「漢武帝陳皇后所作也。后，長公主嫖女，字阿嬌，及衛子夫得幸，后退居長門宮；愁悶悲思，聞司馬相如工文章，奉黃金百觔，令爲解悲愁之辭。相如爲作長門賦，帝見而傷之，復得親幸者數年。後人悲之，爲作長門怨焉。」

憎寵一時心，漢書外戚傳：「陳皇后擅寵，驕貴十餘年而無子，聞衛子夫得幸，幾死者數焉。」塵生舊屋金。漢武故事：「帝爲膠東王，年數歲，長公主指問曰：『兒欲得婦否？』曰：『欲得。』指：『阿嬌好否？』笑曰：『若得阿嬌，當爲金屋貯之。』」苔滋銷履迹，花遠度鑾音。說文：「人君乘車，四馬鑣八鑾鈴，象鸞鳥聲和則敬也。」崔豹古今注：「鸞口銜鈴，故謂之鑾鈴。」暮雀重門迥，秋螢別殿陰。君明猶不察，妒極是情深。

班倢伃　樂府正聲：「相和歌辭楚調曲，一作倢伃怨。」題解：「漢成帝班婕妤所作也。婕妤，徐令彪之姑，況之女，美而能文，大爲帝所寵。帝後幸趙飛燕姊娣，冠于後宮，婕妤自知恩薄，懼得罪，求供養太后于長信宮，因爲賦及紈扇詩以自傷。後人傷之，爲婕妤怨，及擬其詩。』史記外戚世家：「婕妤，秩比列侯，常遷爲皇后。」

微誠雖可守，李商隱賀聖表：「犬馬之微誠空切，鴛鴻之舊列難階。」妙舞却難工。趙飛燕外傳：「飛燕體輕，能爲掌上舞。」已別增成舍，漢書外戚傳：「孝成班婕妤選入後宮，始爲少使，俄爲婕妤，居增成舍。」應劭注：「後宮有八區，增成第三也。」初來長信宮。漢官儀：「帝祖母稱長信宮，帝母稱長樂宮。」扇歸秋篋裏，班婕妤怨歌行：「新裂齊紈素，皎潔若霜雪。裁爲合歡扇，團團似明月。出入君懷袖，動搖微風發。常恐秋節至，涼飈奪炎熱。棄捐笥篋中，恩情中道絕。」燭滅夜帷中。江淹詩：「悵哉心神晚，燭滅此深堂。」莫忌爭新寵，曾辭玉輦同。外戚傳：「成帝遊于後庭，嘗欲與婕妤同輦載，婕妤辭曰：『觀古圖畫，聖賢之君，皆有名臣在側，三代末主，乃有嬖女，今欲同輦，得毋近似之乎！』上善其言而止。」

閶闔篇

樂府遺聲：「宮苑曲。」樂府詩集：「雜曲歌辭。張衡西京賦曰：『表嶢闕于閶闔。』閶闔，天門也，王者象之。紫微宮門名曰『閶闔』，立闕以爲表。閶闔篇蓋出於此。」

天門迎旭開紫霞，屈原九歌：「廣開兮天門。」八表洞達春無涯。晉書王敦傳：「八表承風。」閣道縈迴度鸞車，史記秦始皇本紀：「三十五年，作前殿阿房，上可以坐萬人，下可以建五丈旗，周馳爲閣道，自殿下直抵南山。」羽旗揚彩鐘鼓撾。後宮三千人，秀色掩盡世上花。張衡七辨：「淑性窈窕，秀色美豔。」宸遊時過廣成家，宋之問詩：「宸遊滿路輝。」增韻：「帝居北宸宮，故稱宸。」莊子：「黃帝聞廣成子在于空同之上，故往見之。」瑤觴再壽盛露華。曹唐游仙詩：「酒傾玄露醉瑤觴。」酒史：「酒有瑤花露、薔薇露、桃花雨、薌林秋露。」一仁興，萬福加。何須慕神仙，辛勤煉丹砂。本草：「丹砂，久服通神明，不老。」小臣微詞欲拜獻，帝德自大非爲誇。

塞下曲

樂府遺聲：「征戍曲。」樂府詩集：「新樂府雜題。」漢書：「秦始皇滅六國，命蒙恬擊胡，悉收河南地，因河爲塞，徙謫戍以充之，自九原至雲陽，因邊山險塹谿爲城，起臨洮至遼東萬餘里。」

日落五原塞，後漢書郡國志：「并州五原郡，秦置，武帝更名爲九原。」一統志：「山西大同府西北中受降城，秦漢九原縣地。」蕭條亭堠空。後漢書光武紀：「建武十二年，遣杜茂將衆郡弛刑屯北邊，築亭堠、修烽燧。」注：「亭堠，伺候望敵之所。秦法十里一亭，漢因之不改。」漢家討狂虜，籍役滿山東。說文：「役，戍邊也。」去年出飛狐，孝文帝紀：「以中大夫令勉爲車騎將軍出飛狐。」一統志：「山西大同府廣昌縣，古蜚狐道。」今年出雲中。漢書衞青傳：「公孫賀爲車騎將軍，出雲中。」一統志：「大同府北有雲中城。」得地不足耕，殺人以爲功。登高望衰草，感歎意何窮！

折楊柳歌辭二首

樂府正聲：「鼓角橫吹曲。用雙角者，胡樂也。」樂府詩集：「漢橫吹曲。」唐書樂志曰：「梁樂府有胡吹歌云：『上馬不捉鞭，反拗楊柳枝，下馬橫吹笛，愁殺行客兒。』此歌辭元出北國，即鼓角橫吹曲折楊柳是也。」宋書五行志曰：「晉太康末，京洛爲折楊柳之歌，其曲有兵革苦辛之辭。按古樂府又有小折楊柳。相和大曲有折楊柳行。淸商四曲有月節折楊柳歌十三曲，與此不同。」題解：「傷別離也。」三輔黃圖：「霸橋在長安東，漢人送客至此橋，折楊柳贈別。」

高枝拂翠幰，韋莊少年行：「醉下酒家樓，美人雙翠幰。」說文：「幰，車幔也。」低枝垂綺筵。春風千萬樹，此樹妾門前。

其二

江頭橫吹悲，古今樂錄：「橫吹胡樂，張騫入西域傳之。」王維詩：「橫吹雜繁笳。」北客休南去。聞道武昌門，愁人無別樹。晉書陶侃傳：「侃嘗課諸營種柳，都尉夏施，盜官柳植之于己門；侃後見，駐車問曰：『此是武昌西門前柳，何因盜來？』施惶怖謝罪。」

空侯引

樂府正聲：「相和歌辭瑟調曲，又入琴操，一名公無渡河。」張永技錄：「相和有四引，一曰箜篌引。」題解：「舊說：朝鮮津卒霍里子高妻麗玉所作也。子高晨起刺船，有一白首狂夫，披髮提壺，亂流而渡，其妻隨呼止之不及，遂溺死。于是其妻援箜篌而鼓之，作歌曰：『公無渡河，公竟渡河，渡河而死，當奈公何？』聲甚悽愴，曲終，亦投河而死。子高還，以其聲語麗玉，麗玉傷之，乃引箜篌寫其聲，聞者莫不墮淚飲泣，名曰箜篌引。」

濁流赴海東若傾，津卒刺船朝不行。漢書陳平傳：「平亡渡河，船人見其美丈夫，獨行，疑其亡將，要下當有金玉寶器，目之，欲殺平。平心恐，乃解衣裸而佐刺船，船人知其無有，乃止。」注：「刺，撐也。」公乎提壺徑欲渡，大聲呼公公不顧。飢鯨饞蛟肆啖吞，古今注：「鯨，海魚也。大者長千里，小者數千丈。」竟以深淵作高墳。貪生畏死誰不有？公獨不然果狂叟。二十五絃彈且歌，史記封禪書：「泰帝使素女鼓五十絃瑟，悲，帝禁不止，故破其瑟爲二十五絃。」公今渡河將奈何！公今渡河將奈何！

將進酒

樂府正聲：「漢短簫鐃歌曲。」題解：「古詞：『將進酒，乘大白。』大略以飲酒放歌爲言。」

君不見，陳孟公，一生愛酒稱豪雄。漢書陳遵傳：「遵，字孟公，哀帝時爲校尉，擊槐里大賊有功，封嘉威侯。嗜酒，每大飲，賓客滿堂，輒關門取客車轄投井中，雖有急，終不得去。」君不見，揚子雲，三世執戟徒工文。漢書揚雄傳贊：「待詔歲餘，奏羽獵賦，除爲郎，給事黃門，與王莽、劉歆並。哀帝之初，又與董賢同官。當成、哀、平間，莽、賢皆爲三公，權傾人主，而雄三世不徙官。」東方朔客難：「官不過侍郎，位不過執戟。」史記淮陰侯列傳注：「郎中，宿衞執戟之人也。」得失如今兩何有？勸君相逢且相壽。試看六印盡垂腰，史記蘇秦列傳：「使我有負郭田二頃，豈能佩六國相印乎！」杜牧謝周相公啓：「楊僕三組垂腰，蘇秦六印在手。」何似一巵長在手。新序：「趙廝養卒往見燕王曰：『賤人希見長者，願請一巵酒。』已飲，復曰：『賤人希見長者，願復請一巵酒。』」莫惜黃金醉青春，韓愈詩：「且可勤買拋青春。」注：「蘇東坡云：『唐人名酒多以春，拋青春，必酒名也。』」幾人不飲身亦貧！酒中有趣世不識，晉書孟嘉傳：「嘉爲桓溫參軍，酣飲，溫問：『酒有何好，而卿嗜之？』答曰：『公未得酒中趣耳！』」但好富貴忘其眞。便須吐車茵，莫畏丞相嗔。漢書丙吉傳：「馭吏嗜酒，嘗從吉出，醉嘔丞相車上，西曹主吏白欲出之。吉曰：『以醉飽之失去士，使此人將復何容？西曹第忍之，此不過汚丞相車茵耳。』」杜甫麗人行：「愼莫近前丞相嗔。」桃花滿谿口，笑殺醒遊人。李白山水歌：「武陵桃花笑殺人。」絲繩玉缸釀初熟，辛延年詩：「就我求淸酒，絲繩提玉壺。」岑參詩：「花撲玉缸春酒香。」搖蕩春光若波綠。前無御史可盡歡，史記滑稽列傳：「賜酒大王之前，執法在傍，御史在後，髡恐懼俯伏而飲，不過一斗徑醉矣。」倒著錦袍舞鸜鵒。晉書謝尙傳：「王導以尙有勝會，謂曰：『聞君能作鸜鵒舞，一坐傾想。』尙便著衣幘而舞，旁若無人。」王昌齡詩：「平陽歌舞新承寵，簾外春寒賜錦袍。」愛妾已去曲池平，晉書石崇傳：「崇有妓綠珠，美而豔，善吹笛，孫秀使人求之，崇勃然曰：『綠珠吾所愛，不可得也。』秀怒，矯詔收崇，崇正宴于樓上，介士到門，崇謂綠珠曰：『我今爲爾得罪。』綠珠泣曰：『當效死于君前。』因自投樓下而死。」新論：「雍門周謂孟嘗君曰：『千秋萬歲之後，高臺已傾，曲池已平。』」此時欲飲焉能傾？地下應無酒壚處，晉書王戎傳：「嘗經黄公酒壚下過，顧謂後車客曰：『吾昔與嵇叔夜、阮嗣宗酣暢于此，今日視之雖近，邈若河山。』」何苦寂寞孤平生！一杯一曲，我歌君續。明月自來，不須秉燭。古詩：「晝短苦夜長，何不秉燭遊？」五岳既遠，東方朔文：「踐赤縣而遨五岳。」三山亦空。拾遺記：「三壺則海中三山也。一曰方壺，則方丈也。二曰蓬壺，則蓬萊也。三曰瀛壺，則瀛洲也。形如壺器。」欲求神仙，在杯酒中。

雨雪二首

樂府正聲：「漢鼓角横吹曲。」題解：「胡曲也。」樂府詩集：「采薇詩曰：『昔我往矣，楊柳依依；今我來思，雨雪霏霏。』雨雪曲蓋本諸此。」

雨雪暗桑乾，寰宇記：「桑乾水，即今之蘆溝也。以源出馬邑縣之桑乾山，故名。」深愁沒馬鞍。杜甫詩：「馬寒防失道，雪沒錦鞍韉。」臨關將月認，黄滔春雪詩：「連天寧認月。」覆磧作沙看。韻會：「吳、楚謂之瀨，中國謂之磧，又沙漠亦曰磧。」不阻胡兒獵，韓愈雪詩：「風毛縱獵朝。」聊供漢使餐。漢書蘇武傳：「單于幽武置大窖中，絶不飲食，天雨雪，武臥嚙雪，與旃毛并咽之。」春風消不得，三月戍袍寒。

其二

雨雪暗龍沙，見前白馬篇。愁陰入漢家。恨迷青冢草，歸州圖經：「胡中多白草，王昭君冢上獨青，故曰青冢。」驚見黑山花。九域志：「黑山在榆林衞，水甘草茂，虜騎內侵，必至此。」一統志：「在肅州衞城北，沙漠中望之，惟見黑山。」夜積氈廬重，漢書蘇武傳注：「穹廬氈帳。」朝隨羽旆斜。空思鳷鵲觀，三輔黃圖：「甘泉苑，武帝置，苑中起宮殿臺閣百餘所，有鳷鵲觀。」柳色變年華。

羅敷行

樂府正聲：「相和歌曲。一名陌上桑，一名豔歌羅敷行，一名日出東南隅。」崔豹古今注：「陌上桑者，出秦氏女也。秦氏，邯鄲人，有女名羅敷，嫁邑人千乘王仁爲妻；王仁後爲趙王家令，羅敷出採桑陌上，趙王登臺望而悅之，因飲酒欲奪焉。羅敷乃彈箏作『陌上』之歌以自明。」

陌上三月時，柔桑多綠枝。詩：「爰求柔桑。」李白詩：「吳地桑葉綠，吳蠶已三眠。」攜筐行采葉，日暮畏蠶飢。姚翻採桑詩：「桑間視欲暮，閨裏遽飢蠶。」使君一作君來。駐車馬，陌上桑古詞：「使君從南來，五馬立踟躕，使君遣吏往，問是誰家姝。」又：「使君謝羅敷：『寧可共載否？』羅敷前致詞：『使君一何愚？使君自有婦，羅敷自有夫。』」相逢在桑下。漫說同心言，易：「同心之言，其臭如蘭。」不是知音者。君貴多輝光，妾賤無紅妝。江總木槿賦：「紅妝蕩子家。」自信田間婦，難從天上郎。李白詩：「美人挾坐飛瓊觴，貧人喚云天上郎。」長安畫樓宇，無限如花女。黃滔詩：「苧蘿山下如花女，占得姑蘇臺上春。」使君當早歸，莫共羅敷語。

當壚曲

樂府遺聲：「觴酌曲。」樂府詩集：「雜曲歌辭。」漢書：「司馬相如與卓文君俱之臨邛，

盡賣車騎，買酒舍；乃令文君當壚，相如身自著犢鼻褌，與庸保雜作滌器于市中，當壚曲，
蓋取諸此。」

光豔動春朝，粧成暎洛橋。崔顥相逢行：「妾年初二八，家住洛橋頭。」錢多自解數，漢書五行志：「童謠云：河間姹女工數錢。」箏澀未能調。急就篇注：「箏，瑟類，本十二絃，今則十三。」集韻：「秦俗薄惡，有父子爭瑟，各入其半，當時名爲箏。」韋應物詩：「秦女學箏指猶澀。」花如秦苑好，一統志：「西安府城內上林苑，本秦苑。」酒比蜀都饒。一統志：「成都郫縣人，刳大竹，傾春釀于筒，號『郫筒』。相傳晉山濤治郫時，用筠管釀酴醾作酒，兼旬方開，香聞百步，故蜀人傳其法。」深謝諸年少，來沽不待要。

遊俠篇

樂府詩集：「雜曲歌辭。」漢書遊俠傳：「戰國公子：魏有信陵，趙有平原，齊有孟嘗，楚有春申，競爲遊俠。漢興，魯人朱家及劇孟、郭解之徒，皆以俠聞。萬章在城西柳市，號曰『城西萬章酒市』。有趙君都、賈子光，皆長安名豪，報仇怨、養刺客者也。」魏志：「楊阿若，名豐，字伯陽，少遊俠，常以報仇解怨爲事，故時人爲之號曰『東市相斫楊阿若，西市相斫楊阿若。』後世遂有遊俠曲。」

遊俠向何處？蕩蕩長安城。城中暮塵起，殺人無主名。漢書游俠原涉傳：「涉刺客如雲，殺人皆不知主名，可爲寒心。」所殺豈私讎？激烈爲不平。新削安陵刀，按：說苑安陵作鄢陵。光奪衆目明。

不畏赤棒吏，北齊書瑯琊王傳：「魏氏舊制，中丞出清道，王公皆遙住車，去牛頓軛于地，以待中丞過，其或遲違，則赤棒棒之。」里閭自橫行。灌夫託爲友，史記魏其武安侯列傳：「灌夫爲人剛直使酒，好任俠，已然諾，諸所與交通，無非豪傑大猾。」袁盎事以兄。袁盎傳：「袁盎病免家居，與閭里浮沉相隨行，鬭雞走狗，洛陽劇孟，嘗過袁盎，盎善待之。」負氣不負勢，傾身復傾情。笑顧少年輩，瑣瑣眞可輕。

關山月

樂府正聲：「漢鼓角橫吹曲。」題解：「傷別離也。古木蘭詩曰：『萬里赴戎機，關山度若飛。朔氣傳金柝，寒光照鐵衣。』按相和曲有度關山亦類此。」

月出遼海東，集韻：「海在遼陽縣。」朔雲捲胡風。纔升榆塞遠，一統志：「永平府撫寧縣榆關，隋時漢王諒將兵伐高麗，兵臨榆關，即此。」復照柳城空。一統志：「柳城廢縣在永平府城西，隋置縣屬遼西，唐于此置營州。」影滿雕弧外，張說詩：「雕弧月半上，畫的暈重圍。」光沉金柝中。博物志：「番兵謂刁斗曰金柝。」唐書段秀實傳：「戒候卒金柝衞之。」思家舉頭望，今夜一軍同。

鞠歌行

樂府正聲：「相和歌辭平調曲。」題解：「古詞三七言，言雖珍奇寶器，不遇知己，終不見重，願逢知己以託意焉。」

玉蘊彩，劍閟鋒，牛鐸之音混黃鐘。晉書荀勗傳：「勗掌樂事，修律呂，嘗于路聞趙賈人牛鐸，識其聲，及樂韻未調。乃曰：『得趙之牛鐸則諧矣。』遂下郡國悉送牛鐸，果得諧音。」俾神奇，作妄庸，揚微察陋世罕逢。物有合，勢必從，如魚得水雲與龍。蜀志諸葛亮傳：「與亮情好日密，關羽、張飛等不悅。先主曰：『孤之有孔明，猶魚之有水也。』」易：「雲從龍。」夷吾囚，伊尹農，二主舉之享萬鍾。嗟古人，孰繼蹤？女子猶爲悅己容。

古詞

妾刀不斷機，鷄跖集：「樂羊子遊學，未三月而歸，其妻引刀趨機曰：『君子尋師，中道而歸，何異斷斯機乎？』羊子乃發憤卒業。」郎行當早歸！還將機中錦，作郎身上衣。

王明君

樂府正聲：「相和歌辭吟歎曲，又清商曲。」題解：「王嬙，字昭君。漢元帝後宮既多，不得常見，乃使畫工圖其形，按圖召幸；宮人皆賂畫工，昭君自恃其貌，獨不與，乃惡圖之。後匈奴入朝，選美人配之，昭君之圖當行。及入辭，光彩射人，悚動左右，天子方重失信外國，悔恨不及。竊按其事，畫工有杜陵毛延壽、安陵陳敞、新豐劉白、洛陽龔寬、下杜陽望、長安樊育，皆同日棄市。漢人憐昭君遠嫁，爲作歌詩。始武帝以江都王建女細君爲公主，嫁烏孫王昆莫。令琵琶馬上作樂，以慰其道路之思。其送明君亦然。晉文王諱昭，故改爲明君。

石崇有妓曰綠珠，善歌舞，以此曲教之，而自製王明君歌。其文悲雅，『我本漢家子』是也。」琴操：「昭君，齊國王穰女，端正閑麗，未嘗窺看門戶；穰以其有異，人求之不與，年十七，獻之元帝。」

都門塵拂春風面，杜甫明妃詩：「畫圖省識春風面。」臨別看花淚如霰。江淹雜體詩：「握手淚如霰。」君王惆悵惜蛾眉，不似前時畫中見。白髮呼韓感漢恩，寧胡謾號閼支尊。漢書：「竟寧元年，呼韓邪復入朝，自言願壻漢氏以自親，元帝以後宮良家子王嬙賜單于；單于驩喜，上書願保塞而歸。王昭君號寧胡閼氏。」集韻：「閼，音烟。氏，一作支，單于適妻也。」習鑿齒與燕王書：「山下有紅藍，北人採其花染緋黃，捋取其上英鮮者作臙脂，婦人採捋用爲顏色，因名妻閼氏。」氈裘肉食本異俗，不如但嫁巫山村。一統志：「昭君荆州府秭歸人。單于死，子世達立，欲作胡禮。嬙乃吞藥而卒。今歸州有明妃廟、昭君村。」陳旅明妃出塞圖詩：「昭君北嫁呼韓國，巫山更有昭君村。」黃沙白雪無城闕，手冷鵾絃夜彈歇。樂府雜記：「賀懷智以鵾鷄筋作琵琶絃，用鐵撥彈。」相隨萬里到穹廬，只有長門舊時月。見前長門怨。妾語還憑歸使傳，妾身沒虜不須憐。願君莫殺毛延壽，留畫商巖夢裏賢。

烏夜啼

樂錄：「清商西曲歌也，周房中樂之遺聲。江左所謂梁、宋新聲也。其辭始于宋臨川王義慶所作。宋元嘉中，徙彭城王義康于豫章郡，義慶時爲江州，相見而哭，文帝聞而怪之，召還宅；義慶大懼，妓妾聞烏夜啼，叩齋閤云：『明日當有赦。』及旦，改南兗州刺史，因此作歌，故其詞云：『蘢葱窗不開，烏夜啼，夜夜望郎來。』蓋詠其妾也。」樂府題解：「亦入琴操。」

啼烏驚多栖未久，半起疎桐上高柳。燈下佳人顰淺眉，機中少婦停織手。月入空閨夜欲深，數聲猶似聽君琴。

行路難三首

樂府遺聲：「道路曲。」樂府詩序：「雜曲歌辭。」題解：「備言世路艱難及離別悲傷之意，多以君不見爲首。」

君不見，盤中鯉，暫失風濤登俎几。君不見，枝上蜩，纔出糞壤凌雲霄。玉篇：「蜩，蟬也。」歐陽修蟬賦：「出自糞壤，凌風高飛。」推移變化詎可測？勿謂明日同今朝。出乘高車入大馬，半是當年徒步者。漢書公孫弘傳：「起徒步，數年至宰相，封侯。」范叔曾逃客溺餘，史記范雎列傳：「雎，魏人，字叔。從魏中大夫須賈至齊，齊襄王聞雎辨口，賜雎金及牛酒，賈疑以魏國陰事告齊，歸告魏相魏齊，齊大怒，使舍人笞擊雎，雎佯死，卽卷以簀，置廁中，賓客飲者醉，更溺雎。雎從簀中謂守者：『出我，必厚謝。』守者出棄簀中死人。雎後入秦爲相。」衛青亦在人笞下。史記衛將軍驃騎列傳：「青，平陽人，其父鄭季爲吏，給事平陽侯家，與侯妾衛媼通，生青。青同母兄衛長子，而姊衛子夫自平陽公主家得幸天子，故冒姓衛氏。少歸其父，使牧羊，先母之子皆奴畜之，不以爲兄弟數。青嘗從入至甘泉居室，有一鉗徒相青曰：『貴人也，官至封侯。』青笑曰：『人奴之生，得毋笞罵卽足矣。安得封侯乎？』及元朔元年春，衞夫人有男，立爲皇后。青擊匈奴有功，封長平侯，拜車騎大將軍。」〔校記〕朱彝尊明詩綜（以下簡稱詩綜）無「范叔……」、「衞青……」兩句。悠悠行路莫相欺，爲雌爲雄未可知。

其二

危莫若編虎須，莊子：「捋虎頭，編虎須，幾不免虎口哉！」險莫若觸鯨牙。李白公無渡河：「長鯨白齒若雪山。」行路之難復過此，前有瞿塘後褒斜。班固西都賦：「右界褒斜、隴首之險。」一統志：「瞿塘在夔州府城東，舊名西陵峽。兩岸對峙，中貫一江，灧澦堆當其口，乃三峽之門瞿塘峽口。諺云：『灧澦大如象，瞿塘不可上。灧澦大如馬，瞿塘不可下。』」又：「褒谷屬漢中府褒城縣，出連雲棧，直抵鳳縣斜谷。」杯酒朝讙，矛刃夕加。恩讎反覆間，楚漢生一家。鉤弋死雲陽，漢書外戚傳：「孝武鉤弋趙婕妤，昭帝母也。居鉤弋宮，大有寵；元始三年生昭帝，號鉤弋子。後衞太子敗，鉤弋子年五六歲，壯大多智，上嘗言類我，欲立焉；以其年稚母少，恐女主顓恣，猶與久之。鉤弋婕妤從事甘泉，有過見譴，以憂死，因葬雲陽。」注：「在甘泉宮南，土俗呼爲女陵。」鴟夷棄江沙。吳越春秋：「子胥伏劍而死，吳王盛以鴟夷之器投之江中。」注：「鴟夷，革囊也。」所以賢達人，高飛不下避網罟。行路難，堪歎嗟！

其三

雕牀玉案刺繡茵，宜城酒多光照春。張華輕薄篇：「蒼梧竹葉，宜城九醞。」漢書地理志：「南郡縣宜城，故鄀。」坐留北方之上客，歌侑南國之佳人。盛時徂流若川水，榮貴長存竟誰是？魏帝高臺碧瓦空，魏志：「建安十五年冬，太祖乃于鄴作銅雀臺。」水經注：「後樓臺俱毁，土人掘地得瓦，色頗青，內平瑩。」梁王故苑黃塵起。史記梁孝王世家：「築東苑方三百餘里。」一統志：「歸德府城東梁園，一名梁苑，或曰即兔園，梁孝王築。」世人傾奪首未迴，可憐不飲冢纍纍。

劉生

樂府正聲：「漢鼓角横吹曲。」題解：「劉生不知何代人，觀齊、梁以來所爲劉生之詞，皆稱其任俠豪放，周遊三秦之地，或云抱劍耑征，爲符節官。所未詳也。」

結客諸陵下，漢書游俠原涉傳：「郡國諸豪及長安五陵諸爲節氣者，皆歸慕之。涉遂傾身與相待。」後漢書光武帝紀注：「高祖長陵、惠帝安陵、文帝霸陵、景帝陽陵、武帝茂陵、昭帝平陵、宣帝杜陵、元帝渭陵、成帝延陵、哀帝義陵、平帝康陵。」平生好排難。鵁鶄白楊刀，本草：「鵁鶄，水鳥也，大如鳩，其膏塗刀不鏽。」鵲鷩黃柘彈。西京雜記：「長安五陵人，以柘木爲彈，眞珠爲丸，以彈鳥雀。」投瓊遠邸夜，漢文帝紀注：「郡國朝宿之舍，在京師者，率名邸。邸，至也，言所歸至也。今人因謂逆旅皆曰邸舍。」擊筑高樓旦。風俗通：「狀如瑟而大，頭安絃，以竹擊之。」廣韻：「筑似箏而十三絃。」念無可報恩，空椎車壁歎。南史王融傳：「融行遇朱雀桁開，路人塡塞，乃搥車壁曰：『車中乃可無七尺，車前豈可乏八騶。』」

怨歌行

樂府正聲：「相和歌辭楚調曲。」題解：「傳休奕『昭昭朝時日』，自傷『十五入君門，一別終華髮』，不及偕老，猶望死而同穴之意。」班婕妤紈扇詩，亦云怨歌行。

妾始充下陳，史記李斯列傳：「所以飾後宮、充下陳。」注：「下陳，猶後列也。」嬌容常自持。上宮三千妓，一一妒蛾眉。絃急有斷聲，鏡暗無姸姿。遂令開時花，遽作落後枝。昨夕歌吹歡，今夕蛩語悲。古今注：「蟋蟀，一名吟蛩，秋初生，得寒則鳴。」從來班婕妤，不勝趙昭儀。漢書外戚班婕妤傳：「其後，趙飛燕姊弟自微賤興，踰禮越制，寖盛於前，班婕妤及許皇后皆失寵。」又孝成趙皇后傳：「皇后既立，寵少衰，而弟絕幸，爲昭儀，居昭陽宮。」

雉子斑

樂府正聲：「漢短簫鐃歌曲。」題解：「古詞中有云：『雉子高飛止，黄鵠高飛已千里，雄來飛，從雌視。』若梁簡文帝『妒場時向隴』，但咏雉而已。」

雉子斑，爾雅釋鳥：「雉，伊洛而南，素質，五彩皆備成章；曰翬。江淮而南，青質，五彩皆備成章，曰鷂。」雊朝陽，書：高宗肜日：「越有雊雉。」說文：「雊，雉鳴也。」低飛蓬蒿隱文章。十步一啄，莊子養生主：「澤雉十步一啄，百步一飲。」于彼山梁。爭雄決鬬憤氣張。爾雅：「雉絕有力，最健鬬。」好勇守介性之良。周禮大宗伯：「士執雉」注：「取其守介而死。」安能受馴畜？後漢書魯恭傳：「翟雉馴于桑下。」斂翼自摧傷。潘岳賦：「雞登棲而斂翼。」

蒿里歌 樂府正聲:「相和歌曲。亦作行,又名薤露歌,又名泰山吟。」題解:「喪歌也,舊曲本出于田橫門人歌以送橫,一章言人命奄忽如薤上露易晞;二章言精魄歸于蒿里。至漢武帝時,李延年分爲二曲。薤露,送王公貴人,蒿里,送士大夫庶人,使挽柩者歌之,世呼爲挽歌。」

素驂駕廣柳,陸雲詩:「龍幰被廣柳。」漢書季布傳注:「廣柳,輿棺之車,喪車也。」蕭蕭出城闉。玄廬儼象設,曹植誄:「痛玄廬之虛廓。」玉篇:「玄廬,喪車屋舍也。」猶恐死有神。古原閉愁寃,荒草不得春。一作泉下客,長違室中親。昔興每待旦,今臥焉知晨?斂衣已成灰,禮喪大記:「衣尸曰斂。」又:「斂以時服。」含貝仍作塵。禮雜記:「天子飯九貝,諸侯七,大夫五,士三。」注:「飯,含也。貝,水物,古者以爲貨。」家門諒不遠,欲歸竟何因?陸機挽歌詩:「人往有反歲,我行無歸年。」平生所愛物,娛玩由他人。哀哉此里中,同逝壯老均!聖賢亦豈免?聞道庶可珍。

薊門行 樂府遺聲:「都邑曲。」樂府詩集:「雜曲歌辭。」題解:「上有出自二字,與從軍行同,而兼言燕、薊風物及突騎悍勇之狀。」一統志:「薊丘在順天府舊燕城西北隅,即古薊門也。」

行行光祿塞,漢書武帝紀:「太初三年夏,遣光祿勳徐自爲築五原塞外列城,西北至盧朐,因名。」望望單于臺。武帝紀:「帝行自雲陽,出長城北,登單于臺,告單于曰:『單于能戰,天子自將待邊;不能,亟來臣服。』」天寒水草盡，萬里孤軍來。中國多荒土，窮邊何用開？杜甫前出塞：「君已富土境，開邊一何多！」

巫山高

樂府正聲：「漢短簫鐃歌曲。」題解：「大約言江淮水深，無梁以渡，臨水望遠，思歸而已。若齊王融『想像巫山高』、范雲『巫山高不極』雜以陽臺神女之說，無復遠道思歸之意。」宋玉高唐賦序：「昔者先王嘗遊高唐，怠而晝寢，夢見一婦人曰：『妾巫山之女也，爲高唐之客，聞君遊高唐，願薦枕席，王因幸之。』」一統志：「巫山縣有陽臺，南枕大江，宋玉賦陽臺之下，即此。」

巴江西上巫峽深，一統志：「巴江在荆州巴縣，源發蜀之岷山。」又：「巫山在夔州巫山縣，大江之濱，形如巫字；首尾一百六十里，有十二峰。巫峽與瞿塘峽、歸峽，世稱三峽；連亙七百里，重巒叠嶂，隱蔽天日，非亭午夜分，不見日月。」奇峯十二江之陰。陽雲高臺不可尋，但見丹楓碧樹攢幽林。昔聞瑤姬在其下，襄陽耆舊傳：「赤帝女曰瑤姬，未行而卒，葬于巫山之陽，故曰巫山之女。楚懷王遊高唐，夢與神遇，即此。」月爲環玦風爲襟。空山久獨居，偶感襄王心。楚宮閟〔校記〕大全集作閉，非。秋夢，仿彿來同衾。神仙會遇當有道，豈效世俗成荒淫？千秋遺賦應多恨，暮雨蕭蕭猿自吟。

上留田

樂府正聲：「相和歌辭瑟調曲。」題解：「下有行字。舊說，上留田，地名。此地人有不字其孤弟者，鄰人爲弟作怨歌以諷其兄，因以地名爲曲，蓋漢代人。」按：古辭止五言四句，徐獻忠樂原云：「每句著上留田三字，自魏文帝始，類董逃行每句著董逃二字。」

有弟兄不見憐，上留田。行泣念彼先人，上留田。弟寒衣不蔽身，上留田。兄富出乘華軒，上留田。死而棺槨不全，上留田。他人爲葬古原，上留田。我行見此孤墳，上留田。白楊一何翻翻？上留田。人生孰無弟昆？上留田。爾獨大義不敦！上留田。鄰人之歌悲不可聞，上留田。

董逃行

樂府詩集：「相和歌辭清調曲。」題解：「舊說，後漢遊童所作。終有董卓作亂，卒以逃亡，後人習之，以爲歌章，樂府奏之，以爲炯戒。」

史侯稱臣董侯立，通鑑紀事：「初，靈帝數失皇子，何皇后生子辨，養于道人史子眇家，號曰史侯。王美人生子協，董太后自養之，號曰董侯。帝崩，辨即位，年十四，封弟協渤海王，年九歲，七月，徙爲陳留王。九月，董卓廢帝爲弘農王，陳留王協即位，即孝獻帝也。」山東義師烽火急。獻帝紀：「初平元年春正月，卓弒弘農王。山東州郡起兵討董卓，推袁紹爲盟主；紹屯河內、曹操屯酸棗、袁術屯魯陽，衆各數萬，豪傑歸心。」史記周本紀：「幽王爲烽燧大鼓，有寇至則舉烽火，諸侯悉至。」羌兒夾輦奉西遷，後漢書董卓傳：「卓字仲穎，隴西臨洮人也。膂力過人，雙帶兩鞬，左右馳射，爲羌胡所畏。」通鑑：「董卓議大發兵以討山東，又以山東兵盛，欲遷都以避之，楊彪、黃琬諫，卓不答。」百姓驅隨棄村邑。畢圭苑中高作營，獻帝紀：「初平元年二月，遷都長安，董卓驅遷京師百姓悉西入關，自留屯畢圭苑。」又靈帝紀：「光和三年，作畢圭、靈昆苑。」注：「在洛陽縣宣平門外。」千里不復聞雞鳴。舊宮焚燒無片瓦，獻帝紀：「初平元年三月己酉，董卓焚洛陽宮殿及人家。」唐書五行志：「咸通七年，童謠曰：『頭無片瓦，地有殘灰。』」黃金盡出諸陵下。獻帝紀：「初平二年，孫堅與董卓將胡軫戰于陽人，軫軍大敗，董卓遂發掘洛陽諸帝陵。」通鑑紀事：「又使呂布發諸陵及公卿以下冢墳，收其珍寶。」長安城頭日欲晡，淮南子：「日至于悲谷，是謂晡時。」玉篇：「申時也。」董逃歌殘歌布乎！董卓傳：「有人書呂字于布上，負而行于市，歌曰：『布乎！』有告卓者，卓不悟。」

碧玉歌

樂府正聲：「清商吳聲歌曲。」樂苑：「情人碧玉歌者，宋汝南王所作也，碧玉，汝南王妾名。」

碧玉小家女，古碧玉歌：「碧玉小家女，不敢攀貴德。」初無珠翠妝。感郎相顧重，朽質自生光。

堂上歌行

樂苑：「雜曲歌辭。」

堂上歌，歌南山，詩：「如南山之壽。」主人爲歡仰客顏。翠帷夜卷出兩鬟，移尊更飲花樹間。花樹間，有明月。客不醉，歌不歇。

隴頭水 樂府正聲：「漢鼓角横吹曲。」題解：「一作吟，傷别離也。」一統志：「關在鳳翔府隴州，其坂九迴，欲上者七日乃至。俗歌云：『隴頭流水，鳴聲幽咽，遥望秦川，肝腸斷絶。』」

人間何處無流水？偏到隴頭愁入耳。夜雜羌歌明月中，秋驚漢夢空山裏，隴坂崎嶇九迴折，聲隨到處長嗚咽。欲照愁顔畏水渾，前軍曾洗金創血。白居易詩：「身被金創面多瘡，扶病徒行日一驛。」回頭千里是長安，征人淚枯流不乾。于濆隴頭吟：「深㮤嗚咽聲，中有征人淚。」

少年行二首 樂府遺聲：「游俠曲。」樂府詩集：「雜曲歌辭。」題解：「結客少年場行，言輕生重義，慷慨以立功名也。意同。」

官侍長楊拜夕郎，三輔黄圖：「長楊秦舊宫，至漢修飾之，以備行幸；宫中有垂柳數畝，因名。」漢官儀：「黄門郎，日暮入對青瑣門拜，名曰『夕郎』。」況憑内寵在椒房。左傳：「齊侯好内，多内寵。」爾雅翼：「椒實多而香，漢世皇后稱『椒房』，取其實蔓延盈升，以椒塗屋，亦取其温煖。」賜金十萬身無用，乞作胡姬一日妝。

其二

下直平明出禁門，漢官儀：「尚書郎晝夜更直五日于建禮門内。」黄庭堅詩：「玉堂下直長廊靜。」笑提博局伴王孫。漢書吳王濞傳：「孝文時，吳太子入見，得侍皇太子飲博。吳太子素驕，博爭道，不恭，皇太子引博局提吳太子殺之。」寶刀不敢輕一作將。輪却，岑參詩：「弱冠已銀印，出身唯寶刀。」明日沙場欲報恩。

芳樹

樂府正聲：「漢短簫鐃歌曲。」題解：「古詞有云：『妒人之子愁殺人，君有他心，樂不可禁！』若王融『相思早春日』、謝朓『早玩華池陰』，但言時暮衆芳歇絶而已。」

葳蕤映華闉，說文：「葳蕤，草木華垂貌。」前漢高后紀注：「闉，闍也。」窈窕臨淸沼。風姿巧弄春，露氣徹含曉。垂條拂過騎，翳葉留歸鳥。忽憶共攀人，徘徊行獨遶。

放歌行

樂府正聲：「相和歌辭瑟調曲。」題解：「鮑照放歌行『蓼蟲避葵菫』之類，言朝廷方盛，君上愛才，何爲臨路相將而去也。」

泰山玉檢書成功，前漢武帝紀「封禪」注：「玉檢，以玉爲檢也。」說文：「檢，書署也。」後漢書祭祀志：「上許梁松等奏，乃求封禪故事。有司奏當用方石再累置壇中，皆方五尺，厚一尺，用玉牒書藏，方石牒厚五寸，長尺三寸，廣五寸，有玉檢。」芝房正奏甘泉宮。漢書武帝紀：「詔曰：『甘泉宮內產芝，九莖連葉。上帝博臨，不異下房，賜朕弘休，其赦天下，作芝房之歌。』」漢家五葉號全盛，按：自高祖、惠帝、文帝、景帝，至武帝，凡五葉。有似白日初當中。雄雞天上啼淸曙，玄中記：「桃都山有大樹曰桃都，枝相去三千里，上有天雞。日初出照此木，天鷄卽鳴，天下雞皆應之。」春滿咸陽萬家樹。一統志：「咸陽縣屬西安府。」諸侯客子盡西來，只道明時苦難遇。褐衣不脫見至尊，孔融薦禰衡表：「乞令衡以褐衣召見。」立談一刻皆承恩。賡詩已上柏梁殿，古文苑：「武帝作柏梁臺，詔羣臣二千石有能爲七言詩者，乃得上座，自梁王以下作詩者二十五人。」獻賦還過金馬門。史記滑稽列傳：「東方朔歌曰：『陸沉于俗，避世金馬門。』」注：「金馬門，宦署門也。門旁有銅馬，故謂之金馬門。」大道易登平若砥，詩：「周道如砥。」始信青雲纔尺咫。元稹詩：「願登青雲路。」共喜嚴徐得寵榮，漢書：「嚴安，臨菑人，以故丞相史上書，武帝以安爲騎馬令。徐樂，燕都無終人，上書，武帝召見曰：『何相見之晚也？』拜郎中。」未容絳灌生讒毀。史記賈生列傳：「賈生年二十餘，最爲少，每詔令議下，諸老先生不能言，賈生盡爲之對，天子議任公卿之位。絳、灌、東陽侯馮敬之屬盡害之，乃短賈生曰：『雒陽之人，年少初學，專欲擅權，紛亂諸事。』于是天子亦疏之，乃以爲長沙王太傅。」丹詔仍聞訪草萊，皇心務欲攬羣材。嗟君猶在新豐邸，三輔舊事：「太上皇不樂關中，思慕鄉里，高祖徙豐、沛屠兒、沽酒、煮餅商人，立爲新豐。」一統志：「新豐城在今西安府臨潼縣。」日暮空歌歸去來。

空城雀

樂府遺聲：「鳥獸曲。」樂府詩集：「雜曲歌辭。」題解：「鮑照『雀乳四鷇，空城之阿』，言輕飛近集，免傷羅網而已。」

空城雀，何局促！城頭飛，城下宿。百匝得一枝，莊子：「鷦鷯巢于深林，不過一枝。」千啄逢一粟。衆雖隨啾啁，所欲各易足。不須羨彼珍羽禽，翩翩高集珠樹林。唐書藝文志：「王勃兄弟皆成進士，勃、勔、勮皆著才名，故杜易簡稱三珠樹。後助、劼，又以文著。」一朝身陷虞羅裏，周禮冬官：「山虞致禽，澤虞屬矜。」又：「羅氏掌羅烏鳥。」回首空城不如爾！

相逢行　樂府正聲：「相和歌辭清調曲」。題解：「古詞相逢行，文意與雞鳴曲同。陸機長安狹邪行、李賀難忘曲，皆出于此。」王僧虔技錄相和歌清調六曲，有相逢狹路行，亦曰長安有狹邪行，亦曰相逢行。

沽酒渭橋邊，一統志：「西安府中渭橋，在府城西北渭水上。東渭橋在府城東，以通洛陽；西渭橋舊長安西，跨渭水以通茂陵，唐名咸陽橋。」平陵俠少年。見前劉生。相逢各有贈，寶劍與金鞭。

妾薄命　樂府遺聲：「佳麗曲，亦曰惟日月，其事出于漢書外戚許后傳曰：『奈何妾薄命！端遇竟寧前。』」樂府詩集：「雜曲歌辭。」題解：「曹植『日月既逝西藏』，蓋恨宴私之歡不久，如梁簡文『名都多麗質』，傷良人不反，王嬙遠聘，盧姬嫁遲也。」

寂寞復寂寞，秋風吹羅幕。玉階有微霜，桂樹花已落。昔爲卷衣女，樂府題解：「秦女卷衣，言咸陽春景之美，秦女卷衣以贈所歡也。」承歡在璐閣。棄魚感淚多，戰國策：「魏王與龍陽君共釣，龍陽君得魚，泣曰：『臣得魚甚喜，後得益大，直欲棄前所得。四海之內，美人亦甚多矣，褰裳而趨大王，臣亦猶前所得魚也。安能無泣出乎？』」當熊慚力弱。漢書外戚傳：「上幸虎圈，熊佚出圈，欲上殿，馮婕妤直前當熊而立，元帝以此倍敬重焉。」

寧知色易老，難求黃金藥。李白詩：「當餐黃金藥，去爲子陽賓。」宮深去天遠，憂思將何託？君恩非不深，妾命自輕薄。微軀願有報，和親死沙漠。梁獻王昭君詩：「君恩不可再，妾命在和親。」

神仙曲

樂府遺聲：「神仙曲。」樂府詩集：「雜曲歌辭。」題解：「曹植有仙人篇、升天行、遠遊、飛龍篇，皆言神仙遊戲，翱翔六合之外。唐李賀有神仙曲。」

上清眞人古仙子，靈寶本元經：「四人天外曰三清境：玉清、太清、上清，亦名三天。」大眞經：「三清之間，各有正位，聖登玉清，眞登上清，仙登太清。」保神鍊魄從無始。眉上霜毫如髮長，李白贈胡僧詩序：「有胡僧不知幾百歲，眉長數寸。」王禹偁詩：「扶桑枯盡靈椿老，始放堯眉出壽毫。」幾見金烏日中死。韻會：「金烏，日中三足烏也。」東遊不肯居蓬萊，滄海頃刻飛黃埃。神仙傳：「麻姑自說云：『已見東海三爲桑田，向到蓬萊水淺，淺於往者會時略半也，豈將復還爲陵陸乎？』」金輿玉座儼何處，蔚藍天上彌羅臺。杜甫登金華山詩：「上有蔚藍天，垂光抱瓊室。」老學庵筆記：「蔚藍乃隱語天名，非可以意義解也。」范成大步虛詞：「梵氣彌羅融萬象，玉樓十二倚晴空。」碧桃落盡花無數，一笑虛空卷煙霧。鳥篆玄文世莫窺，索靖草書狀：「蒼頡既正書契，是爲科斗鳥篆。」揚子法言：「苗而不秀者，吾家之童烏乎！九齡而與我玄文。」茂陵還掩蓬科露。茂陵，見前劉生。李白上留田行：「蓬科馬鬣今已平。」

結客少年場行

解見前少年行。樂府遺聲：「游俠曲，取曹植『結客少年場，報怨洛北邙』爲題，始自鮑照、范曄。」樂府詩集：「雜曲歌辭。」

結客須結遊俠兒，借身報仇心不疑。千金買得利匕首，史記刺客列傳荆軻傳：「太子豫求天下之利匕首，得趙人徐夫人匕首，取之百金，使工以藥焠之，以試人，血濡縷，人無不立死者。」摩挲誓許酬相知。白馬縵胡纓，李白俠客行：「趙客縵胡纓，吳鉤霜雪明。」行行人盡止。朝遊洛北門，河南府志：「北控嵩邙，東漢諸陵在焉。」暮醉秦東市。史記日者列傳：「司馬季主卜于長安東市。」感君在一言，不惜爲君死。朱家曾脫季將軍，史記季布列傳：「布髡鉗賣魯朱家，朱家之洛陽，見汝陰侯滕公曰：『臣各爲其主用，季布爲項籍用，職耳！今上始得天下，獨以己之私見求一人，何示天下之不廣也？』滕公見上言如朱家指，上迺赦季布，召見，拜郎中。」田光終酬燕太子。史記刺客列傳：「田光曰：『今太子告光曰：所言者國之大事，願先生勿泄。是太子疑光也。願足下急過太子，言光已死，明不言也。』遂自刎而死。」君不見，魏其盛時客滿門，自言一一俱銜恩。魏其既罷誰復見，養士堂中塵網遍。史記魏其武安侯列傳：「魏其侯竇嬰者，孝文后從兄子也，喜賓客。孝景三年，吳、楚反，拜嬰大將軍守滎陽，七國破，封魏其侯。諸遊士賓客爭歸魏其侯。建元六年，竇太后崩，魏其失勢，諸客稍稍自引而怠傲，唯灌將軍獨不失故。魏其日默默不得志，而獨厚遇灌將軍。」始知結客難，徒言意氣傾南山。食君之祿有不報，何況區區杯酒間。結客不必皆薦紳，史記：「薦紳先生能言之。」注：「薦笏於紳，故謂薦紳。」緩急叩門誰可親。史記袁盎列傳：「且緩急人所有，夫一旦有急叩門，不以親爲解，不以存亡爲辭，天下所望者，獨季心、劇孟耳。」屠沽往往有奇士，信陵君列傳：「侯嬴謂公子曰：『臣所過屠者朱亥，此子賢者，世莫能知，故隱屠間耳。』」又刺客列傳：「聶政殺人避仇，與母、姊如齊，以屠爲事。」愼勿相輕閭里人。

長相思

樂府遺聲：「怨思曲。」樂府詩集：「雜曲歌辭。」古詩曰：「客從遠方來，遺我一書札，上言長相思，下言久離別。」意蓋取此。

長相思，思何長！愁如天絲遠悠揚，王建詩：「初晴天墮絲。」搖風曳日不可量。未能絆去足，唯解結離腸。關山碧雲看欲暮，空幃坐掩荃蘭香。長門賦：「席荃蘭而茝香。」長相思，思何長！

君馬黃

樂府正聲：「漢短簫鐃歌曲。」古今樂錄：「漢鼓吹鐃歌十八曲，十曰君馬黃。」題解：「初言『君馬黃，臣馬蒼，二馬同逐臣馬良』，終言『美人歸以南，歸以北，駕車馳馬，令我心傷』。

君馬黃，我馬玄，君馬金匼匝，杜甫詩：「馬頭金匼匝。」我馬錦連乾。晉書王濟傳：「濟善解馬性，嘗乘一馬著連乾障泥，前有水，終不肯渡。濟曰：『此必是惜障泥。』使人解去，便渡。」兩馬喜遇皆嘶鳴，何異主人相見情。長安大道可並轡，莫誇得意爭先行。搖鞭共踏落花去，燕姬酒壚在何處？

團扇郎

樂府正聲:「淸商吳聲歌曲。」樂錄:「團扇郎者,王珣婢謝芳姿所作也。晉中書令王珉捉白團扇,與嫂婢謝芳姿有愛,情好甚篤。嫂捶撻婢過苦,王東亭聞而止之;芳姿素善歌,嫂令歌一曲,當赦之,應聲歌曰:『白團扇,辛苦互流連,是郎眼所見。』珉聞更問之:『汝歌何道?』芳姿卽改云:『白團扇,顦顇非昔容,羞與郎相見。』後人因而歌之。」

團扇團且潔,人言似明月。明月豈得如?長圓不曾闕。

楊白花

樂苑:「雜曲歌辭。」南史:「楊白花,武都仇縣人,少有勇力,容貌瓌偉,胡太后逼幸之。白花懼禍,會父大眼卒,白花擁部曲南奔于梁。太后追思不已,爲作楊白花歌,使宮人連臂蹋足歌之,聲甚悽惋。其歌曰:『陽春二三月,楊柳齊作花,春風一夜入閨闥,楊花飄蕩落南家。含情出戶脚無力,拾得楊花淚沾臆。秋去春來雙燕子,願銜楊花入窠裏。』」南史:「楊華本名白花,奔梁後名華。」

楊白花,太輕薄,不向宮中飛,却度江南落。美人踏踏連臂歌,山長水闊奈爾何!奈爾何,春欲晚,何不飛去仍飛返?洛陽樹,多啼鴉,愁殺人,楊白花。

門有車馬客行

樂府正聲：「相和歌辭瑟調曲。」題解：「曹植等皆問訊其客，或得故舊及鄉里，或駕自京師，備敘市朝遷謝、親戚凋傷之意。」

門有車馬客，乃是故鄉士。昔別各壯顏，今見不相似。上堂敘情親，拜跪出妻子。對案未能食，歷歷問桑梓。詩：「維桑與梓，必恭敬止。」當時同遊人，十有八九死。松柏長新墳，荆棘生故址。歡言方未終，悲感還復始。因思興謝端，呂溫賀遷獻懿二祖表：「紛綸興謝，綿曠載祀。」歎息不能止。

估客詞

樂府正聲：「清商西曲歌。」

上客荆州商，小婦揚州娼。金多隨處樂，不是不思鄉。

櫂歌行

樂府正聲：「相和歌辭瑟調曲。」題解：「晉樂奏魏明帝『王者布大化』，備言平吳之勳。若陸士衡『遲遲春欲暮』，又如梁簡文帝『妾住在湘川』，但言乘舟鼓櫂而已。」

溶漾漢潭清，蘇軾詩：「孤帆信溶漾，弄此半篙碧。」搴荷趁浪平。船輕知體弱，簪滑見鬟傾。落日懸江思，浮雲結浦情。去從千葉隱，歸愛一花迎，吳歈幷子夜，吳都賦：「荆豔楚舞，吳歈越吟。」樂府題解：「舊史云：『晉有女子曰子夜，所作聲至哀。晉武帝太和中，瑯琊王軻之家，有鬼歌之，後人依四時爲之詞，謂之子夜與聲四時歌也。』」誰似櫂歌聲？梁簡文帝詩：「從來入絃管，詎在櫂歌前？」

雞鳴歌

樂府詩集：「雜謠歌辭。」廣題：「漢有雞鳴衞士，主雞唱。宮外舊儀：宮中與臺並不得畜雞，晝漏盡，夜漏起，中黃門持五夜，甲夜畢傳乙，乙夜畢傳丙，丙夜畢傳丁，丁夜畢傳戊，戊夜是爲五更。未明三刻，雞鳴衞士起唱。」漢書曰：『高祖圍項羽垓下，羽是夜聞漢軍四面皆楚歌。』應劭曰：『楚歌者，雞鳴歌也。』晉太康地記曰：『後漢固始、鮦陽、公安、細陽四縣衞士習此曲於闕下歌之，今雞鳴歌是也。』然則此歌，蓋漢歌也。按周禮，雞人夜嘑旦以嘂百官，則所起亦遠矣。相和歌曲有雞鳴古詞雞鳴篇，與此不同。」題解：「劉孝標雞鳴篇，但詠雞而已。」

北斗城頭北斗低，三輔黃圖：「初置長安城狹小，至惠帝更築之，周迴六十五里。城南爲南斗形，北爲北斗形，至今人呼爲『斗城』。」萬家夢破一聲雞。溫庭筠詩：「碧樹一聲天下曉。」馬蹄踏踏車轆轆，闕下連趨市中逐。史記高帝本紀：「蕭丞相營未央宮，立東闕、北闕。」釋名：「闕，在門兩旁，中央闕然爲道也。」雄雞安得噤爾聲，利名少息世上爭，漫漫夜長人不驚。甯戚飯牛歌：「長夜漫漫何時旦？」

華山畿

樂府正聲：「清商吳聲歌曲。」樂錄：「宋少帝時，南徐一士子，從華山畿往雲陽，見客舍女子，悅之無因，遂感心疾。母爲至華山尋訪，見女，女聞感之，因脫蔽膝，令母密置其席下，臥之當已。少日果差，忽擧席見蔽膝，抱持呑食而死。葬時，車載從華山度，比至女門，牛不肯前。女妝點沐浴而出。歌曰：『華山畿，君旣爲儂死，獨活爲誰施？歡若見憐時，棺木爲儂開。』棺應聲開，女遂入棺。家人叩打，無如之何，乃合葬。呼曰神女冢。」

華山畿，牛車止。不同生，可同死。棺開棺開，與郎去來。

長安有狹斜行

樂府正聲：「相和歌辭清調曲。」題解：「卽相逢狹路間行。古詞：『相逢狹斜路，道隘不容車。適逢兩少年，挾轂問君家。君家新市傍，易知復難忘。大子二千石。中子孝廉郎。小子無官職，衣冠仕洛陽。三子俱入室，室中自生光。大婦織綺紵。中婦織流黃。小婦無所爲，挾琴上高堂，丈人且安坐，調絃未遽央。』顏氏家訓：『古樂府歌辭。先述三子，次及三婦，是對舅姑之稱。』其末章云：『丈人且安坐，調絃未遽央。』古者子婦供事舅姑，旦夕在側，與兒女無異，故有此言。」

長安有狹斜，狹斜僅容騎。路逢兩俠童，迴鞭問君第。君第渭橋西，見前相逢行。易覓難復迷。長子侍温室，三輔黃圖：「温室殿、武帝建，冬處之温煖。」次子籍金閨。謝朓詩：「既通金閨籍。」注：「金閨即金門，宦者署，承明、金馬，著作之庭。」少子備宿衞，史記齊悼惠王世家：「哀王三年，其弟章入宿衞于漢宮，太后封爲朱虚侯，四年，封章弟興居爲東牟侯，皆宿衞長安中。」光耀與兄齊。三子每來返，雜沓擁輪蹄。大婦彈鵾雞，見前王明君詞。中婦舞前溪。宋書樂志：「前溪歌者，晉車騎將軍沈玩所製。」樂府解題：「舞曲也。」寰宇記：「前溪在烏程縣南，東入太湖，謂之風渚。」前溪歌：「憂思出門倚，逢郎前溪渡。莫作流水心，引新都舍故。」小婦勸杯酒，能唱白銅鞮。樂府題解：「都邑二十四曲，有白銅鞮歌，亦曰襄陽白銅鞮。」丈人莫遽起，庭樹未烏栖。李白烏棲曲：「姑蘇城上烏棲時，吳王宮裏醉西施。」

雙桐生空井

樂苑：「相和歌辭平調曲。」魏文帝猛虎行：「雙桐生空井，枝葉自相加。通泉溉其根，玄雨潤其柯。」此取爲題。

交生碧玉樹，虞世南詩：「玉樹陰初正，桐圭影未斜。」並覆黃金井。西征記：「太極殿上有金井、金博山，轆轤，交龍負山于井上，有金獅子在龍下。」根通夕潤深，葉帶朝光冷。應有感秋人，時來鑑愁影。

征婦怨

樂府遺聲：「怨思曲。」樂府詩集：「新樂府雜題。」

良人不願封侯印，虎符遠發當番陣。後漢書杜詩傳：「舊制，發兵皆以虎符，符策合會，取爲大信。」舊唐書職官志：「凡散官當番上下。」金史兵志：「西北邊有分番屯戍軍。」幾夜春閨惡夢多，竟得將軍軍覆信。身沒猶存舊戰衣，東家火伴爲收歸。木蘭詩：「出門看火伴，火伴始驚惶。」妾生不識邊庭路，尋骨何由到武威？張籍征婦怨：「萬里無人收白骨，家家城下招魂葬。」漢書地理志：「武威郡武威縣，故休屠王地，武帝太初四年開。」紙幡剪得招魂去，只向當時送行處。

襄陽樂

樂府正聲：「清商西曲歌。」題解：「宋隨王誕，始爲襄陽郡，元嘉二十六年，仍爲雍州。夜聞諸女歌謠，因爲之詞曰：『朝發襄陽城，暮至大隄宿。大隄諸女兒，華豔驚郎目。』又有大堤曲，亦出於此。若裴子野宋略稱晉安侯劉道彥爲雍州，有惠化，百姓歌之，謂之襄陽樂，蓋非此也。一題無樂字。」

門前黃柳鴉雛宿，羅幌低垂婢擎燭。懸璫結珮略妝成，廣韻：「璫，耳珠。」古詩：「腰若流紈素，耳著明月璫。」日暮相邀漢江曲。水靜花寒月小明，舟中樓上斷歌聲。腸斷年年大堤路，南商行過北商行。

飲酒樂

樂苑：「雜曲歌辭，商調曲也。」

七絃五絃角奏，韓非子：「師子援琴鼓之曰：『不如清角。』一奏雲從西北方來，再奏大風雨。」博物志：「清角，黃帝之琴。」一觴兩觴羽行。演繁露：「諸家釋羽觴不同，唯李善引漢書音義曰：『作生爵形者是也。』孟康亦曰：『羽觴作生爵形，有頭尾羽翼。』」且樂眼中人聚，莫憂頭上天傾。列子：「杞國人憂天墜，身無所寄，廢寢食。」

鳳臺曲

古今樂錄：「上雲樂七曲，梁武帝製，一曰鳳臺曲。」樂府詩集：「清商曲辭。」列仙傳：「蕭史者，秦穆公時人，善吹簫，能致孔雀白鶴。穆公女弄玉好之，公妻焉；乃教弄玉作鳳臺，一旦夫婦同隨鳳去。」一統志：「鳳女臺址在寶雞縣」。

飛裙織霧秋痕薄，雲笈七籤：「北斗第一星，著黃錦帔，丹青飛裙，頹雲髻。」星漢低宮花漠漠。魏文帝燕歌行：「星漢西流夜未央。」瓊臺夜寒閉嬴女，詩秦風注：「秦初，伯益佐禹治水有功，賜姓嬴氏。」鵝管參差隔煙語。李賀詩：「王子吹笙鵝管長。」楚辭：「望夫君兮未來，吹參差兮誰思？」注：「參差，洞簫也。」瑤京舊侶招遠遊，人間帳冷鴛鴦愁。海影無塵月如夢，仙骨不欺鸞背重。衰蘭泣露空秦苑，叢玉聲微彩霞遠。陳氏樂書：「簫之爲器，編竹而成者也，故稱叢玉。」

美女篇

樂府遺聲：「佳麗曲。」樂府詩集：「雜曲歌辭，齊瑟行。」曹植美女篇注：「以美女喻君子，言君子既有美行，上願明君而事之，若不得其人，雖見徵求，終不能屈。」

美女婉淸揚，白皙纖且長，艷色照上國，不殊古姬姜。巧笑發令姿，芳詞吐柔腸。耀首有何物？黃金作釵梁。韓偓詩：「釵梁攏鬢新。」珥懸碟砢珠，南越志：「珠有九品，次爲碟砢珠。」褘帶藿葯香。法苑珠林：「四月八日浴佛，法當取三種香：一都梁、二藿香、三艾葯香。」左思吳都賦：「草則藿葯豆蔻。」新服製羅紈，光輝麗青陽。上袂繡蛺蝶，杜甫詩：「花羅封蛺蝶。」下裙織鴛鴦。西京雜記：「趙飛燕爲皇后，其女弟上鴛鴦襦、鴛鴦褥、鴛鴦被。」姍姍步春風，乍見驚欲翔。雖有楚大夫，善賦焉能詳。文選：楚宋玉有神女賦。豈徒騁姸媚，況乃持貞良。家居闢高門，宛在城中央。過者共傾慕，日晏停上襄。詩：「兩服上襄。」借問誰氏子，無非金與張。漢書蓋寬饒傳：「寬饒上無許史之屬，下無金張之託。」注：「許伯，宣帝皇后父。史高，宣帝外家也。金，金日磾也。張，張安世也。」蹇修豈不勤？楚辭：「解佩纕以結言兮，吾令蹇修以爲理。」朱子集注：「蹇修，人名。理，爲媒以通辭理也。」通辭重珪璋。中懷非所託，雁幣徒相將。禮昏義：「壻執雁入，揖讓升堂，再拜奠雁。」永宵歎遲回，起倚東西廂。君子苟未得，年徂諒何傷？

將軍行 樂府遺聲：「征戍曲。」樂府詩集：「新樂府雜題。」

將軍結髮從鞍馬，史記李將軍列傳：「臣結髮而與匈奴戰，今乃得一當單于。」新領前軍號橫野。後漢書王常傳：「即拜常爲橫野大將軍，位次與諸將絕席。」面謾不數屠狗兒，史記淮陰侯列傳：「信嘗過樊將軍噲，出門笑曰：『生乃與噲等爲伍。』」樊噲列傳：「噲以屠狗爲事。」負勇曾擒射鵰者。李將軍列傳：「匈奴三人射傷中貴人，廣曰：『是必射鵰者也。』乃馳三人，三人亡馬步行，行數十里，廣身自射殺二人，生得一人，果射鵰者也。」狼星埽天芒角斜，天官書：「東有大星曰狼，狼角變色多盜賊。」大旗獵獵吹風沙。鮑照詩：「獵獵晚風遒。」黃金傾盡養部曲，漢書竇嬰傳：「孝景三年，吳楚反，上拜嬰爲大將軍，賜金千斤。所賜金，陳之廊廡下，軍吏過，輒令財取爲用，金無入家者。」李將軍列傳：「廣行無部曲。」注：「將軍領軍，皆有部曲，大將軍營五部，部校尉一人，部下有曲，曲有軍候一人。」匈奴未滅何爲家。霍去病傳：「天子爲治第，令驃騎視之。對曰：『匈奴未滅，無以家爲也。』上益重愛之。」前日賢王五千騎，匈奴傳：「至冒頓而匈奴最強大，置左右賢王。」直入朝那殺邊吏。一統志：「今平涼府平涼縣，漢安定郡朝那縣，府城東有朝那城。」天子初聞怒赫然，出師誓奪河南地。見前塞下曲。五營材官元自多，五營見上部曲注。漢書：「材官蹶張。」注：「武技之臣。」詔書未須徵七科。漢書武帝紀：「天漢四年春，發天下七科謫。」注：「吏有罪一、亡命二、贅壻三、賈人四、故有市籍五、父母有市籍六、大父母有市籍七。」已御明堂推畫轂，漢書馮唐傳：「臣聞上古王者遣將也，跪而推轂曰：『閫以內寡人制之，閫以外將軍制之。』」隋書禮儀志：「諸侯及夫人、命夫、命婦之輅，畫轂雲牙，軾以虡文。」還開武庫授雕戈。晉書馬隆傳：「武帝時，涼州刺史楊欣，失羌戎之和，帝以馬隆爲武威太守，募勇士三千人，聽隆自至武庫選仗，給三年軍資。」國語：「晉惠公令韓簡挑戰，穆公衡雕戈出見使者曰：『寡人將身見。』」灞陵原頭軍晚發，一統志：「灞水在西安府城東。」北出雲中與高闕。史記衞將軍驃騎列傳：「令車騎將軍青出雲中以西至高闕，遂略河南地。」後漢書明帝紀注：「高闕，山名，因以名塞，在朔方北。」班固燕然山銘：「凌高闕，下雞鹿。」單于一夜六騾逃，史記衞將軍驃騎列傳：「元狩四年，大將軍令武剛車自環爲營，而縱五千騎往當匈奴。匈奴亦縱可萬騎。會日且暮，大風起，砂礫擊面，兩軍不相見，單于遂乘六羸壯騎可數百，直冒漢圍西北馳去。」

大漠無人唯漢月。塞下從茲烽火稀，朝臣共賀震皇威。人生寧似功成樂，白日長安鼓吹歸。後漢書班超傳：「八年，拜超爲將兵長史，假鼓吹幢麾。」岑參凱歌：「鳴笳擂鼓擁軍行。」

長安道

樂府正聲：「漢鼓角横吹曲。」

長樂鐘聲動，三輔黄圖：「長樂宮，本秦之興樂宮也。高帝始居櫟陽，七年長樂宮成，徙居長安城。」岑參詩：「金闕曉鐘開萬戶。」平津樹色開。漢書公孫弘傳：「元朔中，封丞相弘爲平津侯。」注：「平津，長安鄉名。」中郎長戟衛，文獻通考：「漢武帝初置期門，元帝更名虎賁郎，置中郎將領之，主虎賁宿衛。」丞相小車來。漢書車千秋傳：「車千秋本姓田氏，年老，朝見得乘小車入殿，因號車丞相。」新成賜將第，見上將軍行注。更築候神臺。史記武帝紀：「公孫卿曰：『僊人好樓居。』于是上令長安則作蜚廉桂觀；甘泉則作益延壽觀。使卿設具而候神人，乃作通天臺，置祠具其下。」三輔黄圖：「武帝造神明臺，祭仙人處。上有銅人舒掌捧銅盤玉杯，以承雲表之露，和玉屑服之，以求仙道。」誰念公車客？後漢書丁鴻傳：「詔徵鴻至，賜御衣及綬，稟食公車。」注：「公車，署名，公車所在，因以名。諸待詔者，皆居以待命，故令給食焉。」王維詩：「名儒待詔滿公車。」空懷作賦才！

洛陽陌

樂府正聲：「漢鼓角横吹曲。一作道。」遺聲：「都邑曲。」

九陌看春光，三輔遺事：「長安八街九陌。」紅塵起相接。白玉車中郎，晉書衛玠傳：「少時乘羊車于洛陽市，見者以爲玉人。」綠珠樓上妾。見前將進酒「愛妾已去」注。柳迷臨水影，花映當壚頰。見前當壚曲題注。日暮過銅駝，洛陽記：「洛陽有銅駝街，漢鑄銅駝三枚，在宮西四會道相對。俗語曰：『金馬門外集衆賢，銅駝陌上集少年。』」相逢盡豪俠。

悲歌樂苑：「雜曲歌辭。」歌錄：「魏明帝造。」題解：「陸機『遊客芳春林』、謝惠連『羈人感淑節』，皆言客遊感物憂思而作也。」

征途險巇，人乏馬飢。富老不如貧少，一作貧少不如富老。美遊不如惡歸。浮雲隨風，零亂四野。仰天悲歌，泣數行下。

邯鄲郭公歌樂苑：「雜歌謠辭。」北齊樂府邯鄲公歌：「邯鄲郭公九十九，技兩漸盡入騰口。大兒緣高岡，雉子東南走。不信吾言時，當看歲在酉。」樂府廣題：「北齊後主高緯，雅好傀儡，謂之郭公，時人戲爲郭公歌。及將敗，果營邯鄲，高、郭聲相近。九十九，末數也。騰口，鄧林也。大兒，謂周帝太祖子也。高岡，後主姓也。雉，雞類，後主父武成小字也。後敗于鄧林，盡如歌言，蓋語妖也。」陳後山詩話：「楊大年傀儡詩云：『鮑老當筵笑郭郎，笑他舞袖太郎當，若敎鮑老當筵舞，轉要郎當舞袖長。』郭郎卽郭公也。」

郭公舞，郭公舞，天子無愁亦無苦。北齊書後主紀：「斛律光死後，乃益驕縱，盛爲無愁之曲，帝自彈胡琵琶而唱之，侍和之者以百數，人間謂之『無愁天子』。」醉後君臣一笑看，鄴宮長夜鼙鼕鼓，一統志：「鄴都今彰德府，齊神武據晉陽，後篡立，并據鄴都。」郭公郭公爾莫舞。不解平陽圍，後主紀：「武平七年，周武帝圍晉州。十二月，帝至圍所，戰于城南，大敗，棄軍先還。留安德王延宗等守晉陽。德化元年庚申，帝入鄴，辛酉，延宗與周師戰于晉陽，大敗，爲周師所虜。」竟作長安虜！後主紀：「帝授位幼主恆，自爲太上皇，自鄴先趨濟州。周師漸迫，幼主又自鄴東走；太上皇將百餘騎東走渡河，留太皇太后濟州，遣高阿那肱留守，太上皇幷皇后攜幼主走青州，將遜于陳。置金囊于鞍後，與韓長鸞、淑妃等十數騎至青州南鄧村，爲周將尉遲綱所獲，俱送長安，封爲溫國公。」高山摧爲一抔土。後主紀：「至建德七年，誣與宜州刺史穆提婆謀反，及延宗數十人，無長幼咸賜死，葬長安北原洪瀆川。」漢書張釋之傳：「假令愚民取長陵一抔土，陛下且何以加其法乎？」

車遙遙

樂府遺聲：「車馬曲。」樂錄：「雜曲歌辭。」

鵾雞啼霜海城白，司馬相如上林賦：「躪玄鶴，亂昆雞。」注：「昆雞，似鶴，黃白色，亦作鵾。」征夫趣裝牛上軛。古詩：「牽牛不負軛。」天生兩轂轉長途，賈島詩：「碌碌復碌碌，百年雙轉轂。」那得令君不爲客？出門已遠第一程，耳中鳴鐸漸無聲。見前鞠歌行「牛鐸」注。房戶寧嗟寂寞守，山川唯念苦辛行。李頎詩：「嗟君未得志，猶作苦辛行。」欲車不行願車覆，還愁損我車中玉。見上洛陽陌。安得身如芳草多，相隨千里車前綠。

楚妃歎 樂府正聲：「相和歌吟歎曲。」漢書張敞傳：「楚莊王卽位，好狩獵，樊姬諫不止，乃不食禽獸肉，王改過勤政。」按：「謝希逸琴論有楚妃歎七拍。楚妃，樊姬也。」

章華臺前楚江水，左傳：「楚子成章華之臺，願與諸侯落之。」杜注：「臺今在華容城內。」月色墮煙烏欲起。六宮不敢解羅衣，周禮天官：「內宰以陰教禮六宮。」注：「後五前一，王者后一宮，三夫人一宮，九嬪一宮，二十七世婦一宮，八十一女御一宮，凡百二十人。」獵火照山君未歸。李白大獵賦：「獵火燃兮千山紅。」

神絃曲 一作歌。樂府詩集：「淸商吳聲歌曲。」古今樂錄：「神絃十一曲：一曰宿阿，二曰道君，三曰聖郎，四曰嬌女，五曰白石郎，六曰淸溪小姑，七曰湖就姑，八曰姑恩，九曰採菱童，十曰明下童，十一曰同生，此迎神之曲。」

秋燈晝壁熏煙埃，石馬汗流神下來。天寶遺事：「潼關之戰，祿山將崔乾祐領白旗軍左右馳突。又見黃旗數百隊。官軍潛謂是賊，不敢逼之。須臾，見與乾祐戰，黃旗軍不勝，退而又戰者不一，俄不知所在。後昭陵奏，是日靈宮前石人馬汗流。」花衫婆娑絃切切，宋史儀衞志：「傳教幡、信幡各二，執幡人皆武弁，緋寶相花衫勒帛。」張衡賦：「修初服之婆娑兮，長余佩之參參。」白居易琵琶行：「小絃切切如私語。」旋風吹幡愁百結。李賀神絃曲：「旋風吹馬馬踏雲。」雌狐學拜戴髑髏，狐談：「狐夜擊尾火出，將爲怪，必戴髑髏拜北斗。髑髏不墜，則化爲人。詩曰：『莫赤匪狐，莫黑匪烏。』今狐所在，烏輒羣而噪之。蓋皆妖祥之物。」鬼箭射創血灑秋。老鴉飛散巫嫗泣，周禮：「女巫掌歲時祓除釁浴。」國語：「在男曰覡，在女曰巫。」注：「巫覡，見鬼者。」按：狐創鴉散，巫泣則神降而羣邪盡斂矣。苦篁嘯雨溪幽幽。

白紵詞二首

樂府詩集：「舞曲歌辭。」樂府題解：「古詞盛稱舞者之美，宜及芳時爲樂。其譽白紵曰：『質如輕雲色似銀，製以爲袍餘作巾，袍以光軀巾拂塵。』唐書樂志：「在吳爲白紵，在晉爲子夜。故梁武本白紵而爲子夜四時歌。後之爲此曲者，曰白紵則一曲，曰子夜則四曲。」

白紵出自吳女工，著來色與素體同，舞時偏向江渚宮。一統志：「渚宮在荊州府江陵縣，楚襄王建。」長袖拂起微有風，觴催管促四座中。攬裾徘徊慘曲終，玉階夜寒零露濃。

其二

出後閤，臨前楹，舞衣皎皎潔且輕。飄如白雲向空行，迴腰流目君已傾。華燈吐燄欺月明，喧譁不聞遺珮聲。茱萸實紅蘭葉紫，西京雜記：「戚夫人侍兒賈佩蘭言：『宮內九月九日佩茱萸，食蓬餌，飲菊花酒，令人長壽。』」千秋歡樂長如此，妾身得向君前死。

阿那瓌

樂府遺聲：「梵竺曲。」樂府詩集：「雜曲歌辭。」北史：「阿那瓌，蠕蠕國主。」通典：「蠕蠕自拓跋初徙雲中，卽有種落，後魏太武神䴥中，彊盛，盡有匈奴故地。阿那瓌，孝明帝時蠕蠕國主，辭云匈奴主也。」

牛羊草漫野，大帳天山下。一統志：「哈密衞有天山，番人過此必下馬拜，一名雪山。」又：「土魯番有天山，一名祁連山。」十萬控弦兒，漢書婁敬傳：「是時冒頓單于兵彊，控弦四十萬騎。」聞箛齊上馬。晉先蠶儀注：「箛，卽笳也。應劭鹵簿圖有騎執箛，其始以笳管，後皆以銅作器，其聲似觱栗。」

江南思

一作五首。樂府正聲：「相和歌辭相和曲。」題解：「江南曲，古詞云：『江南可采蓮，蓮葉何田田？』蓋美其芳辰麗景，嬉游得時也。若梁簡文『桂檝晚應旋』，唯歌游戲。又有采蓮、采菱，皆出於此。唐陸龜蒙又廣古辭爲五解云。」

妾本南國姝，父母愛如珠，貌豈慚明鏡，身纔稱短襦。一學成採蓮唱，曉出横塘上，舟小復身輕，隨風兩搖蕩。二歸時曲岸傍，恰見貴遊郎，輟歌欲轉櫂，花淺不堪藏。三將嗔却成哂，相問那能隱。雖憐郎意深，終嫌妾家近。四回首各盈盈，古詩：「盈盈一水間，脈脈不得語。」南湖月又生。煙波三十里，都是斷腸情。五

銅雀妓

樂苑：「相和歌辭平調曲。」樂府題解：「一作臺。舊說，魏武帝遺命令諸子曰：『吾婕妤妓人，皆著銅雀臺中，於臺上施八尺繐帳，朝哺上餔糒之屬。月朝十五，輒令向帳前作伎樂。汝等時時登銅雀臺，望吾西陵墓田。』後人悲其意而爲之咏也。」

鄴宮已罷幸，歌舞尚如期。誰知看月夜，却是望陵時。藾澤銷羅薦，史記滑稽列傳：「羅襦襟解，微聞薌澤。」漢武内傳：「七月七日，乃修除宮掖，設坐大殿，以紫羅薦地。」松風吹繐帷。妾身未得死，寧當憂色衰！

猛虎行

樂府正聲：「相和歌辭平調曲。」陸士衡猛虎行注：「雜言古猛虎行：『飢不從猛虎食，暮不從野雀棲。野步安無巢，游子爲誰驕。』『飢不從猛虎食』，但取發首爲名，不必以篇中意義，他皆類此。是勸人抗其志節，義不苟合。」按：李白猛虎行，亦但借以起興，若張籍、李賀皆賦猛虎。

陰風吹林烏鵲悲，猛虎欲出人先知。易：「風從虎。」目光熿熿當路坐，將軍一見弧矢墮。幾家插棘高作門，未到日沒收豬豚。猛虎雖猛猶可喜，橫行只在深山裏。

湘中絃

樂府詩集：「新樂府雜題。」

涼風嫋嫋月粼粼，屈原九歌：「嫋嫋兮秋風。」崔塗湘中弦：「蒼山遙遙江粼粼。」竹色蘭香秋水濱。一夜猿聲流淚盡，王維詩：「明到衡山與洞庭，若爲秋月聽猿聲。」黃陵祠下泊舟人。一統志：「黃陵祠在岳州瀟湘之尾，洞庭之口，前代立之以祀舜二妃者，唐韓愈有碑。」

獨不見

樂府遺聲：「怨思曲。」題解：「言思而不見也。」樂府詩集：「雜曲歌辭。」

白日沉大荒，山海經：「日月所入，是謂大荒之野。」北風下天霜。羅幃猶苦冷，何況戍遼陽！別時秦槐青，北史：「韋孝寬爲雍州刺史，勒部內當堠處植槐樹代堠，既免修復，行旅又得庇蔭。周文帝後見知之曰：『豈得一州獨爾。』令諸州夾道一里種一樹，十里種三樹，百里種五樹。」今復胡草黃。紅淚常自滋，拾遺記：「薛靈芸別父母，以玉唾壺承淚，皆爲紅色。」溫庭筠詩：「紅淚文姬洛水春。」非因效啼妝。後漢書五行志：「桓帝元嘉中，婦女作愁眉啼妝。啼妝者，薄拭眉下若啼處。」鴛機促夜響，李商隱詩：「幾家緣錦字，含淚坐鴛機。」龍鏡掩晨光。異聞錄：「天寶中，揚州進水心鏡，盤龍勢若飛動。鑄鏡時，有老人稱姓龍名護，有童呼爲玄冥，至鏡所曰：『老人解造眞龍鏡。』入爐所，扃戶三日，戶開，失二人所在。鑄後大旱，葉法善祠鏡，雨大澍。」孟浩然青鏡歎：「妾有盤龍鏡，淸光長晝發。」相思獨不見，時久愈難忘。

豔曲二首

纂要：「古豔曲有北里、靡靡、陽阿之曲。」按：杜甫有數陪李梓州泛江有女樂在諸舫戲爲豔曲二首贈李詩。

日暮淇水上，詩：「淇水滺滺。」一統志：「淇水，今衞輝府淇縣，古朝歌地。」折花行見歡。古樂府：「風吹窗簾動，疑是所歡來。」鴛鴦蘇合彈，劉孝威詩：「珠丸蘇合彈，金繳青絲縻。」騕褭鏤衢鞍。類篇：「騕褭，良馬名。」三輔決錄：「平陵公孫奮，富聞京師，梁冀知其儉悋，以鏤衢鞍遺奮，從貸五千萬。」

其二

當時贈芍藥，詩：「贈之以芍藥。」今日歎蘼蕪。古詩：「上山採蘼蕪，下山逢故夫。」少年不相顧，唯愛執金吾。漢書百官公卿表：「中尉秦官，掌徼循京師。武帝太初元年，更名執金吾。」注：「金吾，鳥名也，主辟不祥。天子出行，職主導以禦非常，故執此鳥之象，因以名官。」後漢書光烈陰皇后紀：「后諱麗華，光武見執金吾車騎甚盛，歎曰：『仕宦當作執金吾，娶妻當得陰麗華。』」

羽林郎

樂府遺聲：「游俠曲。」樂府詩集：「雜曲歌辭。」見前白馬篇「羽林」注。

十五能挽弓，入衞葡萄宮。漢書：「元壽二年，單于來朝，舍于上林葡萄宮。」武皇深假借，父有沒邊功。見前白馬篇。禿衿繡襦短，李賀詩：「禿衿小袖調鸜鵒。」古詩：「養蠶不滿箔，那得羅繡襦。」馬逸雙銜斷。

纔出鬬雞坊，東城老父傳：「明皇在藩邸時，樂民間清明節鬬雞戲。及卽位，治雞坊于兩宮間，索長安雄雞千數，選六軍小兒五百人，使馴擾教飼之。賈昌弄木雞于道旁，召入爲雞坊小兒。入雞羣如狎羣小，雞畏而馴，使令如人，卽日爲五百小兒長。」還過射熊館。漢書元帝紀：「永光五年冬，上幸長楊射熊館，布車騎大獵。」三輔黃圖：「長楊宮有射熊館，在盩厔。」笑擲朱提銀，漢書食貨志：「朱提銀重八兩爲一流。」又地理志：「朱提，縣名，在犍爲。」娼樓爛醉春。歸時衝市過，辟易九衢人。史記項羽本紀：「赤泉侯人馬俱驚，辟易數里。」注：「開張易舊處。」橫行自無避，司隸休相忌。漢書百官公卿表：「司隸校尉捕巫蠱，督大姦猾。」明日浚稽山，漢書李陵傳：「上詔陵以九月發，出遮虜障，至東浚稽山，南龍勒水上，徘徊觀虜，卽亡所見。從浞野侯趙破奴故道抵受降城休士。」北邊備對：「浚稽山在武威塞北。」爲君遮虜騎。

燕燕于飛

樂府遺聲：「鳥獸曲。」樂府詩集：「雜曲歌辭。詩曰：『燕燕于飛，差池其羽。』本衞莊姜送歸妾之詩也。若江總詞止咏雙燕而已。」

燕燕何處飛？相見江南路。薲香細雨春，唐韻：「薲，蘋同。」柳色芳煙暮。纔從箔外歸，復向舟前渡。莫入未央宮，身輕有人妒。李商隱詩：「趙后身輕欲倚風。」

浮游花

樂苑：「雜曲歌辭。」

宛宛庭中花，狂風忽吹去無涯。上入逍遙之雲天，下沒慘淡之泥沙。開落本同何足歎，升沉偶異自堪嗟。李白詩：「升沉應已定，不必問君平。」

野田行

樂府詩集：「新樂府雜題。」

白楊樹下誰家墳？古詩：「白楊多悲風，蕭蕭愁殺人。」火燒野草碑無文。李益野田行：「鬼火燒白楊。」路旁尚臥雙石馬，霍去病傳注：「冢前有石人馬。」杜甫玉華宮詩：「故物唯石馬。」行人指是故將軍。史記李將軍列傳：「廣嘗夜從一騎出，從人田間飲，還至霸陵亭，霸陵尉醉，呵止廣。廣騎曰：『故李將軍。』尉曰：『今將軍尚不得夜行，何乃故也！』止廣宿亭下。」當時發卒開陰宅，易稽圖覽：「陰宅以日奇，陽宅以月偶。」千車〔校記〕詩綜作「千里」。送葬城東陌。史記游俠列傳：「劇孟母死，自遠方送葬，車蓋千乘。」子孫今去野人來，高處牧羊低種麥。平生意氣安在哉？棘叢暮雨棠梨開。百年富貴何足恃，雍門之琴良可哀！桓譚新論：「雍門周以琴見孟嘗君。孟嘗君曰：『先生鼓琴，亦能令文悲乎？』雍門周引琴而鼓之，徐動宮徵，叩角羽，終而成曲。孟嘗君歔欷而就之。」注：「雍門，齊城門。」

壯士行

樂府遺聲：「游俠曲，一作吟。」樂府詩集：「雜曲歌辭。荆軻歌曰：『風蕭蕭兮易水寒，壯士一去兮不復還！』意蓋取此。」

無險非高山，無勇非壯士。半夜殺風來，劍寒燈欲死。

邯鄲才人嫁爲厮養卒婦

樂府遺聲：「佳麗曲有邯鄲才人嫁爲厮養卒婦，蓋古有是事也。」樂府詩集：「雜曲歌辭。」

妾能攦趙瑟，說文：「攦，指按也。」舊得君王眷。更衣直夜房，史記外戚世家：「武帝祓霸上，還過平陽主，既飲，謳者進，上望見，獨悅衞子夫；帝起更衣，子夫侍尚衣軒中，得幸。」侍酒登春殿。李白詩：「宮女如花滿春殿。」出宮非故顏，里婦猶相羨。叢臺罷往夢，一統志：「叢臺在邯鄲縣北。」史記：「趙武靈王所築。」李白邯鄲才人行：「妾本叢臺女，揚蛾入丹闕。」破屋流螢見。末路多若斯，紛紛貴成賤。

秋風引

樂府遺聲：「時景曲。」樂府詩集：「琴曲歌辭。」

嗟爾秋風，胡爲來哉？奏商律兮瑟䬍而悲哀。韓愈詩：「雷霆逼䬍䬍。」正韻：「䬍，音聿，大風也。」叩喬柯而隕葉，埽廣路以清埃。入班姬之永巷，見前班婕妤。爾雅：「永巷，宮中衖，又謂之壼。」過襄王之高臺。見前巫山高注。瑤琴自鳴，羅幃齊開。馬蕭蕭而嘶起，鴻嗷嗷以翔迴；使崩雲駭浪振蕩於白日兮，忽欲去而徘徊。客有懷鄉失職而對此者，恨盈襟而難裁！但欲變天地之搖落，不知感節序之摧頹。秋風生，歸去來。

涼州詞二首

樂府遺聲：「都邑曲。」樂苑：「涼州宮調曲。開元中，西涼府都督郭知運所進也。」樂府詩集：「近代曲辭。」張固幽閒鼓吹：「段和尚善琵琶，自制西涼州，後傳康崑崙，即道調涼州也，亦謂之新涼州云。」西域記：「龜茲國王與臣庶知樂者，於大山間聽風水之聲，約節成音，後翻入中國，如伊州、涼州，皆龜茲之境也。」

蓬婆城下淨無花，元和郡國志：「柘州城四面險阻，易于固守，有安戎江、蓬婆水在州南。大雪山，一名蓬婆山，在柘縣西北。」杜甫詩：「更奪蓬婆雪外城。」慘慘黃雲漠漠沙。卷葉誰將番曲奏？史記樂書：「胡笳似觱篥而無孔，後世鹵簿用之，伯陽避入西戎所作，卷蘆葉吹之。」通考：「卷葉元笳制。」白頭都護亦思家。漢書鄭吉傳：「吉破車師，降日逐，威震西域，遂幷護車師以西北道，故號都護。」

其二

關外垂楊早換秋，行人落日旆悠悠。詩：「悠悠旆旌。」隴頭一作山。高處愁西望，見前隴頭水。只有黃河入漢一作海。流。

虞美人曲

史記：「項王軍壁垓下，兵少食盡，漢軍及諸侯圍之數重。夜聞漢軍四面皆楚歌，項王乃大驚曰：『漢皆已得楚乎？是何楚人之多也？』項王乃夜起飲帳中，有美人名虞，常幸從，駿馬名騅，常騎之。于是項王乃悲歌慷慨，自爲詩曰：『力拔山兮氣蓋世，時不利兮騅不逝。騅不逝兮可奈何？虞兮虞兮奈若何！』歌數闋，美人和之，項王泣數行下，左右皆泣，莫敢仰視。」楚漢春秋虞姬和歌行：「漢兵已略地，四方楚歌聲。大王意氣盡，賤妾何聊生！」括地志：「虞姬墓，在濠州定遠縣東。」

明月帳中泣，悲風營外歌。彷徨夜驚起，何事楚人多？迴燈擁綠鬢，向劍蹙青蛾。效命自無恨，君王其奈何！

築城詞

樂府遺聲：「征戍曲。」樂府詩集：「雜曲歌辭。」史記：「秦始皇使蒙恬築長城，延袤萬餘里，暴師十餘年。」中華古今注：「時民怨勞苦，死者相屬。民歌曰：『生男愼勿舉，生女哺用脯。不見長城下，尸骸相支拄。』後因有築城之曲。」

去年築城卒，霜壓城下骨。今年築城人，汗灑城下塵。大家舉杵莫住手，城高不用官軍守。

永嘉行

樂府詩集：「新樂府雜題。」晉書懷帝紀：「永嘉五年六月癸未，劉曜、王彌、石勒同寇洛川，王師頻爲賊所敗。丁酉，劉曜、王彌入京師，帝開華林園門出河陰藕池，欲幸長安，爲曜等所追及。遂焚燒宮廟，逼辱妃后，百官士庶，死者三萬餘人。帝蒙塵于平陽，劉聰以帝爲會稽公。」

帝衣濺血忠臣死，通鑑：「惠帝永興元年，東海王越奉帝北征，河間王顒遣石超率衆五萬拒戰，乘輿敗于蕩陰，帝傷頰，中三矢。百官侍御皆散，前侍中嵇紹，朝服下馬登輦，以身衞帝。兵人引紹于轅中斫之，帝曰：『忠臣也，勿殺。』對曰：『奉太弟令，惟不犯陛下一人耳。』遂殺紹，血濺帝衣。帝墮于草中。超奉帝幸其營，帝餒甚，進水，左右奉秋桃，穎遣盧志迎帝入鄴，左右欲浣帝衣，帝曰：『嵇侍中血，勿浣也。』」五部初興屠各子。紀事本末：「漢靈帝中平五年三月，詔發南匈奴兵配劉虞討張純。單于羌渠遣左賢王將騎詣幽州，國人恐發兵無已，于是左部詮落反，與屠各胡合，殺羌渠，立右賢王于扶羅爲持至尸逐侯單于。至建安二十一年，南單于扶羅子呼廚泉入朝于魏，魏王留之于鄴，分其衆爲五部。晉武帝泰始五年，南匈奴自謂其先漢氏外甥，因姓劉氏，呼廚泉兄子豹，豹子淵，僭稱漢，即皇帝位于晉陽。永嘉五年，遣劉曜、王彌、石勒寇洛川，虜懷、愍二帝。」宣陽門外曉吹笳，通鑑：「辛卯，王彌至宣陽。」注：「宣陽門，洛城南面東來第四門。」持戟誰爲衞宮士？通鑑：「帝步出西掖門，至銅駝街，爲盜所掠，不得進而還。」滿城草綠胡馬嘶，內家散作軍中妻。李賀詩注：「內家，宮嬪也。」唐典：「若犯籍沒婦人，巧者入掖廷。」又中使押領內家三十人。」六璽相隨渡河去，通鑑：「劉曜自西明門入屯武庫，發掘諸陵，焚宮廟官府皆盡。納惠帝后羊皇后，遷帝及六璽于平陽。」月明歸夢遂成迷。萬里中原非典午，蜀志譙周傳：「典午忽兮，月酉沒兮。」典午，謂司馬也。至今人說王夷甫。晉書桓溫傳：「溫過淮泗，踐北境，與諸僚屬登平乘樓，望中原，歎曰：『遂使神州陸沉，百年丘墟，王夷甫諸人不得不任其責！」

神女宛轉歌二首

樂府正聲：「琴曲歌辭。」續齊諧記：「劉妙容，字雅華，吳令劉惠明女也。大婢春條，小婢桃枝，皆善箜篌，歌宛轉歌，相繼俱卒。後有會稽王敬伯者，爲東宮衞佐，過吳，維舟中渚，登亭望月，悵然有懷。乃倚琴歌泫露之詩，俄聞戶外有嗟賞聲，見一女子謂敬伯曰：『女郎悅君之琴，願共撫之。』既而女郎至，姿容婉麗，綽有餘態；從二少女，女郎使大婢酌酒，小婢彈箜篌，作宛轉歌，女郎脫金釵扣絃而和之。將去，留錦臥具、繡香囊遺敬伯。敬伯報以牙火籠、玉琴軫，悵然而別。敬伯至虎牢戍，會惠明舟中亡臥具，于敬伯舟獲焉。敬伯具以告，果于帳中得火籠、琴軫。乃知三女爲妙容、春條、桃枝也。」唐李端又有王敬伯歌，亦出於此。其歌云：「月既明西軒，琴復清寸心。斗酒爭芳夜，千秋萬歲同一情。歌宛轉，宛轉淒以哀，願爲星與漢，形影共徘徊。」其二云：「悲且傷，參差淚成行。低紅掩翠方無色，金徽玉軫爲誰鏘？歌宛轉，宛轉清復悲，願爲煙與霧，氤氳對容姿。」

駐君舟，相見盡綢繆。已遣大姬傾鑿落，韓愈詩：「酡顏傾鑿落。」注：「酒器。」復令小婢進箜篌。歌宛轉，宛轉意何長？願爲灰與火，同泛玉爐香。李賀詩：「玉爐炭火香鼕鼕。」

其二

解妾珮，列仙傳：「鄭交甫于江漢之湄逢二女，皆麗服華妝，佩兩明珠，大如雞卵，解贈交甫。」相貽慰離異。愁逐朝霞天際生，歡隨秋水江頭逝。歌宛轉，宛轉情相續，願爲絃與軫，釋名：「琴下轉絃者謂之軫。」共奏瑤琴曲。劉長卿詩：「終日愧瑤琴。」

東門行

樂府正聲：「相和歌辭瑟調曲。」題解：「古詞云：『出東門，不顧歸。』言士有貧不安其居，撫劍將去，其妻牽衣留之，願共餔糜，不求富貴。且曰：『今時清，不可爲非也。』若鮑照『傷禽惡弦驚』，但傷離別而已。長安城門，卽東都司門，離別之所。」

出東門，暮歸來。入室四壁空，突中無煙甑生埃。韓愈文：「墨突不得黔。」後漢書范丹傳：「桓帝時爲萊蕪長，閭里歌之曰：『甑中生塵范史雲，釜中生魚范萊蕪。』」弱妻蓬頭稚子瘦，使我心下忽有哀。安能學東方生？空抱國士才！史記淮陰侯列傳：「至如信者，國士無雙。」身長七尺齒編貝，索米不得取笑哈。漢書東方朔傳：「『臣朔年二十二，長九尺三寸，目若懸珠，齒若編貝，勇若孟賁，捷若慶忌，廉若鮑叔，信若尾生。若此，可以爲天子大臣矣。』上偉其高自稱譽，令待詔公車。奉祿薄，未得省見。久之，朔紿騶朱儒，朱儒皆號泣頓首，上問何爲？對曰：『東方朔言，上欲盡誅臣等。』上召問，朔對曰：『朱儒長三尺餘，奉一囊粟，錢二百四十。臣朔長九尺餘，亦奉一囊粟，錢二百四十。朱儒飽欲死，臣朔飢欲死。臣言可用，幸異其禮。不可用，罷之，無令但索長安米。』上大笑，因使待詔金馬門，稍得親近。」范成大詩：「推枕蕭然一笑哈。」雞鳴東門早欲開，仗劍當遠去，史記淮陰侯列傳：「項梁渡淮，信仗劍從之，居戲下，無所知名。」不乘駟馬不復迴。一統志：「成都府城北昇仙橋，司馬相如東遊，題其柱曰：『不乘駟馬車，不復過此。』」妻前挽衣言：君可棄妾，奈此呱呱孩！書：「辛壬癸甲，啓呱呱而泣。」君莫憂無糧，田中已生稴；說文：「齊謂麥曰稴。」君莫憂無裳，機中布成尙可裁。不須苦慕富貴，富貴多，有害菑。賤妾與君生同居，死即共作山下灰。吾欲行，爲徘徊，仰視蒼天重咄哉！世說：「殷中軍被廢，終日恆書空作『咄咄怪事』四字而已。」韓愈詩：「咄哉識路行勿休。」

高青丘集卷二

樂府

愛妾換馬曲

樂苑：「雜曲歌辭。」樂府題解：「愛妾換馬，舊說淮南王所作，疑即劉安也。古辭今不傳。」樂府原：「此漢時俠客所爲，漢武重西極馬，一時騰驤之價涌起，至有以妾換者，淮南王以爲歌辭。」

出帷掩紅袂，離廄結青絲。杜甫詩：「玉勒控青絲。」我取躡雲足，漢書禮樂志：「郊祀歌：『太一況，天馬下，霑赤汗，沫流赭。志俶儻，精權奇。籋浮雲，晻上馳。』」注：「籋同躡。」謝莊舞馬賦：「蘊籋雲之銳景，戢追電之逸足。」君憐羞月姿。費昶行路難：「蛾眉掩月徒自妍。」惟當樹功業，詎必戀恩私。回首各已遠，春山將暮時。

美人磨鏡辭

匣中舊鏡龍蟠背，見卷一獨不見。昏盡如同月逢晦。尋得街頭負局翁，兩浙名賢外錄：「負局先生，不知所自來，言語似燕、趙間人，嘗負磨鏡局，循吳市，輒曰：『人有疾苦否？』時出紫丸療之卽愈。百餘年國有大癘，活人萬萬計，不取一錢。」劉禹錫磨鏡篇：「門前負局人，爲我一磨拂。」粉鉛和汞拭青銅。韻會：「汞本作澒，丹砂所化爲水銀也。」參同契注：「粉汞砂銀，相據於土。」張籍白頭吟：「揚州青銅作明鏡。」須臾瑩徹無纖翳，試整朝來暗梳髻。光明還在只如新，悔向塵埃久相棄。明日照儂自畫眉，漢書張敞傳：「敞爲婦畫眉，長安中傳張京兆眉嫵。」不須問郎宜不宜。韓偓新粧詩：「爲要好多心轉惑，遍將宜稱問傍人。」

朝鮮兒歌

原注：「予飲周檢校宅，有二高麗兒歌舞者。」一統志：「武王封箕子于朝鮮。」漢書朝鮮傳：「漢武帝元封三年，濟南太守公孫遂定朝鮮，爲直番、臨屯、樂浪、玄菟四郡。」

朝鮮兒，髮綠初剪齊雙眉。芳筵夜出對一作獻。歌舞，木棉裘軟銅鐶垂。張籍崑崙兒詩：「自愛肌膚黑如漆，行時半脫木棉裘。」蘇軾詩：「開門弄清泚，照見雙銅鐶。」輕身回旋細喉轉，薛能贈歌者詩：「一字新聲一顆珠，囀喉疑是擊珊瑚。」蕩月搖花醉中見。夷語何須問譯人，說文：「譯，傳譯四夷之言者。」深情知訴離鄉怨。曲終拳足拜客前，韓愈聯句：「里儒拳足拜。」烏啼井樹蠟燈然。杜甫詩：「城上擊柝復烏啼。」周禮：「野廬氏，宿息井樹。」李商隱詩：「隔坐送鉤春酒煖，分曹射覆蠟燈紅。」共訝玄菟隔雲海，見題注。兒今到此是何緣？主人爲言曾遠使，萬里好風三日至。元史高麗傳：「海道之深，得便風，可三日至。」鹿走荒宮亂寇過，史記淮南王列傳：「伍被曰：『臣聞伍員諫吳王曰：臣今見麋鹿遊于姑蘇之臺也。』」雞鳴廢館行人次。南史后妃傳：「齊武帝數幸琅邪城，宮人常從，早發至湖北埭，雞始鳴，故呼爲雞鳴埭。」高麗傳：「至正二十二年，帝以讒廢高麗伯顏帖木兒，立其弟塔思帖木兒爲王，復以皇后奇氏族子三寶奴爲元子，以兵萬人送之至鴨淥江，盡爲伏兵所殺。又屢遣使至高麗，選其媵妾，而奇族之在國者多怙勢驕橫，伯顏帖木兒盡殺之。以故奇氏讒于帝，任情廢立，高麗亂。」四月王城麥熟稀，兒行道路兩啼飢。黃金擲買傾裝得，白飯分餐趁舶歸。杜甫詩：「與奴白飯馬青芻。」我憶東藩內臣日，元史高麗傳：「元中統元年，冊高麗國王典制：『永作東藩，以揚我休命。』」納女椒房被褘翟。「椒房」見卷一少年行。周禮天官：「內司服褘衣揄狄。」注：「褘與翬同。伊洛南有雉，素質五色皆備成章曰翬。江淮南青質五色皆備成章者，曰搖。」疏：「揄當作搖，狄當作翟，則搖雉其色青也。」隋書后妃傳序：「周宣嗣位，不率典章，衣褘翟、稱中宮者凡有五。」元史后妃傳：「順帝第二皇后完者忽都奇氏，高麗人，生太子愛猷識理達臘。」教坊此曲亦應傳，稗史：「教坊，唐明皇開元二年，蓬萊宮側始立教坊，以隸散樂，倡優曼衍。」特奉宸遊樂朝夕。中國年來亂未鋤，頓令貢使入朝無。儲皇尙說居靈武，唐書：「安祿山陷京師，太子卽皇帝位于靈武。」元史紀事本末：「至正二十四年秋七月，太子走冀寧，依擴廓帖木兒。二十五年七月，孛羅帖木兒伏誅，召太子還京師。九月，擴廓帖木兒扈從太子奔太原，欲用唐肅宗故事自立。擴廓帖木兒等不從，及還京師，皇后奇氏傳旨，令以重兵衞太子入城，擴廓帖木兒至京城，散遣其衆。」丞相方謀卜許都。蜀志關羽傳：「羽威震華夏，曹公議徙許都以避其銳。」元史紀事本末：「至正二十五年，封中書左丞相擴廓帖木兒爲河南王。二十七年，張良弼、脫列伯推李思齊爲盟主，同拒擴廓，兵連不解，擴廓始受命南征，反退居彰德，惟思用兵陝西。」金水河邊幾株柳，元史河渠書：「金水河，其源出宛平縣玉泉山，流至義和門南水門入京城，故得金水之名。至大四年七月，奉旨引金水河水注之光天殿西花園石山前作池。」依舊春風無恙否？小臣撫事憶昇平，尊前淚瀉多於酒。

野老行送陳大尹 一作送馬明府

桑扈初鳴麥花落，詩注：「桑扈，竊脂也。」吳均詩：「今來夏已晚，桑扈薄樹飛。」大家小家蠶滿箔。韓愈聯句：「春蠶看滿箔。」村中無吏夜捉人，杜甫詩：「暮投石壕村，有吏夜捉人。」老身醉歸行失脚。陸游詩：「失脚墮世網。」自從明府一下車，高適詩：「高義惟良牧，深仁自下車。」短衣糲飯即有餘。姓名免籍弓弩手，元史兵志：「元制，郡邑設弓手，以防盜也。每一百戶內，取中戶一名充役，與免本戶軍站人匠、打捕鷹房、斡脫、窰冶諸色，合著差發，其當戶推到合該差發數目，却于九十九戶內均攤。若有失盜，勒令當該弓手，定立三限盤捉。」杜甫詩：「回頭指大男，渠是弓弩手。」新婦辟纑兒讀書。縣門前頭柳飛絮，春風又隨官馬去。雞鳴相送拜道邊，願公受取一大錢。華嶠後漢書：「劉寵拜會稽太守，徵爲將作大匠，山陰有五六老叟，人賫百錢送寵曰：『鄙生未嘗識郡朝，自明府以來，狗不夜吠，人不見吏，今聞當見棄去，故自扶送。』寵爲人選一大錢受之。」

秋江曲送顧使君

秋江月滿秋潮大，江上行人待潮過。別離休說渡江難，半日順風船穩坐。楚江茫茫葭菼平，陸龜蒙詩：「豈知瀟湘岸，葭菼蘋萍間。」使君來時雄雉鳴。魏書管輅傳：「典農王弘直，有雄雉飛來登直內鈴柱頭，令輅作卦。輅曰：『到五月必遷。』至期，直果爲渤海太守。」子弟從軍隔江去，幾家猶住夕陽城。水田雖荒飯常足，芡米夜舂三十〔校記〕詩綜作「二十」。斛。說文：「芡，雞頭也。」古今注：「其中如米，可以度飢，卽今蔿子也。」誰道繁華不及前，戶無征稅官無獄。渡江渡江君莫留，江北樂似江南秋。

湖州歌送陳太守

草茫茫，水汩汩。上田蕪，下田沒。中田有麥牛尾稀，蘇軾雅種麥行：「畦西種得青猗猗，畦東已作牛尾稀。」種成未足輸官物。侯來桑下搖玉珂，風俗通：「勒飾曰珂。」韓愈詩：「送以紫玉珂。」聽儂試唱湖州歌。按，宋汪元量水雲集，有湖州歌九十八首，皆紀皐亭趣降，自杭北徙之事。湖州歌，悄終闋，幾家愁苦荒村月！

秦箏曲

樂府遺聲：「絲竹曲。」樂府詩集：「淸商曲辭，江南弄。」注見卷一當壚曲。

嬌絃細語發砑羅，陸龜蒙詩：「玉指弄嬌絃。」李白詩：「絃將手語彈鳴箏。」臂動玉釧鳴相和，說文：「釧，臂環也。」梁簡文帝詩：「玉釧逐絃搖。」闗雲隴月愁思多。愁思多，聽此曲，停蜀琴，鮑照詩：「蜀琴抽白雪。」罷燕筑。注見卷一劉生。

從軍行

樂府正聲：「相和歌辭，平調曲。」題解：「皆述軍旅辛苦之辭也。」

關中惡少年，通考：「漢武帝太初元年，以李廣利爲貳師將軍，發郡國惡少年數萬人，期至貳師城取善馬。」占募去防邊。吳書陸抗傳：「黃門豎宦開立占募，兵民怨役，逋逃入占。乞特詔簡閱，一切料出，以補疆埸受敵常處。」匈奴入寇塞，將軍下自天。漢書周勃傳：「亞夫東擊吳、楚，至霸上。趙涉遮說亞夫曰：『兵事上神密，將軍何不從此右去，走藍田，出武關，抵洛陽，直入武庫。諸侯聞之，以爲將軍從天而下也。』」揚旌三道出，漢書武帝紀：「天漢四年，遣貳師將軍李廣利出朔方，因杅將軍公孫敖出雁門，游擊將軍韓說出五原，與單于戰余吾水上。」又：「征和四年，遣貳師將軍李廣利出五原，御史大夫商丘成出西河，重合侯馬通出酒泉，至浚稽山與虜戰。」北史達奚武傳：「齊神武與竇泰、高敖曹，三道夾侵。」列格五營連。注見卷一將軍行。龍城望兵氣，漢書匈奴傳：「五月大會龍城，祭其先天地鬼神。」馬邑斷人煙。漢書地理志：「馬邑屬雁門郡。」晉太原地記云：「秦時建此城輒崩不成，有馬周旋馳走反覆，父老異之，因依以築城，遂名馬邑。」星攢烽夜舉，韓愈詩：「騎火萬星攢。」月偃陣朝圓。玉海：「宋朝康定元年，郭遵與趙元昊皆爲偃月陣。」渴飲疏勒水，漢書西域傳：「疏勒國王治疏勒城，去長安九千三百五十里。」又耿恭傳：「恭以疏勒城旁有澗水可固，乃引兵據之。」饑餐屬國氈。漢書蘇武傳：「武以元始六年春至京師，詔武奉一太牢，謁武帝園廟，拜爲典屬國。」「餐氈」見卷一雨雪曲。名勇單于憚，功多天子憐。寧令竇車騎，獨擅勒燕然。通鑑紀事：「東漢和帝永元元年，夏六月，竇憲、耿秉出朔方雞鹿塞，會兵涿山，與北單于戰于稽落山，破之。出塞三千餘里，登燕然山，命中護軍班固刻石勒功，紀漢威德而還。」

大梁行

樂府詩集：「新樂府雜題。」一統志：「今河南開封府。戰國魏都此。」

大梁四面平如砥，西去咸陽一千里。「咸陽」見卷一放歌行。魏王此地昔爲都，宮闕中天碧雲起。車聲輷輷夜未休，左思魏都賦：「振旅輷輷。」帶甲十萬名蒼頭。戰國策：「蘇秦說魏王曰：『竊聞大王之卒，武力二十餘萬，蒼頭二十萬。』」注：「蓋以青帕首。」史記項羽本紀注：「謂士卒皂巾。」撞鐘列鼎宴上客，奉金走幣連諸侯。信陵眞是賢公子，富貴不驕天下士。史記魏公子列傳：「公子無忌，昭王少子，安釐王異母弟，封信陵君。仁而下士，士無賢不肖，謙而禮之。不富貴驕士，士爭歸之，食客三千。」已訪侯嬴到里門，魏公子列傳：「魏有隱士曰侯嬴，年七十，家貧，爲大梁夷門監者。公子聞之，從車騎虛左自迎侯生。侯生攝獘衣冠，直上載公子上坐，不讓，欲以觀公子，公子執轡愈恭。」復迎朱亥經屠市。魏公子列傳：「侯生又謂公子曰：『臣有客在市屠中，願枉車騎過之。』公子引車入市，侯生下見其客朱亥，睥睨故久立，與其客語，微察公子，顏色愈和。」傾身折節世莫同，緩急竟賴斯人功。邯鄲秦軍一椎破，魏公子列傳：「魏安釐王二十年，秦昭王已破趙長平軍，進圍邯鄲。魏王使晉鄙救趙，實持兩端以觀望。公子從侯生計，請如姬盜晉鄙兵符，至鄴代晉鄙。晉鄙合符疑之，欲無聽。朱亥袖四十斤鐵椎，椎殺晉鄙。公子遂將兵救趙，擊秦軍，秦軍解去。」七國震動聞英風。古城重過爲搔首，幾度秋風落楊柳。沼上應無鴻鴈來，苑中只有狐狸走。立馬塵沙日欲昏，悲歌感慨向夷門。豪華多少同銷歇，獨有高名今尙存。

東飛伯勞歌

樂府遺聲：「鳥獸曲。」樂府詩集：「雜曲歌辭。」左傳「伯趙氏」注：「伯趙，伯勞也。以夏至鳴，冬至止。」樂原：「古東飛伯勞歌曰：『東飛伯勞西飛燕，黃姑織女時相見。誰家女兒對門居，開顏發豔照里閭。南窗北牖桂月光，羅帷綺帳脂粉香。女兒年幾十五六，窈窕無雙顏如玉。三春已暮花隨風，空留可憐與誰同？』」

前飛蜻蜓後飛蝶，桃葉楊枝每相接。誰家季女弄春妍，披煙暎日窗戶前。金雀雙釵翠羽扇，曹植美女篇：「頭上金雀釵，腰佩翠琅玕。」西京雜記：「趙飛燕爲皇后，其女弟上翠羽扇。」纈屏黼帳文羅薦。玉篇：「纈，綵纈也。」考工記：「白與黑謂之黼。」湯惠休楚明妃曲：「文羅秋翠。」嬌羞年幾十五多，將呈復隱奈愁何！流暉倏沒百花暝，空持可憐誰作並。

春江花月夜

樂府正聲：「淸商吳聲歌曲。」樂志：「春江花月夜、玉樹後庭花，並陳後主所作。後主嘗與宮中女學士及朝臣相和爲詩，太常令何胥，又善于文詠，采其尤豔麗者，以爲此曲。」

皓月金波滿，奇花玉樹新。浮輝與流豔，併弄一江春。還持誰可比？結綺閣中人。南史張貴妃傳：「後主自居臨春閣，張貴妃居結綺閣，龔、孔二貴嬪居望仙閣。」

踏歌行

樂府詩集：「近代曲辭。」舊唐書睿宗紀：「上元夜，上皇御安福門觀燈，出內人連袂踏歌，縱百寮觀之。」宣和書譜：「南方風俗：中秋夜婦人相持踏歌，婆娑月影中，最爲盛集。」

香塵和露踏成泥，花下風寒鬢脚低。王安石明妃曲：「淚濕春風鬢脚垂。」夜靜高樓有人聽，起頭一句唱教齊。

子夜四時歌

樂府正聲：「清商曲。」唐書禮樂志：「晉曲也。」注見卷一櫂歌行子夜注。又白紵詞。

白白復朱朱，韓愈詩：「同遊百花林，朱朱兼白白。」芳條罥繡襦。摘來隨女伴，賽鬭不曾輸。春。

紅妝何草草？晚出南湖道。不忍便回舟，荷花似郎好。夏。唐書楊再思傳：「張昌宗以姿貌幸，再思曰：『人言六郎似蓮花，正蓮花似六郎耳！』」

堂上織流黃，環濟要略：「間色有五：紺、紅、縹、紫、流黃也。」古樂府相逢行：「中婦織流黃。」堂前看月光。羞見天孫度，低頭入洞房。秋。

空幃擁爐坐，夜冷微紅滅。郎意似殘灰，無因得重熱。冬。

迎送神曲

原注：「白龍廟，在陽山。世傳東晉時居民繆氏女，生一肉塊，化爲白龍而去。女驚絶，遂立祠山巔。又云：龍子分職瀟湘，每歲省母。」余爲作迎送神曲。

薦芳兮奠醑，庾信燈賦：「山中醑清。」斲冰爲梁兮葺荷以爲宇。九歌雲中君：「桂櫂兮蘭枻，斲冰兮積雪。」又湘君：「築室兮水中，葺之兮荷蓋。」神不來兮孰與處？空山湫兮暮多雨。渺吾望兮瀟湘，雲冥冥兮水茫茫。有美人兮在堂，盍歸來兮故鄉！

導赤鯉兮從玄一作文。鼉，述異記：「江陰北有吳子英廟，子英即野人也。善入水捕魚，得一赤鯉，將著家池中養之。後長徑一丈，有角翅，謂子英曰：『我迎子身，汝上我背。』遂昇于天爲神仙。」爾雅：「鼉，一名土龍，其甲黑色，能橫飛，不能上騰。」拾遺記：「禹濟巨海，黿鼉爲梁。」冷風回兮水驚波。儼靈旗兮來下，漢書禮樂志：「招搖靈旗。」注：「畫招搖于旗以征伐，故稱靈旗。」巫撫節兮安歌。屈原九歌：「揚枹兮拊鼓，疏緩節兮安歌。」安歌兮未急，一作極。倏回輈兮山之側。南有淵兮北有湫，神不留兮我心憂！願歲來兮惠我秋。

有所思

樂府正聲：「漢短簫鐃歌曲。」題解：「其辭大略言：『有所思，乃在大海南。何用問遺君？雙珠瑇瑁簪。聞君有他心，燒之當風揚其灰。』若王融『如何有所思』，梁劉繪『別離安可再』，但言離思而已。」

有所思，今安在？煙霧迢迢隔南海。昔年遺我翡翠裘，拾遺記：「宋景公春夏以珠玉爲飾，秋冬以翡翠爲溫。」埤雅：「翠鳥謂之翡翠，舊云雄赤曰翡，雌青曰翠。」集異記：「則天賜張昌宗集翠裘，令狄仁傑與賭此裘。狄因指所衣紫絁袍曰：『臣以此敵。』昌宗累局連北，公褫裘拜恩而出。」篋中久閉銷光彩。宛如神仙在瀛洲，乘濤欲至風引舟。前漢書郊祀志：「蓬萊、方丈、瀛洲，此三神山，共傳在渤海中，去人不遠。蓋嘗有至者，諸仙人及不死之藥皆在焉。金銀爲宮闕，未至，望之如雲。及到，三神山反居水下，風輒引船而去，終莫能至云。」同心之人乃離阻，嗟我處此將何求？

吁嗟篇

樂苑：「相和歌辭，清調曲。選詩拾遺，作瑟調。」樂府題解：「曹植擬苦寒行爲吁嗟篇。」

惻惻抱深隱，靡靡踰崇丘。凜凜歲欲徂，役役車未休。不辭車未休，但傷歲莫留！窮陰蔽九野，徒旅同時憂。豺虎當路啼，魏武帝苦寒行：「虎豹夾路啼。」猿猱出林遊。我飢雪作糧，見卷一雨雪「漢使餐」注。我寒又無裘。徒思陽春日，誰返羲和輈？廣雅：「日御謂之羲和。」天時自有常，淚下還復收。

擊筑吟贈張贊軍

擊筑上君堂，君心不可忘。哀聲流易水，史記刺客列傳：「至易水之上，既祖，取道，高漸離擊筑，荆軻和而歌，爲變徵之聲，士皆垂淚涕泣。又前而歌曰：『風蕭蕭兮易水寒，壯士一去兮不復還。』復爲羽聲慷慨，士皆瞋目，髮盡上指冠。」憤氣激咸陽。刺客列傳：「秦王見燕使者咸陽宮，荆軻奉樊於期頭函，而秦舞陽奉地圖匣以進，色變振恐。荆軻取圖奏之，圖窮而匕首見。因左手把秦王之袖，而右手持匕首揕之。未至身，秦王驚，自引而起，袖絶。」不向諸侯座，寧來刺客場？今朝特前奏，爲我一停觴。

苦哉遠征人

樂府詩集：「相和歌辭，平調曲。晉陸機從軍行曰：『苦哉遠征人，飄飄窮四遐。』宋顏延年從軍行曰：『苦哉遠征人，畢力幹時艱。』蓋苦天下征伐也。又有苦哉行、遠征人，皆出於從軍行也。」

悠悠荷戈子，詩：「荷戈與祋。」謫發事遠征。遠征無窮期，千里萬里程。瞻斗知鄉遠，沈炯歸魂賦：「祭故鄉之安否，但望斗而瞻牛。」范成大詩：「近瞻北斗璿璣次，猶夢西山翠碧堆。」覽物悟歲更。霜露鑠肌膚，弊鎧蟣蝨生。白居易詩：「蟣虱衣中物，刀鎗面上痕。」況茲三邊虜，晉書張軌傳論：「阻三邊而高視。」小學紺珠：「三邊，幽、并、涼三州也。」驕黠未易平。聞笳已心摧，赴刃仍骨驚；江淹別賦：「心折骨驚。」軍興有嚴誅，賤命顧自輕。區區在行間，敢望竹帛名？後漢書鄧禹傳：「禹見光武曰：『但願明公威德加于海內，禹得効其尺寸，垂功名于竹帛耳。』」奈何久不還，主將功未成。誰憐城南室，思婦感鵲聲。西京雜記：「乾鵲噪而行人至，蜘蛛集而百事喜。」

鑿渠謠

鑿渠深，一十尋。鑿渠廣，八十丈。鑿渠未苦莫嗟吁，黃河曾開千丈餘。君不見，賈尚書！元史紀事本末：「至正十一年，命賈魯以工部尙書充河防使，發河南北兵民十七萬，開黃河故道，凡二百八十里。先是，河南北童謠云：『石人一隻眼，挑動黃河天下反。』及魯治河，果于黃岡陵得石人一眼，而汝、潁之兵起。」

荆門壯士歌

一統志：「荆門山在荆州府宜都縣西，大江南，與虎牙山相對。」

水洶洶，冰差差，荆門葉黃杪秋時。上有騰攫之猿猱，下有嚵嚼之蛟螭。說文：「螭若龍而黃，或曰無角曰螭。」悲哉此路難！孰敢徑渡之？三撫髀，蜀志郤正傳：「齊隸拊髀以濟文。」注：「此謂孟嘗君客，能作雞鳴以濟其厄者也。凡作雞鳴，必先拊髀，以效雞之拊翼也。」壯士起，劍風騷勞髮上指。孟郊詩：「棘針何騷勞。」仰天長歌不見星，哀鴻夕叫雲冥冥。

城虎詞 原注：「八月有虎入錢唐民居，爲軍士所殺。」

候潮門開啼蚤鴉，杭州府志：「省城門十，東城五門之一曰候潮。」有虎忽入居人家。母兒畏竄雞犬伏，韓愈射訓狐：「慈母抱兒怕入席，那暇更護雞窠雛。」排籬突戶誰能遮。獰風動樹初哮吼，驚起東營捉生手。唐書沙陀傳：「李存信傳魏城，羅弘信以捉生逆戰。」遼史太宗紀：「十年，如金瓶濼，遣拽剌化哥、窟魯里、阿魯埽姑等捉生敵境。」怒拔長戈試一摏，左傳：「富父終甥，摏其喉以戈。」目光落地倀魂走。段成式酉陽雜俎：「虎死威乃入地，可却百邪。虎初死，記其頭所藉處，候月黑夜掘之，深二尺，當得物，如虎珀，蓋虎目光淪入地所爲也。」傳奇：「長慶中，馬拯之衡山，近昏黑，遇獵人于道旁，張弶弓樹上，爲棚而居。忽三五十人過，或僧、或道、或丈夫、或婦女，歌吟者、戲舞者，前至弶弓所，發其機而去。獵者曰：『此是倀鬼，被虎所食之人也。爲虎前呵導耳。』」南山蔾藋深冥冥，白日横行誰敢攖？胡爲離窟來城市，牙爪雖全不能一作堪。恃。稗史：「永康軍，太平興國中，虎暴失踪，誤入市。市人逐之，虎爲人逼，弭耳矚目，長吏遣善捕獵者李吹口。衆曰：『李吹口至矣。』虎聞，忙然竄入市屋下匿身，李遂以戟刺之。」君不見，壯士遭急縛，失路窮時亦如此！魏志呂布傳：「建安三年，魏武自征布，兵圍急，乃降。遂生縛布，布曰：『縛太急，小緩之。』魏武曰：『縛虎不得不急也。』」

寒夜吟 樂府詩集：「雜曲歌辭。」

月下凍痕生綠井，隔簾霜片飛無影。樹枝風息轉凝〔校記〕大全集作「迎」，錢謙益列朝詩集（以下簡稱列朝詩）同。寒，愁人如烏棲未安。夜短夜長應獨覺，熒熒殘燭嗚嗚角。七導注：「角名長鳴，十二聲爲一疊。鼓止角動，軍中以司昏曉。又古角以木爲之，今以銅，變體也。爲軍中之樂。俗名『拔羅迴』，號令之限度也。」白居易詩：「清曉角嗚嗚。」

戍婦詞

妾在當奉姑，郎行當報君。男女各有役，死生從此分。

羈旅行　樂府詩集：「新樂府雜題。」

馬頭北風吹地白，手冷時驚墮鞭策。隻堠欲來雙堠過，陸游詩：「數殘雙隻堠。」說文：「堠，封土爲臺以記里也。十里雙堠，五里隻堠。」客程不盡關山多。狐狸縱橫古城壞，旗折官亭無酒賣。李洞詩：「官亭池碧海榴殷。」土風處處殊故園，鄉音只聞僮僕言。天涯歲晚無相識，囊金已空歸不得！戰國策：「囊金百鎰盡。」暝投人家自炊黍，土屋青燈雁啼雨。元好問詩：「人家土屋纔容膝。」此時暫解羈旅憂，夢與家人夜深語。人生出門卽苦辛，何況長爲萬里身！遠遊縱得功名好，不如貧賤鄉中老。

小長干曲 樂府遺聲：「都邑曲，一作行。」樂府詩集：「雜曲歌辭。」圖經：「長干里去上元縣五里。」吳都賦：「長干延屬，飛甍舛互。」注：「建業南五里，有山岡，其間平地，吏民雜居。東長干中有大長干、小長干，皆相連。大長干在越城東，小長干在越城西，地有長短，故號小、大長干。」

郎采菱葉尖，妾采荷葉圓。石城愁日暮，江寧府志：「石頭城在府治西，據石頭山爲城。諸葛亮云『石城虎踞』即此。」古樂府：「莫愁在何處？莫愁石城西。」各自撥歸船。

春江行 樂苑：「雜曲歌辭，唐郭元振曰：『春江，巴女曲也。』」

春江南北疑無岸，綠草綠波連不斷。一女紅粧出浣紗，王維詩：「誰憐越女顔如玉，貧賤江頭自浣紗。」恰如鏡裏見桃花。袂衣猶冷過寒食，雲度春陰半江黑。浦口風多潮正深，江寧府志：「浦子口在江浦縣，東出大江。」輕舟搖蕩似人心。鷓鴣暮啼歸路遠，異物志：「鷓鴣，其志懷南，不思北徂，南人聞之則思家。」飛絮茫茫楚王苑。

寄衣曲二首 樂府詩集：「新樂府雜題。」

郎寒甚妾寒，持衣向燈泣。不是手縫遲，綿多針線澀。開元宮人詩：「蓄意多添線，含情更著綿。」

其二

賜一作戍。袍非不煖，本事詩：「開元中，賜邊軍纊衣，製于宮中。又僖宗朝，自內出袍千領，賜塞外吏士。」妾製稱郎身。寄去龍堆遠，漢書西域傳：「樓蘭國最近漢，當白龍堆，乏水草，嘗主發導，負水儋糧，送迎漢使。」端愁到已春。王駕古意：「寒到君邊衣到無？」

廢宅行

鳴珂坊裏將軍第，唐書張嘉貞傳：「嘉祐，嘉貞弟，有幹略。方嘉貞爲相時，任右金吾衛將軍，昆弟每上朝，軒蓋騶導盈閭巷。時號所居坊曰鳴珂里。」列戟齊收朱戶閉。唐書韋斌傳：「斌拜銀青光祿大夫，列五品。時陟守河東，而從兄由爲右金吾衛將軍，縚爲太子太師，四第同時列戟，衣冠罕比。」韓詩外傳：「諸侯有德，天子錫之，一錫車馬，再錫衣服，三錫虎賁，四錫樂器，五錫納陛，六錫朱戶。」里媼逢人說舊時，有廬被奪廣園池。今年沒入官爲主，散盡堂中義宅兒。五代史義兒傳：「唐起代北，其所與俱，皆一時雄傑虓武之士，往往養以爲兒，號義兒軍。」廚煙久斷無粱肉，羣鼠饑來入鄰屋。官封未與別人居，日日閒苔雨添綠。曲閣深沉接後房，畫屛生色暗無光。尋常不敢偷窺處，守卒時來拾墜璫。春風多少奇花樹，又有豪家移得去。

青樓怨 樂府遺聲：「怨思曲。」

浴金熏爐鏤玉奩，元稹詩：「香開白玉奩。」蘭香今夜爲君添。烏棲黃昏烏起曙，纔見道來還道去。

聞角吟

驚起黃榆塞下鴻，于濆戍客南歸詩：「北別黃榆塞。」一聲嗚軋戍樓空。李俊民詩：「嗚軋江樓角一聲。」方于詩：「寒聲發戍樓。」此時吹動關山意，十萬征人歸夢中。玉帳彎弓夜初起，虞世基詩：「轅門臨玉帳。」月白不知霜似水。餘聲散作滿天愁，風吹不入單于壘。

刺促行 樂府詩集：「新樂府雜題。唐李益有促促曲，王建、張籍有促促詞，意亦相同。」晉書潘岳傳：「岳見王濟、裴楷等爲帝所親遇，岳內非之，題閣道爲謠曰：『閣道東，有大牛。王濟鞅，裴楷鞧，和嶠刺促不得休。』」

刺促復刺促，天高白日速。黃鵠常苦飢，屈原卜居：「寧與黃鵠比翼乎？將與雞鶩爭食乎？」烏鳶飛食肉。漢書循吏傳黃霸傳：「吏出食于道傍，烏攫其肉。」隋書崔彭傳：「可汗召善射者數十人，因擲肉于野，以集飛鳶，命射之，多不中。彭連發數矢，皆應弦而落。」促刺復促刺，長途多荆棘，但見今人行，不逢古人迹。

牧牛詞

爾牛角彎環，李賀詩：「長眉對月鬬彎環。」我牛尾禿速。元好問詩：「禿蔌餘淸篠。」按：蔌與速通。漢書蔡邕傳「速速方轂」，詩作蔌蔌，義同。共拈短笛與長鞭，南隴東岡去相逐。日斜草遠牛行遲，牛勞牛飢惟我知。牛上唱歌牛下坐，夜歸還向牛邊臥。長年牧牛百不憂，但恐輸租賣我牛。

捕魚詞

後網初沈前網起，夫婦生來業淘水。忽驚網重力難牽，打得長魚滿船喜。不教持賣去南津，且向江頭祭水神。願得年年神作主，無事全家臥煙雨。不論城中魚貴賤，換得酒歸儂不怨。

養蠶詞

東家西家罷來往，范成大田園詩：「三旬蠶忌閉門中，鄰曲都無步往蹤。」晴日深窗風雨響。陸游詩：「食葉蠶聲白雨來。」二眠蠶起食葉多，蠶書：「蠶生明日，桑或柘葉風戾以食之，寸二十分。晝夜五食。九日不食一日一夜，謂之初眠。又七日，再眠如初。又七日，三眠如再。又七日謂之大眠。」張籍江村行：「桑村椹黑蠶再眠，小姑採桑不向田。」陌頭桑樹空枝柯。新婦守箔女執筐，頭髮不梳一月忙。三姑祭後今年好，馬臻詩：「村婦相逢還笑問，把蠶今歲是三姑。」滿簇如雲繭成早。檐前繰車急作絲，又是夏稅相催時。

射鴨詞

姑蘇志「鶴媒」注：「吳中弋人，嘗養一馴鶴，以草木爲盾，挾弓矢以伺之。鳥見鶴同類，狎之無嫌疑，遂爲矢所中，而射鴨亦用此法。」

射鴨去，淸江曙。射鴨返，迴塘晚。秋菱葉爛煙雨晴，鴨羣未下媒先鳴。草翳低遮竹弓彀，孟郊詩：「不如竹枝箭，射鴨無是非。」水冷田空鴨多瘦。行舟莫來使鴨驚，得食忘猜正相鬪。鵁唼唼，溫庭筠詩：「塘水汪汪鳧唼喋。」玉篇：「鴨食貌。」毛褷褷，韻會：「毛，羽衣貌。」潛機一發那得知。

伐木詞

竹擔挑多兩肩赤，雲窗雜記：「淩倚隱衡山，往來自負書劍，削竹爲擔，裹以烏氈。」謝翺樵歌：「樵斧丁丁響翠微，赬肩半脫汗身衣。」礪斧時尋澗邊石。魏書神元紀：「於庭中礪鉞斧。」老夫氣力秋漸衰，易斫喜有枯林枝。白雲無人暗空谷，遠聲丁丁如啄木。左貴嬪詩：「南山有鳥，自名啄木。飢則啄樹，暮則巢宿。」暮歸待伴不獨行，前途虎多荊棘生。長年不曾到城府，聞比山中路尤阻。

打麥詞

雉雛高飛夏風煖，李白雉朝飛詞：「麥隴靑靑三月時，白雉朝飛挾兩雌。」行割黃雲隨手斷。陸游詩：「壓車麥穗黃雲卷。」疎莖短若牛尾垂，見前湖州歌。去冬無雪不相宜。朝野僉載：「要宜麥，見三白。」注：「雪也。」場頭負歸日色白，穗落連枷聲拍拍。玉篇：「連枷，打穀具。」釋名：「枷，加也。加杖于柄頭以撾穗而出其穀也。」范成大秋日田園詩：「笑歌聲裏輕雷動，一夜連枷響到明。」呼兒打曬當及晴，雨來恐〔校記〕大全集作「怕」。有飛蛾生。述異記：「晉永嘉中，梁州雨七旬，麥化爲飛蛾。」陸游詩：「雨畏禾頭蒸耳出，潤憂麥粒化蛾飛。」臥驅烏雀非愛惜，明年好收從爾食。

采茶詞

雷過溪山碧雲暖，試茶錄：「民間常以驚蟄爲候，以春陰爲采茶得時。」幽叢半吐槍旗短。茶錄：「茶芽如鷹爪，雀舌爲上，一旗一槍，次之。」陸游煎茶詩：「紅絲小磑破旗槍。」銀釵女兒相應歌，杜甫詩：「野花山葉銀釵並。」筐中摘得誰最多。歸來淸香猶在手，高品先將呈太守。竹爐新焙未得嘗，籠盛販與湖南商。山家不解種禾黍，衣食年年在春雨。

賣花詞

綠盆小樹枝枝好，白居易詩：「珠寫綠盆中。」花比人家別開早。陌頭擔得春風行，美人出簾聞叫聲。移去莫愁花不活，賣與還傳種花訣。餘香滿路日暮歸，猶有蜂蝶相隨飛。買花朱門幾回改，不如擔上花長在。

洞房曲

洞房香吐合昏花，沈約詠月：「洞房殊未曉，清光信悠哉！」本草：「合歡一名合昏，至暮即合，故云。」杜甫詩：「合昏亦知時，鴛鴦不獨宿。」月轉勾闌啼乳鴉。通雅：「宋有京瓦，通謂勾欄。其始名則猶欄杆也。」李賀宮娃歌：「啼蛄弔月勾欄下。」今宵有酒留君醉，不信娼家勝妾家。劉庭芝公子行：「娼家美女鬱金香。」李白詩：「美人一笑褰珠箔，遙指紅樓是妾家。」

待月詞

漏板敲愁夜驚冷，李賀詩：「七星挂城聞漏板。」露井桃花濕無影。王昌齡詩：「昨夜風開露井桃，未央前殿月輪高。」海風吹星銷碧煙，羿妃粧遲鏡未懸。淮南子：「羿請不死之藥于西王母，嫦娥竊之以奔月。」素鸞不來桂香死，龍城錄：「明皇與申天師、洪都客作術，臥遊月宮，見素娥十餘人，乘白鸞舞于廣庭桂樹下。」洪希文詩：「嫦娥爲誰怨？不肯驂素鸞。」杜甫詩：「斫却月中桂，扶疏萬古同。」雲外紫篁呼夢起。畫繼：「甘露宵零于紫篁。」瓊樓欲開天半紅，王子年拾遺記：「翟天師乾祐，嘗于江岸玩月，或問此中竟何有？翟笑曰：『可隨吾指觀之。』俄見月規半天，瓊樓玉宇爛然，數息間不復見矣。」徘徊望拜娥池東。張夫人拜新月詩：「拜新月，拜月此堂前。」西京雜記：「漢武于望鶴臺西起俯月臺，臺下穿影娥池，每登眺，月影入池中，因名影娥。」蘭閨未返燈寒後，後漢書后妃傳贊：「班政蘭閨，宣禮椒屋。」注：「西都賦曰：『後宮則掖庭椒房，后妃之室。蘭林蕙草，披香發越。』蘭林，殿名，故言蘭閨。」恰似前宵待郎久。

惜花歎

惜花不是愛花嬌，賴得花開伴寂寥。樹樹長懸鈴索護，天寶遺事：「寧王至春時，于後園中紉紅絲爲繩，密綴金鈴，繫于花梢之上。每有鳥雀翔集，則令園吏掣鈴以驚之，因名護花鈴。」叢叢頻引鹿盧澆。見卷一宛轉行。幾回欲折花枝嗅，心恐花傷復停手。每來花下每題詩，不到花前不持酒。準擬看花直盡春，春今未盡已愁人。纔留片萼依前砌，全落千英過別鄰。懊惱園中妒花女，畫旛不禁狂風雨。博異記：「崔玄微月夜見女伴，曰楊氏、李氏、陶氏。又緋衣小女曰阿醋，曰：『諸女伴在苑中，每被惡風相撓，頗處士每歲日作一旛，上圖日月五星，立苑東。』崔爲立旛，東風刮地，折木流花，而苑中不動。崔乃悟女郎卽衆花精也。」流水殘香一夜空，黃鸝魂斷渾無語。李白詩：「春陽如昨日，碧樹語黃鸝。」〔校記〕列朝詩作「無言語」。縱有星星在薜衣，謝靈運詩：「星星白髮垂。」王勃龍懷寺碑：「頳苔翠薜，具不盡之靈衣。」韻會：「薜，垣衣。」拾來已覺損光輝。只應獨背東窗臥，夢裏相隨高下飛。

照鏡詞

君家青銅鏡，價重比黃金。空持照人面，不持照人心。

田家行 樂府詩集：「新樂府雜題。」

草茫茫，水汩汩，上田蕪，下田沒。中田有禾穗不長，狠藉只供鳧雁糧。雨中摘歸半生濕，新婦舂炊兒夜泣。曹唐詩：「蔡家新婦莫嫌少，領取眞珠三五升。」

憶遠曲 樂府詩集：「新樂府雜題。」

揚子津頭風色起，一統志：「揚子江在儀眞縣南，經通、泰二州，入于海。」李白詩：「横江西望阻西秦，漢水東連揚子津。」郎帆一開三百里。江橋水柵多酒壚，白居易詩：「紅板江橋青酒旗。」張籍江南行：「娼樓兩岸臨水柵，夜唱竹枝留北客。」女兒解歌山鷓鴣。樂府類：「山鷓鴣，唐曲。」許渾聽歌鷓鴣詩：「南國多情多豔詞，鷓鴣清怨繞梁飛。」武昌西上巴陵道，一統志：「武昌府，湖廣省治。巴陵，今岳州。」岑參送費子歸武昌詩：「秋來倍憶武昌魚，夢著只在巴陵道。」聞郎處處經過好。櫻桃熟時郎不歸，范成大詩：「牡丹破蕚櫻桃熟，未許飛花減却春。」客中誰爲縫春衣？陌頭空問琵琶卜，妖巫傳：「淮南好鬼神，多邪俗，病即祀之，無醫人。張鷟曾于江南洪州停數日，聞士人何婆善琵琶卜，與同行人郭司法質焉；其家士女塡門，餉遺滿道。」欲歸不歸在郎足。郎心重利輕風波，在家日少行路多。妾今能使烏頭白，史記刺客列傳荆軻傳贊注：「燕丹求歸，秦王曰：『烏頭白，馬生角，乃許耳。』丹乃仰天歎。烏頭卽白，馬亦生角。」不能使郎休作客。

金井怨

曹鄴金井怨：「西風吹急景，美人照金井，不見面上花，却恨井中影。」

照水羞見影，汲水嫌手冷。閑立梧桐陰，烏啼秋夜永。

送客曲

樂府遺聲：「別離曲。」樂府詩集：「雜曲歌辭。」

送客車在門，勸客杯在手。明日長安花，今夜宜城酒。見卷一行路難。願客飲此勿復辭，我無黃金爲客壽。史記：「平原君以千金爲魯仲連壽。」人生無處無弟兄，鄉里刺促誰知名？賣書買得百金劍，有身須向關山行。馬四蹄，車兩轂，行人欲發休躑躅，嘐嘐雞鳴赤日旭。

里巫行

說文：「巫，祝也，女能事無形以舞降神也。」

里人有病不飲藥，神君一來瘞鬼却。史記：「上求神君，舍之上林中蹏氏觀。神君者，長陵女子，以子死，見神於先後宛若，宛若祠之其室，聞其言不見其人云。」又：「游水發根言：『上郡有巫，病而鬼神下之。』上召置祠之甘泉。及天子幸甘泉，置酒壽宮神君，壽宮神君最貴者太一，其佐曰大禁、司命之屬，皆從之。時晝言，然常以夜。又置壽宮、北宮，張羽旗，設供具以禮神君。神君所言，上使人受書其言，命之曰畫法。」走迎老巫夜降神，白羊赤鯉縱橫陳。蘇軾黃牛廟詩：「廟前行客拜且舞，擊鼓吹簫屠白羊。」杜甫詩：「赤鯉騰出如有神。」男女殷勤案前拜，家貧無殺神勿怪。老巫擊鼓舞且歌，紙錢索索陰風多。李賀神絃：「紙錢窸窣鳴颷風。」巫言汝壽當止此，神念汝虔賒汝死。送神上馬巫出門，家人登屋啼招魂。禮運：「及其死也，升屋而號。告曰：『皐，某復』。」注：「升屋者，以魂氣之在上也。皐者，引聲之言。某者，死者之名。欲招此魂，令其復合體魄。」

主客行

主人楚歌客楚舞，漢書張良傳：「戚夫人泣。上曰：『爲我楚舞，吾爲若楚歌。』」落日黃雲雁聲苦。笑拂腰間寶劍光，美人滿堂色如土。戴良對景吟：「索寞無言面如土。」大兒北海人中奇，小兒能讀曹娥碑。後漢書禰衡傳：「衡唯善魯國孔融及弘農楊修。嘗稱曰：『大兒孔文舉，小兒楊德祖。餘子碌碌，莫足數也。』」孔融傳：「融字文舉，見河南尹李膺曰：『先君孔子，與君先人李老君相師友，則融與君累世通家。』衆坐莫不歎息。大中大夫陳煒後至，坐中以告煒。煒曰：『夫人小而聰了，大未必奇。』融應聲曰：『觀君所言，將不蚤慧乎？』膺大笑曰：『高明必爲偉器。』後爲北海太守。」世說：「魏武嘗過曹娥碑下，楊修見碑背上題『黃絹幼婦，外孫虀臼』八字。魏武問修解否？答曰：『解。』魏武曰：『卿未可言，待我思之。』行三十里，魏武乃曰：『吾已得。』令修別記所知。修曰：『黃絹，色絲也，於字爲絕。幼婦，少女也，於字爲妙。外孫，女子也，於字爲好。虀臼，受辛也，於字爲辤。所謂絕妙好辤也。』魏武之記與修同。歎曰：『我才不及卿，乃覺三十里。』」相逢且莫歎貧賤，但願有酒無別離。君不見，平原墓上生秋草，國士無窮道傍（校記）「傍」，詩綜作「旁」。旁字是。此本「旁」（旁邊）字多誤作「傍」（依傍）。老。史記平原君列傳：「平原君趙勝者，趙之諸公子也。喜賓客，賓客蓋至者數千人。」

春夜詞

杏煙濕鬢秋千下，高無際鞦韆賦序：「漢武帝後庭之戲，本云『千秋』，祝壽之詞也。語譌轉爲『秋千』。後人不本其意，乃造鞦、韆二字。」銀蠟光寒曲屏畫。宋无公子家詩：「姬將銀蠟燒明月。犬帶金鈴臥落花。」數漏閒過每睡時，月明微見墮游絲。沈約詩：「游絲映空轉。」欲歸自踏娉婷影，杜甫詩：「不嫁惜娉婷。」集韻：「美好貌。」風動玉釵花亦冷。屋貯嬌愁鎖幔紗，見卷一長門怨注。青絲嘶騎醉誰家？管絃不動空臺榭，夢與烏衣語中夜。摭言：「王榭夢抵烏衣國，宴歸。王命取飛玄軒，榭入其中，閉目，少息至家。梁上雙燕呢喃，榭乃悟所止燕子國也。」

新絃曲

舊絃解，新絃張，冰絲牽愁六尺長。方干詩：「冰絲織絡經心久。」阮瑀箏賦：「身長六尺，應律數也。」寬急頻從指邊聽，金雁參差移不定。溫庭筠彈箏人詩：「鈿蟬金雁皆零落，一曲伊州淚萬行。」新絃響高調易促，不如舊絃彈已熟。憐新厭舊妾恨深，爲君試奏白頭吟。西京雜記：「相如將聘茂陵人爲妾，卓文君作白頭吟以自絕，乃止。」他日愁如舊絃棄，泣向羅裙帶頭繫。

竹枝歌六首

樂府詩集：「近代曲辭，本出巴渝。唐貞元中，劉禹錫在沅湘，以俚歌鄙陋，乃依騷人九歌作竹枝新詞九章，曰巴兒聯歌。吹短笛擊鼓以赴節。歌者揚袂睢舞，其音協黃鍾羽。」

蜀山消雪蜀江深，郎來妾去鬭歌吟。峽中自古多情地，楚王神女在山陰。

其二

魚復浦上石纍纍，一統志：「魚復浦在夔州府城東南。」恰似儂心無轉迴。詩：「我心匪石，不可轉也。」船歸莫道上灘惡，自牽百丈取郎來。蘇軾詩：「百丈休牽上瀨船。」

其三

江水出峽過夔州，長流直到海東頭。郎行若有思家日，應教江水復西流。

其四

躑躅花紅鵯鵊飛，古今注：「羊躑躅，花黄，羊食之則死，羊見之則躑躅分散。故名。」王建宮詞：「勅賜一窠紅躑躅，謝恩未了奏花開。」歐陽修鵯鵊詞：「紅紗蠟燭愁夜短，綠窗鵯鵊催天明。」注：「鵯鵊，催明鳥，京師謂之夏雞。」黄牛廟下見郎稀。一統志：「黄牛峽在荆州府彝陵州西，峭壁有石，色如人牽牛狀。人黑牛黄。山既高，江復紆迴，望之早見。行者謠曰：『朝發黄牛，暮宿黄牛，三朝三暮，黄牛如故。』」大艑攤錢賣鹽去，荆州記：「湘州七郡，大船皆受萬斛，非艑皆淺船也。」後漢書梁冀傳：「少爲貴戚，逸遊自恣，能挽滿、彈棊、格五、六博、蹴踘、攤錢之戲。」杜甫詩：「長年三老長歌裏，白晝攤錢高浪中。」短釵簪葉負薪歸。杜甫負薪行：「夔州處女髮半華，四十五十無夫家。更遭喪亂嫁不售，一生抱恨堪咨嗟！土風坐男使女立，應當門戶女出入。十有八九負薪歸，賣薪得錢應供給。至老雙鬟只垂頸，野花山葉銀釵並。」

其五

妾愛看花下渚宮。見卷一白紵詞。郎思沽酒醉臨邛。見卷一當壚曲。一統志：「今邛州，秦曰臨邛。」春衣未織機中錦，只是長絲那得縫？

其六

楓林樹樹有猿啼，若箇聽來不慘悽！今夜郎舟宿何處？巴東不在定巴西。一統志：「巴江在重慶府城東，閬水與白水合流，曲折三迴如巴字。秦置巴郡，即重慶府。又順慶府，隋曰巴西。夔州府，漢曰巴東。」

轉應詞二首 樂府詩集：「近代曲辭。」樂苑：「調笑，商調曲也。戴叔倫謂之轉應詞。」

雙燕，雙燕，去歲今年相見。往來東舍西家，銜得泥中落花。花落，花落，人在暮寒池閣。

其二

疎雨，疎雨，綠滿蘼蕪洲渚。江南相憶故人，遠水遙山暮春。春暮，春暮，風急畫船難渡。

五雜俎二首 樂府遺聲：「雜體曲。」古五雜俎詩：「五雜俎，岡頭草，往復還，車馬道。不獲已，人將老。」王融樂府：「五雜俎，慶雲發，往復還，經天月。不獲已，生胡越！」

五雜俎，駝背韉。往復還，渡口船。不獲已，非少年！

其二

五雜俎，錦繡旗。往復還，更戍兒。不獲已，遭亂離！

五噫歌弔梁伯鸞墓 原注：「在泰伯廟西，金昌亭傍，伯鸞嘗作五噫歌，余因效之，以弔其墓。」後漢書逸民傳：「梁鴻過京師，作五噫之歌曰：『陟彼北芒兮，噫！顧覽帝京兮，噫！宮室崔嵬兮，噫！人之劬勞兮，噫！遼遼未央兮，噫！』」樂府詩集：「雜歌謠辭。」

顧瞻亭皋兮，噫！丘墳有蒿兮，噫！鬻舂亦勞兮，噫！梁鴻傳：「鴻至吳，依大姓皐伯通，居廡下，爲人賃舂。」危邦可逃兮，噫！梁鴻適吳詩：「逝舊邦兮遐征。」先生何高兮？噫！

疊韻吳宮詞 原注：「皮、陸嘗有此作，因戲效之。」南史謝莊傳：「王玄謨問莊：『何者爲雙聲？何者爲疊韻？』答云：『互護爲雙聲，磝碻爲疊韻。』」學林新編：「古人以四聲爲切韻，必以五音爲定。蓋東方喉聲爲木音，西方舌聲爲金音，南方齒聲爲火音，北方脣聲爲水音，中央牙聲爲土音，雙聲者，同音而不同韻也。疊韻者，同音而又同韻也。互護同爲脣音，而不同韻，故謂之雙聲。磝碻同爲牙音，而又同韻，故謂之疊韻。」韻語陽秋：「陸龜蒙詩序曰：『疊韻起自梁武帝云：「後牖有朽柳。」當時侍從唱和。劉孝綽云：「梁王長康強。」沈休文云：「載戴每礙𥕢。」自後用此作小詩者多矣；戲諧之語，往往載于史冊。』」

筵前憐嬋娟，醉媚睡翠被。梁簡文帝詩：「翠被合鴛色，雕牀鏤象牙。」精兵驚升城，棄避愧墜淚。

鶴媒歌

原注：「吳人弋鳥，以鶴爲媒。」詳見前射鴨詞。

鶴媒獨步荒陂水，仰望雲間不飛起。遠呼一作看。過鳥下南汀，鼓翼相迎似相喜。共爲羽族生水鄉，暫從飲啄無猜防。草盾俄開中潛弩，釋名：「盾，遯也。跪其後，避以隱遯也。」弋師歡笑媒矜舞。嗟爾高潔非凡禽，故爲徇食移此心？受人馴養忘遠舉，好陷同類機腸深。嗚呼世間幾人號君子？得利相傾亦如此！

牛宮詞

原注：「吳地下濕，冬寒，牛卽入欄，唐人謂之牛宮。」

豕豢于苙，雞栖于塒，嗟爾烏犍，說文：「犍，犗牛也。」何所止斯？歲聿云暮，雨霜以風，乃築環堵，以爲爾宮。既用爾力，宜惜爾寒。庇處密固，我心孔安。

照田蠶詞

原注：「吳俗，除夜田間然高炬，謂之照田蠶。」范成大村田樂府序：「村落則以禿帚若麻藾、竹枝輩燃火炬，縛長竿之杪以照田，爛然徧野，以祈絲穀。」

東村西村作除夕，高炬千竿照田赤。老人笑祝小兒歌，願得宜蠶又宜麥。明星影亂棲烏驚，火光辟寒春已生。夜深燃罷歸白屋，賈島詩：「樵人歸白屋，寒日下危峯。」共說豐年眞可卜。

妾薄命　注見卷一。以下三首，從槎軒集補。

悠悠長門月，流影入宮深。但照嬋娟影，不照貞素心。君恩無日迴，妾貌有時老。但願他人歡事君，千年萬年色長好。

出門行　樂府詩集：「雜曲歌辭。」

貧賤去鄉里，四方何所之？欲遊淮陰市，恐爲少年欺。史記淮陰侯列傳：「屠中少年有侮信者，因衆辱之，令信俛出袴下。」少年勿相欺，人實未可知！纖莖蔭高岡，弱翮翔天池。丈夫懷遠志，奮發寧無時？

田家行　注見前

去年大雨漂我麥，今年桑柘軸無帛。身隨簿吏到縣門，田少稅多那免責？聞道長征未罷兵，轉輸日日向邊城。老少田中竭筋力，願爲官家足軍食。湘山野錄：「五帝官天下，三王家天下，故曰官家。」但得官家風雨時，漢書晁錯傳：「日月光，風雨時。」盡供徵賦儂不辭。

病駝行 從偶武孟乾坤清氣集補。一作楊基。

駝峯黄，杜甫詩：「紫駝之峯出翠釜。」駝茸紫，陸游詩：「狐腋襲駝茸。」曾馱黄金獻天子。燕山雪深沒駝耳，一統志：「順天府，宋曰燕山。」錦韉模糊駝不死。王禹偁詩：「柳巷春泥汚錦韉。」去年從軍下南粤，一統志：「廣東廣州府，春秋南粤。」粤江水渾沙草熱。毛焦肉枯骨欲折，回頭却憶燕山雪。燕山雪，不得歸！駝飢駝渴誰與知？伶仃反被生馬欺，韻會：「伶仃，獨行貌。」嗚呼駝兮寧勿悲！峯可食，茸可衣，利爾衣食孰爾醫？

琴操

風樹操 原注：「予自傷早失怙恃而作。」韓詩外傳：「孔子行，聞哭聲甚悲。孔子曰：『驅驅，前有賢者。』至則皐魚也。披褐擁鎌，哭于道傍。孔子避車與之言曰：『子非有喪者，何哭之悲也？』皐魚曰：『吾失之三矣！吾少好學，周流天下，而吾親死，一失也；高尚其志，不事庸君，而晚無成，二失也；少失交游，寡于親友，三失也。樹欲靜而風不息，子欲養而親不逮，往而不可得見者親也。吾請從此辭矣！』立哭而死。孔子曰：『弟子識之。足以誡矣！』于是

門人辭歸而養親者十有三人。」

朝風之飄飄兮，維樹之搖搖兮，吾思親之翹翹兮。夕風之烈烈兮，維樹之揭揭兮，吾思親之惙惙兮。樹之有風，猶可息兮；吾之無親，終不可復得兮！

之荆操 原注：「至德廟在閶門內，祀泰伯也。余思其德，作之荆操。」史記吳太伯世家：「吳太伯，太伯弟仲雍，皆周太王之子，而季歷之兄也。季歷賢而有聖子昌，太王欲立季歷以及昌。于是太伯、仲雍奔荆蠻，文身斷髮，示不可用。」

粵我有土，岐山之下。孰是營之，維我考祖。周本紀：「古公亶父修復后稷、公劉之業，國人戴之。薰育攻之，遂渡漆沮，逾梁山，止于岐下。」今我于邁，自岐徂荆，豈不懷歸？念我弟兄。民勿我思，我斯安只。國已有後，先君季子。

登丘操 原注：「登青丘有懷而作。」甫里志：「鄉村西北境青丘，有高翰林廥宅。」

驅車兮與馬，蹇君行兮，胡爲乎在中野？九歌：「蹇將憺兮壽宮。」登彼兮崇丘，下茫茫兮九州。左傳：「茫茫禹迹，畫爲九州。」思君子兮，不得與駕以遊。山有出雲兮，木亦有柯。我將歸兮，憂之如何！

望歸操　原注：「哀里人周復之子死于虎而作。」

兒旦而出于山之麓兮，兒夕不歸在虎之腹兮！我往無所，榛蒙蘢被谷兮。榛蒙蘢一作榛莽。嗟爾眈眈！易：「虎視眈眈，其欲逐逐。」已飽一作弗食。我豕犢兮。穴亦有子，後漢書班超傳：「不入虎穴，不得虎子。」胡寧使我獨兮？

辭

望虞山辭　原注：「在常熟縣北，虞仲隱處也。爲作望虞山辭。」一統志：「一名海隅山。」

虞山峨峨兮，出雲油油。胡斂其施兮，弗雨九州？易：「雲行雨施。」下有蛟龍兮，海波橫流。誰使子來兮？從伯氏以遊。朝于隮兮望岐周，國有祀兮又何求？唐虞逝兮道阻修，慚德興兮干戈日休。書仲虺之誥：「成湯放桀于南巢，惟有慚德。」我思夫人兮心焉孔憂！

放鶴辭　原注：「登支遁放鶴亭而作。」姑蘇志：「放鶴亭，在支硎山之高峰，晉高僧支遁放鶴處。」

放鶴去，當高飛。啄莫爭雞鶩食，見前刺促行。遊莫近虞羅機。見卷一空城雀。雲山海嶠堪來往，李德裕詩：「望煙歸海嶠。」明月千秋待爾歸！

弔伍子胥辭

原注：「子胥廟在盤門內，余哀其忠，作弔伍胥辭。」

覽勾吳之故墟兮，史記吳太伯世家：「太伯之奔荊蠻，自號勾吳。」注：「勾吳，太伯始所居地名。」灌莽鬱其蘢蔥。揭傒斯詩：「草樹杳蘢蔥。」館娃廢而爲沼兮，蘇州府志：「館娃宮在靈巖山上，前臨姑蘇臺。吳人謂美人爲娃，蓋以西施得名。」左傳：「吳王夫差敗越于夫椒，越子使大夫種行成。伍員諫弗聽。退而告人曰：『越十年生聚，十年教訓，二十年之外，吳其爲沼乎？』」歸伍胥之遺宮。奚千祀而勿毁兮，繄若人之死忠！昔窮逋而渡江兮，史記伍子胥列傳：「鄭定公與子產誅殺太子建，建有子名勝，伍胥懼，乃與勝俱奔吳。到昭關，欲執之，伍胥遂與勝獨身步走，幾不得脫。追者在後。至江，江上有一漁父，乘船，乃渡伍胥。既渡，解其劍曰：『此劍直百金，以與父。』父曰：『楚國之法，得伍胥者，賜粟五萬石，爵執珪，豈徒百金劍邪？』不受。」奮孤跡於羈旅。伍子胥列傳：「闔閭既立，召伍員爲行人，與謀國事。」既入郢而雪恥兮，伍子胥列傳：「及吳兵入郢，子胥求昭王既不得，乃掘楚平王墓，出其尸，鞭之三百。」又棲越而攘侮。伍子胥列傳：「二年後，伐越，敗越于夫椒。越王勾踐乃以餘兵五千棲于會稽之上。」使彼吳之強大兮，非夫子而孰爲？何夫差之自喜兮，遽忽戒而荒娭。左傳：「吳將伐齊，越子率其衆以朝，王及列士皆有饋賂。吳人皆喜，子胥懼曰：『是豢吳也夫！』」六書故：「娭，嬰嬉，誒通。」陳昌言之悃款兮，實不忍視國之阽危！衆以子爲叵信兮，肆讒辭之詆欺。夫豈不能全身遠適以自庇兮，顧先王之舊德。卒待隕而抗言兮，恨終不能悟君之嬖惑。載鴟夷兮浮游，「鴟夷」見卷一行路難。魂惸惸兮在中流。江神念一作爲。子兮哀憤，鼓洪濤于高秋。吳越春秋：「子胥死，吳王投之江中，因隨流揚波，依潮來往，蕩激崩岸。」范成大夫差廟詩：「千齡只有忠臣恨，化作濤江雪浪堆。」嗟君子之出輔兮，孰不願爲伊皐？使言從而志行兮，致雍熙之陶陶。何齟齬而多患兮，說文：「齒不相值曰齟齬。」惟重華之不可以屢遭。離騷：「就重華而陳詞。」鄂侯諍而就醢兮，史記殷本紀：「九侯有女好，入之紂，九侯女不憙淫，紂怒殺之，而醢九侯。鄂侯爭之彊，辨之疾，并脯鄂侯。」龍逄諫而見屠。通鑑：「關龍逄進諫曰：『人心已去，天命不祐，盍少悛乎！』桀曰：『吾有天下，如天之有日，日亡吾乃亡耳。』龍逄立而不去，桀怒，遂殺之。」蓋自古而有之兮，匪夫子獨罹乎此辜！身雖歿而義安兮，又舍是將焉適？〔校記〕竹素軒本作「索」。彼循默而苟容兮，寧獲免乎泚額！想子猶念夫故都兮，或乘雲而來歸。顧荊棘之多露兮，應攬涕而歔欷。離騷：「曾歔欷而鬱結兮。」余亦何爲而感慨兮，懼直道之墜也。聊陳詞而表烈兮，亦邦人之志也。

三言

梧桐園　原注：「在吳宫，夫差園也。」

桐花香，桐葉冷。生宫園，覆宫井。雨滴夜，孟浩然詩：「微雲淡河漢，疎雨滴梧桐。」風驚秋。李中詩：「門巷涼秋至，高梧一葉驚。」鳳不來，君王愁。童謠：「吳宫秋，吳王愁。」

三四言

王敬伯歌　原注：「敬伯，晉時人，嘗泊舟通波亭下，理琴，有美人來共飲，命小婢彈箜篌，歌宛轉詞，將曉，各贈物而别，後知是鄰船吳令亡女麗華也。」詳見卷一神女宛轉歌。

舟初維，琴始薦。謝莊月賦：「芳酒登，鳴琴薦。」驛亭邊，夜相見。歌宛轉，情綢繆。解環珮，韓愈華山女詩：「抽釵脱釧解環珮。」彈箜篌。歌易闋，情難歇。江波寒，墮明月。緑壺再傾，芳音欲達。譬彼林鳥，逢晨各飛。羅衣沾霜，謝莊月賦：「微霜沾人衣。」城烏忽起。柳宗元詩：「哀歌未斷城烏起。」明日相思，孤棹千里。世説：「嵇康與吕安善，每一相思，千里命駕。」

高青丘集卷三

五言古詩

擬古十二首

文選：「古詩十九首。陸士衡、陶淵明有擬古詩。」注：「擬，比也。比古志以擬今情。」

纂纂牆下李，潘岳笙賦「歌棗下之纂纂」注：「纂，聚貌。」芃芃陂中麥。詩：「芃芃其麥。」浩浩望遠塗，悠悠思行客。客行歲已盈，紆鬱傷我情。始知失羣鴻，不若求友鸎。詩：「嚶其鳴矣，求其友聲」。登山知天高，臨流識川阻。不遺懷同心，那知別離苦？別離不可久，寂寞不可守。自傷紅顏子，相思成皓首。朝日如不晚，行人會當返。

其二

嵯峨雲間樓，俯視層城陰。杜甫詩：「層城鎮華屋。」綺戶相洞開，清飇拂羅襟。說文：「飇，扶搖風也。」上有離居婦，哀歌撫絃琴。不知中怨誰？掩抑一何深！初爲郢中唱，宋玉答楚襄王：「客有歌于郢中者，其始曰下里巴人，國中屬而和者數千人。」再奏邯鄲吟。樂府類：「齊二十二曲，有邯鄲行。」不惜努力歌，寫作絕代音。風吹落君耳，萬里知愁心。曲盡思寂寥，青天日西沉。安得化彩鳳，飛去巫山岑。

其三

出郭見丘墓，纍纍滿山阿。四海能幾人，逝者何其多！封樹日蕭條，狐狸走蓬科。英靈無人弔，牧兒暮來歌。浮華一世中，倏若飛鳥過。生時不肯飲，死後將如何？

其四

離離白雲翔，詩傳：「離離，垂也。」何中詩：「所見天離離。」悠悠清川逝。天地如傳郵，閱人以爲世。良時難再得，游樂咸陽中。咸陽名都會，衣冠集王公。南山對魏闕，嘉樹何蘢葱？九衢十二城，宋之問長安道詩：「樓閣九衢春。」范成大詩：「燕樹新高十二城。」逶迤迴相通。衛霍開上第，車馬爭春風。娱意勿自惜，當至百年終。

其五

東井不可飲，史記天官書注：「東井八星，主水衡也。」威弧孰能張？漢書：「狼下有四星曰弧。」杜甫詩：「威弧不能弦。」虛名竟何用？千古同悲傷！與君初結歡，金石比中腸。恩情忽乖分，相望阻川梁。閨門尚難越，況彼道路長。不如雲中雁，迴飛自隨陽。禹貢：「陽鳥攸居。」傳：「鴻雁隨陽。」

其六

促織何嘖嘖！爾雅：「蟋蟀、蛬」注：「今促織也。」疏：「幽州人謂之『趨織』，里語曰『趨織鳴，嬾婦驚』是也。」古詩：「明月皎夜光，促織鳴東壁。」空庭寒露白。蘭蕙辭故芳，高梧銷華澤。閨中覽物變，感歎當此夕。引領望遠人，天河西南隔。詩：「倬彼雲漢，爲章于天。」箋：「雲漢，謂天河也。」博物志：「舊說云：天河與海通。近世有人居海渚者，乘槎至一處，有城郭狀，屋舍甚嚴。遥望宮中多織女，見一丈夫牽牛渚次飲之。問：『此是何處？』答曰：『君還至蜀都，訪嚴君平則知之。』後至蜀，問君平。曰：『某年月日，有客星犯牽牛宿。』計年月，正是此人到天河時也。」舟行詎離水？針運恆依石。論衡：「頓牟掇芥，磁石引鍼。」本草：「磁石引鐵，如慈母之召子，故名。」君雖有棄捐，妾心誓無易。

其七

置酒北堂上，歡言宴嘉賓。嘉賓復爲誰？相過盡朱輪。漢書劉向傳：「王氏一姓，乘朱輪華軒者三十三人。」中庖炙肥牛，曹植箜篌引：「中庖辦豐膳，烹羊宰肥牛。」登俎悉異珍。左右燕趙姝，梁昭明七召：「燕姝絕世。」孟浩然詩：「玉篸還趙姝。」羅綺嬌青春。江淹別賦：「珠與玉兮豔暮秋，羅與綺兮嬌上春。」〔校記〕「青春」大全集作「上春」。按注，則正文作「上春」是也。清謳雜哀吹，響激迴高旻。爾雅：「秋爲旻天。」主勸客復酬，中抱各以伸。盛年易傾謝，爲樂願及辰。請看舊同遊，半作泉下人！無爲苦刺促，長憂賤與貧。

其八

美人一相見，遺我白玉環。上有雙雕龍，遊戲在雲間。持此感深意，佩結無時閒。玉以比貞潔，禮聘義：「君子比德於玉。」環以明不絕。元稹會眞記：「玉取其堅潤不渝，環取其始終不絕。」雲龍永相從，誰能使離別？

其九

秋至衆芳歇，芙蓉獨鮮妍。朱華照綠水，日暮涼風前。采折難遠贈，相看自嬋娟。孤豔豈足賞？後凋良可憐！

其十

明星爛東方，北斗亦已旋。獨宿悲夜徂，空牀藉蘭荃。雞鳴整環珮，思奉君子筵。君子行未歸，新妝爲誰妍？意疎覺去遙，咫尺越與燕！含情乏彤管，詩：「貽我彤管。」箋：「彤管，赤管也。必以赤者，欲使女史以赤心正人。」後漢書后妃紀序：「女史彤管，記功記過。」何以寫中悁？詩：「中心悁悁。」君如綆上瓶，莊子至樂篇：「綆短不可汲深。」妾若井底泉。不垂汲引惠，澄瑩徒終年。

其十一

人生一漚水，楞嚴經：「空生大覺中，如海一漚發。」所欲乃無涯。莊子：「吾生也有涯，而知也無涯。」志意苦未畢，容華忽然衰。天地有終壞，誰能待其期？聊爲一日歡，勿作千載悲。神仙俱好飲，得醉復何疑？

其十二

黃鳥鳴春陽，流芳滿西園。攀條日已暮，悵惋不能言。禦寒必重裘，魏志王昶傳：「諺曰：『禦寒莫如重裘，止謗莫如自修。』」涉道須雙轅。李白詩：「羸馬夾雙轅。」離居非君子，何以解憂煩？煩憂日已積，佳期日已失。思君如蓬萊，可望不可卽。區區儻見察，憔悴甘自畢。

寓感二十首

天旋海水運，蔡邕月令章句：「天左旋，出地上而西，入地下而東。」博物志：「天地四方，皆海水相通。」日月馳奔輝。不知此往來，伊誰斡其機？諒由任元氣，幽通賦：「渾元運物。」注：「渾元，天地之氣。」推遷不能違。人生處宇內，行止無定依。唯當乘大化，歸去來辭：「聊乘化以歸盡，樂夫天命復奚疑？」逍遙隨所歸。

其二

雞鳴一警旦，陽烏已東昇。張衡靈憲：「日陽精之宗，積而成烏，象烏而有三趾，陽之精，其數奇。」羣動紛自起，各欲赴其生。飢蠖土中出，說文：「蠖，屈伸蟲也。」易繫辭：「尺蠖之屈，以求伸也。」棲禽林外驚。蒼蠅一何微，翾蕘亦飛鳴。人生信多故，安得免營營？

其三

盛衰迭乘運，天道果誰親？自古爭中原，白骨遍荆榛。乾坤動殺機，流禍及蒸民。生聚亦已艱，一朝忽胥淪。陽和既代序，嚴霜變肅晨。大運有自然，彼蒼非不仁。咄咄堪歎嗟，見卷一東門行。滄溟亦沙塵！見卷一神仙曲。

其四

美女生貧家，光豔人未識。遠聘入楚宮，揚蛾欲傾國。朝遊瓊臺上，孫綽天台賦：「瓊臺中天而懸秀。」夕侍金輿側。庾肩吾詩：「入徑轉金輿。」奉歡擬千齡，秋風失顏色。銜恩歸永巷，貞意徒寂默。高高天上星，墮作水底石。左傳：「隕石于宋五，隕星也。」人事盡如斯，推移歎何極！

其五

叢蘭生路隅，馥馥有奇香。路隅多行人，采掇成摧傷。深林雖幽獨，秋至靄餘芳。託根在得所，君子蹈其常。

其六

蚩蚩此羣氓，詩：「氓之蚩蚩。」幾人出其儔？誰云抱智慮，乃足資勞憂。晨秣思遠騁，宵披務窮搜。懷古復慨今，百念紛相投。膠擾得喪間，若與方寸仇。安知廣成子，見卷一閶闔篇。冥臥崑崙丘。莊子：「黃帝游乎赤水之北，登乎崑崙之丘。」無營亦無想，八表獨神遊。

其七

大道本夷直，末路生險巇。杯酒出肺肝，須臾起相疑。田蚡排竇嬰，史記魏其武安侯列傳：「魏其侯竇嬰者，孝文后從兄子也。武安侯田蚡者，孝景后同母弟也。竇太后崩，魏其失勢。田蚡爲丞相，使籍福請魏其城南田，魏其不許。灌夫使酒，得罪丞相，論棄市。魏其救灌夫，丞相劾魏其矯先帝詔，亦棄市渭城。其春，武安病，使巫視鬼者視之，見魏其、灌夫共守，欲殺之，竟死。」趙高誣李斯。史記李斯列傳：「趙高誣丞相長男李由爲三川守，楚盜陳勝等皆丞相旁縣之子，以故楚盜公行過三川，城守不肯擊。聞其文書相往來。於是二世使趙高治斯，搒掠千餘，具斯五刑。」傾擠不少假，權寵實菑基。鑿井當得泉，種桑會成絲。禍福皆自致，天道信難欺。出亡無所舍，史記商君列傳：「秦孝公卒，太子立，公子虔之徒告商君欲反，發吏捕商君。商君亡至關下，欲舍客舍。舍人不知其是商君也，曰：『商君之法，舍人無驗者坐之。』商君喟然歎曰：『嗟乎！爲法之弊，一至此哉！』秦發兵攻殺之。」千載使人悲！

其八

志士徇功業，貪夫詫輕肥。玉篇：「詫，誇也。」亦有逃羣子，矯矯與時違。彼此更共笑，不知誰是非？達人體自然，出處兩忘機。浮雲游天表，舒卷有餘輝。

其九

攬轡登太行，述征記：「太行山首始于河內，北至幽州，凡百嶺，連亙十三州之界，有八陘。」一統志：「在懷慶府。」遙望洛北州。崤函正西峙，黃河復東流。百城無遺堵，雲煙莽相繆。朝作冠蓋場，暮爲狐兔丘。昔人爭此地，干戈迭相讎。當其得意時，連陌擁鳴騶。百年奄忽盡，古詩：「人生寄一世，奄忽若飈塵。」魂魄空來遊。曷見采芝叟，韓偓詩：「生涯采芝叟。」冥棲無所求。

其十

桃李初不語，史記李將軍列傳贊：「桃李不言，下自成蹊。」鳳凰豈長喧？白虎通：「鳳凰雄鳴節，雌鳴足，游必擇地，飢不妄食。」末俗矜辯議，窮口禍之源。易：「尙口乃窮也。」所以國武子，殺身由盡言。左傳：成公十八年，「齊爲慶氏之難，齊侯使士華免以戈殺國佐于內宮之朝。」韓愈諍臣論：「好盡言以招人過，國武子之所以見殺于齊也。」妙哉無爲謂，老子：「我無爲而物自化。」默默道斯存。莊子：「至道之極，昏昏默默。」

其十一

人雖異草木，不若松柏壽。欲於百年間，辛苦圖不朽。形質天所畀，名姓吾自取。形名兩未立，誰我竟何有？不能知我先，奚暇恤我後！遺臭與流芳，晉書桓溫傳：「既不能流芳後世，不足復遺臭萬載耶？」冥然付杯酒。晉書張翰傳：「使我有身後名，不如卽時一杯酒。」

其十二

裋褐乘蓽輅，狐裘駕文車。西門與北宮，窮達一何殊！彼達矜已智，此窮愧身愚。東郭發至言，列子力命篇：「北宮子謂西門子曰：『朕衣則裋褐，食則粢糲，居則蓬室，出則徒行。子衣則文錦，食則粱肉，居則連欐，出則結駟。子自以爲德過朕耶？』西門子曰：『汝造事而窮，予造事而達，此厚薄之驗歟！』北宮子無以應。遇東郭先生言其狀。東郭先生曰：『與汝更之西門氏而問之。』曰：『汝之言厚薄，不過言才德之差。吾之言厚薄，異於是矣。夫北宮子厚於德，薄於命。汝厚於命，薄於德。汝之達，非智得也。北宮子之窮，非愚失也。皆天也，非人也！而汝以命厚自矜，北宮子以德厚自愧。皆不識夫固然之理矣。』西門子曰：『先生止矣！予不敢復言。』北宮子既歸，衣其裋褐，有狐貉之溫。進其茙菽，有稻粱之味。庇其蓬室，若廣廈之蔭。乘其蓽輅，若文軒之飾。終身逌然而不知榮辱之在彼也在我也。東郭先生聞之曰：『北宮子之寐久矣！一言而能悟，易怛也哉！』」兩惑各以祛。北史：「魏王肅謂劉芳曰：『吾少留意三禮，今聞往釋，盡祛平生之惑。』」厚薄有定命，巧拙果誰歟？歸臥掩蓬室，道存何所吁。

其十三

駑馬放田野，志本在豐草。偶遇執策人，驅上千里道。顧非乘黃姿，豈足辱君皁？史記鄒陽列傳：「牛驥同皁。」注：「食牛馬器。」負重力不任，哀鳴望穹昊。奈何相逢者，猶羨羈絡好。

其十四

頹陽在川上，王泠然初月賦：「望頹陽之初落，見微月之孤生。」玄蟬夕鳴悲。嫋嫋風起波，翻翻葉辭枝。曠望天宇內，泬寥此何時？朱火已盈謝，淸商屆斯〔校記〕大全集作「其」。期，俱見卷一燕歌行。覽鏡忽自嗟，綠鬢生素絲。萬物有榮悴，造化豈吾私？

其十五

躑躅遠遊子，驅車上高山。高山多隴坂，悲哉路何艱！其巔摩蒼穹，欲上不可攀。日暮牛力疲，前征未能閒。雙輪忽中摧，一墮深谷間。引領望黃鵠，失路何當還？

其十六

蜀琴有奇紋，琴譜：「古琴以斷紋爲徵，有梅花紋、牛毛紋、蛇腹紋、龍紋、龜紋、冰裂紋。」本是枯桐枝。一彈舞鸞鶴，韓非子：「衞靈公之晉，令師涓鼓琴。師曠曰：『此清商也，不如清徵。』師曠援琴而鼓，一奏之有玄鶴二八，從南方來，再奏而列，三奏之延頸而鳴，舒翼而舞。」再彈下靈祇。東征賦：「庶靈祇之鑒照兮。」曾持薦黃帝，雲中奏咸池。漢書：「黃帝作咸池。」棄置久不調，流塵被朱絲。鮑照白頭吟：「直如朱絲繩。」終焉含妙響，未始有成虧。

其十七

達人貴全生，外物等秋草。顧此七尺軀，卽爲萬金寶。昧者營所嗜，棄捐不待老。豈無室中資？他人是來保。何如餌金液，列仙傳：「馬明生從安期生受金液神丹方，乃於華陰山合金液。不樂升天，但服半劑爲地仙」。長令鬢顏好。

其十八

千秋取丞相，一語悟君衷。漢書車千秋傳：「千秋爲高寢郎，會衞太子爲江充所譖敗。久之，千秋上急變，訟太子冤曰：『子弄父兵，罪當笞，天子之子，過誤殺人，當何罪哉？臣嘗夢見一白頭翁教臣言。』上大感悟，召見而說之。謂曰：『此高廟神靈使公教我，公當遂爲我輔佐。』立拜千秋爲大鴻臚。」長孺多讜言，白頭擯居東。漢書汲黯傳：「始黯列九卿矣，而公孫弘、張湯爲小吏，及弘至丞相封侯，湯御史大夫，黯時丞史，皆爲同列，或尊用過之。黯褊心不能無少望，見上言曰：『陛下用羣臣如積薪耳！後來者居上。』黯終淮陽太守。」人命有通塞，主聽無違從。失如魚去波，得若雲遇龍。會合感冥相，佳期諒難逢！卞生未聞道，無事涕沾胸。韓非子：「楚人和氏得玉璞楚山中，獻厲王。使玉人相之。曰：『石也。』王以和爲詐，刖其左足。武王即位，又獻之，使相曰：『石也。』刖其右足。及文王即位，和乃抱其璞而哭于楚山三日三夜，淚盡繼之以血。王使玉人理其璞而得寶。遂命曰『和氏之璧』。」

其十九

南山多浮雲，北山有高樹。因風暫來依，風回復飛去。兄弟滿四海，幾人此相遇？握手交百歡，分襟滋千慮。蹤跡不可常，無爲嗟去住。

其二十

鴻鵠横四海，漢書張良傳：「高帝歌曰：『鴻鵠高飛，一舉千里，羽翼已就，横絕四海。』」鷦鷯戀蓬榛。莊子逍遥遊：「鷦鷯巢於深林，不過一枝。」說文：「俗呼黄脰雀，喙鋭如針。」長松凌風煙，小草亦自春。各稟造化育，逍遥適其眞。無將赫赫者，下比悽悽人。

詠隱逸十六首

向長後漢書逸民傳：「向長，字子平，河内朝歌人也。隱居不仕，性尚中和，好通老、易。貧無資食，好事者更饋焉。受之取足而反其餘。王莽大司空王邑辟之，欲薦于莽，固辭乃止。潛隱于家，讀易至損、益卦，喟然歎曰：『吾已知富不如貧，貴不如賤，但未知死何如生耳？』建武中，男女嫁娶既畢，敕斷家事勿相關，當如我死也。于是遂肆意與同好北海禽慶俱，遊五岳名山，竟不知所終。」高士傳向作尙。

子平謝累辟，雅志在隱居。家貧或有饋，取足反其餘。讀易深自悟，謂賤貴不如。敕言嫁娶畢，家事無關余。同好有禽生，漢書注：「慶字子夏。」肆意相與娛。茫茫五嶽去，孰得回其車？

周黨後漢書逸民傳：「周黨，字伯況，太原廣武人也。王莽竊位，託疾杜門。建武中，徵爲議郎，以病去職。遂將妻子居黽池，復被徵，不得已，乃著短布單衣，穀皮綃頭，待見尚書。及光武引見，黨伏而不謁，自陳願守所志。帝乃許焉。博士范升，奏毁黨私竊虚名，誇上求高，大不敬。書奏，天子以示公卿。詔曰：『自古明王聖主，必有不賓之士。伯夷、叔齊，不食周粟。太原周黨，不受朕祿，亦各有志焉。其賜帛四十匹。』黨遂隱居黽池，著書上下篇而終。」

世祖初厭武，開觀在東都。通鑑：「建武五年，始起太學。」一統志：「成王營洛邑爲東都，東漢都此，今河南府。」使者遍巖藪，旌帛召賢儒。伯況亦暫起，綃頭詣尚書。引見伏自陳，始願不敢渝。周興有恥食。堯禪或羞汙。高士傳：「堯召許由爲九州長，由不欲聞之，洗耳于潁水濱。時其友巢父，牽犢欲飲之，見由洗耳，問其故，由以告。巢父曰：『子若處高岸深谷，人道不通，誰能見子？子故欲求名譽，汚吾犢口。』牽犢上流飲之。」

士固有本志，聖主焉能拘？范生乃見毁，咄爾何其愚！

王霸後漢書逸民傳：「王霸，字儒仲，太原廣武人也。少有清節。王莽簒位，棄冠帶，絕交宦。建武中，徵到尙書，拜稱名，不稱臣。有司問其故。霸曰：『天子有所不臣，諸侯有所不友。』以病歸，隱居守志。茅屋蓬戶，連徵不至。」又列女傳：「初，霸與同郡令狐子伯爲友，後子伯爲楚相，而其子爲郡功曹。子伯乃令子奉書于霸，車馬服從，雍容如也。霸子時方耕于野，聞賓至，投耒而歸。見令狐子，沮怍不能仰視。霸目之有愧容。客去，久臥不起，妻怪問其故，始不肯告，妻請罪而後言曰：『吾與子伯素不相若，向見其子，容服甚光，擧措有適；而我兒曹蓬髮歷齒，未知禮則，見客而有慚色。父子恩深，不覺自失耳！』妻曰：『君少修清節，不顧榮祿，今子伯之貴，孰與君之高？奈何忘宿志而慚兒女子乎？』霸屈起而笑曰：『有是哉！』遂共終身隱遁。」

儒仲有清節，始一應徵命。造廷抗高辭，不肯臣萬乘。歸來自耕野，蓬藋掩門逕。翩翩故人子，相過容服盛。一念兒曹羞，客去臥如病。賴有賢婦言，不失初守正。嘉遯遂終身，易：「嘉遯，貞吉。」清輝兩相暎。

梁鴻後漢書逸民傳：「梁鴻，字伯鸞，扶風平陵人也。家貧而尙節介。同縣孟氏有女，狀肥醜而黑，力擧石臼。擇對不嫁，至年三十，父母問其故，女曰：『欲得賢如梁伯鸞者。』鴻聞而聘之。女求作布衣麻屨，織作筐緝績之具。及嫁，始以裝飾入門。七日而鴻不答。妻乃跪牀下請罪。鴻曰：『吾欲裘褐之人，可與俱隱深山者爾！今乃衣綺縞，傅粉墨，豈鴻所願哉？』妻曰：『以觀夫子之志耳！妾自有隱居之服。』乃更爲椎髻，著布衣，操作而前。鴻大喜曰：『此眞梁鴻妻也。能奉我矣！』字之曰德曜，名孟光。入霸陵山中，以耕織爲業。詠詩書，彈琴以自娛。東出關，過京師，作五噫之歌。肅宗聞而非之，求鴻不得。乃易姓名，居齊、魯之間。又去適吳，依大家皐伯通，居廡下，爲人賃舂。每歸，妻爲具食，不敢於鴻前仰視，舉案齊眉。伯通察而異之。曰：『彼傭，能使其妻敬之如此，非凡人也。』乃方舍之于家。鴻潛閉著書十餘篇。疾且困，告主人曰：『昔延陵季子葬子于嬴博之間，不歸鄉里。愼勿令我子持喪歸去。』及卒，伯通等爲求葬地于吳要離冢傍。咸曰：『要離烈士，而伯鸞淸高，可令相近。』葬畢，妻子歸扶風。」

伯鸞古賢人，乃在杵臼間。夫婦共守志，逃名入深山。凄涼五噫歌，東出過帝關。齊魯復荆吳，長往遂不還。爲傭豈無勞？顧已少外患。終葬烈士旁，高風邈難攀。

法眞後漢書逸民傳：「法眞，字高卿，扶風郿人，南郡太守雄之子也。好學而無常家，博通内外圖典，爲關西大儒。弟子自遠方至者，陳留范冉等數百人。性恬靜寡欲，不交人間事。太守請見之，眞乃幅巾詣謁。太守欲以功曹相屈，眞曰：『以明府見待有禮，故敢自同賓末，若欲吏之，眞將在北山之北、南山之南矣！』太守㦒然，不敢復言。辟公府、舉賢良，皆不就。同郡田羽薦眞，帝虛心欲致，前後四徵，終不降屈。友人郭正稱之曰：『法眞名可得聞，身難得而見，逃名而名我隨，避名而名我追。可謂百世之師者矣！』乃共刊石頌之，號曰玄德先生。」

高卿關西儒，好學賤榮祿，閉門不交世，弟子相誦讀。太守者何人，欲以吏見錄。晢在南山南，胡肯勞案牘。連徵終不就，皦皦離垢俗。郭子有頌詞，玄德久愈暴。

韓康後漢書逸民傳：「韓康，字伯休，京兆霸陵人。常採藥名山，賣于長安市，口不二價，三十餘年。時有女子從康買藥，康守價不移，女子怒曰：『公是韓伯休那？乃不二價乎？』康歎曰：『我本欲避名，今小女子皆知有我，何用藥爲？』乃遯入霸陵山中。博士公車連徵不至。桓帝乃備玄纁之禮，以安車聘之。使者奉詔造康，康不得已，乃許諾。辭安車，自乘柴車，冒晨先使者發。至亭，亭長以韓徵君當過，方發人牛修道橋，及見康柴車幅巾，以爲田叟也。使奪其牛，康卽釋駕與之。有頃，使者至，奪牛翁乃徵君也。使者欲奏殺亭長，康曰：『此自老子與之，亭長何罪！』乃止。康因道逃遯，以壽終。」

伯休始賣藥，志將晦當時。如何不二名？乃爲女子知。玄纁強見聘，使至焉得辭！凌晨自先發，不駕安車馳。亭長遠迎候，未識徵君誰。修道奪其牛，解與不復疑。中塗遂長遁，蹤跡竟莫追。乃知超雲驥，塵轡何由羈。

陳留老父後漢書逸民傳：「陳留老父者，不知何許人也。桓帝世，黨錮事起，守外黃令陳留張升，去官歸鄉里，道逢友人，共班草而言。升曰：『吾聞趙殺鳴犢，仲尼臨河而反；覆巢竭淵，龍鳳逝而不至。今宦豎日亂，陷害忠良，賢人君子，其去朝乎？夫德之不建，人之無援，將性命之不免，奈何？』因相抱而泣。老父趨而過之，植其杖，太息言曰：『吁！二大夫何泣之悲也？夫龍不隱鱗，鳳不藏羽，網羅高懸，去將安所？雖泣何及乎？』二人欲與之語，不顧而去，莫知所終。」

漢衰黨獄起，朝柄在刑餘。宋史天文志：「宦者四星，刑餘之臣也。」皇皇外黃令，去官返鄉閭。班草逢故人，涕泣語路隅。邦危德無援，忠良恐遭誅。有叟過其旁，植杖爲踟躕。睠之歎且言，何悲二大夫？鸞鳳不隱羽，安能免罝罦？詩：「肅肅兔罝。」又：「雉離于罦。」說文：「罝，兔罔也。」爾雅：「罦，覆車也。」注：「今之翻車也。有兩轅，中施罥以捕鳥，展轉相解。」欲問不肯顧，飄然邁長途。賢哉此老翁，嗟嗟乃誰歟？

龐公後漢書逸民傳：「龐公者，南郡襄陽人也。居峴山之南，未嘗入城府。夫妻相敬如賓。荆州刺史劉表，數延請不能屈，乃就候之曰：『夫保全一身，孰若保全天下乎？』龐公笑曰：『鴻鵠巢于高林之上，暮而得所棲；黿鼉穴于深淵之下，夕而得所宿。夫趣舍行止，亦人之巢穴也。且各得其棲宿而已，天下非所保也。』因釋耕于壟上，而妻子耘于前。表指而問曰：『先生苦居畎畝而不肯官祿，後世何以遺子孫乎？』龐公曰：『世人皆遺之以危，今獨遺之以安。雖所遺不同，未嘗無所遺也。』表歎息而去。後遂攜其妻子登鹿門山，採藥不反。」

南陽有龍鳳，乘時各飛翻。龐德公傳：「賞器諸葛亮、司馬徽及從子統，嘗云：『孔明臥龍也，士元鳳雛也，德操水鏡也。』」鴻鵠獨深棲，不肯居籠樊。皤皤隴上耕，遠辱刺史軒。豈不念子孫？遺安乃名言。采藥不復返，亭亭空鹿門。一統志：「鹿門山在襄陽城東南。」

漢濱老父 後漢書逸民傳：「漢陰老父者，不知何許人也。桓帝延熹中，幸竟陵，過雲夢，臨沔水，百姓莫不觀者。有老父獨耕不輟；尚書郎南陽張溫異之，使問曰：『人皆來觀，老父獨不輟，何也？』老父笑而不對。溫下道百步，自與言。老父曰：『我野人耳！不達斯語，請問天下亂而立天子邪？理而立天子邪？立天子以父天下邪？役天下以奉天子耶？昔聖王宰世，茅茨采椽，而萬人以寧；今子之君，勞人自縱，逸遊無忌，吾爲子羞之，子何忍欲人觀之乎！』溫大慚。問其姓名，不告而去。」

漢濱有老翁，初不語鄉里。天子雲夢遊，盻望臨沔水。居人悉縱觀，翁獨耕不已。郎官下道問，答言野人耳！借問世立君，固將使爲理。奈何從遊佚，勞人奉諸己。尙忍令人觀，吾實爲子恥。忽如驚鴻騫，孰能躡其軌？名姓且莫知，超哉隱君子！

王績 新唐書隱逸傳：「王績，字無功，絳州龍門人。性簡放，不喜拜揖。大業中，舉孝悌廉潔，授祕書省正字，不樂在朝，求爲六合丞。以嗜酒不任事。時天下亦亂，因劾，遂解去。歎曰：『羅網在天，吾且安之。』乃還鄉里。有田十六頃在河渚間。仲長子光者，亦隱者也。無妻子，結廬北渚，績愛其眞，徙與相近。子光瘖，未嘗交語，與對酌酒，懽甚。績有奴婢數人，種黍，春秋釀酒，養鳧雁，蒔藥草自供。遊北山東皐，著書自號東皐子。乘牛經酒肆，留或數日。高祖武德初，待詔門下省。故事，官給酒日三升，或問待詔何樂耶？答曰：『良醞可戀耳！』侍中陳叔達聞之，日給一斗。時稱『斗酒學士』。貞觀初，以疾罷，復調有司。

時太樂署史焦革家善釀，績求爲丞，吏部以非流不許。績固請曰：『有深意。』竟除之。革死，妻送酒不絕，歲餘又死。績曰：『天不使我酣美酒耶？』棄官去。自是太樂丞爲清職，追述革酒法爲經。又採杜康、儀狄以來善酒者爲譜。李淳風曰：『君酒家南、董也。』所居東南有盤石，立杜康祠祭之，尊爲師，以革配。著醉鄉記，以次劉伶酒德頌。其飲至五斗不亂，著五斗先生傳。豫知終日，命薄葬，自誌其墓。」

無功始亦仕，季代遘亂屯。投劾乃徑歸，不作嬰網鱗。梁武帝詔：「嬰網陷辟，日夜相尋。」結廬河渚北，喜與瘖士鄰。相逢雖多言，不若無語眞。種黍養鳧雁，逍遙度秋春。乘牛過酒家，留連或經旬。嗜飲豈沈湎？醉鄉可逃身。北門與樂署，新唐書文藝傳元萬頃傳：「武后諷帝召諸儒論撰禁中，朝廷疑議表疏，皆密使參處，以分宰相權，故時謂『北門學士』。」暫屈誠此因。賢哉焦史妻，相饋不厭勤。酣歌自遺世，嵇阮其能倫。晉書：「嵇康，字叔夜，譙國人。阮籍，字嗣宗，陳留人。皆縱酒，與山濤、向秀、劉伶、阮咸、王戎爲竹林七賢。」

朱桃椎新唐書隱逸傳：「朱桃椎，益州成都人，澹泊絕俗，被裘曳索，人莫測其爲。長史竇軌見之，遺以衣服、鹿幘、麂韡，逼署鄉正，委之地，不肯服。更結廬山中。夏則贏，冬緝木皮葉自蔽。贈遺無所受。嘗織十芒屩置道上，見者曰：『居士屩也。』爲鬻米茗易之，置其處，輒取去。終不與人接。其爲屩，草柔細，環結促密，人爭躡之。高士廉爲長史，備禮以請，降階與之語，不答，瞪視而去。士廉拜曰：『祭酒其使我以無事治蜀邪？』乃簡條目，薄賦斂，州大治。屢遣人存問，見輒走林草自匿云。」

祭酒絶俗者，史記荀卿列傳：「齊宣王時，荀卿最爲老師，齊尚修列大夫之缺，而荀卿三爲祭酒焉。」注：「禮，食必祭先，飲酒亦然，必以席中之尊者當祭耳，後因以爲官名。」曳索復被裘。自匿林莽間，不入成都遊。織屩易米茗，於人又何求？偲偲高長史，延見禮甚修。瞪視雖不言，默教意已周。欲使如曹參，史記曹相國世家贊：「百姓離秦之酷後，參與休息無爲，故天下俱稱其美。」無事治一州。忽去返山谷，避寢安可留！曹相國世家：「聞膠西有蓋公，善治黃、老言，使人厚幣請之。既見，爲言治道『貴清靜而民自定』。參於是避正堂，舍蓋公焉。」

武攸緒新唐書隱逸傳：「武攸緒，則天皇后兄惟良子也。恬淡寡欲，好易、莊周書；少變姓名，賣卜長安市，得錢輒委去。后革命，封安平郡王，從封中岳，固辭官，願隱居。后疑其詐，許之以覘所爲。攸緒廬巖下如素遁者，后遣其兄攸宜敦諭，卒不起，后乃異之。盤桓龍門、少室間，冬蔽茅椒，夏居石室，所賜金銀鐺鬲、野服，王公所遺鹿裘、素障、癭栝，塵皆流積，不御也。俄而諸韋誅，武氏連禍，唯攸緒不及。」

孽后移寶鼎，舊唐書崔融傳：「鑄寶鼎以窮姦，坐明堂而布政。」同姓咸析珪。解嘲：「析人之珪，儋人之爵」。注：「析，分也。」獨去謝親寵，龍門事冥棲。澹泊如素嘗，衣褐復茹藜。賜器不肯御，牀頭委塵泥。族人豈不華？回首已粉虀。苟榮禍必集，達識乃弗迷。蟬蛻衆濁中，史記屈原列傳：「蟬蛻于濁穢，以浮游塵埃之外。」名與嵩高齊。

盧鴻新唐書隱逸傳：「盧鴻，字顥然，其先幽州范陽人，徙洛陽。博學善書籀，廬嵩山。玄宗開元初，備禮徵再，不至。五年，詔曰：『鴻有泰一之道，中庸之德，鈎深詣微，確乎自高。詔書屢下，每輒辭託。使朕虛心引領，于今數年。雖得素履幽人之介，而失考父滋恭之誼。禮有大倫，君臣之義，不可廢也。有司其賫束帛之具，重宣茲旨，想有以翻然易節，副朕意焉。』鴻至東都，謁見不拜。帝召升內殿，置酒，拜諫議大夫，固辭。復下制，許還山。歲給米百斛、絹五十，府縣為致其家。朝廷得失，其以狀聞。將行，賜隱居服，官營草堂，恩禮殊渥。鴻到山中，廣學廬，聚徒至五百人。及卒，帝賜萬錢，鴻所居室，自號寧極云。」

顥然守泰一，高臥在幽壤。開元始求治，賢哲勞夢想。詔書赴巖扃，宸意勤挹仰。入京遽還山，孰得縻以鞅！天子遂其高，營室致安養。爵祿不可加，貪士應泚顙。

秦系新唐書隱逸傳：「秦系，字公緒，越州會稽人。天寶末，避亂剡溪。北都留守薛兼訓奏為參軍，不就。客泉州，南安有九日山，大松百餘章，俗傳東晉時所植。系結廬其上，穴石為研，注老子，彌年不出。刺史薛播數往見之，歲時致羊酒，而系未嘗至城門。與劉長卿善，以詩相贈答。權德輿曰：『長卿自以為五言長城，系用偏師攻之，雖老益壯。』其後東度秣陵，年八十餘卒。南安人思之，為立亭，號其山為高士峯云。」

公緒避時亂，不駕戎府車。孟郊詩：「戎府多秀異。」南安大松間，卜築聊可居。穴石為巨研，坐衍老氏書。刺史致羊酒，歲時造其廬。不拒亦不謝，偃息每自如。懷道誠可稱，工詩乃其餘。

陸龜蒙新唐書隱逸傳：「陸龜蒙，字魯望，少高放，通六經大義，尤明春秋。舉進士，一不中，往從湖州刺史張搏遊。搏歷湖、蘇二州，辟以自佐。嘗至饒州，三日無所詣，刺史蔡京率官屬就見之。龜蒙不樂，拂衣去。居松江甫里，有田數百畝，屋三十楹。田苦下，雨潦則與江通。故常苦飢，身畚鍤茠刺無休時，或譏其勞。答曰：『堯、舜黴瘠，禹胼胝，彼聖人也。吾一褐衣，敢不勤乎？』初，病酒，再期乃已。其後客至，挈壺置杯，不復飲。不喜與流俗交，雖造門不肯見。不乘馬，升舟設蓬席，齎束書、茶竈、筆牀、釣具往來。時謂江湖散人，或號天隨子、甫里先生，自比涪翁、漁父、江上丈人。」

魯望好任散，心與太古期。俗夫晨叩門，不肯一見之。下田與江通，終歲恆苦飢。茠刺不告勞，唐韻：「茠同薅。」詩：「以薅荼蓼。」常師禹胼胝。酒酣發長歌，猶有憤亂悲。寧不念枯槁，行哉豈其時！

張志和新唐書隱逸傳：「張志和，字子同，婺州金華人。十六擢明經，命待詔翰林，授左金吾衛錄事參軍，以親喪不復仕。居江湖，自稱煙波釣徒，著玄眞子，亦以自號。兄鶴齡爲築室越州東郭，茨以生草，椽棟不施斤斧，豹席椶屩。每垂釣，不設餌，志不在魚也。帝嘗賜奴婢各一，志和配爲夫婦，號漁童、樵青。陸羽嘗問：『孰爲往來者？』對曰：『太虛爲室，明月爲燭，與四海諸公共處，未嘗少別也。何有往來？』顏眞卿爲湖州刺史，志和來謁，眞卿以舟敝漏，請更之。志和曰：『願爲浮家泛宅，往來苕、霅間。』辯捷類如此。善圖山水。酒酣，或擊鼓吹笛，舐筆輒成。嘗撰漁歌，德宗圖其像求之，不能致。李德裕稱爲嚴光之比云。」

超超玄眞子，游浪煙水中。敝舟以爲家，來往無定蹤。自言處太虛，四海長相從。奴婢兩夫婦，耕織粗可供。天子不得見，丹青繪其容。漁歌復識聞，山水邈其重。

吳越紀遊十五首

按：先生自至正戊戌至庚子三年，嘗遊吳、越，因有紀遊詩十五首。朱紹所刻三先生詩集有小序，今補載年譜中戊戌年下。

始發南門晚行道中

歲暮寒亦行，征人有常期。辭我家鄉樂，適彼道路危。酒闌別賓親，驅車出郊岐。我馬力未痡，已越山與陂。回頭望高城，落日雲樹滋。遭亂既少安，謀生復多飢。途逢往來人，孰不爲此驅？〔校記〕「驅」字不叶韻，當作「馳」，大全集正作「馳」。遠遊亦吾志，去矣何勞悲。

渡浙江宿西興民家

一統志：「西興驛屬蕭山縣。」

挂帆無天風，到岸日已夕。捨舟理輕裝，欲問古鎮驛。颯颯灘聲迴，莽莽山氣積。僕夫夜畏虎，告我勿遠適。望林投人家，炊黍旋敲石。韋應物詩：「敲石軍中傳夜火。」寒眠多虛警，我體若畏席。誰云別家遙，數日已在客。今宵始驚歎，東西大江隔。

早過蕭山歷白鶴柯亭諸郵

水陸路程：「蕭山縣三十里至白鶴鋪，又十里至錢清塔。」一統志：「柯亭，在山陰西北，蔡邕避難柯亭，仰見椽竹，知有奇音，取之作笛。」

客起何太早？村荒絕雞鳴。況時江雨晦，不得見啓明。凌兢度高關，揚雄甘泉賦：「馳閶闔而入淩兢。」注：「淩兢者，言寒涼戰栗之處也。」山空縣無城。隔林聞人呼，已有先我行。側身避徑滑，聚足防厓傾。曲禮：「拾級聚足，連步以上。」衣寒復多風，澌澌〔校記〕詩綜作「聒聒」。遠水聲。千峯霧中過，不識狀與名。嵐開見前郵，始覺歷數程。越禽啼楓篁，冷日傍午晴。煙生沙墟寂，葉落澗寺清。登臨亦可悦，但恨時非平。

次錢淸江謁劉寵廟一統志：「錢淸江在紹興府城西，以漢守劉寵一錢事得名。」「劉寵」見卷二野老行。

亭亭樹間祠，落日小江口。停舟拜孤像，開幔蒼鼠走。憶公治邦時，德感山谷叟。臨行謝其饋，淸風在玆久。我方東征急，不得奠杯酒。惆悵出煙扉，陳師道詩：「山門開煙扉。」殘村夜聞狗。

登蓬萊閣望雲門秦望諸山一統志：「蓬萊閣，在紹興府內臥龍山上，五代時錢武肅建。舊說蓬萊山正屬會稽，閣名蓬萊以此。」又：「雲門山在府城南，晉王獻之居此，舊有子敬山亭，永禪師臨書閣。秦望山在府城東南，爲衆峯之標。」史記：「始皇嘗登此以望東海，因名。」

旅思曠然釋，置身蒼林杪。羣山爲誰來？歷歷散淸曉。奇姿脱霧雨，奮首爭欲矯。氣通海煙長，色帶州郭小。曲㵎藏啼猿，橫恐截歸鳥。流暉互蕩激，下有湖壑繞。佳處未遍經，一覽心頗了。秦皇遺跡泯，晉士流風杳。願探金匱篇，漢書鼂錯傳：「刻于玉版，藏于金匱。」一統志：「紹興府東南有石匱山，形如匱，相傳禹治水畢，藏書于此。」振袂翔塵表。

聞長槍兵至出越城夜投龕山明史概大政記：「至正十七年，上聞兵大通江，命繆大亨取揚州，元帥張明鑑以長槍軍降。」注：「乙未歲，明鑑聚衆淮西，以青布爲號，名『青軍』，又呼爲『一片瓦』。其黨張監，驍勇善用槍，又號『長槍軍』。黨衆暴悍，由含山轉掠至揚，人皆苦之。時元鎭南王孛羅普花鎭揚州，招降明鑑等，以爲濠泗義兵元帥，駐揚州，分屯守禦。丙申三月，明鑑等逼鎭南王反，不從，逐之，爲趙均用所殺。據城兇暴日甚，日屠城中居民爲食，至是大亨兵至，不能支，遂降焉。」明紀：「至正十六年十二月，長槍軍謝元帥寇廣德，守將鄧愈擊敗之。又十七年，徐達克常州。四月，攻寧國，長槍軍來援，復扼險敗之。」陳善海塘考：「海寧縣塘西南數十里，有赭山，其南有龕山，相對夾爲海門，龕山屬紹興蕭山縣。」

列藩遏戎亂，駐鉞實此州。唐書渾瑊傳：「帝臨軒授鉞。」**如何殺大將？王師自相讎。**元史邁里古思傳：「邁里古思，寧夏人，至正進士，授紹興路錄事司達魯花赤。苗軍主將楊完者在杭，縱軍抄掠，有至紹興城中強奪人馬者，邁里古思擒斬數人，苗軍乃懼，不敢入境；提兵平處州山賊，擢江東廉訪使司經歷，仍留紹興，民愛之如父母。浙江省臣乃承制授行樞密院判官，分院治紹興。會方國珍遣兵侵紹興屬縣，邁里古思曰：『國珍本海賊，既降爲大官，而復來害吾民，可乎！』欲率兵往問罪，先遣部將黃中取上虞，中還，請益兵。是時朝廷方倚重國珍，資其舟以運糧，而御史大夫拜住哥素通賄賂，情好甚厚。聞邁里古思擅舉兵，卽使人召至私第與計事，命左右以鐵椎撾殺之，斷其首，擲廁溷中。城中民聞之，男女老幼，無不慟哭。中乃率其衆復讎，盡殺其家人，獨留拜住哥不殺，以告張士誠，士誠乃遣其將將兵守紹興。拜住哥尋遷行宣政院使，監察御史眞童糾言：『拜住哥陰害帥臣，宜寘典刑。』于是始削拜住哥官職，安置潮州，而邁里古思之寃始白。」我來亂始定，城郭氣尙愁。又聞有鄰兵，倉卒豈敢留！促還出西門，天寒絶行輈。古戍暗雨雪，旌旗暮悠悠。野屋閉不守，澤田棄誰收？居人且奔逃，遊子安得休？逶迤蒼山去，泱漭玄雲浮。司馬相如上林賦：「過乎泱漭之野。」正韻：「曉色不明之貌。」人虎爭夜行，風榛嘯巖幽。我徒戒相親，一失未易求。飢拾谷口栗，杜甫詩：「盤剝白鴉谷口栗。」寒燒澗中樵。神迷路多迂，再宿達海陬。雖嘗登頓勞，幸免迫辱憂。聖尼畏于匡，嗟我敢有尤？但慚去越早，不遂名山遊。

夜抵江上候船至曉始行

夜辭西陵館，一統志：「蕭山西陵渡，即西興，錢鏐王忌陵字，易名西興。」霜谷猿叫歇。津卒未具舟，天險不可越。漁商雜候渡，寒立沙上月。蒼煙隱遙汀，益覺潮漲闊。開橈散鳧鷺，〔校記〕詩綜作「鶩鳧」。海色曙初發。曨曨前山來，稍稍後嶺沒。中流聞鼓角，新唐書百官志：「節度使入境，州縣築節樓，迎以鼓角，今鼓角樓始此。」隔岸見城闕。客路得奇觀，臨風悶俱豁。

登鳳凰山尋故宮遺跡杭州府志：「山在府城南，南宋建都，嘗環入內苑。」

茲山勢將飛，宮殿壓其上。江潮正東來，朝夕似奔嚮。當時結構意，欲敵汴都壯。一統志：「宋都于汴。」林夢井遊湖山詩：「直把杭州作汴州。」我來百年後，紫氣愁不王。烏啼壁門空，落葉滿陰障。風悲度遺樂，樹古羅巖仗。行人悼降王，宋史紀事本末：「帝㬎德祐二年春正月，伯顏進次皐亭山，太后遣監察御史楊應奎上傳國璽、降表。」故老怨姦相。賈似道傳：「理宗寵其姊爲貴妃，恃寵不檢，日游妓館，夜遨湖上。上嘗夜憑高望西湖中，燈火異常時，語左右曰：『此必似道也。』度宗三年，除太師平章軍國重事，賜第葛嶺，起樓閣亭榭，取宮人娼尼美色者爲妾，淫樂其中。與羣妾踞地鬬蟋蟀。度宗崩，開督府臨安。至揚州兵潰，罷平章。都督王爚入見太后曰：『本朝權臣稔惡，未有如似道之烈者！縉紳草茅，不知幾疏，皆抑而不行，何以謝天下？』始徙婺州。婺人爲露布逐之；御史孫嶸叟等，以爲罰輕，徙建寧。翁合奏：『建寧故名儒里，三尺童子聞其名皆嘔惡，況見其人乎？』乃謫高州團練使，循州安置。至漳州木棉菴，爲鄭虎臣拉殺。」蒼天何悠悠！未得問興喪。世運今復衰，淒涼一回望。

宿湯氏江樓夜起觀潮

舟師夜驚呼，隔浦亂燈集。潮聲若萬騎，怒奪海門入。初來聽猶遠，忽過顧〔校記〕詩綜作「睇」。無及。震搖高山動，噴灑明月溼。霜風助翻江，蛟龍苦難蟄。應知陰陽氣，高麗舊經：「一晝一夜合陰陽之氣，凡再升降，故一日之間，潮汐皆再焉。」來往此呼吸。李白詩：「呼吸走百川。」登樓覺神壯，憑險方迥立。何處望靈旗？煙中去波急。

過奉口戰場

湖州府志：「德淸縣疆域，南至仁和縣界一十五里，以奉口抖門爲界。」

路迴荒山開，如出古塞門。驚沙四邊起，寒日慘欲昏。上有飢鳶聲，下有枯蓬根。白骨橫馬前，貴賤寧復論？不知將軍誰，此地昔戰奔。我欲問路人，前行盡空村。登高望廢壘，鬼結愁雲屯。當時十萬師，覆沒能幾存。應有獨老翁，來此哭子孫。年來未休兵，強弱事并吞。功名竟誰成，殺人遍乾坤。媿無拯亂術，佇立空傷魂。

泊德清縣前望金鵞玉塵二峯 湖州府志：「金鵝山在德清縣西南，相傳古有金鵝出沒其處，每或聞其聲，故名。玉塵山在德清縣西，有白石洞。」

歸遠行不綴，頗失眺山水。獨憐茲峯秀，欲去舟且檥。類篇：「附舟着岸也。」層巒迴長谿，日落蒼霧起。寒城動遙炊，晚渡罷孤市。豈唯地景幽，況乃民俗美。牛羊散樹下，曖曖舊墟里。離騷：「時曖曖其將罷兮。」注：「曖曖，昏昧貌。」田畯收穫富，縣靜爭訟止。畏途遇樂境，我意方一喜。嘯歌逐漁翁，暫宿浦煙裏。篠疎風脩脩，月偃波瀰瀰。旅顏在塵中，逢人固多恥。安得託此居，長年息行李。泊宅編：「李、理義通。人將有行，必先治裝。」

舟次敢山阻風累日登近岸荒岡僧舍 一統志：「敢三山，在德清縣東，以山在敢村，故名。」

高岸鳴枯桑，古詩：「枯桑知天風。」湖陰北風厲。寒濤洶我前，幾日不得濟。孤舟恐漂蕩，石根暮牢繫。憂來厭閉臥，近寺聊獨詣。雀飢殘林空，人倦危磴細。年荒無居僧，樹死石門閉。神傷卻欲返，微霰灑征袂。窮冬已崢嶸，故國尚迢遞。仰看浮雲馳，東路阻歸計。長歎復何言，吾生信多滯。

過硤石 杭州府志：「海寧縣硤石山，卽紫微山也。兩山相峙，中通河流，因名。」

硤石頗奇壯，長河出連山。絕壁兩岸開，行舟過其間。高處誰解登，陰藤裊難攀。旁垂雨痕古，仰露天光慳。不知眞宰意，老子：「有眞宰，足以制萬物。」隨地設險艱。一夫據蜀閣，李白蜀道難：「劍閣崢嶸而崔嵬，一夫當關，萬人莫開。」二世憑秦關。漢書項籍傳：「關中阻山河四塞。」注：「東函谷，南武關，西散關，北蕭關。」賴此非要區，爭奪得少閒。徘徊佇望久，日暮飛雲還。

謁雙廟杭州府志：「許遠，鹽官人。廟在海寧縣西。梁開平二年建。後增祀張巡，號『雙廟』。宋紹興八年，邑人禮部侍郎張九成請于朝，增祀南霽雲、雷萬春、姚訚，詔許之。」

維昔天寶末，君王寵姦虜。新唐書安祿山傳：「時楊貴妃有寵，祿山請爲妃養兒。其拜必先妃而後帝。帝怪之，答曰：『蕃人先母後父。』帝大悅。命與楊銛及三夫人約爲兄弟，爲起第京師。帝登勤政樓，幄坐之，左張金雞大障，前置特榻，詔祿山坐，褰其幄，以示尊寵。太子諫曰：『自古幄坐，非人臣當得；陛下寵祿山過甚，必驕。』帝曰：『胡有異相，我欲厭之。』」雄邊委強兵，通鑑：「天寶元年春正月，以安祿山爲平盧節度使。三載三月，以安祿山兼范陽節度使。六載，兼御史大夫。七載，賜鐵券。九載，賜爵東平郡王。十載，起第親仁坊，兼河東節度使。十三載，加祿山左僕射，爲閑廄羣牧使。」安祿山傳：「祿山已得阿布思衆，則兵雄天下。」遺患同養虎。史記項羽本紀：「項王已約，乃引兵解而東歸。漢欲西歸，張良、陳平說曰：『楚兵罷食盡，今釋弗擊，所謂養虎自遺患也。』」叛聞遽西幸，骨肉棄榛莽。通鑑：「祿山陰蓄異志，殆將十年，以上待之厚，欲俟上晏駕，然後作亂。會楊國忠與祿山不相悅，數以事激之，祿山決意遽反，引兵而南。」又：「天寶十五年六月，哥舒翰及祿山戰于靈寶西原，敗績，上始懼。召宰相謀之，楊國忠首倡幸蜀之策，上然之。乃命龍武大將軍陳玄禮整比六軍，厚賜錢帛，選閑廄馬九萬餘匹；黎明，上獨與貴妃姊妹、皇子、妃、主、皇孫及親近宦官、宮人出延秋門。妃、主、皇孫之在外者，皆委之而去。上至馬嵬驛，將士飢疲，皆憤怒，會吐蕃使者二十餘人遮國忠馬，訴以無食，國忠未及答，軍士追殺之。上杖屨出驛門，慰勞軍士，令收隊，軍士不應。上使高力士問之，玄禮對曰：『國忠謀反，貴妃不宜供奉，願陛下割恩正法。』上不得已，與妃訣，引而去，縊路祠下。輿尸寘驛庭。玄禮等始整部伍爲行計。」安祿山傳：「祿山怨慶宗死，乃取帝近屬自霍國長公主、諸王、妃妾、子孫、姻眘等百餘人害之，以祭慶宗。」河北二十州，義士誰禦侮？兩公起誓衆，慟哭告玄祖。新唐書張巡傳：「天寶十五載正月，賊酋張通晤陷宋、曹等州，譙郡太守楊萬石降賊，逼巡爲長史，使西迎賊軍，巡率吏哭玄元皇帝祠，遂起兵討賊，從者千餘。」横身遏其衝，江淮保安土。張巡傳：「賊知外援絶，圍益急，衆議東奔。巡、遠議以睢陽，江淮保障也，若棄之，賊乘勝鼓而南，江淮必亡。且帥飢衆，行必不達。」孤城無全堞，百戰霜月苦。張巡傳：「巡與令狐潮及尹子琦大小四百戰，斬將三百，卒十餘萬。」力窮援不來，張巡傳：「御史大夫賀蘭進明，代巨節度，屯臨淮。許叔冀、尙衡次彭城。皆觀望莫肯救；巡使霽雲如叔冀請師，不應。遺布數千端，霽雲嫚罵馬上，請決死鬭。叔冀不敢應。巡復遣如臨淮告急，引精騎三十冒圍出，賊萬衆遮之，霽雲左右射，皆披靡。既見進明，進明曰：『睢陽存亡已決，兵出何益？』霽雲曰：『城或未下，如已亡，請以死謝大夫。』進明忌巡聲威，恐成功，無出師意；又愛霽雲壯士，欲留之。爲大饗，樂作，霽雲泣曰：『昨出睢陽時，將士不粒食已彌月，今大夫兵不出，而廣設聲樂，義不忍獨享，雖食，弗下咽。今主將之命不達，霽雲請置一指以示信，歸報中丞也。』因拔佩刀斷指，一座大驚，爲出涕。卒不食去。抽矢回射佛寺浮屠，矢著甎，曰：『吾破賊還，必滅賀蘭，此矢所以志也！』至眞源，李賁遺馬百匹。次寧陵，得城使廉坦兵三千，夜冒圍入，賊覺拒之，且戰且引，兵多死，所至才千人。方大霧，巡聞戰聲曰：『此霽雲等聲也。』乃啓門，驅賊牛數百入，將士相持泣。」嚙齒罵益怒。張巡傳：「城陷，與遠俱執，巡衆見之，起且哭。巡曰：『安之勿怖。死乃命也！』衆不能仰視。子琦謂巡曰：『聞公督戰，大呼輒眥裂血面，嚙齒皆碎，何至是？』答曰：『吾欲氣吞逆賊，顧力屈耳！』子琦怒，以刀抉其口齒，存者三四。巡罵曰：『我爲君父死，爾附賊，乃犬彘也，安得久？』」殘兵日飢疲，張巡傳：「巡士多餓死，存者皆痍傷氣乏。巡出愛妾曰：『諸君經年乏食，而忠義不少衰，吾恨不割肌以啖衆，寧惜一妾而坐視士飢！』乃殺以大饗，坐者皆泣。巡彊令食之；遠亦殺奴僮以哺，卒至羅雀掘鼠，煮鎧弩以食。」秋風仆旗鼓。男兒不生降，一死冠今古。張巡傳：「以刃脅降，巡不屈。又降霽雲，未應，巡呼曰：『南八，男兒死爾！不可爲不義屈。』霽雲笑曰：『欲將有爲也，公知我者，敢不死！』亦不肯降。乃與姚誾、雷萬春等三十六人遇害。」故鄉有遺廟，俗祭巫屢舞。丹青網塵中，爽氣猶可覩！嗟今屬喪亂，戎馬正旁午。韻會：「一縱一横曰旁午，猶言交横也。」臨危肯捐軀，如公未多數。獨立爲悲傷，斜陽下寒楚。高適詩：「寒楚渺千里。」

登海昌城樓望海一統志：「孫吳鹽官，元海寧。」

百川浩皆東，尚書大傳：「百川赴東海。」元氣流不息。梁簡文帝大壑賦：「滔滔不息。」混茫自太古，于此見容德。易林：「海爲水宗，百流歸德。」陸贄論諫：「海之歸水，洪涓必容。」積陰漲玄濤，淮南子：「積陰之氣爲水。」郭璞詩：「黑水鼓玄濤。」萬里失空色。鴻鵠去不窮，魚龍變莫測。朝登茲樓望，動盪豁胸臆。始知滄溟大，外絡九州域。史記孟子列傳：「中國爲赤縣、神州，中國外，如赤縣、神州者九，謂之九州。」曰出水底宮，煙生島中國。寬疑浸天爛，怒欲吹地戾。常時烈風興，海若不受職。六帖：「海若，海神，名天吳。」長隄此脊潰，頻勞負薪塞。史記河渠書：「天子乃使汲仁、郭昌發卒數萬人，塞瓠子決，令羣臣從官自將軍已下，皆負薪寘決河。」況今艱危際，民苦在墊溺。有地不可居，澒洞風塵黑。杜甫詩：「澒洞不可掇。」集韻：「澒洞，相連貌。」安得擊水遊！莊子：「鵬之徙于南溟也，水擊三千里。」圖南附鵬翼。莊子：「背負靑天而莫之夭閼者，而後乃今將圖南。」

春日懷十友詩

余司馬堯臣 列朝詩傳：「堯臣，字唐卿，永嘉人。早以文學著。客居會稽，越鎭帥院判邁善卿、參政呂珍，羅致幕下，與有保越之功。薦剡交上，無意仕進。於越之桂桐里治圃結茅，署曰『菜薖』。已而入吳，居北郭，與高啓、張羽諸人爲『北郭十友』，卽所謂『十才子』也。啓送唐肅序曰：『余世居吳北郭，同里交善者，惟王止仲一人；十餘年來，徐幼文自毘陵、高士敏自河南、唐處敬自會稽、余唐卿自永嘉、張來儀自潯陽，各以故來居吳，而皆與余鄰。于是北郭之文物遂盛矣。』羽續懷友詩序曰：『余在吳城闉中，與余唐卿諸君游，皆落魄不任事，故得留連詩酒。』吳亡之後，與楊基、徐賁同被徵，謫濠。洪武二年放還，授新鄭丞。此見于高啓答詩者也。曰司馬、曰左司，必東越鎭將版授之職銜，今不可考矣。」〔校記〕凡注引

「列朝詩傳」四字各處均空缺，依原刻本墨華池館本補入，下同。又此本凡「列朝詩」、「列朝詩集」、「列朝詩傳」等字，均依別本補。

列戟衞嚴關，應無休沐暇。初學記：「漢律：吏五日得一休沐。言休息以洗沐也。」王維詩：「承明少休沐。」羣英罷追遊，餘香掩空榭。飛花北郭晚。華月南園夜。姑蘇志：「南園在子城西南，有安寧廳、思玄堂，清風、綠波、迎仙等三閣，清漣、湧泉、清暑、碧雲、流杯、沿波、惹雲、白雲等八亭。又有榭亭二，就樹爲榱柱，及迎春、百花等三亭。西池在園廳西，有龜首、旋螺二亭。」續記云：「廣陵王帥吳，治南園，爲島嶼峯巒，出于巧思。錢氏去國，此園不毁。其間臺榭歲久摧圮，今所存之亭，僅有流杯、四照、百花、豐樂、惹雲。每春，縱士女游覽。」清景不能同，蹉跎恐年謝。

張校理羽列朝詩傳：「羽，字來儀，潯陽人。既壯，從其父宦游，泝江踰淛。受易于山陰夏仲善，爲文學歐陽子，縝密婉轉，雖前輩自謂不及也。兵阻不得歸，因僑武林。來吳，喜吳興山水，與徐賁約卜居于戴山之東。元末，授安定書院山長。國初，舉賢良不出，徵起，廷對稱旨，擢太常司丞兼翰林院同掌文淵閣事。十六年，上親稾滁陽王事實，命來儀撰廟碑。當時以大制作推任如此。以事竄嶺表。未半道，召還。抵京信宿，知不免，自投龍江以死。歸葬九里岡。有靜居集。」韓愈送鄭十校理序：「祕書，御府也，天子猶以爲外且遠，不得朝夕視。始更聚書集賢殿，別置校讎官，曰學士、曰校理。校理則用天下之名能文學者，苟在選，不計其秩次，惟所用之。」

端居養恬素，獨詠聖人篇。夕景臨池酌，春寒掩閣眠。芳藥初翻雨，新篠稍披煙。果日虧幽訪，慚余塵務牽。

楊署令基列朝詩傳：「基，字孟載，先世蜀之嘉州人；大父任江左，生于吳中，家天平山南赤城之下。幼穎敏絕人，九歲背誦六經，著書十萬餘言，名曰論鑑。試儀曹不利。會天下亂，歸隱赤山。淮張辟丞相府記室，未幾謝去。又客饒介所。王師下姑蘇，以饒氏客，安置臨濠。旋徙河南。洪武二年放歸，尋起知滎陽，謫居鍾離，閒居秣陵。久之，用薦爲江西行省幕官，坐省臣得罪落職。四年，居句曲山中，六年，又起奉使湖南、廣右。召還，授兵部員外郎，出爲山西按察使。後被讒奪職供役，卒于工所。孟載少負詩名，與高啓、張羽、徐賁爲詩友，人稱『吳中四傑』。所著詩名眉菴集。」

詞苑擅高步，早歲許追隨。屢枉瑤華句，長依瓊樹姿。齋居積沖抱，園賞過芳時。暫闕今朝會，勞人耿耿思。

王隱君行列朝詩傳：「行，字止仲，長洲人。髫時從其父爲閶門南市人市藥，應對如流。迨晚，爲主嫗演說稗官詞話，背誦至數十本。主人翁異之。授魯論，翌日已成誦。乃令遍閱所庋書，年未弱冠，辭去。授徒于城北望齊門。議論踔厲，貫穿古今。家徒壁立，几無留册。詢所學，曰：『得之藥肆翁耳。』張氏據吳，隱居教授。洪武初，郡庠延爲經師，弟子以五經雜進問難，肆應不窮，皆吐舌歎服。晚年謝生徒，居石湖之濱，郡守魏觀徒行訪之，不肯出。」

共此一里居，誰令阻良覿。惆悵步芳園，山櫻還獨摘。風含駐花意，雨散流池跡。尊酒不來同，茲晨端可惜。

呂道士敏 列朝詩傳：「敏，字志學，無錫人。元尙胡服，惟道士許深衣幅巾，志學乃易服爲道士。洪武初，爲無錫教諭，十三年，舉人才，王止仲有文贈行。」

同謂在塵境，獨能依道門。園齋坐永日，庭綠靄初繁。覩妙夙有契，韋應物詩：「依僧欲觀妙。」悟靜自無煩。晨策思頻往，謝靈運詩：「晨策尋絕壁。」聆君超世言。

宋軍咨克 列朝詩傳：「克，字仲溫，吳人；偉軀幹，博涉書傳，少任俠，擊劍走馬，彈下飛鳥。見天下亂，學握奇陣法，將北走中原，從豪傑計事。道梗，周流無所合。張氏據吳，欲致之，不能得。闔門却埽，工草隸，時賦詩見志。國初，徵爲侍書，出爲鳳翔府同知。家南宮里，高啓作南宮生傳。」說文：「謀事曰咨。」

看花西澗寺，憶子昔同行。蘭入華觴氣，許渾詩：「綺席遞華觴。」波泛綠琴聲。李白詩：「風吹綠琴去。」茲歡隨節逝，離恨坐相嬰。安得重聯騎，射雉出東城。魏志武帝紀注：「太祖才力絕人，嘗于南皮，一日射雉獲三十六頭。」庾信春賦：「協調都尉、射雉中郎。」

徐記室賁 列朝詩傳：「賁，字幼文，其先蜀人，由昆陵徙居吳；家城北望齊門外，時稱『十才子』，幼文其一也。工詩，善畫山水。淮張開閫，辟爲屬，與張羽俱避去，之吳興。張居菁山、徐居蜀山，建蜀山精舍。洪武七年，用薦起家，遣廉訪晉、冀。簡其橐，惟紀行詩數首。授給事中，陞廣西參政，河南左布政使。大將軍兵出洮岷，往返中原，訴所司缺犒勞。上以責迂疎儒者，下獄死。詩名北郭集。」續事始：「漢百官制：諸王、三公及大將軍幕府，皆有記室，掌章表書記文檄。」魏志王粲傳：「太祖並以陳琳、阮瑀爲司空軍謀祭酒，掌記室。」

晨興理櫛罷，禽聲悅淸旭。雨餘嘉樹新，左傳：「季氏有嘉樹，宣子譽之。」色映春塘綠。閱景感幽悰，步陰思往躅。攜手此逍遙，須君慰心曲。

陳孝廉則列朝詩傳：「則字文度，崑山人。洪武六年，以秀才舉，任應天府治中，俄進侍郎戶部。以閱實戶口，調大同府同知，復遷爲守。則文辭淸麗，元季僦屋授徒，以工詩名于吳下。高啓『北郭十友』之一也。」

徂春易爲感，復此棲孤寂。鶯啼遠林雨，悵望鄉園隔。客舍換衣晨，僧齋聽鐘夕。知君思正紛，雜英共如積。

僧道衍列朝詩傳：「少師釋名道衍，字斯道，族姓姚氏，長洲人。本醫家子，顧少不肯學醫，喜爲儒者之學。至正間，削髮居相城之妙智菴。里中靈應觀道士席應眞者，通兵家言，尤深于機事，公師事之，盡得其學；然深自退藏，人無知者。嘗寓嵩山寺，袁珙見其相而異之曰：『公非常僧，劉秉忠之儔也。』洪武初，以高僧徵。十五年，十王之國，太祖命各選一高僧，公在燕府籍中。住持慶壽寺。靖難兵起，妙識機先，贊助祕密。太宗卽位，欲官之，固辭，爲僧錄左善世。立東宮，特授資善大夫、太子少師，復姚姓，賜名廣孝；命蓄髮再三，終不肯。賜兩宮人，不近亦不辭。踰月，乃召還。嘗以賑濟歸吳，徒步閭里，以賜金散之宗黨。永樂六年，來朝北京，仍居慶壽寺。病篤，召諸門人告以去期，斂袂端坐而逝。夏八十有四。追封榮國公，謚恭靖。公居吳，爲高啓『北郭十友』之一。其詩文曰逃虚子集。」

楞伽曾往問，姑蘇志：「楞伽山，一名上方山。」緣澗冒嵐深。殘雪寒山暮，幽扉閉竹林。欲寄棲禪跡，尙違捐俗心。別後空遙念，迢迢雙樹陰。陰鏗巴陵空寺詩：「網交雙樹葉，輪斷七燈輝。」

王徵士彝列朝詩傳：「彝，字常宗，其先蜀人。父官昆山教授，遂遷嘉定，自號嬀蜼子。以布衣召修元史，賜金幣，遣還。又薦入翰林，以母老乞歸。洪武七年，坐太守魏觀事伏法。常宗少孤貧，讀書天台山中，師事王貞文，得蘭谿金文安之傳，其學遠有端緒，有三近齋稿。」

遠客歎留滯，對雨臥閒房。江上歸舟阻，蘼蕪春自芳。微痾偶見侵，勝賞坐成妨。斯章亦何取，持擬釋離腸。

秋懷十首

少時志氣壯，不識秋氣悲。呼儔射鳴雁，深騖東山陂。中年漸多懷，惻惻當此時。登高望原陸，不見車馬馳。思我平生歡，高墳鬱纍纍。世人非羨門，史記封禪書：「羨門子高，燕人，爲方仙道。」誰能久華滋？惟有盈觴酒，可以持自怡。

其二

明月出遠林，流輝鑒牀幃。促促草下蟲，催我索故衣。起歎秋夜長，欲取鳴琴揮。掩抑不成弄，中心復乖違。有懷難自宣，勿謂知音稀。

其三

搴荷荷已老，采蘭蘭亦摧。無由玩芳物，悵望江之隈。木落山更空，猿聲有餘哀。所思去我遠，佳期邈悠哉！被垢尚可澣，抹漆猶難開。盧仝月蝕詩：「其初猶朦朧，既久如抹漆。」我愁亦何來，當秋鬱難裁。棄置勿歎息，多愁損顏衰。

其四

志士憂歲晚，羈人感秋早。騷騷鬢絲垂，索索枯葉槁。誰言衆芳歇，時菊正鮮好。日暮餐其英，離騷：「夕餐秋菊之落英。」聊開我懷抱。貧賤難久居，欲去恐違道。時命恐未通，徜徉以終老。

其五

秋風夜颼颼，秋色日瀟灑。覩人亦心驚，況乃居愁者。塊處厭空宇，韋應物詩：「空宇澹無情。」命駕聊適野。征鴻暮相呼，牛羊亦同下。我居久離羣，憂襟向誰寫！

其六

涼風動幽幔，高堂夜空虛。明燈無與語，聊讀古人書。古人亦何人，使我不得如。棄卷輒還臥，終宵自欷歔。

其七

鳴蟲入我戶，落葉覆我井。何無四方志，戀此一室靜。問途欲晨征，畏踐霜露冷。濁醪幸方熟，夕飲燭可炳。勿憂去日多，但願來日永。不知苦驅馳，孰若長酩酊。晉書山簡傳：「習氏有佳園池，簡每出遊嬉，多之池上，置酒輒醉，名之高陽池。時有童兒歌曰：『山公出何許？往至高陽池。日夕倒載歸，酩酊無所知。』」

其八

弱齡弄篇翰，鮑照擬古詩：「十五諷詩書，篇翰靡不通。」出門結羣賢。俛仰幾何時？已有好新年。歡娛雖常逢，憂患亦屢牽。世故逐人老，髮鬢能久玄？沈思復何爲，省我既往愆。問道行已歇，中途曷歸旋。

其九　〔校記〕此首三十家題作「言懷」。

朝遊荒岡陲，暮行空潭側。我非楚大夫，何有憔悴色。屈原漁父詞：「屈原既放，遊于江潭，行吟澤畔，顏色憔悴，形容枯槁。漁父見而問之曰：『子非三閭大夫歟？何故至于斯？』」良辰思遠騁，周道廣且直。我馬力不前，回駕任偃息。踟躕阻修程，〔校記〕詩綜作「竹」，誤。日夕睇西北。苟安非予志，所懼時未識。

其十

弭櫂望江涘，陳子良宿江渚詩：「我行逢日暮，弭櫂莫維舟。」日落青楓林。驚波駛且廣，正韻：「駛，音史。」玉篇：「疾也。」蕩漾浮雲陰。靡靡皋蘭衰，嗈嗈渚鴻吟。顧此凛節謝，憂來忽傷心。宋子悲已多，宋玉九辨：「皇天平分四時兮，竊獨悲此凛秋。」又：「悲哉！秋之爲氣也，蕭瑟兮草木搖落而變衰。」潘生歎彌深。文選潘岳有秋興賦。自古有此愁，誰云獨吾今？

出郊抵東屯五首 槎軒集作秋日寓東屯農舍

故鄉一區田，自我先人遺。賴此容我懶，不耕坐待炊。霜露被寒野，屬當斂穫時。年來徵薄入，稅駕宿東陂。今年雖未豐，亦足療我飢。萬鍾知難稱，保此復何辭？

其二

喌喌雞登場，說文：「喌，呼雞，重言之，讀若祝。」秋稼稍〔校記〕詩綜作「恨」。狼藉。疎榆蔭門巷，景暗煙火夕。田家雖作苦，於世寡憂戚。況當收穫景，斗酒復可適。所以沮溺徒，躬耕不辭劇。

其三

我本東皋氓，偶往住州城。茲來臥農舍，頓愜田野情。如魚反故淵，悠然樂其生。臨去謝主媪，漢書高帝紀：「高帝嘗從王媪、武負貰酒，此兩家常折券棄責。」重來自藜糞。我非催租吏，叩門勿相驚。

其四

朝服久已解，儼然山澤臞。史記司馬相如列傳：「列仙之傳居山澤間，形容甚臞。」欲狎林野人，相歡混賢愚。朝來此水濱，高歌步踟躕。忽逢一田父，舍耕拜路隅。疑我是長官，怪我體貌殊。我已忘所有，彼我未忘歟？不能使爭席，莊子：「陽子居遇老子，老子曰：『而睢睢盱盱，而誰與居？太白若辱，盛德若不足。』陽子居蹵然變容曰：『敬聞命矣。』其往也，舍者迎將其家，公執席、妻執巾櫛，舍者避席，煬者避竈；其反也，舍者與之爭席矣。」心愧禦寇徒。莊子：「列禦寇之齊，中道而反，遇伯昏瞀人。伯昏瞀人曰：『奚方而反？』曰：『吾驚焉！』曰：『烏乎驚？』曰：『吾嘗食于十餋而五餋先饋。』伯昏瞀人曰：『若是，汝何爲驚已？』曰：『夫內誠不解，形諜成光以外鎮人心，使人輕乎貴，老而螫其所患，吾是以驚。』」注：「謂人敬己過于他人，所以致患也。」

其五

坐久體不適，卷書出柴關。臨流偶西望，正見秦餘山。姑蘇志：「陽山，一名秦餘杭山。」野淨寒木疎，川長暝禽還。此中忽有得，怡然散襟顏。遂同樵牧歸，歌笑落日間。

高靑丘集卷四

五言古詩

感舊酬宋軍咨見寄

「宋軍咨」見卷三懷十友詩。此詩五十韻，大全集中多脫訛，今從鐵網珊瑚補正。

我酒且緩傾，聽君放歌行。君歌意何苦？慷慨陳平生。少爲鬭雞兒，見卷一游俠篇注袁盎傳。鮮裘奪春明。走馬出飛彈，撇捩誇身輕。司空曙杜鵑行：「搶翔撇捩雌隨雄。」氣服諸俠徒，不倚父與兄。落花錦坊南，曹林異景：「裴晉公午橋莊有文杏百株，立碎錦坊。」美人理妝迎。綠雲晚不度，李白詩：「却奏仙歌響綠雲。」樓上鳴瑤箏。酒酣迸五木，五木經：「樗蒱古戲，其投有五，故呼爲五木。以木爲之，因謂之木。今則以牙角，尙飾也。」脫帽呼輸贏。及壯家已破，狂游恥無成。太白犯紫微，天官星占：「太白者，金之精，白帝之子，大將之象也。」晉書天文志：「紫微大帝之座，天子之常居也。」三辰晦光精。金鏡偶淪照，劉峻廣絕交論：「聖人握金鏡，闡風烈。」干戈起紛爭。中原未失鹿，漢書蒯通傳：「秦失其鹿，天下共逐之，高材疾足者先得焉。」東海方横鯨。木華海賦：「魚則横海之鯨。」遂尋鬼谷師，史記蘇秦列傳：「東事師于齊，而習之于鬼谷先生。」從之學言兵。石室得陰符，戰國策：「得太公陰符之謀。」龍虎隨權衡。七書：「六韜：文韜、武韜、龍韜、虎韜、豹韜、犬韜。」業成事燕將，遠戍三關營。後漢書馮衍傳：「上黨有四塞之固，東帶三關，西爲國蔽。」注：「三關：謂上黨、壺口、石陘也。」巖谷雨雪霏，哀獸常夜鳴。撫劍起流涕，軍中未知名。奇勳竟難圖，一作集。迴臨石頭城。見卷二小長干曲。石頭何壯哉！山盤大江横。黄旗歇一作想。王氣，吳書：「陳化使魏，文帝嘲問曰：『吳、魏峙立，誰將平一海內？』對曰：『先哲知命，舊説紫蓋黄旗，運在東南。』」郝天挺鼓吹注：「楚威王以其地有王氣，埋金鎮之，故名金陵。」許渾金陵懷古詩：「玉樹歌殘王氣終，景陽兵合戍樓空。」玉樹沈一作闃。歌聲。見卷二春江花月夜。晚登臨滄觀，一統志：「勞勞亭，在應天府治西南，吳時建，一名臨滄觀。」惻愴懷古情。覽時識禍機，不因憶蓴羹。晉書張翰傳：「齊王冏辟爲大司馬東曹掾。冏時執權，翰見秋風起，思吳中菰菜、蓴羹、鱸魚膾，曰：『人生貴適志，何能羈宦數千里要名爵乎？』遂命駕而歸。」飄然別戎府，溧水〔校記〕列朝詩集作「震澤」。還東征。溧水屬江寧府。戰國策：「伍子胥橐載而出昭關，至于溧水，無以餬其口。」裸衣佐刺船，見卷一箜篌引。臨危釋猜萌。歸來訪鄉閭，亂餘掩蓬荆，舊宅人已改，荒池泉尚清。瘦妻倚寒機，正歎伊威盈；詩：「伊威在室。」相迎不相笑，伏雌爲重烹。百里奚歌：「百里奚，五羊皮，臨別時，烹伏雌，炊扊扅。」從茲謝行役，閉園事躬耕。昔同徒步人，十年擁麾旌。隋書音樂志：「鑾軒循轍，麾旌復路。」鴻毛獨未順，王褒頌：「翼乎如鴻毛遇順風。」蹭蹬違霄程。木華海賦：「或乃蹭蹬窮波。」

皮日休悼鶴詩：「鈞籠休礙九霄程。」知音竟爲誰？四海嗟惸惸！齊竽不解奏，韓愈文：「王好竽而子鼓瑟，雖工，其如不好何！」楚璞何由呈？見卷三寓感十八。嬾求薦辟書，傲然揖公卿。衰蕙弔蟋蟀，柔桑喚鸝鶊。閉門節屢變，壯魄空潛驚。顧余雖腐儒，史記黥布列傳：「上折隨何之功，謂何爲腐儒，爲天下安用腐儒？當年亦崢嶸。小將說諸侯，捧槃定從盟。史記平原君列傳：「毛遂按劍而前，楚王唯唯。毛遂謂楚王之左右曰：『取雞狗馬之血來！』毛遂捧銅盤而跪，進之楚王曰：『王當歃血而定從，次者吾君，次者遂。』遂定從于殿上。」大欲干萬乘，獻策登蓬瀛。新唐書褚亮傳：「武德四年，太宗爲天策上將軍，作文學館，收聘賢才，以杜如晦等並以本官爲學士。命閻立本圖畫，使亮爲之贊。題名字爵里，號『十八學士』。是時在選中者，天下所慕向，謂之登瀛洲。」洪瀾阻川途，浮雲蔽天京。顧況詩：「肅肅賓天京。」終焉困澤畔，日暮吟蘺蘅。說文：「江蘺蘼蕪。」玉篇：「蘅，香草也。」離騷：「雜杜蘅與芳芷。」賤貧此時居，復與喪亂幷。何殊九月中，嚴霜折枯莖。頗聞君子心，道窮貴益貞。己志未獲施，安用軒裳榮？劍俠傳：「虬髯謂李靖曰：『妹以天人之姿，蘊不世之藝，從夫之貴，榮及軒裳。』」所以不苟出，出則時當平。今晨喜逢君，有壺對前楹。風日初澹沲，杜甫詩：「春光澹沲秦東亭。」櫻桃作繁英。適意不一醉，屑屑徒悲縈！達人若相遇，大笑絕冠纓。史記滑稽列傳：「淳于髡仰天大笑，冠纓索絕。」

蕭鍊師鷹窠頂丹房

沈季友槜李詩繫考：「鷹窠山在海鹽縣南，前臨澉湖，後枕大海，上有菴曰雲岫。」

人間不可住，混濁同腐腥。一落三十年，塵夢無由醒。稍聞方士説，恍惚通仙靈。羨門與偓佺，「羨門」見卷三秋懷。搜神記：「偓佺者，槐山採藥父也，好食松實，能飛行逮走馬。」相期餌芝苓。抱朴子：「華芝，赤蓋白莖，上有兩葉三實，服之長生。」神仙傳：「黃初起棄妻子，就初平學。共服松脂茯苓，至五百歲，能坐在立亡，行于日中無影。」自顧眞病鶴，秋風墮疎翮。碧海不得渡，煙霧愁冥冥。師從天姥來，方輿勝覽：「台州有天姥山。」身佩豁落經。李白訪道安陵詩：「七元洞豁落。」注：「按筆乃書豁落者，道家所謂豁落斗也。」按：「雲素紫文，有豁落流金之章。」不邀五利寵，史記孝武本紀：「天子見欒大，大悅。先驗小方，鬬棊，棊自相觸擊，乃拜爲五利將軍。」深棲鍊神形。東觀鷹窠峯，中天插孤青。其下吐浴日，檇李詩繫考：「十月一日，山頂觀日月並出，謂之合璧。」其高罣飛星。昔有學道侶，檇李詩繫傳：「紫霄眞人譚峭，少好道，游名山，得辟穀養氣之術。飲酒醉，扶杖獨游。夏則服烏裘，冬則衣絲布衫，或臥風雪中。嘗著化書，授宋齊丘序，丘欲竊爲己有，醉縫革囊中，投之江。金山漁者得而剖之，見峭方醒，張目曰：『齊丘奪我化書，今盛行矣。』後住廬山棲隱洞。李後主累辟至建康，賜號紫霄眞人，又居南岳鍊丹，丹成，入青城山化去。海鹽有譚仙嶺，相傳是其採藥得道處。」井臼遺巖扃。愛茲絕俗地，遂爾留軒輧。釋名：「輧，屏也。四面屏蔽。軿同。」太鼎生紫煙，丹成衞天丁。雲笈七籤：「仙眞列侍，神丁衞軒。」金骨坐可蛻，李白感興詩：「西山玉童子，使我鍊金骨。」神仙傳：「王方平死三日，夜忽失其屍。衣冠不解，如蛇蛻耳。」騎龍駕風霆。集仙錄：「天使降時，鸞鶴千萬，衆仙畢集。高者乘鸞，次乘騏驎，次乘龍。」

積水浮方壺，見卷一將進酒。東望類點萍。紫臺白玉榜，恨賦：「紫臺稍遠。」王勃白鶴寺碑：「玉榜晨舒。」中有眞人庭。飛游願從師，往讀新宮銘。蘇軾游羅浮山詩：「羣仙正草新宮銘。」注：「有夢書新宮銘者，云紫陽眞人山玄卿撰。」

隨月圖

南史：「齊江泌，隨月讀書，月光斜則握書升屋。」

空齋無短檠，愁度新涼夜。青天素娥出，李商隱詩：「青女素娥俱耐冷，月中霜裏鬬嬋娟。」餘輝獨堪借。達曙願徘徊，莫逐秋河下。

映雪圖

南史：「梁孫康，家貧無油，常冬月映雪讀書。」

簷雪不能埽，留映寒窗白。書字細如蠅，坐看還歷歷。華燈照歌帳，事文類聚：「陶穀得党家姬，冬日取雪水煎茶，謂姬曰：『党家識此風味否？』姬曰：『彼粗人，安得此？但能銷金帳底，淺斟低唱，飲羊羔美酒耳。』」誰似南鄰客？

顧榮廟 幷引

晉侍中顧彥先，有墓幷祠，在長洲之東，久而廢爲淫祀；縣令周君復之，爲賦是詩。

軍司吳國秀，晉書顧榮傳：「元帝鎮江東，以榮爲軍司，加散騎常侍，凡所謀畫，皆以諮焉。」機神夙超朗。顧榮傳：「榮機神朗悟。」弱冠遊洛師，已蒙南金賞。晉書薛兼傳：「兼少與紀瞻、閔鴻、顧榮、賀循齊名，號爲『五儁』。初入洛，司空張華見而奇之，曰：皆南金也。」崎嶇諸王幕，顧榮傳：「趙王倫篡位，以榮爲長史。及倫敗，榮被執，將誅；因嘗啗執炙者爲督率，遂救之。齊王冏召爲大司馬主簿，冏擅權驕恣，榮懼禍，終日昏酣，不綜府事。及冏誅，長沙王乂爲驃騎，復以榮爲長史。乂敗，轉成都王穎丞相從事。帝西遷長安，徵爲散騎常侍，以世亂不應，遂還吳。」沉湎務遵養。顧榮傳：「恒縱酒酣暢，謂友人張翰曰：『惟酒可以忘憂，但無如作病何耳！』冏以爲中書侍郎，在職不復飲酒，人或問之曰：『何前醉而後醒耶？』榮懼罪，乃復更飲。」詩：「遵養時晦。」中罹廣陵艱，計服匪誠枉。風雲一揮扇，義旅臻同響。事成恥言勳，飄然理歸鞅。顧榮傳：「東海王越，聚兵于徐州，以榮爲軍諮祭酒。屬廣陵相陳敏反，南渡江，逐刺史劉機、丹陽內史王曠，阻兵據州，分置子弟爲列郡；收禮豪傑，有孫氏鼎峙之勢，假榮丹陽內史。榮與周玘、甘卓、紀瞻潛謀起兵攻敏。榮廢橋斂舟于南岸，敏率萬餘人出，不獲濟。榮揮以羽扇，其衆潰散，事平，還吳。」〔校記〕「廢」，原作「發」，據晉書顧榮傳改。晉社始東遷，羣賢悉收獎。顧榮傳：「元帝鎮江東，榮言陸士光、甘季思、殷慶元、榮族兄公讓、會稽楊彥明、謝行言、賀生、陶恭兄弟諸人，皆南金也。書奏，皆納之。」道謁眞感會，謝翺邸吏謁故主曲：「道謁淒凉惟故吏。」矯翼丹霄上。德聞一代稱，顧榮傳：「吳郡內史殷浩牋曰：『故散騎常侍安東軍司嘉興伯顧榮，經德體道，謀猷弘遠。忠貞之節，在困彌厲；每惟社稷，發憤慷慨；密結腹心，同謀致討，信著犨士，名冠東夏。德聲所振，莫不響應。榮躬當矢石，爲衆率先；歷年逋寇，一朝土崩。兵不血刃，蕩平六州。勳茂上代，義彰天下。』」〔校記〕殷浩，晉書顧榮傳作殷祐。跡泯千齡往。時屯乏良佐，英謨益堪想。墳祠託荒郊，蕭條並榛莽。蕘童侵雨隧，洪邁文：「芻童牧豎。」淫巫闖塵幌。大夫過停轅，式瞻爲含愴。衣冠復故貌，筵几陳新享。寡劣忝鄉人，因歌表遐仰。

停君白玉卮

停君白玉卮，聽我前致辭：家本吳門市，英風慕要離。吳越春秋：「要離，吳人，闔廬憚慶忌在鄰國，有萬人之勇，恐合諸侯以害吳。伍子胥進要離。要離乃詐得罪出奔，吳王取其妻焚棄于市。要離遂如衞，見慶忌曰：『闔閭無道，王子所知，今戮吾妻子，焚之于市，無罪見誅。吳國之事，吾知其情，願因王子之勇，闔閭可得也。』慶忌信其謀，練士卒，遂之吳。將渡江，于中流，要離力微，坐慶忌上風，因風勢以矛鉤其冠，順風而刺慶忌。慶忌顧而揮之，三捽其頭于水中，乃加于膝上曰：『天下之勇士也！乃敢加兵于我。』左右欲殺之，慶忌止之曰：『豈可一日而殺天下勇士二人哉！可令還吳，以旌其忠。』于是慶忌死。要離渡江，愍然不行。謂從者曰：『殺吾妻子以事吾君，非仁也。爲新君而殺故君之子，非義也。』乃自斷手足，伏劍而死。」少年貧無行，鄉里不相推。喜過毛公舍，史記信陵君列傳：「公子聞趙有處士毛公，藏于博徒，薛公藏于賣漿家，乃閒步從兩人游甚歡。」懶下董子帷。漢書：「董仲舒爲博士，下帷講誦，三年不窺園。」偶從岸頭侯，漢書：「張次公勇悍，從軍深入有功，封岸頭侯。」跨鞍赴邊陲。欲邀深入勳，史記李將軍列傳：「李陵善射，愛士卒。天子以爲李氏世將，而使將八百騎。嘗深入匈奴二千餘里，過居延，視地形，無所見而還。」終然計無奇。歸來冠側注，史記酈生陸賈列傳：「沛公引兵過陳留，酈生踵軍門上謁，使者入通。沛公曰：『何如人也？』曰：『狀貌類大儒，衣儒衣，冠側注。』沛公曰：『爲我謝之，言我方以天下爲事，未暇見儒人也。』」注：「側注冠一名高山冠，齊王所服，以賜謁者。」始學窺書詩。稍通鄒魯生，庾信哀江南賦：「里爲冠蓋，門成鄒、魯。」盡謝燕趙兒。韓愈送董邵南序：「燕、趙古稱多感慨悲歌之士。」焉知事益謬，空言竟難施。布衣走路旁，但爲衆所嗤。廷中忌賈誼，見卷一放歌行。門下誣張儀。史記張儀列傳：「嘗從楚相飲，已而楚相亡璧，門下意張儀，曰：『儀貧無行，必此盜相君之璧。』共執張儀，掠笞數百，不服。醳之。其妻曰：『嘻！子毋讀書游說，安得此辱乎？』張儀謂其妻曰：『視吾舌尚在不？』其妻笑曰：『舌在也。』儀曰：『足矣！』」二子豈不辯，未能免讒疑。嗚呼今之人，孰解容不羈？我將棄浮名，垂釣東海湄。長笑調魯連，史記魯仲連列傳：「魯連逃隱于海上曰：『吾富貴而屈于人，寧貧賤而輕世肆志焉。』」高歌酌安期。漢書郊祀志：「李少君曰：『臣嘗游海上見安期生。安期生食臣棗，大如瓜。安期生仙者，通蓬萊中，合則見，不合則隱。』」曹唐小游仙詩：「侍女親擎玉酒卮，滿卮傾酒勸安期。」素心儻有合，豈要餘子知。

讀史

周衰禮樂廢，大道成榛菅。韓愈詩：「豈料幽桂遺榛菅。」嬴秦任商君，王制欲盡删。史記商君列傳：

「集小都鄉邑聚爲縣，置令丞，凡三十一縣，爲田開阡陌封疆。」厚賦山澤空，亟戰原野殷。左傳成二年：「左輪朱殷。」杜注：「血色久則殷。」頹波自茲靡，千秋去無還。誰云重華駕，邈矣難仰攀。於焉誦其書，如造揖讓班。安得鳳凰鳥，飛下浮雲間。

雜詩 槎軒集作「春日言懷」

朝臨高堂上，俯視崇岡下。春暉何悠悠，淸川自東瀉。陽和發卉物，時澤均播灑。如何及芳辰，蕭條但空野。願言釋拘局，人物志：「淸介廉潔，節在儉固，失在拘局。」登高騁吾馬。曠途不見人，憂心何由寫？興謝固其常，吾將尤誰者？

池上雁

野性不受畜，逍遙戀江渚。冥飛惜未高，偶爲弋者取。揚子法言：「鴻飛冥冥，弋者其何慕焉。」幸來君園中，華沼得遊處。雖蒙惠養恩，飽飼貸庖煮。終焉懷慚驚，不復少容與。江淹采菱詩：「秋日心容與。」耿耿宵光遲，摵摵寒響聚。六書故：「摵摵借以狀落葉之聲。」杜甫詩：「蕭摵寒蘀聚。」正韻：「蕭摵即蕭瑟也，古借用瑟字，瑟瑟即摵摵也。」風露秋叢陰，孤宿斂殘羽。豈無鳧與鶩？相顧非舊侶。朔漠饒燕雲，夢澤多楚雨。書：「雲土夢作乂。」傳：「雲夢之澤在江南。」遐鄉萬里外，哀鳴每延佇。猶懷主恩深，未忍輕遠舉。儻令寄邊音，中報聊自許。漢書蘇武傳：「常惠教使者言，天子射上林中得雁足有繫帛書，言武等在某澤中。」輟耕錄：「『零落風高恣所如，歸期回首是春初。上林天子援弓繳，窮海纍臣有帛書。』中統十五年九月一日放雁，獲者勿殺。國信大使郝經書于眞州忠勇軍營新館，親繫雁足而縱之。』虞人獲之苑中，以聞。上惻然，遂進師南伐。越二年，宋亡。至今祕監帛書尙存。」

題綠綺軒

古琴疏：「司馬相如作玉如意賦。梁王悅之，賜以綠綺之琴。軒以此名。」

幽抱時欲寫，帷中有鳴絃。一彈落一葉，庭樹坐蕭然。寂寂山水夜，迢迢河漢天。憶聽烏啼起，南軒人未眠。

答張山人憲

列朝詩傳：「張憲，字思廉，山陰人。負才不羈，薄游四方，誓不娶，不歸鄉里。嘗走京師，創言天下事，衆駭其狂。還入富春山中，混緇黃以自放。一日，升高望遠，呼所親曰：『亟去！』三日而逃寇猝至，兵死五百餘家，始悔不用生言。淮張據吳，禮致爲樞密院都事。吳亡，變姓名走杭州，寄食報國寺；旦暮手一編，人不得窺。死後視之，其生平所作詩也。」

聽君辛苦詞，戎昱詩：「且莫奏短歌，聽我辛苦詞。」感我艱難情。百年自有爲，安用文章名？

雞鳴海光動，車馬塵滿城。相逢無新舊，言合意自傾。奉觴置君前，長歌發哀聲。時乎苟未得，飲此全其生。

澄景閣夜宴

王孫喜留宴，開閤望明河。歐陽修秋聲賦：「星月皎潔，明河在天。」是夕月微暈，涼風池上多。棲禽翻暗叢，駭魚動圓波。清景厭絲竹，雅咏答高歌。尊酌願勿閒，良宵易蹉跎！預憂別在旦，車馬層城阿。

贈馬冠軍 史記項羽本紀：「宋義號爲卿子冠軍。」注：「卿子，猶言公子；上將軍，故言冠軍。」

一騎東方來，相逢新豐市。見卷一放歌行。自言讀父書，史記廉頗藺相如列傳：「趙括徒能讀其父書傳，不知合變。」出身良家子。李將軍列傳：「廣以良家子從軍擊胡。」名在佽飛籍，漢書宣帝紀：「發應募佽飛射士詣金城。」注：「呂氏春秋：荆有茲非，得寶劍于干將。渡江，中流兩蛟夾船，茲非拔寶劍赴江刺兩蛟殺之，荆王聞之，仕以執珪。後世以爲勇力之官。茲、佽音相近。」臣瓚注：「本秦左弋官也，武帝改爲佽飛。」蘭纓懸鹿盧。李賀申胡子觱篥歌：「朔客騎白馬，劍弝懸蘭纓。」曾爲魏其客，見卷一結客少年場。不作平陽奴。見卷一行路難。欲行渡狼河，李嶠文：「遼東壯傑，名蓋于狼河。」直擒射雕將。見卷一將軍行。壯志忽蹉跎，秋風臥孤帳。解裝出我筑，歌作變徵聲。見卷二擊筑吟。壚頭落日在，歌罷酒再行。相君本鳶肩，唐書馬周傳：「岑文本謂所親曰：『馬君鳶肩火色，騰上必速，恐不能久。』」後漢書：「梁冀鳶肩。」注：「鳶肩，上竦也。」豈是沈淪者。我亦方薄遊，低頭向人下。有志事竟成，後漢書：「光武勞耿弇曰：『將軍前在南陽，建此大策，常以爲落落難合，有志者事竟成也。』」古人不欺余。留將一白羽，國語：「吳王陳士卒萬人，以爲方陳，皆白常白旂，素甲白羽之矰，望之如荼。」注：「矰，矢名，以白羽爲衞。」待射魯連書。史記魯仲連列傳：「齊田單攻聊城歲餘，士卒多死，而聊城不下。魯連乃爲書，約之矢以射城中，遺燕將。燕將見魯連書，泣三日自殺。」李白詩：「仍留一隻箭，未射魯連書。」

送劉明府

容齋隨筆：「唐呼縣令爲明府，丞爲贊府，尉爲少府。」

賤士寡諧世，放居江海邊。朋儔漸乖睽，憔悴不自妍。顧影鮮歡趣，惡離倍當年。他人亦以悲，況復如子賢。荒途風霜交，歲晏增慨然。亂雀噪叢棘，驚鴻逝長天。斗酒豈足陳，薄意聊以宣。出處道既殊，不得長周旋。誰謂非遐方，浮雲阻山川。何以慰飢渴，令名期可傳。

暮歸

朝出雞始啼，暮歸烏欲棲。我身本無役，胡爲亦東西？徒步二十年，風埃面空黧。戰國策：「面目黧黑。」入門聞鄰杵，秋氣凛以淒。芙蓉墜古沼，絡緯鳴中閨。古今注：「莎雞有青褐兩種：一名校雞，一名絡緯，以其聲如紡績織緯也。一名促寒娘。」李白詩：「絡緯秋啼金井闌。」有無了不問，歌吟夜燈低。富貴固有日，我志焉能迷。笑向細君道：漢書東方朔傳：「拔劍割肉，亦何壯也？歸遺細君，又何仁也？」勿爲翁子妻。漢書朱買臣傳：「買臣，字翁子，吳人也。家貧，好讀書，不治產業，常艾薪樵，賣以給食。擔束薪，行且誦書，其妻亦負戴相隨，數止買臣毋歌謳道中，買臣愈益疾歌；妻羞之，求去。買臣笑曰：『我年五十當富貴，今已四十餘矣。汝苦日久，待我富貴，報汝功。』妻恚怒曰：『如公等，終餓死溝中耳！何能富貴？』買臣不能留，即聽去。」

澹室爲吳君賦

素士脱紈綺，澹然怡道心。窮廬車馬絶，寒鳥下庭陰。酒外寡眞趣，琴中多古音。黄庭堅詩：「彈琴聞古音。」閉門三日臥，風雪滿城深。皇甫曾詩：「袁公方臥雪，尺素及柴荆。」

空明道人詩

我聞赤城東，一統志：「台州府，梁名赤城。又赤城山在天台山，石皆赤色，壁立如城。孫綽賦『赤城霞起以建標』即此。道書第六洞天。」仙嶠名委羽。一統志：「委羽山在黄巖縣南一十里，山東北有洞，世傳仙人劉奉林于此控鶴輕舉，鶴嘗墜翮，故名。道書爲第二洞天。號大有空明之地。」煙霞閉深洞，絶壁飛玉鼠。李白詩序：「荆州玉泉寺山洞，白蝙蝠大如鴉，名仙鼠，千歲體白如雪。」又詩：「仙鼠如白鴉，倒挂青溪月。」空明中有天，日月照瓊宇。昔人鍊丹成，自駕黃鶴舉。陳翁夙慕道，棲此求眞侶。玄文夜長披，靈藥朝每茹。石室人不來，閉眠青蘿雨。於今定非死，飛遊去何許？海上幾秋風，誰傳令威語？洞仙傳：「丁令威者，遼東人，少隨師學得仙道，分身任意所欲。嘗暫歸，化爲白鶴，集郡城門華表柱頭，言曰：『我是丁令威，去家千載今來歸。城郭如舊人民非，何不學仙冢纍纍！』」

九日無酒步至西汀閒眺

高天無游氛，秋氣自激肅。離居時節變，霜降未授服。蕭條野田間，晨步聊遠矚：悠悠寒川駃，尸子：「黃河龍門，駃流如竹箭。」靡靡晴巒矗。司馬相如上林賦：「崇山矗矗。」菊叢有清香，木葉無故綠。親朋去我遠，登高且連躅。孤懷誰知音？惆悵臨水曲。名酒不可尋，歸來掩茅屋。

題倪雲林所畫義興山水圖

列朝詩傳：「倪瓚，字元鎮，號雲林，無錫人。其先以貲雄一郡。元鎮不事生產，強學好修。所居有閣，名清閟，藏書數千卷，手自勘定。性好潔，盥頮易水，冠服振拂，日以數十計；齋居前後樹石頻煩洗拭，見俗士避去如恐浼。至正初，天下無事，忽盡鬻其家產，得錢盡推與知舊，人皆竊笑。及兵興，富豪盡被剽掠，元鎮扁舟箬笠，往來湖、泖間，人始服其前識也。洪武七年，元鎮年七十有四，始還鄉里，寓其姻鄒惟高家，遂死鄒氏。」一統志：「常州府宜興縣，秦陽羨，晉義興。」

嘗啜陽羨茗，一統志：「宜興銅官山，即古陽羨，其地產茶。」茶譜：「唐茶品以陽羨爲上，建溪、北苑未著也。」盧仝詩：「天子未嘗陽羨茶，百草未敢先開花。」不遊陽羨山。銅官結秀色，一統志：「池州銅官冶，南唐置銅陵縣，與常州形勢岡阜相屬，林麓鬱然。」李白銅官山醉後詩：「我愛銅官樂，千年未擬還。」都在畫圖間。樊川醉遊處，杜牧樊川集：「李侍郎于陽羨富有泉石，牧亦于陽羨粗有薄產。」水榭依沙樹。一統志：「荆溪北有水榭，唐杜牧嘗寓此，有詩云：『一壑風煙陽羨里，解龜歸去路非賒。』」雲入縣城來，谿流太湖去。一統志：「宜興縣有百瀆，昔人以荆溪居數郡下流，於太湖口疏百派以分其勢，又開橫塘貫之，導荆溪下入太湖。」我愛雲林生，高歌無俗情。石庭梅欲發，須放酒船行。李白詩：「稽山無賀老，却棹酒船回。」

錢孝子廬墓

原注：「錢吳越忠孝王之後也。」

颯颯黃竹嶺，蕭蕭白楊村。古詩：「白楊多悲風，蕭蕭愁殺人。」行人亦悲哀，何況父母恩。不忍返華屋，結廬傍孤墳。啼猿應哭聲，日暮空山昏。無鄰與誰語，獨宿傷精神。仰聞松柏吟，俛見狐兔奔。淚灑墓前草，當春死芳根。至性有如斯，不愧忠孝門。萬姓譜：「錢端禮，俶六世孫。祖景臻，尙仁宗公主。父忱，高宗時拜檢校少保，嘗御書『忠孝之家』四字。端禮嘉定初爲左丞相。」

送蜀山人歸吳興兼簡菁山靜者

蜀山人，徐賁；菁山靜者，張羽。見卷三懷十友詩。

南浦無碧草，江淹別賦：「送君南浦，傷如之何？」征鴻晨稍飛。何當杪秋節，臨水送將歸。既來不能淹，君心應好違。惻惻袂始判，遙遙帆已微。天高桂樹落，見卷二待月詞。人在山中稀。還尋同袍者，更製薜蘿衣。孟浩然詩：「雲山從此別，淚溼薜蘿衣。」

幼文約余與止仲同宿士明鶴瓢山房爲試茶之會余既入郭而幼文已歸山中士明亦往海上止仲復以事不赴士明姪元修留余夜話因賦是詩以書耿耿

幼文、止仲俱見卷三懷十友詩。王行鶴瓢山房記：「吳城東北有老氏之居曰寧眞。主者李君，名睿，字士明，淸愼好學。其祖閒翁，時開堂館，其徒之四方至者，戶外之屨恆數十兩。有黃老師者，自蜀之青城山來，道氣峴峭，一堂盡傾。君遇之殊謹，居數月告去。君以爲學之要叩之，黃歎曰：『子誠志於道耶！』因語之云云。暨出一瓢曰：『是從我幾百年，行地萬餘里，今以遺汝。見是如見我也。勉之！』君敬愛焉。瓢形類鶴，遂以鶴名之。并題其室曰鶴瓢山房，仍以自號，尊信黃師之意也。」

道人出未歸，高士來復去。試茗失幽期，陸游詩：「試茗初看白乳新。」寒齋成獨住。冰生洗藥池，趙師秀詩：「雲覆燒丹竈，花浮洗藥泉。」風動懸瓢樹。逸士傳：「許由手捧水飲，人遺一瓢，飲訖挂木上，風吹有聲，由以爲煩，去之。」錢起謁許由廟詩：「松上挂瓢枝幾變，石間洗耳水空流。」頼有阿咸賢，晉書阮籍傳：「咸字仲容，與叔父籍爲竹林之遊。」杜甫詩：「守歲阿咸家，椒盤已頌花。」玄談到天曙。李白詩：「清論既抵掌，玄談又絶倒。」

晚憩靈鷲院池上 姑蘇志：「靈鷲敎寺在城東北隅。」

微雨過祇樹，經律異相云：「須達多長者白佛言：『弟子欲營精舍，請佛住，惟有祇陀太子園，廣八十頃，林木鬱茂可居。』白太子，太子戲曰：『滿以金布，便當相與。』長者出金布八十頃，精舍告成，凡千三百區，故曰祇樹給孤獨園。」寺齋涼已多。臨池一就盥，搖動滿池荷。風後扇力輕，煙中爐氣和。慚非許玄度，吟臥每來過。續晉陽秋：「許詢，字玄度，高陽人。風情簡素。劉眞長說其情旨及襟懷之咏，每曰：『清風明月，恨無玄度。』」晉書謝安傳：「寓居會稽，與王羲之及高陽許詢、桑門支遁游處。」

贈談鬼谷數瞽師金松隱 王行贈金松隱序：「海虞有瞽丈夫曰金君松隱，其術甚驗，士大夫咸稱道之。」

我聞鬼谷子，乃是古仙眞。避世青谿中，琴書：「蔡邕，嘉平初入青溪，訪鬼谷先生所居，山有五曲，曲製一弄。」不汙戰國塵。著書十三章，隋書經籍志：「鬼谷子三卷，皇甫謐注。」當年授儀秦。二子不善用，竟皆殺其身。史記蘇秦列傳：「齊大夫多與蘇秦爭寵，使人刺死。」張儀列傳：「張儀相魏一年，卒于魏。」瞽師得異傳，相去逾千春。不爲縱横說，論衡：「蘇秦、張儀從横，習之鬼谷先生。」談數妙入神。往年客南都，蓬門集朱輪。下簾論玄理，漢書王吉貢禹傳序：「嚴君平卜筮于成都市，裁日閲數人，得百錢足自養，則閉肆下簾而授老子。」驚動金陵人。歸來隱虞山，繞廬樹松筠。誰言目無覩，內照靈光新。緬思大化根，雲笈七籤：「不名之名，亡功之功，化之根也。」生此下土民。起滅千萬途，孰能究其因。或愚騁結駟。史記仲尼弟子列傳：「子貢相衞而結駟連騎，排藜藿，入窮閻。」或賢被懸鶉。孫卿子：「子夏家貧，衣若懸鶉。」命也可奈何！天道誰疎親？世事慎〔校記〕詩綜作「昧」。守常，毋使徒紛綸。

贈惠山醫僧東山

一統志：「慧山屬無錫縣，舊名九龍山。」

九峰聚錫麓，一水回梁谿。一統志：「梁谿，源出慧山，梁時重濬，故名。」之子修淨業，長年此幽棲。曲彈白雪妙，宋玉對楚王問：「其爲陽春、白雪，國中屬而和者數十人。」詩吟碧雲低。江淹詩：「日暮碧雲合，佳人殊未來。」況有醫龍方，仙傳拾遺：「開元中，孫思邈隱終南山，與宣律師相接，每來往參請宗旨。時大旱，西域僧請于昆明池結壇祈雨，凡七日，縮水數尺。忽有老人夜詣宣律師求救曰：『弟子昆明池龍也，無雨時久，匪由弟子；胡僧利弟子腦，將爲藥，欺天子言祈雨。命在旦夕，乞和尚法力救護。』宣公辭曰：『貧道持律而已，可求孫先生。』老人因至，思邈謂曰：『我知昆明龍宮有仙方三十首，若能示予，予將救汝。』老人曰：『此方上帝不許妄傳，今急矣！固無所悋。』有頃，捧方而至。思邈曰：『爾但還，無慮胡僧也。』自是池水忽漲，數日溢岸，胡僧羞恚而死。」丹成重刀圭。神仙傳：「沈羲，吳郡人。學道于蜀，老君使玉女持金案玉杯盛藥賜羲曰：『此是神丹，飲者不死，夫婦各一刀圭。』」本草綱目序例：「丸散云刀圭者，十分方寸匕之一，准如梧桐子大。方寸匕者，作匕正方一寸，抄散不落爲度。」庾信詩：「量藥用刀圭。」採藥夜歸院，蘿月照澗西。扁舟欲相訪，愁作武陵迷。陶潛桃花源記：「晉太元中，武陵人捕魚，緣溪行，逢桃花林，夾岸數百步，便得一山。山有小口，舍舟從口入，男女衣著，悉如外人。自云避秦來此，不復出焉。停數日，辭去。太守遣人尋向所誌，迷不復得路。」

嫣雌太史自海上入郭因得追游以敍舊好今日風雨偶闕晤言樓居早寒懷人尤甚想孤寓僧林同此岑寂也賦是以寄瞻戀之意

嫣雌太史，王彝。見卷三懷十友詩。

良辰曠淸晤，窮年秉離憂。倏來自海壖，史記河渠書「故盡河壖」注：「岸邊地也。與堧通。」諧我心所求。不殊雲中雁，和鳴得其儔。宴閤旣連席，行塘復同舟。坐聆金玉篇，韋應物詩：「覽君金玉篇，彩色發我容。」鄙拙何以酬？風雨戒茲旦，居然阻從遊。祇園念孤寓，見上晚憩靈鷲院。微瘵苦未瘳。落葉驚早寒，誰當慰淹留？朋來不我館，願已良有由。徒茲睇停雲，陶潛停雲詩序：「停雲，思親友也。」夕倚城南樓。在遠分離親，居近彌使愁。信彼詩中言，一日如三秋。

送徐七山人往蜀山書舍

結客抱狂志，傾身通俠交。東將觀渤澥，說文：「渤澥，海之別名也。」博物志：「東海稱渤海，又謂滄海。」西欲踰函崤。柳宗元詩：「世仕尙函、崤。」奔蹄脫驚轡，墮翮連飛鑣。王勃九成宮頌：「澤馬飛鑣。」酒具載車出，南史陶潛傳：「潛嘗往廬山，王弘令龐通之齎酒具于半道栗里要之。潛使一門生二兒舉籃輿，及至，欣然便共飲酌。弘至，亦無忤也。」兵法篝燈鈔。宋史陳彭年傳：「彭年幼好學，母惟一子，愛之，禁其夜讀書，彭年篝燈密室，不令母知。」從軍願奮立，北史崔昂傳：「昂有風調，才識奮立，堅正剛直之名，深爲文宣所知賞。」學儒恥譏嘲。司馬光詩：「旣恥譏嘲地，誰爲長厚人？」寧期憂事集，頓使芳年拋。塵衣曉城陌，雪帽寒江郊。客堂感蟋蟀，婦室悲蠨蛸。自笑失水鮒，莊子：「車轍之中有鮒魚焉，曰：『我東海之波臣也，君豈有斗升之水而活我哉？』」空慚得雲蛟。吳志周瑜傳：「劉備以左將軍領荆州牧。周瑜上疏曰：『劉備以梟雄之姿，而有關羽、張飛熊虎之將，必非久屈爲人用者，恐蛟龍得雲雨，終非池中物也。』」獲君乃瑚璉，顧我猶斗筲。高懷矯衰薄，雅音變哇咬。集韻：「哇咬，淫聲。」柳宗元弔屈原文：「哇咬環觀兮，蒙耳大呂。」談詩辨六義，詩序：「詩有六義：一曰風、二曰雅、三曰頌、四曰賦、五曰比、六曰興。」讀易窮諸爻。情親豈殊意，氣合眞同胞。王安石詩：「同胞苦零落，會合尙淒其。」因依像輪輻，考工記：「輪輻三十，以象日月也。」暢和諧塤匏。韻會：「塤，樂器也，燒土爲之，銳上平底，形如稱錘。」詩：「伯氏吹壎，仲氏吹篪。」爾雅：「匏在八音之一，笙十三簧，竽三十六簧，皆列管匏內，施簧管端。」

妓席夜留宴，僧扉晝攜敲。循花縱步屧，映柳持鳴鞘。李白詩：「金鞭拂雪揮鳴鞘，半酣呼鷹出遠郊。」塘行月灩灩，林臥風梢梢。要眇送謳唱，集韻：「要眇，舒緩貌。」瀾翻雜詼啁。漢書東方朔傳：「朔常至大中大夫，後常爲郎，與枚皋、郭舍人俱在左右，詼啁而已。」匕滑炊野飯，說文：「匕，相與比敘也，所以用取飯。」三國志劉先主傳：「先主方食，失匕箸。」盤香薦山肴。遭時雖齟齬，處俗不混淆。曩遊既相挈，茲離竟誰教？浮湖理去榜，李舟切韻：「榜，進船也。」楚詞九章：「齊吳榜以擊汰。」集注：「吳謂吳國。榜，櫂也。」祖道移中庖。詩大雅：「仲山甫出祖。」箋：「祖，將行犯軷之祭也。」遐方未罷戍，近日酒被抄。後漢書郭伋傳：「伋爲漁陽太守，初，匈奴數抄郡界，邊境苦之，伋整勒士馬，設攻守之略。」鹿驚互奔併，李白詩：「秦鹿奔野草，逐之若飛蓬。」虎鬭仍咆哮。史記春申君列傳：「天下莫強于秦、楚，今聞大王欲伐楚，此猶兩虎相與鬭，而駑犬受其弊。」荒墟少砧杵，何遜詩：「砧杵鳴四鄰。」遠壘多笳鐃。說文「鐃，小鉦也。軍法：卒長執鐃。」玉篇：「似鈴無舌，軍中所用也。」問往何土里？答云此巖嶅。人安地有阻，歲稔田無墝。牛羊可放牧，鵝鴨供燖炮。韓愈詩：「鴉鴟鵰鷹雉鵠鵾，燖炮煨爊孰飛奔？」湍長機磑激，韻會：「磑，碎物之器。古公輸班作磑。晉王戎有水磑。或訓磑爲碓下石。」石古窪樽坳。顏眞卿峴山石樽聯句：「李公登飲處，因石爲窪樽。」一統志：「湖州峴山有石罇，可貯酒，唐別駕李適之嘗飲此，後顏眞卿復過，作李相石罇詩。」樵斤聽伐木，獵火看除茆。王維詩：「獵火燒寒原。」雨紅爛秋實，露紫舒夏苞。谿晴雁拍拍，村曙雞膠膠。書聲隱篁竹，櫂響穿蒲茭。聊將偶沮溺，誰敢儕夷巢？按：夷、巢，伯夷、巢父。末事誠瑣瑣，大言匪嘐嘐。世險路生穽，名浮浪吹泡。白居易詩：「幻世如泡影，浮生抵眼花。」耰鋤擬共把，干戚行俱包。樂記：「倒載干戈，包之以虎皮。」社餔飲烹狗，禮記：「烹狗于東方，祖陽氣之發於東方也。」蘇軾詩：「東方烹狗陽初動。」臘祀歌迎貓。禮記：「迎貓，謂其食田鼠也。」愼勿厭寂寞，長當謝紛嘵。

會宿城西客樓送王太史 見前嫣蜼太史

君來歡不足，君去憂何遽！共聽楓橋鐘，姑蘇志：「閶門西七里。」張繼詩：「月落烏啼霜滿天，江楓漁火對愁眠。姑蘇城外寒山寺，夜半鐘聲到客船。」留連恐將曙。蛩鳴故苑草，錢起詩：「寒露滴鳴蛩。」鳥起高城樹。明日獨登樓，歸帆渺何處？

題林居圖兼簡盧公武 姑蘇志：「盧熊，字公武，崑山人。從學楊維楨，博學工文詞，尤精篆籀。元季，爲吳縣學教諭；洪武初，起爲工部照磨，尋以善書擢中書舍人，遷兗州知府。」

竹梧翳苔石，知是幽人居。林間鳥鳴後，亭空賓散餘。聞有盧鴻隱，見卷三隱逸。長年留著書。

鴻山書舍圖爲黃君伯淵賦

伯鸞麡春地，見卷三隱逸。井臼有遺跡。之子學幽棲，託蹤在林石。清風竹林曉，片月蘿徑夕。遙想一齋空，圖書滿牀積。

詠三良

詩秦風「交交黃鳥」注：「秦穆公卒，以子車氏之三子爲殉，皆秦之良也。國人哀之，爲之賦黃鳥。」

殉葬古所禁，秦國固戎風。穆公臨棄朝，要此三臣從。三臣百夫良，不與親暱同。一旦使俱斃，無人國將空。捐生豈不難，忠義感素衷。長恐先朝露，漢書蘇武傳：「蘇武留匈奴，李陵曰：『人生如朝露，何久自苦如此？』」無由奉君終。遺命凛在耳，焉能惜微躬。但懼嗣主孤，誰當共成功？高墳荆棘間，玄雲閉幽宫。壯魄同此歸，冥冥路安通。國人痛莫贖，灑淚呼彼穹。傷哉黃鳥詩，流哀竟無窮！

詠荆軻

史記刺客列傳：「荆軻者，衛人也，衛人謂之慶卿。而之燕，燕人謂之荆卿。」

劫盟非義舉，曹沫已可羞。刺客列傳：「曹沫爲魯將，與齊戰，三敗北，魯莊公懼，乃獻遂邑之地以和，猶復以爲將。齊桓公許與魯會于柯而盟。桓公與莊公旣盟于壇上，曹沫執匕首劫齊桓公。桓公左右莫敢動，而問曰：『子將何欲？』曹沫曰：『齊強魯弱，而大國侵魯，亦以甚矣！今魯城壞，卽壓齊境，君其圖之。』桓公乃許盡歸魯之侵地。曹沫三戰所亡，盡復于魯。」燕丹一何愚，區區祖遺謀。刺客列傳：「荊軻坐定，太子避席頓首曰：『誠得劫秦王，使悉反諸侯侵地，若曹沫之於齊桓公，則大善矣！不可，因而刺殺之，此丹之上願，而不知所委命，惟荊卿留意焉！』」千金養荊卿，刺客列傳：「尊荊卿爲上卿，舍上舍。太子日造門下，供太牢，具異物，間進車騎美女，恣荊軻所欲，以順適其意。」誓將報強讎。奉圖使入關，刺客列傳：「荊軻曰：『今行而無信，則秦未可親也。夫樊將軍，秦王購之金千斤、邑萬家。誠得樊將軍首與燕督亢之地圖，奉獻秦王，秦王必說見臣，臣乃得有以報。』」心知絕回輈。賓客盡白衣，相送易水頭。刺客列傳：「太子及賓客知其事者，皆白衣冠送之。」酒酣涕難落，筑聲和悲謳。見卷二擊筑吟。猛氣激蒼旻，長虹爲西流。鄒陽獄中上梁王書：「荊軻慕燕丹之義，白虹貫日，太子畏之。」行行造秦庭，陛戟衞甚周。刺客列傳：「諸郎中執兵皆陳殿下。」臨機失始圖，利鋒竟虛投！刺客列傳：「乃引其匕首，以擿秦王，不中，中銅柱。」豪主一按劍，刺客列傳：「于是秦王大怒，益發兵詣趙，詔王翦軍以伐燕，十月而拔薊城。」社稷倏已丘。先王禮樂生，樂毅傳：「燕昭王怨齊，屈身下士，先禮郭隗以招賢者。樂毅于是爲魏昭王使于燕，昭王以客禮待之，樂毅辭讓，遂委質爲臣。燕昭王以爲亞卿。」破齊震諸侯。樂毅列傳：「燕昭王悉起兵，使樂毅爲上將軍。趙惠文王以相國印授樂毅，樂毅于是幷護趙、楚、韓、魏、燕之兵以伐齊，破之濟西，下齊七十餘城。」苟能得此賢，伯業猶可修。胡爲任輕易，自趣滅亡憂。徒令後世人，歎惋餘千秋！

魏使君見示呂忠肅公舊贈詩因賦

過廷訓人物考：「魏觀，字杞山，蒲圻人。讀書蒲首山中。元呂忠肅薦于朝，辭勿就。國初被徵，與青田劉基、金華宋濂諸儒同謁；上與語，大奇之。授平江州學正，遷國子助教，浙江提刑僉事。吳元年，改兩淮都轉運使，入爲起居注。洪武初，建大本堂，命觀侍太子說書，及授秦、晉諸王經。三年十二月，編集大明志成，以觀爲國子祭酒。四年，廷試進士，觀爲讀卷官，乃得吳伯宗等一百二十人。開科之始，得人最盛。上念姑蘇爲京輔重地，經張士誠之亂，罔有寧宇，廷臣咸薦觀有治才，乃出知蘇州府。既莅事，課績爲天下最。上嘉之。陟爲四川行省參知政事，蘇父老上書願留，仍命觀還郡。七年，觀以舊治制爲張士誠竊據，且郡多水患，乃修府；浚錦帆涇，以壯士觀，以資民利。御史張度，誣其與既滅之基，遂與高啓俱獲罪。上悔之，命所在致祭。皇太子諸王哀賻有加，歸瘞于蒲圻燈窩山。」元史呂思誠傳：「思誠，字仲實，平定州人。泰定元年進士。至正初，僉浙西廉訪司事，劾奏浙江行省平章左吉貪墨，流海南。思誠尋拜集賢學士，與吏部尚書偰哲篤、左司都事武祺等議鈔法不合，左遷湖廣行省左丞。抵武昌城下，出賊不意，入城，賊盡驚走。思誠乃大會軍民官吏告之曰：『賊去，示吾弱也。規將復來。』于是申號令、戒職事、修器械、葺城郭、明部伍，先謀自守，徐議出征。苗軍橫暴，侵辱省憲，思誠正色叱之曰：

『若等能殺呂左丞乎！』自是無敢復至。曾未數日，召還，復爲中書左丞。思誠去二日，城復陷。移光祿大夫司農，俄得疾卒，謚忠肅。」

公昔隱江夏，一統志：「江夏屬武昌府。」巖棲避兵革。遠挹戴叔鸞，後漢書逸民傳：「戴良，字叔鸞，汝南愼陽人，舉孝廉不就，再辟司空府，不到。州郡迫之，因逃入江夏山中，優游不仕。初良五女並賢，每有求姻，輒就許嫁，疏裳布被、竹笥木屐以遣之，五女能遵其訓，皆有隱者之風焉。」淸風灑泉石。有時歌梁甫，蜀志諸葛亮傳：「亮躬耕隴畝，好爲梁父吟，每自比于管仲、樂毅。」慷慨人未識。左丞中朝彥，仗節任方伯。高適郭代公詩：「仗節歸有德。」鹽鐵論：「令守相親，剖符贊拜，莅一郡之衆，古方伯之位也。」北還駐嚴程，劉希夷詩：「王事促嚴程。」造廬問籌策。知非山澤儒，期是廊廟客。磯石繫官舫，猿叫月初夕。秉燭題贈詩，蒲圻掩孤驛。欣欣得賢喜，耿耿憂國戚。短章寄深情，相投重珪璧。邇來復幾年，淪落已陳迹！公起佐興運，身名正輝赫。侍誦肅春闈，陸贄文：「輔翼春闈，是資教導。」按：「謂太子宮也。」專城森畫戟。孟浩然詩：「前後賴專城。」蘇軾詩：「朱門收畫戟。」緬懷舊知己，永歎泉壤隔。難縣延陵劍，史記吳太伯世家：「季札之初使，北過徐君，徐君好季札劍，口弗敢言，季札心知之，爲使上國，未獻；還至徐，徐君已死，札乃解其寶劍，繫之徐君冢樹而去。」空聽山陽笛。魏氏春秋：「嵇康寓居河南之山陽縣，與河內向秀相友善。」晉書向秀傳：「秀經山陽舊廬，鄰人有吹笛者，發聲寥亮，秀乃作思舊賦。」遺篇篋中藏，每誦如再覿。眞能重友道，未許薄俗易。一言不忍忘，況乃膺寵錫。小大固可知，令人義肝激。

題秋林高士圖

二仲有玄賞，三輔決錄：「蔣詡，字元卿，舍中三徑，惟羊仲，求仲從之遊。二仲皆刲廉逃名之士。」宋書高祖紀：「禮窮玄賞。」相攜在中林。遐景延迴步，微言諧素襟。天秋谷響哀，日暝川光陰。風駛多委葉，山空少歸禽。威遲臨長岡，潘岳詩：「峻坂路威遲。」迢遞指遠岑。諒非羈離客，詎用愁登臨。

春草軒雨中懷王太史

西軒罷琴坐，涼思欺白苧。颯颯樹聲繁，秋風滿池雨。蓮衰少晤馥，禽靜多幽語。對此闕良儔，當歡反傷緒。

始遷西齋

乍縣南樓榻，晉書庾亮傳：「亮在武昌，諸佐吏殷浩之徒，乘秋夜共登南樓；俄而亮至，諸人將起避之，亮徐曰：『諸君少住，老子於此處，興復不淺。』」後漢書徐穉傳：「太守陳蕃在郡，不接賓客，唯穉來，特設一榻，去則懸之。」始布西齋筵。西齋非吾廬，幽淨亦可憐。風牖竹裊裊，露庭菊鮮鮮。圖史左右陳，新唐書楊綰傳：

「性沉靖，獨處一室，左右圖史。」永日坐一氈。婉孌數童子，哦誦當我前。爲爾竟寂寂，低回欲窮年。讀書將何爲？乃與始志違。進無適時材，退乏負郭田。見卷一將進酒「六印」注。我生非匏瓜，謀食有道焉。苟得隨羣趨，顧此不稍賢。飲餘解衣臥，毋嘲腹便便。後漢書邊韶傳：「韶嘗晝日假臥，弟子私嘲之曰：『邊孝先，腹便便，懶讀書，但欲眠。』韶潛聞之，應時對曰：『邊爲姓，孝爲字，腹便便，五經笥。但欲眠，思經事。寐與周公通夢，靜與孔子同意。師而可嘲，出何典記？』」

次徐山人與倪雲林贈答詩韻

徐達左，字良夫，吳縣人。建寧訓導，有與雲林贈答詩。

昔遊紫藤塢，姑蘇志：「穹窿山北，有紫藤塢、百丈泉、海雲菴。」空山鶴鳴秋。相望隱人居，興闌竟回舟。晉書王徽之傳：「嘗居山陰，夜雪初霽，月色清朗，忽憶戴逵，逵時在剡，便夜乘小船詣之，經宿方至，造門不前而返。人問其故，徽之曰：『本乘興而來，興盡而返，何必見安道耶？』」邇來獲晤賞，玄談劇風流。每欲開南軒，招我共偃休。天寒鴻鴈鳴，芰荷落長洲。豈無一釣船，訪子溪水頭。終慚文墨牽，咫尺成阻修。徒聞竹林間，往來有羊求。聽雨掩閣臥，觀泉上巖遊。朝覽贈答篇，詞藻誇兩優。味之殊雋永，觸手虹光浮。我本丘壑人，猿鶴肯見留？擬結歲晏期，壺觴展綢繆。況聆西澗濱，禪宮閟清幽。姑蘇志：「穹窿山西址有白馬寺。」夜看太湖月，遲我同登樓。

因病不飲

我昔無所求，但愁酒杯空。引滿先四座，醉豪壓春風。年來病稍侵，積憂復相攻。舉觴不能吞，若有物梗胸。歲晏風雨多，擁爐坐窗中。酒徒散去盡，歡呼與誰同？三杯即頹然，憔顔映燈紅。後老當奈何？即今已如翁。斯味禹所惡，攝生笑無功。從此便可止，賦詩繼陶公。陶潛止酒詩：「始覺止爲善，今朝眞止矣！」

三鳥

三鳥生異林，相逢偶同飛。各矜好毛羽，吟弄朝陽輝。驚風動地至，羣飛各乖違。一翔入雲天，一落陷虞機，一止野田間，蓬蒿鬱相依。啄啄有餘粟，歲晏諒不飢。猶懼雪霜侵，啁啾獨鳴悲。我行見此鳥，相對發歎歔。當知皇天仁，偏恤爾陋微。視陷宜省畏，瞻高勿貪希。田間適本性，舍此欲何歸？

題陳生畫

前村夕陽明，後嶺秋嵐積。葉落露山村，潮來沒江石。遙遙射雁子，慘慘聽猿客。何爭下征帆？西陵渡頭驛。「西陵」見卷三夜抵江上。

青丘道中　見卷二青丘操

霖雨江暴溢，奔流絶津涯。茫茫野田白，何由見春華？居人久已亡，流萍滿其家。昔我過此土，極目桑與麻。故道不可尋，舟行但蒹葭。歲凶豈宜客？四顧空長嗟。

送李用和提舉　續文獻通考：「元至元二十三年，立鹽課市舶提舉司。每司提舉二員，同提舉二員，副提舉二員，知事一員。」

髥君孤直士，蜀志關羽傳：「書與諸葛亮，問超可誰比類？亮答曰：『當與益德並驅爭先，猶未及髥之絶倫逸羣也。』羽美鬚髯，故亮謂之髯。」與世頗異儔。不交金張家，見卷一美女篇。而獨與我遊。我居在君里，衡門閉深幽。十年誦詩書，進取拙自謀。名藩多英豪，光彩溢道周。朝逢將軍車，暮避刺史騶。皆云意氣盛，官高富春秋。良辰競爲樂，廣席羅珍羞。君獨日暮歸，貧乃與我侔。雪畦寒蔬茁，冰盎春蛆浮。歐陽修詩：「瓮面浮蛆潑已香。」空堂可燃燭，談詠相賡酬。中間阻淸歡，離別良有由。我尋江干宅，君赴海上州。老馬從瘦童，人皆識賢侯。今年見歸旌，一笑忘積憂。那知遠方賈，復此待撫柔。雞鳴城東門，不得送行舟。颶風常晝驚，正韻：「颶，音懼。」

南越志：「颶風者，具四面之風也。常以五六月發，永嘉人謂之風癡。」洪濤極天流。雖能征重貨，可失咨嘉猷。君子且在傍，願言毋久留。

贈銅臺李壯士

銅臺，卽銅雀臺。一統志：「今彰德府臨漳縣。」

我祖昔都鄴，神武爲世雄。北史齊本紀：「齊高祖神武皇帝，姓高，諱歡，字賀六渾，渤海修人也。武定四年西征，有疾，遣太原公洋鎮鄴，徵世子澄至晉陽。」至今銅臺下，子弟習其風。問君家何方？紫陌遙相通。齊本紀：「永熙元年正月十五，拔鄴都據之。神武令封隆之守鄴，自出頓紫陌。」雖云此相遇，情與鄉里同。君有力振虎，勇氣聞山東。匹馬輕俠遊，刀環綴纓紅。正當兵塵起，思立尺寸功。不從董健兒，後漢書董卓傳：「卓性麤猛有謀，嘗遊羌中，盡與豪帥相結。卓爲殺耕牛與共宴樂，豪帥感其意，歸相斂得雜畜千餘頭以遺之，由是以健俠知名。」欲縛蕭老公。通鑑：「侯景嘗言于高歡，願得兵三萬，橫行天下，要須濟江縛取蕭衍老公，以爲太平寺主。」凌厲越宋士，南史沈慶之傳：「慶之每從游幸及校獵，據鞍凌厲，不異少壯。」透迤出齊中。時人不相顧，棄之若秋蓬。我豈白面郎，沈慶之傳：「文帝將北伐，慶之固陳不可曰：『爲國譬如家，耕當問奴，織當訪婢。陛下今欲伐國，而與白面書生輩謀之，事何由濟？』」少年亦困窮。起爲壯士歌，迅商薄高穹。謝瞻九日詩：「迅商薄清穹。」注：「迅商，秋風之迅疾也。」初飲五斗盡，史記滑稽列傳：「若朋友交游，久不相見，卒然相覩，歡然道故，私情相語，飲可五六斗徑醉矣。」再飲一石空。滑稽列傳：「日暮酒闌，合尊促坐，男女同席，履舄交錯，杯盤狼藉，堂上燭滅，主人留髡而送客，羅襦襟解，微聞薌澤。當此之時，髡心最歡，能飲一石。」與君豈樂禍，西方見妖虹。盧照隣詩：「兵氣曉成虹。」莫謂著鞭晚，晉書劉琨傳：「琨少有志氣，有縱横才，與祖逖爲友。逖被用，與親故書曰：『吾枕戈待旦，常恐祖生先吾著鞭。』」艱難殊未終。

題春江送别圖送王使君彦強

〔校記〕别本無「彦強」二字。

歌徹小秦王，樂府類：「唐曲有小秦王。」唐書禮樂志：「七德舞者，本名秦王破陣樂。太宗爲秦王，破劉武周，軍中所作。及即位，宴會必奏之。」蘇軾詩：「樽前獨唱小秦王。」愁深第幾觴？飛花蕩春影，江水不勝長。日暮東風急，離帆且緩張。

蘭室爲袁省郎賦

官制沿革：「東漢、晉、魏尚書省皆置郎官。」

湘皋春水深，一統志：「長沙府，吳、晉曰湘州。」離騷：「步余馬于蘭皋兮。」澧浦秋風早。禹貢：「又東至于澧。」一統志：「今岳州府。」楚辭九歌：「遺余佩兮澧浦。」如何庭戶間，芳蕤獨妍好？不有君子心，按：宋黄山谷以蘭比君子，蕙比士大夫。憔悴同芳草。

我愁從何來

我愁從何來？秋至忽見之。欲言竟難名，泯然聊自知。汲汲豈畏老，棲棲詎嗟卑。既非貧士歎，寧是遷客悲。謂在念歸日，故鄉未曾離。謂當送別處，親愛元無睽。初將比蔓草，夕露不可萎。又將比煙霧，秋風未能披。藹然心目間，來速去苦遲。借問有此愁，於今幾何時。昔宅西澗濱，尚樂山水奇。茲還東園中，重歎草木衰。閒居誰我顧，惟有愁相隨。世人多自歡，遊宴方未疲。而我獨懷此，徘徊自何爲？

賦得法華雨送惠上人歸江上

慈雲起靈山，雞跖集：「如來慈心，如彼大雲，蔭注世界。」吳都賦：「巨鼇贔屭，首冠靈山。」虛空寶花雨。遙從天女手，維摩詰經：「天女以天花散諸菩薩，即皆墮落。至大弟子，即著不墮。天女曰：『結習未盡，故花著身。結習盡者，花不著身。』」零亂飄春曙。香滋淨沼蓮，劉兼詩：「蓮披淨沼羣香散。」影拂祇園樹。見前晚憩靈鷲院。高僧結習銷，衣上留不住。唯隨一葦風，飛渡江南去。傳燈錄：「達摩見梁武帝，機語不契，將北之嵩山，至江岸，乃折蘆而渡。」詩：「一葦杭之。」

秋風

秋風屋外來，落葉紛我旁。不出門幾日，我樹如此黃。但覺成懶性，焉知逝頹光？李白詩：「富貴非所願，爲人駐頹光。」朝餐止一盂，夕臥惟一牀。仲尼欲行道，轍跡環四方。而我何爲者？不與世相忘。

秋雨

秋雨亂我竹，堂上中夜驚。昏昏起復臥，策策止且鳴。韓愈詩：「秋風一披拂，策策鳴不已。」未分醉夢狀，寧辨竹雨聲。初欣似張樂，終懼如聞兵。既覺兩皆非，古檠耿自明。悟彼事亦然，胡爲勞我生。

題曹氏春江雲舍

遙波靄微雲，禽寒少相語。君家在空闊，欲往迷洲渚。紛紛樹離霧，稍稍花消雨。日暮坐相思，江東渺何許？

燕客次蔡參軍韻

林旦未昇旭，巖深稍祛霏。夙興達仙署，舌帖：「諸曹郎曰粉署，亦曰仙署。」在公遑告腓。良儔信可懷，彌月曠容徽。偶茲解華轡，沽酒酬芳巵。鈴騶儼衞齋，范成大詩：「微聞鈴下騶，竊議馬上郎。」妓樂出房帷。劉憲詩：「開筵妓樂陳。」放吏命决漏，史記司馬穰苴列傳：「穰苴立表下漏，待莊賈，日中不至。穰苴則仆表决漏，入行軍，勒兵申明約束，約束既定，夕時賈乃至。」注：「仆，臥其表也。决漏，謂去壺中水也。」留賓敎閫扉。談笑竹下麈，黄庭堅送公定詩：「每來捉談麈，風生麈竹枝。」賭墅花間棋。晉書謝安傳：「堅率衆百萬，次于淮淝。安命駕出山墅，與謝玄圍棋賭別墅。安常棋劣于玄，是日玄懼，便爲敵手，而又不勝。安顧謂其甥羊曇曰：『以墅乞汝。』」歡馨展宿好，言長彌積思。佳辰子所惜，高誼子攸希。時難賸睽阻，能此嗟爲誰？願各保太和，易：「保合太和乃利貞。」長年樂施施。飛佩儻可接，辛棄疾詞：「西眞人醉憶仙家，飛佩丹霞羽化。」東方俟安期。見前停君白玉巵。

退思齋爲蔡參軍賦

雞鳴起趨府，事至紛善惑。應兹苟弗推，在理寧免忒。歸來坐深念，恆恐有慚德。缺政何以裨？厚責何以塞？豈徒省厥躬，庶用匡爾國。昔聞獨樂叟，元城語錄：「司馬溫公既居洛，于國子監之側得故營地，創獨樂園。」中夜忘寢息。願君守勿渝，明明此遺則。

遊師子林次倪雲林韻

姑蘇志：「獅子林庵，屬承天能仁寺，在城東北隅。元至正二年，僧維則建，多聚奇石，狀類狻猊，故取佛氏語名寺。內有臥雲室、立雪堂、問梅閣、指柏軒、禪窩、竹谷諸景。並經名人品題，最號奇勝，歐陽玄記。」

吟策頻入院，林逋詩：「却揞吟策立秋廊。」道人知我閒。尋幽到深處，鳥語竹斑斑。林下不逢客，城中俄見山。牀敷有餘地，鐘動莫催還。

尹明府所藏徐熙嘉蔬圖

圖繪寶鑑：「徐熙，金陵人，世爲江南顯族。所尚高雅，寓興閒放，畫花木、禽魚、蟬蝶、蔬果，妙奪造化。多在澄心堂紙上。至於畫絹，絹文稍麄。米元章謂徐熙絹如布是也。」

少賤習圃事，種蔬每盈疇。深根閟玄冬，老葉凌素秋。採擷風露餘，山庖足嘉羞。故園經亂後，蔓草日已稠。野水流畦間，蟲聲暮啁啾。披圖似見之，惻愴起我愁。食肉豈無人，左傳：「肉食者鄙，未能遠謀。」斯世誰與謀？君多恤民意，毋忽歲饉憂。

來鴻軒

姑蘇志：「吳縣綠水園，在孫老橋東，故爲朱勔別墅。元至正中，廬山陳汝秩、汝言兄弟購得之，取杜詩『名園依綠水』之句以名。中有來鴻軒、清泠閣、蘿徑等名。高啓撰詩序。」

高鴻本冥飛，不墮虞羅裏。朔度雲中關，一統志：「雁門關在大同府馬邑，通代州界。大同秦曰雲中。」夕遊瀟湘水。一統志：「永州湘口關，瀟、湘二水合流處。」驚風吹行斷，儔侶忽萬里。哀鳴將何依，荒澤難獨止。集君華池側，稻粱豐自美。響度風翛翛，影沉波瀰瀰。充庖知不忍，善惠念終始。願君儀天朝，易：「鴻漸于陸，其羽可用爲儀，吉。」脩翰共騫起。

蘿徑 見上來鴻軒

幽谿入蘿蔦，幾曲到巖扉。夏鳥深啼處，陰陰花墜稀。知當煙暝後，從此荷樵歸。

茶軒

摘芳試新泉，手滌林下器。一榻鬢絲傍，輕煙散遙吹。不用醒吟魂，陸游詩：「燈影伴吟魂。」幽人自無睡。博物志：「飲眞茶，令人少眠睡。」

讀書 按：此首與前讀書一首似重。

世物寡所嗜，雅情竹素間。東觀書：「劉向典校書，先書竹爲易刊定，可繕寫者以上素。」憑案理殘帙，樂此終日閒。爰觀自周衰，盛治不可還。淫辨相擠傾，大道成榛菅。巧詐足眩世，苟得不顧患。嬴秦任商君，王制欲盡刪。厚賦山澤空，亟戰原野殘。流風自斯降，誅求困孤孱。

是非千萬途，欲辨亦已艱。賴茲聖冊存，足啓昏與頑。誰云古哲駕，邈矣難仰攀？於焉誦其言，如造揖讓班。寄語向俗子，幸勿叩我關。何暇從爾談，方對孔與顔。

過立公房

空院閉深竹，幽花有孤妍。春陰鳥語寂，風磬時泠然。孟郊送淡公詩：「風磬清泠翮。」非茲絕塵地，何以寄高禪。

賦得桃塢送別

姑蘇志：「章氏別業，在閶門裏北城下，今名桃花塢。當時郡人春游看花於此，後皆爲蔬圃，間有業種花者。」

何地芳菲滿？吳趨曲陌西。藏金非漢壘，後漢書：「董卓築塢于郿，號萬歲塢，藏金二三萬斤，銀八九萬斤，積穀三十年。」種樹似秦谿。見前贈惠山醫僧。未曙忽霞起，韓愈詩：「種桃處處皆開花，川原遠近蒸紅霞。」過春猶雪迷。鄭奎妻詩：「春風吹花落紅雪。」葉聞渡江唱，古樂府注：「王獻之愛妾名桃葉，獻之作歌送之曰：『桃葉復桃葉，渡江不用楫；但渡無所苦，我自迎接汝。』」江寧府志：「桃葉渡在秦淮口。」花憶映門題。本事詩：「博陵崔護，姿質甚美，舉進士第。清明日，獨遊都城南，得居人莊，一畝之宮，花木叢萃，寂若無人。叩門久之，有女子自門隙窺之，問以姓氏，答曰：『尋春獨行，酒渴求飲。』女入，以杯水至，開門設牀命坐，獨倚小桃斜柯佇立，而意屬殊厚。

崔辭去，送至門，如不勝情而入。後絕不復至。及來歲清明日，忽思之，情不可抑，徑往尋之，門院如故，而已扃鎖云。崔因題詩于左扉曰：『去年今日此門中，人面桃花相映紅。人面不知何處去？桃花依舊笑春風。』」折時或傍水，王維詩：「水上桃花紅欲然。」遊處每成蹊。見卷三寓感之十。偶來因送客，腸斷有鶯啼。

東園種蔬

我非適世材，學圃乃所宜。種蔬居東園，鋤灌敢告疲。夏來風露繁，衆綠俱紛披。朝餐摘我菘，南史：「齊周顒隱鍾山，王儉謂曰：『卿在山中何所食？』答曰：『赤米白鹽，綠葵紫蓼。』又問何者爲佳？曰：『春初早韭，秋末晚菘。』」暮餐芼我葵。繆襲祭儀：「夏祀和羹芼以葵。」此味賤所嗜，蔓草勿害之。慨彼主父言，鼎食何其危！漢書主父偃傳：「丈夫生不得五鼎食，死則五鼎烹耳！吾日暮，故倒行逆施之。」

聞張著作值雨宿陳山人園因寄

芳月抱深惻，韋應物詩：「故人問訊緣同病，芳月相思阻一杯。」佳游闕追攀。聞君獨命駕，遠造幽人關。春園花絮稀，啼鳥池上閒。留連宿煙閣，尊酌解離顏。遙想清夜徂，鳴弦竹林間。非因雨成滯，興愜自忘還。

鄭隱君秀野軒圖

江晚洲渚交，雨晴草菲菲。前山靄欲闇，罟師渡水歸。盧綸詩：「纔出浮萍值罟師。」望煙知君家，花竹隱半扉。已休田中耒，猶響林下機。此鄉即桃源，亂後世所稀。開圖若身到，不知塵境非。

與諸公飲綠茗園

金塘環勝墅，虞世南詩：「歌堂面渌水，舞館接金塘。」緹綺會芳時。說文：「緹，帛丹黃色。」博雅：「赤也。」雀乳依桐葉，魚翻胥芰絲。詩流洛下詠，張喬詩：「洛下吟詩侶。」歌艷郢中詞。見卷三擬古。一念交歡厚，觴至詎能辭。

送上海石明府 上海屬松江府

三月熟桑椹。四月落棗花。李頎詩：「四月南風大麥黃，棗花未落桐陰長。」布穀樹下飛，後漢書襄楷傳：「疏曰：『吾聞布穀鳴于孟夏，蟋蟀鳴于始秋。』」注：「布穀一名戴紝、一名戴勝。」塘轉村路斜。東塍擊耕鼓，詩：「琴瑟擊鼓，以御田祖。」西林擲繅車。陸游詩：「何人畫得農家樂？咿軋繅車隔短牆。」但言此地樂，不聞此地嗟。雖無夕烽警，尙苦秋賦加。煩君始到日，爲我問田家。

逢雲巖僧元實將赴湖上賦以送之

姑蘇志：「雲巖寺在虎丘山上。」

早懷塵外想，每訪林間蹤。空齋哦夜雪，共聽雲巖鐘。西澗已久別，東城忽相逢。還當布袈裟，史記大宛傳正義：「靈鷲山，佛昔將阿難在此山上四望，見福田疆畔，因製七條割截之法于此，今袈裟衣是也。」去坐湖上峰。喧寂旣殊調，無因得追從。倚閣一遙送，秋山紅樹重。

舟歸雨中

猿鳴楚雨急，江岸孤舟次。前山到非遠，已見煙中寺。寒景暮蒼然，歸人獨愁思。

秋夜會飲送劉別駕得星字

晉書職官志：「州置刺史、别駕、治中從事、諸曹從事等員。」

征馬已歸皁，哀鴻方過庭。何期當別夜，還得聚寒廳。陸游詩：「寒廳靜似阿蘭若。」客醉誦明月，蘇軾前赤壁賦：「誦明月之詩，歌窈窕之章。」僕興瞻落星。王貞白詩：「半窗分曉月，當枕落殘星。」光銷帷中燭，響動車前鈴。留連豈有極，之子不遑寧。

送陳博士歸番禺葬親 番禺屬廣州府

北風海欲冰，凜此窮陰時。問君歸何亟？親葬不可遲。遙遙望郭門，慘慘投山陂。僧房拜遺柩，瓦燈照塵帷。釋惠洪詩：「瓦燈已照宮商石。」還當卜玄宮，遠託瘴水湄。范成大詩：「喚渡牂牁瘴水濱。」日夕既封樹，慟哭行繞之。雨來青楓林，猿鳥吟相悲。化者苟得安，萬事無足爲。奈何割裾子，晉書溫嶠傳：「除嶠散騎常侍。初，嶠欲將命，其母崔氏固止之，嶠絕裾而去。其後母亡，嶠阻亂不獲歸葬，由是固讓不拜，苦請北歸，不得已，受命。」尙忍生違離。

渡吳淞江 姑蘇志：「吳淞江，卽古之婁江也，亦名下江，俗呼劉家港。又自大姚分支過澱山湖，東至嘉定、青浦，東北流，亦名吳淞江者，曰東江，皆太湖之委也。」

稍離城郭喧，遠適滄洲趣。乘潮動旅榜，霧散寒江曙。蒼葭靡靡出，白鳥翻翻去。不識野人村，舟中望高樹。先生本傳：「大樹村在沙湖東迤南，切吳淞江。」遭時歎有棘，拯物慚無具。不向此鄉居，飄零復何處？

無言上人丈室逢李道士 無言，報恩教寺之僧，見鳧藻集送示上人序。

竹間失舊蹊，落葉紛已積。閒來繙經院，廬山記：「謝靈運一見遠公，肅然心服，乃即寺中觀繙涅槃經，爲池臺，植白蓮池中，名其臺爲繙經臺。」戶掩諸蟲寂。本尋釋門子，偶值仙家客。景淸林意秋，慮淡池光夕。相對總忘言，誰云累名跡？

贈陶篷先生

魯連豈趙客，史記魯仲連列傳：「平原君欲封魯連，魯連辭讓，使者三，終不肯受。平原君乃置酒，酒酣起前，以千金爲魯連壽。魯連笑曰：『所謂貴于天下之士者，爲人排患釋難解紛亂而無取也。即有取者，是商賈之事也，而連不忍爲也。』遂辭平原君而去，終身不復見。」子房非漢臣。留侯世家：「留侯乃稱曰：『家世相韓，及韓滅，不愛萬金之資，爲韓報讎彊秦，天下振動。今以三寸舌爲帝者師，封萬戶，位列侯，此布衣之極，於良足矣。願棄人間事，從赤松子遊耳。』乃學辟穀導引輕身。」出處誠莫測，自是神仙人。中解龍虎鬭，侯圭割鴻溝賦：「龍爭虎鬭兮，萬象交奔。」飄然去難親。夫子古鬢眉，恍惚乃後身。長安昔縱酒，叩閤通平津。漢書公孫弘傳：「元朔中，封丞相弘爲平津侯。丞相封侯，自弘始也。時上方興功業，舉賢良，弘自見爲舉首，起徒步，數年至宰相封侯，於是起客館，開東閤以延賢人，與參謀議。弘身食一肉，脫粟飯，故人賓客仰衣食，奉祿皆以給之，家無所餘。」豈爲慕珪組，但欲陳經綸。白璧棄路旁，舉世不見珍。歸來櫂扁舟，煙波復誰馴？豈無一杯水，爲君灑風塵。空將釣國手，史記齊世家：「呂尚蓋嘗窮困，年老矣，以漁釣奸周西伯。」老坐東海濱。逢余向滄洲，笑落頭上巾。謂余有仙契，泥滓非久淪。花源罷通世，煙霞閉千春。便從夫子歸，雞黍會四鄰。陶潛桃花源記：「見漁人乃大驚，問所從來，具答之；便要還家，設酒殺雞作食，村中聞有此人，咸來問訊。」特謝漁舟子，休談晉與秦。桃花源記：「自云先世避秦亂，來此絕境，不知有漢，無論魏、晉。」

孤鶴篇

涼風吹廣澤，日暮多浮埃。中有失侶鶴，孤鳴迥且哀。脩翮既摧殘，一飛四徘徊。矯首望靈嶠，雲路何遼哉！渚田有遺粟，欲下羣鴻猜。豈不懷苦飢，懼彼羅網災。翩翩浮丘伯，列仙傳：「王子晉好吹笙，作鳳凰鳴，于伊洛之間，有道士浮丘伯，接以上嵩高山。」朝從東海來。相呼與之歸，謂是仙驥材。相鶴經：「蓋羽族之宗長，仙人之騏驥也。」蔭之長林下，濯之清澗隈。圓吭發高唳，廣韻：「吭，鳥喉。」舞鶴賦：「引員吭之纖婉，頓修趾之洪姱。」華月中宵開。誓從臨玄景，雲笈七籤：「太極有玄景之王，司攝三天之神仙者也。」永戲崑丘臺。十洲記：「崑崙山，其旁有瑤臺十二，上安金臺五所。」水經注：「崑崙為無熱丘。」

雜詩 槎軒集作悲歌行

結髮好遠遊，出門覽山川。誰云帝闕遠，有路不在天。我車大且遲，日暮牛領穿。白居易樂府：「右丞相，但能濟人治國調陰陽，官牛領穿亦無妨。」忽逢悲歌士，論心涕潸然。今日不得志，明日非少年！

白水冒我田

白水冒我田，風雨無休時。午鳩屋上鳴，埤雅：「鵓鳩，陰則屛逐其婦，晴則呼之。語曰：『天將陰，鳴鳩逐婦啼中林，鳩婦怒啼無好音。』」貧家起何遲？溝壑知不免，順受胡可辭？有酒我自斟，有粟妻自炊。且盡今日歡，勿顧明日悲。商歌出金石，韓詩外傳：「原憲環堵之室，歌商頌，聲淪于天地，如出金石。」愧無聖人師。

送韓司馬赴邊郡

淮陰將家子，史記：「韓信，淮陰人也，封淮陰侯。」讀書負奇氣。十年提一筆，韻會：「擊馬策也。」身從李都尉。梁元帝詩：「結交李都尉，遨遊佳麗城。」此行把旌麾，無愧國士知。淮陰侯列傳：「蕭何曰：『諸將易得耳，至如信者，國士無雙。』」邊風吹白草，正是馬驕時。宋史盧斌傳：「馬驕兵悍，往來無定。」鳴笳引前部，落日城西路。上客贈吳鈎，見卷一吳鈎行。征人唱都護。見卷一涼州詞。近役非臨洮，一統志：「臨洮府，秦、漢曰隴西。」君行莫辭勞。欲問封侯日，秋來太白高。見前感舊。

醉贈王卿

持身無可許，閭里任浮沉。不奉諸侯檄，後漢書劉平等傳序：「毛義家貧，以孝行稱。南陽人張奉慕其名，往候之。坐定而府檄適至，以義爲守令，義捧檄而入，喜動顏色。奉心賤之。及義母死，公車徵，不至。張奉歎曰：『賢者固不可測，往日之喜，乃爲親屈也。』」曾辭公子金。史記：「平原君趙勝，趙之諸公子也。」見前陶篴先生注。斗酒豈辭醉，感君知我深。誰無旦暮急，相周惟季心。漢書季布傳：「布弟季心，氣蓋關中，遇人恭謹，爲任俠，方數千里士爭爲死，少年多時時竊借其名以行；當是時，季心以勇、布以諾聞關中。」

送賈二文學北遊

窮年自多感，況復送良儔！落日河上別，慷慨發秦謳。風塵阻關山，撫劍不得遊。願逐高飛翼，相與出九州。嗟彼行路子，栖栖何所求？

送海昌守李使君遷海虞

「海昌」見卷三。一統志：「蘇州常熟縣，晉海虞。」

兩爲海上州，州民定何如？彼遮使君馬，宋史范純仁傳：「純仁就逮，民數萬遮馬，涕泗不得行。」此迎使君車。後漢書郭伋傳：「伋前在并州，素結恩德，及後入界，老幼逢迎。行部到西河美稷，有童兒數百，各騎竹馬，遣吏迎拜。」但令人買牛，漢書循吏傳龔遂傳：「遂爲渤海太守，民有帶持刀劍者，使賣劍買牛，賣刀買犢，曰：『何爲帶牛佩犢？』」不受客饋魚。史記：「公儀休相魯，客遺魚，卻不受。客曰：『君嗜魚，何不受？』曰：『今爲相，能自給魚，若受魚而免，誰復給我魚者？』」我知使君賢，讀律又讀書。金史章宗紀：「有司言律科舉人，止知讀律，不知教化之源，必使通知論語、孟子，涵養氣度。」蘇軾詩：「讀書萬卷不讀律，致君堯舜終無術。」

端居懷兩王孝廉

寡劣時所棄，獨臥無與親。蕭然閉齋閣，左右圖史陳。風雨摧衆芳，令人怨徂春。豈無尊中酒？坐念兩故人。日從賢豪遊，雜遝車馬塵。漢書劉向傳：「四郊雜遝。」焉知離居客，積抱難自伸！

送芭上人東歸

浮雲與飛鳥，相聚安可常。偶來雲巖寺，幾日共徜徉。我去師亦歸，澗房欲荒涼。池臥孤塔影，庭棲雙桂香。重過應未期，悵然山水長。

大水

吾鄉水爲國，自昔稱漏天。寰宇記：「邛都縣漏天，秋夏常雨，僰道有大漏天、小漏天。」今年尤苦霖，冒此上下田。老農愁相告，無有二十年。東江入門流，比屋如敗船。夜臥牀屢移，晨炊釜常懸。淮南子：「智伯率韓、魏伐趙，圍晉陽，決晉水而灌之，城下緣木而處，縣釜而炊。」涼風吹蒲稗，羣鵝鳴我前。茫茫失川途，出行竟回邅。梁簡文帝詩：「由來歷山川，此地獨回邅。」斯民欲昏墊，書：「下民昏墊。」天意豈不憐？陰陽致乖沴，孰能究其然。歲飢尚勿憂，黽勉當食鮮。書：「暨稷播，奏庶艱食鮮食。」

送黃主簿之歸安　屬湖州府

我歌柳惲詩，梁書柳惲傳：「惲，字文暢，河東解人也。立行貞素，以貴公子早有令名。少工篇什。天監二年，出爲吳興太守，爲政清靜，民吏懷之。」柳惲江南曲：「汀洲采白蘋，日落江南春，洞庭有歸客，瀟湘逢故人。」送子南汀發。山城逢社雨，提要錄：「社公、社母，不食舊水，故社日有雨，謂之社翁雨。」綠樹啼鶯歇。留連孤艇遲，怊悵雙壺〔校記〕列朝詩集作「瓶」。竭。宋玉高唐賦：「悠悠忽忽，怊悵自失。」黃庭堅詩：「王孫欲遣雙壺到。」高士尚爲簿，漢書孫寶傳：「寶以明經爲郡吏。御史大夫張忠辟爲屬，欲令授子經，更爲除舍，寶自劾去。後署寶主簿，寶徙入舍。忠怪之，使所親問寶，寶曰：『高士不爲主簿，而大夫君以寶爲可，一府莫言非。士安得獨自高？且不遭者可無不爲，況主簿乎？』忠甚慚，上書薦寶。」休慚府中謁。後漢書周澤傳：「光祿勳孫堪，嘗爲縣令謁府，趣步遲緩，門亭長謂堪御史，堪便解印綬去，不之官。」無事坐閒廳，彈琴看明月。

送王推官赴潮一作譙。陽

唐書地理志：「潮州潮陽郡。」

久治亂所伏，國家失其防。初如決洪流，拱手徧四方。頻年勞訏謨，詩：「訏謨定命。」欲補千百瘡。韓愈文：「漢氏以來，羣儒區區修補，百孔千瘡，隨亂隨失。」子爲京師客，忠憤何慨慷！濯冠捧書函，平明獻朝堂。上言固大業，下言振頹綱。且謂有萬死，聖明察臣狂。臣言儻獲施，立能致時康。宸居豈遙〔校記〕列朝詩集作「云」。遠，咫尺〔校記〕列朝詩集作「遙指」。天中央。雞鳴列仙仗，九門洞開張。謂宜卽召見，拜起隨班行。上殿笏畫地，禮記：「凡有指畫于君前，用笏。」張九齡詩：「遠圖嘗畫地，超拜乃登壇。」論奏盡敷詳。如何竟報聞，漢書東方朔傳：「四方士多上書，言得失，其不足采者，輒報聞罷。」注：「報云天子已聞，而罷之令歸。」不得瞻清光？書：「以近天子之光。」一官非所願，欲令赴蠻荒。徘徊出都門，風雨溼曉裝。行行過吳洲，木葉秋始黃。逢予解鞍飲，激烈椎酒牀。蘇軾跋送石昌言引：「彭任飲酣，聞彥國當使，憤憤椎酒牀。」平生憂時心，辛苦不自忘。頗聞到官所，此去路尙長。紅日出霧遲，孤城海茫茫。遺民似猿鹿，山谷多驚藏。繁英豔躑躅，見卷二竹枝詞。瑣實堆檳榔。陶隱居云：「出交州，形小而味甘。廣州以南者，形大而味澀。向陽曰檳榔，向陰曰大腹。尖長而有紫文者，名檳，圓而矮者，曰榔。」瘴癘況時作，南史任昉傳：「流離大海之南，寄命瘴癘之地。」投老恐子傷。何不且少留，共驚豪華鄉。子笑不我顧，翩然決南翔。明朝指鯨波，劉禹錫送源中丞詩：「日浴鯨波萬頃金。」高帆若雲揚。去矣各異國，有憶徒相望！

高青丘集卷五

五言古詩

吳王郊臺 原注：「在橫山東麓，吳僭王時嘗祀帝也。」

周綱昔隳頓，禮樂由諸侯。吳子乏代德，左傳：「未有代德而有二王。」居然祀圜丘。周禮春官大司樂：「靁鼓靁鼗，孤竹之管，雲和之琴瑟、雲門之舞、冬日於地上之圜丘奏之。」燔燎升紫壇，周禮大宗伯：「實柴槱燎。」注：「實柴者，實牲于柴而燔之也。槱燎者，燔柴升煙以達其誠也。」漢書郊祀志：「甘泉、泰畤紫壇，八觚宣通象八方。」青紘映玄裘。禮記：「諸侯爲籍百畝，冕而青紘，躬秉耒以事天地、山川、社稷、先古。」靈明豈來歆？幣玉空旅羞。國南見遺壝，蕭條委山陬。雲和罷九奏，「雲和」見上。周禮春官：「九奏乃終，謂之九成。」司空曙元日觀早朝詩：「壽酒三觴進，簫韶九奏停。」草樹鳴颼飀。從來跋扈徒，後漢書質帝紀：「目梁冀爲跋扈將軍。」注：「猶強梁也。」幾人效其尤？魯郊失禮始，禮運：「魯之郊禘，非禮也。」聖筆書春秋。春秋：「僖公三十一年夏四月四卜郊。」

長洲苑 原注：「在太湖北岸，闔閭遊獵處也。」姑蘇志：「在縣西南七十里，枚乘說吳王濞云：『漢修治上林，雜以離宮，佳麗玩好，圈守禽獸，不如長洲之苑。』則知劉濞時葺吳苑，其盛如此。」

中國久無霸，闔閭思騁功。講蒐開別苑，訓武出離宮。宰嚭應驂乘，吳越春秋：「闔閭元年，楚之白喜來奔，闔閭以爲大夫謀國事。」白喜，左傳、史記作伯嚭。巫臣實御戎。左傳：「晉申公巫臣使于吳，以兩之卒適吳。舍偏兩之一焉，與其射御，教吳乘車。教之戰陣，教之叛楚，寘其子狐庸焉，使爲行人于吳。」𪔂鳴深谷應，罝掩廣場空。遠曳梢雲旆，何遜詩：「拱樹梢雲密。」高彎射月弓。李白詩：「彎弓綠弦開，明月不憚堅。」三驅儀已畢，易：「王用三驅。」七伐步還同。書牧誓：「不愆于六步、七步，乃止齊焉。不愆于四伐、五伐、六伐、七伐，乃止齊焉。」甲騎從輿後，蛾眉侍幄中。述異記：「夫差作大池，池中造青龍舟，陳妓樂，日與西施爲水嬉。」豢胎須紫豹，六韜：「玉杯象箸，不盛藜藿之羹，必將熊蹯豹胎也。」胹掌得玄熊。玉篇：「胹，煮熟也。」左傳：「宣二年，宰夫胹熊蹯不熟。」李白大獵賦：「脫文豹之皮，抵玄熊之掌。」樂事方難極，英圖忽易窮！城迷歌黍客，詩：「彼黍離離。」地屬采蕘童。輦道崩秋雨，旗門失晚風。豆盧復昌年宮詩：「旗門芳草合，輦路小槐疎。」猶疑見獵犬，亡魏肆狡，戰國策：「東郭㕙，天下之狡兎也。」人去雉爭雄。草樹迎蕭索，湖山罷鬱葱。猶疑見獵火，寒燒夜深紅。崔顥詩：「山頭野火寒多燒。」

甪里村

原注：「在洞庭西山。四皓之一甪里先生之鄉也。」姑蘇志：「甪頭即甪里。」

高皇本壯士，提劍定四方。晉書樂志：「漢祖提劍寰中，剗平天下。」晚爲兒女情，悲歌起彷徨。見卷二主客行。愛子欲建儲，寵姬方侍側。史記留侯世家：「戚夫人日夜侍御，趙王如意常抱居前。上曰：『終不使不肖子居愛子之上。』」顧驚四老人，謂已成羽翼。留侯世家：「呂后使建成侯呂澤，劫留侯畫計，奉太子書，卑禮厚幣，迎此四人，年皆八十有餘，鬚眉皓白，衣冠甚偉。上怪之，問曰：『彼何爲者？』四人前對，各言姓名曰：『東園公、甪里先生、綺里季、夏黄公。』上乃大驚，召戚夫人指示四人者曰：『我欲易之，彼四人輔之，羽翼已成，難動矣。』」一統志：「四皓：東園公，姓唐，名秉，字宣明。綺里季，姓吳，名實，字子景。夏黄公，姓崔，名廣，字少通。甪里先生，姓周，名術，字元道。」大臣豈不諫？孰能斡天機。留侯世家：「上欲立戚夫人子趙王如意，大臣多諫爭，未能得，堅決者也。」彼翁何爲者，足見人心歸。始潛避秦君，終出安漢嗣。世羅焉能羈，舒卷聊自肆。我來甪里村，如入商顏山。一統志：「商山在西安府商州，一名商洛山。」師古注：「商顏，商山之顏，如人之顏額也。」紫芝日已老，四皓採芝歌：「曄曄紫芝，可以療饑。」鴻鵠何時還？高帝楚歌：「鴻鵠高飛，一舉千里。」斯人神仙徒，千載形不滅。猶想蒼巖中，白頭臥松雪。

死亭灣

原注：「在閶門外七里，漢朱買臣妻恥而自縊處也。」

貧賤衆所棄，豈惟愚婦人！珪組何重輕，能令變交親。翁子昔未達，妻去恥負薪。五十非晚貴，不能待終晨。見卷四暮歸。一旦謁帝闈，還家繡衣新。漢書朱買臣傳：「上拜買臣會稽太守，上謂買臣曰：『富貴不歸故鄉，如衣繡夜行，今子何如？』買臣頓首辭謝。」邸吏驚赤綬，邦人候朱輪。買臣傳：「初，買臣免，待詔，常從會稽守邸者寄居飯食。拜爲太守，買臣衣故衣，懷其印綬，步歸郡邸。直上計時，會稽吏方相與羣飲，守邸與共食。少見其綬。視其印，會稽太守章也。守邸驚，出語上計掾吏，坐中驚駭白守丞，相推排陳列中庭拜謁。有頃，長安廄吏乘駟馬車來迎，買臣遂乘傳去。」無顏見故夫，自殺此水濱。買臣傳：「會稽聞太守且至，發民除道，縣吏並送迎，車百餘乘。入吳界，見其故妻、妻夫治道。買臣駐車，呼令後車載其夫妻到太守舍，置園中，給食之。居一月，妻自經死，買臣乞其夫錢令葬。」誰知孟德曜，元在爾東鄰！見卷三隱逸梁鴻。

毛公壇

原注：「在洞庭西山。漢劉根得道處。根既仙，身生綠毛，人或見之，故名毛公，有鎮壇符存。」具區志：「毛公壇在包山寺後，今有石壇在觀旁，猶漢物也。」

欲觀漢壇符，唐令狐楚送周隱遙記：「毛公道成羅浮，居山三百餘歲，有弟子七十二人，聚石爲壇，遺跡猶存。隱遙行逢一白鹿，高數尺，跪前若有所告，後得異石一方，卽毛公鎮地符也。」東上縹緲峰。具區志：「一名杳眇峯，洞庭山主峯也。」葛花墜寒露，王績詩：「葛花消酒渴。」夕飲淸心胸。具區志：「毛公泉在毛公壇下。」蘇州府志：「色白味甘，卽鍊丹井也。旁有石池，深廣袤丈，旱歲不竭。」月出太湖水，鶴鳴空磵松。眞境久寂寥，蒼苔閟靈蹤。嘗聞綠毛叟，變化猶神龍。世人豈得見，偶許樵夫逢。攀險力易疲，探玄志難從。歸出白雲外，空聞仙觀鐘。具區志：「靈祐觀。」吳都志：「觀在洞庭山林屋洞旁，舊名神景宮。」

稚兒塔　姑蘇志：「半塘聖壽教寺，在九都綵雲里。寺有稚兒塔，晉道生誦法華經童子死葬此。義熙十一年，商人謝本，夜聞誦經聲，且見墳生青蓮花。事聞，詔建塔，名法華院。」

黃土但埋骨，豈能埋性靈？昔聞宿草間，檀弓：「朋友之墓，有宿草而不哭焉。」曾吐蓮花青。法華經：「有人聞是品，能隨喜贊善者，是人口中嘗出青蓮香。」身臥長夜臺，李白哭善釀紀叟詩：「夜臺無李白，沽酒與何人？」口誦西方經。尋跡殊窅窅，聞聲每泠泠。蘇軾詩：「泠泠一何悲！」寒燈照空塔，時有山僧聽。應使鄰冢魂，沈迷盡皆醒。

三賢堂　姑蘇志：「思賢亭，在府治舊木蘭堂之左，洗光亭西，以祠韋應物、白居易、劉禹錫三刺史，後改曰三賢堂。紹興二十八年，蔣璨重建。洪遵益以王仲舒、范文正公像，復更曰思賢堂。後池中有隖，隖上有白公手植檜。嘉定十四年，綦奎再新之，又於堂北創白檜軒。」

吾邦古名藩，出守皆時賢。有唐三使君，風流最能傳。韋公既前蹈，劉白乃後連。政成屬時康，民瘵各已痊。良辰極游會，消搖若神仙。晝戟衛高館，彩舟漾平川。晨移閒齋檜，廖融詩：「移檜託禪子。」夕賞華池蓮。逸韻邁羣流，豈將文墨牽。至今郡中人，猶想布治年。時事屢變易，遺祠委榛煙。湖山少淸氣，草木空餘姸。嗟我生苦遲，無由廁賓筵。殷勤展夙慕，載詠西樓篇。韋應物詩：「遠郡臥殘雨，涼風滿西樓。」姑蘇志：「西樓在子城西門上，後更名觀風樓。」

按：白居易有西樓雪宴詩，又城上宴詩。劉禹錫有登見西樓樂天題詩，又西樓玩月詩。

干將墓

原注：「在匠門外，王使鑄劍二，匿其陽，王殺之。後耕者嘗見靑蛇繞其冢上。」姑蘇志干將傳：「干將吳人，與歐冶子同師。莫邪，干將之妻。干將作劍，采五方之鐵精，六合之金英，候天伺地，陰陽同光，百神臨觀，天氣下降，而金鐵之精不消。干將不知其由，妻乃斷髮翦爪，投于爐中，使童男童女三百人鼓槖裝炭，金鐵乃濡，遂以成劍。陽曰『干將』，陰曰『莫邪』。陽作龜文，陰作漫理。干將匿其陽，獻其陰。闔閭甚重之。干將墓在匠門外東數里。承平時，人耕其旁，忽有靑蛇繞足，其人驚，遽以刀斷之。其前半躍入草中，不復見。徐視其餘，乃折劍一段。至暮欲持歸，亦忽失之。」

干將善鑄劍，劍成終殺身。吳伯亦遂亡，神物豈不神。始知服諸侯，威武不及仁。徒勞治金鐵，精光動星辰。莫邪應同埋，荒草千古春。靑蛇冢間出，猶欲恐耕人。

吴桓王墓

原注：「在盤門外三里，政和間，村民發之，得金玉甚多。相傳吳長沙桓王孫策所葬也。」

朝出南郭門，高墳鬱蒼蒼。借問葬者誰？乃是長沙王。黄腸豈不錮？漢書霍光傳：「光薨，賜黄腸題湊一具。」蘇林曰：「以柏木黄心致累棺外，故曰黄腸。木頭皆向内，故曰題湊。」盜發取所藏。姑蘇前志：「宋政和六年，村民發墓，其甎側皆有『萬歲永藏』四篆字。得金玉奇器甚多。東西銀梠，初若粲花，良久化爲腐土。并金搔頭十數枚，金握臂二，悉皆如新。一瓦熏爐，與近世陸墓所製略似，而箱底灰炭猶存。碑石斷闕，僅餘『中平年』三字。州將遽命掩之。所得古物，盡歸朱勔家。」金環出世間，封樹無輝光。緬思衰炎際，杜牧詩：「四百年炎漢。」當塗逞奸強。後漢書獻帝紀：「白馬令李雲上事曰：『許昌氣見于當塗高。』當塗高者，魏也。象魏兩闕，當塗而高，言魏當代漢。」英雄失所據，虎視誰敢當。王初奮穉孤，英風凛飛霜。談笑定江東，賢豪欻來翔。吳志孫破虜討逆傳：「袁術表策爲折衝校尉，行殄寇將軍，渡江轉鬭，所向皆破，引兵渡浙江，據會稽，破嚴白虎等，自領會稽太守，以張昭、張紘、秦松、陳端等爲謀主。曹公表策爲討逆將軍，封吳侯。」少假須臾年，足見伯道昌。胡爲困仇奴，輕獵不自防？討逆傳：「爲故吳郡太守許貢客所殺。先是策殺貢，貢小子與客亡匿江邊；策單騎出，卒與客遇，客擊傷策，創甚，至夜卒，時年二十六。」天意豈佑魏，遽使斯人亡？因觀感往事，喟焉令人傷！

虎丘次清遠道士詩韻

姑蘇志：「虎丘山，在府城西北七里。」吳越春秋：「闔閭葬此，以扁諸、魚腸劍各三千爲殉。越三日，金精結爲白虎踞其上，故名。唐避諱改武丘，又名海湧峰；遙望平田中大阜耳。比入，則奇勝萬狀。其最者爲劍池，兩崖劃開，中涵石泉，深不可測。相傳秦始皇發闔閭墓，鑿山求劍，無所得，其鑿處遂成深澗，今名劍池。顏眞卿書『虎丘劍池』四字，石刻猶存。其前爲千人坐，蓋神僧竺道生講經處。大石盤陀徑畝，高下平衍，可坐千人。唐李陽冰篆書『生公講臺』四字，分刻四石，今失其一。臺側有點頭石、可中亭，又有白蓮池，在臺之左，相傳說法時，池生千葉蓮花，故名。又有試劍石、憨憨泉、養鶴澗、回僊徑、石井泉；泉卽張又新所品第三泉也。晉王珣嘗據爲別墅，山下因有短簿祠。」吳地記：「虎丘舊有東西寺，卽王氏二墅，皆在山下。今雲巖寺在山上，而二寺俱廢。又有望海樓、小吳軒、致爽閣、陳公樓、五臺山樓、千頃雲閣，他勝處尚多，不能悉載。」中吳紀聞：「清遠道士同沈恭子游虎丘寺詩云：『我本長殷周，遭罹歷秦漢。四瀆與五嶽，名山盡幽竄。及此寰區中，始有近峰翫。近峰何鬱鬱？平湖渺瀰漫。吟挽川之陰，步上山之岸。山川共澄澈，光彩交零亂。白雲翕欲歸，青松忽消半。客去川島靜，人來山鳥散。谷深午見日，崖幽曉非旦。聞子盛遊遨，風流足詞翰。嘉茲好松石，一言常累歎。勿謂予鬼神，忻君共幽讚。』清遠道士竟不知其爲何人，以鬼神自謂，亦怪之甚者。顔魯公、李德裕、皮日休、陸龜蒙皆有和篇。沈恭子亦莫詳其因，詩中有風流詞翰之稱，必神怪之儔也。」

神仙不可羈，乘螭躡雲漢。豈將避嬴劉？韓愈權公碑：「嬴劉之間。」荒山事窮竄。何年東觀海，一至此峰翫。悠悠清詩傳，窅窅遺跡漫。我來繼登臨，長嘯幘初岸。晉書謝奕傳：「辟爲安西司馬，猶推布衣好，在溫坐，岸幘笑談，無異常日。」既秋煙蘿疎，欲雨風竹亂。夜深空潭黑，月吐石壁半。龍驚汲僧來，鳥喜遊客散。閣掩林下夕，鐘鳴巖中旦。勝賞誰能窮，今古付篇翰。飛騰子何之，汩沒余可歎！安得契眞期，王延齡夢游仙庭賦：「出祕訣，約眞期。」超然豁靈贊。

天平山

姑蘇志：「天平山在支硎南五里，視諸山最爲峭崒。其林木亦秀潤，山多奇石，詭異萬狀。有卓筆峰、飛來峰、五丈石、臥龍峰、巾子峰、毛魚池、大小石屋。其山頂正平，曰望湖臺。上巨石圓而望湖者，曰照湖鏡。山半有白雲泉，別有一泉如綫，注出石罅，尤清冽，曰一綫泉。宋僧壽老始發之。有古松蟉糾如蓋者，曰華蓋松。又有穿山洞、蟾蜍石、龍頭石、靈龜石。及龍門南趾，有白雲寺。范文正公祖墓在焉。其西有筆架峰，其後羣石林立，名萬笏林。其東爲翁家山、爲雞籠山，連屬金山。」

入山旭光迎，出山月明送。十里松杉風，吹醒塵土夢。茲山凡幾到，題字遍巖洞。陽崖樹冬榮，陰谷泉夏凍。怪石立誰扶，靈草生豈種。白雲蓊然來，諸峰欲浮動。高鶴有危棲，幽禽無俗哢。凌蘚知履滑，披嵐覺裘重。嘗登最上巔，遠見湖影空。漁樵渡谿孤，烏雀歸村衆。還尋老僧居，隔竹聽清誦。慰我躋攀勞，爲設茶筍供。幾年歷憂歡，造物若揶弄。集韻：「揶揄，舉手相弄也。」迷途遠山林，遲暮堪自訟。誰追謝公遊，宋書謝靈運傳：「靈運因祖父之資，生業既厚，尋山陟嶺，必造幽峻，巖嶂千重，莫不登躡。嘗著木屐，上山則去前齒，下山去其後齒，自始寧南山，伐山開徑，直至臨海，從者數百人。臨海太守王琇，驚駭謂爲山賊，徐知是靈運，乃安。」空發阮生慟。晉書阮籍傳：「嗣宗率意命駕，車轍所窮，輒痛哭而返。」身今解組綬，明時愧無用。閒持九節笻，虞集詩：「添予九節笻。」尋訪事狂縱。石屋秋可眠，山猿許分共。

讀書所爲錫山朱隱君子敬賦

一統志：「錫山在無錫縣，慧山東峰也。周、秦間嘗產鉛錫。昔有樵者于山下得古銘云：『有錫兵，天下爭。無錫寧，天下清。有錫沴，天下弊。無錫乂，天下濟。』自光武以後，不復有錫。」

高士寡所嗜，雅情竹素間。北窗夏陰敷，散帙欣燕閒。汎觀古始來，治忽儼未删。書：「予欲聞六律、五聲、八音，在治忽。」注：「忽，治之反也。」重華去已遠，鳴鳳何時還。微言雖能尋，往躅那可攀。當感既撫懷，遇得亦解顔。詠歌南風前，禮運：「昔者舜作五絃之琴，以歌南風。」至樂孰與班。方爾對聖賢，俗子毋扣關。此與卷四讀史、讀書二首似重。

丁山人一作至恭。清樾軒

夏雨濯高綠，氤氳冒茲軒。微涼灑林表，沉色泛谿源。羡子耽獨賞，慚予嬰衆喧。披襟一蕭散，憶在郭西園。姑蘇志：「西園在郡圃之西隙地，直子城甚袤，唐時有之，白公有詩。」

西齋池上芙蓉

池荷已衰颯，孤豔仍獨在。滄洲遠夢違，風露妍姿改。窈窕徒自媚，寂寞還誰待。此地託根偏，非無美人採。

贈松江張主簿

離離平皋〔校記〕詩綜作「阜」。禾，羃羃横林棗。客行愛樂土，秋晚華亭道。停燭春紡遲，鳴榜潭漁早。借問何能然，年來縣官好。

客有不樂者

客有不樂者，默坐空堂幽。明燈照孤影，對酒不能酬。風雨忽夜至，單衣颯驚秋。葉隕已摵摵，蟲鳴尚悠悠。一作啾啾。於當屬有念，苦願羣聲收。讀書仰千古，命駕志九州。孰云吾多智，有已不解謀。冥飛既難攀，苟得亦可羞。守道固寂寞，寂寞諒誰尤？

送張文學之檇李　一統志：「嘉興府，春秋曰檇李。府城西南產嘉李，因名。」越絕書：「吳王嘗醉西施于此，號『醉里』。」

回川帶綠樹，窈窕有鳴禽。江郭去非遠，傷離空滿襟。林中古殿靜，池上高齋陰。應想彈琴士，杏花春雨深。

贈羣上人

湖雨洗秋碧，西南見諸峰。中有楞伽僧，見卷三懷十友。迥闕超世蹤。高風搖飛泉，落日帶遠松。欲往已知處，煙蘿鳴飯鐘。元稹詩：「酒醒聞飯鐘。」

送李別駕赴越　一統志：「紹興府，春秋時爲越國，隋、唐曰越州。」

常別豈不感，此別尤可嗟。一別一去遠，魂斷秋無涯。我何恨別君，君猶別其家。霜露滿故園，不待菊有花。越禽啼楓林，路盡秋日斜。到郡自足樂，聞有山水嘉。

龍門 原注：「在天平山。」

龍門何崢嶸？此地表奇蹟。山分兩崖青，天豁一罅白。知非禹功鑿，書：「導河積石，至于龍門。」孔疏：「龍門，底柱鑿山也。」想是鬼斧一作手。劈。吳萊詩：「晶熒龍宮獻，錯落鬼斧鐫。」長爲風雨關，開闔自朝夕。深含未吐雲，對峙不崩石。日光寒易傾，苔色陰更積。只疑過此內，便與人境隔。始窺已幽深，漸入尤險窄。暗中把危藤，蜿蜒欲驚魄。焦氏易林：「蛇行蜿蜒，不能上阪。」僧留看古刻，敲火照絕壁。晚聞松竹號，洶若波浪激。不知神魚飛，曹植詩：「河伯獻神魚。」到此誰點額？三秦記：「江海魚集龍門下，登者化龍，不登者點額暴腮。」我嘗謁眞龍，杜甫丹青引：「斯須九重眞龍出。」天門謬通籍。杜甫詩：「天門日射黃金牓。」漢書元帝紀：「令從官給事宮司馬門中者，得爲父母兄弟通籍。」注：「籍者，爲尺二竹，牒記其年紀名字物色，挂之宮中，按省相應，乃得入也。」何必更區區，求爲李膺客。後漢書李膺傳：「膺獨持風裁，以聲名自高，士有被其容接者，名爲『登龍門』。」〔校記〕詩綜缺末四句，當係删減。詩綜多依陳子龍皇明詩選删改原詩，不可從。三十家同。

太湖 姑蘇志：「太湖在郡西南三十餘里，禹貢曰震澤，周禮曰具區，謂之五湖。左氏曰笠澤，其

實今之太湖也。其大三萬六千頃，東西二百餘里，南北一百二十里，周五百餘里，占蘇、湖、常三州。北有百瀆，納建康、常、潤數郡之水，南有諸漊，納宣、歙、臨安、苕、霅諸水，東南之澤，莫大于此，其東濬入于河，爲三江。」

長谿如白虹，分走荆霅派。具區納羣流，襟帶三郡界。太虛混鴻濛，春秋命曆序「鴻濛萌兆」注：「元氣未分貌。」元氣流沆瀣。正韻：「沆瀣，海氣，一曰露氣。」東方朔七諫：「含沆瀣以長生。」初疑溟渤寬，十洲記：「東王所居處，山外有員海，員海水色正黑，謂之溟海。」稍覺雲夢隘。司馬相如傳：「楚有七澤，其小者曰雲夢，方九百里。」一統志：「今德安府雲夢縣。」茫茫雁飛遲，颯颯帆度快。雨來鼉報鳴，埤雅：「鼉將風則踊，鼉欲雨則鳴。」風起鷗驚邁。南越志：「江鷗一名海鷗，在漲海中，頗知風雲，若羣飛至岸，渡海者以此爲候。」神龍作淵都，張燦龍姑廟詩：「玉皇無敕催行雨，淵都羣蛟眠貼尾。」豈復數鱗介？珠光照水府，姚合詩：「採玉上山巓，探珠入水府。」不受白日曬。朝看礮車雲，國史補：「暴風之後，有礮車雲。」雪浪動澎湃。杜牧詩：「蜀江雪浪西江滿。」司馬相如上林賦「洶湧澎湃」注：「澎湃，波相戾也。」聲吹地將浮，勢擊山欲壞。黃頭雖輕生，史記佞幸傳：「鄧通以櫂船爲黃頭郎。」注：「著黃帽也。」漢書枚乘傳注：「羽林黃頭，習水戰者也。」捩柁不敢懈。韻會：「捩，拗也。」王安石彭蠡詩：「東西捩柁萬舟回。」有時湛明鏡，峯吐青幾塊。煙中樹若莎，波上舟如芥。莊子：「則芥爲之舟。」漁就沙岸炊，客來水祠拜。震澤思禹功，夫椒記吳敗。左傳：「吳王夫差敗越于夫椒，報檇李也。」賀循會稽志：「夫椒山在太湖中，洞庭山西北。」白魚逢夏出，吳郡志：「白魚出太湖者爲勝。吳人以芒種後壬日謂之入梅，梅後十五日謂之入時。白魚于是盛出，謂之『時裏白』。」葉氏避暑錄：「太湖白魚，實冠天下。」黃柑待秋賣。吳郡志：「眞柑出洞庭東、西山，柑雖橘類，而其品特高。芳香超勝，爲天下第一。安定郡王以柑釀酒，名洞庭春。」蘇舜欽詩：「洞庭柑熟客分金。」我性好遊觀，夙負雲水債。欲尋鴟夷舸，史記：「范蠡浮海出齊，變姓名，自謂鴟夷子皮。」不顧涉險戒。人生亦何爲？世故自拘械。萬事風飄花，百年露垂韰！鄭樵通志：「韰，卽薤字。」古今注：「薤露，衰露也。言人命如薤上之露易晞。」何當叩林屋，秉炬訪仙怪。具區志：「林屋洞在洞庭山下，道書第九洞天。洞有三門，同會一穴；中有石室、銀房、石鐘、石鼓、金庭、玉柱、白芝、隱泉、金沙、龍盆、魚乳泉、石燕，內有石門，名隔凡。」吳地記：「包山中有洞庭，深遠。吳王使靈威丈人入洞穴，十七日不能盡，因得禹書。」玄中記：「包山洞庭穴中，多有道人馬跡。禹治水過會稽，夢人衣玄纁，告治水法，在包山北鈿函中，幷不死方。禹得，藏于包山石室。」輿地記：「吳大帝使人行三十餘里而返，云上聞波濤聲，有大蝙蝠如鳥，拂殺人；火穴中高處，火照不見巔，穴有鵝管鍾乳冰，寒不可得入，春夏方可入。」試探不死方，爲人起痾瘵。

天池 姑蘇志：「花山舊名華山，去陽山東南五里。山石峭拔，巖壑深秀，相傳山頂有池，生千葉蓮，服之羽化。老子枕中記云：『吳西界有華山，可以度難。』卽此也。山半有池，在絕巘，橫浸山腹，逾數十丈，故又名天池山。上有石鼓，晉隆安中鳴，乃有孫恩之亂。石屋二間，四壁皆鑿浮屠像。又有龜巢、石秀屏、虎跑泉、蒼玉洞，紹興中，張漢卿嘗居此，號就隱山。」

靈峯可度難，昔聞枕中書。天池在其巔，每出青芙蕖；湛如玉女盆，集仙錄：「明星玉女者，居華山，服玉漿，白日昇天。祠前有五石，號曰『玉女洗頭盆』。」雲影含夕虛。人靜時飲鹿，水寒不生魚。我來屬始春，石壁煙霞舒。灩豔月出後，泠泠雪銷餘。再汎知神清，一酌欣慮除。何當逐流花，遂造僊人居。李白詩：「桃花流水杳然去，別有天地非人間。」

劍池　原注：「在虎丘山。」

干將欲飛出，巖石裂蒼礦。中間得深泉，探測費修綆。一穴海通源，雙崖樹交影。山中多居僧，終歲不飲井。殺氣凛猶在，棲禽夜頻警。月來照潭空，雲起噓壁冷。蒼龍已化去，晉書：「雷煥得豐城雙劍，送一與張華，留一自佩。華得劍報曰：『詳觀劍文，乃干將也。莫邪何爲不至？雖然，神物終當合耳！』後煥子華佩劍過延平津，劍忽躍入水，煥使人沒水求之，見兩龍，恐而返。」遺我清絕境。聽轉轆轤聲，時來試新茗。蘇州府志：「劍池水，李秀卿品爲天下第五。」

練瀆　原注：「練瀆在太湖，舊傳吳王所開以練兵。」吳區志：「西山有三斷：壽鄉、甪頭、練瀆也。」

吳越水爲國，行師利舟戰。夫差開此河，艅艎試親練。左傳：「吳伐楚，戰于長岸，大敗吳師，獲其乘舟餘皇。吳公子光請于其衆曰：『喪先王之乘舟，豈惟光之罪，衆亦有焉，請藉取之。』使長鬣者三人，潛伏于舟側曰：『我呼餘皇，則對。』師夜從之，三呼皆迭對，楚師亂，吳人大敗之，取餘皇而歸。」十萬凌潮兒，材比佽飛健。見卷四贈馬冠軍。鼓棹激風濤，揚舲逐雷電。劉孝威蜀道難：「揚舲濯錦流。」當時意氣盈，〔校記〕列朝詩集作「氣盛」。清康熙時周氏濂溪書院重刊姑蘇雜詠（簡稱濂溪本）同。謂已無勾踐。鷗避去沙洲，龍愁閉淵殿。恃強非伯圖，倏忽市朝變。臺上失嬌姿，越絶書：「吳王夫差破越，越進西施，請退軍。吳王築姑蘇臺，五年乃成，高二百丈。後越伐吳，吳太子友戰敗，焚臺。」泉間掩慚面。吳越春秋：「吳王臨欲伏劍，顧謂左右曰：『吾生既慚，死亦愧矣！使死者有知，吾羞前君地下，不忍覩忠臣伍子胥及公孫聖；使其無知，吾負于生，死必連櫱組以罩吾目，恐其不蔽，願復重羅繡三幅以爲掩，明生不昭我，死勿見我形，吾何可哉！』」至今西山月，恨浸秋一片。猶有網魚人，時時得沉箭。

明月灣

姑蘇志：「明月灣，在西洞庭山消夏灣之東，吳王玩月處。」具區志：「在石公山西，有大明灣、小明灣。」洞庭記：「湖堤環抱，形如新月之彎，因名。」

木葉秋乍脱，霜鴻夜猶飛。扁舟弄明月，遠度青山磯。明月處處有，此處月偏好。天闊星漢低，波寒芰荷老。舟去月始出，舟迴月將沉。莫照種種髮，子華子：「顛毛種種，懼不任君之事。」但照耿耿心。把酒酹水僊，容我宿湖裏。醉後失清輝，西巖曉猿起。

越來溪　原注：「在橫山下，越伐吳，兵自此入。」姑蘇志：「溪與石湖通，北至橫塘，上有越城，雉堞宛然，溪上有越城橋。」

溪上山不改，溪邊臺已傾。越兵來處路，流水尚哀聲。昨日荷花生，今朝菱葉死。亡國不知誰，空令怨溪水。

採蓮涇　原注：「在城西，相傳吳王使美人於此采蓮。」姑蘇志：「上有採蓮涇橋。」

青房戢多子，鮑照芙蓉賦：「青房兮規接，紫的兮圓羅。」採得儂心喜。今夜水風涼，君王宿船裏。行處綠雲迷，歌聲一道齊。回頭調越女，何似若耶溪！吳越春秋：「越得苧蘿山鬻薪之女曰西施、鄭旦，飾以羅縠，教以容步，三年學服而獻于吳。」紹興府志：「若耶溪在城南，西施採蓮于此。」

顧辟疆園　原注：「其地至今不可考，自晉以來，最爲有名，故追賦一首。」姑蘇志：「晉時辟疆園，池館林泉之勝，號吳中第一。辟疆姓顧氏。晉、唐人題詠甚多，今莫知遺跡所在。考陸龜蒙之詩，則在唐爲任晦園亭，今任園亦不可考矣。」

江左風流遠，園中池館平。賓客久寂寞，狐兔自縱橫。秋草猶故綠，春花非昔榮。市朝亦屢改，高臺能不傾。

松江亭

原注：「在吳江垂虹橋上。」

泊舟登危亭，江風墮輕幘。空明入遠眺，天水如不隔。日落震澤浦，潮來松陵驛。姑蘇志：「松陵驛，舊在吳江縣前，洪武初年，移建儒學之左。」緜緜洲漵平，莽莽葭菼積。凭欄不敢唾，下有龍窟宅。帆歸雲外秋，鳥下煙中夕。欲炊菰米飯，儲光羲詩：「夏來菰米飯。」待月出海白。喚起弄珠君，埤雅：「龍珠在頷。」史記：「明月之珠，藏于蚌中，蛟龍伏之。」閒吹第三笛。博異志：「賈客呂鄉筠善吹笛，月夜泊君山側，命酒吹笛。忽有老父挐舟而來，袖出笛三管，其一大如合拱，次如常，其一絕小，如細筆管。鄉筠請老父一吹，老父曰：『大者合上天之樂，次合仙樂，小者老身與朋儕所樂者，庶類雜而聽之，未知可終曲否？』言畢，抽笛吹三聲，湖上風動，波濤沆瀁，魚鼈跳噴。五聲、六聲，君山上鳥獸叫噪，月色昏暗。舟人大恐，老父遂止。引滿數杯，棹舟而去，隱隱沒于波間。」

南峯寺

姑蘇志：「舊名天峰院，在支硎之南峰，即古支硎寺也。元豐六年，龍谿曾旼記：闔閭城西二十里山之巔，有禪院，祥符詔書賜名天峰。考於圖記，所謂報恩山南峰院者是也。記云：『晉僧支道林，因石室林泉置報恩院，唐之大中，改爲支山禪院；晉之天福，改南峰額。」

樵歸衆山昏，天峯尚餘景。欲投石門宿，曾旼記：「山下石室，山半石門。」更度西南嶺。遠聞雲間鐘，蘿逕入寺永。曾旼記：「自支遁菴前西向可數百步，林中一逕，入中峯院；自逕前南行，其登彌高，又數百步，乃至天峯北僧院。」懸燈照靜室，一禮支公影。姑蘇志：「支遁，字道林，始入道，住剡東岇山，後居吳支硎山報恩寺南峯院。性好鶴，鎩其翮，不復飛，視有懊喪意；後養令翮成，致使飛去。又好養名馬，謂愛其神駿。今有石室、放鶴澗、馬跡石，皆其遺蹤也。」鳥鳴澗壑空，泉響窗戶冷。曾旼記：「道周有石，盤薄平廣，泉流其上，淸泚可愛。白居易詩云：『淨石堪敷坐，淸泉可濯巾。』其謂是也。」對此問山僧，何如沃州境？曾旼記：「遁之所遊多矣，維吳之報恩、越之沃州最著。沃州有養馬坡、放鶴亭，故此山亦有馬跡石、放鶴亭。」一統志：「沃州山，在紹興府嵊縣，有放鶴峯，支遁嘗住此。」

楞伽寺

姑蘇志：「在楞伽山上，俗云上方山寺。寺有浮圖七級，隋大業四年，司戶嚴德盛撰銘，司倉魏瑗書。按治平寺，舊亦名楞伽，而吳志云：寶積寺亦名楞伽寺。山頂有塔，隋人書碑，今此寺自在楞伽山上，而寶積歸幷，治平蓋不可考。豈皆一寺所分耶？今以塔觀之，則此當爲是，但碑中亦云橫山，蓋當時未有楞伽之名，此山固橫山也。」

夕陽西下嶂，返照東湖水。來尋古寺遊，楓葉秋幾里。叩門山猿驚，馬林鳥鐘維起。

聲出煙去，半落漁舟裏。楞伽義未曉，郡齋讀書記：「楞伽經四卷，宋天竺僧那跋陀羅釋。楞伽，山名也，佛爲大慧演道于此山。元魏僧達摩，以付僧慧可曰：『吾觀國中所有經教，惟楞伽可以印心。』」塵累方自耻。欲打塔銘碑，從僧乞山紙。王建詩：「山紙水苔香。」

慧聚寺

志作和孟郊韻。姑蘇志：「崑山縣叢林慧聚寺，在馬鞍山下，梁天監十年，吳興沙門惠嚮建。相傳嚮登山，寓一石室，欲建寺，忽神見，請助千工，用佐景福；是夜風雨暴作，喑嗚之聲，人皆聞之，遲明殿成。延袤一十七丈，高丈有二尺，巨石矗然，其直如矢。事聞，因命建寺賜今額，封山神爲大聖山王，仍賜鐵爐繡佛，敕張僧繇繪龍于四柱。淳熙中，寺燬，止存山王殿。端平、至正間，凡再燬。洪武中，僧曇偆重建，非復往時雄麗矣。」孟郊慧聚寺詩：「昨日到上方，片霞封石牀。錫杖莓苔青，袈裟松柏香。晴磬無短韻，晝燈含永光。有時乞鶴歸，還訪逍遙場。」

鳴鐘警迷方，枯僧兀趺牀。廣韻：「跏趺，大坐也。」婆娑論：「結跏趺坐，是生員滿。」石姿生寒稜，松子落古香。殿鎖山雨氣，樓迎海暾光。九歌：「暾將出兮東方。」遙望蒼蒼城，愁是車馬場。

寒泉

原注：「在支硎山，有石平廣，泉流其上。」

遠落叢峯間，平流盤石上。月照欲成潭，風吹不生浪。聲兼寒葉下，色映秋苔漲。野客照羸顔，曾來倚笻杖。

乘魚橋　原注：「在子城西北，宋吳子英嘗於此得赤鯉，有翅角，乘而飛去。」

橋上西遊人，橋下東流水。遊人如水流，朝暮何時已。誰知有飛仙，赤脚踏神鯉。「子英乘赤鯉」見卷二迎神曲。波驚風蕭蕭，渡海秋萬里。左招騎龍君，右攜乘鸞子。見卷四蕭鍊師鷹巢頂丹房。笑餐紫雲英，本草：「雲母，一名雲英。」陸龜蒙詩：「已傳餐玉粒，猶自買雲英。」同詠珠宮裏。殷克恭詩：「珠宮月最明。」歸來舊城郭，千載一日耳！下看橋上人，還隨雞鳴起。去者已如灰，來者猶似螘。王士熙樂府：「君不見，長安大道人如螘。」不解養谷神，老子：「谷神不死。」注：「虛中之神也。」紛紛自生死。

支遁菴　原注：「在南峯，晉高僧支遁剜山爲龕以居。」

閑登待月嶺，曾畋記：「天峯之旁，有待月嶺，下有碧琳泉，又有放鶴亭。」遠叩棲雲關。石室閉千載，高僧猶未還。殘燈黄葉下，古座青苔間。不見跏趺影，鶴鳴空此山。

鬬鴨篇 原注：「吳多綠頭鴨，性善鬬。」

春波漾羣鳧，博雅：「鳧、鶩，鴨也。」戲鬬每堪翫。宛轉迴翠吭，襹褷振文翰。聲兼江雨喧，影逐浦雲亂。唼喋隊初交，紛披勢將散。持敵忽同沉，呼儔更相喚。時陳水檻側，或聚湖亭畔。長鳴若賈勇，左傳：「欲勇者賈余餘勇。」遠奮如追竄。荷葉觸俱翻，菱絲脣齊斷；魚駭沒中流，鷗驚起前岸。心踰隴雉驕，氣壓場雞悍。海客朝自驅，溪娃晚猶看。稍欲礙行舟，渾忘避流彈。南部新書：「陸龜蒙鬬鴨一欄，有驛使挾彈斃其尤者。龜蒙曰：『此鴨能作人語，待附蘇州上進。使者斃之奈何？』使者恐。龜蒙曰：『吾戲耳！』」苦爭應爲食，屈原卜居：「將與雞鶩爭食乎？」幸勝非因算。孫子：「多算勝，少算不勝。」微鳥昧全軀，臨川獨成歎。

言公井 原注：「在常熟縣中，世傳子游舊宅井也。」

寥寥武城宰，遺井虞山陰。千載汲未竭，九仞功應深。藝圃自可灌，上林賦：「游乎六藝之圃。」道源誰復尋。絃歌聽已歇，綆看還沉。無爲渫弗食，易：「井渫不食，爲我心惻。」惻惻起歎音。一瓢樂未改，庶幾回也心。

弔幽獨君

姑蘇志：「大曆十二年，虎丘寺有鬼題詩二章。其一曰：『青松多悲風，蕭蕭聲且哀。南山接北山，幽隴空崔嵬。白日空昭昭，不照長夜臺。雖知生者樂，魂魄安能迴？況復念所親，痛哭心肝摧。慟哭復何言？哀哉復哀哉！』其二曰：『神仙不可學，形化空游魂。白日非我朝，青松爲我門。雖復隔幽壠，猶知念子孫。何以遣悲怨，萬物歸其根。寄言世上人，莫厭臨芳樽。莊生問枯骨，至樂復虛言。』隱于石壁上，觀察使李道昌以聞。敕令致祭，後數日，復隱出詩一絕云：『幽冥雖異路，平昔忝攻文。欲知潛寐處，山北兩孤墳。』莫詳姓氏，故稱爲『幽獨君』。今山北兩墳猶存。」

君本何代人，姓名復爲誰？何年棄人間，長眠此山陲？荆榛鬱蒙蘢，孤墳上無碑。游魂久未化，哽咽還能詩。人歿乃歸滅，憂樂豈復知。君何獨煩冤，猶有親愛思。一死衆所同，已矣焉足悲。陳辭爲相弔，此理君當推。

靈巖寺響屧廊

姑蘇志：「靈巖寺在靈巖山上，舊名秀峯寺，宋改顯親崇報禪院，卽吳故館娃宮也。響屧廊，在靈巖山，相傳吳王建廊而虛其下，令西施與宮人步屧繞之則響，故名。今靈巖寺圓照塔前小斜廊，卽其址，亦名鳴屧廊。」

君王厭絲竹，鳴屧時清耳。獨步六宮春，香塵不曾起。拾遺記：「石季倫屑沉水之香如塵末，布象牀上，使所愛者踐之，無跡者賜以眞珠。」那知未旋踵，麋鹿遊遺址。見卷二朝鮮兒歌。響沉明月中，跡泯荒苔裏。此夕意誰過，空廊有僧履。附鐵網珊瑚所載賦得響屧廊送別：「吳王厭歌舞，輕屧夜深明。安知越溪女，舉步國已傾。至今山頭月，空照千古情。清響聞葉落，遺跡見苔生。方悲故宮換，復送故人行。他日明光殿，君王聞屧聲。」

陪臨川公遊天池三十韻

天池注見前。列朝詩傳：「饒介，字介之，臨川人。自翰林應奉出僉江淛廉訪使司事，張氏入吳，杜門不出。士誠慕其名，自往造請，承制以爲淮南行省參政。家採蓮涇上，日以觴詠爲事。吳亡，俘至京師，伏法。」

羣山瞰笠澤，勝覽兼曠奧。曩遊務窮蒐，甲乙誌曾到。打馬圖經：「公車射策之初，記其甲乙。」茲峯最靈奇，獨失有遺懊。我公仙署居，休沐偶得告。林壑軫遠情，招攜暫同造。出郭縱鞍輿，入谷屏牙纛。歐陽修晝錦堂記：「高牙大纛，不足爲公榮。」時當寒冬晨，嵐霧恣披冒。幽幽霜泉微，卷卷風葉燥。尋溪見人煙，問嶺知佛號。意行恐迷誤，遠託樵子導。居僧作蠻音，北齊書陸法和傳：「法和平常言若不出口，時有所論，則雄辯無敵，然猶帶蠻音。」揖杖喜迎勞。客來豈先知，定有山鬼報。九歌山鬼注：「莊子曰：『山有夔。』淮南子曰：『山出嘄陽，楚人所祠，豈其然乎？』」始至已愜心，塵念爲除埽。壁穹冠玄雲，池古貯清潦。長松掛其巔，美竹蔭其隩。浮暉蕩空明，萬象鏡中倒。磷硐岡頭石，突起類爭暴。緬懷融結初，天巧亦多耗。探深識後返，升險戒前躁。遠梅苦相邀，飛雪糝衣帽。谷猨晚應飢，澗鳥寒不噪。欲歸更留憩，禪榻近茶竈。詩歌叢桂篇，淮南王安招隱士序：「招隱士者，淮南小山之所作也。其詞曰：『桂樹叢生兮山之幽。』」琴奏猗蘭操。韓愈琴操序：「猗蘭操，孔子傷不逢時作。」我起前壽公，樂哉此高蹈！及春幸重來，芹藻應可芼。何須效羊公，登峴發嗟悼。一統志：「峴山在襄陽府城南。」晉書羊祜傳：「祜嘗登此置酒，顧從事鄒湛曰：『自有宇宙，便有此山，賢哲遊者多矣！皆湮滅無聞。』湛對曰：『公德業聞望，當與此山俱傳。』祜沒，襄人刻碑其上，見者莫不墮淚。杜預因名『墮淚碑』。」世事舟陸行，有力孰比奡？富貴不可求，盍亦從所好。斯理苟未宜，山水解相傲。微言儻或然，勿爲俗士道。

夜飲余左司宅得細字　見卷三懷十友

春會非有期，春愁本無際。焉知君子堂，此夕相與詣。燈銷月窺欄，角警霜委砌。舞影憐鶴長，吟聲笑蠅細。韓愈石鼎聯句：「時于蚯蚓竅，微作蒼蠅聲。」鄰雞易催旦，共勸休復寐。喪亂得茲歡，疇云匪良計。

劉凝之騎牛圖

一統志：「劉渙，字凝之，高安人。志尚高潔，精詳史學，天聖中進士，爲潁上令，剛直不善事上，棄官去，隱廬山。歐陽修慕其風節，賦廬山高贈之。杜門三十載，蕭然四壁，號西澗居士。嘗作騎牛歌云：『我騎牛，君莫笑，世間萬事從吾好。』」姓譜：「劉凝之與陳聖俞養犢爲騎牛，俞作騎牛歌，李伯時畫騎牛圖。」

夫子初亦仕，絃歌潁之湄。園廬忽在念，解綬言歸期。方春養孤犢，既耕亦以騎。春風草茫茫，出遊徧山陂。田家有美酒，輒醉不復疑。當昔天聖間，帝王代考：「天聖，宋仁宗年號。」實號休明時。豈無理人術，終懼塵鞅縻。嗟今屬喪亂，懷策競欲施。淸芬遠莫挹，載誦廬山詩。

贈兒醫吳氏昆季

洗菊夜潭月，斸苓秋塢雲。陸游詩：「歸去秋山斸茯苓。」偶因念殤者，禮檀弓陳皓集說「十六至十九爲長殤，十二至十五爲中殤，八歲至十一爲下殤。七歲以下爲無服之殤，生未三月不爲殤。」來此市人羣。問術或禽戲，後漢書華佗傳：「佗語吳普曰：『吾有一術，名五禽之戲。一曰虎、二曰鹿、三曰熊、四曰猨、五曰鳥。亦以除疾，兼利蹄足，以當導引。體有不快，起作一禽之戲，怡而汗出，因以著粉，身體輕便而欲食。』」觀書皆鳥文。李白詩：

「遺我鳥跡書，飄然落崖間。」誰知仙籍裏，元有兩吳君。晉書吳猛傳：「猛，豫章人，少有孝行。夏日常手不驅蚊，懼其去已而噬親也。年四十，邑人丁義始授其神方，因還豫章。江波甚急，猛不假舟楫，以白羽扇畫水而渡。」又：吳子英，見卷二迎送神曲。

京口張氏世壽堂

一統志：「三國吳初都鎮江，因置京口鎮。」鄭元祐世壽堂銘序：「金壇張德常寓吳中，扁其室曰『世壽』。其父天民先生，年八十歲，大父愛山先生，年七十五，曾大父定軒先生，年九十三，伯父叔剛先生，年七十八，其兩老姑年皆望九十。」

天與下民壽，各有百歲期。行年不能滿，人自傷折之。雞鳴晨關開，衆車起交馳。茫茫欲海中，溫子昇定國寺碑：「漂淪欲海，顛墜邪山。」神化一作位。那能知？醲鮮薦廣席，妖妍貯深帷。白日未及終，紅英忽先萎。春風北邙原，一統志：「北邙山，河南府城北。」青草冢纍纍。借問其下人，得老還與誰？翁家鶴谿陽，鄭元祐張吳令像贊序：「德常奉其父天民先生家荆溪，淮甸兵起，避地來吳。」武進縣志：「白鶴谿在鳴鳳鄉北，接直瀆，南流入欽風鄉，舊傳以丁令威化鶴得名。」先朝業書詩。一門四葉來，俱聞享期頤。曲禮：「百年曰期頤。」世壽何獨能，世德尤不虧。翁今眉生毫，王禹偁詩：「扶桑枯盡靈椿老，始放堯眉出壽毫。」益以道自怡。浮榮等飛煙，昏旦從變移。不噉華池漿，黃庭外景經注：「飢食自然之氣，渴飲華池之漿。」寧餐古柏脂。抱朴子：「上黨趙瞿病癩，有仙人賜以柏脂，云可長生，服之年百七十歲，色妙少童，乃入抱犢山。」澄觀息內想，心閑自難衰。一牀坐松陰，風巾夕披披。垂魚一作承顔。立侍側，演繁露：「今之魚袋，本唐制也，所以明貴賤、應宣召，其飾有金、玉、銀三等。」韓愈曹成王碑：「入則擁笏垂魚。」亦有白髮兒。嗟我生甚晚，況復值亂離。故老不復親，猶及翁在茲。願言拜堂下，聽說承平時。

剡源九曲

一統志：「紹興府嵊縣，漢剡地，唐剡城。嵊縣南有剡溪，一名戴溪，即晉王徽之雪夜訪戴逵處。」

其一　原注：「王羲之隱此，六詔徵之方起，有石硯存焉。」

欲知溪流長，百轉來越嶠。舟行安能極，嵐路入斜照。清景不足娛，昔人豈辭詔。石硯久誰磨，空林閉遺廟。

其二　原注：「五代陳文雅隱此，錢忠懿王親造起之，留旬日而去，後至殿中監。」

殿中初未仕，高節振衰謝。讀書在茲丘，蕭然竹間舍。王來有深言，留宿山水夜。誰云南陽翁，猶枉將軍駕。「南陽龐公」，見卷三隱逸。

其三　缶鳴集泛南溪之一

山折水暫旋，山開水仍往。東陂匯初成，秋色瀰然廣。碧蘿花茸茸，月映石壁上。何時試沿洄，一理煙中舫。

其四

密篠覆碕岸，石穴黝而深。居人負薪歸，駐聽風水音。回看蓮花峯，靄靄生夕陰。不有僧鐘來，高路誰能尋？

其五　原注：「山上有『丹霞』二字，即丹山赤水洞天也。」一統志：「丹池山在嵊縣，一名桐柏山，道書第三十七洞天。上有金庭洞，下有丹水赤池。」

石洞篝火入，石室敷牀居。白雲開層巔，上有丹霞書。神仙不遠人，但使粗穢除。何必瀛洲外，茫茫問飈車。眞仙通鑑：「王母所居宮闕，有曾城千里，玉樓十二，瓊華之闕，光碧之堂。其山之下，弱水九重，非飈車羽輪不可到也。」

其六

危梁渡淸瀨，逶迤入前渚。犬吠樹蒙蘢，煙景暗墟聚。雨中耕叟歌，月下歸人語。欲尋仙尉踪，凄涼一茅宇。陶弘景瘞鶴銘：「丹陽仙尉，江陰眞宰。」按：「仙尉用梅福事。」楊萬里寄題李與賢似剡菴詩：「四明狂客一茅屋，敕賜剡川纔一曲。」

其七　缶鳴集泛南溪之二

淸暉汎悠悠，東與前溪〔校記〕列朝詩作「班溪」。合。菱葉間荷花，風來秋颭颭。久行愁寂寞，忽有人煙雜。我欲發棹謳，漁郎肯相答。

其八

俗駕不可到，有地嶼中小。迴迴別澗通，宛宛連岡繞。人家林谷暗，不見旭光曉。東作起炊藜，王維詩：「蒸藜炊黍餉東菑。」惟應候啼鳥。

其九　原注：「水通鄞江，晉孫興公嘗種甘棠于此。」

入江水稍決，霜降未可涉。頗聞往來人，出門即舟楫。前飛驚鷺遠，下飲垂猱捷。何處問興公？晉書：「孫綽字興公。」風吹赤棠葉。爾雅：「杜，甘棠也。杜，赤棠；梨，白棠。」

詠殘燈　〔校記〕列朝詩題下有「和楊孟載」四字。

凝寒結重暈，逼曙零孤朵。膏空逐漏水，焰在同爐火。戀影未成眠，更就餘光坐。

驅瘧

我生東海壖，氣溼素善支。方暑忽遘痁，左傳昭二十年：「齊侯疥，遂痁。」方書：「多日之瘧曰痁。」未旬愧消羸。俄頃水火爭，寒冰繼炎曦。楚纊甫謝挾，左傳：「楚子伐蕭，師人多寒，王巡三軍，拊而勉之，三軍之士皆如挾纊。」齊紈遽尋持。見卷一班倢伃「扇歸秋篋」注。戰如恐墜陷，燒若當遭炊。向夕勢漸消，臨風與淸池。既去謂遂息，明午復如斯。俯仰天地寬，無地竄眇軀。思我到貧病，由是生笑嗤。豈伊水帝子，後漢書禮儀志注：「顓頊氏有三子，生而亡去爲疫鬼，一居江水，是爲瘧鬼。」韓愈譴瘧鬼：「屑屑水帝魂，謝謝無餘輝。如何不肖子，尙奮瘧鬼威？」遺威肆相欺。會當濯滯昏，靈藥雜進施。里閭習巫風，拍鼠勸禳驅。遼史禮志：「正旦，國俗令巫十有二人，鳴鈴執箭，繞帳歌呼，帳內爆鹽，鑪中燒地拍鼠，謂之驚鬼。」又遼史國語解：「地拍，田鼠名。正旦日，上于窗間擲米團，得隻數爲不利，則燒地拍鼠以禳之。」韓子蓋有託，見上。誰能辨其詩？

早過南湖

湖黑月未出，蒹葭露淒淒。榜人識浦漵，杜甫詩：「舟人漁子識浦漵。」唐韻：「漵，水所衝也。」不畏荒煙迷。殘夢詎可續，舟搖櫓聲齊。開篷望天邊，斗柄插水低。津遙未見樹，村近纔聞雞。自嗟遠遊人，中宵走東西。不如沙頭雁，宛頸猶安棲。列女傳：「魯寡女陶嬰黃鵠歌：『黃鵠之早寡兮七年不雙，宛頸獨宿兮不與衆同。』」

春日言懷

芳樹何靡靡？鳴禽亦喈喈。時物豈不好，人事誠多乖。憂來臥閒房，語笑孰與偕。天道諒不昧，薄願終能諧。惟當守貞靜，有酒陶中懷。

題晚節堂

人生百年壽，六十未爲晚。胡爲鑿玄扃，結亭此山阪。周圍松櫟高，可翫不可挽。日暮春雨晴，黄鳥啼睍睆。詩「睍睆黄鳥」注：「其音清和圓轉也。」東家鶴髮翁，方置萬金產。貽謀非不佳，竟爲識者莞。君能超物理，生死若往返。一笑步松陰，青山在吾眼。

與客攜樂遊寶積山遂泛石湖

姑蘇志：「楞伽山，其北爲寶積山，寶積寺在焉。又白洋灣折北，匯于楞伽山之下，曰石湖。湖界吳縣、吳江之間，有茶磨諸峰映帶，頗爲勝絕。相傳范蠡從入五湖處。」

雲山擁春郭，煙花漲晴川。看花入山中，諸峰恣攀緣。客吹玉管笙，宋書樂志：「漢章帝時，零陵文學奚景，于舜祠得笙白玉管。」畢曜玉清歌：「珠爲裙，玉爲纓，臨春風，吹玉笙。」合以金柱絃；陳子昂詩：「金絃揮趙瑟，玉柱弄秦聲。」清音度碧嶂，松風助泠然。宛若鸞鳳吟，李白鳳笙篇：「仙人十五學吹笙，學得崑丘彩鳳鳴。」杳眇入紫煙。行人盡矯首，歸去來辭：「時矯首而遐觀。」響遏雲中仙。下山興未闌，相攜更登船。虹收嶺外雨，鳥沒湖中天。嵐翠破夕陽，樓閣影倒懸。酒傾綠脂膩，鱠斫瓊絲鮮。春渚紀聞：「吳興溪魚之美，冠于他郡。郡人會集，必以斫鱠爲勸，其操刀者名鱠匠。」歐陽原功詩：「吳王宮中宴未闌，銀絲斫鱠飛龍鸞。」獨恨無紅妝，淸波寫嬋娟。微風吹帆緩，欲使歸途延。衆賓起歡呼，船遡水漫舷。回櫓掠寺過，楊柳山門前。此地有離宮，姑蘇志：「吳王離宮在長洲東南，又相傳吳王別宮南宮在吳縣界。」美人豔當年。羅裙罷春舞，草色餘芊緜。況我昔此遊，冠蓋十里連。重來復誰在，新知滿中筵。人事旣若斯，今古俱可憐。能遊卽稱達，何須問愚賢。我欲叫馮夷，楚辭：「使湘靈鼓瑟兮，令海若舞馮夷。」太公金匱：「河伯姓馮名修，一作冰夷。」捧月出海邊。醉後不歸去，相照船中眠。

謝陳卿惠冠

佳木產異域，質理密且堅。斲爲野夫冠，峨然著我顚。故人遠貽贈，皎若瓊瑰鮮。覽鏡見雅宜，鄙姿忽成姸。持報乏金玉，殷勤在斯篇。

獨步登西丘

幽臥意不適，出門聊獨行。惻惻田野中，斜徑多不平。逶迤登遠丘，迢遞望高城。風交二麥動，方岳農謠：「小麥靑靑大麥黃。」范成大田園雜興：「高田二麥接山靑。」煙迥孤花明。偶逢植杖翁，疑是古耦耕。欲問恐相誚，歸來悵中情。

袁氏高節樓

張適樂圃集高節樓賦序：「節婦陳姓，崑山人，適袁而早寡，敎養其子，卓然成立。子因構樓爲親宴安之所，顏其楣曰『高節』。」

海上有高樓，朱甍煥晨光。清風自遠至，吹動羅衣裳。樓中單棲人，憂思起彷徨。良匹已久歿，自誓不再行。欲取哀琴彈，仰見孤鴻翔。孤鴻去何極，撫景空歎息。感傷嬋娟容，思作憔悴色。憔悴非一時，黃泉以爲期。含情不能道，聊詠兩髦詩。

閒理篋中得諸友詩存歿感懷悵然成詠

閒理亂帙中，乃得故友篇。顏色見遺翰，瓊華尙清妍。憶昨遊名都，結交此羣賢。日枉貽贈詞，情文藹相宣。俯仰未十周，飄零若雲煙。生者應白首，死者俱黃泉。屈指俱別離，羈愁獨江邊。舊懷誰能識，灑涕東風前。

柳絮

輕盈易飄泊，思逐春雲亂。已拂武昌門，還縈灞陵岸。俱見卷一折楊柳。沙頭雀啄墮，水面魚吹散。官樹曉茫茫，岑參詩：「驛樓官樹灞陵東。」哀歌腸欲斷。

徐博士愛日堂

曜靈趣頹運，皇甫謐帝王世紀年曆：「日者衆陽之宗，陽精外發，故日以晝明，名曰曜靈。」忽去不待人。壯者亦恐衰，況乃頭白親。心長景苦短，何由盡歡忻？當朝遂慮夕，在夜俄驚晨。無繩繫飛烏，傅休奕詩：「安得長繩繫白日。」使之少逡巡。置酒上高堂，爲樂且及辰。此日誠可惜，此意良難伸。安得延年術，爲親保長春。

答衍師見贈

衍師本儒生，眉骨甚疎峭。軒然出人羣，快若擊霜鷂。晉書崔洪傳：「洪少以清厲顯名，骨鯁不同于物。爲尚書左丞，時人爲之語曰：『叢生棘刺，來自博陵，在南爲鷂，在北爲鷹。』」早嘗垂長紳，挾册誦周邵。宋史：「周敦頤，字茂叔，知南康軍，所著有通書太極圖說。邵雍字堯夫，范陽人，徙居河南。著皇極經世諸書。」欲陳興壞端，往應乞言詔。禮記：「凡祭與養老乞言合語之禮，皆小樂正詔之于東序。」乾綱會中頹，四海起攘剽。仰頭望天扃，楊億君可思賦：「研精藻翰，局影天扃。」氛祲匿羲曜。左傳：「吾見赤黑之祲。」注：「祲，妖氛也。」晉書后妃傳論：「圓舒循晷，配羲曜以齊明。」藩邦日尋兵，見卷二朝鮮兒歌。縹玉罷朝頫。木顛豈繩維，後漢書徐穉傳：「穉謂茅容曰：『爲我謝郭林宗，大樹將顛，非一繩所維。』」長往遂淪耀。披緇別家人，范成大詩：「吾豈金閨彥，不如林下緇。」欲挽首屢掉。杜甫送孔巢父詩：「巢父掉頭不肯住。」超哉休遠徒，杜甫詩：「湯休起我病，微笑索題詩。」注：「沙門惠休，姓湯氏，善屬文。」又：「道林不世出，惠遠德過人。」注：「晉高僧惠遠有宿德。」高躅願追紹。初來北城刹，駐錫問宗要。圓覺要覽：「遊行僧爲飛錫，定住僧爲挂錫。錫，杖也。」相逢共宵哦，篝火樹間照。篇成出叩鉢，南史王僧孺傳：「竟陵王子良，嘗夜集學士，刻燭爲詩。四韻者則刻一寸，以此爲率。蕭文琰曰：『何難之有？』乃與丘令楷、江洪等，共擊銅鉢立韻，響滅則詩成，皆可觀覽。」鋒疾驚楚僄。方言：「仉僄，輕也。楚凡相輕薄謂之僄。」我或勸之冠，不答但長笑。留連忽中離，名山赴佳召。頗知此行樂，夙志酬歷眺。吳峯戴襆登，楚水投文弔。江秋雨鳴瀨，海曙霞發嶠。靈奇務窮蒐，不憚躡遐徼。元稹詩：「迢遞投遐徼。」東歸始安禪，幽谷斬蓬藋。孫覿詩：「伐翳斬蓬藋。」坐斅雲中衾，薜屋一澗繚。前年逐戎旃，李白詩：「水國奉戎旃。」野出事田獠。爾雅釋天：「宵田爲獠。」注：「今江東呼獵爲獠，或曰卽今夜獵載鑪照也。」是時陰飈作，山黑捲狂燒。不畏猛虎過，車宿傍楓廟。聞師隔煙嶺，無寐聽猨叫。晨興雪滿壑，衣溼寒未燎。空林斷樵蹤，兀兀見來轎。相邀至巖扉，杉〔校記〕列朝詩作「山」。竹穿窈窱。集韻：「窈窱，深遠也。」深房煮山藥，乾葉颭風銚。唐韻：「今釜之小而有柄有流者曰銚。」頓釋行旅顏，瓢綠欣飮釂。曲禮「長者擧未釂」注：「盡爵曰釂。」促還不能淹，喧寂歎殊調。邇來竟何成，三十匪年少。恨無關弧力，結束從嫖姚。史記衛將軍列傳：「霍去病爲剽姚校尉。」注：「按荀悅漢紀作票鷂。票鷂，勁疾之意也。」閒坊借書披，危坐似持釣。行憂釜見奪，戰國策：「蔡澤見逐于趙，而入韓、魏，遇奪釜鬵于涂，乃西入秦。」謁恐冠遭溺。史記酈生列傳：「沛公不好儒，諸客冠儒冠來者，沛公輒解其冠溲溺其中。」逢人戒談時，澀縮刀在鞘。軍鼙五月急，市粟無賤糶。壯氣漸欲磨，妻孥困纏繞。堂筵賓屨踈，暑夕行熠燿。師來贈長句，有譽無鄙誚。組章眩芬萼，金奏聆要眇。潘岳笙賦：「音要眇而含清。」據梧起豪誦，莊子：「惠子據梧。」注：「梧，琴也。」心疢渾可療。回顧平生吟，眞咽蚯蚓竅。見前夜飲余左司宅。上天宰玄化，亂治方叵料。性命如窮鱗，劉長卿詩：「青山數行淚，滄海一窮鱗。」儻獲脫罾罺。正韻：「罺，魚網。」卜居計已決，不待龜灼燋。周禮春官：「華氏掌共燋契以待卜事。」集韻：「燋，灼龜木。」過湖就稻蟹，靜處容不肖。安能效羣女，倚市鬬妍妙。史記貨殖列傳：「刺繡紋不如倚市門。」泳風或鳴橈，耕月還荷篠。師當重見尋，東皐一舒嘯。

謝周架閣移送菊花

宋史職官志：「制敕庫房主編檢敕令格式，簡納架閣文書，置吏六十有四。又主管三省樞密院架閣文字一員，嘉定八年置，以選人京朝官通差。」

杪秋始授衣，我歸視南園。荒逕久廢鉏，舊菊今不蕃。節臨乏采翫，何以慰憂煩。東鄰幸分致，離離擢深根。幽馥辭別圃，佳色羅前軒。愧無樹灌勞，獲此英翹繁。日出寒意祛，孤蝶來飛翻。我亦愛其芳，繞叢詠微言。安得與君子，鍾會菊花賦：「早植晚登，君子德也。」飲泛同一樽。霜露懼遄殞，歲晏空籬藩。

送蕭隱君自句曲經吳歸維揚

一統志：「句容縣東南山形如句字，初名句曲山，後因茅君得道于此，今名茅山。道書爲第八洞天，第一福地。山有三峰，三茅君各占一峰，謂之三茅峰。」禹貢：「淮海維揚州。」

適從江東來，復作江北去。來去逐江雲，蕭蕭舊巾屨。身帶煙蘿雨，初下大茅峰。孤帆拂楚樹，遥聽廣陵鐘。一統志：「揚州，漢武帝時名廣陵。」去家忽來歸，憐君似黄鶴。日暮渺相思，淮南桂花落。

高靑丘集卷六

五言古詩

賦得眞娘墓送蟾上人之虎丘

李紳詩序：「眞娘，吳之妓人歌舞有名者，死葬武丘寺前，吳中少年從其志也。墓多花草，以蔽其上。」虎丘志：「蟾記室與高啓、徐賁爲詩友，姚少師廣孝詩所謂『聞道蟾公似贊公，一瓶一鉢寄山中』者也。」

色相終壞滅，文天祥詩：「爲問西來宗旨道，世間色相是空麽？」佳人能久妍？斷碑山寺裏，小冢竹林邊。蘭葉春風帶，苔花暮雨鈿。情留吳苑客，夢逐楚臺仙。物外全眞念，人間斷俗緣。高僧方宴坐，身在散花天。

友竹軒

姑蘇志：「友竹軒，在吳江半澤村，元末金玉局副使崔天德所居，周伯溫書扁，高啓作記。」

世人務結託，車馬紛交馳。言笑雖強歡，衷懷詎相知？中林有君子，淡然夙與期。虛心兩無阻，榮悴焉可移。朝尋披煙逕，暮對褰風帷。非此君爲偶，晉書王徽之傳：「嘗寄居空宅中，便令種竹，人問其故，但嘯詠指竹曰：『何可一日無此君邪！』」誰共歲晏時？

遷婁江寓館

吳地記：「松江東北行七十里，得三江口，東北入海，爲婁江；東南入海，爲東江；幷松江爲三江。」

寓形百年內，行止固無端。我生甫三九，東西宜未闌。去年宅山陲，今年徙江干。野性崇儉陋，經營唯苟完。閒窗俯平疇，幽扉臨遠湍。豈忘大廈居，弗稱非所安。披榛始來茲，霜露淒以寒。誰云遠親愛，弟子相與歡。室中有名酒，歲暮聊盤桓。

雪夜懷周著作

燈照竹林雪，寢齋寒更空。窗間成獨坐，遙想故人同。不有孤吟興，寧度此宵中。

登西城門

登城望神州，見卷一永嘉行「王夷甫」注。風塵暗淮楚。江山帶睥睨，釋名：「城上垣曰睥睨，言其於孔中睥睨非常也。一作埤堄。」烽火接樓櫓。玉篇：「櫓，城守禦望樓。」釋名：「櫓，露也，露上無覆瓦也。」并吞何時休？百骨易寸土。向來禾黍地，雨露長榛莽。不見征戰場，那知邊人苦。馬驚西風笳，鳥散落日鼓。嗚嗚城下水，流恨自今古。

期家兄宿東湖民家不至

東湖欲上月，寒鳥已棲煙。何處相期宿？柴門汀樹邊。未嘗新漉酒，南史陶潛傳：「郡將候潛，逢其酒熟，取頭上葛巾漉酒畢，還復著之。」猶望遠來船。誰信姜肱被，後漢書姜肱傳：「肱，字伯淮，家世名族，與弟仲海、季江，俱以孝行著聞。友愛天至，兄弟共被而寢。」今宵還獨眠。

送陶兵曹之越

後漢書百官志：「兵曹，太尉公屬，主兵事。」

高齋掩林雪，獨臥玄景暮。夫君定何聞？九歌：「思夫君兮太息。」注：「夫音扶。」此日勞我顧。淸言一歡然，孰云昧平素？方期締深約，幽抱終以布。胡爲遽嚴裝？明發首東路。手持三公檄，新辟當遠赴。薄祿豈足羈？知君爲親故。況茲句踐邦，山水夙所慕。湖明夕櫂來，谷迴寒鐘度。留滯自成悲，無因共遊鶩。

豐城余君夢彩堂 豐城，屬南昌府。

楚客身未歸，悠悠念庭闈。濤江雖云廣，莫阻魂夜飛。秋陰天無星，猨叫楓樹稀。家山倏已到，不失舊路微。宛然上高堂，獻笑試舞衣。高士傳：「老萊子年七十，作嬰兒戲，著五色斑爛衣，取水上堂，跌仆臥地，爲小兒啼，欲母喜。」焉知空館曙，鐘動殘燈輝。難追夢中歡，益發覺後唏。誰能傅爾翼？楊炯李君神道碑：「攀鱗北海，附翼南溟。」遠去成相依。

過束氏廢園

人間樂事變，池上高臺傾。歌堂杏梁壞，南部煙花記：「隋文帝爲蔡容華作瀟湘綠綺窗，上飾黃金芙蓉花，琉璃網戶，文杏爲梁，雕刻飛走，動值千金。」射圃菜畦成。禮記：「孔子習射于矍相之圃。」不見妓釵影，詎聞賓履聲？來斯欲攄抱，念昔反傷情！

送倪雅 見鳧藻集送倪雅序

交游結深歡，離別生遠念。聊持毛子檄，見卷四醉贈王卿。暫脫劉生劍。見卷一劉生。南風柳下亭，杯動江色灩。山遙馬嘶〔校記〕大全集作「望」。驛，日落蟬鳴店。此去漸成名，驅馳君勿厭！

同徐山人賁過妙蓮佛舍訪王主簿欽

逸人如高僧，傲吏同隱尉。見卷五剡源「仙尉」注。閉房對淸夏，共挹池荷氣。煙帷棲鴿馴，錢起津梁寺詩：「馴鴿不猜隼，慈雲能護霜。」風鐸驚禽畏。明日雨還來，杜甫秋述：「杜子臥病長安，旅次多雨，常時車馬之客，舊雨來，今雨不來。」山櫻當熟未？

題帶經圖

漢書兒寬傳：「寬治尙書，貧無資用，帶經而鉏，息則誦讀。」

朝鉏東皐上，暮鉏西陂側；釋耒讀遺經，欣然此休息。因觀舜稷事，耕稼寧辭力。

題漂麥圖

後漢書高鳳傳：「鳳專精誦讀，晝夜不息。妻嘗之田，曝麥于庭，令鳳護雞，時天暴雨，而鳳持竿誦經，不覺潦水流麥，妻還怪問，鳳方悟之。」

田中刈麥罷，把卷忘其疲。風雨忽云至，千穗漂無遺。於書苟有得，歲晏何憂飢？

秋日山中

山澤含霧雨，偶來若居夷。我無遠遊志，何與親愛離？暑退初可喜，秋來轉堪悲。壯顏豈草木？憔悴同此時！中心與百憂，日暮如有期。悄悄出空宇，悠悠適荒陂。阨窮勿復歎，天欲昌吾詩。韓愈貞曜先生銘：「維卒不施，以昌其詩。」

宿幻住棲雲堂

姑蘇志：「在閶門外雁蕩村，元大德間，僧明本至吳，喜其地名與雁蕩山合，遂結草菴于此。趙孟頫爲名之曰棲雲，其後別創精舍，改今名。」

窗白鳥聲曉，殘鐘度谿水。此時幽夢迴，獨在空山裏。松巖留佛燈，葉地響僧履。余心方湛寂，無使羣動起。

送賈鳳進士

新逢洛陽客，「洛陽賈生」見卷一放歌行。握手共遊般。如何異鄉土，乃得此交歡。相逢既不易，相違亦良難。驅馬夕云返，北風野多寒。登高望山川，浮雲杳漫漫。羣獸相號呼，哀音摧心肝。遊子念高堂，歲晚身得安。人生如蓬萍，司空圖詩：「隨風逐浪劇蓬萍。」飄流無定端。重合諒有日，長歌聊自寬。

寄王七孝廉乞貓

鼠類固甚繁，家有偏狡獪。玉篇：「狡獪，健捷也。」厥質亦陋微，朋聚工造怪。舞庭欲呈妖，前漢書：「昭帝時，燕有黃鼠銜其尾，舞于王宮端門中，王使吏以酒脯飼之，鼠舞不休，一日一夜。時燕王旦謀反，將敗之象。」京房易傳：「誅不原情，厥妖鼠舞門。」憑社期免敗。說苑：「齊桓公問于管仲曰：『國何患？』管仲對曰：『患夫社鼠。夫社，束木而塗之，鼠因往託焉。熏之則恐燒其木，灌之則恐敗其塗。鼠所以不可得殺者，以社故也。夫國亦有社鼠，人主左右是也。』」饞同善飯頗，史記廉頗列傳：「趙使者既見廉頗，廉頗爲之一飯斗米，肉十斤，被甲上馬，以示尙可用。趙使還報王曰：『廉將軍雖老，尙善飯。』」暴比橫行噲。漢書樊噲傳：「願得十萬衆，橫行匈奴中。」倉偷自詫肥，元稹詩：「空倉鼠敵貓。」穴竄寧辭隘？說文：「鼠，穴蟲之總名也。好自揚弄其須，性疑，出穴多不果。故持兩端者，謂之首鼠。」唯思淮南舉，神仙傳：「淮南王與八公白日昇天，遺藥在器，雞犬舐之皆飛去，故雞鳴天上，犬吠雲中也。」博物志：「唐公房舉宅登仙，惟鼠不淨，不將去。鼠自悔，一月三吐，易其腸。」不悟河東戒。柳宗元集三戒記永某氏之鼠。嗟余守窮僻，有屋如敝廨！說文：「公廨也。」公然肆相欺，遠告來別界。嘐嘐鳴橐頻，蘇軾黠鼠賦：「嘐嘐聱聱，聲在橐中。」窣窣緣幕快。說文：「窣窣，穴中卒出也。」蘇軾却鼠刀銘：「跳牀撼幕，終夕窣窣。」伺暗忌燈然，聞腥喜餐餲。空牀印凝塵，世說：「晉簡文爲撫軍時，牀上塵不聽拂，見鼠行跡，視以爲佳。」高壁隤墮塊。核遺槃果亡，汁覆罌醯壞。轟霆駭怒鬬，陸龜蒙詩：「鬬鼠落書棚。」急雨疑流啜。書殘費補裝，裍涴煩烘曬。入厠客驚吁，史記李斯列傳：「少時爲郡小吏，見吏舍廁中鼠食不潔，見人犬數驚之。入倉，觀倉中鼠食積粟，居大廡下，不見人犬之憂。乃歎曰：『人賢不肖如鼠，在所自處耳。』」守舍奴憂誠。史記酷吏列傳：「張湯爲兒守舍，鼠盜肉，父笞湯。湯乃掘得盜鼠及餘肉，劾鼠掠治，傳爰書，訊鞫論報，并取鼠與肉，具獄，磔于堂下。父視其文辭如老獄吏，大驚，後爲廷尉，一意深刻。」豈無老烏圓，酉陽雜俎：「貓一名蒙貴，一名烏圓，其目睛旦暮圓，日午則細如一綫，洗面過耳則客至。性陰而畏寒，其鼻端四時常冷，惟夏至一日溫，其耳經捕鼠之後，則有缺如鋸，如虎食人而鋸耳也。」昔壯今何憊？不修司捕職，唐書五行志：「龍朔年，洛州貓鼠同處。鼠隱伏象盜竊，貓職捕齧而反與鼠同，象司盜者廢職容姦。」垂頭象痞瞶。難求許邁符，別傳：「許邁爲鼠嚙衣，作符召鼠，畢至中庭，唯一鼠住伏不動。」莫具張湯械。見上。尋蹊漫設機，魏志荀彧傳：「千鈞之弩，不爲鼷鼠發機。」薰隧徒吹韛。玉篇：「音憊，韋囊。可以吹火令熾。」北周書韋孝寬傳：「於塹外積柴貯火，敵人有伏地道內者，便下柴火以皮韛吹之。吹氣一衝，咸即灼爛。」遂令不眠人，中夜長抑噫！君家產銜蟬，黃庭堅乞貓詩：「聞道貍奴將數子，買魚穿柳聘銜蟬。」注：「銜蟬，貓名。」許贈不以賣。願得縱驅擒，淨若刈菅蒯。丘遲表：「痲絲是蓄，菅蒯靡遺。」盡殺豈匪仁，去害容少懈。高枕幸無苦，君惠當再拜。

送客之海上得誠字

臥廄困田子，史記田橫列傳：「漢王立爲皇帝，田橫與其徒屬五百人入海居島中。高帝詔之，橫乃與其客二人乘傳詣洛陽，未至三十里，至尸鄉廄置，遂自剄死。」抱關老侯生。見卷二大梁行。豈無一時辱？終有千載名。子亦屈身者，薄祿非所榮。結歡誰云淺，一杯吐衷誠。艱難我何託？所託在友朋。平生不傷離，此離骨爲驚。見卷二苦哉遠行人。白日川上沒，歌作變徵聲。見卷二擊筑吟注。明朝欲觀海，浩蕩逐東征。

冬至夜坐懷周記室砥

列朝詩傳：「周砥，字履道，吳人，寓居無錫。博學工文詞。兵亂避地，與義興馬治孝常善，往舍荆溪山中，治爲治具，巾車泛舟，窮陽羨溪山之勝，有荆南倡和集。歸吳，與高、楊諸人游，書畫益工。已又去之會稽，歿于兵。」

夜聞驚鴻來，一室寒且靜。明朝日長至，夜漏方最永。淒淒霜塗階，皎皎冰入井。故人昔同宿，杯酒笑相領。年運方重周，歡事忽盡屏。別離孰無有，爾獨限殊境。達曙恨難裁，殘燈兀孤影。

賦永上人紙帳

剡藤裁素幬，博物志：「剡溪古藤甚多，可造紙。」一統志：「紹興府嵊縣出剡牋。」坐使諸塵隔。冬室自生溫，寒窗屢驚白。不隨直省被，漢官典職：「漢尚書郎入直，供青綾被、白綾被或錦被。」長覆棲禪簀。

思會雪夜時，宿伴山中客。

初開北窗晚酌

原注：「時寓江上外舅周隱君宅。」

悠春暄罷凄風，朝始開北牖。青山入吾座，不異延故友。自掃榻上塵，琴册列左右。悠然坐其間，傲兀醉杯酒。韓愈詩：「傲兀坐試席。」況當江花落，微雨斜日後。遠見帆度川，高聞鳥鳴柳。孰云非吾廬？居止亦可久。人生處一席，累榭復何有？楚辭：「層臺累榭。」幽懷悟澹泊，末事辭紛揉。更擬長夏眠，風期結陶叟。晉書陶潛傳：「高臥北窗，自謂『羲皇上人』。」

夏日與高廉遊無量佛院還憩王隱君池上

蘇州府志：「無量佛院，在齊門外，明洪武初，選十高僧，本寺東白曉得與焉。」

久臥困炎燠，煩抱思一浣。霽雨留暫涼，言出欣子伴。悠悠去景得，稍稍來跡斷。已尋名僧廬，復謁高士館。蒲荷共南風，池上新葉滿。步陰覺衣輕，汲冷嫌綆短。幸無塵中役，樂此林下款。鳴蜩嘒斜陽，歸駕猶可緩。

曉起春望

今朝有春意，原野晴始綠。疎花未破煙，新禽稍鳴旭。物情各欣榮，客意胡刺促？居閒厭寂寞，從仕愁羈束。兩事不可齊，人生苦難足。安得長放歌，花開酒醅熟。

陳氏秋容軒

西郊莽迢遞，川樹凝煙景。雨過落紅蕖，斜陽半江冷。蟬鳴山欲暗，雁去天逾永。孤客對蕭條，應嗟鏡中影。

瞻木軒　幷引

道士李玄修所居，庭有凌霄花，依樹而生。近樹伐而凌霄獨存，因以名室，求予賦詩。本草圖經：「凌霄花多生山中，人家園圃亦或種蒔。初作藤，依大木至其顛而有花。色黃，夏中乃盛如錦繡，不可仰視，露滴目中，有失明者。」

凌霄託高樹，引蔓日已長。纏緜共春榮，幽花藹敷芳。高樹忽見伐，無依向風霜。亭亭還自持，柔姿喜能強。君子貴獨立，依附非端良。覽物成感歎，爲君賦新章。

雨中遣興

積雨坐無悶，端由便寂寞。好鳥不頻啼，閑花自遲落。行園每度徑，望岫時登閣。只此可終朝，何當有樽酌。

題方厓師聽秋軒

西澗獨趺處，涼颸度虛閣。秋從夜深來，流音滿林壑。初鳴忽澎湃，稍定還蕭索。月下暗禽翻，窗間危葉落。上人習靜定，談籟笑南郭。莊子齊物論：「南郭子綦曰：『汝聞人籟而未聞地籟，汝聞地籟而未聞天籟夫！』」喧寂兩無聞，星河在寥廓。

與內兄周思齊思義同過僧浩西齋夜酌

甫里志：「周仲達，青丘鉅室也，隱居不仕。高太史爲其館甥，因依之以居。子思齊、思義、思恭、思敬、思忠，俱有唘贈詩。」王行送浩師住報恩寺序：「予友浩講師宗源，嘗至龍河全室泐禪師方丈，禮遇殊厚，全室將畀之高職，師遜避以歸。洪武庚午夏，衆推師主席報恩，迎師入山，祝釐講道焉。」

雨過月在花，疎鐘閉禪舍。幽僧與逸人，對酌明燈下。園樹稍辭春，池蛙正鳴夜。嘉會莫蹉跎，流年易傾謝。

萱草

不見堂上親，空樹堂下草。詩：「焉得諼草，言樹之背。」注：「背，北堂也。」夏來風雨繁，離披數叢老。日暮欲忘憂，說文：「藼，忘憂草也。」搴芳轉傷抱。

月林清影 杜甫詩：「月林散清影。」

疎林逗明月，散亂成清影。流藻舞波寒，驚蚪翔壑冷。蘇軾記承天夜遊：「庭下如積水空明，水中藻荇交橫，蓋竹柏影也。」雲來稍欲翳，風動紛難整。圓魄忽西傾，愁看墮空境。

春草堂 幷引

余既爲彥彝記春草堂，士大夫多賦詩歌之，出以示余，因復賦五言一首。太倉州志：「春草堂，陳寶生奉節母之所，高啓撰記。」

靡靡堂廡草，託根近華楹。膏露既灌芳，惠風亦揚馨。匪蒙陽和力，孰使微物榮？中天駛景流，青節坐易盈。但憂德澤違，豈惜憔悴幷。願言相蔓結，遮彼春逝程。寸心雖難報，拔去還當生。孟郊詩：「誰言寸草心，報得三春暉。」

次韻内弟周思敬秋夜同飲白蓮寺池上

姑蘇志：「白蓮講寺在長洲縣二十都甫里，即陸龜蒙别業，祠堂在焉。」

月出露已白，荷花香滿池。高僧愛清夜，留客坐題詩。竹動鳥驚夢，草涼蟲語悲。閒齋一瓢酒，應不負幽期。

聞鐘

迢迢煙際發，隱隱巖中應。初來覺寺遥，乍歇看山暝。惆悵未眠人，空齋幾迴聽。

詠雨酬張進士羽見寄

珠碎復絲輕，飈迴乍拂楹。望中來曉峽，愁裏度秋城。莎溼蛩應冷，荷響鷺還驚。聽絃知瑟潤，臥簟覺幃清。一覽停雲句，見卷四嫣蜼太史。離抱轉難平。

徐隱君陋居

脩途息往駕，環堵老所依。家語：「儒有一畝之宫，環堵之室。」蕭條窮巷中，故人亦來稀。交交風雨侵，翳翳蓬藋圍。局促不苟厭，暫出復來歸。名都列飛甍，煥燿朝日輝。爽塏豈不慕？左傳：「景公欲更晏子之宅，請更爽塏者。」終憂蹈危機。心舒體自適，道在願無違。茲焉樂飲水，回賢良可希。

西園曉霽

積雨淹夏半，始晴園景饒。高林上初日，遠水泛迴飈。餘情萱際蝶，新響樹間蜩。詎必勞觴詠？煩憂坐已銷。

題畫鷹得嘯字

高風動古壁，竦立見蒼鶻。見卷五答衍師見贈。軒然欲飛揚，嗟此粉墨妙。秋筋束老骨，杜甫畫鶻行：「颯爽見秋骨。」天寒勢逾矯。腦枯草中兔，杜甫畫鶻行：「側腦看靑霄。」氣盡櫪上驃。健鶻雖百餘，凡材豈同調？乾坤正肅殺，怒氣號萬竅。莊子齊物論：「作則萬竅怒呺。」大野開平蕪，悲臺落殘照。荒城有妖狐，夜作猛虎嘯。爲君試一擊，壯士慚勇剽。安能飽拳肉，側翅隨年少。

哭王隅 仲廉哀詞，見皃藻集。

車行一輪摧，鳥奮一翼傷。人生失輔友，誰當共提將？相逢豈無人，不獲如子良。朝遊羣彥林，夕棄萬鬼鄉。春風吹南原，百草淒〔校記〕詩綜作「萋」。以長。呼君不歸魂，割我欲斷腸。豈不悟生滅，情至諒難忘。

池上晚憩

春晚思悠悠，閣前池水流。新蒲風葉響，如對野塘秋。野塘前歲路，已隔歸舟度。鳥下獨回頭，青山杳然暮。

醉歸夜醒聞雨

覺來聞雨聲，燈輝耿殘夜。窗間有危葉，暗助瀟瀟下。不記醉歸時，寢齋如客舍。

夏夜起行西園

夜熱不能寐，起步中庭前。舉頭望高旻，離離衆星躔。欲推理亂象，天道幽且玄。長歌來涼颸，驚烏北林顛。此時層城閉，悄悄萬室眠。誰復相與娱？淡月孤光懸。

師子林池上觀魚

穿蒲尾獨掉，唼藚口羣仰。波平沒見痕，池靜跳聞響。漁罛已免捕，僧盂每分養。落日意無驚，識我臨流賞。

和張羽懷吳興舊遊之作效其體

城貫綠川長，一統志：「湖州霅溪，在府治南，一名霅川，合苕溪、前溪、餘不溪諸水。」朱閣暎飛梁。後漢書梁冀傳：「飛梁石磴，陵跨水道。」鶯嬌山唱度，蓮豔水嬉張。見卷五長洲苑「蛾眉」注。花童搦翠管，杜甫詩：「翠管銀罌下九霄。」桑婦挈銀筐。梁簡文帝江南行：「銀筐插短蓮。」箬溪酒脂碧，一統志：「箬溪在長興縣西，溪皆生箭箬，南岸曰上箬，北岸曰下箬，土人取下箬水釀酒，極醇美。」顧渚茗旗香。一統志：「顧渚在長興縣西北，旁有二山相對，號明月峽，唐置貢茶院于此。」擇勝事未厭，驚亂意俄傷。回看舊遊地，秋草變凄涼。

送沈徵士鉉歸海上

列朝詩傳：「沈鉉，字文舉，雲間人。世居郊外，築室曰野亭。楊廉夫有記，高青丘有贈詩。」

我友張國士，短若婁君卿。漢書游俠傳：「樓護，字君卿，爲人短小精辨，議論常依名節，聽之者皆竦。是時王氏方盛，賓客滿門，護與谷永俱爲五侯上客。」家無一金產，所結皆豪英。去年東方來，向我道爾名。相逢眞甚都，座客爲之傾。高標華月出，韋應物詩：「西曹得時彥，華月共淹留。」雄辨流泉崩。文賦：「思風發于胸臆，言泉流于脣齒。」時方尚權謀，處士皆振纓。沈炯文：「明德世彥，振纓王室。」諸侯致幣聘，公子將車迎。見卷二大梁行。爾獨念滄洲，扁舟問歸程。翩翩冥飛鴻，影過海上城。儻見魯連子，慇勤煩寄聲。

重午書事

釆蒲臨綠波，金門記：「五日刻蒲爲人，結艾爲虎，小如豆大以戴之。」團扇送涼過。唐書：「時翰林初選者，內庫給青綺披、紫絲履之類，五日賜青團扇。」越客爭標渡，荆楚歲時記：「五月五日，俗謂此日屈原投汨羅，人傷其死，故以舟楫救之。」李適競渡詩：「急槳爭標排荇度。」荆巫弭節歌。劉禹錫詩：「荆巫脈脈傳神語。」漢書司馬相如傳：「楚王弭節徘徊，翺翔容與。」注：「弭，猶低也。」家醑憐浮玉，宮衣憶賜羅。張謂岐王席上詠美人詩：「香艷王分貼，裙嬌敕賜羅。」今年兵氣惡，朱符佩更多。抱朴子：「午日，朱書赤靈符著心前，以避兵疫百病。」

東白軒

昔宿東峰巔，長夜何曼曼。起看玄景晦，冰雪積未泮。翻翻驚濤瀾，黝黝失星漢。玉篇：「黝，黑也。」悲風吹木石，澎湃而淩亂。太陽淪朱光，陰火吐微煥。韓性詩：「回風陰火隨幽篁。」山精與罔象，異苑：「山精如人，一足，長三四尺，食山蟹。夜出晝藏。」史記孔子世家：「水之怪龍罔象。」夏鼎志：「罔象如三歲兒，赤目，黑色，大耳，長臂，赤爪，索縛則可得食。」乘暗出遊翫。前巖挂猴猱，後嶺起鴉鶻。禽經：「鶻仰鳴則晴，俯鳴則陰。」一時互號叫，哀厲客腸斷。芒芒禹九州，下視莫能判。如身墮幽都，涉水濟無畔。金烏在地底，五燈會元：「水底金烏天上日。」其出疑可喚。雄雞棲高樹，見卷一放歌行。凍噤不振翰。君家有層軒，不異泰山觀。應劭泰山記：「自下至古封禪處，凡四十里，東南巖名日觀。日觀者，雞一鳴時見日始欲出，長三丈所。」榑桑拂檐楹，淮南子：「日出于暘谷，浴于咸池，拂于榑桑，是謂晨明。」咫尺海東岸。酒醒四鼓發，暘谷已昇半。紛紛物象出，稍稍涼暄換；如盲得復明，毫末皆可看。山中舊所聞，寂默應屛竄。何當此借榻，夙興不待盥。共賓羲和車，書：「寅賓出日。」一觀天下旦。

賦得姑蘇臺送賈文學麒

姑蘇志：「姑蘇臺，一名胥臺，在姑蘇山。」山水記：「夫差作臺，三年不成，積材五年乃成。造九曲路，高見三百里。勾踐欲伐吳，于是作栅楣，嬰以白璧，鏤以黄金，狀如龍蛇，獻吳王。吳王大悦，受以起此臺。」越絶書：「吳王遊姑胥之臺，子胥諫不聽。又于臺上别立春宵宫，爲長夜之飲，作天池以泛青龍舟，舟中盛致妓樂，日與西施爲嬉。作海靈館、館娃閣，皆銅溝玉檻，飾以珠玉。後越伐吳，遂焚其臺。」

城上聞啼鴉，臺前見遊鹿。悠悠畫簾影，薄暮澄潭曲。雲隨歌舞散，日與興亡促。美人不歸來，湖水春更緑。思君别後登，應盡天涯目。

聞晚鶯 原注：「時在圍城中。」

昨歲聞孤囀，緑陰山院行。今朝寢齋雨，重聽獨含情。西澗多喬木，何爲亦到城？

西齋池上三詠

葵花

豔發朱光裏，叢依緑蔭邊。夕同山蕣落，韻會：「蕣，木槿，朝華暮落。」午並海榴然。江總詩：「池紅照海榴。」幽馥流珍簟，鮮輝照藻筵。羣芳已謝賞，孤植轉成憐。

荷葉

楚服新裁得，離騷：「製芰荷以爲衣兮，集芙蓉以爲裳。」吳筩舊製成。姓譜：「魏鄭慤三伏集賓寮避暑歷陽，取荷葉盛酒，刺令與柄通，傳吸之，名碧筩酒。」圓應間荇菜，密欲翳蓮莖。聲中亂雨至，陰下一魚行。桂櫂還思折，江南日暮情。

桐樹

晴粉朝英墜，涼瓊夏葉舒。鳥啼高樹早，蟾轉薄疏虛。朱絃未薦曲，司馬彪詩：「苕苕椅桐樹，寄生于南岳。」又：「班匠不我顧，牙、曠不我錄，焉得成琴瑟？何由揚妙曲！」彤管屢題詩。殷芸小說：「蜀侯繼圖，見飄一大桐葉，有詩云：『拭翠斂雙蛾，爲鬱心中事。搦管下庭除，書成相思字。』數年，繼圖婚任氏女，曰：『是妾所書也。』」坐恐銷華澤，商吹起前除。

遊城西得豔字

軍旗表山栅，魏書廣陽王傳：「連營立栅。」商鼓喚津店。稻黃雲有香，楓赤火無焰。賞懷誓飲償，眺目擬窮占。思畋已槃弨，唐韻：「槃，所以正弓。」玉篇：「弨，弓弛貌。」欲賦更横槧。西京雜記：「揚雄懷鉛提槧，從諸計吏，訪殊方絶俗之語，作方言。」釋名：「槧，漸也。槧板長三尺，言漸漸然長也。」煙開象極判，〔校記〕大全集作「泮」。波溢類洪墊。書益稷：「禹曰：洪水滔天，浩浩懷山襄陵，下民昏墊。」壞宮茨被垣，棄壘葑漫塹。晨唳鴡鴻多，秋腥鱸蟹贍。吼鯨報僧粥，東都賦：「發鯨魚，鏗華鐘。」注：「海島有大獸名蒲牢，蒲牢畏鯨魚。鯨魚一擊，蒲牢輒大吼。凡鐘欲令聲大，故作蒲牢于上，以所擊之者爲鯨魚之狀。」卧獸衞官窆。趙孟頫詩：「岳王墳上草離離，秋日荒涼石獸危。」揖道訛語談，潘尼詩：「道逢深識士，擧手對我揖。」暎籬陋妝覘。池開沐女盆，見卷五天池。石拔鬬夫劍。竿危鬧鈴響，天寶遺事：「五王宮中，各於庭中竪長竿，挂五色旌于竿頭，旌之四垂，綴以小金鈴，有聲即視旌之所向，以知四方之風候也。」紗古羃燈豔。時艱遊總稀，歲稔酤饒醲。增韻：「醲，釀也。」探囊出奇蒐，抨弩脫浮念。李賀猛虎吟：「長戈莫舂，強弩莫抨。」一覽一興嗟，再到再忘厭。吟將嘯猨賡，歸用棲鶻驗。壑虚哀商叩，孟郊納涼聯句：「叩商者何樂？」嶺豁初魄閃。王褒詠月詩：「上弦如半璧，初魄似蛾眉。」宵宵聽鳴鐘，翩翩戒還韂。集韻：「韂，馬障泥也。」興淸逼林淒，醉纈眩湖豔。李賀詩：「醉纈拋紅網。」顧標山已達，韓愈詩：「前對南山標。」入郭塵復染。幽景慮遂遭，拙詞紀姑僭。

卞將軍墓

晉書卞壼傳：「壼，字望之，濟陰冤句人也。拜光祿大夫，加散騎常侍。時庾亮將徵蘇峻，壼言于朝曰：『峻狠子野心，終必爲亂。』亮不納；峻果稱兵至東陵口，詔以壼都督大桁東諸軍事，假節，復加領軍將軍、給事中。壼率郭默、趙胤等，與峻大戰于西陵，爲峻所破。峻進攻青溪，壼與諸將距擊不能禁。賊放火燒宮寺，六軍敗績。壼時發背創，猶未合，力疾而戰，遂死之，時年四十八。二子眕、盱相隨赴賊，同時見害。峻平，朝議贈壼左光祿大夫，加散騎常侍尚書郎。後改贈侍中驃騎將軍開府儀同三司。謚曰忠貞，祠以太牢。贈世子眕散騎侍郎，眕弟盱奉車都尉，眕母裴氏撫二子尸哭曰：『父爲忠臣，汝爲孝子，夫何恨乎！』」一統志：「墓在冶城，廟在雞鳴山之陽。」

胡馬飲洛川，晉書地理志：「永嘉之後，司州淪沒劉聰，聰以洛陽爲荆州。及石勒復以爲司州。石季龍又分司州之河南、河東、弘農、滎陽，兗州之陳留、東燕爲洛州。」皇輿寓江左。宰輔失良圖，國門屢興禍。惡木不可植，猛獸終難馴。冠軍歷陽來，晉書蘇峻傳：「峻隨庾亮追破沈充，進使持節冠軍將軍歷陽内史，加散騎常侍，封邵陵公。」一統志：「和州含山縣，漢歷陽地。」白日飛黃塵。兵叩西陵關，火焚大桁口。蘇峻傳：「峻自率渙、柳衆萬人，乘風濟自横江，次于陵口，與王師戰，頻捷，遂據蔣陵覆舟山。率衆因風放火，臺省及諸營等署，一時蕩盡，遂陷宮城。」虎旅方敗奔，六宮竟誰守？卞公仗戎鉞，勇氣超常倫。立朝素正色，臨難仍捐身。落日百戰餘，裹創領殘卒。父子誓除兇，一朝共淪沒。當年尚浮虛，風俗變縉紳。誰知効節者，不在清談人！卞壼傳：「時貴游子弟多慕王澄、謝鯤爲達，壼厲色于朝曰：『悖禮傷教，罪莫斯甚！中朝傾覆，實由于此。』欲奏推之。」石頭義旗來，蘇峻傳：「溫嶠、陶侃，已倡義于武昌，峻聞兵起，還據石頭。」天狼夜流血。蘇峻傳：「嶠與趙胤率步卒萬人，從白石南上，欲以臨之。峻與匡孝將八千人逆戰北下，突陣不得入，將迴趨白木陂牙門，彭世、李千等投之以矛，墜焉。斬首臠割之，焚其骨。」晉志：「天狼一星在東井東南，狼爲野將，主摽掠。弧九星在狼東南，主備盜賊，嘗向于狼。」册贈極哀榮，千秋表忠烈。六朝卿相塚，一統志：「江南古金陵地，吳、晉、宋、齊、梁、陳舊都也。」無數青山根。至今行人過，但拜將軍墳。馬鬣封未平，檀弓：「從若斧者焉，馬鬣封之謂也。」龍泉氣猶發。郭元振寶劍篇：「良工鍛鍊凡幾年，鑄得寶劍名龍泉。」卞壼傳：「後盜發壼墓，尸僵，鬢須蒼白，面如生，兩手悉拳，爪甲穿達手背。安帝詔給錢十萬，以修塋兆。」惆悵望松楸，一杯奠寒月。

綠水園宴集 見卷四來鴻軒注

平居寡良會，覯哉況茲時！幸逢金閨英，中筵接光儀。名園過修禊，正韻：「祓禊，除惡祭名。」景麗春陽熙。綠芷榮曲沼，朱華敷廣墀。情宣寄高文，憂襟爲之披。觴來不敢訴，慮此朋歡虧。何以淹返旆，頹光願遲遲。

答宋南宮見寄 原注：「時寓江上。」南宮見卷三懷十友。

棲寓豈高遁，偶家南渚濱。雖欣遠物累，終悲寡交親。挐舟近入郭，李覯詩：「挐舟古岸邊。」言欲訪故人。叩門子不在，思懷竟難伸！歸來掩蓬廬，幽臥屬始春。風喧柳意動，雪霽禽聲新。孤游盼芳物，尊酌孰與陳？念昔文翰場，弱蹤繼清塵。鳴絃東閣夜，見卷四贈陶篷先生「平津」注。飛蓋西園晨。曹植公讌詩：「清夜遊西園，飛蓋相追隨。」茲歡與年徂，憔悴兩未振。朝蒙枉瓊藻，韋應物詩：「晨坐枉瓊藻。」慰我佇慕勤。深情寄妍詞，不殊握中珍。居屯在守志，袁桷詩：「居屯豈爲折。」養素豈辭貧？裁章以少答，此道願無淪。

夢梅堂

寢齋掩殘雪，幽幔燈微皎。不知南澗濱，魂與春縈繞。初迷月入樹，忽斷風驚篠。餘馥悵難尋，空山鶴鳴曉。

送程校理遊江上

風亭晨離管，草綠江水暮。送此南浦人，孤帆雨中渡。別觴一作賜。足自緩，前驛花滿路。春叢戀山鶯，晚絮迷汀鷺。我今獨愁居，芳月誰與度？佇立望遥波，相思積煙霧。

僧齋聞雨

寂寂初罷語，悠悠未成眠。高齋有春雨，夜半落燈前。已傷花委樹，復念水盈田。老衲獨無聽，繩牀方坐禪。張籍詩：「遇齋長不出，坐臥一繩牀。」

懷徐七

哀鴻已鳴渚，落葉初覆陌。故園當授衣，却思遠行客。客行日已遠，我思日已積。東南望歸櫂，鳥去煙波夕。憂來不成言，滿抱空戚戚。豈無一樽酒，黄花爲誰摘？

四柏

堂前四小柏，羅立二尺長，始栽附南堦，遠移自東岡。春夏衆草芳，翳沒成久荒。低枝網蟲縣，暗葉螻蟻藏。不沾夕露氣，每隔朝陽光。我病廢芟理，覽之屢彷徨。玄冬戒嚴候，迅風激飛霜。蕪穢忽自除，鬱然露蒼蒼。恍若羣梟散，鵷雛得翺翔。乃知受命正，雖弱自可強。循步賞勁色，撫攀挹微香。幸得依我居，勿令縱牛羊。他年培養成，凌雲孰能量？後凋誠足貴，早厄庸何傷！

西臺慟哭詩　并引

越人謝翶，嘗爲宋丞相文山公之客，公死之十二年，登釣臺祭公以哭，自爲文識其哀曰西臺慟哭記。東陽張孟兼持示求詩，僕感其誼，遂賦一首。宋謝翶西臺慟哭記：「先是一日，與友人甲乙若丙，約越宿而集。午雨未至，買榜江涘，登岸，謁子陵祠，憩祠旁僧舍。毁垣枯甃，如入墟墓。還與榜人治祭具，須臾雨止，登西臺，設主于荒亭隅，再拜跪伏，祝畢，號而慟者三，復再拜起。又念余弱冠時，往來必謁拜祠下，其始至也，侍先君焉。今余且老，江山人物，睠焉若失，復東望泣拜不已。有雲從南來，渰浥浡鬱，氣薄林木，若相助以悲者。乃以竹如意擊石作楚歌，招之曰：『魂朝往兮何極？暮來歸兮關水黑。化爲朱鳥兮有咮焉食。』歌闋，竹石俱碎，于是相向感唶，復登東臺，撫蒼石，還憩于榜中。榜人始驚。余哭云：『適有邏舟之過也，盍移諸！』遂移榜中流，舉酒相屬，各爲詩以寄所思。」

峨峨子陵臺，一統志：「嚴州府城東五十里東西二臺，各高數百丈，漢嚴子陵垂釣處。」其下大江奔。一統志：「釣臺下七里灘。」何人此登高？慟哭白日昏。哀哉宋遺臣！舊客丞相門。丞相既死節，元史：「天祥留燕三年，坐臥一小樓，足不履地。至元十九年，有閩僧言土星犯帝座，疑有變。未幾，中山狂人自稱宋主，有衆千人，欲取文丞相。帝乃召天祥入，諭之曰：『汝何願？』天祥曰：『天祥爲宋宰相，安事二姓？願賜之一死足矣！』乃詔殺于燕之柴市。臨刑，從容南向拜而死。」有身恥空存。北望萬里天，再拜奠酒尊。陰雲暮飛來，恍如載忠魂。所哭豈窮途，晉書阮籍傳：「時獨駕，不由徑路，跡窮，輒慟哭而反。」中抱千古冤。上悲宗周隕，左傳：「嫠不恤其緯，而憂宗周之隕，爲將及焉。」下念國士恩。史記刺客列傳：「智伯以國士遇我，我故國士報之。」淒涼當世事，感慨平生言。西臺慟哭記：「公以事過張睢陽及顔杲卿所嘗往來處，悲歌慷慨，卒不負其言而從之遊。今其詩具在，可考也。」空山誰知哀，西臺慟哭記：「嗚呼！阮步兵死，空山無哭聲且千年矣！」惟有猨與猨。豈不畏衆驚，聲發不忍吞。人言天有耳，蜀志秦宓傳：「吳使張溫來聘。溫問曰：『天有頭乎？』宓曰：『有之，在西方。詩曰：乃眷西顧。』『天有耳乎？』宓曰：『天處高而聽卑。詩曰：鶴鳴于九皋，聲聞于天。』」此哭寧不聞？願因長風還，晉書宗慤傳：「叔父問所志。慤曰：『願乘長風破萬里浪。』」吹此血淚痕。往墮燕山隅，一灑宿草根。見卷五稚兒塔。田横去已遠，見前送客之海上。茲道不復論。作歌悼往事，庶使薄俗敦。

見耕者

茲晨有佳興，挈杖行遠墟。春犂稍已出，土脈向暖舒。嚶嚶鳥囀谷，瀏瀏泉鳴渠。歲功自茲始，爲農亦良劬！而我惰四體，偃息在敝廬。飢寠固當爾，無爲歎踟躕。

雨中書湖上漁家壁

漁舍煙不起，瀟瀟雨初暝。孤客與羣鷗，寒依葦間聽。山昏望易失，波動愁難定。歸思滿蒼茫，空憐去帆迴。

同杜二進士晚登潘氏樓

靄靄川樹暝，夕陽忽然收。林間一鐘來，隴上衆未休。維榜漁石邊，尋我棲寓儔。本期散憂懷，攜手登此樓。那知見遠色，蒼茫轉成愁。幸茲有尊酌，雖晚爲君留。一本「隴上衆未休」下，有「青山繞北郭，故園阻歸遊」二句。

送家兄西遷

昔別歸有期，此別去何極。西遷屬事變，咎責非己得。家貧無行資，空橐辭故國。悤悤逐徒旅，宛宛謝親識。牽攀不能留，慟哭野水側。離鴻爲迴翔，浮雲暮愁色。別時雖云苦，未若別後憶！願行勿憂家，養親自我職。殊方氣候異，炎霧秋未息。委命毋怨尤，長年強餐食。

至蓮村

昔愛茲里幽，誓將構蓬廬。孰云墮世網，重到十載餘。喪亂喜獨完，煙火靄舊墟。柴門在深巷，落日榆柳疎。鄰翁念契闊，攜筐饋雙魚。苦問客何事，顏色與昔殊？焉知涉艱難，多戚長少娛！貧賤非所恥，中情在閒居。願翁勿相誚，終當遂吾初。晉書：「孫綽居會稽，遊放山水十餘年，作遂初賦以致其意。」

雨中登白蓮閣望故園 白蓮寺，見前。

亭亭高閣上，渺渺清川曲。日暮靄羈愁，蘺蘅雨中綠。聞鐘僧已返，荷笠人猶牧。歸櫂獨難尋，江南望雲木。

尋照公

遠尋林下僧，不識林下路。隔雲孤磬響，因到繙經處。見卷四無言上人。相對竟忘言，夕陽在祇樹。

江上過丁校書宅留飲 風俗通：「劉向別錄：『一人讀書，校其上下，得謬誤爲校。一人持本，一人讀書，若怨家相對爲讎。』」唐書：「魏徵奏引諸儒校集秘書，國家圖籍，粲然完璧。」

迂櫂入浦汭，禹貢疏：「水北曰汭。」言尋故人扉。雞鳴村樹煙，寒旭景尚微。子起罷理髮，晉書謝安傳：「桓溫嘗詣安，值其理髮，安性遲緩，久而方罷，使取幘。溫見留之曰：『令司馬著帽進。』其見重如此。」相延闢中闈。雅詞既云宣，濁醑亦以揮。幸茲竟日歡，一浣積慮非。尚慚有羈牽，暫會復遠違。臨流送我還，迴飈夕吹衣。亂來人情改，高誼似子希。儻不終憚煩，卜鄰遂相依。

遊靈巖賦得越來谿　並見卷五

越女遊未去，越兵嗟已來。青山舊谿上，無復見樓臺。過客空惆悵，荷花秋自開。

立春前一日喜雪

一冬纔見瑞，三白詎須頻？見卷二打麥詞。未嫌遲送臘，唯憐預占春。積砌猶殘凍，妝苑已芳辰。留更明朝落，梅花欲鬬新。

移家江上別城東故居

人情戀故鄉，誰樂遠爲客？我行豈得已，實爲喪亂迫。凄凄顧丘隴，悄悄別親戚。不去畏憂虞，欲去念離隔。雖有妻子從，我恨終不釋。出門未忍發，惆悵至日夕。

雨中客僧舍

客夢方暫適，竹間風雨驚。起登林端閣，迢遞望層城。景寒川樹疎，野晦原煙平。不邀釋子語，何以緩羈情？

見花憶亡女書

中女我所憐，六歲自抱持。懷中看哺果，膝上教誦詩。晨起學姊妝，鏡臺強臨窺。稍知愛羅綺，家貧未能爲。嗟我久失意，雨雪走路歧。暮歸見歡迎，憂懷每成怡。如何屬疾朝，復値事變時。聞驚遽沈殞，藥餌不得施。倉皇具薄棺，哭送向遠陂。茫茫已難尋，惻惻猶苦悲。却思去年春，花開舊園池。牽我樹下行，令我折好枝。今年花復開，客居遠江湄。家全爾獨歿，看花淚空垂。一觴不自慰，夕幔風淒其。

東陂路上阻水

不覺去村遠，瀟瀟柳間步。江雨夜來多，春流稍侵路。褰裳自可涉，不待漁舟渡。

獨酌

白日下遠川，寒風振高柯。蕭條掩關臥，暮雀忽已過。我有羈旅愁，鬱如抱沈痾。起坐呼淸尊，獨飲還獨歌。一斟解物累，再酌迴天和。道德指歸論：「聖人動與天和，靜與道合。」數觴竟復醺，翻恨愁無多。所以古達士，但飲不顧他。回頭向婦笑，戚戚終如何！

同杜徵士寅過南渚赴朱七丈招飲

列朝詩傳：「寅字彥正，青城人，後居吳。洪武初，與修元史。八年，爲岐寧衛知事，與經歷熊鼎並賜狐裘，後官至侍郎。」

五月燕雛飛，絲成桑葉稀。相逢總羈旅，白苧未縫衣。扁舟喜同載，晚渡滄洲外。樹失潮氣昏，沙喧雨聲大。將迷路却通，窈窕復蒙蘢。果熟皆梅子，禽啼盡郭公。禽經：「郭公，鳥名，卽布穀也。」兵戈苦未息，莫歎猶爲客。此去醉誰家？江邊主人宅。

始聞夏蟬

翾翾纔得蛻，博雅：「翾翾翻翻，飛也。」咽咽未成喧。翳葉誰能見，南風綠繞軒。乍驚變節物，還念別郊園。何待當秋聽，方令羈思繁。

贈劚苓者

山田不生苗，靈雨空漑之。詩：「靈雨旣零。」歲晏窮谷中，何以療我飢？青青萬丈松，兔絲絡其枝。不知何樹下，乃有千年脂。淮南子：「千年之松，下有茯苓，上有兔絲。」朝行西澗濱，暮行東岡陲。荷鍤偶遠樵，言尋亦良疲。鑿彼土石間，得此瓊瑤姿。香因淸飈發，色藉玄泉滋。

嘗讀炎帝編，史記三皇紀：「炎帝神農氏，初藝五穀，嘗百草，製醫藥。」徵功實多奇。天和滌煩滯，靈味扶殘衰。詎必勞悲歌？去采商顏芝。見卷五用里村。歸來拾荆薪，炊之作晨糜。八珍豈不美？周禮膳夫：「珍用八物。」注：「謂淳熬、淳母、炮豚、炮牂、擣珍、漬熬、肝膋也。」素餐懼可一作有嗤。服斯待輕舉，本草：「茯苓久服，安魂養神，不飢延年。」往與仙人期。

我昔

我昔在家日，有樂不自知；及茲出門遊，始復思往時。貧賤爲客難，寢食不獲宜。異鄉寡儔侶，童僕相擁持。天性本至慵，強使賦載馳。發言恐有忤，蹈足慮近危。人生貴安逸，壯遊亦奚爲？何當謝斯役，歸守東岡陂。

將往海上舟行值雨投僧舍

沙響聞雨來，中途生旅愁。遙尋晚林磬，暫駐寒塘舟。窗下一僧老，竹間諸鳥幽。誰言阻遠去？翻使得佳遊。

暫歸鳴珂里舊宅

故廬在東里，久出喜偶旋。景物亂後非，行觀一悽然！荒榛塞園逕，流塵蔽堂筵。念茲經營初，勤苦唯我先。蕪壞棄弗守，顧己誠有愆。雖懷首丘願，楚辭：「狐死必首丘。」未絕遊方緣。于武陵訪僧不遇詩：「及戶無行跡，遊方應未歸。」是主乃如客，暫來靡留連。日暮復遠去，哀抱將何宜？

江上晚晴

江虹斷雨脚，杜甫詩：「江虹明遠飲。」又：「出門復入門，雨脚但如舊。」反景明墟里。說文：「落光反照其東，謂之反景。」宿鳥亂歸村，幽人獨臨水。漁舟隔浦飯，煙火蘆中起。閒吟望遠岑，緩步尋芳芷。此夕遇新晴，憂懷偶然喜。

與王隱君宿寧眞道館 見卷四鶴瓢山房

松下禮眞罷，鶴鳴暮壇空。偶來古仙居，欣與靜者同。玄言不知還，遂宿琳館中。馬祖常詩：「琳館瑤臺九天近。」蒸菌沃芳露。莊子：「樂出虛蒸成菌。」焚蘭度微風。山瓢瀉未盡，月出秋林東。語化衆妙歸，探元萬緣窮。李白詩：「探元識化先。」不與至道俱，何以超妄蒙？顧從希夷遊，宋史逸民傳：「陳摶，字圖南，號希夷先生，棲武當山九室巖，辟穀服氣二十餘年，但日飲酒數杯。又移居華山雲臺觀，依止少華石室，無心世事，嘗寢處，輒百餘日不起。」稽首青牛翁。關中記：「老子度關，令尹喜勅門吏曰：『若見老公從東來乘青牛薄板車者，勿聽度關。』其日果來，吏白之，喜曰：『道今來矣。』」

送珪上人

曾來看江雨，同倚香臺上。王維詩：「菱荷熏講席，松柏映香臺。」師今西去遥，還上香臺望。淮山暮鐘起，楚水春帆漾。來去本隨緣，分攜莫惆悵。

冒雨暮歸過白沙湖

姑蘇志：「沙湖自鮎魚口轉入運河，經婁門而東，爲上雉瀆，又東爲下雉瀆，又東爲沙湖。湖雖小，而與松江諸水相呑吐，青丘、戴墟二浦在焉。」

天寒滿湖雨，獨櫂東歸急。遙望水邊村，蕭條暮煙溼。家人應候我，深暎柴扃立。

送袁憲史由湖廣調福建

列朝詩傳：「袁養福，字能伯，吳郡人。洪武初，爲福建憲史，行潔負才氣，有詩名，精於書法。」

只謂遠遊苦，寧知遠遊樂。君今萬里歸，顏色殊不惡。自言楚帆開，初別鳳凰臺。江寧府志：「鳳凰臺，在府治西南杏花村中，宋元嘉時，鳳凰集于此山，築臺山椒以表瑞。」采石月下過，唐書李白傳：「嘗乘舟與崔宗之自采石至金陵，著宮錦袍，坐舟中，旁若無人。」匡廬天際來。一統志：「匡廬山，南康府城西北，周時匡裕兄弟七人，結廬隱此，故名。疊嶂九重，崇巖萬仞，周五百餘里。江右巨鎮，道書第八洞天。」試沽彭澤酒，一統志：「彭澤縣屬九江府。」高瑾詩：「正開彭澤酒，來向高陽池。」憔悴陶家柳。蘇軾游武昌詩：「空傳孫郎石，無復陶公柳。」最愛小姑妍，一統志：「彭澤小孤山在大江中流，四面斗絕，惟南岸可登。」歸田錄：「小孤山，世轉孤爲姑，江側有一石磯，謂之澎浪磯，遂轉爲彭郎，云彭郎，小姑壻也。」臨行復回首。遠逐繡衣遊，漢書百官公卿表：「侍御史有繡衣直指，出討姦猾，治大獄，武帝所制，不常置。」閒登黃鶴樓。一統志：「黃鶴樓，武昌府黃鶴磯上。」千峰漢陽晚，一統志：「漢陽形勢，前枕蜀江，北帶漢水，高山大澤，四環交映。」一雁洞庭秋。一統志：「洞庭湖，在岳州府治西南。」長沙志：「洞庭之水，瀦爲七百里，日月出沒其中，瀟湘八景，有平沙落雁。」西上荊門渚，一統志：「荊門山，在荊州宜都縣大江之南，與虎牙山對。」銀釵見巴女。「銀釵」見卷二竹枝詞。白居易詩：「蠻鼓聲坎坎，巴女舞蹲蹲。」歌罷竹枝詞，江陵夜風雨。一統志：「荊州府，隋、唐曰江陵。」看盡幾多山？今朝始得還。秋風吹驛騎，又欲度閩關。一統志：「福州府，秦曰閩中。」閩關聞更好，瘴霧晨收早。椰子美如漿，類篇：「椰子木高數十丈，葉在其末，膚裏有漿，甘如酒。」宋李綱有椰子酒賦。」蘭花多似草。嗟余戀故鄉，不肯涉津梁。把酒看君去，相思空斷腸。

宴顧使君東亭隔簾觀竹下舞妓

美人竹下舞，醉看隔簾櫳。髣髴瑤臺子，遊戲綠雲中。玉鈎正蕩月，羅袖忽驚風。莫逐青鸞去，別賦：「駕鶴上漢，驂鸞騰天。」尊前樂未終。

夢遊仙

夢騎蒼麒麟，太平廣記：「麒麟客者，南陽張茂實傭僕也。其名曰王夐，一旦向茂實曰：『夐家去此甚近，能相逐一遊乎？』茂實從之，相與南行一里餘，有黃頭執青麒麟一，赤文虎二，候于道左。夐乘麒麟，茂實與黃頭各乘一虎，上仙掌峯，越壑淩山，不覺峻險。」手持白玉鞭。杜甫詩：「麒麟受玉鞭。」長風八萬里，夜入通明天。蘇軾詩：「侍臣鵠立通明殿，一朵紅雲捧玉皇。」正逢絳闕開，謁帝陪羣仙。飄颻紫霞珮，韓愈詩：「願乞飛霞珮，與我高頡頏。」杳靄青霓旆。孟郊詩：「翠煙含青霓。」命與衞叔卿，神仙傳：「衞叔卿，中山人也，服雲母得仙。漢元封二年八月壬辰，武帝閒居殿上，忽有一人乘雲車從天而下，來集殿前，年可三十許，色如童子，羽衣星冠。帝乃驚問曰：『爲誰？』對曰：『吾中山衞叔卿也。』帝曰：『子若是中山人，乃朕臣也，可前共語。』叔卿意帝必加優禮，而云朕臣，于是失望，忽焉不知所在。」共讀金蕊篇。玄文不可識，謫歸一千年。驚寤忽長歎，虛空但雲煙。

獨遊白蓮寺池上看雨

輕衣忽變冷，池雨來清夏。圓紋細細生，密響脩脩下。荷披魚躍起，樹靜禽鳴罷。賞淡自忘還，非因與僧話。

贈薛相士

原注：「至正辛丑，嘉禾薛月鑑過予求詩，因贈。」

我少喜功名，輕事勇且狂。顧影每自奇，磊落七尺長。要將二三策，爲君致時康；公卿可俯拾，漢書夏侯勝傳：「勝每講授，常謂諸生曰：『士明經術，其取青紫如俛拾地芥耳！』」豈數尚書郎？杜甫詩：「欲陳濟世策，已老尚書郎。」回頭幾何年，突兀漸老蒼。杜甫詩：「脫略小時輩，結交皆老蒼。」始圖竟無成，艱險嗟備嘗。歸來省昨非，我耕婦自桑。擊木野田間，唐書陸羽傳：「上元初，羽隱苕溪，自稱桑苧翁。闔門著書，或獨行野中，誦詩擊木，裴回不得意，或慟哭而歸。時謂今接輿也。」高歌誦虞唐。薛生遠拏舟，訪我南渚旁。自言解相人，視余難久藏。腦後骨已隆，唐書袁天綱傳：「天綱見馬周曰：『馬君伏犀貫腦，背若有負，貴驗也。近古君臣相遇，未有及公者，然面澤赤而耳無根，後骨不隆，壽不長也。』」眉間氣初黃。韓愈詩：「眉間黃色見歸期。」相書：「喜色紅黃。」我起前謝生，弛弓懶復張。儀禮：「衆賓勝皆袒，遂執張弓，不勝者執弛弓，升飲如初。」請看近時人，躍馬富貴場。非才冒權寵，須臾竟披猖。北齊書王晞傳：「帝欲以晞爲侍中，苦辭不受。或勸晞勿自疎，晞曰：『人主恩施，何由可保？萬一披猖，求退無地。非不愛作熱官，但思之爛熟耳。』」鼎食復鼎烹，主父世共傷。見卷四東園種蔬。安居保常分，爲計豈不良？願生毋多言，妄念吾已忘。

高青丘集卷七

五言古詩

曉臥丁校書西軒

窗月淡欲失，曨曨逼初曙。屋外鳥聲多，應知有嘉樹。殘香掩幽寢，未事澄紛慮。〔校記〕列朝詩集小傳作「未事」。頗似宿東巖，僧齋竹深處。

水上盥手

盥手愛春水，水香手應綠。沄沄細浪起，杜甫詩：「沄沄逆素浪。」杳杳驚魚伏。怊〔校記〕列朝詩集小傳作「惆」。悵坐沙邊，流花去難掬。

贈漫客

畸人誠達生，莊子大宗師：「畸人者，畸於人而侔於天。」聱叟亦曠士。元結自釋：「聱叟不羞聱齖於鄰里，吾安慚漫浪於人間。」漫客乃其徒，放意在雲水。有山即漫遊，有竹仍漫止。漫吟不求工，漫飲不須美。與物無留情，所適皆漫爾！人生本漫寄，何事紛戚喜？與子作漫交，逍遙論茲理。

晝睡甚適覺而有作

閑居況懶拙，盡日無營爲。掩室聊自眠，一榻委四肢。向暄思益昏，南窗滿晴曦。吾神誰能縶，八表從所之。殷憂常苦縈，茲焉忽如遺。有身不自省，此外安得知。覺來鄰雞鳴，「已過亭午時。梁元帝纂要：「日在午曰亭午。」如遊鈞天還，史記趙世家：「趙簡子疾，五日不知人，大夫皆懼，居二日半，簡子寤曰：『我之帝所甚樂，與百神遊于鈞天，廣樂九奏萬舞。』」至樂不可追。我意在有適，寧顧朽木嗤。猶勝夸毗子，詩：「無爲夸毗。」塵中爭走馳。

秋日端居

秋意日蕭索，郊園霜露餘。出遊無山水，聊復守吾廬。巷轍久已斷，山瓢仍屢虛。非甘寂寞者，誰樂此閒居？

夢鍾離兩兄

一統志：「鍾離城，在鳳陽舊府治東六里，晉縣，屬淮南郡，隋置鍾離郡于此。」

淮水去不絕，淮山與偕馳。鍾離兩遷客，路遠歸何期！孰云歸無期，此夕乃見之。握手說辛苦，杯觴復同持。須臾忽驚別，我夢方自知。雖夢亦足喜，況乃歸來時。

雨中留徐七賁

江寒宿雨在，落葉滿村逕。留君繫君艇，莫犯風潮急。試問欲歸城，誰家借蓑笠？

看刈禾

農工亦云勞，此日始告成。往穫安可後，相催及秋晴。父子俱在田，札札鐮有聲。黃雲漸收盡，曠望空郊平。日入負擔歸，謳歌道中行。鳥雀亦羣喜，下啄飛且鳴。今年幸稍豐，私廩各已盈。如何有貧婦，拾穗猶惸惸。

晚步遊褚家竹潭

蘇州府志：「唐褚家林亭在長洲。」松陵唱和集：「在震澤之西。」

落日猶半野，閒來潭上遊。非因戀幽賞，聊欲散煩憂。澄波魚喚夕，荒竹鳥吟秋。不是愚溪上，柳宗元愚溪詩序：「灌水之陽，有溪焉，或曰，冉氏嘗居也，故姓是溪。或曰，可以染也，名之以其能，故謂之染溪。余以愚觸罪，謫瀟水上，愛是溪，入二三里，得其尤絕者家焉。古有愚公谷，今余家是溪，而名莫能定，故更之爲愚溪。」胡爲吾久留？

召修元史將赴京師別內

承詔趣嚴駕，晨當赴京師。佳徵豈不榮，獨念與子辭。子自歸我家，貧乏一作賤。久共之。閨門藹情歡，寵德不以姿。天寒室懸罄，何忍遠去茲。王明待紬文，太史公自序：「紬史記金匱石室之書。」注：「紬，謂綴集之也。」不暇顧我私。恩恩愧子勤，爲我烹伏雌。見卷四感舊。攜幼送我泣，問我旋軫時。行路亦已遙，浮雲蔽川坻。宴安聖所戒，胡爲守蓬茨。我志願裨國，有遂幸在斯。加餐待後晤，勿作悄悄思。

早發土橋

江寧府志：「上元縣急遞舖東南，有土橋鎮，在丹陽鄉，與句容界。」

空山遠無驛，逆旅聊可宿。懷征候鳴雞，燃帶續我燭。唐書皇甫無逸傳：「無逸嘗按部宿民家，鐙炷盡，主人將續進，無逸抽佩刀斷帶爲炷，其廉介如此。」僕夫昨行苦，爛熳睡正熟。呼之愧恩恩，推車出茅屋。高巖尚懸斗，深谷未升旭。欲亟去反遲，怪石暗屨觸。思當在家時，日晏始舒足。

胡爲此行邁，霜露勞局促。王事靡敢辭，非關徇微祿。

車過八岡　岡在丹陽縣

上岡如登天，下岡如決川。勞哉輓車夫，呀喘當我前。兩轅鬬欲摧，土石厲且堅。我行閔其憊，時下息彼肩。雖非古羊腸，史記魏世家：「魏伐趙，斷羊腸，拔閼與。」正義：「羊腸阪道，在太行山上。」實懼覆與顛。如何道路子，車來競連連。白日已傾仄，我行尚迴邅。安得駕逸足，高適詩：「逸足橫千里。」平野超飛煙。

寓天界寺雨中登西閣　江寧府志：「天界寺，在聚寶門外，善世橋南，舊在城中大市橋北；元名龍翔集慶寺，學士虞集有記。明初，改天界寺。洪武戊辰寺災，徙建今所。」

片雲出鍾山，一統志：「在府城東北。江寧形勢：『鍾山龍蟠，石城虎踞。』」陰滿江東曉。幽人閣上寒，風雨啼鶯少。紅塵禁陌淨，綠樹層城繞。不爲怨春徂，離懷自憂悄。

送陳四秀才還吳

君是故鄉人，同作他鄉住。同來不同返，惆悵臨分處。手把長干花，回望長洲樹。恐起憶家心，愁題送君句。

送聯書記東歸

旅寓古寺間，得與名僧居。時因簡牘暇，共諦楞伽書。見卷五楞伽山。倚閣山暝後，步廊月生初。屢聞眞詮妙，雲笈七籤：「冀廣眞詮，潛資庶品。」一使羈悰舒。茲晨別同袍，言旋舊精廬。漢書儒林傳注：「精廬，講讀之舍。」飛雲自無滯，愧我焉能如。東浦秋正遙，西齋夜應虛。傷離固知妄，相送聊踟躕。

送禮部傅侍郎赴浙西按察

杭州府志：「洪武三年，傅讓爲浙江提刑按察副使。」

聖主想賢哲，夫君欻來東。姓名簡睿聽，召對明廷中。彷彿似其先，夢寐相感通。「高宗夢傅說」見卷一王明君。秉綸坐西掖，韋應物詩：「秉綸歸國士。」漢官儀：「左右曹受尚書事。前世文士以中書在右，因謂中書爲右曹，又稱西掖。」曳履遊南宮。王勃詩：「鳴環曳履出長廊。」漢書：「建尚書百官府，曰南宮。」復輟要近居，往試澄清功。後漢書范滂傳：「時冀州饑荒，盜賊羣起，乃以滂爲清詔使案察之。登車攬轡，慨然有澄清天下之志。」糾郡握使節，韋應物送馮著詩：「糾郡南海湄。」蘇軾懷晁美叔詩：「君持使者節，風采爍雲煙。」炎天凜霜風。顧余謬珥筆，潘岳贈陸機詩：「優游省闥，珥筆華軒。」言笑獲屢同。無端此分袂，離抱何忡忡！

對園柳

依依客園柳，來時未堪折。今看夏條長，上有新蟬咽。芳序惜推遷，佳人念離別。秋風莫遽起，旅思方騷屑。

僕至得二女消息

我僕持尺書，來自我故鄉。讀書意未了，呼僕問彼詳。云我兩小女，別來稍已長。大女手摻摻，窗前學縫裳。小女啼啞啞，走索瓜果嘗。喜爺有使歸，迎門各踉蹌。我坐聽此言，欲慰意反傷。稍近尙爾思，更遠何能忘。

菊鄰

菊本君子花，幽姿可相親。淸秋發孤豔，似避東風塵。采采霜露餘，繁英正鮮新。車馬不過賞，相看但幽人。幽人苦愛菊，自是柴桑倫。陶靖節傳：「陶淵明，潯陽柴桑人也。」閒園誰與語，叢栽四爲鄰。入徑朝摘遠，循籬暮觀頻。一壺每對酌，折花插盈巾。殊勝處俗里，歌呼醉遭嗔。

出城東見古松流水坐憩久之

空潭寒無藻，瑩淨涵青天。長松百餘株，扶疎繞潭邊。我行值幽境，坐賞忘歸旋。清風似相娛，西來忽謬然。水動松亦鳴，紛披復淪漣。羣鷗盡驚矯，疑是龍吟淵。微瀾蕩餘暉，流響散遠煙。靜聽意已消，何須撫徽絃。韓愈詩：「有琴具徽絃，再鼓聲愈淡。」安得卜此居？一謝塵中緣。朝來潭上坐，暮向松間眠。

夜坐天界西軒

明月出東閣，照我坐前軒。諸僧夜已定，寂寞與誰言？煙幔螢微度，風條蟬罷喧。清景雖堪悅，終嗟非故園。

京師嘗吳粳

新杭粲如玉，集韻：「粳同杭。」遠漕來中吳。史記蕭相國世家：「轉漕給軍。」注：「水運曰漕。」十國春秋吳越世家：「唐寶大元年十一月，陞蘇州爲中吳軍，領常、潤等州。」初嘗愛精鑿，說文：「一斛舂九斗曰鑿。」想出官田租。我本東臯民，少年習耕鉏。霜天萬穗熟，恣啄從飢烏。日暮刈穫歸，妻孥共歡呼。茅屋夜舂急，風雨江村孤。晨炊滿家香，薦以出網鱸。如今幸蒙恩，遨遊在南都。門前半區田，別來想已蕪。長年盜寸廩，蘇軾詩：「我本山中人，寒苦盜寸廩。」補報一事無。投匕忽歎息，飽食慚農夫。

爲因師題松梢飛瀑圖

松風散飛瀑，夜作濤聲急。棲鶻起空山，如驚鬼神入。杜甫畫山水障歌：「反思前夜風雨急，乃是蒲城鬼神入。」定僧寂無聽，任灑袈裟溼。

送周四孝廉後酒醒夜聞雁聲

別時酒忽醒，客去唯空舍。風雪雁聲來，寒生石城夜。遙憶渡江船，正泊楓林下。

答內寄

落月入曉闈，相思不須啼。我非秋胡子，列女傳：「魯潔婦者，秋胡子之妻，納之五日，而宦于陳。五年乃歸。未至家，見路旁有美婦人方采桑，秋胡子悅之，下車謂曰：『吾有金，願以予夫人。』婦人曰：『嘻，吾採桑奉二親，不願人之金。』秋胡子遂去。歸至家，其母使人呼其婦，乃向採桑者也。秋胡子見之而慙。婦曰：『辭親往仕，五年得還，乃悅路旁婦人，以金予之，是忘母不孝也。妾不忍見不孝之人。』遂去，自投河而死。」君豈蘇秦妻？戰國策：「妻不下紝。」風從故鄉來，吹詩達京縣。讀之見君心，寧徒見君面。拔草不易絕，割水終難開。行雲會有時，飛下巫陽臺。莫信長安道，花枝滿樓好。白馬繫春風，離愁坐將老。

眞氏女　幷序

余在史館日，談次有言姚文公承旨翰林時，嘗飲玉堂，有侍妾閩語者，詢之，乃眞文忠公裔孫也，父爲筦庫，負縣官錢，鬻之以償，遂流于娼家。公愍之，白于執政，落其籍；以嫁院吏黃棣，棣後至顯官。同館之士聞之，多賦詩者，余亦爲作一首。貝瓊眞眞曲序：「眞眞，建寧人，西山之苗裔也。公憫之，遣使白丞相三寶奴爲落籍，以妻翰林屬官王棣。裝資皆出于公。棣，字棣華，後官至翰林待制。」

妾恨非緹縈，史記倉公列傳：「淳于意以刑罪當傳西之長安。意有五女，隨而泣，意怒罵曰：『生子不生男，緩急無可使者！』少女緹縈，傷父之言，乃隨父西，上書願入身爲官婢，以贖父刑。書聞，上悲其意，除肉刑法。」上書動天子。自鬻償縣官，幸得脫父死。誰知故相家，失身居狹斜。遂令園中柏，翻作道旁花。當筵唱金縷，杜牧杜秋娘詩：「秋持玉斝醉，與唱金縷衣。」朔客驚閩語。相問忽相憐，開籠放鸚鵡。唐書新羅傳：「貞觀五年，新羅王獻女樂二。太宗曰：『比林邑獻鸚鵡，言思鄉丐還，況于人乎！』付使者歸之。」棄置舞衣裳，新理嫁時裝。良人身作吏，不是販茶商。花釵映羅扇，初與郎相見。貴賤古難常，妾心那敢怨！願郎去作官，莫掌官錢穀。生子但生男，家門免多辱。

送李架閣赴山西行省

「架閣」見卷五。元史：「世祖至元元年，立諸路行中書省，以省官出領其事，軍國重務，無不統攝。」地理志：「山西始統于中書省，至大四年，復改爲行中書省。」

日暮踰大河，一統志：「太原府形勝，左恆山，右大河。」北望古晉疆。一統志：「太原，禹貢冀州之域，虞分置并州，春秋爲晉。」萬里饒風沙，地接戎與羌。翩翩并州兒，李白詩：「經過燕太子，結託并州兒。」躍馬能挽強。古來事爭奪，百戰在此場。聖皇剗羣雄，撫劍定八荒。睠茲形勝都，建侯樹藩方。明通紀：「洪武三年，封第三子棡爲晉王。」披榛開幕府，史記廉頗列傳：「市租皆輸入幕府。」注：「古者出征，以幕帟爲府署，故曰幕府。」賓從皆才良。所期偃甲兵，民物自此康。山河罷險阻，沃野多耕桑。君行願努力，遠別庸何傷。

送王哲判官之上黨

漢書地理志：「上黨郡，秦置，屬并州。」一統志：「今太原府平定州。」

羣材萃京師，有若奔海川。盍簪向華館，易：「朋盍簪。」唯君最韶年。忽行佐名邦，輟理金匱編。劉禹錫詩：「常時載筆窺金匱。」朝辭紫闕下，暮宿黃河壖。馬上看太行，日落萬里煙。峨峨天井關，漢書地理志：「關在上黨郡，太行山上。」高城鬱相連。遺氓得少安，時清罷戈鋋。漢書鼂錯傳：「此矛鋋之地也。」亟行勿憚遠，聖意煩承宣。

登句容僧伽塔望茅山

江寧府志：「句容崇明寺，在東北隅。晉咸熙中建，名義和。宋太平興國年，改今額。寺有浮圖甚峻，鐘樓有趙子昂題扁。」「茅山」見卷五送蕭隱君。

高登大士塔，柳宗元無性和尚碑：「菩薩大士，其衆無涯。」遙望仙人峯。茲峯夫何如，玉削三芙蓉。李白詩：「太華三芙蓉。」雲深句曲樹，日落華陽鐘。江寧府志：「茅山中有華陽南洞、華陽西洞諸勝。」長君昔飛昇，神仙傳：「茅君弟仕至二千石，當之官，鄉里送者數百人；茅君在座，乃曰：『余雖不作二千石，亦當神靈之職。某月某日當之官。』賓客皆曰：『願奉送。』至期，賓客並至，大作宴會，茅君與父母親族辭別，乃登羽蓋車而去。麾幡蓊鬱，驂虬駕虎，飛禽翔獸覆其上，流雲彩霞，霏霏繞其左右。去家十餘里，忽然不見。」駕挾雙白龍。至今學道處，洞府留靈蹤。丹泉夜吐光，江寧府志：「大茅之顛，有泉曰天池，大旱不涸，禱雨即應。南垂泉流作乳色，曰饋飯泉；北垂方池數尺，客至水即湧沸，名喜客泉；西垂有二泉，冬日一冰、一溫，曰玉蝶泉。」瑤草春含茸。仙應笑我愚，塵世苟自容。胡不鍊爾形？歸來蔭長松。望仙咫尺間，不隔雲海重。眞訣儻肯授，執鞭願相從。

贈楊滎陽　見卷三懷十友。一統志：「滎陽，屬開封府。」

嘉陵美山水，一統志：「嘉陵江，在順慶府城東。」唐畫斷：「明皇忽思嘉陵江山水，假吳生驛遞往寫貌。迴日云：『臣無粉本，並記在心。』遣于大同殿圖之，嘉陵江三百里山水，一日而畢。」亦復富文彥。楊君產其邦，材拔性高狷。布衣走名都，早入藝林選。魏書常爽傳：「爽教授之暇，述六經略注。其序曰：『頃因暇日，屬意藝林。』」客屈稷下談，史記田敬仲完世家：「齊宣王喜文學遊說之士，如騶衍、淳于髡、田駢、接子、慎到、環淵之徒七十六人，皆賜列第，爲上大夫。是以齊稷下學士復盛。」注：「齊有稷門，城門也。游談之士，期會于稷下。」王邀鄴中宴。劉公幹公讌詩注：「楨爲魏太子文學，此宴與王粲同于鄴宮作也。」出門得名聲，不假親舊援。匣劍未久埋，囊錐已先見。史記：「平原君曰：『賢士之處世，譬若錐處囊中，其末立見，今先生處勝門下，三年于此矣，勝未有所聞。』毛遂曰：『臣乃今日請處囊中耳！使遂早得處囊中，乃脫穎而出，非特其末見而已。』」吐詞實瑰奇，讀者心欲顫。刀鳴鬬夫勇，花妥笑女倩。杜甫詩：「花妥鶯捎蝶。」漁隱叢話：「西北方言，以墮爲妥。」如觀廣場中，百戲張曼衍。漢書西域傳贊：「作巴俞、都盧、海中、碭極、曼衍、魚龍、角抵之戲。」平生眼無人，遇我獨相善。陌頭每並出，兩騎無後先。喜從兔園遊，西京雜記：「梁孝王築兔園，招延四方豪傑。」慚受狗監薦。史記司馬相如列傳：「楊得意爲狗監，侍上；上讀子虛賦而善之，得意曰：『臣邑人司馬相如爲此賦。』」君歌我固服，我賦君亦羨。墮筵吟帽烏，踏席舞裙茜。醉中共笑語，往往雜諧謔。有時出城西，山水恣攀踐。巖眠曙猿驚，澗飲夏鶯囀。吳宮妓去榭，見卷五靈巖寺響屧廊。蕭寺僧開殿。杜陽雜編：「梁武帝好佛，造浮屠，命蕭子雲飛白大書曰蕭寺。」龍門剝陰苔，高什記題徧。歡遊正相酣，世事忽驚變。朋儔半生死，一往如激電。梁昭明太子七契：「激電比速，躡景競驅。」我棹返江潯，君車赴淮甸。旋聞逐流人，居濠又移汴。見卷三「楊署令基」注。一身去何賫，空橐唯破硯。蘇軾詩：「我生無田食破硯。」危塗晚行疲，欲進足如罥。狼來樹杪避，蝎走燈下見。渡河自撐篙，水急船斷牽。及至秋已深，舊褐風裂片。難尋高陽飲，史記酈生列傳：「沛公引兵過陳留，酈生踵軍門上謁，使者出謝，酈生瞋目按劍叱曰：『走復入言而公，吾高陽酒徒，非儒人也。』」空弔鄢陵戰。晉語：「欒武子與荆人戰于鄢陵，大勝之。」後漢書郡國志：「潁川郡鄢陵。」聖恩忽加憐，收拔佐山縣。韓維詩：「一從得官坐山縣。」卑曹敢云辭，執版謁府掾。後漢書范滂傳：「投版棄官而去。」注：「版，笏也。」六書故：「掾乃屬官通稱。」官庖盡炊藜，民賦半輸絹。唐書食貨志：「凡授田者丁歲輸粟二斛、稻三斛，謂之租。丁隨鄉所出，歲輸絹二疋、綾絁二丈、布加五之一、綿三兩、麻三斤，非蠶鄉則輸銀十四兩，謂之調。」低飛蓬蒿間，不異雉帶箭！陸游詩：「壯哉帶箭雉，耿介死不顧。」有親寓京師，年老闕供饌；欲奉朝夕歡，去職胡敢擅？晨上宰相書，得歸遂微願。上堂具珍鮭，集韻：「音鞵，吳人謂魚菜總稱。」黃庭堅詩：「婦能養姑供珍鮭。」呼婦賣釵釧。杜甫詩：「家貧賣釵釧，只待獻香醪。」我時別君久，問訊愧無便。空題憶君詩，細字書滿卷。今春被詔起，前史預編撰。始來長干門，楊柳正飛燕。逢君風塵餘，不改舊顏面。握手話苦辛，悲喜雜慶唁。客中雖無錢，自寫賖酒券。陸游詩：「旋償酒券何時足。」邀來臥東閣，月出初鎖院。宋史職官志：「凡拜宰相及事重者，晚漏上，天子御內東門小殿，宣詔面諭，給筆札，書所得旨，稟奏歸院，內侍鎖院門，夜漏盡，具詞進入。」君言涉艱難，壯志今已倦。回頭悟前非，更名慕蘧瑗。原注：「君近改名去非。」淮南子：「蘧伯玉行年五十而知四十九年之非。」我聞棠谿金，史記蘇秦列傳：「韓卒之劍戟，皆出于冥山棠谿。」不畏經百鍊。韓愈詩：「何異百鍊鋼，化作繞指柔。」胡爲暫失路，遽欲老貧賤。吾皇奮神武，四海始安奠。棧通諭夷文，史記司馬相如列傳：「會唐蒙使略通夜郎西僰中，發巴蜀吏卒千人。郡又多爲發轉漕萬餘人，用興法誅其渠帥，巴蜀民大驚恐，上聞之，乃使相如責唐蒙，因喻告巴蜀民，以非上意。」「棧道」見卷一行路難。驛走徵士傳。明通紀：「洪武元年九月，下詔求賢。二年，詔修元史。三年，詔開科取士，四年二月，親策試進士。」時巡抗霓旌，上林賦：「拖蜺旌，靡雲旗。」肆覲冠星弁。詩：「會弁如星。」功成萬瑞集，禮欲議封禪。司馬相如列傳：「相如既病免，家居茂陵。天子曰：『司馬相如病甚，可往從悉取其書。』使所忠往，而相如已死，家無書。問其妻，對曰：『長卿固未嘗有書也。未死時，爲一卷書，曰有使者來求書，奏之。』其書言封禪事，所忠奏焉。」君才適時需，正若當暑扇。手持照國珠，史記田敬仲完世家：「魏王與齊威王會田于郊，魏王問曰：『王亦有寶乎？』威王曰：『無有。』魏王曰：『若寡人國小也，尙有徑寸之珠，照車前後各十二乘者十枚。』威王曰：『寡人之所以爲寶，與王異。吾臣有檀子、盼子、黔夫、種首者，將以照千里，豈特十二乘哉！』」胸出補袞線。詩：「袞職有闕，惟仲山甫補之。」便應上金鑾，唐書李白傳：「天寶中，賀知章言之，召見金鑾殿，論當世事，奏頌一篇。」立對被天眷。嗟余忝載筆，禮記：「史載筆，士載言。」鼠璞難自衒。劉書審名：「周人玉璞，其實死鼠。楚之鳳凰，乃是山雞。」魏志陳思王植傳：「夫自衒自媒者，士女之醜行也。」幸茲際昌辰，魏闕寧不戀？但憂誤蒙恩，不稱終冒譴。秋風楚潮滿，歸舸帆欲轉。君若念故交，殷勤一相餞。

寺中早秋

秋風入寺早，孤客驚離索。斜日數蟲懸，槐花雨餘落。砧聲起廢苑，簟色淒高閣。獨憐明鏡中，玄鬢猶如昨。

天界翫月 有序

洪武二年八月十三日，元史成，中書表進，詔賜纂修之士一十六人銀幣，且引對奬諭，擢授庶職，老病者，則賜歸于鄉。閱二日，中秋，諸君以史事甫成，而佳節適至，又樂上賜之優渥，而惜同局之將違也，乃即所寓天界佛寺之中庭，置酒爲翫月之賞，分韻賦詩，以紀其事，啓得衢字云。明史稾趙壎傳：「太祖命左丞相李善長爲監修官，前起居注宋濂、漳州府通判王禕爲總裁官，徵山林隱逸之士汪克寬、胡翰、宋僖、陶凱、陳基、曾魯、高啓、趙汸、張文海、徐尊生、黃篪、傅恕、王錡、傅著、謝徽爲纂修官，而爌與焉。」

聖主念前鑒，述作徵名儒。羣來高館間，庸跡愧我愚。孰謂此責輕，毫端有褒誅。書成進丹陛，召對共拜趨。去留雖不同，雨露均沾濡。已淹三時勞，可廢一夕娛。況逢端正月，韓愈詠月詩：「三秋端正月，今夜出東溟。」當空照眉鬚。流光滿金界，劉滄登慈恩寺詩：「金界時來一訪僧。」境與人間殊。廣庭布長筵，嘉肴薦芳腴。豈唯多士集，亦有名僧俱。興酣貴〔校記〕明詩紀事作「資」。形忘，諧笑不復拘。觴行豈辭勤，仰看轉斗樞。明晨即分袂，此樂誠須臾。人生四海間，相見皆友于。杜甫詩：「山鳥山花吾友于。」不知誰使令，流蕩無根株。忽然此相遇，旋復成天隅。願各崇令名，逍遙步亨衢。易：「何天之衢亨。」明年重見月，相憶當長吁。

寄題鄞縣青山寺鍾秀樓 寧波府屬

東湖秀可攬，一統志：「東湖，在府城東，受七十二溪之流，民不苦旱，舊名萬金湖。自宋史丞相卜塋湖上，而祠宇林木，埒杭西湖之盛云。」造化夙所聚。聞有釋子居，雲中構層宇。刹出辨遠岑，韋應物詩：「佛刹出高枝。」帆迴識修渚。島外月上海，虹邊樹含雨。願言此登眺，去作逃禪侶。杜甫詩：「蘇晉長齋繡佛前，醉中往往愛逃禪。」西崦暮鐘時，憑闌共僧語。

曉出趨朝

正冠出門早，杳杳鐘初歇。嘶騎踏嚴霜，驚鴉起殘月。逶迤度九陌，窈窕瞻雙闕。長卿本疎慢，世說：「王子猷、子敬，共賞高士傳及贊；子敬賞井丹高潔，子猷云：未若長卿慢世。」深愧陪朝謁。

送顧式歸吳

顧君野王孫，松江志名臣傳：「野王，字希馮，吳郡人，仕陳，遷黄門侍郎、光祿卿，知五禮事。歿贈祕書監、右衞將軍。」與我生共縣。故鄉未曾識，却在他鄉見。留連忽東還，長揖袖詩卷。自言吳中好，稻熟湖蟹賤。欲臥煙雨舟，醉讀三高傳。姑蘇志：「三高祠，在吳江雪灘上，祀越范蠡、晉張翰、唐陸龜蒙。」余方謬通籍，講帷近清殿。故園豈不懷，君恩正深戀。遠欲謝鄉人，殷勤附君便。

御溝觀鵝

江寧府志：「御溝，在御道兩旁。」

白雪泛金塘，范成大詩：「無限鵞波翻白雪。」羣翻動曙光。危棲翹獨趾，鮑照野鵝賦：「斂雙翮于水裔，翹孤趾于林隈。」亂唼引修吭。禽經：「鳴則引吭。」池中鵠可並，漢書昭帝紀：「黄鵠下建章宮太乙池中，公卿上壽。」廷內鷺難行。詩振鷺疏：「鷺，小不踰大，飛有次序，百官縉紳之象。」自憐觀詠者，江湖興未忘。

夢姊

我家白頭姊，遠在婁水曲。昨夜夢見之，千里地誰縮。神仙傳：「費長房有神術，能縮地脈，千里在目前。」不知別已久，尙作別時哭。覺來旅齋空，風雪灑窗竹。田家有弟妹，終歲喜相逐。我非王事縻，胡忍離骨肉！城東先人廬，尙有書可讀。何當乞身還，親爲姊煮粥。唐書李勣傳：「字懋功，本姓徐氏。性友愛，姊病，嘗自爲粥而燎其鬚。姊戒止。答曰：『姊多疾而勣且老，雖欲數進粥，尙幾何？』」

答定水寺芑公

列朝詩集復見心傳：「定水寺，在鄞縣雙林。」

日晏初出院，閒齋一蕭然。忽枉名僧書，始知在淸泉。憶昔雲巖居，共締林中緣。夏陰繞澗吟，秋霽開閣眠。睽合苦難常，別來歲頻遷。趣同貴道在，跡異慚名牽。明月出東海，想照空山禪。無因荷衣襆，往禮高峯前。

酬謝翰林留別 有序

啓與同郡謝君徽同徵，又同官翰林。洪武三年七月廿八日，上御闕樓召對，擢啓戶部侍郎，謝吏部郎中，俱以踰冒辭；卽蒙俞允，賜內帑白金，放歸于鄉。姓譜：「謝徽，字元懿，長洲人。洪武初，應召修元史，授翰林編修，兼教功臣子弟。辭歸。洪武六年，再起爲國子助教，博學工文辭，與高啓齊名。」

江左稱謝家，蘇軾詩：「江左風流王謝家。」奕葉多名人。君今復秀發，瓊枝邁風塵。顧余忝鄉里，才華敢論美。丹詔偶見徵，雲蘿欻同起。儲光羲詩：「卜築青巖裏，雲蘿四垂陰。」謁帝入九關，白居易詩：「皓色分明雙闕榜，清光深到九門關。」咫尺瞻天顏。從茲謬通籍，接武諸公間。曲禮：「堂上接武。」朝侍青坊讀，初學記：「青宮一曰春宮，太子宮也。」唐書百官志：「東宮官：春坊、庶子、中允，掌侍從、贊相、駁正、啓奏。」夜陪玉堂宿。夢溪筆談：「唐翰林院在禁中，乃人主燕居之所。玉堂、承明、金鑾殿，皆在其間。又學士院玉堂，太宗嘗夜幸。蘇易簡爲學士，已寢，遽起，無燭，具衣冠；宮嬪自窗格引燭入照之，至今窗格上有火然處，不更易者，爲玉堂一盛事也。」講罷分御羹，李陽冰李白詩序：「天寶中，皇祖下詔徵就金馬，降輦步迎，如見綺皓，以七寶牀賜食，御手調羹以飯之。」吟成刻官燭。見卷五答衍師「叩鉢」注。出入在兩宮，沈約詩：「兩宮集鸞步。」與君無不同。自慚本鷗鷺，陸游詩：「鷗鷺馴亭沼。」亦得隨鵷鴻。高適詩：「誰憐持弱羽，猶欲伴鵷鴻。」朝朝禁門下，唐書劉知幾傳：「近代史局，皆籍禁門。」聽雞共騎馬。上國多故人，左傳：「蠻夷屬于楚者，吳盡取之，是以始大，通吳于上國。」情親似君寡。並命超列卿，岑參韋員外家花樹歌：「君家兄弟不可當，列卿御史尙書郎。」寵極翻憂驚。我叨掌國計，實錄：「宋朝戶部之職，初歸三司，元豐制行，戶部始總邦計，置左右曹。」君佐持銓衡。唐書百官志：「吏部掌文選、勳封、考課之政，以三銓之法，官天下之材。」晉中興書：「吳隱之，少有孝行，與太常韓康伯鄰居。康伯母語康伯曰：『汝後若居銓衡之職，當用此人。』及康伯爲吏部尚書，因進用之。」偕辭向明主，叩天聽天語。敕賚一作賚。內帑金，東還特相許。拜賜出皇都，人言似兩疏。漢書：「疏廣爲太傅，兄子受爲少傅，朝廷以爲榮。廣謂受曰：『吾聞知足不辱，知止不殆！』即日俱稱疾，上書乞骸骨，上皆許之。」月明照宮錦，「宮錦袍」見卷六送袁憲史「釆石」注。同櫂入中吳。吳中故鄉道，雨歇秋光好。青山度水迎，喜我歸來早。落日下長洲，分攜忽解舟。如何到家喜，却有別君愁。別君去還邇，只隔吳江水。杜甫詩：「焉得并州快剪刀，剪取吳松半江水。」離思與秋長，蘆花三十里。來往片帆通，相期作釣翁。高歌雖鄙野，猶可賛王風。

過白鶴溪

一統志：「白鶴溪，在常州府城西南，北通運河，南入滆湖。」

昨發白鷺洲，江寧府志：「白鷺洲，在府治西南，即太白所稱『二水中分』者是也。」今過白鶴溪。溪流幾迴轉，只在晉陵西。一統志：「常州府，東晉曰晉陵。」月出女猶浣，雲深猿自啼。茅峯雖咫尺，見卷五送蕭隱君。無計躡丹梯。謝朓敬亭山詩：「要欲追奇趣，即此淩丹梯。」

至吳松江

江淨涵素空，高帆漾天風。澄波三百里，歸興與無窮。心期弄雲月，迢遞辭金闕。杜審言詩：「雲標金闕迥。」晚色海霞銷，秋芳渚蓮歇。久別釣魚磯，今朝始拂衣。忘機舊鷗鳥，列子：「海上之人好鷗者，每旦之海上，從鷗鳥遊，鷗鳥之至者百數。其父曰：『吾聞鷗鳥皆從汝遊，取來吾玩之。』明日之海上，鷗鳥舞而不下。」注：「鷗謂之『知機叟』。」相見莫驚飛。

始歸田園二首

辭秩還故里，永言遂遐心。豈欲事高騫，居崇自難任。清晨問田廬，荒蹊尙能尋。秋蟲語左右，翳翳桑麻深。別來幾何時，舊竹已成林。父老喜我歸，攜榼來共斟。聞一作問。知天子聖，歡然散顏襟。相期畢租稅，歲暮同謳吟。

其二

白露蕪草木，荒園掩窮秋。歸來一芟理，始覺吾廬幽。高柳蔭巷疎，清川映門流。落日望禾黍，離離滿西疇。乍歸意自欣，策杖頻覽遊。名宦誠足貴，猥承懼愆尤。早退非引年，皇恩未能酬！相逢勿稱隱，不是東陵侯。史記蕭相國世家：「召平者，故秦東陵侯，秦破，爲布衣。貧，種瓜于長安城東。瓜美，故世俗謂之東陵瓜，從召平以爲名也。」

睡覺

爐熏靄宿潤，秋滿牀屏裏。曙色透窗來，幽人眠未起。風驚露樹怯，日出煙禽喜。却憶候東華，宋史地理志：「東京宮城周圍五里，南三門：中曰乾元，東曰左掖，西曰右掖，東西面門曰東華、西華，北一門曰拱辰。」夢溪筆談：「今學士初拜，自東華門入，至左承天門下馬。」朝衣寒似水。

與王徵士訪李鍊師遂同過師林尋因公

玄館啓眞境，紺園閟清香。庾信詩：「由旬紫紺園。」茲晨兩地遊，乍出囂煩鄉。鳥鳴桂花落，澗戶秋風涼。開士演金偈，李白贈僧詩：「衡嶽有開士，五峯秀眞骨。」又：「談經演金偈。」羽人薦瑤觴。屈原遠遊：「仍羽人于丹丘兮，留不死之舊鄉。」注：「羽人，飛仙也。」亦有詞苑英，清芬吐華章。愧我自徵起，束帶忝周行。山林久在念，那期復來翔。睽合固知妄，去來亦何常。誰言道各異，妙契宜相忘。

效樂天

誰言我久賤，明時已叨祿。誰言我苦貧，空倉尙餘粟。辭闕是引退，還鄉豈遷逐。舊宅一架書，荒園數叢菊。俗緣任妻子，家事煩童僕。性懶宜早閒，何須暮年促。猶著朝士冠，新裁野人服。杯深午醉重，被暖朝眠熟。旁人笑寂寞，寂寞吾所欲。終老亦何求？但懼無此福。功名如美味，染指已云足。左傳：「楚人獻黿于鄭靈公，子公之食指動，以示子家曰：『他日我如此，必嘗異味。』及食大夫黿，召子公而弗與也，子公怒，染指於鼎，嘗之而出。」何待厭飽餘，腸胃生疢毒。請看留侯退，遠勝主父族。史記主父偃列傳：「主父偃爲齊相，發齊王姦事，王自殺。上大怒，遂族主父偃。」我師老子言，知足故不辱。

新春飲王七孝廉家

凍雨靄江郭，寒姿變春華。鳥欣已交音，梅慘尚閉〔校記〕大全集作「吐」。花。此時高堂上，晨起獨感嗟。歲換固有常，時清樂無涯。蕭蕭風吹巾，竹外度遠沙。相過偶一醉，今夕憐酒家。

詠軒

肅肅布華榻，泠泠罷朱絃。臨檻一流睇，幽事忽滿前。池草方依微，庭柯正蒽芊。偶爾發孤詠，聊茲寫中悁。景融理自得，詎辨媸與妍。猶慚至妙意，寂寞非言宣。

施君眠雲堂 原注：「君字可堂，眠雲其號也。」

古弁一高士，北史李雄傳：「新羅嘗遣使朝貢，雄與語，因問其冠制所由，使者曰：『古弁遺像，安有大國君子不識？』」白雲與之儔。陶弘景答梁高祖詩：「山中何所有？嶺上多白雲。只可自怡悅，不堪持贈君。」性懶復好眠，招雲宿一作駐。林丘。下雲作簟席，上雲作衾裯。雲去稍舒膝，雲來正蒙頭。平生無心夢，與〔校記〕大全集作「雨」。雲兩悠悠。自言眠雲樂，世無一可侔。浩然身欲飄，若乘無倪舟。李白詩：「一乘無倪舟，八極縱遠柁。」朝至乎帝鄉，夕返乎仙洲。寧知日月旋，但覺乾坤浮。天雞叫不醒，窅窅空巖幽。我觀山川氣，出入不可求。或逐鸞鶴翔，或從蛟龍遊，或爲風伯驅，史記司馬相如列傳：「召屏翳，誅風伯，而刑雨師。」搜神記：「風伯者，箕星也。雨師者，畢星也。」狠藉不得收。或遭雨師怒，奔走無停休。小生膚寸間，公羊傳：「觸石而出，膚寸而合，不崇朝而徧雨乎天下者，唯泰山爾！」正韻：「四指爲膚。」大覆遍九州。變化實多狀，欲算苦費籌。奈何一室中，爾獨解使留？朱希眞詞：「累奏留雲借月章。」我行塵務區，願出久末由。舉足常防危，開眼即見愁。不如閉戶眠，往尋孔與周。愧無山中緣，雲肯相從不？惟當去一作往。從爾，一夢三千秋。

臥病東館簡諸友生

抱疾臥東城，文墨成久荒。翔鴻乍流響，時菊忽殞芳。繁陰慘不舒，何殊懷積傷。良儔秉高誼，寡昧豈見忘。車馬限泥潦，無由接華觴。平居歡固難，況乃時非康。何以度茲運，相勗蹈其常。

答張院長雨中見懷 原注：「志道。」

林園寢扉掩，閒坐道心生。山藥翻寒色，塘漪含曉淸。乍違枉芳札，韋應物寄子西詩：「傷離在芳札，忻遂見心曲。」遠憶愧深情。此日知同寂，梧窗聽雨聲。

暮途書見 大全集誤作春日言懷，今從槎軒集改正。

暮歸東市門，道路聞悲啼。駐馬一借問，答云征人妻。征人新戰歿，飲恨沈黃泥。有兒在哺下，飢來食無糜。誓將割茲愛，棄去從東西。我看巢中燕，雛長隨母飛。皇天仁萬物，兼照理弗違。此獨何奇偶，不能與之齊。躊躇去復顧，使我心肝摧！

施澤阻風 姑蘇志：「施澤湖，在崑山西北。」

客行阻風濤，捨舟步江側。荒村經戰餘，草木盡愁色。夜投土屋中，歐陽修詩：「雨雪春寒土屋深。」月出林半黑。然薪燎我衣，炊黍作我食。更一作夜。長關塞寒，歸夢何由得？遙想倚閭親，戰國策：「王孫賈母曰：『汝朝出而晚來，則吾倚門而望；暮出而不還，則吾倚閭而望。』」中宵淚沾〔校記〕大全集作「横」。臆。

送張隱君歸耕西山

山中久無人，秋風桂枝裊。朝逢還山客，言趁一作赴。白雲期。人出君乃遁，嗟哉此何時！東岡有良田，負耒當自治。四體雖云勞，歲晏可免飢。而來未能返，驅車竟何之？

過硤石　見卷三

青山夾長溪，溪上有魚市。土門閉落日，杜甫垂老別：「土門壁甚堅。」野氣白于水。虎行車跡外，鳥起鐘聲裏。吳語問居人：到州還幾里？

送劉使君

去年送使君，路遠已海湄。今年送使君，路遠復過之。路遠豈足言？人遠自可悲。夕宴鮮共歡，晝出乏並馳。君懷孰可語，予過疇能規。此行剖竹符，史記孝文本紀：「初與郡國守相爲銅虎符，竹使符。」注：「竹符，以竹箭五枝，長五寸，鐫刻篆書第一至第五，出入徵發。」東方撫惸嫠。王禹偁詩：「萬家呼父母，百里撫惸嫠。」王事正靡盬，奚暇及爾私？但令中弗遷，庶以慰所思。

送周將軍請老歸耕

鞍馬息戎役，筋力喜尚全。買牛西岡垂，聊復治廢田。零雨何濛濛，決流亦涓涓。良苗及時新，陶潛詩：「平疇交遠風，良苗亦懷新。」人情一欣然。甘此耕耘勞，忘彼富貴妍。心同老農夫，閔閔望有年。左傳：「閔閔焉，如農夫之望歲。」家廪儻得高，尚願輸資邊。

夜登南樓觀月

迢迢海上樓，月出嘗先見。吐嶺乍分規，黃庭堅詩：「新月吐半規。」臨波已澄練。謝玄暉詩：「澄江淨如練。」蒼茫城闕閉，歷落星河轉。毋違中夜歡，皓景應難戀。

題徐良夫耕漁軒

姑蘇志：「軒在光福，良夫有文學，所交皆名士，爲題詠者甚多。」此從金蘭集補。

朝聞孺子歌，暮聽梁甫吟。見卷四魏使君見示舊贈詩。豈無滄洲懷，亦有畎畝心。昔賢在泥蟠，答賓戲：「泥蟠而天飛者，應龍之神也。」終當起爲霖。書説命：「若歲大旱，用汝作霖雨。」釣獲溪上璜，竹書注：「文王至于磻溪之水，呂尙釣于涯。王下趨拜曰：『望公七年，乃今見光景于斯！』尙答曰：『望釣得玉璜，其文要曰：姬受命，昌來提，撰爾洛鈐報在齊。』」鉏揮瓦中金。世説：「管寧、華歆，共園中鋤菜，見地有片金，管揮鋤與瓦石不異，華捉而擲去之。」茲世方喪亂，伊人邈難尋！既迷煙波闊，復阻雲谷深。嗟我豈其偶，聊將學幽沈。柳宗元詩：「幽沈謝世事。」唯子是同袍，相期莘渭陰。

皐橋

姑蘇志：「皐橋，閶門内，漢議郎皐伯通居其側，梁鴻所寓也。」此從志補。

閶門啼早鴉，拂面見飛花。緑水通螭舫，蘇軾詩：「映山黄帽螭頭舫。」紅橋過犢車。韋莊詩：「美人金犢車。」誰尋伯通宅，陸龜蒙皐橋詩：「今來未必非梁孟，却是無人繼伯通。」只問泰娘家。劉禹錫泰娘歌引：「泰娘，本韋尙書家主謳者，尙書薨于東京，爲蘄州刺史張愻所得。愻謫武陵郡卒，泰娘無所歸，日抱樂器而哭。雒客聞之，爲歌其事。」詩曰：「泰娘家本閶門西，門前緑水環金堤。」

賦得小吳軒贈虎丘蟾書記

虎丘志：「軒在東南隅，飛架出巖外，勢極峻聳；平林遠水，聯岡斷隴，煙火萬家，盡在檻外。朱樂圃文稱『小吳會』，張氏名『天開圖畫』。好事者云：過吳而不登虎丘，俗也。登虎丘而不登小吳軒，亦俗也。」此從虎丘志補。

丹霞結飛甍，迥出鷲嶺上。山海經：「西域有靈鷲山。」謝靈運山居賦注：「靈鷲山，說般若法華處。」平招西山雲，淺挹東海浪。五湖水如杯，歸棹安可放。當年笑夫差，乃欲百里王。吾觀大千界，等彼一塵相。蘇軾詩：「下視禹九州，毫端栖一塵。」維摩經：「維摩詰左手斷取三千大千世界，著右手掌中，又復還置本處，不使人有往來心想。」始悟軒中僧，非眞亦非妄。

寓興三首　以下二十一首從槎軒集補。

有鳥來萬里，海寒遇天風。羣飛忽四散，雲路不得從。珍羽已摧落，褷褷向深叢。雖無金丸懼，西京雜記：「韓嫣好彈，常以金爲丸，所失者日有十餘。長安爲之語曰：『苦飢寒，逐金丸。』」飲啄常弗充。悲鳴顧霜雪，欲託無高松。黃鵠何時來，銜我出蒿蓬。

其二

有女乘煙霧，出遊在江濱。麗服飾珠翠，光輝比陽春。借問誰氏子，乃是洛浦神。杜牧詩：「誰家洛浦神？」自非瑤臺侶，誰能得相親。空懷纏綿意，日暮無由伸。

其三

有客愛遠遊，驅車上高山。東海不盈攬，榑桑低可攀。欲與仙人期，翺翔彩雲間。白日忽然暮，風霜慘容顏。徘徊望鴻鵠，失路何當還。

褚彥中存耕軒

褚翁江畔居，家無二頃田。所保方寸地，欲爲子孫傳。晝以仁義畦，禮運：「本仁以聚之。」又：「陳義以種之。」灌以禮樂泉。禮運：「修禮以耕之。」又：「播樂以安之。」得書爲耒耜，躬耕可終焉。去惡如去草，左傳：「爲國家者，見惡如農夫之務去草焉。」不使得蔓延。沛若時雨化，良苗已芃然。所獲亦既多，豈止三百廛。詩：「胡取禾三百廛兮？」奈何謀富人，兼幷連陌阡。己田不解芸，茅塞誠可憐！嗟翁豈老農，遠勝樊子賢。有德自足飽，何憂值荒年。

九日

茲晨豈不佳？秋日麗川陸。幽人自悽感，坐念頹運速。去年登高會，朋舊俱在目。霜前紫蟹肥，露下紅秔熟。空山有棲烏，歸駕不忍促。今年客江皋，落日吟影獨。逢辰少歡意，愧此籬下菊。人生苦難知，世事差可卜。但須酹柴桑，有酒吾自漉。

過羊腸嶺 原注：「在天平山。」

我昔江湖遊，命寄一葦輕。今朝籃輿穩，愛此山中行。松風與澗水，故作波濤聲。初登羊腸嶺，畏聞羊腸名。入林穿蒙密，出谷擇曠平。雖非太行路，車馬恐敗傾。我何數乘此，要識艱險情。

登竹竿嶺　原注：「在花鹿山。」

曲徑隨蟒蟠，高枝作猿攀。力盡到頭頂，始見湖中山。煙雨過空鏡，曉沐西子鬟。好景如好詩，追尋詎能閑。朝飲白雲泉，蘇州府志：「在天平山。」夕渡明月灣。蘇州府志：「在洞庭西山。」自笑俗緣在，未窮遽言還。應知他夜夢，猶在山水間。

賦得長洲苑送徐孟岳

江邊採芳遊，花過鶯聲寂。風牀柳觀琴，月舫蓮塘笛。豪華已非舊，恨與煙蕪積。方嗟旣往人，復送將歸客。回首望蒼蒼，遙山雨中夕。

送金海虞　見卷四送李使君還海虞

青青堤邊柳，鬱鬱當春榮。漫漫悲路長，戚戚念子行。子在車同馳，子去觴獨傾。乃知失羣鴻，不若求友鶯。山川間音問，何以慰我情。唯其布嘉惠，海隅聞頌聲。

秋夜懷張參軍思廉

亭亭雲間樓，皎皎樓上人。相望如明月，此夕東海濱。秋風忽驚客，梧葉鳴聲頻。不寐繞飛檻，高步詠道眞。誰憐荒園中，幽臥愁難親。露寒砌蛩急，相思空達晨。

送陳秀州

一統志：「嘉興府，五代曰秀州。」

我行秀州野，馬首迷荆榛。路逢病老翁，涕泣説苦辛。前年亂兵來，殺戮存幾人！崎嶇墾舊田，欲活未死身。官府事徵索，書版日下頻。李邕劉知柔神道碑：「發貯賑施，書版賦財。」點丁不遺孤，王庭珪詩：「喧呼傳點丁，田廬忽湮替。」輪轂不待新。屋中兒啼嘷，門外吏怒嗔。豈無凍餒憂，天遠不可陳。我初聽此語，迴思一顰呻。國家昔平治，九土貢賦均。中間致茲變，主吏失撫循。須知奮梃徒，原是負耒民。虐之乃爲敵，愛之則相親。此邦固易治，風俗自古淳。奈何不加憐，使作涸轍鱗。李商隱文：「活枯鱗于涸轍。」因留告老翁，無爲重沾巾。歸當率子弟，努力耕作勤。除書已報下，太守今甚仁。

暮行園中

我懶不自耕，廢地茅屋東。雨露日夜滋，鬱然長榛叢。翳翳荒蹊長，瀌瀌暗溜通。時因讀書餘，曳杖行其中。爭晚集亂雀，吟秋聒微蟲。幽興苟自愜，芬華詎無同。容身有此所，孰謂吾道窮。

冬至夜感舊二首

今夕亦常夕，悲感何用并？寒月初死魄，書：「惟一月壬辰旁死魄。」沈沈閉層城。憶我爲兒時，早起不待明。踉蹌試新衣，上堂拜父兄。於今幾何年，節序嗟屢更。中庭風木號，哀多尙餘聲。空復有兩孩，燈前語縱橫。挽鬚向我笑，杜甫詩：「問事競挽鬚，誰能卽嗔喝？」寧解識此情。

其二

昔年偶失路，羈役戎馬閒。南行越重江，歲晏不得還。風雪此夜中，投人宿荒山。豈無壯士懷，聞笳亦低顏。朅來東城隅，寂寞守故關。雖已忘家貧，尙復憂世艱。安居諒難保，風雨暗荆蠻。長歌深谷翁，邈矣焉可攀。

春日言懷二首

昔將理歸駕，棲彼商山岑。達機苦不早，終焉成滯淫。迴飈激游氛，白日滋玄陰。憂居未經時，素髮忽已侵。翩翩歸飛鴻，過我庭前吟。無翼與同翔，日暮關梁深。引領望西北，徘徊內傷心。

其二

季春戴勝鳴，禮月令：「戴勝降于桑。」疏：「按釋鳥云：戴鵀，鵀頭上勝也，亦呼戴勝。」薄言農功始。荒疇何莽莽，迨時不復理。蒙蘢荆棘間，雊雉時決起。思我常所經，追隨俠游子。偶逢採桑婦，夭夭出墟里。舊蹊誰能尋，逝者竟如水！唐虞罷揖讓，爭奪殊未已。吁嗟乎蒼生，何由免瘡痏？唐書顏眞卿傳：「瘡痏未平，干戈日滋。」

雨中遊寧眞道院

盥手理瑤笈，淸齋坐玄閣。夏衣生晝涼，急雨和泉落。池消澹澹花，庭解翻翻籜。欲去更長謠，風林晚鳴鶴。

次韻包同知客懷

原注：「師聖。」列朝詩傳：「包同知聖，字師聖，江陰人，號鶴洲野人，任岳州府同知。與高靑丘、楊眉菴爲詩友。」

我少未嘗事，處世百不憂。譬如生馬駒，奔放安可收。豪華欲縱觀，西秦更東周。結交原巨先，漢書游俠傳：「原涉，字巨先，性略似郭解，爲南陽太守。」共作緩急投。焉知化紕繆，終然此淹留。出門逐途人，空策果下騮。魏志濊國傳：「出果下馬，漢桓帝時獻之。」注：「馬高三尺，乘之可於果樹下行，故名。」元稹詩：「果下翩翩紫騮好。」積雪被岡原，大風揚河流。撫茲歲暮懷，局促誰與謀？君從東方來，亦是慷慨儔。偶居冷官廬，蘇軾詩：「冷官無事室廬深。」設席誦九丘。孔安國尚書序：「九州之志，謂之九丘。」帷火無膏油，起歎夜正幽。自憐非匏瓜，寧不有所求！恥隨軟媚子，梁邵陵王綸詩：「關情出眉眼，軟媚著腰肢。」取笑同伶優。大言衆皆驚，千獻不一酬。空時尋我飲，醉捋鬚颼飀。君今勿多談，已具兩釣舟。鷗波起春江，歸路漸有由。無爲坐自苦，素髮實易稠。

浦江鄭氏義門

姓譜：「金華浦江縣鄭文嗣，十世同居，凡二百四十餘年，一錢尺帛不私。至大間，表其門。文嗣弟大和，主家益嚴而有恩。部使者余闕爲書『東浙第一家』。大和之孫濂，與弟湜、沂，洪武初召見，慰諭甚至，問治家長久之道，以其孝友義聞天下，除湜福建參議，授沂禮部尚書。」

好鳥勿鎩翼，左思蜀都賦：「鳥鎩翮。」注：「鎩，殘也。」鎩翼難爲翔；佳樹勿翦柯，翦柯難爲芳。人生有同氣，胡忍自戕傷？肯復多支生，誰趨急難場。請看鄭家兄，爲弟死維揚。姓譜：「浦江鄭綺四世孫德珪，與弟德璋，孝友天至，晝則聯几，夜則同衾。德璋與物多忤，仇家陷以死罪，當會逮揚州；德珪哀弟之見誣，乃陽謂曰：『彼欲害吾，何預爾事？我往則姦狀白。』卽治行，德璋追至諸暨，道中兄弟相持，頓足爭欲就死。德珪紿以無往，夜半間道逸去。德璋復追至廣陵，德珪已斃於獄。德璋慟絶數四，負骨歸葬。廬墓，每一悲號，烏鳥皆翔集不食。」子孫復聚居，流芳久彌長。十世一門戶，百身一肝腸。囊無私藏錢，釜有同炊糧。問男何所爲，讀書講虞唐。問女何所爲，鳴雞織流黄。晨興各冠珮，于于上高堂。聽翁教戒言，祇受不敢忘。雖生甌越區，竹譜：「浙江以東爲甌越。」如在鄒魯邦。兩朝太史筆，特書爲褒揚。行人問其廬，喬木鬱蒼蒼。何須雞哺狗，韓愈嗟哉董生行：「家有狗乳出求食，雞來哺其兒。」家昌乃眞祥。眞祥由德生，天心果何常。我欲遊麟溪，金華府志：「白麟溪在浦江縣東，源出金容山，東流入浦陽江。」壽翁奉一觴。莫聽豆萁詩，曹植七步詩：「煮豆然豆萁，豆在釜中泣。本是同根生，相煎何太急？」聽歌棣華章。

送王檢校之廣東

續文獻通考：「金尚書省都事二員，正七品，知省内宿直、檢校架閣等事。」

國士抱玄璞，瞽師薦朱絃。質音豈不良？衆俗迺是捐。勿恤衆俗捐，始味當終宣。志士遘時屯，歷說未見賢。朝遊秦關中，夕宿漢水壖。遑遑詎無勞，亮節要自全。青鞚撫東師，重光麗中天。恢業萃羣材，虛若海受川。眷言屬茲寄，遠抗丹徼旃。隋書南蠻傳論：「漢平百越，地窮丹徼。」古今注：「南方徼赤色，故稱丹徼，南方之極也。」高翰欻飛翻，孰得羈係焉？揚芬貴有烈，崇德願無愆。顧己尚留滯，殞涕沾前筵。

姚牧林軒

林居孰云陋，幽意欣自適。鄰無醉歌吏，室有玄言客。風疎榆當晨，月皎琴御夕。塵駕衆何淹，窮年抱空寂。

書東圃老翁壁 此從集外詩補

燕雀各已乳，飛飛風日暄。一徑入桑苧，幾家同灌園。莫將當世事，閒與老翁言。

題王濛聽雨樓卷 此從鐵網珊瑚補

春雲靄江郭，鳩鳴朝夢餘。樓中風颯至，頃抱簷雲除。歷歷亂橋樹，蕭蕭窗影虛。如何門外水，泥潦沒行車。

天王寺 在洞庭山馬稅城桃花塢。此從林屋民風補。

深寺隱桃花，幽幽在山阻。諸天藤蘿外，昏黑路防虎。聞說春時遊，辛夷花可數。

周元公祠 原注：「在吳縣胥臺鄉。宋嘉定間，元公四世孫和州觀察使興裔奏立，後遭兵火，僅存遺址焉。」此從姑蘇雜咏補。

邈哉宋周子，襟懷迥無塵。精微闡太極，默契心自純。遠摹羲皇畫，示我羲皇人。道既倡東南，闇然韜吾眞。祠燬罹兵燹，祀廢遘時屯。臨風一俯仰，恍惚如陽春。

高青丘集卷八

七言古詩

唐昭宗賜錢武肅王鐵券歌

十國春秋吳越武肅王世家:「乾寧四年八月，唐遣中使焦楚鍠賚鐵券至。券文曰:『維乾寧四年，歲次丁巳，八月甲辰朔四日丁未，皇帝若曰:咨爾鎮海、鎮東等軍節度、浙江東西等道觀察處置營田招討等使、兼兩浙鹽鐵制置發運等使、開府儀同三司、檢校太尉、兼中書令、持節潤、越等州刺史、上柱國、彭城郡王、食邑五千戶、實封一百戶錢鏐。朕聞銘鄧隲之勳，言垂漢典；載孔悝之德，事美魯經。則知褒德策勳，古今一致。頃者董昌僭僞，爲昏鏡水，狂謀惡跡，漸染齊人。爾能披攘兇渠，盪定江表，忠以衛社稷，惠以福生靈；其機也氛祲清，其化也疲羸泰。拯於越于塗炭之上，師無私焉！保餘杭于金湯之固，政有經矣。志獎王室，績冠侯藩；溢于旂常，流在丹素。雖鍾繇刊五熟之釜，竇憲勒燕然之山，未足顯功，抑有異數。是用錫其金板，申以誓辭:長河有如帶之期，泰山有如拳之日。惟我念功之旨，永將延祚子孫，使卿長襲寵榮，克保富貴。卿恕九死，子孫三死，或犯常刑，有司不得加責。承我信誓，往惟欽哉！宜付史館，頒示天下。』」西湖志：「錢氏鐵券，國除日進之内帑，宋季兵亂，況券渭水中者五十六年，元至順二年，漁人獲而售之。錢氏之後居天台者曰世珪，明洪武大封功臣，取以爲式，尋還其家，高季迪爲之歌。」

妖兒初下含元殿，舊唐書鄭畋傳：「畋與盧攜爭論黃巢乞節鉞曰：『妖賊百萬，橫行天下。』」一統志：「黃巢亂，有太白山人謁興安州刺史崔堯封云：『掘破牛山，賊自敗。』崔遂發卒掘之，得一石桶，桶中有黃腰獸一、劍一，獸見劍自撲而死，巢至秋果敗。」新唐書黃巢傳：「齋太清宮，卜日含元殿，僭位，號大齊。巢敗，方鎮兵入虜掠，火大內，惟含元殿獨存。」天子仍居少陽院。昭宗紀：「初，崔胤與帝謀誅宦官，宦官懼。光化三年十一月，中尉劉季述、王仲先、内樞密使王彥範、薛齊偓作亂，上適少陽院，皇太子裕嗣位，以上爲太上皇，更名少陽院曰問安宮。」諸藩從此擁連城，朝貢皆停事攻戰。岐王已〔校記〕明詩別裁作「一」。去梁王來，長安宮闕生蒿萊。五代史李茂貞傳：「茂貞犯京師，昭宗遣覃王拒之，至三橋軍潰。昭宗出居于華州，遣宰相孫偓以兵討茂貞，韓建爲茂貞請，乃已。久之，加茂貞尚書令，封岐王。後昭宗爲宦者所廢，既反正，宰相崔胤欲借梁兵誅諸宦者，陰與梁太祖謀之；中尉韓全誨等，亦倚茂貞之彊，以爲外援，茂貞遣其子繼筠，以兵數千宿衞京師，宦者恃岐兵，益驕不可制。天復元年，胤召梁太祖以西梁軍至同州，全誨等懼，與繼筠等劫昭宗幸鳳翔，梁軍圍之逾年，茂貞屢戰輒敗，閉壁不敢出，城中薪食俱盡。三年，與梁約和，斬韓全誨等二十餘人，傳首梁軍。梁圍解，天子雖得出，然梁遂劫東遷，而唐亡。茂貞非惟亡唐，亦自困矣！」天目山前異人出，一統志：「天目山在臨安，上有二峯，峯頂各一池，若左右目，故名。」吳越武肅王世家：「王姓錢，名鏐，字具美，杭州臨安人也。生于邑臨水里。先是，邑中旱，縣令命道士東方生起龍以祈雨。生曰：『茅山前池中有龍，起必大異。』令乃止。明年復旱，生遽指鏐所居曰：『池龍已生此家。』時鏐實誕數日矣。始誕之夕，鏐父寬方他適，鄰人急奔告曰：『適過君家後舍，聞甲馬聲甚衆。』寬疾馳歸？而鏐已生。復有紅光滿室。寬怪之，將棄于丘氏之井，鏐大母知非常人，固不許，因小字曰婆留，而井亦以名。稍長，遊徑山，有道人洪湮者，每僻地相迎，不期而遇，鏐問故，湮曰：『君非常人，故預知耳。』豫章人工天官者，望斗牛有王氣，因遊錢塘占之，在臨安，乃之臨安，以相法隱市中，陰求其人。縣錄事鍾起，與豫章人善，私謂起曰：『占君邑有貴人，求之市中不可得，視君相貴矣，然不足當之。』起乃置酒，悉召邑中賢豪爲會，陰令徧視之，皆不足當。一日，豫章人過起，鏐適從外來，見起反走，豫章人望見之大驚曰：『此眞貴人也。』起笑曰：『吾傍舍錢生耳。』豫章人召鏐至，熟視之，顧起曰：『君之貴者，因此人也。』乃慰鏐曰：『子骨法非常，願自愛。』遂與起決曰：『吾求其人者，非有所欲，直欲質吾術耳。』邑山中有石，徑二尺七寸，其光如鏡，鏐遊此，顧其形，服冕旒如王者狀，甚祕之。餘杭有瞽者，以摸骨相集龍光橋，鏐請相，竟無一言；未幾歸，復賫金請相，瞽者曰：『旁無人乎？』乃引臂歎曰：『天下亂矣！期時之內，再遇貴人。』言訖而去。」郭璞撰臨安地志云：「天目山前兩乳長，龍飛鳳舞到錢唐。海門山起橫爲岸，五百年生異姓王。至是驗。」金戈雙舉風煙開。吳越備史：「梁授王守太尉實封二百戶制：橫戈憤悱，獨力支吾，妙運神機，大殲戎醜。」又按：「金戈雙舉，是錢字之文，如漢卯金刀，晉典午之類。」羅平惡鳥啼初起，武肅世家：「牙將倪得儒謂董昌曰：『曩時謠言，有羅平鳥，四目三足，主越人禍福。民間多圖其形，禱祠之，視王書名與圖類。』因出圖示昌，昌大悅，遂自稱皇帝，國號大越羅平，改元順天。」唐書五行志：「咸通中，吳越有異鳥極大，四目三足，鳴山林，其聲曰羅平。占曰：國有兵，人相食。」犀弩三千射潮水。武肅世家：「築捍海石塘，江濤洶湧，板築不時就，王於疊雪樓架強弩五百以射潮，潮爲頓斂，遂定其基；以鐵絙貫幢榦用石楗之而塘成。」蘇軾詩：「安得夫差水犀手？三千強弩射潮低。」歸來父老拜旌旗，釃酒搥牛宴鄉里。武肅世家：「王親巡錦衣軍，有鄰媼年九十餘，携壺漿迎王曰：『錢婆留，寧馨富貴。』王下車拜之。王置酒高會，父老男婦八十歲以上者金尊，百歲者玉尊。王執爵上壽，製爲還鄉歌曰：『三節還鄉兮挂錦衣，碧天朗朗兮愛日暉。功臣道上兮列旌旗，父老遠來兮相追隨。家山鄉眷兮會時稀，今朝設宴兮觥散飛。斗牛無孛兮民無欺，吳越一王兮駟馬歸。』時父老不能解，王復高揭吳音爲歌，舉坐賡之，叫笑振席。」打毬〔校記〕列朝詩集、明詩綜、明詩別裁並作「擊毬」。駿馬驕春風，錦袍玉帶眞英雄。武肅世家：「王遣寧國節度使王景仁，奉表詣大梁，陳取淮南之策，梁主問進奏吏曰：『錢王平生有所好乎？』吏曰：『好玉帶、名馬。』梁王笑曰：『眞英雄也。』乃以玉帶一匣、打毬御馬十四匹賜王。」詔書特賜誓終始，黃金鏤字旌殊功。輟耕錄：「錢鏐謝賜鐵券表云：『錄臣以絲髮之勞，賜臣以山河之誓，鐫金作字，指日成文。震動神祇，飛揚肝膽。』」虎符龍節彤弓矢，「虎符」見卷一征婦怨。周禮掌節：「澤國用龍節。」韓翃寄令狐尚書詩：「立身榮貴復何如？龍節紅旗從板輿。」書：「彤弓一、彤矢百。」後嗣猶令赦三死。盡言恩寵冠當時，天府丹書未踰此。漢書高帝紀：「與功臣剖符作誓，丹書鐵券，金匱石室，藏之宗廟。」摩挲舊物四百年，古色滿面凝蒼煙。天祐宰相署名在，帝王曆祚考：「唐昭宗改元者七：龍紀一、大順二、景福二、乾寧四、光化三、天復三、天祐一。」北史魏收傳：「天保二年，詔撰魏史，使收專其任。又詔平原王高隆之總監之，署名而已。」尋思〔校記〕明詩綜、明詩別裁並作「文」。再讀心茫然。古來保族須忠節，受此幾人還覆滅。王家勳業至今傳，不在區區一方鐵。通鑑：「後唐明宗天成三年，上問趙鳳：『帝王賜人鐵券何也？』對曰：『與之立誓，令其子孫長享爵祿耳！』上曰：『先朝受此賜者止三人，崇韜、繼麟，尋皆族滅；朕得脫如毫釐耳！』因歎息久之。趙鳳曰：『心存大信，固不必刻之金石也。』」人生富貴知幾時？泰山作礪徒相期。漢書功臣表：「使黃河如帶，泰山若礪，國以永存，爰及苗裔。」行人曾過表忠觀，吳越忠懿王世家：「熙寧時，知杭州軍州事趙抃言：錢氏父祖、妃夫人、子孫墳廟在錢塘者二十有六，在臨安者十有二，願以龍山妙因院爲觀，使錢氏之孫爲道士曰自然者，治其祠墳。神宗命賜名曰表忠觀。理宗給田三百畝，付觀旌功焉。」風雨斷蘚埋殘碑。石林燕語：「蘇子瞻作表忠觀碑，王荆公置之坐隅曰：『斯文甚似西漢。』」

太白三章 見卷一燕歌行。

太白初升北斗落，行人早起車鳴鐸。豈願身離父母邦？山川路遠非不惡，貧賤未知生處樂。

其二

太白正高北斗低，行人出關雞亂啼。他鄉無人是知己！欲歸未歸東復西，敝裘愧見家中妻。戰國策：「黑貂之裘敝。」

其三

太白猶懸北斗沒，行人衣上霜拂拂。李賀詞：「曉風何拂拂，北斗光闌干。」下馬飲酒歌苦聲，新豐主人莫相忽，人奴亦有封侯骨。見卷一行路難。

江上看花

兩年京師不見花，青衫白馬驅塵沙。今年江邊偶無事，狂醉爛熳尋春華。游蜂飛蝶日妍暖，紅紫正發紛交加。穿蹊每入鄰媼圃，叩門或到山僧家。漸老都無少年樂，底用簫鼓隨行車。攀條繞樹對吟詠，不忍歸去至日斜。花應得我相慰賞，似笑欲舞爭矜誇。我如無花亦寂寞，閉戶有酒誰能賒？夜來茅屋臥聞雨，曉起走看成咨嗟。飄英墮萼不可綴，餘豔只似銷殘霞。明知春色不久住，豈料便去難留遮。野鶯啼罷一回首，恨與芳草盈天涯。

中秋翫月張校理宅得南字

八月望夜天如藍，海色捲霧山收嵐。玉盤元沈龍窟底，李白詩：「小時不識月，呼作白玉盤。」忽起萬丈誰能探？初來空中光尚溼，孀娥寒鬢風鬖髿。正韻：「鬖髿，髮垂貌。」人言一年此最好，金精水氣秋相涵。河圖帝覽：「月者，金之精也。」小星盡去大星在，芒角欲吐敢與參。天將洗眼照下土，雲笈七籤：「太一天之源，日月天之眼。」范梈曉山謠：「月眼識浮沉。」啖食肯縱妖蟆貪。史記龜筴列傳：「月爲刑而相佐，見食于蝦蟆。」盧仝詩：「傳聞古老說，月蝕蝦蟆精。」穿深窺暗不遺隙，魍魎〔校記〕大全集、列朝詩集並作「罔兩」。忌影逃巖嵌。莊子：「罔兩問於影。」注：「影邊淡薄者。」前年客中憶見之，家人怨別方喃喃。孟郊詩：「喃喃肩經郎，言語傾琪琚。」荒山不知佳節至，垂首凭案尋書蟫。爾雅釋蟲：「蟫，白魚，衣書中蟲。」但怪流輝入敗戶，油燈失燄留孤龕。起行陰林不用炬，剝啄獨叩峯西菴。韓愈剝啄行：「剝剝啄啄，有客至門。」虬蛇亂踏心膽悸，怪影走石皆楓楠。卽呼道人共載酒，放舟直下芙蓉潭。姑蘇志：「閶門外有芙蓉江。」翻翻驚鶻落樹杪，吹笛正和烏飛南。曹孟德短歌：「月明星稀，烏鵲南飛。」今年在舍反寂寞，暗室困臥如僵蠶。范成大詩：「已僵員嶠蠶。」乾愁無端負良夜，韓愈感春詩：「乾愁漫解坐自累。」月固不言我則慚。人無賢愚競翫賞，況我淸景性所躭。忽憶諸君隔河水，持被就宿聆高談。爲呼老婢掃庭宇，北史盧景裕傳：「景裕專經爲學，居拒馬河，將一老婢作食，妻子不自隨。」一席盤飣棃與柑。玉篇：「飣貯食。」范成大詩：「莫嗔老婦無盤飣，笑指灰中芋栗香。」江城重閉萬家寂，樓鼓近聽纔撾三。空階凄其覺霧泫，虛牖窈窕疑煙含。婆娑欲留月伴影，韓愈月蝕詩：「玉階桂樹影婆娑。」素鸞西下煩停驂。明宵復出已難似，動別經歲嗟何堪。尊前此月又此客，世所難遇心應諳。關山幾處未解兵，擊柝不寐愁丁男。漢書嚴安傳：「丁男被甲，丁女轉輸。」晉書食貨志：「戶調之式，丁男之戶，歲輸絹三匹、綿三斤，女及次丁男爲戶者半。」南鄰歌舞北鄰哭，月雖同照異苦甘。何人爲我揮天戈，韓愈潮州謝上表：「天戈所麾，莫不寧順。」乾坤多難俱平戡。行者得還居者樂，清光所及恩皆覃。李憕詩：「覃恩降紫宸。」懸知此願未易遂，憂來舉盞從沈酣。須臾衆散曉蟲急，詩齊風雞鳴「蟲飛薨薨」注：「夜將旦而百蟲作也。」古桂吹落青毿毿。

送王太守遷雲間

列朝詩傳：「王太守立中，字彥強，蜀之遂寧人；南宋徙長洲。彥強刻節厲行，官松江太守，尋致仕。生三子：璉，汝器；璲，汝玉；璡，汝嘉。璉，吏部主事；璲、璡皆官翰林。」一統志：「華亭，晉雲間。」

男屠豬羊女釃酒，共禱神祠留太守。太守今年遷大州，蘇州府志：「王立中，元季嘉定州知州，明初歸附，遷松江府知府。」除書已下誰能留？前漢書田蚡傳：「君除吏盡未？吾亦欲除吏。」注：「拜官曰除，凡言除者，除去故官就新官。」兩州相去無百里，失君應愁得君喜。安得如君數十人，一時盡福東南民。

謝陳山人惟寅贈其故弟長司惟允所畫山水

列朝詩傳：「陳處士汝秩，字惟寅，本廬山人。父天倪先生，始卜居于吳。天倪卒，惟寅與其弟惟允，力貧養母，有聞于時。惟允爲淮張所辟，親信用事，聲勢甚盛。惟寅兵後不能卜一廛，安貧靜退，視其弟之赫奕若弗聞也。洪武初，以人才徵至京，以母老辭歸。惟允尤倜儻知兵，嘗騎馬過吳市，遇王止仲徒行，不爲下，以手招之曰：『王止仲可來看畫。』止仲尾之往，弗敢後，其矜伉專己如此。」列朝詩集誤刻徐賁。

大髯袖中有廬霍，一作嶽。皇甫冉詩：「猿聲近廬霍，水色勝瀟湘。」案：「廬、霍，謂廬山、霍山也。」嵐氣噴人寒色薄。出贈生綃一幅圖，韓愈桃源圖詩：「流水盤迴山百轉，生綃數幅垂中堂。」云是小髯之所作。我嘗游君伯仲間，仲今已矣空見山。畫中無限磅礴意，莊子：「宋元君將畫圖，衆史皆至，受揖而立，舐筆和墨，一史後至，儃儃然不趨，受揖不立，因之舍。公使人視之，則解衣槃礴，君曰：『可矣！是眞畫者也。』」使我坐看愁滿顔。重崖複澗迷樵路，杳杳煙蘿一作煙蘿冥冥。晝如暮。溪閣風生醉客眠，野橋月出歸僧度。櫪林蒙密楓林高，深處似有猩鼯號。滿空雲凍動秋思，飛泉落日何蕭騷。揮毫若此難再得，白鶴何時返鄉國？良工自古多苦心，留賞人間賴遺墨。南宮北苑皆已仙，圖繪寶鑑：「米芾，字元章，書法入神。畫山水出董源，別號海岳外史，又稱南宮。」畫史會要：「董源號北苑。海岳云：『平淡天眞多，唐無此品，在畢宏上，近世神品，格高無與比也。』」此圖與之當並傳。坐嗟存沒意難報！作歌愧匪瓊瑤篇。

書夢贈徐高士

眞人高居紫霞房，白居易詩：「紫霞舊精舍。」靈津夜灌通桃康。葛仙翁詩：「吐納靈河津。」黃庭內景經：「男女迴九有桃康。」注：「丹田下神名。」其神不彫駐景光，名籍早入丹臺藏。列仙傳：「紫陽眞人周季通，遇羨門子，乞長生訣，羨門子曰：『名在丹臺石室中，何憂不仙？』」道成驂蚪面虛皇，陸龜蒙詩：「共是虛皇簡上仙。」凌攝梵烝邀穹蒼。下視羣生墮迷方，倏忽起滅更喜傷。我嘗夢遊至其傍，廣庭淨發衆妙香。杜甫詩：「心清聞妙香。」仙媛神官儼成行，坐考雲笈披琳琅。范成大詩：「丹訣三千滿雲笈。」按：「宋張君房輯雲笈七籤。」稽首皈依大醫王，麴信陵詩：「誓心從此永皈依。」文天祥詩：「夜深排果餌，乞巧大醫王。」願憫濁世同淪亡。龍根珍脯不可嘗，幽冥錄：「巴邛人剖一大橘，中有二老叟相對象戲。一叟曰：『僕飢虛矣！須龍根脯食之。』袖出一草根削食，食訖，以水噀之，化爲龍，共乘之。」蘇軾詩：「龍根爲脯玉爲漿。」但覺凡火燒飢一作肌腸。身心俱病孰爲攘，至言授我何敢忘。空山無人覺在牀，海月未落天蒼茫。佐卿化鶴來吾鄉，廣德神異錄：「明皇天寶十三載重陽，獵于沙苑，時雲間有孤鶴迴翔，親御弧矢中之；其鶴卽帶箭徐墜，將及地丈許，欻然矯翼西南而逝。益州城西十五里有道觀焉，東廊第一院尤爲深寂，有自稱青城山道士徐佐卿者，一歲率三四至焉，一日忽自外至，神彩不怡，謂院中人曰：『吾行山中，偶爲飛矢所加，尋已無恙；然此箭非人間所有，吾留之于壁，後年箭主到此，卽宜付之。』及明皇幸蜀，暇日命駕行遊，偶至斯觀，忽覩其箭，深異之；因詢觀之道士，具以實對，佐卿蓋中箭孤鶴耳！自後蜀人亦無復有遇佐卿者。」朱冠縞衣頎而長。篋中活人何所將？苓參朮芎枳桂薑。學仙曾聞道非常，幸賜大藥和陰陽。紫陽眞人悟眞篇：「何似更兼脩大藥，頓超無漏作眞人。」

又：「調停火候託陰陽。」誓參飛裾上翺翔，張載鞞舞賦：「輕裾鸞飛。」人間徧施甘露漿。掃除熱惱俱清涼，疾苦不生壽無量。

劉松年畫

圖繪寶鑑：「松年，錢塘人，紹熙中待詔，工人物山水，神氣精妙。寧宗朝，進耕織圖稱旨。賜金帶，院人中絕品也。」

樵青刺篙勝搖槳，見卷三隱逸張志和。船頭分流水聲響。青山渺渺波漾漾，白鷗飛過時一兩。載書百卷酒十壺，日斜出遊女兒湖。鄰舟買得巨口鱸，後赤壁賦：「巨口細鱗，狀如松江之鱸。」此醉拍銅斗歌嗚嗚。孟郊詩：「銅斗飲江水，手拍銅斗歌。」李斯諫逐客書：「擊甕叩缶，彈箏搏髀，而歌呼嗚嗚。」此樂除却江南無。

題武昌魏孝廉槃所藏畫

楚山遠吐參差碧，虛閣開臨繫船石。沙樹彫時鄂渚秋，一統志：「武昌自楚熊渠封其子爲鄂王，始號鄂渚。」江鷗沒處湘潭夕。閣中幽人坐讀書，書聲入水驚龍魚。欲吹短笛相尋去，黃鶴磯頭好待予。見卷六送袁憲史。

送葉卿東遊

問君辭家今幾年？布衣綫斷芒屩〔校記〕三十家作鞋。穿。孟郊詩：「四時不在家，敝服斷線多。」管子：「五衢之民，多衣敝而屨穿。」江湖夢迴燈火夜，聽雨每憶山中田。兵戈忽斷故鄉路，雖有兩足歸無緣。上書願雪父兄恥，畫地聚米籌山川。後漢書馬援傳：「援說隗囂將帥有土崩之勢，兵進有必破之狀。又於帝前聚米爲山谷，指畫形勢，開示衆軍所從道徑，昭然可曉。」居然無成困逆旅，白日但看孤雲眠。時人不容禰生傲，後漢書文苑傳：「禰衡，字正平，少有才辨，而氣尙剛傲，孔融愛衡才，數稱述于曹操。而衡素相輕疾，數有恣言；操懷忿，以其才名，不欲殺之，送與劉表。表不能容，以江夏太守黃祖性急，故送衡與之。後衡言不遜順，祖殺之，時年二十六。」坐客豈信毛公賢。見卷四停君白玉巵。黃金已盡酒徒散，壯士反爲兒女憐。飢吟倚壁氣未餒，有如病鶴棲荒煙。却欲南遊探禹穴，史記太史公自序：「南游江淮，上會稽，探禹穴。」注：「會稽上孔穴，民間云：禹入此穴。」僕夫整駕雞鳴前。波濤翻江畏飢鰐，左思吳都賦注：「鰐魚，長二丈餘，有四足如鼉，喙長三尺，甚利齒。虎及大鹿渡水，鰐擊之皆中斷。」霧雨連海愁飛鳶。曲禮：「前有塵埃，則載飛鳶。」疏：「鳶，鴟也，鴟鳴則將風。」相逢誰肯問憔悴，山水自爲窮人妍。乾坤無家去何止，飄泊不異迴風船。區區願君自愛惜，今古遇合無非天。亂離貧賤何足歎，王孫亦在道路邊。杜甫哀王孫：「腰下寶玦青珊瑚，可憐王孫泣路隅。」我今豈少四方志，讀書坐破牀頭氈。恩讎兩無欲誰報，送子空歌寶劍篇。新唐書郭震傳：「武后召與語，奇之，索所爲文章，上寶劍篇，后覽嘉歎。

題韓長司所藏山水圖

參卿昔佐一作在。西安幕，晉書孫楚傳：「遷佐著作郎，復參石苞驃騎將軍事。楚負其才氣，頗侮易于苞，初至，長揖曰：『天子命我參卿軍事。』」騎馬看山時出郭。終南泰華勢最高，一統志：「終南山在西安府城南，即中條山。太華，在華陰縣，即西岳也。」橫作秋雲掃寥廓。秦川漢苑萬里開，酒醒望遠登荒臺。日斜渭上歸人渡，岳暗關中飛雨來。寰宇記：「西安府，秦曰關內。」此處奇觀絕天下，何事歸來猶看畫。畫中小景似江南，黃葉漁村見煙舍。〔校記〕大全集作「含」，誤。莫戀江南眞故鄉，蓴鱸炊熟酒船香。李商隱詩：「雨送酒船香。」美人不是滄洲客，去去宜登白玉堂。見卷七訓謝翰林。

煮石山房爲金華葉山人賦

胡翰煮石山房記：「吾鄉葉以誠寓於醫，而以煮石名其山房。」六帖：「眞誥曰：『煮石方』，東府佐卿白先生造也，皆眞人所授，但未見眞本。」一統志「山在府城北。」

山人不飯粳稻香，笑指白石爲餱糧。金華之石猶可食，元是舊牧初平羊。神仙傳：「黃初平者，丹谿人也。年十五，家使牧羊，有道士見其良謹，便將至金華山中四十餘年，不復念家。其兄初起，行山尋索，遂得相見。問初平羊何在？曰：『近在山東耳！』初起往視之，但見白石而還。初平與俱往看之，乃叱曰：『羊起！』于是白石皆變爲羊數萬頭。」荆榛拾歸夜深煑，自言久服能輕舉。但令隨處有雲根，賈島詩：「移石動雲根。」注：「雲根，石也，雲觸石而生，故云。」不問青天旱無雨。我生無力耕西疇，硯田欲枯抱飢憂。便當從君學此術，絕勝乞米監河侯。莊子：「莊子貸粟于監河侯曰：『我將得邑金貸子。』」

九日與客登虎丘至夕放舟過天平山

昨日風雨今日晴，天意令人作重九。登高未用憶龍山，晉書孟嘉傳：「爲征西桓溫參軍，九月九日，溫燕龍山，寮佐畢集，有風至，吹嘉帽墮落，不之覺，溫使左右勿言，欲觀其舉止。嘉良久如厠，溫令取還之。令孫盛作文嘲嘉，著嘉坐處，嘉還見，卽答之，其文甚美，四坐嗟歎。」一統志：「龍山，在荆州府城西北。」弔古竟須尋虎阜。秋清人稀葉滿寺，屐齒無聲石苔厚。我來但欲問前王，不知霸氣銷沈久。下穿山骨葬弓劍，見卷五虎丘。銀海夜寒空不朽。漢書楚元王傳：「秦始皇葬于驪山之阿，水銀爲江海，黃金爲鳧雁。」劉禹錫詩：「空餘水銀海，長照夜燈紅。」樓臺荆棘今幾變，英雄誰似青山壽。十年自歎在塵土，雞鳴起逐塗人走。茲遊喜出世網外，相攜況是同心友。盤梯共上峯頂塔，欲觀東海攀北斗。中原不見鴻雁來，浮雲萬里空回首。鐘聲催送晚出寺，棲鴉已滿祠前柳。秋風吹林客醉時，夕陽下嶺僧歸後。山留好月續清景，乘興夜過漁村口。放船不覺露沾衣，滅燭始看星在罶。詩：「三星在留。」金陵酒熟來謫仙，唐書李白傳：「天寶初，白至長安，往見賀知章，知章見其文，歎曰：『子謫仙人也。』」李白詩：「世人不識東方朔，大隱金門是謫仙。」赤壁歌殘泣嫠婦。蘇軾前赤壁賦：「泣孤舟之嫠婦。」人生此樂信難得，夢幻功名有時有。他年何必問誰健，杜甫九日詩：「明年此會知誰健？醉把茱萸仔細看。」但令不負持螯手。晉書畢卓傳：「卓嘗謂人曰：『得酒滿數百斛船，四時甘味置兩頭，右手持酒杯，左手持蟹螯，拍浮酒船中，便足了一生矣！』」詩成底用刻山石，爲寄龍門說空叟。「龍門」注見前卷五龍門詩。陶弘景詩：「夷甫任散誕，平叔坐談空。」張祜鍾離寺詩：「唯羨空門叟，棲心盡百年。」明朝來借白雲泉，見卷五天平山。淨洗從前千劫垢。楞嚴經：「度百千劫，猶如彈指。」

夜發錢清　見卷三次錢清謁劉寵廟

錢清渡頭船夜開，黃茅苦竹聞猿哀。客官釃酒水神廟，風雨滿江潮正來。蒸飯炊魚坐篷底，不覺舟行兩山裏。棹歌早過越王城，一統志：「在紹興府城東南，越王勾踐棲兵處。」東方未白啼鴉起。

草書歌贈張宣　列朝詩傳：「宣，字仲藻，江陰人，少負才名，洪武初，與修元史，擢翰林院編修。」

昔聞汝祖東吳精，杜甫示張旭草書圖詩：「嗚呼東吳精，逸氣感清識。」醉傳草聖醒而驚。唐書李白傳：「文宗時，詔以李白歌詩、裴旻劍舞、張旭草書爲三絕。旭，蘇州吳人，嗜酒，每大醉，呼叫狂走，乃下筆；或以頭濡墨而書，既醒自視，以爲神。世呼張顛。自言始見公主擔夫爭道，又聞鼓吹，而得筆法意；觀倡公孫舞劍器，得其神。」杜甫詩：「張旭三杯草聖傳，脫帽露頂王公前。」汝今能飲不滿杓，史記項羽本紀：「沛公不勝桮杓。」逸氣欲與相崢嶸。高堂把筆若把槊，歐陽修詩：「巨筆人人把矛槊。」長綃一拂悲風生。杜甫張旭草書圖詩：「悲風生微綃，萬里有古色。」陰垂大澤雷雨過，鮑照飛白書勢銘：「飄風驟雨，雷怒霆激。」響破巨峽波濤傾。法書要錄：「索靖善章草書，出于韋誕，險峻過之，有若山形中裂，水勢懸流。」颺颺游絲罥晴晝，宣和書譜：「山人蒲云作正書甚古，嘗以雙鉤字書河上公注道德經，若游絲縈漢，孤煙裊風。」宋劉子翬游絲帖歌：「園林無瑕二三月，時見游絲轉空闊。誰人寫此一段奇？著紙春風吹不脫。」落落高斗回寒更。孫過庭書譜：「纖纖乎如初月之出天涯，落落乎猶衆星之列河漢。」飲猿連臂深澗絕，法書要錄：「若懸猿飲澗之象。」謝靈運名山記：「猿猱下飲，百臂相聯。」飢鶻捩翅荒煙橫。續書品優劣：「沈千運如飢鷹殺羽，忍疲筋骨。」自言靜裏觀萬物，故能變化窮其情。嗟余少本好劍舞，學書晚方從父兄。終焉懶惰不得就，塵滿硯田長廢耕。覽時撫事每有感，胸次硉矹何由平。杜甫詩：「骨格硉矹如堵牆。」空齋往往出怪語，翁卷詩：「怪語却如顛。」吟聲相應飢腸鳴。蘇軾詩：「夜來飢腸如轉雷。」篇〔校記〕三十家作「詩」。成請君爲我寫，墨瀋灑壁從奔崩。陸游詩：「半池墨瀋臨章草。」是時黃雲閉歲暮，返照忽出寒江明。手隨意到不留阻，正似突騎陰山行。

唐明皇詩：「埋輪皆突騎。」括地志：「陰山在朔州北，塞外突厥界。」令嚴不聞戈甲響，一夜下盡名王城。安得師行亦如此？頃刻坐見乾坤淸。嗚呼作歌聊贈汝，愈使流淚沾衣纓。

獨遊雲巖寄周砥

城西諸山非不奇，我遊獨與茲山宜。紅櫻春開山後寺，白水夏滿山前陂。幽居況與山不遠，鐘鼓每到空齋帷。雨餘煙中落日下，曳杖往讀頭陀碑。姓氏英賢錄：「王屮，字簡棲，有學業，爲頭陀寺碑文，文詞巧麗，爲世所重。」兩崖蒼蒼石色古，枇杷樹高陰滿池。殿燈欲昏上羣鼠，塔鈴已靜蹲孤鴟。興來卽遊興盡返，迎送豈要山僧知。困窮喪亂豈無感，正賴此境忘吾悲。嗟君何爲乃自苦，破韀〔校記〕詩綜作「鞵」。短策塵中馳！挂帆能來亦未晚，浦口三日南風吹。

練圻老人農隱

我生不願六國印，見卷一將進酒。但願耕種二頃田。田中讀書慕堯舜，坐待四海昇平年。却愁爲農亦良苦，近歲征役相煩煎。養蠶唯堪了官稅，賣犢未足輸丁錢。見前中秋翫月「丁男」注。陸游詩：「縣前歸來傳好語，黃紙續放身丁錢。」虬鬚縣吏叩門戶，三國志崔琰傳：「虬鬚直視，若有所嗔。」蘇軾詩：「縣吏催錢夜打門。」鄰犬夜吠頻驚眠。雨中投泥東鑿塹，蘇軾雨中督役詩：「人如鴨與豬，投泥相濺驚。」高祖本紀：「深塹而守。」注：「遶城水也。」冰上渡水西防邊。幾家逃亡閉白屋，荒村古木空寒煙。君獨胡爲有此樂，無乃地邇秦溪仙。胡曾詩：「碧山煙散避秦溪。」門前流水野橋斷，不過車馬唯通船。秧風初涼近芒種，戴勝曉鳴桑樹顛。王禹偁詩：「戴勝勸人耕。」短衣行隴自課作，兒子饁後妻耘前。白頭雖復勞四體，若比我輩寧非賢。旅遊三十不稱意，年登未具粥與饘。便投筆硯把耒耜，從子共賦豳風篇。

嘗蒲萄酒歌

史記大宛列傳：「大宛，在漢正西，去漢可萬里，有蒲萄酒。」後漢書西域傳：「栗弋國，屬康居，出名馬、牛、羊、蒲萄衆果，其土水美，故蒲萄酒特有名焉。」晉書呂光載記：「龜茲人厚于養生，家有蒲萄酒，或至千斛，經十年不敗。」

西域幾年歸使隔，漢宮遺種秋蕭瑟。酉陽雜俎：「大宛蒲萄，張騫所致，有黃、白、黑三種，上林苑有蒲萄宮。」李白詩：「蒲萄出漢宮。」誰將馬乳壓瑤漿？劉禹錫詩：「馬乳帶輕霜。」唐書：「破高昌，收馬乳蒲萄實種之，並得其酒法。」遠餉江南渴吟客。赤霞流髓濃無聲，初疑豹血淋銀甖。李賀詩：「刺豹淋血盛銀甖」。吳都不數黃柑釀，見卷五太湖。隋殿虛傳玉薤名。酒譜：「玉薤，隋煬帝酒名。」聞道輪臺千里雪，漢書西域傳：「自伐大宛之後，西域震懼，多遣使來貢獻，于是輪臺、渠犂，皆有田卒數百人，置使者校尉領護以給外國使者。」岑參詩：「輪臺東門送君去，去時雪滿天山路。」獵騎弓弦凍皆折。試唱羌歌勸一觴，氈房夜半天迴熱。絕味今朝喜得嘗，猶含風露萬珠香。牀頭如能有五斗，不將輕博涼州守。三輔決錄：「扶風人孟佗，以蒲萄酒五斗遺張讓，即拜佗爲涼州刺史。」

送高二文學遊錢塘 原注：「君粱人，與余異譜。」

我家本出渤海王，見卷四贈銅臺李壯士。子孫散落來南方。只今遙承幾世後，坐棄戰陳談文章。嗟君渡江此相遇，知有遠族猶居粱。嘗聞四海盡兄弟，況我同姓能相忘。十年近舍道南宅，晉書阮咸傳：「咸與籍居道南，諸阮居道北。」歲時拜父登高堂。君年雖少志則壯，不肯與世相低昂。讀書閉閣人罕識，明月夜照聲琅琅。欲將古道共推挽，豈顧薄俗譏迂狂。到官未繫堂下馬，對客但眠樓上牀。君來不欲是王式，漢書王式傳：「除爲博士，既至，止舍中，會諸大夫博士共持酒肉勞式，皆注意高仰之。博士江公，世爲魯詩宗，至江公著孝經說，心嫉式，謂歌吹諸生曰：『歌驪駒。』式曰：『聞之于師，客歌驪駒，主人歌客毋庸歸。今日諸君爲主人，日尙早，未可也。』江翁曰：『經何以言之？』式曰：『在曲禮。』江翁曰：『何狗曲也？』式恥之，陽醉逷墜。式客罷讓諸生曰：『我本不欲來，諸生彊勸我，竟爲豎子所辱！』遂謝病免歸。」我行或止非臧倉。亂離正賴相慰藉，何事遠別遊錢塘？錢塘舊國我所到，江山自存人已亡！雁鶩長雲暮陂澹，牛羊落照秋陵荒。繁華銷盡莽蒼出，君行見此能無傷。西風吹塵扇難障，晉書王導傳：「庾亮居外鎭而執朝廷之權，導內不能平，常遇西風塵起，擧扇自蔽曰：『元規塵汙人。』」不如歸臥須時康。一飢小事何足道，故園尙有霜英黃。

贈李外史

仙人飄飄若雲風，來去倏忽誰能窮。豈惟上界足官府，韓愈詩：「上界眞人足官府。」往往亦在塵埃中。我欲尋眞向五嶽，亂後舊路迷榛蓬。天雞未鳴夜谷暗，海鶴已去秋壇空。丹崖碧澗瑤草歇，洞府一閟無由通。陌頭驚逢李道士，自說柱史爲吾翁。列仙傳：「李耳，字伯陽，生于殷時，爲周柱下史。」傍人相傳解起死，神仙傳：「徐甲少賃于老子，約日雇百錢，計欠甲七百二十萬錢。甲見老子出關遊行，速索償不可得，遂通辭于尹喜。喜見老子，老子問甲曰：『汝久應死，吾以太玄淸生符與汝，所以至今日。汝何以言吾？』乃使甲張口向地，眞符立出，甲成一聚枯骨矣。喜知老子神人，能復使甲生，乃爲請命，乞爲老子出錢還之。老子復以符投之，甲立更生，喜卽以錢與之而去。」袖裏有丹如日紅。我聞安期古策士，親見楚漢爭雌雄。終然濁世不肯仕，渡海竟去先飛鴻。列仙傳：「安期生賣藥海邊，秦始皇請語三夜，賜金數千萬，出於阜鄉亭，皆置去，留書以赤玉舄一重爲報曰：『後千歲求我於蓬萊山下。』」玄洲東望纔咫尺，彩霞幻結金銀宮。決疑經：「銀宮金闕，列仙攸館。」何當共赴食棗約？見卷四停君白玉卮。三花醉折春濛濛。齊民要術：「嵩高寺中忽有思維樹，卽貝多也，一年三花。」馬祖常詩：「蕊珠無樹不三花。」迴看城郭煙霧杳，大笑下士眞沙蟲！抱朴子：「周穆王南征，久而不歸，一軍皆化，君子爲猿鶴，小人爲沙蟲。」

聽教坊舊妓郭芳卿弟子陳氏歌 原注：「時至正己亥歲作。」

文皇在御昇平日，元史文宗紀：「帝諱圖帖睦爾，武宗次子，初封懷王。出居建康，以致和元年九月襲皇帝位，改元天曆。」上苑宸遊駕頻出。仗中樂部五千人，能唱新聲誰第一？燕國佳人號順時，青樓集：「順時秀，姓郭氏，字順卿，姿態閑雅。雜劇爲閨怨最高，駕頭諸旦本亦得體，劉時中待制嘗以金簧玉管，鳳吟鸞鳴，擬其聲韻。」姿容歌舞總能奇。中官奉旨時宣喚，立馬門前催畫眉。建章宮裏長生殿，漢書郊祀志：「武帝起建章宮，千門萬戶，周三十里。」會要：「華清宮，天寶元年十月造長生殿，名爲集仙臺，以祀神。」芍藥初開勅張宴。龍笙罷奏鳳絃停，共聽嬌喉一〔校記〕明詩別裁作「似」。鶯囀。遏雲妙響發朱脣，列子：「秦青善歌，能使聲振林木，響遏行雲。」傅休奕詩：「素齒結朱脣。」不讓〔校記〕明詩別裁作「數」。開元許永新。開元遺事：「宮妓許永新者，善歌，最受明皇寵愛；每對御奏歌，則絲竹之聲莫能遏，帝嘗謂左右曰：『此女歌直千金。』」繡陛花驚飄豔雪，韋應物詩：「清詩舞豔雪。」文梁風動委芳塵。沈亞之新廳記：「文梁勁桷，既已具構。」劉向別錄：「魯人虞公發聲，清晨歌動梁塵。」翰林才子山東李，元史李泂傳：「泂字溉之，滕州人，生有異質，爲文辭如宿習者。天曆初，以待制召，數見奏對稱旨，特授奎章閣學士。既爲帝知遇，乃著輔治篇以進，文宗嘉之。會修經世大典成，再除翰林直學士，竟以病不起。泂秀眉疎髯，目瑩如電，顏面如冰玉，脣若渥丹，望之者疑爲神仙中人，每以李白自儗。」每進新詞蒙上喜。當筵按罷謝天恩，捧賜纏頭蜀都綺。舊唐書郭子儀傳：「子儀入朝，宰相元載、王縉、僕射裴冕、京兆尹黎幹、內侍魚朝恩，共出錢三十萬，置宴于子儀第，恩出羅錦二百匹，爲子儀纏頭之費，極歡而罷。」杜甫詩：「舞罷錦纏頭。」晚出銀臺酒未消，宋史職官志：「銀臺司掌收天下奏狀。」徐鉉詩：「銀臺鎖入須歸去，不惜餘歡盡酒卮。」侯家主第強相邀。盧照鄰詩：「王輦縱橫過主第，金鞭絡繹向侯家。」寶釵珠袖尊前賞，秦嘉與婦徐淑書：「今致寶釵一雙，價值千金，可以曜首。」杜甫觀公孫大娘舞劍器行：「絳脣珠袖兩寂寞。」占斷春風夜復朝。回頭樂事浮雲改，瘞玉埋香今幾載？玉溪縮事：「王承撿築防蕃城，至上邽山下，獲瓦棺，石刻篆字，銘曰：『深深葬玉，鬱鬱埋香。』」世間遺譜竟誰傳，弟子猶憐一人在。曾記霓裳學得成，逸史：「羅公遠中秋侍明皇宮中翫月，以拄杖向空擲之，化爲銀橋，與帝昇橋，遂至月宮。女仙數百，練素霓裳，舞于廣庭。上問曲名，曰：『霓裳羽衣。』上記其音，歸作霓裳曲。」太眞外傳：「宴諸王于木蘭殿，時木蘭花發，皇情不悅，妃醉中舞霓裳羽衣一曲，天顔大悅。」朝元隊裏藝初呈。雍錄：「朝元閣在驪山，天寶七載，玄元皇帝見于朝元閣，改名降聖閣。」李商隱華清宮詩：「朝元閣迥羽衣新，首按昭陽第一人。」九天聲落千人聽，丹鳳樓前月正明。舊唐書明皇紀：「開元九年九月，御丹鳳樓，宴突厥首領。」狹斜貴客迴〔校記〕明詩別裁作「叢」。車馬，不信芳名在師下。風塵一旦禁城荒，誰是花前聽歌者？從此飄零出教坊，遠辭京國客殊方。閉門春盡無人問，白髮〔校記〕明詩別裁作「縞袂」。青裙不理妝。相逢爲把雙蛾蹙，溫庭筠詩：「鳳低蟬薄愁雙蛾。」水調涼一作梁。州歌續一作斷。續。樂苑：「水調，商調曲也。舊說隋煬帝幸江都時所製。」明皇十七事：「羯胡犯闕，上欲遷幸，登樓置酒，四顧悽愴；時美人善歌從者三人，其中一人歌水調，畢奏，上將去，復留眷眷，因問樓下歌工有善水調者乎？一少年心悟上意，自言亦善水調。登樓歌曰：『山川滿目淚霑衣，富貴榮華能幾時？不見只今汾水上，惟有年年秋雁飛。』上聞之潸然淚出，顧侍者曰：『誰爲此詞？』侍者曰：『宰相李嶠。』上曰：『李嶠眞才子也。』不待曲終而去。」「涼州」見卷一。江南年少未曾聞，元是當時供奉曲。劉禹錫詩：「休唱貞元供奉曲，當時朝士已無多。」朝使今年海上歸，元史順帝紀：「十九年九月，詔遣兵部尚書伯顔帖木兒、戶部尚書曹履亨，以御酒龍衣賜張士誠，徵海運糧。伯顔往來開諭，乃運粟十一萬石至京師。」繁華休說亂來非。梨園散盡宮槐落，唐書禮樂志：「明皇知音律，酷愛法曲，選坐部伎子弟三百教于梨園。」朱氏語類：「唐殿庭間種花柳，國朝惟植槐楸。」天子愁多內宴稀。始知歡樂生憂患，恨殺韓休老無〔校記〕明詩別裁作「韓休老去無人諫。」諫。唐書韓休傳：「休峭鯁，時政所得失，言之未嘗不盡。帝嘗獵苑中，或大張樂稍過差，必視左右曰：『韓休知否？』已而疏輒至。」傷心不見昔人歌，汾水秋風有飛雁。見上水調注。此日西園把一卮，感時懷舊盡成悲。含情欲爲秋娘賦，愧我才非杜牧之！杜牧之杜秋娘詩序：「杜秋，金陵女也，年十五，爲李錡妾。後錡叛滅，籍之入宮，有寵于景陵。穆宗即位，命秋爲皇子傅姆。皇子壯，封漳王，鄭注用事，誣丞相欲去己者，指王爲根。王被罪廢削，秋因廢歸故鄉。予過金陵，見其窮且老，爲之賦詩。」

牀屏山水圖歌

畫工知余愛青山，久墮塵網無由還。故將列岫寫屏障，使我臥起於其間。從此長如宿清境，枕上分明見峯嶺。爐煙曉入帳中飛，擁被驚和白雲冷。丹崖碧樹層層開，江雨遠逐孤帆來。就中樓閣是何處，彷彿神女巫陽臺。楚山修竹瀟湘水，似有清猿忽啼起。江南千里夢遊歸，半牀落月高堂裏。

方隱君山園

吳興城南山水勝，竹樹參差萬家暎。幽深誰似隱君園，車馬不來雞犬靜。兩溪迴通柳港曲，按：兩溪，苕溪、霅溪。一峯立對柴門正；東西別墅憐〔校記〕三十家作「鄰」。更好，孤櫂往來隨晚興。總令種菜不種桃，新製長鑱木爲柄。杜甫寓同谷縣歌：「長鑱長鑱白木柄，我生託子以爲命。」家童頗解候天時，鄰叟還能論地性。交交林路翳復開，活活野泉流不定。清晨聞鳥欣獨往，濃綠潑晴畦色淨，老葉垂根孤蚓號，殘英綴梗羣蜂競。乍縈新蔓喜籬長，欲迸晚芽嫌土硬。此時採擷自足飽，肯爲食肝煩縣令？世說補：「閔仲叔家貧，不能買肉，日買豬肝一片，屠者或不肯與。安邑令聞之，勑吏常給焉。仲叔怪問其故，其子道狀，歎曰：『仲叔豈以口腹累安邑耶？』遂去。」古來名園悉可數，金谷辟疆誇獨盛。晉書石崇傳：「崇有別館在河陽之金谷。」「辟疆園」見卷五。鑿石圓開弄月池，買花深作行春徑。愛妾宵陪秉燭宴，狎朋晝接流觴詠。王羲之蘭亭集序：「清流激湍，映帶左右，引以爲流觴曲水，列坐其次。」長年歡樂豈知極，回首芳非屬他姓。只今誰解問遺蹤？斷甓摧垣無一剩。乃知厚業要德守，那得衰榮但言命。君能勤儉遺子孫，應有佳名書郡乘。韻會：「乘者，載也，取其載事爲名。」

觀顧蕃所藏宋賜進士絲鞭歌

宋狀元錄：「高宗紹興二十一年辛未，策試進士趙逵等及第出身有差。上御集英殿，拆號唱進士名，各賜綠襴袍、白簡、黃襯衫，賜狀元等三人酒食五盞。三人各進謝恩詩一首，皆重戴綠袍、絲鞭駿馬，快行各持勑黃于前，黃旗雜沓，呵殿如雲，自東華門至期集所。豪家貴邸，競列綵幕縱觀，其有少年未有室家者，亦往往於此擇壻。」

臚傳殿下呼名字，文獻通考：「進士殿試，拆榜唱名曰臚傳，集英殿唱第日，宰臣進三名卷子，讀于御案前；用牙笏點讀畢，宰臣拆視姓名，則曰某人，閤門則承之以傳于階下，衛士凡六七人，皆傍聲傳其名而呼之，謂之臚傳。閤門，鴻臚卿。」進士新充探花使。摭言：「神龍以來，唐進士初會杏花園，謂之探花宴，以少俊者爲探花使。」內人綰結綵鞭成，崔令欽教坊記：「妓女入宜春苑，謂之內人，亦曰前頭人，以常在上前頭也。」陸游詩：「銀勝那思映綵鞭。」恩與宮袍一時賜。不用頻將柳下揮，馬蹄得意自如飛。蘇軾詩：「一色杏花紅十里，新郎君去馬如飛。」影裊夕陽何處去，曲江園裏宴初歸。國史補：「進士大宴于曲江亭子，謂之『曲江會』。」天街直拂花枝過，擇壻樓高綵毬墮。蘇軾詩：「眼亂行看擇壻車。」武平一詩：「分鑣戲彩毬。」令人把玩憶當時，零落春風幾縷絲。

憶昨行寄吳中諸故人

憶昨結交豪〔校記〕明詩別裁作「游」。俠客，意氣相傾無促戚。十年離亂如不知，日費黃金出遊劇。狐裘蒙茸欺北風，霹靂應手鳴雕弓。隋書：「長孫晟，無忌父也。高祖時，爲秦川行軍總管，出討達頭破之。有突厥達官來降，言突厥之內，大畏長孫總管，聞其弓聲，畏爲霹靂；見其走馬，稱爲閃電。」桓王墓〔校記〕明詩別裁作「地」。下沙草白，見卷五。彷彿地似遼城東。馬行雪中四蹄熱，流影欲追飛隼滅。歸來笑學曹景宗，梁書曹景宗傳：「景宗幼善騎射，好獵，嘗與少年數十人，澤中逐獐鹿，每衆騎赴鹿，鹿馬相亂，景宗于衆中射之，人皆懼中馬足，鹿應弦斃，仕梁，累功封公。」生擊黃獐飲其血。皋橋泰娘雙翠蛾，見卷七皋橋。喚來尊前爲我歌，白日欲沒奈愁何！迴潭水綠春始波，此中夜遊樂更多。月出東山白雲裏，照見船中笛聲起。驚鷗飛過片片輕，有似梅花落江水。天峯最高明日登，見卷五南峯寺。手接飛鳥攀危藤。龍門路黑不可上，見卷五。松風吹滅巖中燈。衆客欲歸我不能，更度前嶺緣崚嶒。遠携茗器下相候，喜有白首楞伽僧。館娃離宮已爲寺，香逕無人欲愁思。姑蘇志：「採香逕，在香山傍，吳王種香于香山，使美人泛舟于溪以採之。」醉題高壁墨如鴉，一半攲斜不成字。〔校記〕自「天峯最高明日登」至本句凡十二句，明詩別裁及三十家均缺。夫差城南天下稀，狂遊累日忘却歸。

座中爭起勸我酒，但道飲此無相違。自從飄零各江海，故舊如今幾人在。荒煙落日野烏啼，寂寞青山顏亦改。須知少年樂事偏，當飲豈得言無錢。我今自算〔校記〕明詩別裁及三十家均作「齒髮」。雖未老，豪健已覺難如前。去日已去不可止，來日方來猶可喜。古來達士有名言，只說人生行樂耳！楊惲報孫會宗書：「人生行樂耳！須富貴何時？」

明皇秉燭夜遊圖

華萼樓頭日初墮，唐書讓皇帝傳：「先天後，以隆慶舊邸爲興慶宮，於宮西南置樓，其西署曰花萼相輝之樓，南曰勤政務本之樓。」聞諸王作樂，必亟召升樓，與同榻坐。」紫衣催上宮門鎖。唐書車服志：「以紫爲三品服。」宦者傳序：「開元、天寶，宦者黃衣以上三千員，朱紫千餘人。」魚朝恩傳：「養息令徽尚幼，服綠，與同列爭忿。朝恩見帝曰：『臣之子願得金紫在列。』帝未答，有司已奉紫服于前，令徽稱謝。」大家今夕燕西園，獨斷：「親近侍從官，稱天子曰大家。」高爇銀盤百枝火。海棠欲睡不得成，太眞外傳：「明皇登沉香亭，召太眞妃，于時卯酒未醒，侍兒扶掖而至，妃子醉韻殘妝，釵橫鬢亂，不能再拜，明皇笑曰：『海棠春睡未足耶？』」紅妝照見殊分明。滿庭紫焰作春霧，不知有月空中行。新譜霓裳試初按，見前聽教坊舊妓歌。內使頻呼燒燭換。知更宮女報銅籤，陳書世祖紀：「每雞人伺漏傳更籤于殿中，乃勅送者必投籤于階石之上，令鎗然有聲，云吾雖眠，亦令驚覺也。」歌舞休催夜方半。共言醉飲終此宵，明日且免羣臣朝。只憂風露漸欲冷，妃子衣薄愁成嬌。

琵琶羯鼓相追逐，一作續。太眞外傳：「上嘗夢十仙子，乃製紫雲迴；并夢龍女，又製凌波曲。二曲既成，遂賜宜春院及梨園弟子并諸王。時新豐初進女伶謝阿蠻善舞，上與妃子鍾念，因而授焉。就按于清元小殿，寧王吹玉笛，上羯鼓，妃琵琶，馬仙期方響，李龜年觱篥，張野狐箜篌，賀懷智拍，自旦至午，歡洽異常。」白日君心歡不足。此時何暇化光明，去照逃亡小家屋。聶夷中田家詩：「我願君王心，化爲光明燭。不照綺羅筵，只照逃亡屋。」姑蘇臺上長夜歌，江都宮裏飛螢多。北史隋煬帝紀：「上於景華宮徵求螢火，得數斛，夜出遊山，放之，光徧巖谷。」一統志：「隋大業初，改揚州爲江都郡。」一般行樂未知極，烽火忽至將如何？太眞外傳：「天寶十四載十一月，安祿山反幽陵，上欲以皇太子監國，國忠大懼，歸謂姊妹曰：『東宮監國，當與娘子等併命。』哭訴貴妃，妃啣土請命，事乃寢。十五載六月，潼關失守，上幸巴蜀。」可憐蜀道歸來客，太眞外傳：「至德二年，收復西京。十一月，上自成都還。」南內凄涼頭盡白。太眞外傳：「上皇既居南內，夜闌登勤政樓，凭欄南望，烟月滿目，因自歌曰：『庭前琪樹已堪攀，塞外征人殊未還！』至德中，復幸華清宮，從官嬪御，多非舊人。上於望京樓下，命張野狐奏雨淋鈴曲，曲卒，上四顧凄涼，不覺流涕，左右亦爲感傷。」孤燈不照返魂人，梧桐夜雨秋蕭瑟。白居易長恨歌：「芙蓉如面柳如眉，對此如何不淚垂？春風桃李花開日，秋雨梧桐葉落時。」

黑河秋雨引賦趙王孫家琵琶蓋其名也

元史阿塔海傳：「祖塔海拔都兒，驍勇善戰，嘗從太祖同飲黑河水，以功爲千戶。」

胡天夜裂天垂泣，雲壓鷹低翻翅溼。髯王醉影抱寒驚，氈殿嘈嘈箭鳴急。白居易琵琶行：「大絃嘈嘈如急雨，小絃切切如私語。嘈嘈切切錯雜彈，大珠小珠落玉盤。」史記匈奴列傳「鳴鏑」注：「鏑，箭也，如今鳴箭也，矢鏑飛則鳴。」紅冰淚落青燈下，開元遺事：「貴妃初承恩召，與父母相別，泣涕登車，時天寒，淚結爲紅冰。」倒卷河流入絃瀉。瘦駝臥磧歇鈴車，扑朔陰沙鬼行野。木蘭歌：「雄兔脚撲朔。」漢魂私語鬢風淒，都護營荒咽凍鼙。見卷一涼州詞。蘭山木葉連愁起，北邊備對：「賀蘭山，在靈州保靖縣，山有林木青白，望如駮馬，北人呼駮馬爲賀蘭。」寰宇記：「木葉山在薊州塞外。」散入塞門塵萬里。夢斷金蟾隔煙小，李賀榮華樂：「金蟾呀呀蘭燭香，軍裝武妓聲琅璫。」青塚埋聲秋不曉。見卷一王明君。

期張校理王著作徐記室遊虎阜

前身似是雲水僧，黃庭堅詩：「淡如雲水僧。」餘習愛覓名山登。最憐虎阜在平地，一丘勢敵千崚嶒。缺厓深深翳密葉，攲石兀兀纏危藤。昔年無事恣幽賞，拄杖叩門來屢曾。風廊聽竹移廣簟，雪屋煨芋明高燈。鄴侯外傳：「嘗於衡嶽寺讀書，謂懶殘經音先悽惋而後喜悅，必謫墮之人，時將去矣。中夜潛往謁焉，懶殘命撥火出芋啗之曰：『勿多言，領取十年宰相。』」禪堂素壁醉題滿，老衲喜客無嗔憎。別來三載困塵土，散落略盡同遊朋。谷猿淸叫煙霧隔，宵夢欲往天瞢瞢。幽懷鬱抱不得寫，一夜雨聲眠枕肱。相親尙有北郭友，材盡齊楚慚曹滕。黃庭堅詩：「我詩如曹鄶，淺陋不成邦。公如大國楚，吞五湖三江。」按：「公指東坡。」張君名駒稟神駿，蘇軾詩：「莫學王郎與支遁，臂鷹走馬憐神駿。」王子快鶻生鋒稜。杜甫花卿歌：「用如快鶻風火生。」又：「鋒稜瘦骨成。」並淹客館校遺籍，雲路萬里違騫騰。徐卿亦是瑚璉器，遠役又欲行擔簦。明朝山鵲定鳴霽，抱朴子：「山鵲知晴雨于將來。」跬步可遊何不能。一林一澗幽景在，遙想與昔無虧增。朱櫻綠筍雖已過，歲時記：「四月十五日謂之櫻筍節。」正愛夏木陰層層。王維詩：「陰陰夏木囀黃鸝。」欲營此行況甚易，婦有藏酒魚新罾。出城不必借車馬，已辦布韈青行縢。杜甫山水障歌：「青鞋布韈從此始。」詩「邪幅在下」箋：「邪幅，如今行縢也。」陸游詩：「平生一酒榼，萬里兩行縢。」吾儕雖窮自有樂，相聚豈比蟲薨薨。成公綏蜘蛛賦：「薨薨亂飛。」亂離撥棄且勿道，願賦妙語留傳謄。

廣陵孫孝子愛日堂

昔自中原兵甲動，志士憂時久心痛。千村殺戮雞犬無，骨肉誰家保相共？揚州受禍聞最深，續通鑑：「至正十三年夏五月，泰州張士誠兵起，據高郵，自稱誠王。十四年六月，攻揚州，達識帖木邇兵敗，尋陷盱眙及泗州。」徒恃堅城鐵爲甕。一統志：「鎮江府城，吳孫權所築，唐乾符中，周寶又築羅城，號『鐵甕』。」城中義丁一百萬，元史答失八都魯傳：「招募襄陽官吏及土豪避兵者，得義丁二萬，編排部伍，申其約束。」坐委溝谿不成用。至今草長髑髏臺，常建詩：「髑髏皆是長城卒，日暮沙場飛作灰。」月黑精靈尙哀慟。君時負親獨竄匿，何異網魚逢脫縱。遠道秋風舊橐空，長江暮雨孤帆重。竭來吾鄉今十年，漢書司馬相如傳：「回車竭來兮。」說文：「去也。」孝友爭傳比張仲。詩：「張仲孝友。」雖嗟故里未能歸，却喜新堂還可奉。盡歡唯啜小人羹，蘇軾詩：「從來試啜小人羹。」致養寧須大官俸。只愁老景苦駸駸，玉篇：「駸駸，馬行疾貌。」羲馭西馳疾飛鞚。廣雅：「日馭曰羲和。」晝看花影頗遲移，晚聽角聲驚早弄。長繩未解繫飛一作跛。烏，見卷五徐博士愛日堂。每計餘年憂且恐。嗟余少已失庭闈，宰木亂來無地種。公羊傳：「秦伯將襲鄭，百里子與蹇叔子諫，秦伯怒曰：『若爾之年者，宰上之木拱矣！爾曷知？』」注：「宰，冢也。」欲娛朝夕難再得，誰惜流光去如夢。自慚不及君慶多，灑淚蓼莪空廢誦。晉書王裒傳：「讀詩至『哀哀父母，生我劬勞』，未嘗不三復流涕。門人受業者，並廢蓼莪之篇。」寸心猶願時早平，重爲河淸作歌頌。拾遺記：「黃河千年一淸。」杜甫洗兵馬：「詞人解撰河淸頌。」萬國同看化日長，潛夫論：「化國之日舒以長，故民閒暇而有餘力。」生能養親死能送。

贈胡校書奎

朱彝尊明詩綜詩話：「胡奎，字虛白，海寧人，寧府教授。嘗泊舟鄱陽望湖亭，見石刻東坡『黑雲堆雨未遮山』絕句，次韻和之，書之于壁。俄見一叟來，誦其詩曰：『子非斗南老人耶？』乃爲長揖，回顧不知所之。因以斗南老人自號。高青丘贈胡校書詩所云『簸弄明月琵琶洲』者是已。」據詩話，則琵琶洲在饒州府餘干縣治南，然觀詩意，似非是。況集中有中秋琵琶洲宴集律詩，又按王賓集吳中古蹟詩序，有「琵琶亭在舊治通判西，水淸洌可釀酒」。存之以俟考正。

我初遇子東海濱，苧衫席帽凌風塵。白居易詩：「紵衫藤帶白綸巾。」青箱雜記：「宋初猶襲唐制，士皆曳袍，出則席帽隨身。李巽累舉不第，鄉人曰：『李秀才不知甚時席帽離身？』巽及第後，遺詩鄉人曰：『昔年蹤迹困泥塵，不意乘時亦化鱗。爲報鄉閭親戚道，如今席帽已離身。』」登城觀濤共歎息，見者不識何如人？歸時憶近看燈節，江鄰幾雜志：「京師上元放燈三夕，錢氏納土進貢買兩夜，今十七、十八燈因錢氏。」孤舟夜過黃岡雪。一統志：「黃岡，屬黃州府，府治東有雪堂，郡守馬正卿爲蘇軾營地數十畝，是曰東坡，築室其上，以雪中落成，故名。」書來書往道加餐，古詩：「上有加餐食，下有長相憶。」幾日相逢五年別。再會之計何悠哉！我未及去君能來。秋風吹殘太湖水，乘興上得吳王臺。吳王臺前白楊柳，西施去後吳娃醜。四海同爲此地人，百壺獨買誰家酒？更尋豪客作夜遊，簸弄明月琵琶洲。有愁爲君亦蕩滌，何況我輩元無愁。醉中狂談君可恕，且共周旋莫歸去。秋光已算逼重陽，好爲黃花三日住。

温陵節婦行

原注：「泉州陳氏婦，夫泛海溺死，守志。」一統志：「泉州府，隋曰温陵。」

妾家温陵近南浦，嫁得良人業爲賈。良人長年愛遠遊，不敢新妝映門戶。販寶遙聞去百蠻，朝朝海上望青山。不仁無那蛟龍橫，漂沒孤舟不得還。君非渡河老狂父，見卷一空侯引。

波濤如山何不顧。尋屍便欲赴窮淵，邯鄲淳曹娥碑：「孝女曹娥，年十四，痛父溺死，自投于江，三日抱父屍出。」膝下嬌兒誰與哺。十載空閨守寸心，滄溟水淺恨情深。願身不化山頭石，幽明錄：「武昌北山上，有望夫石，狀若人立。相傳昔有貞婦，其夫從役，餞送此山，立望夫而化爲石，因名焉。」化作孤飛精衛禽。山海經：「發鳩之山有鳥，名曰精衛，是炎帝之女，往游東海，溺而不返，化爲是鳥，常取西山之木石，以塡東海。」

答余左司沈別駕元夕會飲城南之作 原注：「時在圍中。」

青帝行春氣初播，雲冱餘陰苦難破。江頭碧草生未長，戰馬寒嘶齕殘莝。說文：「莝，斬芻也。」炊煙冷落雨中溼，鄰屋時聞有啼餓。我愁鬱鬱但欲眠，案上詩書慵自課。一作「肯以案書勤自課」。却思去歲屬無虞，元夕共歡人幾箇。高堂細聽落梅歌，樂錄：「漢橫吹曲，梅花落，本笛中曲也。」于武陵詩：「朱檻滿明月，美人歌落梅。」手擘黃柑香噴座。客酬主勸總忘曉，看盡繁燈逐星墮。姑蘇志：「上元作燈市，采松竹葉結棚于通衢，下綴華燈，燈有楮練、羅帛、琉璃、魚魫麥、絲竹縷諸品，皆綵繪刻飾人物故事，或爲花果、蟲魚、動植之象，其懸剪紙人馬于傍，以火運之，曰走馬燈。藏謎者曰彈壁燈。宋時有萬眼羅、琉璃毬，尤妙天下。其夕會飲，以米粉作丸子油餡之屬，行遊五日而罷。十三日試燈，十八日收燈。」祇今照市但羣烽，樂事凄涼誰復作。故人念我有二子，省內郎官府中佐。「省郎」見卷四。通典：「唐州府佐吏與隋制同，有別駕、長史、司馬一人，通謂之上佐。」別離兩月不相逢，身佩弓刀從戍邏。說文：「邏，巡也。」玉篇：「遊兵也。」

欲尋舊賞慰勞役，笑拂尊前且安坐。老兵折簡走相呼，晉書謝奕傳：「桓溫辟爲安西司馬，常逼溫飲，溫走入南康主門避之。奕遂携酒就聽事，引溫一兵帥共飲曰：『失一老兵，得一老兵，亦何所在？』溫不之責。」陸游詩：「美酒得錢猶可致，高人折簡孰能呼？」謂〔校記〕列朝詩集作「笑」。我閉門無乃懦。黄昏遠就向城南，敢惜春衫凍泥涴。軍中有會異尋常，牛炙鱅肥酒巵大。胡奴帳下出琵琶，復拊銀箏與相和。南史何承天傳：「承天善彈箏，文帝以銀裝箏賜之。」燭殘未聽荒雞號，絃斷忽驚哀雁過。須臾顏熱起叫噱，漢書敘傳：「談笑大噱。」不記亂離仍轗軻。杜摯詩：「壯士志未伸，轗軻多辛酸。」更聲柝柝繞旗門，劍匣揞頭容醉臥。歸來又辱寄新詩，錦水湔腸珠落唾。庾信溫湯碑：「灑胃湔腸，輿羸起瘠。」李白詩：「咳唾落九天，隨風生珠玉。」豪吟自欲繼燕歌，悲調豈將同楚些。夢溪筆談：「楚辭招魂尾句皆曰些，今夔峽、湖湘，凡禁咒句尾皆稱些，乃楚人舊俗，即梵語『薩嚩訶』也。三字合言之即些字也。」覽之幾度感深情，曲高和難非懶惰。我生無力本何用，衣食自來供馬磨。蜀志許靖傳：「少與從弟劭俱知名，而私情不協。劭爲郡功曹，排擯靖不得齒序，以馬磨自給。」黄庭堅詩：「汝南許文度，馬磨自衣食。」雖蒙鄉曲假虚名，正似南箕不堪簸。詩：「維南有箕，不可以簸揚。」君才於世俱可珍，周賈東遊抱奇貨。史記呂不韋傳：「子楚爲質于趙，居處困，不得意；呂不韋賈邯鄲，見而憐之曰：『此奇貨可居。』」艱危壯氣喜彌激，利器未施寧忍挫？頗聞原野多殺傷，風雪呻吟苦無那。吾儕斯樂豈易得，應愧皇天恩獨荷。明年此夕會昇平，把酒相邀更相賀。

江上晚過鄰塢看花因憶南園舊遊 南園見卷三懷十友。

去年看花在城郭，今年看花向村落。花開依舊自芳非，客思居然成寂寞。亂後城南花已空，廢園門鎖鳥聲中。翻憐此地春風在，映水穿籬發幾叢。年時遊伴俱何處？祇有閒蜂隨繞樹。欲慰春愁無酒家，殘香細雨空歸去。

兵後逢張孝廉醇

前年遠別君父子，遭亂相傳皆已死。今朝南陌忽逢君，爲識人中語音似。君言從親渡海濤，欲避兵禍辭官曹。間關僅得返鄉里，脫命羅網眞秋毫。問我胡爲亦憔悴，十月孤城陷圍內。艱難兩地得俱全，政荷皇天憐我輩。相看握手非偶然，痛飲豈得愁無錢。城中故舊散欲盡，君來使我忘憂悁。還思當年事未改，車馬紅塵浩如海。等閒列第化秦灰，郝經詩：「千載秦灰散劫空。」試問主人誰復在。請君看此應感吁，世間富貴皆空虛。客遊且莫更彈鋏，史記孟嘗君列傳：「馮驩彈其劍而歌曰：『長鋏歸來乎！食無魚。』」讀書歸臥先人廬。

夜飲丁二侃宅聽琵琶

江月未出明星懸，主人飲客夜不眠。坐呼伶兒撥四絃，風俗通：「四絃象四時也。」白居易琵琶行：「曲終收撥當心畫，四絃一聲如裂帛。」龍頭高撚玉軫圓。合璧：「唐西舍利獻其國樂，至成都，韋皐以其樂器異常，乃圖畫以獻，有龍首琵琶、雲頭琵琶。」樂府雜録：「貞元中，王芬、曹保、保子善才、其孫曹綱，皆襲所藝；次有裴興奴，與綱同時。曹善運撥若風雨，而不事扣絃。興奴長于攏撚。時人謂曹綱有右手，興奴有左手。」白居易琵琶行：「輕攏漫撚抹復挑，初爲霓裳後六幺。」「玉軫」見卷一神女婉轉歌。轉關未奏濩索先，宋蔡寬夫詩話：「樂譜，琵琶曲有轉關、六幺，取其聲調閑婉。又有濩索、梁州，謂其音節閑繁。」蘇軾古纏頭曲：「轉關濩索動有神，雷輥空堂戰窗牖。」勞嘈咽切斷復連。見前黑河秋雨引。澀如清澗溜凍泉，細若碧樹吟秋蟬。忽然繁急何轟闐，風沙滿把撒四筵。雁行驚起飛不聯，浮雲落葉俱綿綿。一聲抹斷萬里煙，夢入紫塞愁胡天。虞世南琵琶賦：「悲紫塞之昭君，泣烏孫之公主。」問渠怨恨有幾千，口不能說指爲傳。令人悵望思往年，梁園楚榭長周旋。帷中曲宴羅綺鮮，夜遣飛騎迎嬋娟。低鬟出拜絳燭前，劉禹錫傷秦姝行：「芳筵銀燭一相見，淺笑低鬟初目成。」文絲香條搭左肩。李後主書琵琶背詩：「任自肩如削，難勝數縷條。」周霆震詩：「北里琵琶紫錦絛。」曲項紫鳳抱半偏，文獻通考：「唐天寶中，宦者白秀正使西蜀回，獻雙鳳琵琶，以邏逤檀爲槽，潤若圭璧，有金縷紅紋，蹙成雙鳳。」楓香一調妙入玄。樂府雜録：「貞元中，長安大旱，詔移兩市祈雨。街東有康崐崘琵琶，號爲第一手，謂街西必無己敵也。遂登樓彈一曲，新翻調緑腰。街西亦建一樓，東市大誚之，及崐崘度曲畢，西樓出一女郎，抱樂器，亦彈此曲，移在楓香調中，妙絕入神。崐崘驚駭，請以爲師。女郎遂更衣出，乃裝嚴寺段師善本也。翌日，德宗召之，嘉獎異常，乃令崐崙彈一曲，段師曰：『本領何雜？兼帶邪聲。』崑崙驚曰：『段師，神人也！』德宗令授崐崙，段師奏曰：『且請崑崙不近樂器十數年，使忘其本領，然後可教。』詔許之，後果窮段師之藝。」好手正可羞重一作紅。蓮，白居易聽曹剛琵琶示重蓮詩：「誰能截得曹剛手？插向重蓮衣袖中。」座間豪客皆詞仙。舉杯邀我賦長一作短。篇，贈之醉寫蜀錦箋。蜀箋譜：「蜀牋體重，一夫之力，僅荷五百番。」可當十萬纏頭錢。如今遠客江海邊，欲聞絲音久無緣。故人已散陵谷遷，詩：「高岸爲谷，深谷爲陵。」生死流落俱堪憐。今宵聽此眞偶然，顧影憔悴非昔妍。長河欲曙落遠川，暫當歡娛反憂煎。向隅無言涕淚漣，漢書刑法志：「滿堂飲酒，有一人向隅而悲泣，則一堂皆爲之不樂。」此身如在潯陽船。白居易琵琶行序：「元和十年，予左遷九江郡司馬。明年秋，送客湓浦口，聞舟中夜彈琵琶，其聲錚錚然，有京都聲。問其人，本長安娼女，嘗學琵琶于穆、曹二善才，年長色衰，委身爲賈人婦。遂命酒使快彈數曲，曲罷憫然，自敍少小時歡樂事，今飄零憔悴，轉徙于江湖間。予出官二年，恬然自安，感斯人言，是夕始覺有遷謫意，因爲長句，歌以贈之。」一統志：「九江府，晉曰潯陽府，城北即潯陽江。」

曉睡

野夫性慵朝不出，敝簣蕭然掩閒室。韋應物郊居詩：「出去唯空屋，敝簣委牕間。」村深無客早敲門，睡覺長過半簷日。林深〔校記〕列朝詩集作「聲」。寂寂鳥鳴少，牕影交交樹橫密。此時攲枕意方恬，一任牀風亂書帙。昔年霜街踏官鼓，唐書百官志：「左右街使掌分察六街徼巡，五更二點，鼓自內發，諸衙鼓承振，坊市門皆啓。」欲與羣兒走爭疾。如今只戀布衾温，悟從前計應多失。廚中黍熟呼未起，妻子嗔嘲竟誰恤？天能容老此江邊，無事長眠吾願畢。

東池看芙蓉

江天搖落逢秋杪，滿目殘荷與枯蓼。東家喜有木芙蓉，幾樹繁開依綠沼。穠豔低將流水暎，寒香遠逐迴風裊。半愁霜露倚蒹葭，老去徐娘猶窈窕。南史梁徐妃傳：「左右暨季江有姿容，與之通，每曰：『徐娘雖老，猶尚多情。』」天公似厭秋冷淡，故發芳叢媚淸曉。莫嗟不及見陽春，車馬塵埃相汙少。吳王宮廢斷行客，湘女祠空掩啼鳥。何如此地獨來尋，靜對嬋娟散憂悄。蘭舟雖無美人採，戎昱詩：「涔陽女兒花滿頭，毵毵同泛木蘭舟。」日暮孤吟自行繞。明朝重到恐消魂，零落紅雲波渺渺。

謝廬山宋隱君寄惠所製墨

瓦篝自掃煙埃溼，史記注：「篝火，以籠覆火也。」曹植詩：「墨出青松烟。」風雨空山杵聲急。韋仲將墨法：「鐵臼中擣三萬杵，後賈思勰法亦臼擣三萬杵，杵多益善。」香爐峯前五粒松，一統志：「香爐峯，在九江府西南。」李賀五粒小松歌注：「本草圖經粒讀作鬣，言每五鬣同一葉。」燒成片玉玄香濃。纂異記：「薛稷爲墨封九錫，拜松燕都督、玄香太守兼毫州楮郡平章事。是日，墨吐異氣，結成樓臺狀，鄰里來觀，食久乃滅。」寄我團團未磨缺，有如蝕盡天邊月。陶泓日暖水滿池，韓愈毛穎傳：「穎與絳人陳玄、弘農陶泓及會稽褚先生友善，相推致，其出處必偕。」雲氣忽起秋淋漓。茅屋光寒客心懼，上有蛟龍欲飛去。后山談叢：「張遇墨一，團面爲盤龍，鱗鬣悉具，其妙如畫；其背有張遇麝香墨字。」成老相墨經：「唐李廷珪有劍脊圓面多爲龍。宋仁宗以雙脊龍賜近臣，皆佳品也。」便思寫檄驚天驕，漢書匈奴傳：「單于遣使遺漢書云：『南有大漢，北有强胡，胡者，天之驕子也。』」夜磨楯鼻冰不銷。通鑑：「荀濟少居江東，博學能文，與梁武帝有布衣之舊，知有大志，然負氣不服。常謂人曰：『會于盾鼻上磨墨檄之。』」注：「言若有非常之舉，亦當起兵，于盾鼻上磨墨作檄，以聲其罪。」韓翃詩：「郡公盾鼻好磨墨，走馬爲君飛羽書。」又思作賦獻天子，曉出洛陽價增紙。晉書左思傳：「太冲三都賦成，時人未之重，皇甫謐爲賦序，張載爲注魏都，劉逵注吳、蜀，于是豪貴之家，競相傳寫，洛陽爲之紙貴。」我今年少才不多，兩事未能如墨何？但學顛狂如醉旭，頭髮可濡秋未禿。見前草書歌。

美人撲蝶圖

花枝揚揚蝶宛宛，風多力薄飛難遠。美人一見空傷情，舞衣春來繡不成。乍過簾前尋不見，却入深叢避鶯燕。一雙撲得和花落，金粉香痕滿羅扇。笑看獨向園中歸，東家西家休亂飛。

次韻周誼秀才對月見寄

空林鶴鳴草堂靜，桂影亭亭月初正。憐君幽臥對中秋，尊酒無人起相命。皇甫冉詩：「命酒閒令酌。」夜深詩成遺寄我，自訴窮愁兼疾病。嗟余比君愁更多，舊感新憂來每幷。前年看月綠茗園，賓客當筵一時盛。自吹橫笛倚清歌，痛飲不知瓶屢罄。詩：「瓶之罄矣。」去年圍中在北郭，何異孤豚落深穽。韓愈詩：「猛虎落檻穽，坐食如孤豚。」登樓強欲攬清輝，刁斗連營不堪聽！漢書李廣傳：「不擊刁斗。」注：「以銅作鐎，受一斗，晝炊飲食，夕擊巡行。」今年旅寓向江渚，暫喜東南亂初定。閒來未厭戶張羅，漢書鄭當時傳：「翟公爲廷尉，賓客填門，及廢，門前可設雀羅。」白居易詩：「近來門更靜，無雀可張羅。」貧去唯愁室懸磬。左傳：「室如懸磬」。牧兒耕叟共來往，那得衣冠解相敬。久居村野坐自鄙，銷盡豪懷與狂興。風塵無復舊時顏，愧見相逢問名姓。朋友凋零江海空，弟兄離隔關山迥。良宵佳月雖可賞，羸影聰間竟誰並。迢迢河轉漏初長，摵摵葉鳴風稍勁。此時倚壁自孤吟，只有蛩聲與相應。初疑此月定非月，應是人間照愁鏡。還思人愁月豈知，何苦多憂損情性。一生能幾見此月，盛年若去尤難更。明宵圓景未便虧，落盡芙蓉江色淨。君能強起從我歡，共入空明恣游泳。直期枕藉向舟中，不管遙天垂斗柄。

高青丘集卷九

七言古詩

姑蘇臺

原注："在橫山西北麓，夫差因越獻柵楣而起此臺。造九曲路以登，其高見三百里，越破吳，焚之。"

金椎夜築西山土，劉禹錫姑蘇臺詩："築用金鎚力。"催作高臺貯歌舞。文身澤國構王基，見卷二之荆操。却笑先人獨何苦。銅溝玉檻盛一作成。繁華，見卷六題注。幻出峯頭一片霞。望處直窮三百里，役時應廢幾千家。蟠空曲路迷仙仗，攀盡瑤梯纔到上。外繞雕龍宛轉欄，中施繡鳳葳蕤帳。熏爐長爇鬱金香，盧照鄰詩："羅帷翠被鬱金香。"共道千齡樂未央。茂苑月來秋佩冷，洞庭雨過夏綃涼。當牕衆妓如仙女，揚袂迎風欲輕舉。人從天上見經過，鳥向雲間驚笑語。日暮橫塘花盡開，捲簾臺上望王來。宴舟初自觀魚返，獵騎還從射鹿迴。從登不用持鈹隊，史記吳太伯世家："光伏甲士於窟室而謁王僚，王僚使兵陳於道，自王宮至光之家，門階戶席，皆王僚之親也，人夾持鈸。」自列紅妝侍高會。史記項羽本紀：「漢伐楚，入彭城，收其貨寶美人，日置酒高會。」香傳羅帕進黃柑，唐書蕭嵩傳：「荆州進黃柑，帝以紫帉包賜之。」縷切鸞刀供玉鱠。見卷五遊寶積山。又開業平陳記：「吳都獻松江鱸魚，煬帝曰：『金虀玉鱠，東南佳味。』」燭光遠落太湖波，驚起魚龍出沒多。城上烏啼河漢轉，此時誰問夜如何。管絃嘈嘈聒人耳，不聞兵來渡谿水。見卷五越來谿。欲攜西子走登舟，醉倚畫筵嬌不起。瞑目無因到甬東，吳太伯世家：「越敗吳，越王勾踐欲遷吳王夫差于甬東，予百家居之。吳王曰：『孤老矣！不能事君王也，吾悔不用子胥之言，自令陷此。』」賈逵注：「甬東，越東鄙甬江東也。」一統志：「今寧波府。」可憐一炬綺羅空。杜牧之阿房宮賦：「楚人一炬，可憐焦土。」獻楣竟墮讎人計，賜劍應辜諫士忠。吳越春秋：「吳王聞子胥之怨恨也，乃使人賜屬鏤之劍，子胥受劍，徒跣褰裳下堂中庭，仰天呼怨曰：『吾今日死！吳宮爲墟，庭生蔓草，越人掘汝社稷，安忘我乎？』」客來試問遺宮路，物色荒涼總非故。褰裳始信不虛言，滿地荆榛見零露。當年爭奪苦勞機，却把江山付落暉。聞說越王臺殿上，如今亦有鷓鴣飛。一統志：「越王臺，在種山東北，越王勾踐登眺之所。」李白越中懷古：「越王勾踐破吳歸，義士還鄉盡錦衣。宮女如花滿春殿，只今惟有鷓鴣飛。」

百花洲　姑蘇志：「百花洲，在西城下胥、盤二門之間。」

吳王在時百花開，畫船載樂洲邊來；吳王去後百花落，歌吹無聞洲寂寞。花開花落年年春，前後看花應幾人。但見枝枝映流水，不知片片墮行塵。年來風雨荒臺畔，日暮黃鸝腸欲斷。豈惟世少看花人，縱來此地無花看。

香水谿　原注：「香水谿，在吳故宮中，俗云西施浴處。」

粉痕凝水春溶溶，㛹香流出銅溝宮。見卷六賦得姑蘇臺題注。月明曾照美人浴，影與荷花相間一作向。紅。玉肌羞露誰能見，只有鴛鴦窺半面。絳綃圍掩怯新涼，歸臥芙蓉池上殿。空洗鉛華不洗妖，坐傾人國幾良宵。驪山更有湯泉在，一統志：「驪山，在臨潼縣東南山之麓，溫泉所出，唐時建溫泉宮。」千古愁魂一種銷。

太湖石　吳郡志：「石出洞庭西山，以生水中者爲貴。石在水中，歲久爲波濤衝撞，皆成嵌空；石面鱗鱗作靨，名彈窩，亦水痕也。沒人縋下鑿取，極不易得。石性溫潤奇巧，扣之鏗然如鐘磬，自唐以來貴之。白居易品牛僧孺家諸石，以太湖石爲甲。宣和五年，郡人朱勔，造巨艦載太湖石一塊入京師，以千人舁進。是日，役夫各賜銀盌，官其四僕皆承節郎及金帶；勔遂爲威遠軍節度使，封石爲盤固侯。勔誅，餘小石未獻者，留郡西河兩傍，悉歸張循王家。」

沒人釆石山根淵，投身下試飢蛟涎。馮夷不解護潛寶，馮夷見卷五遊寶積山注。幾片捧出如青蓮。寒姿本是湖水骨，波濤漱擊應千年。初疑鬼怪離洞府，珊瑚鐵網相鈎連。唐書拂菻國傳：「海中有珊瑚洲，海人乘大船，墮鐵網水底。珊瑚初生石上，白如菌，一歲而黄，三歲而赤，枝格交錯，鐵發其根，繫網船上，絞而出之，失時不取即腐。」嵌空突兀多異態，雲吐夏浦芝生田。陶淵明詩：「夏雲多奇峯。」拾遺記：「崑崙山第九層，有芝田蕙圃數百頃，羣仙耕耨焉。」龍鱗含雨晚猶潤，柳宗元石澗記：「翠羽之木，龍鱗之石，均蔭其上。」豹質隱霧朝常鮮。埤雅：「文豹隱霧，十日不食，欲以潤其衣毛，成其文采。」清音叩罷磬韻遠，微靨洗出珠窩圓。見題注。坐移各岫置庭砌，日照彷彿生紫煙。三峯削成太華掌，一統志：「太華山石壁直上如削成，最著者曰蓮花、明星、玉女三峯。」崔顥詩：「天外三峯削不成。」一穴透入仇池天。辛氏三秦記：「仇池山上有百頃池。」杜甫詩：「萬古仇池穴，潛通小有天。」醉中時到倚蒼蘚，秋風冷逼吟詩肩。朱子詩：「未妨閑共聳吟肩。」洛陽園墅汴宮苑，當時駢列誇奇妍。黄羅封蓋素氈裹，宋張淏艮嶽記：「政和間大興工役，築山號壽山艮嶽，命宦者梁師成專董其事；時朱勔取浙中珍異花木、竹石以進，號曰『花石綱』，專置運奉局于平江，所費動以億萬計。調民搜巖剔藪，幽隱不置，一花一木，曾經黄封，護視稍不謹，則加以罪。」韓愈石鼓歌：「氈苞席裹可力致，十鼓祇載數駱駝。」萬里貢獻勞車船。艮嶽記：「斵山輦石，雖江河不測之淵，力不可致者，百計以出之，名曰『神運』。舟楫相繼，日夜不絕，大率靈壁、太湖諸石，二浙奇竹、異花，皆越海渡江，鑿城郭而至。」奢遊事歇家園廢，盡仆荆棘荒池邊。人生嗜此亦可笑，有身豈得如石堅？百年零落竟誰在，空品甲乙煩題鐫。白居易太湖石記：「石有族聚，太湖爲甲，羅浮、天竺之徒次焉；又石大小有數，以甲乙丙丁品之，每品有上中下，各刻于石之陰，曰牛氏石。」又嗟此石何獻巧！自召鑿取虧天全。不如頑礦世所棄，滿山長作牛羊眠。

洞庭山　原注：「在太湖中，卽包山。舊無蛇、虎、雉三物。有穴，乃林屋洞天。闔閭使靈威丈人入探，得禹所藏治水符并不死方，其中有銀房、石室并白芝、紫泉，又有兩圓石，扣之則鳴，謂神鉦云。」吳地記：「一名林屋山，一名西洞庭山。」

朝登西巖望太湖，青天在水飛雲孤。洞庭縹緲兩峯出，見卷五毛公壇。正似碧海浮方壺。見卷四蕭鍊師。嘗聞此山古靈壤，蛇虎絕跡歡樵夫。濤聲半夜恐魂夢，石氣五月寒肌膚。李白詩：「松風五月寒。」居人彷彿武陵客，見卷四贈惠山醫僧。戶種橘柚收爲租。玄中記：「所出弓弩材、絲綿、甘橘、椒、茶、梔子等物。」高風欲起沙鳥避，明月未出霜猿呼。中有林屋仙所都，銀房石室開金鋪。羅浮峨嵋互通達，郡國志：「洞庭山有宮五門，東通王屋，西達峨嵋，南接羅浮，北通岱岳。」別有路往非人途。天后每降龍垂胡，玄中記：「天后者，林屋洞中之眞君，住在太湖包山之下。」五符：「林屋山在太湖中，下有洞，潛通天岳，號『天后別宮』。夏禹治水平後，藏五符于此。」漢書郊祀志：「有龍垂胡髯下迎黃帝。」神鉦忽響驚棲鶻。自懸日月照洞內，古木陰蔽空朝晡。風吹白芝晚易老，雲帶紫泉秋不枯。〔校記〕自「天后每降龍垂胡」至本句凡六句，明詩綜、皇明詩選均缺。靈威丈人亦仙徒，〔校記〕明詩綜作「子」。深入探得函中符。玄衣使者不暇惜，欲使出拯蒼生蘇。後來好事多繼往，石壁篆刻猶堪摹。震澤編：「天順間，武功伯徐有貞籌燈深入，言見『隔凡』二字。」千年玉鼠化蝙蝠，下撲炬火如飛烏。見卷五太湖注。玄關拒閉誰復到？似怪衣上腥塵汙。勿言神仙事恍惚，靈蹟具在良非誣。我生擾擾胡爲乎？坐見白髮生頭顱。陶弘景與從兄書：「今三十六，方作奉朝請，頭顱可知！」久欲尋眞未能去，局束世故緣妻孥。何當臨湖借漁艇，拍浪徑渡先雙鳧。後漢書王喬傳：「喬爲葉令，有神術，每月朔望，詣臺朝，帝怪其來數，密令太史伺之，有雙鳧從東南飛來，舉網張之，得隻舄，乃所賜尚書官屬履也。」獨攀幽險不用扶，身佩五嶽眞形圖。漢武帝內傳：「帝見王母巾笈中有一卷書，盛以紫錦之囊。帝問此可得瞻盼否？王母出以示之曰：『此五嶽眞形圖也。』」夜登天壇掃落葉，自取薪水供丹爐。此身願作仙家奴，不知仙人肯許無？狂語醉發應盧胡。闞子：「宋人得燕石，以爲大寶，周客聞而觀之，掩口盧胡而笑曰：『此燕石也。』主人大怒。」蘇軾詩：「滿堂坐客皆盧胡。」〔校記〕末一句明詩選、明詩綜並刪。

聖姑廟

原注：「在洞庭黿頭山，晉王彪女得道，或云姓李氏，祈禱者不誠，則風迴其舟。」具區志：「廟在洞庭，晉王彪二女相繼卒，民以爲靈而祀之。紀聞引唐人記洞庭山聖姑祠廟云：『吳志：姑姓李氏，有道術，能履水行，其夫殺之，自死至唐中葉幾七百餘年，顏貌如生，儼然側臥，遠近祈禱者，心至則能到廟，心若不至，風迴其船，無得達者。今每一日沐浴，爲除

爪甲，傅妝粉，形質柔弱，只如熟睡，蓋得道者歟！』」

湖心湧出黿頭山，吳郡志：「在洞庭山東麓，有石屬出如黿首。」白波翠島非人寰。清虛宜作水仙府，鱗堂荷屋居其間。淵都羣靈孰爲主，煙鬟脩然一神女。柔姿誰敢狎相親，笑叱鼉龍起雷雨。玉骨蟬輕蛻幾秋？世緣已斷靜一作信。無愁。采蘭每約湘濱會，拾翠時陪漢上游。水禽翔鳴衛芝蓋，庾信賦：「落花與芝蓋同飛。」長在蒼茫杳冥外。鮫人獻綃裁作衣，博物志：「鮫人水居如魚，不廢織績，時出人家賣綃。」螺女供珠綴爲佩。一統志：「螺女江，在福州府城西北。」搜神記：「閩人謝端，得一大螺如斗，畜之家。每歸，盤餐必具，因密伺，乃一姝麗甚。問之曰：『我天漢中白水素女，天帝遣我爲君具食，今當去，留殼與君。』端用以居糧，其米常滿，江以此名。」王十朋會稽風俗賦：「輸芒之蟹，孕珠之螺。」花落閒祠謝一作閉。古春，李賀詩：「古春年年在。」蕙幃瑤席掩香塵。空山夜夜星河遠，芳渚年年蘅杜新。霞舒霧卷凝光彩，笑語無聞復誰待。冷風幾度引舟迴，宛似蓬萊隔煙海。猿叫楓林魚躍波，桂旗翻翠暮寒多。沈佺期詩：「山轉桂旗斜。」女巫佇望飛裙度，見卷一鳳臺曲。獨奏箜篌引曼歌。列子：「秦青曰：『昔韓娥爲曼聲長歌。』」椒觴奠罷沉玄璧，鳥沒遙天湛空碧。遺情不結楚臺雲，世人何處尋蹤跡。

蔡經宅　姑蘇志：「蔡經，後漢人，居胥門。」神仙傳：「王遠，字方平，東海人，舉孝廉，除郎中，稍加中散大夫。後棄官入山修道，道成，漢孝桓帝聞之，連徵不出，使郡國逼載以詣京師。遠不答詔，乃題宮門扇板四百餘字，皆說方來之事。帝惡之，使削去，內字復見，削之愈明。初，遠欲東入括蒼山，過吳，住胥門蔡經家，經骨相當仙，語經曰：『汝生命應得度世，欲取汝以補官僚，然少不知道，今氣少肉多，不得上去，當爲尸解。』告以要言乃去。經後忽身體發熱如火，舉家汲水灌之，如沃焦石，三日銷耗骨立，乃入室以被自覆，忽然失之；唯有頭皮足具如蟬蛻也。去十餘年，忽還家，容色少壯。語家人曰：『七月七日，王君當來，可多作飲食，以供從官。』至其日，經家乃作飲食百餘斛，羅列庭下；未至，先聞鐘鼓簫管人馬之聲，比近皆驚，莫知所在。及至經舍，舉家皆見遠冠遠遊冠、朱衣、虎頭鞶囊、五色綬、帶劍，黃色少髭，長短中形人也。乘羽車，駕五龍，龍各異色；前後麾節幡旗導從，威儀奕奕如大將軍。有十二伍伯，皆以蠟封其口。鼓吹皆乘龍從天而下，懸集于庭。既至，從官皆隱不知所在，唯獨見遠坐耳。須臾，引見經父母兄弟，因遣人召麻姑，既至，從官半于遠，蔡經亦舉家見之：是好女子，年可十八九許，于頂上作髻，餘髮散垂至腰，衣有文采，又非錦綺，光彩耀目，不可名狀。入拜遠，遠爲之起立；坐定，各進行廚，皆金盤玉杯，餚膳多是諸花果，而香氣達于內外。擘脯而食之，云麟脯。麻姑云：『接待以來，已見東海三爲桑田，向到蓬萊，水又淺于往日會時略半耳！豈將復爲陵陸乎？』遠歎曰：『聖人皆言海中行復揚塵也。』麻姑欲見蔡經母及婦等，時經弟婦新產數日，姑見，知之曰：『噫！且立勿前。』即求少許米來，得米擲之墮地，謂以米祛其穢也；視其米，皆成丹砂。遠笑曰：『姑故年少也，吾老矣！不喜復作如此狡獪變化也。』遠謂經家人曰：『吾欲賜汝輩美酒，此酒方出天廚，其味醇醲，非俗人所宜飲，飲之能爛腸。』乃以斗水合升酒攪之，賜經家人，人飲升許，皆醉。良久酒盡，遠遣左右復以千錢與餘杭姥乞酤酒。須臾信還，得一油囊酒五斗許，使傳餘杭姥答言：『恐地上酒不中尊飲耳！』麻姑手似鳥爪，經見之，心中念曰：『背大癢時，得此爬背當佳也。』遠即使人牽經鞭之，謂曰：『麻姑，神人也，汝何忽謂其爪可爬背耶？』但見鞭著經背，亦莫見持鞭者。遠告經曰：『吾鞭不可妄得也。』遠去後，經家所作飲食數百斛皆盡。經父母私問經曰：『王君是何神人？』經曰：『嘗在崑崙山，往來羅浮、括蒼等山，山上皆有宮室，主天曹事；地上五岳生死之事，皆先來告王君。王君出城，唯乘一黃麟，將十數侍人，所到則山海之神皆來奉迎拜謁。』其後數十年，經復暫歸家，今吳縣有蔡仙鄉云。」

崑崙主者王方平，身騎黃麟朝紫京。舉手長辭漢公卿，得道不願世上名。往來隱玄與朱明，一統志：「括蒼洞，在僊居縣東南，名『成德隱玄之天』，蓋第十洞天也。」南越志：「羅浮山，在惠州府博羅縣西北，山高三千六百丈，周回三百餘里，嶺十五，峯三十二。其洞之幽者：曰金沙、石臼、朱明、黃龍、朱陵、黃猿、水簾、蝴蝶。」洞中各有白玉城。絳衣遊空擁幢旌，三山五嶽自按行。冷風吹動天樂鳴，璚簫琅璈和鸞笙。

李白詩：「雲間吟瓊簫。」漢武內傳：「王母命侍女王子登彈八琅之璈，董雙成吹雲和之笙。」羽衞蹴踏山海崩，龍車鶴馭紛相迎。嘯呼神官走吏兵，魑魅魍魎號且驚。暫來經家駐雲程，一作軿。人馬不見但有聲。虎頭鞶囊佩蒼精，神仙傳：「壺公云：吾當佩含景、駕蒼精。」杜甫詩：「故人昔隱東蒙峯，已佩含景蒼精龍。」神光赫然照軒楹。授以至言可長生，凡骨已作蟬蛻輕。麻姑來會尋仙盟，芳姿娉婷似飛瓊。漢武內傳：「王母乃命侍女許飛瓊鼓震靈之簧。」本事詩：「許渾嘗夢登山，人曰：『此崑崙也。』既入，見數人飲酒。賦詩云：『曉入瑶臺露氣清，座中唯有許飛瓊。塵心未斷俗緣在，十里下山空月明。』他日復夢至其處，飛瓊曰：『子何故顯余姓名于人間？』即改爲『天風吹下步虛聲』。曰：『善。』」言從昔年宴蓬瀛，又見弱水三淺清。爪可爬背念始萌，仙意已識遭笞搒。餘杭阿姥酒罷傾，躡一作攝。景忽去煙雲橫。眞靈位業圖：「躡景登霞。」家人悲望空惸惸，桑田回首幾變更？神仙在世每自呈，凡夫不識等瞽盲。丹元有田不解耕，黄庭經：「丹田之中精氣微，玉池清水上生肥。」但愛狗苟還蠅營。韓愈送窮文：「蠅營狗苟，驅去復還。」榮華未滿咎責盈，韓愈詩：「歡華不滿眼，咎責塞兩儀。」忽化腐鬼歸荒塋。金丹可學道可成，木鑽石盤貴精誠。眞誥：「傳先生入焦山，老君與之木鑽，使穿一石，厚五尺；云穿得便當得道。晝夜鑽之，積四十七年，鑽石遂穿，得仙丹昇天。」章孝標詩：「木鑽鑽盤石；辛勤四十年。」誰能自拔水火坑？冷齋夜話：「周貫自號木雁子，至袁州，見李生者，有秀韻，欲攜以同歸林下，而李嗜酒色，意欲無行；貫指藥鐺作偈示之曰：『頑鈍天教合作鐺，縱生三脚豈能行？雖然有耳不能聽，只愛人間戀火阬。』」飛游往來瑶樹英，陳子昂詩：「崑崙有瑶樹，安得采其英。」千載或有歸來情。見卷四空明道人注。

石崇墓

原注:「在吳縣西六里,潘岳之墓在其北。」

虯鬚欲怒珊瑚折,晉書石崇傳:「武帝每助王愷,嘗以珊瑚樹賜之,高二尺許,枝柯扶疎,世所罕比;愷以示崇,崇便以鐵如意擊之,應手而碎。愷既惋惜,又以爲嫉己之寶,聲色甚厲。崇曰:『不足多恨,今還卿。』乃命左右悉取珊瑚樹有高三四尺者六七株,條榦絕俗,光彩曜日,如愷比者甚衆,愷恍然自失。」步障圍春錦雲熱。石崇傳:「愷作紫絲布步障四十里,崇作錦步障五十里以敵之。」眞珠換妾勝驚鴻,洛陽縣志:「石崇妾綠珠梁氏,梁州博白縣人,生雙角山下,石崇爲交阯採訪使,以珠三斛娶之。」曹植賦:「翩若驚鴻。」笑踏香塵如踏空。見卷五響屧廊。酒闌金谷鶯花醉,一統志:「金谷園,在河南府西,石崇別業。崇嘗宴客,各賦詩,或不成者,罰酒三斗。」衆一作介。逐樓前舞裙墜。見卷一將進酒「愛妾已去」注。財多買得東市愁,石崇傳:「及車載詣東市,崇乃歎曰:『奴輩利吾家財。』收者答曰:『知財致害,何不早散?』崇不能答。」羅綺散盡餘荒丘。猶憐白首同歸者,晉書潘岳傳:「性輕躁趨世利,與石崇等諂事賈謐。孫秀誣岳及石崇,被收。崇已送在市,岳後至,崇曰:『安仁,卿亦復爾耶?』岳曰:『可謂白首同所歸。』岳金谷詩云:『投分寄石友,白首同所歸。』乃成其讖。」夜伴遊魂楓樹下。

初入京寓天界寺西閣對辛夷花懷徐七記室

去年寺裏開辛夷，君來憶我曾題詩。今年我來君已去，思君還對花開時。欲尋花下君行迹，日暮空庭古苔碧。殷勤把酒問花枝，看過春風幾行客。

答余新鄭

一統志：「新鄭，屬開封府。」見卷三懷十友。

前年吳門初解兵，明平吳錄：「至正二十六年丙午，以伐張士誠，祭告大江之神，乃命徐達爲大將軍，常遇春爲副將軍，引兵向姑蘇，遂圍其城。吳元年九月，城圍既久，城中木石俱盡，至是達破葑門，遇春破閶門；晡時，士誠兵大潰，諸將蟻附登城，城遂破，時八日辛巳也。是日，士誠猶收兵二三萬，親率之戰萬壽寺東街，復敗，倉皇歸，拒戶自縊，解之復蘇。太祖欲生之，竟自經死，年四十七。」明史稿張士誠傳：「士誠自起兵至亡，凡十四年。」君別故國當西行。平吳錄：「凡獲其官屬及將校，杭、湖、嘉興、松江等府，官吏家屬，及外郡流寓之人，凡二十萬餘，皆送建康。」有司臨門暮驅發，道路風雨啼孩嬰。倉黃不敢送出郭，執手暫立懷憂驚。我時雖幸脫鋒鏑，亂後生事無堪營。移家江上託地主，杜甫詩：「淸晨蒙菜把，常荷地主恩。」閒園借得親鉏耕。春朝起沐日照屋，野卉雜發鳴鸝鶊。思君萬里不可見，對此涕淚如盆傾。有壺當軒忍自酌，有句在卷邀誰評？走投北郭問消息，一客爲我言分明：君初隨例詣闕下，有旨謫徙鍾離城。見卷七。賣無囊金從無僕，棄家獨去何惸惸？長淮黏天趣前渡，牙眼怖客浮鼉鯨。韓愈詩：「鱷魚大于船，牙眼怖殺儂。」到州鞠躬謁太守，脫去官籍儕編氓。城荒無屋寓來客，旋乞廢地誅蓬荊。異鄉何人恤同患？喜有楊子兼徐卿。日高破竈煙未起，閉戶不絕哦詩聲。去年聖恩念逐客，特賜拂拭加朝纓。勅君赴汴聽銓擢，路算舊驛猶千程。沙河無雨夏雲熱，茅葦夾岸多蚊虻。舟中感癘得下泄，刃攪腸腹聞咿嚶。荒途無藥相救療，伏枕兩旬幾殞生。終藉神明佑吉士，疾勢漸脫身強輕。一官署作新鄭簿，捧檄已去詢田更。列子：「禾生伯子，范氏之上客，出行經坰外，宿于田更商丘開之上舍。」按：「更，注作叟。」我雖歷歷聽客語，虛實未察憂難平。初春天子下明詔，欲纂前史羅儒英。菲才亦辱使者召，辭謝不得來南京。明法傳錄：「洪武元年八月，詔以汴梁爲北京，金陵爲南京。」日斜出局訪君舍，貴耳集：「趙嗣良以能文爲裕陵眷遇，曾兼史局。」草滿陋巷春泥晴。入門小女識父友，延拜學訴艱難情。且云父意念家遠，新遣兩卒來相迎。說文：「卒，隸人給事者。」須臾出君寄我札，上有秀句如瑰瓊。自陳前事頗一一，與客舊說無虧盈。讀終呼卒問彼土，卒言幾年經戰爭。河山蕭條縣雖小，民少姦詐多淳誠。春秋古稱鄶子國，詩鄶風注：「鄶，國名，在禹貢豫州外方之北，滎波之南，居溱洧之間，今之鄭州，即其地也。」溱洧水活魴魚赬。雌兔咻咻草間走，蘇軾詩：「草中咻咻有寒兔。」雄雉角角桑顛鳴。韓愈詩：「角角雄雉鳴。」谷深稀逢種田者，時有射戶居山棚。見卷二城虎詞「倀魂」注。霜天赤棗收幾斛，〔校記〕列朝詩集作「囷」。剝食可當〔校記〕列朝詩集作「比」。江南秔。官來撫民務無事，鞭挂壁上無敲搒。蘇軾詩：「古稱爲郡樂，漸恐煩敲搒。」寒廳吏散獨坐嘯，遠對嵩少當檐楹。戴延之西征記：「嵩山東曰太室，西曰少室。」聞之離抱頓舒豁，如吸淸露醒朝酲。天寶遺事：「貴妃宿酒初消，苦肺熱，晨遊後花苑，吸花露以潤肺。」便因卒還寄君語，此邑小鮮聊試烹。老子：「治大國者若烹小鮮。」注：「烹小鮮者，撓之則碎。」幸逢昌朝勿自棄，願更努力修嘉名！吾皇親手擁高彗，屈原九歌大司命：「登九天兮撫彗星。」注：「言司命陞九天之上，撫持彗星，埽除邪惡。」灑埽六合氛塵清。海中夷筐〔校記〕明詩綜作「篚」。已入貢，明典彙：「洪武元年，以登極詔薄海內外，安南國王陳日煃大懼；二年六月，遣其少中大夫同時等來朝，貢方物。又高麗國王王顓，表賀即位。又琉球國分中山、山南、山北，稱三王，遣使朝貢。」隴外戶版初來呈。明法傳錄：「洪武二年四月，大將軍達至鳳翔，遂進兵克隴州、秦州、鞏昌。遣馮勝進征臨洮，李思齊窮迫，舉城降。張良臣復叛，諸軍趨慶陽，圍其城，平章姚暉等知事不濟，開門納降。良臣父子投井中，引出斬之。」大開明堂議禮樂，明典彙：「洪武元年，命中書省暨翰林院、太常寺定擬三禮。明年，再集議。又明年，詔草澤道德文章之士，相與考訂之，爲一代之制。三年九月，修禮書成，名大明集禮。又洪武二年九月，定朝會燕享舞樂之數。」學士濟濟登蓬瀛。太廟冬烝薦朱瑟，明法傳錄：「吳元年，太廟成。」明典彙：「洪武二年，更定太廟時享。又元年十二月，命協律郎冷謙，考定宗廟雅樂音律，及鐘磬等器。」禮記：「清廟之瑟，朱絃而疏越。」千畝春藉垂青紘。明典彙：「洪武元年十二月，上諭廷臣曰：『古者天子藉田千畝，所以供粢盛、備饋饎。自經喪亂，其禮已廢。朕莅祚以來，悉修先王之典，而藉田爲先，欲首舉行之，以爲天下勸。』遂命以來春舉藉田禮行之。二年二月，上躬耕藉田于南郊。」「青紘」見卷五吳王郊臺。用材不肯略疎賤，銖寸盡上天官衡。周禮：「天官冢宰。」文賦「銓衡」注：「銓，稱也。稱物平輕重也。」況君磊落抱奇器，不異一鶚秋空橫。後漢書龐參傳：「龐參，字仲達，初爲左校令，坐法輸作。御史中丞樊準上書薦之曰：『鷙鳥累百，不如一鶚。』」豈容久屈簿領下，天道始塞終當亨。文章期君歸黼黻，張衡應間：「士或解袓褐而襲黼黻，或委臿築而據文軒者，度德拜爵，量績受祿也。」借問報政何時成？史記魯世家：「伯禽之初，受封之魯，三年而報政。」

送林謨秀才東歸謁松江守

江城秋陰朝不暉，落葉古巷人來稀。林生何求乃過我，敗屐躡雨投閒扉。自言少習澤宮射，禮記：「天子習射于澤宮。」注：「擇賢之宮也。」思侶衆士登王畿。風塵失路因漂轉，我豈無志時其違。欲充材官挽強弩，史記周勃世家：「勃以織簿曲爲生，常爲人吹簫給喪事，材官引彊。」注：「如今彊弓司馬也。」闕塞莫解窮城圍。將從隱者服短褐，霜露難采荒山薇。長年旅舍破氈冷，坐厭蟋蟀愁伊威。諸侯得意盡輕客，顧影竟傍何門依？南津昨夜砧杵動，庾信夜聽擣衣詩：「秋砧調急節，亂杵變新聲。」風來燭前驚攬衣。家人倚戶望應久，宿舂未辦悲慚歸。莊子：「適百里者宿舂糧。」注：「當蓄數日之食。」今朝江帆偶東轉，願借子語爲光輝。嗟余亦坐窮作祟！方岳詩：「燈火半生書作祟，幾欲送窮窮不去！」讀書不出遭罵譏。韓愈詩：「翁媼所罵譏。」士無賢否貧者鄙，此言信矣誰云非？囊乏黃金可揮贈，有詩寧救君腸飢！蘇軾詩：「平生五千卷，一字不救飢。」雲間使君本儒者，貴顯尙肯矜寒微。儻開深池養病鵠，翼成待看摩天飛。朱子詩：「飛騰莫羨摩天鵠。」

題高彥敬雲山圖

圖繪寶鑑：「元高克恭，字彥敬，號房山，其先西域人，後居燕京，官至刑部尚書。善山水，怪石噴浪，灘頭水口，烘鎖潑染，作者鮮及」。

尙書生長金一作燕。臺下，一統志：「順天府黃金臺，在府治東南。按燕昭王于易水東南築黃金臺延士，後人慕其好賢之名，亦築臺于此，爲京師八景之一，名曰『金臺夕照』。」慣識風沙草漫野。何由得見山水鄉？煙嶺雲林遠能寫。平時四海作宦遊，高興最愛江南秋。霅溪淸曉剡溪晚，「霅溪」見卷五太湖注。「剡溪」見卷五。閒解狂轡尋扁舟。此中謝屐曾經處，見卷五天平山。半是啼猿棲宿樹。斷橋旗下問農歸，遠寺鐘邊訪僧去。風流一沒歲未遙，坐覽遺迹成前朝。何當偏覔畫中景，聖恩已許從漁樵。

錢舜舉畫美人摘阮圖歌

圖繪寶鑑：「錢選，字舜舉，號玉譚，霅川人。宋景定間鄉貢進士。善山水人物，師趙千里；花木翎毛，師趙昌，尤善折枝。」圖史纂要：「元行沖爲太常少卿，時有人于古墓中得銅物，似琵琶而身正圓，莫有識者，元視之曰：『此阮咸所造樂也。』乃令匠人改以木，爲聲淸雅，今呼爲『阮咸』者是也。以其形似月，聲似琴，亦名月琴。杜佑以晉竹林七賢圖阮咸所彈，正與此同，今人但呼曰阮。」

圓槽象月修寒玉，茅亭客話：「隋文帝子蜀王秀，造千面琴，散在人間，有號寒玉韻磬、響泉和志者。」杜陽雜編：「唐盧萬有寶瑟各數十，內有寒玉、響泉之號。」暗貯宮商滿空腹。美人和恨抱秋風，偷寫琴中舞鸞曲。初學記：「古之舞曲有迴鸞舞。」傾鬟低黛幾娉婷，夢約湘娥倚竹聽。宋僧居月琴曲譜：「有湘妃怨。」滴盡冰盤老鮫淚，博物志：「鮫人水居，出寓人家賣綃，臨去，從主人索器，泣而出珠滿盤，以與主人。」阿咸帳底醉初醒。見卷四宿鶴瓢山房。梧桐落翠萎蘭紫，仙澗流雲含玉子。黃庭堅詩：「石砆谷中玉子瘦。」甲屏難障夜深寒，洞冥記：「上起神明臺，上有金牀象席，雜玉爲龜甲屏風。」恐踏驚鴻忽飛起。不識人間出塞聲，洛陽伽藍記：「美人徐月華，善彈箜篌，能爲明妃出塞之曲。」瑤臺別有斷腸情。調終人去哀絃歇，桂樹烏啼墜斜一作滿山。月。

贈丘老師

長春之孫具一作自。仙骨，姓譜：「丘處機，字通密，棲霞人，自號長春士。元太祖乙酉歲六月，浴于東溪，越二日，天大雷雨，太液池岸北水入東湖，聲聞數里，魚鱉盡去，池遂涸，而北口高岸亦崩；處機歎曰：『山其摧乎？池其涸乎？吾將與之俱乎？』遂卒，年八十。」袖有蟠桃食遺核。楊鐵崖樂府補桃核杯歌序：「道士余鎢谷，爲予道長春眞人事，世祖皇帝幸長春館，眞人方晝寢，盤桓久之，始寤。上曰：『眞人何之？』對曰：『臣赴蟠桃宴。』上曰：『有徵乎？』曰：『有。』乃袖出桃核大如盌，上神之，玩不去手，命左右持去。眞人請剖而爲杯，一以奉上，而自留其一；上命置萬億庫，永爲我家鎭國之寶。」平生不學燒汞方，見卷二美人磨鏡辭。又陸龜蒙詩：「夜燃燒汞火，朝煉洗金鹽。」唾視黄金等何物。滿城誰識舊庚桑，莊子：「老聃之後有庚桑楚者，偏得老聃之道，以北居畏壘之山。」蘇軾樓觀詩：「聞道神仙亦相過，只疑田叟是庚桑。」又作亢桑。白髮人中似鶴長。時上高樓惟獨醉，榴皮書破壁塵香。東坡詩序：「回先生過湖州東林沈氏，飲醉，以石榴皮書其家東老菴之壁云：『西鄰已富憂不足，東老雖貧樂有餘；白酒釀來因好客，黄金散盡爲收書。』」

玄武門觀虎圈

江寧府志：「北門橋，孫吳都建業，圖考曰『玄武』。」漢書張釋之傳：「上登虎圈，問上林尉禽獸簿十餘問，尉左右視，盡不能對，虎圈嗇夫從旁代尉對。」

日光曈曈臥深圈，羽林獵士初擒獻。「羽林」見卷一白馬篇。腥風一嘯猶辟人，況在空山道中見。莫憶橫行藜藿間，且隨玄豹守天關。楚詞：「虎豹九關，啄害下人些。」曹植升天行：「玄豹遊其下。」垂頭食肉嗟何補，漢家將軍乃眞虎。後漢書班超傳：「相者曰：『祭酒布衣諸生耳，而當封侯萬里之外。』超問狀，相者指曰：『生燕頷虎頸，飛而食肉，此萬里侯相也。』」吳書周瑜傳：「劉備以梟雄之姿，而有關羽、張飛熊虎之將。」

送許先生歸越

王待制褘有送許時用歸越詩：「舊擢庚寅第，新題甲子篇。老來諸事廢，歸去此身全。煙樹藏溪館，霜禾被石田。鑑湖求一曲，吾計尚茫然。」

天子下詔徵賢良，明法傳錄：「洪武元年八月，徵天下賢才進京，授以守令，命詹同等十人分行十道，訪求賢哲隱逸之士。九月，下詔求賢；十一月，遣夏原吉、詹同、魏觀等訪求天下賢才。」多士競逐風雲翔。先生亦隨使者起，闕下再拜陳封章：自稱前朝老進士，白髮已短材非長。羣龍在廷翊昌運，疲蹇豈足追騰驤。乞還山林養餘齒，歌頌聖德傳無疆。近臣上殿爲陳請，天語特許歸其鄉。是時海國風雨涼，道士莊下初栽秧。陸游詩：「柳姑廟前魚作市，道士莊畔菱爲租。」故山農事不可緩，歸興倏與高帆揚。從容進退遂所願，帝恩甚大誰能量。嗟余相逢恨苦晚，忽去未免私心傷。明朝相憶望於越，春秋：「定公五年，於越入吳。」江水東逝何洋洋。

送證上人住持道場

湖州府志：「道場寺，在道場山。唐中和間，有訥僧辭師出行，師命之曰：『逢道即止。』訥經此山，遂結菴，後建爲寺。」

訢公昔年住寶坊，蒲室禪師大訢傳：「大訢，字笑隱，得法於晦機熙公，卓錫杭之鳳山，遷中天竺。文宗自金陵入正大統，命以潛邸之舊爲龍翔集慶寺，召訢于杭州，授大中大夫，主寺事，設官隸之。」雞跖集：「給孤長者，以黃金布地爲伽藍，故號寶坊。」龍象蹴踏騰毫芒。達摩傳：「波羅提法中龍象。」隋煬帝賜釋慧覺書：「弟子欽風藉甚，味道尤深，今于城內建慧日道場，延屈龍象，大弘佛事，盛轉法輪。」袈裟曾侍玉座傍，萬衆闃聽講仁王。唐無名氏善寂寺碑：「握仁王之寶鏡，日月重光；驅梵帝之金輪，雷霆靜祲。」弟子如雲來四方，朝鐘暮鼓鳴高堂。西歸葱嶺今幾霜？傳燈錄：「達摩葬熊耳山，起塔定林寺。其年魏使宋雲葱嶺回，見祖手攜隻履，翩翩而逝。」漢書西域傳：「東則接漢，阸以玉門、陽關，西則限以葱嶺。」鉢傳曇師道彌昌。蘇軾詩：「公子豈我徒？衣鉢傳一簞。」注：「禪宗傳法，謂之傳衣鉢。」江寧府志：「天界覺原慧曇禪師，依越之法界寺出家，受具戒。華嚴止觀，無不貫練，謁笑隱于中天竺，有省。初住祖堂清涼，繼遷保寧蔣山，詔住天界。特授演凡善世大禪師。洪武三年，奉使西域，至僧伽羅國，其王事曇于佛山精舍。明年示寂，祔葬辟支佛塔，勅賜遺衣葬于雨花臺左。」叢林主教遇聖皇，祖庭事苑：「梵語云貧婆，此云叢林。譬如大樹叢叢，故僧聚處名叢林。」紫衣朝闕隨班行。上人繼吐三葉芳，李邕大靈禪院碑：「傳燈三葉，分座一義。」衲中長繫摩尼蒼。圓覺經：「清淨摩尼寶珠，映于五色，隨方各現。」注：「言性照圓明也。」元稹別盧頭陀詩：「頓見佛光身上出，已蒙衣內綴摩尼。」人間萬念俱已忘，獨好游戲談文章。我來京師寄禪房，每邀看月開修廊。手橫蠅拂坐繩牀，南史陳顯達傳：「謂子休尚曰：『麈尾蠅拂，是王謝家物，汝不須捉此，即取燒之。』」竹間風吹煮茗香。侍僮觸屏睡欲僵，漢書：「陳萬年病，召其子咸教戒于牀下，語至夜半，咸睡頭觸屏風。」高殿宿鳥驚琅璫。杜甫詩：「夜深殿突兀，風動金琅璫。」注：「鈴鐸聲也。」詩成金磬韻尙揚，許渾詩：「寒風金磬遠。」清才未必慚支湯。「支遁」見卷二放鶴辭，「湯休」見卷五答衍師。有時夜剪園韭嘗，張耒詩：「荒園秋露瘦韭葉。」注：「秋韭最美，俗云八月韭，佛開口。」燈懸西齋雨浪浪。人生聚散不可常，翩然東遊主道場。道場乃在雲水鄉，碧瀾堂前去路長。湖州府志：「碧瀾堂，在府子城東南，霅溪之西，唐刺史杜牧建。」江湖寒縮蛟蜃藏，楓柏正赤橙柑黃。煙消日出聞漁榔，潘岳西征賦：

「鳴榔厲響。」注：「鳴榔以驚魚也，通作桹。」洲渚宛轉山低昂。蕭然瓶錫隨經囊，李郢送圓鑒上人詩：「西嶺草堂留不住，獨攜瓶錫向天台。」留宿肯戀林中桑。後漢書襄楷傳：「浮屠不三宿桑下，不欲久生恩愛，精之至也。」蘇軾詩：「桑下豈無三宿戀？」兵餘莫嗟梵宇荒，勝景未逐樓臺亡。寺門無人閉夕陽，芋栗收作山中糧。杜甫詩：「園收芋栗未全貧。」好說千偈恢禪綱，法苑珠林：「鳩摩羅什日誦千偈。」麾斥佛祖誰敢當？傳燈錄：「馬祖見讓和尚，讓曰：『此子將見槃繫草菴，訶佛罵祖。』」我方無用糜太倉，史記平準書：「太倉之粟，陳陳相因。」叨逐劍佩趨明光。漢書武帝紀：「太初四年秋，起明光宮。」杜甫詩：「奏賦入明光。」醉歌欲覓玄眞狂，唐書隱逸傳：「張志和著玄眞子，亦以自號。」懷恩未得尋歸航。明朝舉首空相望，雲飛笠澤天茫茫。「笠澤」見卷五太湖注。

送王孝廉至京省其父待制後歸金華

分省人物考：「王褘，字子充，金華義烏人，幼秀爽奇敏，師事黃溍。元末，隱青巖山著書。洪武戊戌，徵署中書掾，商略幾務，上每稱子充不名；與論文章，稱善。修元史，爲總裁官。書成，擢翰林待制，兼國史編修，奉使雲南，爲梁王把都所害。子紳，字仲縉，博學能文；洪武二十九年，走雲南，求父遺骸不得，泚滇南慟哭記。建文元年，紳上言死節狀，贈翰林院學士、奉議大夫，謚文節，正統六年，改謚忠文。」

君來金陵自金華，遠道犖确驅行車。韓愈詩：「山石犖确行徑微。」空山北風正多雪，歲晚何事穿泥沙？君言省覲敢辭苦，況是日下非天涯。王勃滕王閣序：「望長安于日下。」問安已畢起稱壽，白門酒香還可賒。李白詩：「驛亭三楊柳，正當白門下。」江寧府志：「應天府白下城，在府治西北，齊武帝置縣，陳亡縣廢。」明燈客窗共夜語，便覺春意迴寒槎。李磎泗州重修鼓角樓記：「荒毀更新，鬱鬱如春發寒槎。」予亦叨恩在京國，早踏街鼓聞初撾。姚合詩：「今朝街鼓何人聽？」日斜歸來就空廨，索寞不異投林鴉。家人千里望未至，虛聽檐鵲鳴喳喳。韓愈詩：「鵲鳴聲楂楂，烏鳴聲嚄嚄。」羨君父子此相見，頓起歡笑忘咨嗟。異鄉逢人即可樂，況爾骨肉誰能加。汝翁文章擅當世，片語落紙爭傳誇。身登昌朝列侍從，日曳珮玉趨南衙。唐書百官志：「飛龍廄日以八馬列宮門之外，號南衙。」捧函當殿曉進史，秉燭鎖院宵書麻。「鎖院」見卷七贈楊滎陽。翰林志：「唐中書用黃、白二麻爲綸命，其後翰林專掌白麻，中書獨得用黃麻。」又：「凡制用白麻紙，誥用白麻藤紙，書用黃麻。」觀君才氣已略似，青海異種多騮騧。北史吐谷渾傳：「青海周回千餘里，內有小山。每冬冰合後，以良牝馬置此，來春收之，所生得駒，號爲龍種，日行千里，世傳『青海驄』者也。」楊億漢武帝詩：「力通青海求龍種。」絲綸便可令世掌，杜甫詩：「欲知世掌絲綸美，池上于今有鳳毛。」胡爲趣別東還家？阿婆在堂待調膳，南史鬱林王紀：「帝謂豫章王妃庾氏曰：『阿婆，佛法言有福生帝王家。』」蘇軾詩：「敢請阿婆開後閣，井中投轄任浮沉。」計日敢使歸期差。往來兩地慰親念，如君孝意誠堪嘉！勞勞亭下冬日短，李白詩：「天下傷心處，勞勞送客亭。」即「臨滄觀」，見卷四感舊。江冰未解魚難叉。送君揖手忽已遠，烏巾獵獵風中斜。重闈歸拜想無恙，故園正見開梅花。

穆陵行 幷序

永穆陵，宋理宗陵也，在會稽。元至元初，西僧楊發輦眞住請發宋諸陵，許之；既取其殉寶，復以理宗頂骨爲飲器，後籍入官，以賜帝師。天兵克元，詔求得之，命有司歸葬焉。明法傳錄：「三年，上嘗與危素論宋、元興替，素言元世祖至元間，胡僧嗣占、妙高，欲毁宋會稽諸陵，時夏人楊璉眞伽爲江南總攝使，請如二僧言。遂發諸陵，取其金寶，以諸帝遺骨瘞于杭之故宫，築浮圖其上以壓之。又截理宗頂骨爲西僧飲器，天下聞之，莫不心酸。上聞歎息久之，即命北平守將吳勉，訪索頂骨所在，果得西僧廬中。既送至，命有司厝于京城之南。至是，紹興以永穆陵圖來獻，遂勑葬于故陵。」

樓船載國沈海水，宋紀：「陸秀夫負帝赴海死。」金椎晝入三泉裏。三輔故事：「始皇墳周迴七百步，下周三泉。」空中玉馬不聞嘶，聞奇錄：「沈傳師爲宣武節度，聞堂前馬嘶，掘地丈餘，得一穴，有玉馬高三寸，長五寸，則若壯馬聲。」日落寢園秋色起。魚燈夜滅隧戶開，皇覽：「秦始皇葬穴，內以人魚膏爲燭，度久不滅。」弓劍已出空幽臺。山陵考：「寧宗崩，使吏部侍郎楊燁爲按行使。燁歸奏云：『獨泰寧寺之山，山岡偉特，五峯在前，顧視有情，吉氣豐盈，林木榮盛，以此知先帝弓劍之藏，蓋在于此。』」髡胡暗識寶氣盡，通鑑紀事：「楊玄琰，知武三思浸用事，請棄官爲僧，上不許。敬暉聞之笑曰：『使我早知，勸上許之，髡去胡頭，豈不妙哉？』玄琰多鬚類胡，故暉戲之。」六陵松柏悲風來。山陵考：「淳熙十四年，高宗崩，殯會稽，上陵名曰永思。紹熙五年六月，孝宗崩，殯永思陵西，上陵名曰永阜。慶元六年八月，光宗崩，殯會稽上陵，名曰永崇。嘉定十七年閏八月，寧宗崩，詔遷泰寧寺而以其基定卜，上陵名曰永茂。景定五年十月，理宗崩，殯會稽，上陵名曰永穆。咸淳十二年七月，度宗崩，上陵名曰永紹。」玉顱深注酡酥酒，陸游詩：「酡酥鵝黃、出隴右。」誤比戎王月支首。漢書匈奴傳：「昌猛與單于及大臣俱登匈奴諸水東山，刑白馬。單于以徑路刀、金留犁撓酒，以老單于所破月氏王頭爲飲器者，共飲血盟。」百年帝魄泣穹廬，醉骨飲寃愁不朽。劉從益詩：「九原銷醉骨。」幸逢中國眞龍飛，一函雨露江南歸。環珮重遊故山月，冬青樹死遺民非。原注：「世傳有士嘗竊諸帝骨埋屏處，樹冬青樹爲識。」山陵考：「元世祖至元十五年，詔發宋會稽諸陵，以取寶器，從西僧嗣占、妙高之請也。宋遺民山陰唐珏，易以僞骨，取眞者瘞之山陰天章寺前。六陵各爲一函，獨理宗顱巨，恐易之事泄，不敢易。楊璉眞伽遂築白塔于錢塘，藉其骨，而以理宗顱爲飲器。」金華張孟兼唐珏傳：「珏，字玉潛，會稽人。至元戊寅，浮屠總統楊璉眞伽，利宋殯宮金玉，發之。珏獨懷痛憤，陰召諸惡少，夜往收貯遺骸，瘞蘭亭山後，上種冬青樹爲識。謝翶與珏友善，爲作冬青樹引，讀者莫不洒泣。」紹興府志：「宋太學生林德暘，字景曦，號霽山。當楊總統發掘諸陵寢時，林故爲杭丐者，背竹籮，手持竹夾，遇物即以夾投籮中。林鑄銀作兩許小牌百十，繫腰間，取賄西番僧曰：『餘不敢望，收其骨，得高家孝家足矣。』番僧左右之，果得高、孝兩朝骨爲兩函貯之，歸葬于東嘉。」按：「輟耕錄所載：唐珏、林景曦收宋諸陵骨事，年月事實，前後不同，有紀事四絕句。唐之傳，林之集中，各有載。其詞則大同而小異。陶九成謂：『唐所收者諸陵骨，林所收者但高、孝兩朝。詩中有雙匣字，得非林之詩而傳者誤入于唐傳中者乎？』」又山陵考：「冬青穴在紹興府城西南天章寺前，宋唐、林二義士埋宋陵骸骨處，六陵各爲穴，上植冬青樹六株。」千秋誰解錮南山？漢書張釋之傳：「從行至霸陵，上居外，臨廁，顧謂羣臣曰：『嗟乎！以北山石爲椁，用紵絮斮陳漆其間，豈可動哉？』左右皆曰：『善。』釋之前曰：『使其中有可欲，雖錮南山猶有隙；使其中無可欲，雖無石椁，又何戚焉？』」世運興亡覆掌間。起輦谷前馬蹄散，歷朝詩集注：「起輦谷，元諸陵所在。」白草無人澆麥飯。劉後村寒食詩：「漢寢唐陵無麥飯。」

獨遊山中憶周記室砥

借居水北鄰雲巖，醒遊醉臥月滿三。空山孤愁似放逐，踐蛇衝虎窮幽探。緣梯上窺萬仞壁，垂綆下汲千丈潭。幽一作稠。蘿翳壑變朝晦，怪卉發澗留春酣。青山識我豈生客，志林：「子由作棲賢堂，僕爲書之，且欲與廬山結緣，他日入山，不爲生客。」曾與周子來聯驂。是時秋高鶴聲厲，霜降兩崦纔收柑。飯餘洗足上堂坐，手揮談麈風颾颾。如今故人亦遠去，帆葉暮落吳江南。斷崖蒼蘚漫舊刻，往夢追想情何堪？巴僧不厭客屢至，篝燈夜禪同一龕。風迴忽灑石門雨，日出盡消溪市嵐。乃知山水有深趣，天意獨許窮人諳。我今豈是慕高隱，非才濫進能無慚！業緣種種去略盡，惟有佳句猶相耽。便求安心向佛祖，不待婚嫁女與男。

贈墨翁沈蒙泉

鳧藻集墨翁傳：「墨翁者，吳槐里中人也；姓沈，名繼孫。」

南朝墨法稱奚家，輟耕錄：「唐末墨工奚超與其子廷珪，自易水渡江居歙州；南唐賜姓李氏，故世有奚廷珪，又有李廷珪。」格古要論：「今之言墨者，以李廷珪爲第一品；易水張遇爲第二。廷珪墨有二品：龍文雙脊爲上，一脊次之。」相國謬費盈連車。邵氏後錄：「宋太祖下南唐，得李廷珪父子墨，付主藏吏籍收；後有司更造相國寺門，詔用墨漆，取墨于主藏，車載以給。至宣和間，黃金可得，李墨不可得也。」堆金欲沽世已少，後山叢談：「秦少游有李廷珪墨半錠，不爲文理，質如金石。潘谷見之而拜曰：『眞李氏故物也，我生更見矣！』又山谷取一錦囊，有廷珪墨半錠，以示潘谷，谷隔囊探之曰：『天下寶。』」至今好事成咨嗟。潘生後出亦奇絕，墨譜：「造墨之妙者，魏無過韋誕，五季無過李廷珪父子，宋有潘谷，元有朱萬初，皆可貴也。」峨嵋仙子嘗相誇。蘇軾贈潘谷詩：「潘郎曉踏河陽春，明珠白璧驚市人。」老學菴筆記：「東坡自儋耳歸至廣州，舟敗，亡墨四篋，平生所寶皆盡，僅於諸子處得李墨一丸，潘谷墨二丸。」紫殿曾供寫飛白，尙書故實：「梁蕭子雲，字景喬，武帝謂曰：『蔡邕飛而不白，羲之白而不飛，飛白之間，在卿斟酌耳！』」書斷：「按飛白者，後漢左中郎蔡邕所作也。王隱、王愔並云：『飛白變楷制也，本是宮殿題署，勢旣勁，文字宜輕微不滿，名爲飛白。』王僧虔曰：『飛白，八分之輕者。邕在鴻都門見匠人施堊帚，遂創意焉。』」玉堂每用書官麻。見上送王孝廉。人間留藏敢輕試？傳玩正比雲龍一作龍團。茶。宋史地理志：「建寧府貢龍茶。」按：黃庭堅有矞雲龍茶詩，蘇軾有怡然以垂雲新茶見餉報以大龍團詩。沈翁遠得二子妙，珙璧自美誰能瑕？左傳：「襄公三十一年，叔仲帶竊其珙璧，以與御人。」徂徠老節燒欲盡，詩：「徂徠之松。」西譜：「上黨松心，爲墨尤佳。」萬杵夜擣玄霜華。墨譜：「廷珪墨每松煙一斤，眞珠三兩，龍腦一兩，和以生漆，擣十萬杵，故堅如玉，能寘水中三年不壞。世有龍紋墨、劍脊雙龍圓墨、蟠龍彈丸墨，千古稱絕。又墨名玄霜，又名玄雲。」錦囊贈我笏在几，蘇軾與參寥書：「要墨納兩笏，皆佳品也。」光怪迸屋驚早鴉。一餅團團未磨缺，似月食盡逢妖蟆。盧仝月蝕詩：「天媚蟆，被蟆瞎。」又：「臣心有鐵一寸，可刳妖蟆癡腸。」此物宜歸大手筆，唐書蘇頲傳：「頲與張說，以文章顯，稱望略等，時號燕許大手筆。」濡染竹帛垂無涯。上當紀頌聖功德，下可論載臣忠邪。我今才薄況病退，破硯久棄塵生窪。蘇軾詩：「君家石硯，蒼璧橢而窪。」一朝得此復何用，慚注魚豕箋蟲鰕。法言：「魯魚盈貫，晉豕成羣。」抱朴子：「諺曰：書三寫，魯爲魚，虛爲虎。」家語：「卜商反衛，見讀史者云：『晉師伐秦，三豕渡河。』子夏曰：『非也。己亥耳！』問之晉史，果曰己亥。于是衛人以子夏爲聖。」蘇軾詩：「我得君硯亦安用？雪堂窗下，爾雅箋蟲蝦。」摩挲忽動揮灑興，聊吟險句追島叉。王建詩：「鞭驅險句最先投。」唐書賈島傳：「島，字浪仙，韓門弟子。初爲浮屠，愈教其爲文，去浮屠，舉進士。當其苦吟，雖值公卿貴人，皆不之覺也。一日見京兆尹跨驢不避，誶詰之，久乃得釋。」又韓愈傳：「劉叉聞愈接天下士，步歸之，作冰柱、雪車二詩，出盧仝、孟郊右。」高堂淋漓爲君埽，醉汙舊賜宮袍花。

淮南張架閣家舊有樓在儀鑾江上經兵燹已廢與予會吳中乞追賦之

秋風嘗歌遠遊篇，樂府詩集：「曹植有遠遊篇。」樓中舉手招飛仙。山奔海瀉盡供覽，逸思每出孤鴻前。雕欄一別應非昨，幾度淮南桂花落。酒酣却作望鄉人，那得東歸似黃鶴？風景如今總厭看，客愁何處更凭欄？欲問日邊知遠近，晉書明帝紀：「幼聰哲，爲元帝所寵異。年數歲，嘗坐置膝前，屬長安使來，因問帝曰：『汝謂日與長安孰遠？』對曰：『長安近，不聞人從日邊來。』明日又問之，對曰：『日近。』帝曰：『何乃異間者之言乎？』對曰：『舉目見日，不見長安。』」浮雲回首蔽長安！李白詩：「總爲浮雲能蔽日，長安不見使人愁。」

題米元暉雲山圖

圖繪寶鑑：「米友仁，字元暉，元章之子，能傳家學。作山水，清致可掬，每自題其畫曰墨戲，晚年多於紙上作之。」

海岳老仙非畫工，宋詩序：「米元章晚以研山易北固園亭，名海岳菴，因號海岳外史。」自有丘壑藏胸中。世說：「顧長康畫謝幼輿在巖石裏，人問其所以？顧曰：『謝云一丘一壑，自謂過之，此子宜置丘壑中。』」黃庭堅詩：「胸中元自有丘壑，故作老木蟠風霜。」大一作阿。兒揮灑亦莫比，妙趣政足傳家風。敷文閣下書幃一作圖書。淨，弘簡錄：「元暉仕至兵部侍郎，敷文閣直學士，世號小米。」夢入空山覺衣冷。起拈綵筆寫幽蹤，一片飛來楚雲影。弘簡錄：「元暉嘗作楚山清曉圖上於朝，妙絕等倫。」彷彿三湘與九嶷，寰宇記：「湘潭、湘鄉、湘陰爲三湘。」水經注：「盤基蒼梧之野，峯秀數郡之間，異嶺同勢，遊者疑焉，故曰九嶷，亦作九嶷。」翠峯猶抹二蛾眉。水生江上鴻歸後，樹暗沙頭春去時。蒼蒼遠渡連平蕪，煙火參差幾家屋。林深谷靜斷行人，唯有禽聲啄枯木。偶向高齋玩此圖，斷縑猶費百金沽。畫斷：「收藏古畫，往往斷縑片紙，皆可珍惜。」自緣絕筆人間少，如此雲山何處無。

爲石城朱氏題梅雪軒

石城山居梅萬塢，江南通志：「石城，在吳縣西靈巖山，吳越春秋：闔閭興樂石城。注云：吳之離宮。」冒雪曾來扣僧戶。爛然如見會羣妃，一作仙。陳與義梅花詩：「粲粲江南萬玉妃。」白鳳繽紛下瑤圃。曹唐游仙詩：「不知今夕游何處？侍從皆騎白鳳凰。」楚詞九章：「吾與重華遊兮瑤之圃。」數片輕吹著鬢華，乍看是雪又疑花。迷魂亂眼春如海，杜本詩：「二十四橋春似海。」那辨南枝映竹斜？白帖：「大庾嶺上梅，南枝落，北枝開。」獨披鶴氅穿林去，世說：「孟昶未達時，嘗見王恭乘高輿，披鶴氅裘；於時微雪，昶于籬間窺之，乃歎曰：『此眞神仙中人。』」凍壓寒梢應幾樹。聽響方知夜灑時，聞香始識繁開處。回首春風憶舊遊，夢尋歸路隔羅浮。龍城錄：「隋趙師雄遷羅浮，日暮，憩車松林間，酒肆傍舍，見一女人，淡妝素服，出迓；時已昏黑，殘雪對月色微明，師雄喜之，與之語，芳香襲人，因與扣酒家門，相與飲。少頃，有一綠衣童來，笑歌戲舞，亦自可觀。師雄醉寢久之，東方已白，起視，乃在大梅花樹下，上有翠羽啾嘈相須，月落參橫，但惆悵而已。」年來驢背無詩思，全唐詩話：「相國鄭綮善詩，或曰：『相國近爲新詩否？』對曰：『詩思在灞橋風雪中驢背上，此何以得之？』」醉踏塵埃空自愁。聞道君家谿上下，玉蕊瓊英巧相亞。劇談錄：「江都安業坊唐昌觀，舊有玉蕊花甚繁，每發，若瑤林瓊樹。」范成大詩：「憑君趣花信，把酒撼瓊英。」屐跡誰來東郭朝。史記滑稽列傳：「久待詔公車，貧困飢寒，衣敝，履不完，行雪中，履有上無下，足盡踐地，道中人笑之。」笛聲不起南樓夜。「南樓」見卷四始遷西齋。翠羽驚啼莫怨猜，見上「羅浮」注。僧善住落梅詩：「翠禽莫怨高樓笛，一度春風一度開。」破寒宜共一樽開。雪晴花發須相記，我亦扁舟乘興來。

和衍上人觀梅

籃輿偶出青山郭，晉書陶潛傳：「王弘問其所乘，答曰：『素有脚疾，向乘籃輿，亦足自反。』乃令一門生二兒共轝之」。寒雪初晴凍雲薄。梅花一路幾千株，半發園林半村落。夜窗轉曙雞欲驚，寒谷回春蝶應覺。劉向別錄：「燕有谷，寒不生五穀，鄒衍吹律而溫氣至，堪黍，今謂之黍谷。」林逋梅花詩：「粉蝶如知欲斷魂。」浩蕩才迷醉客魂，見上梅雪軒「羅浮」注。嬋娟更伴幽人樂。詩話總龜：「林逋隱于武林之西湖，不娶，無子，所居多植梅、蓄鶴，泛舟湖中，客至則放鶴致之，因謂梅妻鶴子云。」我來如蝶東西飛，不敢題詩慚筆閣。魏志典略：「王粲才高，鍾繇、王朗皆閣筆，不能措手。」徐鉉詩：「曲終筆閣緘封已。」歸時落月照書屋，杜甫夢李白詩：「落月滿屋梁，猶疑照顏色。」重覓餘馨夢難託。高僧已澄法眼觀，石門題跋：「有問竹林：『如何是法身？』答曰：『法身無相。』又問：『如何是法眼。』答曰：『法眼無瑕。』」冷齋詩話：「王維作畫雪中芭蕉詩，法眼觀之，知其神情寄寓於物，俗論則譏以爲不知寒暑。」也愛一枝供寂寞。便拖藜杖敲竹扉，孫覿詩：「獨拄青藜杖，來推白版扉。」遮莫人嗔賓客惡。杜甫詩：「遮莫鄰雞下五更。」注：「猶言儘教也。」風雨休嗟已亂飄，世間何物長如昨。

題李德新中宗射鹿圖

赭袍玉帶虬髯怒，杜牧詩：「萬國珪璋擁赭袍。」人如眞龍馬如虎。英風猶似天可汗，唐書太宗紀：「貞觀四年四月，西北君長請上號爲天可汗。」肯信昏孱困韋武？通鑑紀事：「上在房州，與韋后同幽閉，嘗與后私誓曰：『異時幸復見天日，當唯卿所欲，不相禁禦。』及再爲皇后，遂干預朝政，如武氏在高宗之世。又上官婕妤用事于中，三思通焉，故黨于武氏；又薦三思于韋后，引入禁中，上遂與三思圖議國事。」上林草綠聞呦呦，飛鞚霹靂梢長楸。杜甫詩：「黄門飛鞚不動塵。」曹植名都篇：「鬭雞東郊道，走馬長楸間。」晝旗圍合晚猶獵，後庭雙陸誰行籌。通鑑紀事：「上使韋后與三思雙陸，而自居旁爲之點籌，由是武氏之勢復振。」追遊不記房陵辱，通鑑：「嗣聖元年夏四月，太后遷帝于房州。至十五年春三月，帝還東都。」五王謫來勢猶獨。通鑑：「神龍元年春正月，張柬之、崔玄暐、與敬暉、桓彥範、袁恕已等，舉兵討武氏之亂。張易之、昌宗伏誅，帝復位。以張柬之，袁恕已同三品，崔玄暐爲內史，敬暉、桓彥範爲納言。五月，武三思用鄭愔之策，賜敬暉等五人王爵，罷其政事。二年六月，武三思使鄭愔告暉等與王同皎通謀，貶敬暉崖州、彥範瀧州、柬之新州、恕已竇州、玄暐白州司馬員外長任，削其勳封。」空誇大羽發無虛，杜甫詩：「猛將腰間大羽箭。」不射妖狐射生鹿。名山記：「狐者，古之淫婦也，其名曰紫，化而爲狐，故其怪多自稱阿紫。」玉海露布：「妖狐就擒，猶守舊穴。」畫圖令人生感嗟，天寶回首飄胡沙。神孫早解習祖藝，韓愈平淮西碑：「聖子神孫，繼繼承承。」不遺銜出宮中花。花史：「唐玄宗時，野鹿銜去牡丹，後有祿山之禍。」

題趙希遠畫宋杭京萬松金闕圖

圖繪寶鑑：「宋趙伯驌，字希遠，千里弟，善山水人物，尤長于花禽。嘗畫姑蘇天慶觀樣進呈；孝宗書其上，令依元樣建造，今玄妙觀是也。仕至觀察使。」

長松掀髯若羣龍，下繞宮闕雲千重。鳳凰山頭望前殿，「鳳凰山」見卷三吳越紀游。杭州府志：「萬松嶺在鳳山門外，有萬松書院，南宋時密邇大內。」翠濤正涌金芙蓉。李白詩：「青天削出金芙蓉。」海門日出潮初上，白鶴飛來近仙掌。史記孝武本紀：「作柏梁、銅柱、承露仙人掌之屬。」百官候綴紫宸班，露滴朝衣氣森爽。漢宮楊柳唐宮花，容易零落空繁華。何如可獻至尊壽，茯苓美似安期〔校記〕三十家作「空同」。瓜。見卷四停君白玉巵。鑾輿因戀湖山好，樓閣淸陰勝蓬島；不知風雨汴陵前，虜卒新樵幾株倒。續通鑑：「宋高宗紹興二年，劉豫徙于汴，其子麟籍鄉兵十餘萬，爲皇子府。兩京冢墓，發掘殆盡。紹興十年，岳飛大敗金兀朮于朱仙鎭，遣使修治諸陵。」當日榻前初進圖，黃金趣賜聞傳呼。何年流落在人世，父老猶看思舊都。客行近過吳山下，杭州府志：「吳山，在鎭海樓之右。」落葉空林惟敗瓦。豈無畫史似前人，秋色淒涼不堪寫。

芥舟詩爲陳太常賦

估客海上誇乘風，大艑遠戛龍魚宫。帆如飛雲落天外，不假羽翼行虚空。驚濤拍山撼難動，安臥每到榑桑紅。回頭却笑垂釣子，斷溝老葑留孤篷。烏知達人解物表，坐視大塊舟航同。莊子：「大塊噫氣，其名爲風。」風輪晝夜不停轉，華嚴經：「金輪水際，外有風輪。」樓炭經：「地深九億萬里，第四是地輪，第五水輪，第六風輪。」元氣下載浮鴻濛。帝系譜：「天地初起，溟涬鴻濛。」泰山亦與一塵等，何以巨細論雌雄？君今齋居邪苦小，自比置芥坳堂中。莊子：「覆杯水于坳堂之上，則芥爲之舟。」將身便欲入無間，揚雄解嘲：「大者含元氣，細者入無間。」險語乍出驚愚蒙。韓愈詩：「險語破鬼膽。」我聞懸珠納萬象，蘇軾枯木歌：「萬象入我摩尼珠。」此事尚覺勞神功。萬千毫髮盡非有，幻相欲别誰能窮。君行莫鼓萬里舵，天遊閉戶隨西東。莊子：「心無天遊，則六鑿相攘。」何須更待積水厚，莊子：「水之積也不厚，則其負大舟也無力。」區區往問南華翁。

題周遜學天香深處卷

仙芬染骨濃無跡，秋入畫堂簾不隔。夢尋老蟾煙霧迷，碎落金蟲夜愁寂。素娥舊栽無兩叢，萬古散吹秋滿空。熏爐不爇象龍火，人倚畫欄清影中。蕙蘭暗泣幽馨歇，只有瑤芳占涼月。

奉遊西園命賦二題

象

海山巨獸堪乘戰，史記大宛列傳：「身毒國，其人乘象以戰。」番使前年遠來獻。寶纓纏絡錦襜垂，拜舞如人向金殿。嶺表錄異：「蠻王請漢使于百花樓前設舞象，樂動即優人引一象入，以金羈絡頭，錦襜垂身，隨拍踏動，皆合節奏。」仙仗時巡出鳳城，鑾輿頻駕不曾驚。有牙莫畏焚軀禍，左傳：「象有齒以焚其身。」天子深仁愛爾生。

鹿

日暖呦呦草際鳴，養馴未省見人驚。雲山別却銜芝侶，來向朱欄花下行。舊毛雪白新茸綠，蘇軾詩：「幽人只採黃精去，不見深山鹿養茸。」曾在宜春苑中畜。鄭嵎津陽門詩注：「上嘗于芙蓉園中獲白鹿，山人王旻識之曰：『此漢時鹿也。』上異之，令左右周視之，乃于角際雪毛中得銅牌子，刻之曰『宜春苑中白鹿』。上移于北山，目之曰仙客。」幾人逐走向中原，輸與吾皇稱疾足。見卷四感舊。

題茅臞叟夏山過雨圖

前山冥冥雲欲開，後山隱隱猶聞雷。江南六月風雨過，樹暗不見巫陽臺。奔湍衝斷石橋路，下瀉谷口相喧豗。李白詩：「飛湍瀑流爭喧豗。」陰開林壑鬼神去，氣溼古洞蛟龍回。人家出門看新霽，泥封墜果多楊梅。漁樵欲歸謂已暝，返照石一作峻。壁蟬鳴哀。山中此景誰解寫，茅翁素有丹青才。新圖一片似海岳，見前米元暉雲山圖。高堂未展涼先來。嗟余久逐揮汗客，史記蘇秦列傳：「揮汗成雨。」席帽障日趨黃埃。「席帽」見卷八贈胡校書。問翁幾欲東遊去，如此畫圖安在哉！

偃松行　原注：「松在天平山獅子巖下，舊文正書院前。」

龍門西岡魏公祠，「龍門」見卷五天平山注。宋史范仲淹傳：「紹興初詔追封魏國公。」祠前有松多古枝。長身蜿蜒橫數畝，巨石作枕相撐拄。蘇軾詩：「病骨煩撐支。」春泥半封朽死骨，凍蘚盡裂皴生皮。無心昂聳上霄漢，偃仰獨向荒丘陲。〔校記〕列朝詩集作「垂」。蟄雷震一作破。嶽撼不動，千載一夢醒何遲。政如臥龍未起日，深意有待風雲期。太湖月出照夜魄，天峯雪積埋寒姿。濤聲時吼若鼾息，范成大詩：「睡仙吾所慕，行步亦鼾息。」野老驚起山僧疑。左伸右屈多異態，天自出巧非人爲。畫師安能把筆寫，樵子豈敢操斤窺。杜陵枯柟已憔悴，杜甫有枯柟詩。蜀相老柏非瑰奇，杜甫古柏行：「孔明廟前有老柏，柯如青銅根如石。」何如此樹怪且壽，呵衛定想煩靈祇。劉迎普明旃檀像詩：「天龍想驚喜，呵衛日歸向。」不知已閱幾人代，游客過盡今存誰。明堂屢興不見取，得全正愛同支離。莊子：「支離其形者，猶足全其天年，況支離其德者乎？」研北雜記：「鮮于伯機嘗于廢圃中得怪松一株，移置所居齋前，呼爲『支離叟』。」我嘗來觀忍遽返，醉坐其上高吟詩。葛陂笻竹亦騰化，後漢書：「費長房從市中老翁遊，後辭歸，翁與一竹杖曰：『既至，可投葛陂中。』顧視，則龍也。」神物終去可久羈。何當一叱使飛起，載我萬里遊天池。莊子：「窮髮之北，有溟海者，天池也。」他年還訪舊城郭，正是白鶴歸來時。見卷四空明道人。

白馬澗 原注：「在天峯支遁養馬處，今有馬跡石。」

白馬何不居天閑，周禮司馬校人：「天子十有二閑，馬六種。」乃在古寺長松間。奇姿不受世羈絡，遠自竺國馱經還。唐書西域傳：「天竺國，漢身毒國也。」洛陽伽藍記：「佛始入中國時，白馬負經而來，因立寺西陽門外。」澗邊飲罷寒雲起，恍惚化龍跳入水，柳州集：「明皇西幸，馬至咸陽，入渭水，化爲龍。」空山夜雨不聞嘶，埋沒蹄痕紫苔裏。高僧一去今幾年，世上神駿還誰憐。見卷五南峯寺。莫令老逐風塵子，憔悴哀鳴途路邊。

贈治冠梁生乞作高子羔舊樣

史記仲尼弟子列傳：「高柴，字子羔。」

野人散髮秋半稀，王維詩：「散髮時未簪。」小冠宜著稱短一作苧。衣。漢書杜欽傳：「欽，字子夏，家富而目偏盲。茂陵杜鄴，與欽同姓字，俱以才能稱京師；故衣冠謂欽爲盲杜子夏以相別。欽惡以疾見詆，迺爲小冠，高廣財二寸，由是京師更謂欽爲小冠杜子夏，而鄴爲大冠杜子夏云。」金樓子：「寒者不貪尺璧而思短衣。」淸時無能恥恩澤，一作「亦嘗京國被恩澤」。朝簪乍脫歸田扉。進冠峨峨在頭上，後漢書輿服志：「進賢冠，古緇布冠，儒者之服也。」獨斷：「天子冠通天冠，諸侯王冠遠遊冠，公侯冠進賢冠。」此物須當付卿相。閉門方欲誦詩書，煩君爲製依我樣。

賦得烏衣巷送趙丞子將

江寧府志：「巷在府南，晉王導、謝安居此，其子弟皆衣烏衣，因名。巷口有朱雀橋。」唐劉禹錫詩：「朱雀橋邊野草花，烏衣巷口夕陽斜。舊時王謝堂前燕，飛入尋常百姓家。」

差差舞羽多光彩，鄉國初辭度雲海。江南門巷有題名，識得當年故巢在。春風三月滿京華，肯入尋常百姓家！隨鶯已度龍池柳，沈佺期龍池篇：「龍池躍龍龍已飛，龍德先天天不違。」按：「明皇爲諸王時，故宅在隆慶坊，宅有井，井溢成池，中宗時，有雲龍之祥。後引龍首堰水注池中，即龍池也。」引蝶還穿鳳苑花。唐書百官志：「武后置仗內六閑，三曰鳳苑。」花蕊夫人宮詞：「東內斜將紫禁通，龍池鳳苑夾城中。」綠蕪芳草長干渚，樓閣初晴社前雨。江邊今日有離筵，留人看上檣頭語。杜甫詩：「岸花飛送客，檣燕語留人。」

宿蔡村夜起

四更雞叫七星爛，史記天官書：「北斗七星，所謂璇璣玉衡，以齊七政。」獨起開門候天旦。月掛愁邊人影低，風驚夢裏烏羣散。孤舟嫠女寒自泣，破屋老農貧屢歎。早餐欲發未遑安，客路飄零正多難。

天閑青驄赤驃二馬歌

漢家諸將開經濟，列宿儲精降人世。後漢書朱祐傳論：「中興二十八將，前世以爲上應二十八宿。」天遣同成一代功，杜甫驄馬行：「此馬臨陣久無敵，與人一心成大功。」亦有房星化騏驥。詩：「既伯既禱。」注：「伯，馬祖也。謂天駟房星之神也。」李賀詩：「此馬非凡馬，房星本是星。」青驄剪鬉高作花，古樂府：「青驄白馬紫絲韁。」曹唐詩：「欲將騣鬣重裁剪，乞借新成利鉸刀。」赤驃灑汗微成霞。岑參衞節度赤驃馬歌：「君家赤驃畫不得，一團旋風桃花色。」史記樂書：「武帝嘗得神馬渥洼水中，歌曰：『太一貢兮天馬下，霑赤汗兮沫流赭。』」人間何處得奇種，恍惚西至踰流沙。漢天馬歌：「天馬來，從西極，涉流沙，九夷服。」年來百戰從天子，曾逐烏騅到江死。見卷一虞美人。不慚飽食玉山禾，鮑照詩：「誠不及青鳥，遠食玉山禾。」天廄時淸少鞭使。周王八駿去不來，穆天子傳：「八駿：赤驥、盜驪、白義、踰輪、山子、渠黃、華騮、綠耳。」又拾遺記：「穆王八駿：絕地、翻羽、奔宵、起影、踰輝、超光、騰霧、挾翼。」唐帝六馬應凡材。唐會要：「上欲闡揚先帝徽烈，乃令刻石爲常所乘破敵馬六匹于闕下。」按：「六馬贊，其一，拳毛騧，平劉黑闥時所乘；其二，什代赤純，平王世充、建德時所乘；其三，白蹄烏，平薛仁杲時所乘；其四，特勒驃，平宋金剛時所乘；其五，颯露紫，平東都時所乘；其六，青騅，平竇建德時所乘。」又洛中紀異：「唐天寶中，大宛國進汗血馬六匹：紅叱撥、紫叱撥、青叱撥、黃叱撥、丁香叱撥、桃花叱撥。上乃製名曰：紅玉輦、紫玉輦、平山輦、凌雲輦、飛香輦、百花輦。復命圖之瑤光殿，仍改爲觀驤殿。」何如二龍總超絕，周官：「馬八尺以上爲龍。」蹴踏四海荆榛開。圉官雙鞚頻迴顧，說文：「圉人，掌馬者。」萬里長楸恐驚騖。嘶處秋生閶闔風，史記律書：「閶闔風居西南。閶者，倡也。闔者，藏也。」浴時曉動昆明霧。漢書西南夷傳：「昆明國有池方三百里，武帝欲伐昆明，作池象之，以習水戰。」一匹前牽一匹騎，馳道每出隨龍旗。漢書成帝紀：「帝爲太子，初居桂宮，上嘗急召太子出龍樓門，不敢絕馳道。」注：「馳道，天子所行道也，若今之中道。絕，橫度也。」曲禮：「左青龍而右白虎。」注：「龍旗則九旒。」態閒步穩識上意，不敢搖頓黃金羈。吳均詩：「霧染黃金羈。」昨看巡狩還都邑，鐃吹聲催移仗急。羽林萬騎從如雲，追逐飛塵豈能及。嗟哉此馬不異人，乘時際遇蓋有神。請看垂耳鹽車者，賈誼弔屈原文：「驥垂兩耳服鹽車兮。」那得昂藏八尺身！郝經馬詩：「昂藏偃膺高，突兀出羣縣。」「八尺」見上。

同謝國史遊鍾山逢鐵冠先生

明開創歷記：「方士張中，字景華，號鐵冠道人，精數學。」

日日城中望鍾山，孤塔縹緲峯孱顔。江寧府志：「山之南有岡曰獨龍阜、峯曰玩珠。梁釋寶誌墓在焉，浮圖五級。」李商隱詩：「壓河連華勢孱顔。」山靈嘲我不一到，但命俗駕趨塵闤。聖恩今朝許休沐，得與謝客同躋攀。出郭未至景已好，松風一派連淸灣。輿地志：「蔣山本少林木，東晉令刺史罷還，栽松百株，宋時令刺史栽松三十株，下至郡守各有差。」空林無人遇釋子，知有曲徑通禪關。李白詩：「遠公愛康樂，爲我開禪關。」擧頭見寺去尙遠，宋濂遊鍾山記：「梁以前，山有佛廬七十，今皆廢，唯太平興國寺爲盛，近燬于兵，外三門僅存。」鐘磬響落浮雲間。登高不知已幾里，但怪力盡愁辛艱。衆山雜沓總在下，如擁劍佩趨朝班。時當嚴冬雪始霽，古木寒瘦泉流慳。梁僧遺墓臥殘碣，見上「孤塔」注。宋帝廢壇埋深菅。宋濂遊鍾山記：「有二臺，闊數十丈，上可坐百人，即宋北郊壇祀四十四處。」六朝陳蹟不可問，但見石老莓苔頑。豪華歇盡形勝在，劫火幾度燒空殷。蘇軾詩：「釋梵茫然齊劫火。」鐵冠先生有道者，往往人見騎黃斑。隋書五行志：「陳初，有童謠曰：『黃斑青驄馬，發自壽陽涘，來時冬氣末，去日春風始。』其後陳主果爲韓擒所敗，擒本名擒虎，黃斑之謂也。」相迎爲指幽絕處，瀹茗留坐聽潺湲。莫嫌癡客暮未返，日墮江水鵶飛還。欲營一游豈易得，長來不比山僧閒。

喜家人至京

家人遠來如我歸，骨肉已是鄉園非。妻羸女病想行苦，塵土覆面風吹衣。裝車日暮解牛軛，呼燭買酒敲鄰扉。客懷乍見不得語，一室相對情依依。憶昨初蒙使者徵，遠別田舍來京畿。小臣微賤等蟣蝨，盧仝月蝕詩：「玉川子又涕泗下，心禱再拜額搨沙土中。地上蟣蝨臣仝告訴帝天皇。」召對上殿瞻天威。詔從太史校金匱，每日珥筆趨彤闈。春遊禁苑侍鶴駕，列仙傳：「王子喬吹笙作鳳鳴，後與緱氏山乘白鶴而去，故太子之駕曰鶴駕。」冬祀泰畤隨龍旂。說文：「畤，天地五帝所基址，祭地也。」有時青坊坐陪講，宮壺滿賜霑恩輝。草茅被寵已踰分，不才寧免誚與譏。海鳥那知享鐘鼓，莊子：「昔者，海鳥止于魯郊，魯侯御而觴之于廟，奏九韶以爲樂，具太牢以爲膳。」野馬終懼遭籠鞿。韻會：「鞿，馬絡頭，一曰韁在口。」江湖浩蕩故山遠，歸夢每逐鴻南飛。常時出院就空館，僮僕愁對語者稀。知君在舍亦岑寂，歲暮雨雪吟蛜蝛。今宵得見信可樂，如獲美饌飽我飢。但憂兄姊尚遠隔，言笑未了仍歔欷。何當乞還棄手版，周禮天官司書疏：「古有簡策以記事，若在君前，以笏記事，後代用簿。簿，今手版。」韓愈詩：「昨因有緣事，上馬插手版。」重理吳榜尋漁磯。門前親種一頃稻，婢供井臼妻鳴機。秋來租稅送縣畢，村酒可醉雞豚肥。誰言此願未易遂，聖澤甚沛寧終違。

北山觀猿

黑衣公子何嫋娜？宣室志：「張長史質立屋，覩黑衣人樹上擲瓦見擊，其弟射殺之，乃猿耳。」蘇軾食荔支詩：「分甘徧林下，也到黑衣郎。」注：「黑衣，言猿也。」飛挂枯梢不愁墮。幾迴呼下白雲間，輿地紀勝：「呼猿洞，在虎林山，有僧長嘯呼猿，即此。」拋賜曾嘗內園果。家鄉何處是巴西，張九齡巫山高詩：「惟有巴猿嘯，哀音不可聽。」回首煙蘿望欲迷。料得孤舟江上客，月明少聽一聲啼。

客舍雨中聽江卿吹簫

客中久不聞絲竹，此夕逢君吹紫玉。涼州記：「咸寧中，盜發張駿冢，得赤玉簫、紫玉笛。」天寶遺事：「明皇有紫玉笛，吹數聲，有雙鶴下于庭，徘徊不去。」斷猿哀雁總驚啼，我亦無端淚相續。數聲嫋嫋復嗚嗚，散入寒雲細欲無。愁望洞庭空落木，見卷五松江亭。夢遊秦苑總荒蕪。見卷一鳳臺曲。曲中只訴君心苦，不道人聽更凄楚！關山燈下歎羈臣，史記：「伍子胥鼓腹吹簫，乞食于吳市。」江浦舟中泣嫠婦。見卷八與客登虎阜。憶昨閶門費酒貲，玉人邀坐弄參差。樂書：「舜作十管簫，長尺有二寸，其形參差，以象鳳翼，所以應十日之數。」楚詞九歌：「望美人兮未來，吹參差兮誰思？」彩霞深院花開處，「寧王吹笛」見卷八秉燭夜游圖。明月高樓鶴去時。呂純陽集：「武昌守、倅，一日對弈，有道人不通姓氏，直前曰：『吾國手也。』守試與弈，安下僅八子，卽曰：『太守負矣。』已而果然。如是數局，守皆負，俄拂袖去。守令人遍城尋之，聞吹笛聲在黃鶴樓前，走往石照亭中，忽不見。見亭中有詩曰：『黃鶴樓前吹笛時，白蘋紅蓼滿江湄；衷情欲訴誰能會？惟有清風明月知。』」如今忽在他鄉外，風雨寒窗兩憔悴。恨無百斛金陵春，李白詩：「甕中百斛金陵春。」同上鳳凰臺上醉。見卷六送袁憲史注。始知嶰谷枯篁枝，漢書律曆志：「黃帝使伶倫自大夏之西，昆侖之陰，取竹於嶰谷。其竅厚均者，斷兩節間而吹之，以爲黃鍾之音。」中有人間無限悲。願君袖歸挂高壁，莫更相逢容易吹。

謝友人惠兜羅被歌

宋史大食國傳：「其國部屬有勿巡，所貢有龍腦兜羅錦毬、錦襈蕃花簟。」異物志：「西天有五印度國，榜葛蘭者，東印度也。其國產布數十種，有闊四五尺者；驀黑驀勒闊四尺，背面皆毳羢，厚踰五分，卽兜羅綿也。」

蠻工細擘冰蠶繭，拾遺記：「員嶠山有冰蠶，長七尺，黑色，有鱗角，以霜雪覆之，然後爲繭；其色五朵，織爲文錦，入水不濡，入火不燎。」織得長衾謝縫剪。蒙茸柳絮不愁吹，鋪壓高牀夜香軟。朔風入關凋白榆，岑參輪臺郎事詩：「三月無青草，千家盡白楡。」塞寒此物時當須。明燈熾炭夕宴罷，薦寢宜共紅氍毹。異物志：「大秦國野繭，織成氍毹，以羣獸五色毛雜爲之，爲鳥獸草木雲氣。其文赤、白、黑、綠、紅、絳、金、縹、碧、黃十種色。」韓愈聯句：「兩廂鋪氍毹，五鼎調勺藥。」海客揚帆遊萬里，得自崑崙國中市。歸來遺我見遠情，重似鴛鴦合歡綺。古詩：「客從遠方來，遺我一端綺。文彩雙鴛鴦，裁爲合歡被。」詩人鶴骨欺霜稜，釋齊己詩：「瘦應成鶴骨。」曾直禁署眠青綾。見卷六賦永上人紙帳。自從身退得閒臥，只愛擁紙同山僧。陸游紙被詩：「紙被圍身度雪天，白于狐腋煖于綿。」今朝得此何奇絕，展覆不憂兒踏裂。杜甫茅屋爲秋風所破歌：「布衾多年冷似鐵，嬌兒惡臥踏裏裂。」便思清夢伴梅花，戴復古詩：「夢繞梅花帳。」靜掩寒窗聽風雪。越羅蜀錦安可常，洞房美女漫熏香。誰知一幅春雲煖，即是溫柔堪老鄉。飛燕外傳：「后進合德，帝大悅，以輔屬體，無所不靡，謂爲溫柔鄉曰：『吾老是鄉矣！不能效武帝求白雲鄉也。』」

曾宿成均汲玉兔泉煮茗諸君聯句不就因戲呈宋學士

周禮春官：「大司樂掌成均之法。」注：「成均，五帝之學。」一統志：「應天府學在府治東南，洪武初，以爲國子監，尋復爲府學。玉兎泉在府學東廊前。」潛溪先生行狀：「洪武二年，詔徵先生總修元史。六月，除翰林學士、亞中大夫知制誥兼修國史。」

白兎如嫌桂宮冷，走入杏花壇下井。莊子：「孔子游乎緇帷之林，休坐乎杏壇之上，弟子讀書，孔子弦歌鼓琴，奏曲未半，有漁父者下船而來，左手據膝、右手持頤以聽。」姮娥無伴每相尋，水底亭亭落孤影。曾搗秋風玉臼霜，古詩：「採取神藥高山端，白兎搗蝦蟆丸，奉上陛下一玉柈。」至今泉味帶天香。宋之問詩：「桂子月中落，天香雲外飄。」玉堂仙翁欲飲客，「玉堂」見卷七酬謝翰林。鹿盧夜半響空廊。齋燈明滅茶煙裏，醉魂忽醒松風起。蘇軾煎茶詩：「蟹眼已過魚眼生，颼颼欲作松風鳴。」只愁詩就失彌明，韓愈石鼎聯句詩序：「衡山道士軒轅彌明，過劉師服進士，校書郎侯喜有能詩聲，夜與劉說詩。道士指鑪中石鼎聯句，袖手竦肩，倚北牆坐高吟。二子相顧慚駭，思益苦，立牀下拜，道士不應，倚牆睡，鼻息如雷鳴；二子怛然失色，不敢喘，亦坐睡。及覺，日已上，驚顧覓道士不見。」殘雪滿庭寒似水。

高青丘集卷十

七言古詩

題美人對鏡圖

曉院鹿盧鳴露井，玉人夢斷梨雲冷。王建夢梨花詩：「落落漠漠路不分，夢中喚作梨花雲。」起開妝閣笑窺奩，月裏分明見娥影。自對猶憐況主家，妒記：「晉桓溫以李勢女爲妾，南郡主拔刀率婢往李所欲斫之，見李梳頭，髮垂委地，姿貌絕麗，乃徐下地結髮，斂手向主曰：『國破家亡，無心以至今日，若能見殺，猶生之年。』神色閑正，辭旨悽惋。主乃擲刀抱之曰：『我見猶憐，何況老奴！』」春風一面斷腸花。瑯環記：「昔有婦人，思所歡不見，輒涕泣，恆灑淚于北牆之下，後灑處生草，其花甚媚，色如婦面；其葉正綠反紅，秋開，名曰斷腸花，又名八月春，即今秋海棠也。」何由鑄入青銅內，不遣秋霜換蛾翠。

送曹生歸新安山中

一統志：「徽州府，晉曰新安。」

黃山西來九華連，徽州府志：「黃山，在府城西北一百二十里，有峯三十二、水源三十六、溪二十八、洞十八、巖八。第四峯有泉沸如湯，常湧丹砂，浴之能愈風疾。世傳黃帝嘗與容成子、浮丘公合丹于此。」一統志：「九華山在池州青陽縣，舊名九子山。唐李白陋其名無所據，以山九峯如蓮華，乃更名九華。」李白詩：「妙有分二氣，靈山削九華。」巖洞翕忽通雲煙。吳都賦：「神化翕忽。」注：「翕忽，疾貌。」白鷺嶺下煉丹處，黃山志：「白鵝嶺，唐溫伯雪隱此，李青蓮有詩贈之。」瑤草獨秀今千年。三十二峯在青天，李白詩：「黃山四千仞，三十二蓮峯。」仰面歷數舉馬鞭。高林雜樹多未識，風雨一過俱蔥芊。山深何物尤可憐，秋禽幽鳴巧如絃。路迴澗阻似無地，中有蒔藥千家田。雲間雞犬隔流水，見卷六乞貓注。居人彷彿皆神仙。我欲窮遊久無緣，羨君忽去尋歸船。猿聲兩岸谿幾曲，白沙明月相洄沿。到時西峯草堂前，應有攜酒來華顛。蘇軾詩：「導前多舊德，迎拜或華顛。」山人不喜說朝市，但說久別情依然。塵埃舊褐便可脫，濯費十斛山中泉。爲予淨埽石上葉，早晚有意來高眠。

曉出城東門聞艣聲

城門朝開路臨水，人語煙中近魚市。誰搖飛艣入蒼茫？帶夢驚鳧柳邊起。過處寒波動拍沙，遠聞嘔軋復咿啞。薛逢詩：「艣聲嘔軋中流渡。」韓偓詩：「兩槳咿啞過花塢。」征夫車轉山頭阪，王芾詩：「烟深咿軋車聲響。」工女機鳴竹外家。陸游詩：「織室踏機鳴軋軋。」我身本是江湖客，偶墮黃塵曉行役。此聲空憶舊曾聽，舟中酒醒東方白。

詠苑中秦吉了

唐會要：「林邑國，有結遼鳥，能言，勝于鸚鵡，黑色，兩眉獨黃，即秦吉了也。一云形似鸚鵡而色白，頂微黃，頂毛有縫，如人分髮，耳聰心慧，舌巧，人言無不通；又謂之了鷯，出杜箔州。」

不獨能言異凡鳥，最愛佳名呼吉了。雕籠幾度學雞鳴，驚起煙花六宮曉。駕來別院未知迎，先聽遙呼萬歲聲。願把春風一杯酒，從今莫聽上林鶯。高隱外傳：「戴顒春日攜雙柑斗酒，往聽黃鸝聲。」于立詩：「風光多屬上林鶯。」

夏珪風雪歸莊圖

圖繪寶鑑：「夏珪，字禹玉，錢塘人。寧宗朝待詔，賜金帶，善畫人物雪景，全學范寬，院人中畫山水，自李唐以下，無出其右者。」

江雲黏波晚模糊，青山忽失如亡逋。乾坤瑩淨冰作壺，姚崇冰壺賦序：「冰壺者，清潔之至也，君子對之，示不忘乎清也。」春意散入千林枯。野橋古渡行人無，清響瑟索鳴殘蘆。江天萬里一老夫，杜甫詩：「獨樹老夫家。」短蓑如蝟舟如鳧。杜甫前苦寒行：「漢時長安雪一丈，牛馬毛寒縮如蝟。」劉子：「海濱居者，望島如舟，望舟如鳧。」魚寒入泥不上罛，歸來遠識漁村孤。柴門夜叩聞犬呼，逕竹壓折誰相扶？山妻自炊稚子沽，杜甫詩：「方法報山妻。」不羨炙肉圍紅爐。見卷四映雪圖。嗟予客遊歲屢徂，詩囊隨驢走髯奴。唐書李賀傳：「每旦日出，騎弱馬，從小奚奴，背古錦囊，遇所得，書投囊中，及暮歸，足成之。」陳師道詩：「願求佳句遞髯奴。」長安何處覓酒徒？飛花撲頭帽不烏。旅舍無夢還江湖，慚對風雪歸莊圖。

始歸江上夜聞吳生歌因憶前歲別時

前年月夜聞君唱，秋滿蘆花此江上。一聲離思水茫然，雲逐孤帆共搖颺。驚魚噴浪棲鶻飛，見卷五松江亭。木葉散落風吹衣。蓮歌盡歇松陵浦，漁笛還沉笠澤磯。停杯數到臨終拍，蔡琰胡笳十八拍：「十八拍兮曲雖終，響有餘兮思未窮。」露下無聲斜漢白。滿船相送盡凄然，況我當爲遠行客。解紱今年別紫宸，歸舟江上又逢君，一尊重聽當年曲，相對渾疑夢裏聞。東方欲曙餘聲絕，悲喜盈襟竟誰說。願長把酒聽君歌，從此天涯少離別。

題董元臥沙龍圖　見卷八陳山人贈畫「北苑」注。

人間滴罷天瓢水，續玄怪錄：「李靖射獵山中，宿一朱門家。夜半，叩門急，一婦人謂靖曰：『此龍宮也，天符命行雨，二子皆不在，奉煩頃刻如何？』遂勅黃頭鞲青驄馬來，又命取雨器，乃一小瓶子，繫于鞍前，戒曰：『郎乘馬無漏銜勒，信其行，馬跑地嘶鳴，卽取瓶中水一滴滴馬鬉上，愼勿多也。』」蘇軾詩：「馬上傾倒天瓢翻。」歸護玄珠臥沙裏。莊子：「黃帝遊于赤水，登崐崙，南還，遺其玄珠。」空潭白日不聞雷，雲霧俄隨轉身起。誰言北苑筆意精？頭角破屋將飛騰！名畫記：「金陵安樂寺，僧繇畫四龍，不點眼睛，每云：點之卽飛去。人以爲妄誕，因固請點之，須臾，雷電破壁，二龍乘雲騰上天，未點睛者見在。」細看圖畫何須恐，曾謁眞龍遊一作朝。太淸。

松隱居爲戴叔能賦 列朝詩傳：「戴良，字叔能，浦江人，少學文于柳待制貫、黃侍講溍；學詩于余忠宣闕，皆得其師承。至正辛丑，以薦授淮南、江北等處儒學提舉，而淛東已入職方矣。乃變姓名，隱四明山海間；洪武十五年，召至京師，欲官之，以老病固辭。世居金華九靈山下，有九靈山人集。」

江邊柳樹溪邊花，晉處士宅秦人家。晉書：「陶潛門植五柳，作五柳先生傳以自況。」「秦人」見卷四贈惠山醫僧。秋風忽來春雨過，坐看衰落俱堪嗟。山中相依歲年久，羡君獨結蒼髯叟。見卷六月林淸影。短褐長鑱不解耕，茯苓作食花爲酒。岑參詩：「五粒松花酒。」我今身似浮雲閒，正合著在長林間。明朝儻許同棲泊，便擬飛隨白鶴還。

蕭山尹明府吳越兩山亭

憶昔看山吳越遊，酒酣鼓棹江中流。左招舞鳳來百里，鳳凰山見卷三。貝瓊吳越兩山亭記：「自天目而來，其支別爲岸江之山，凡屬于吳者，飛舞欄楯之外。」右顧臥龍橫半州。一統志：「臥龍山，在紹興府城內，盤繞迴抱，如臥龍形。」蘇軾詩：「臥龍蟠屈半東州。」貝瓊記：「自秦望而來，其支別爲岸海之山，凡屬于越者，環繞窗戶之間。」崢嶸兩勢不相下，氛翳淨埽當高秋。文身烏喙昔分處，「文身」見卷二之荆操。吳越春秋：「越王長頸烏喙，可與共患難，不可與共宴樂。」有國本是名諸侯。區區仁暴固無異，朝吞暮并山應羞。不知千載竟誰主？伯氣倏與飛煙收。邇來此地有兵革，風景頗似當年愁。見卷三聞長槍兵至注。黃雲蔽天道路遠，我欲再尋應莫由。聞君作亭壓此境，坐獲衆勝非窮搜。江長不隔飛鳥度，峯多欲障斜陽留。廢興自古屬造化，登臨未須生百憂。但當矯首望東海，一杯笑舉邀浮丘。見卷四孤鶴篇。

贈賣墨陶叟

龍井老人稱墨仙，徽州府志：「龍井，在婺源縣治西。」有家近在荆溪邊。一統志：「荆溪在宜興縣荆南山北。」鐵臼秋鳴竹屋雨，瓦篝春埽桐窗煙。見卷八宋隱君惠墨。玄玉初成敢輕用，墨譜：「一名玄玉。」萬里豹囊曾入貢。顏潛菴詩：「半圭黑玉收龍劑，一笏烏金貯豹囊。」文房寶飾：「養墨以豹皮囊，貴乎遠濕。」日長小殿試烏絲，李肇國史補：「宋、亳間有織成界道素絹，謂之烏絲欄。」黃庭堅詩：「正圍紅袖寫烏絲。」光迸驪珠欲浮動。一作「迸出驪珠光欲動。」嵩岳嫁女傳：「明月驪珠各十斛。」世間潘李今已無，見卷九贈墨翁。黃金滿篋爭來沽。詞臣供寫上林賦，畫史藉作瀛洲圖。見卷四感舊。文物年來頗凋弊，喪亂誰言少知貴？便須從子乞雙螺，北戶錄：「墨爲螺、爲量、爲丸、爲枚。」醉草檄書磨楯鼻。見卷八宋隱君惠墨。

虎丘行次朱賞靜見寄韻

我謀我隱西郭西，讀書坐覺長身低。出門到寺纔數里，野水沙竹生秋輝。恨無酒舫漾落日，百錢行自懸青藜。晉書阮修傳：「修嘗步行，以百錢挂杖頭，至酒店便獨酣暢，家無擔石，晏如也。」時危未卜久安宅，幸遇勝地須攀躋。山中況逢暑雨過，枇杷樹高陰滿池。杜甫詩：「枇杷樹樹香。」本草：「枇杷木高丈餘，陰密婆娑可愛。」興來卽遊興盡返，迎送豈要山僧知？兩崖石根下插水，綠藤倒拂風生漪。空堂朝鼓起龍蟄，高塔夜鈴驚鶻棲。人生在世本爲客，隨意且留何必歸。丘陵莫歎今日異，城郭更恐他年非。蒼茫萬事孰可問，孤鳥已沒空煙霏。念君不遊何所爲，作字寄我如張芝。王愔文志：「芝好草書，學崔、杜之法，韋仲將謂之草聖。」眞娘有靈應大笑，把酒豈不延題詩？秋風今朝動江浦，掛席正是當年期。許渾詩：「掛席海門潮。」與君一弔興廢迹，荒臺古樹聞烏啼。

鳳臺二逸圖 有序

元集賢院待制馮海粟公，自號瀛洲客，嘗被斥，遊金陵鳳凰臺，作詩弔李謫仙，好事者爲作鳳凰臺遊圖。近有詩示求題，賦此塞之。元史陳孚傳：「攸州馮子振，博洽經史，其爲文也，當酒酣耳熱，命侍者二三人潤筆以俟，子振據案疾書，隨紙多少，頃刻輒盡。仕爲承仕郎、集賢待制，號海粟。」

謫仙昔作供奉臣，唐書百官志：「明皇初置翰林待詔，既又選四方文學，號翰林供奉，與集賢院學士，分掌制誥書勅。」李白傳：「有詔供奉翰林。」詩語不合妃子嗔。李翰林別集序：「高力士以脫靴爲深恥，異日太眞重吟清平調詞，力士曰：『以飛燕指妃子，賤之甚矣！』太眞頗深然之。上嘗三欲命李白官，卒爲宮中所捍而止。」鑾坡無地容侍直，見卷七贈楊滎陽。蘇轍詩：「李白風流罷直餘。」錦袍來醉金陵春。見卷六送袁憲史。金陵臺高鳳凰去，西望長安竟何處？江聲空打石城潮，山色猶橫歷陽樹。一統志：「和州，晉名歷陽。」騎鯨一去五百秋，杜甫詩：「若逢李白騎鯨魚，道甫問訊今何如？」花草滿逕埋春愁。李白詩：「吳宮花草埋幽逕。」瀛洲老客綠玉杖，陸游詩：「翠裘綠玉杖。」笑領賓客還來遊。才氣風流頗同調，曾入金門待明詔。當年流落不自悲，却問前人欲相弔。可憐二子遭淸時，放逐江海空題詩。賴有高名足難朽，何用粉墨他年垂。夕陽欄檻登臨後，誰復來遊酹杯酒。屐痕寂寞冷蒼苔，棲烏啼滿臺前柳。

送張員外從軍粵上

鶗雞啼霜海城白，楚辭九辨：「鶗雞啁哳而悲鳴。」誰埽行車出南陌。刀頭裝得願酬恩，知是狂遊廣州客。擊筑悲歌斗酒前，見卷二擊筑吟。又從飛一作諸。將去臨邊。幕中草檄風生筆，馬上吟詩月在韉。說文：「馬鞁具也。」秋聲萬里隨征雁，南北長江竟誰限？魏志：「文帝南征，臨江見波濤洶湧，歎曰：『長江天塹，天所以限南北也。』」明朝若上越王臺，廣東志：「廣州城內越秀山，上有越王臺。」應有中原陸沉歎！見卷一永嘉行。

題陳節婦 有序

節婦姓孫，郡人陳已久之妻也。已久客死，節婦守志，其孫彥遜求題，賦此。

嬌兒笑語羅幃暮，銀燭搖光夜香度。狂風忽起海東頭，吹斷蘭舟去時路。張籍詩：「蘭舟桂檝常渡江。」去時豈惜千金軀？煙濤竟沒珊瑚樹。白居易澗底松行：「君不見，沉沉水底生珊瑚。」精衞冤深水更深，見卷八溫陵節婦行。身小天高向誰訴？寂寞塵奩掩鏡光，可憐不復照晨妝。階前莫剪青青草，生死終身不下堂。穀梁傳：「傅母不在，宵不下堂。」堂中素幔空時祭，賴有孤兒拜虛位。白日哀思眼不乾，夜枕還流夢中淚。妾本孤桐斷作琴，一絃只作一絃音。李商隱詩：「一絃一柱思華年。」逢人不奏鳳凰曲，何思澄詩：「妾有鳳凰曲，非無陌上桑。」別鶴離鸞夜夜心。古今注：「商陵牧子娶妻，五年無子，父母欲爲改娶，乃援琴爲別鶴操。」西京雜記：「慶安世年十五，爲成帝侍郎，善鼓瑟，能爲雙鳳離鸞之曲。」

晚步西郊見駕鵝羣飛

上林賦「駕鵝鸀鳿」注：「野鵝也。」

平煙漠漠天蒼蒼，牛羊不牧野草黃。駕鵞東來高作行，晴空忽墮數點霜。紫塞碧海遙相望，古今注：「秦築長城，土色紫，漢塞亦然。一云：雁門草皆色紫，故名。」下視鳧鴨愁陂塘。書生見此心欲狂。便思呼鶻上馬馳，鷫鷞之裘自倒披。西京雜記：「司馬相如初與卓文君還成都，居貧愁懣，以所著鷫鷞裘就市人陽昌貰酒。」箭聲脫弦鳴餓鴟，南史曹景宗傳：「弓作霹靂鳴，箭如餓鴟叫。」遠翮正落雙參差。仰空拍手誇絕奇，豪氣服殺幷州兒，見卷七送李架閣赴山西。也勝閉門坐詠詩。

次韻楊孟載早春見寄

雪後西園韭初剪，流澌晚動春塘淺。後漢書王霸傳：「光武至滹沱河，候吏還白，河水流澌，無船不可濟。」風俗通：「冰流曰澌，冰解曰泮。」閉門有客抱深愁，久不題詩硯生蘚。風塵健兒誇得意，獨坐寂寥誰所遣？應緣少學與時違，不習弓刀誦墳典。城中物貴市門靜，好事猶能具杯斝。晉書陸納傳：「納爲吳興太守，先至姑孰辭桓溫，問曰：『公致醉可飲幾酒？食肉多少？』溫曰：『年來飲三升便醉，白肉不過十臠。』」琴堂朝夕共清歡，高適詩：「載酒登琴堂。」舉一作大。白頻浮不容免。禮記「酒清白」注：「白，清酒也。祭祀之酒，事酒昔酒俱白，故以白名之。」漢書敍傳：「成帝自大將軍薨後，設宴飲之會，及趙、李諸侍中，皆引滿舉白，談笑大噱。」注：「舉滿桮有餘白瀝者，罰之也。一說：白者，罰爵之名也。飲有不盡者，以此爵罰之。」魏文侯與大夫飲酒，令曰：『不釂者浮以大白。』于是公乘不仁舉白浮君是也。」鈴騶已遊賓客醉，元史兵制：「凡鋪卒皆腰革帶，懸鈴持槍。」范成大詩：「微聞鈴下騶。」深夜垣扉罷扃鍵。姚震官門諛不下鍵判：「扃鍵空施，隄防靡寄。」一燈留照對牀談，沸鼎松聲烹綠荈。韻會：「荈，茶葉老者。」五更上馬子先去，擁被獨眠窗日晛。詩：「見晛曰消。」起聞啼鳥忽興發，欲往江邊雲隔巘。人家舊燕盡巢林，宋書：「文帝元嘉中，魏人所過郡縣，赤地無餘，春燕歸來，巢于林木。」草滿長洲絕遊輦。春耕咫尺阻歸計，野水自流閒澮畎。吾鄉繁華天下稀，花柳村村隨步轉。久聞離亂今始見，煙火高低變烽燹。玉篇：「燹，野火也。」登臨吹笛散羣羌，洛陽伽藍記：「河間王琛，有婢朝雲，善吹篪，琛爲秦州刺史，諸羌外叛，屢討不降，琛令朝雲假爲貧嫗吹篪而泣，諸羌聞之流涕，相率歸降。秦民語曰：『快馬健兒，不如老嫗吹篪。』」此事空嗟千古鮮。朝來風雨況淒黯，雨濕城頭旗不展。鄰里銜泥備役夫，蘇軾詩：「披榛覓路銜泥入。」縣官不肯憐疲喘。僧惠洪詩：「地坐息疲喘。」安居且復俟時寧，出豈無能非退卷。范莊紅杏幾株在？樓鑰記略：「吳門范氏，自柱國麗水府君居靈芝坊，今在雍熙寺後。五世孫文正公少長此地，皇祐中守杭，再至姑蘇，訪求宗族，買田千頃，作義莊以贍之。

宅有一松，名堂以歲寒，閣曰松風，因廣其居以爲義宅，聚族其中，義莊之收亦在焉。」又按姑蘇雜詠范文正公祠原注：「義莊在天平山下。」好待開時同折撚。對花憂患不須言，剩喚一杯供脚軟。唐書楊國忠傳：「郭子儀自同州回，帝詔大臣就宅置軟脚局，人率三百錢。出有賜曰餞路，入有勞曰軟脚。」蘇軾詩：「還須更置軟脚酒，爲君擊鼓行金樽。」

詠雪禁體次徐幼文韻

陳傅良詩：「我嘗欲擬禁字體，無奈雪月冰瓊瑰。」按蘇軾聚星堂雪詩序：「歐陽文忠公作守時，雪中約客賦詩，禁體物語，于艱難中特出奇麗。」

邊城雪埋深沒簳，張衡南都賦：「其竹則篠簳箛箠。」注：「簳，小竹也。」風旋餘花吹酒盤。幾人遮虜渡冰河？蘇頲命薛納等詔令：「嫖姚仕漢，有遮虜之勳。」直指彎弓不能滿。我方高枕聽蕭瑟，却喜今年瘴全浣。寒添柳院覺春遲，明透竹窗驚夜短。未成豪飲圍翠袖，見卷四映雪圖。且辦清吟呵象管。王右軍筆經：「昔人用瑠璃象牙爲管。」李翰林外集序：「李白召對便殿，撰詔誥，時十月大寒筆凍，帝勅宮嬪十人侍白左右，令各執牙筆呵之。」鋪庭擁路埽難開，三日不消知待伴。西清詩話：「王君玉曰：『雪未消者，俗曰待伴。』詩曰：『待伴不禁鴛瓦冷，羞明常怯玉鈎斜。』」翻疑塞北雲正冷，可信江南地先暖。愁封小竈僵蟄蟲，驚折危柯殞巢卵。林中樵絕暮無煙，野外獵來晨有疃。詩：「町疃鹿場。」傳：「町疃，鹿跡也。」趙女依稀舞態斜，楊惲報孫會宗書：「婦趙女也，雅善鼓瑟。」劉楨舞賦：「手如迴雪，身如輕波。」郢人寂寞歌聲斷。宋玉楚王對：「客有歌于郢中者，其爲陽春、白雪，國中屬而和者，不過數人而已。」此時自歎少淸歡，月下閑門誰解款？山居〔校記〕大全集作「陰」。老客雖苦病，放曠猶能類中散。晉書嵇康傳：「康遠邁不羣，與魏宗室婚，拜中散大夫，不就。常彈琴詠詩以自足。」長鬚踏凍送詩筒，韓愈詩：「一奴長鬚不裹頭。」唐語林：「白居易爲杭州刺史，時吳興守錢徽、吳郡守李穰，悉平生舊交，日以詩相寄贈。後元稹領會稽，參其酬唱，多以竹筒盛詩往來。」白戰令嚴鳥敢綫。蘇軾雪詩：「當時號令君記取，白戰不許持寸鐵。」開簾尙恨不同賞，醉看帽敧仍裼袒。衹期明日有晴暾，遠訪梅花須勿懶。

思夫山 原注：「山在太湖中，舊說秦有逸人居此，採藥不回，妻念之而死，後人哀之以名。」

江上曾看望夫石，見卷八溫陵節婦。湖中望見憶夫山。夫君好采山中藥，獨得長生竟不還！不似蕭郎與秦女，乘鸞同去彩雲間。

送陶生兼寄周記室

馬頭交語臨長陌，我手持杯君揖策。官槐風起咽秋蟬，日暮偏傷遠行客。故鄉故人離別多，過江相見問如何？軍中莫笑書生怯，還有能當曳落河。唐書房琯傳：「琯自將平賊，每曰：『彼曳落河雖多，能當我劉秩乎？』」又回鶻傳：「曳落河，猶言健兒也。」

倒掛　蘇軾詩：「蓬萊宫中花鳥使，綠衣倒掛扶桑暾。」注：「嶺南珍禽有倒掛，綠毛紅喙，似鸚鵡而小。」劉績霏雪錄：「李德裕所賦桐花鳳，卽東坡所謂倒掛綠毛么鳳是也。」

綠衣小鳳啼愁罷，瘦影翻懸桂枝下。芙蓉帳裏篆消時，解斂餘香散中夜。李之儀倒掛詞自注：「此鳥以十二月來，一名收香倒掛，一名探花使，性極馴，好集美人釵上。」鐘鼓迢迢鎖禁門，宵衣未得奉明恩。五更香冷羅浮月，相憶梅花應斷魂。

苦寒書江上主人壁間

慘節欲盡郊原空，北風五日吹沙蓬。客子東遊骨肉遠，主人賴有江邊翁。青燈白酒同傾瀉，醉擁布衾茅屋下。中宵不敢愁苦寒，猶有窮年遠行者。

茱蔥爲余唐卿賦　見卷三懷十友注

桂桐里中君始歸，茱花滿園黃蝶飛。桔橰倚樹長不用，韻會：「桔橰，汲水機。」王維詩：「林端舉桔橰。」江南雨多山土肥。方畦獨遶看新綠，郝經詩：「破屋渾生亂，方畦孰插秧。」晚食何須尙思肉。戰國策：「晚食以當肉。」翠縷登盤春薤香，耶律楚材詩：「春薤旋澆濃鹿尾，臘糟微浸軟駝蹄。」金釵出盎冬葅熟。歲時記：「鹽菹得其和，並作金釵色，俗謂之金釵菹。」杜甫詩：「長安冬菹酸且綠。」我家亦在蕁菰鄉，秋風便應歸共嘗。見卷四感舊。潮一作匯。州司馬一作戶。成何事，通鑑：「大中元年冬十二月，貶李德裕爲潮州司馬；明年，貶崖州司戶參軍事。」回首空愁足萬羊。補錄記傳：「李德裕爲太子少傅，分司東都時，聞一僧善知人禍福，因召之。僧曰：『公當南行萬里。』明日，復召之，問南行還乎？曰：『公食羊萬口，有五百未滿，必當還矣。』德裕歎曰：『師實至人，我嘗夢行至晉山，盡目皆羊，有牧者數十，謂我曰：此侍御羊也。嘗誌此夢，不泄于人，今知冥數固不誣矣。』後旬餘，靈武帥送米暨饋羊五百，大驚。召僧告其事，且欲還之。僧曰：『羊至此已爲相國有矣，還之無益，南行其不返乎！』」

送張貢士祥會試京師　原注：「至正戊戌作。」

國家文治今百年，多士孰〔校記〕大全集作「商」。賚皆知天。李覯高宗夢得說賦：「斯后克明，承天之賚。」南宮坐試二三策，「南宮」見卷七送傅侍郎。能使海內無遺賢。院門晨開官燭爛，白袍鵠立人三千。蘇軾催試官考校詩：「願君聞此添蠟燭，門外白袍如立鵠。」上談禮樂祖姬孔，王禹偁詩：「篇章取李杜，講貫本姬孔。」下議制度輕讎玄。漢施讎善易，論五經同異；鄭玄牋注諸經。臨軒曾看宰相賀，宋史韓琦傳：「方唱第，太史奏日下有五色見，左右皆賀。」雲端盡見當臚傳。見卷八絲鞭歌。看花或騎太僕馬，孟郊詩：「春風得意馬蹄疾，一日看遍長安花。」齊職儀：「衆僕之長曰太僕，掌輿馬。」錫宴每給司農錢。王光庭詩：「瓊章九霄發，錫宴五衢通。」通考：「司農，官名，秦曰治粟内史，漢景帝更名大司農。」登朝出牧知幾輩，周禮天官太宰：「九兩，一曰牧，以地得民。」注：「牧，州長也。」前漢書成帝紀：「罷部刺史官，更置州牧。」冠佩劍舄紛相聯。邇來國運屬中圮，爭慕死節羞生全。潯陽老守血灑地，一統志：「九江府，晉曰潯陽。」元史紀事：「至正十二年二月，徐壽輝攻九江，右丞孛羅帖木兒方駐兵于江，聞風宵遁。總管李黼檄鄉落，聚木石于險處，遏其歸路。黄梅主簿也孫帖木兒願出擊賊，黼與之出戰，大敗賊兵，殺獲二萬餘人。又以長木數千，冒鐵椎于杪，暗置沿岸水中，賊舟數千艘，順流鼓譟而至，遇木椿不得動，黼發火箭射之，焚溺無算。時東際淮甸，西自荆湖，守臣往往棄城遁。獨黼守孤城，中外援絶，而賊勢益熾；進兵薄城，分省平章禿堅不花自北門出走，黼引兵登埤，賊已焚西門，張弩射之，轉攻東門，黼急往救，城已破，賊已入矣。猶與之巷戰，力不能敵，乃揮劍叱之曰：『殺我，無殺百姓。』賊刺之墮馬，與兄冕子秉昭俱死。州民聞之，哭聲震地。具棺葬之，時冕居潁，亦死于賊。事聞，贈黼隴西公，謚文忠。」甬東大將魂沉淵。一統志：「寧波府，越曰甬東。」元史紀事：「至正十二年三月，方國珍復劫其黨入海。台州路達魯花赤泰不華，遣義士王大用往諭，國珍拘留不遣，而令其黨陳仲達往來議降。泰不華具舟張受降旗，乘潮下澄江，觸沙不行，遂與國珍遇，呼仲達申前議，仲達目動氣索，泰不華覺其心異，手斬之；即前搏賊船，奮擊之，賊羣至，欲抱持入其船。泰不華瞋目叱之，奮刀殺賊，賊攢槊刺之，中頸死，猶植立不仆，投其屍海中。事聞，追贈魏國公，謚忠介。」又：「十三年，張士誠陷泰州，淮南行省遣知府李齊招降，士誠呼齊使跪，齊叱曰：『吾膝如鐵，豈爲賊屈？』士誠怒，使曳倒椎碎其膝而咼之。時論大科三魁，若李黼，泰不華及齊，皆不負科名云。」迺知儒術王政本，至此正一作尙。賴扶傾顛。諸生區區抱遺籍，草萊竄亡亦可憐。南方上公境獨治，岑參詩：「上公周太保，副相漢司空。」按元史：「丁酉，至正十七年，明祖遣徐達克常州，擒張士誠弟士德，士誠遣使降于元，詔以士誠爲太尉。」是詩作于戊戌，實至正十八年也。鹿鳴更欲興賓筵。詩鹿鳴序：「燕羣臣嘉賓也。」羅隱詩：「弱冠負文翰，此中聽鹿鳴。」溫庭筠詩：「賓筵得嘉客，侯印有光輝。」張君幾年客夜雨，古檠空案親韋編。史記孔子世家：「晚而讀易，韋編三絶。」逢時頗欲見行事，豈但持作求魚筌？莊子：「筌者，所以在魚，得魚而忘筌。蹄者，所以在兔，得兔而忘蹄。」入場叉手萬言就，北夢瑣言：「溫庭筠才思豔麗，工爲小賦。每入試，押官韻作賦，凡八叉手而八韻成，時人號爲溫八叉。」〔校記〕「萬言就」列朝詩集作「萬言畢」。衆目一葉驚先穿。戰國策：「養由基善射，去楊柳葉百步而射，百發百中。」嚴裝一作辭家。又隨計吏發，史記儒林列傳：「二千石謹察可者，當與計偕。」注：「計，計吏也。偕，俱也。謂令與計吏俱詣太常也。」京城遠瞻北斗連。秋風吹衣一作雲。別酒冷，枯楊淺水閶門邊。君行勿亟我有語，落日尚在車衡懸。竊聞天子正側席，後漢書章帝紀注：「側席，謂不正坐，所以待賢良也。」此去爲拜彤庭前。揮毫休奏醴泉頌，爾雅：「甘雨時降，萬物以嘉，謂之醴泉。」漢書王褒傳：「太子喜褒所爲甘泉及洞簫頌，令後宮皆誦之。」給札莫賦凌雲篇，史記司馬相如傳：「上許令尚書給筆札。」又：「既奏大人之賦，天子大悅，飄飄有凌雲之氣。」但當開口論世事，號令次第宜何先？坐令王綱復大正，一作振。乾樞共仰天中旋。梁周翰五鳳樓賦：「結坤之絡，振乾之樞。」我今一作方。有志未能往，矯首萬里空茫然。

明月舟 幷引

秦郵呂彥行，題所寓室曰明月舟，蓋取「甓社湖中有明月」之句也，一統志：「高郵州，吳邗溝地，秦秦郵，漢高郵。」又：「甓社湖，在高郵。宋孫莘老家於湖陰，夜坐，覺窗明如晝，循湖求之，見一大珠，其光燭天。是年，莘老登第。」黃庭堅上外舅孫莘老詩：「甓社湖中有明月，淮南草木借光輝。」

明月非月舟非舟，問君乘之何所遊？風多浪高徧處有，日暮欲渡令人愁。此鄉偶似淮南住，醉客每來歌白苧。夜深天黑夢神光，幾箇驚烏落高樹。君才照國不照車，見卷七贈楊滎陽。何用高隱江湖居？嗟予未識青藜杖，劉向別傳：「向校書天祿閣，夜暗，獨坐誦書，有老人黃衣植青藜杖，叩閣而入；吹杖端煙然，與向說開闢以前，向因受五行洪範之文。至曙而去，曰：『我太乙之精，天帝聞卯金之子有博學者，下而觀焉。』乃出竹牒天文地理之書，悉以授之。」願借舟中臥讀書。

聽南康陳協律彈楚歌 見卷一虞美人。一統志：「南康府，戰國屬楚。」

我聞楚客彈楚聲，初絃一揮邊馬驚。嗚咽哀音動寒月，正如歌發漢軍營。營中一曲還漸理，想見彷徨帳中起。美人掩泣壯士悲，寶劍無光黯秋水。白居易古劍詩：「湛然玉匣中，秋水澄不流。」淒涼疊弄悄欲終，應憐歸騎阻江東。蓋世英雄竟如此！遺調空留感人耳。四座相逢今夜聽，霜風忽來庭樹零，無言有愁俱酒醒。

京師苦寒 原注：「洪武己酉。」

北風怒發浮雲昏，積陰慘慘愁乾坤。龍蛇蟄泥獸入穴，怪石凍裂生皴痕。〔校記〕「生皴痕」，列朝詩集作「生皺紋」。梁武帝紀：「執筆觸寒，手爲皴裂。」又繪法：「董元畫山石作麻皮皴。」臨滄觀下飛雪滿，見卷四感舊。橫江渡口驚濤奔。空山萬木盡立死，未覺陽氣回深根。茅檐老父坐無褐，舉首但望開朝暾。苦寒如此豈宜客，嗟我歲晚飄羈魂。戴叔倫詩：「羈魂愁似絕。」尋常在舍信可樂，牀頭每有松醪存。裴硎傳奇：「酒名松醪春。」山中炭賤地爐煖，兒女環坐忘卑尊。鳥飛亦斷況來〔校記〕列朝詩集作「無」。友，十日不敢開衡門。竭來京師每晨出，強逐車馬朝天閽。歸時顏色黯如土，破屋暝作饑鳶蹲。陸游詩：「水面饑鳶有墮聲。」陌頭酒價雖苦貴，一斗三百誰能論？杜甫詩：「速宜相就飲斗酒，恰有三百青銅錢。」急呼取醉徑高臥，布被絮薄終難溫。却思健兒戍西北，千里積雪連崐崙。河冰踏碎馬蹄熱，夜斫堅壘收羌渾。舊唐書郭子儀傳：「吐蕃充斥，勢強十倍，兼河隴之地，雜羌渾之衆。」書生只解弄口頰，金史王庭筠傳：「上謂宰執曰：『聞文士多妒庭筠者，不論其文，顧以行止爲訾，大抵讀書人多口頰，或相黨。』遂遷庭筠爲翰林修撰。」無力可報朝廷恩。不如早上乞身疏，一蓑歸釣江南村。

約諸君一作約王止仲遊范園看杏花 蘇州府志：「范家園，在雍熙寺後。」

去年春色近清明，萬匝煙花夾曉城。西苑一作陌。相逢車馬問，何人不是踏春行？今年人迷去年道，風雨不來花自埽。僧寺庭空半紫苔，侯家宅廢皆青草。縱然無主一株存，憔悴塵沙不可論！野外日斜啼鳥散，消愁無處却消魂。魏公園林芳塢下，聞有柔枝正堪把。休言亂後少花看，得到花前人亦寡。明日尋君君莫違，共隨遊蝶弄晴暉。閉門夢斷江南晚，忍見迢迢春自歸。

南州野人爲吳邑曾令賦 姑蘇志：「曾黼，蘄州人，洪武五年任。」

南州沃壤惟泥塗，禹貢：「荆州，厥土惟塗泥。」清泉流渠歲不枯。若人抱耒蘄水上，一統志：「蘄水，在蘄州北，發源大浮山，西流入赤東湖。」始志自比躬耕徒。幸逢堯舜可在野，起綰墨綬來東吳。漢官儀：「邑宰銅章墨綬，秩六百石。」方干詩：「腰懸墨綬三年外。」一鞭不驅雨後犢，兩舄已化空中鳧。見卷九洞庭山。郭西春朝布穀語，柔桑綠雲連太湖。下車殷勤問一作告。父老，勸耕爲汝犂先扶。蘇軾詩：「玉堂不著扶犂手。」我本野人偶叨祿，向汝未忍施鞭蒲。後漢書劉寬傳：「典歷三郡，溫仁多恕，吏人有過，但用蒲鞭示辱而已。」五風十雨和氣應，論衡：「太平之世，五日一風，十日一雨。」勿遣寸土生蒿蕪。太平村落雞犬靜，社飲自足歡妻孥。但當相率了官務，莫勞縣吏來催租。民言此令善教我，斗酒相一作祝。壽歌嗚嗚。共問野人竟誰是？堂中鳴琴賢大夫。杜甫詩：「升堂子賤琴。」

欲訪李孝廉至婁江遇風而回

船頭曉日浮江面，東望青山是婁縣。尋君此去愛潮平，出浦那知風色變？雲煙翕忽波浪湧，咫尺漁村已難見。高樹巢傾鸛鶴愁，深潭窟陟鼉龍戰。舟師捩舵苦無力，杜甫詩：「長年三老遙憐汝，捩舵開頭捷有神。」帆勢如蓬幾飄轉。中流不進却歸來，握手何由遂初願。人生會合應有時，天意茫茫吾敢怨。

寒夜泛湖至東舍

漁村港頭初月上，鵝鴨不收菰菼響。隔湖煙寺遠鐘來，居人盡歸吾獨往。寒風蕭蕭寒浪生，舟中欠載酒壺行。東家未宿如相待，黃葉青燈機杼鳴。

京師午日有懷彥正幼文

去年歸鄉過重午，柳雨莎風滿南浦。白蓮閣上與君吟，遙憶徐君隔淮楚。今年風雨又端陽，却在秦淮憶故鄉。晉陽秋：「秦始皇東遊，望氣者云：『五百年後金陵有天子氣。』于是始皇於方山掘流，西入江，俗號曰秦淮。」徐君已歸若相見，應言前事一凄涼。客愁欲斷翻長笑，人事推遷古難料。明年未省又何之，一杯且聽江南調。漢南平王鑠詩：「悲發江南調。」

鷗捕魚

秋江水冷無人渡，羣鷗忍飢愁日暮。白頭來往似漁翁，心思捕魚江水中。眼明見魚深出水，復恐魚驚隱蘆葦。須臾銜得上平沙，鱗鬣半吞猶見尾。江魚食盡身不肥，平生求飽苦多飢。却猜人少忘機者，海上相逢不飛下。「海鷗」見卷七吳松江。

泉南兩義士歌

王彝泉州兩義士傳：「孫天富、陳寶生者，皆泉州人也。天富外沉毅而內含弘，寶生性更明秀，然皆勇于爲義。初，寶生幼孤，天富與之約爲兄弟，乃共出貨泉，謀爲海賈外國。天富曰：『爾母一子唯爾，吾不忍爾遠爾母涉海往異域。吾其代子行哉！』寶生曰：『吾母卽若母也，吾卽遠吾母，惟君以爲母，吾行，又何憂焉？』于是兩人相讓久，乃更相去留，或稍相輔以往，至十年，百貨既集，猶不稽其子本；兩人亦彼此不私一錢，其所涉異國，自高句驪外，若闍婆羅斛，與夫東南諸夷，去中國無慮數十萬里。此兩人者，皆異姓也，長爲兄，少爲弟，如同氣然。異國人皆見而信之曰：『彼兄若弟，非同胞者，吾同胞宜如何？』異國因有號此兩人者。譯之者曰：『泉州兩義士也。』中國之賢士大夫聞之者，亦皆以爲然云。天富字惟義，寶生字彥謙，今居吳之太倉，方以周窮援難爲務。」

泉南兩士陳與孫，少小相約爲弟昆。合疎戚契誼重，異木纏結如同根。升堂握手出肺腑，交拜二母開罍樽。具舟期賈海外域，欲度夷僰窮崐崙。說文：「僰，犍爲蠻夷也。」滄溟東望浸天爛，颶風怒攪波濤渾。天吳怳惚出怖客，山海經：「朝陽之谷，有神曰天吳，是爲水伯。其爲獸也，人面八首，八足八尾，皆青黃。」掀舞蛟鰐飛鵬鶚。孫言陳宗惟子在，遠涉巨險吾宜奔。汝親頭白倚門切，愼勿輕去違晨昏。相讓不得乃更往，挂席遙指扶桑暾。望山行覓島中國，卉服通譯侏離言。書：「島夷卉服。」拾遺記：「盧扶國，結草爲衣，是謂卉服。」後漢書南蠻傳：「衣裳斑蘭，語言侏離。」尋煙暮投薜荔屋，屈原離騷：「貫薜荔之落蘂。」注：「香草也。」趁墟晝集桄榔邨。南部新書：「端州以南，三日一市，謂之趁墟。」後漢書夜郎傳：「句町有桄榔木，可爲麪，百姓資之。」踰年還家喜得寶，木難火齊幷瑤琨。南越志：「木難，金翅鳥沫所成，碧色珠也。大秦國珍之。」曹植詩：「珊瑚間木難。」寰宇記：「天竺有火齊，如雲母而色紫，裂之則薄如蟬翼，積之則如紗縠之重。」班固西都賦：「翡翠火齊，流耀含英。」書禹貢傳：「瑤、琨，皆美玉。」探囊用取兩不較，屑屑彼我誰復論。急難相援誓終始，歲時燕慶烹羔豚。義風久已動殊俗，椎髻相見知欽尊。論衡：「越王趙佗，化南夷之俗，椎髻箕坐，好之若性。及聞陸賈之說，蹶然起坐，椎髻箕坐，惡之若性。」亦在于教也。」我聞同氣有爭利，鬩牆往往隳家門。又看結交許歲晚，盟盤未撤渝情恩。周禮天官玉府：「若合諸侯，則共珠槃玉敦。」管鮑居貧乃共濟，史記管晏列傳：「管仲曰：『吾始困時，嘗與鮑叔賈，分財利，多自與，鮑叔不以我爲貪，知我貧也。』」餘耳得勢終相呑！張耳陳餘列傳：「餘年少，父事張耳，兩人相與爲刎頸交。後相怨，陳餘及齊王田榮畔楚，襲常山，張耳敗走漢。漢二年，東擊楚，使使告趙，欲與俱。陳餘曰：『殺張耳，乃從。』于是漢王求人類張耳者斬之，持其頭遺陳餘，餘乃遣兵助漢，漢之敗于彭城西，陳餘亦復覺張耳不死，即背漢。漢三年，遣張耳與韓信擊破趙井陘，斬陳餘泜水上。」若茲二子古亦少，簡牘可使他年存。作歌爲繼王子傳，薄俗視此應堪敦。

姚烈婦　一作節婦吟

城頭黑雲如壞屋，通考象緯：「雲氣或雲如隄垣、如壞屋，皆爲敗軍之氣。」車走爭門折千軸。史記田單列傳：「燕使長驅平齊，而田單走安平，令其宗人盡斷其車軸末，而傅鐵籠；已而燕軍攻安平，城壞，齊人走爭塗，以轊折車敗，爲燕軍所虜，唯田單宗人以鐵籠故得脫。」姚家新婦亦東逃，舅姑驚惶兒女嗥。自知數口難俱免，欲渡前溪舟尙遠。囑夫棄妾當奉親，獨赴清流不愛身。此日誰能問南史，左傳：「太史書曰：『崔杼弑其君。』崔子殺之。其弟嗣書而死者二人。其弟又書，乃舍之。南史氏聞太史盡死，執簡以往，既書矣，乃還。」如婦曾書幾人死？

立秋前三日過周南飲雷雨大作醉後走筆書壁間

列朝詩傳：「周南，字正道，吳郡人。」

周郎乃是同鄉友，亂後相逢驚老醜。杜甫詩：「豈惟長兒童，自覺成老醜。」日斜邀我話舊游，爲喚金陵白門酒。見卷九送王孝廉。一杯乍解羈旅顔，兩杯漸沃黏吟口。三杯不覺已陶然，此身竟到無何有。莊子：「今子有大樹，何不樹之于無何有之鄉，廣莫之野？」青天俄忽震霹靂，白浪翻江怒蛟吼。急雨爭鳴池上荷，狂風已折門前柳。醉中相對正坐忘，莊子：「顔回曰：『回坐忘矣！』仲尼曰：『何爲坐忘？』回曰：『墮支體、黜聰明、離形去知，同于大通，此謂坐忘。』」匕箸何須驚落手？蜀志先主傳：「曹公從容謂先主曰：『今天下英雄，惟使君與操耳！』先主方食，失匕箸。」華陽國志：「于時正當雷震，備因謂操曰：『聖人云：迅雷風烈必變，良有以也。一震之威，乃至于此！』」家人喧呼水入戶，顚倒屋茅隨地走。杜甫茅屋爲秋風所破歌：「八月秋高風怒號，卷我屋上三重茅。」牀牀避漏且莫歎，杜甫詩：「牀牀屋漏無乾處，雨脚如麻未斷絶。」旱氣方除賀田叟。蓐收預到三日前，月令：「孟秋之月，其神蓐收。」淨埽炎氛去如帚。黄昏泥潦歸未得，呼燭相留臥東牖。夜深酒醒起獨行，雲散城頭見星斗。乃知天變只須臾，人在艱難豈云久。

送張倅之雲間

一作張明府。說文：「倅，副也。」今郡倅稱半刺，猶半刺史之職也。

鱸鄉亭前楓葉稀，姑蘇志：「亭在吳江。宋熙寧中林肇建，蓋取陳瓘『秋風斜日鱸魚鄉』之句。」讀書堆下征雁飛。松江府志：「讀書堆，在亭林寶雲寺後，卽顧野王修輿地志處。」孤城迢遞秋色裏，作官自好休思歸。「張翰思歸」見卷四感舊。扁舟晚待潮東去，琴鶴由來是家具。宋史趙抃傳：「抃彈劾不避權幸，京師號鐵面御史，帥蜀，以一琴一鶴自隨。其再任也，屛去琴鶴，止一蒼頭執事。」蘇軾詩：「清獻先生無一錢，故應琴鶴是家傳。」別意方留江上杯，離心已挂雲間樹。如此風流一使君，文章政事更何云。絕憐退食兼榮養，不向山頭一作天涯。望白雲。唐書狄仁傑傳：「授幷州法曹參軍，親在河陽，仁傑登太行山反顧，見白雲孤飛，謂左右曰：『吾親舍其下。』瞻悵久之，雲移乃得去。」

送王孝廉遊京歸錢塘

江南草長蝴蝶飛，玉缸碧酒流春輝。相逢上客同買醉，白馬新自燕山歸。一統志：「順天府，宋曰燕山。」燕山歸來不堪說，易水寒風薊門雪。朝邸空隨使者車，帝閽不受書生謁。笳聲杳渺歌苦辛，短衣笑拂京華塵。不留東閣觀奇士，漢書朱雲傳：「薛宣爲丞相，雲往見之，因留宿，謂曰：『田野無事，且留我東閣，可以觀四方奇士。』雲曰：『小生迺欲相吏耶？』宣不復敢言。」還覓西湖別故人。此行莫歎知音寡，曾到黃金舊臺下。見卷九高彥敬畫。荒臺遺址今已平，更有何人致賢者。

賦錢散人江村二題

釣雪灘　姑蘇志：「吳江縣臞菴，在淞江之濱。宋王份營此以居，環江湖以入圃；柳塘花嶼，景物秀野，中有釣雪灘。份，字文儒，以特恩補官爲大冶令，歸老。」

江流欲澌魚不起，一蓑猶釣寒蘆裏。漁村茫茫煙火微，雪滿晚篷人獨歸。

望月臺

臺前夜半烏啼時，起望明月彈商絲。月明照見臺上影，松桂滿山風露冷。

愛竹軒爲陳惟寅賦　惟寅，本廬山人。見卷八。

匡山老客何清眞？見卷六送袁憲史。自繞園屋栽蒼筠。年來無肉雖苦瘦，東坡綠筠軒詩：「可使食無肉，不可居無竹。無肉令人瘦，無竹令人俗。人瘦尚可肥，士俗不可醫。」家有萬玉誰言貧。陸龜蒙詩：「萬條寒玉一溪煙。」一竿護惜不忍剪，何以持釣橫江鱗。僮來埽葉自可喜，客至踏笋長遭嗔。鈎輈啼罷結遠夢，唐本草：「鷓鴣生江南，形似母雞，鳴云鈎輈格磔。」碧雲忽墮湘南春。博物志：「舜南巡不返，二女追之不及，至洞庭之山，以淚揮竹，竹盡斑，故曰『湘妃竹』。」涼陰翛翛潤琴硯，落一作濃。翠冉冉沾衣巾。詩成時向節下寫，醉墨點破煙痕新。風來清嘯與相答，若聽金奏怡我神！周禮「鐘師，掌金奏」注：「擊金以爲奏樂之節。」知無顏色媚兒女，自古相愛惟幽人。洛陽陌上花易過，歌鐘競賞勞車輪。何如此君最耐久，歲晚結託同情親。亂聲朝送一作來。簾外雨，疎影夜拂窗前塵。我嘗種此欲免俗，亂後伐盡惟荆榛。故園咫尺未能去，移家幸得爲子鄰。往來儻許如二仲，見卷四秋林高士圖。敲門借看毋嫌頻。

幻住精舍尋梅　見卷六

郭西雪後尋僧院，短竹穿沙水如練。梅花有待我來一作儕。催，十日春寒未開徧。忽思前日渡江水，夜解征帆宿山縣。偶逢一樹在官廨，爲寫新詩冰滿硯。關山夢別今五年，縞袂誰家月中見。蘇軾梅花詩：「月黑林間逢縞袂。」自慚喪亂尙飄泊，淚眼如看故人面。黄昏酒醒逐寒影，繞樹千迴意無倦。南枝北枝亂如雪，未許東風吹一片。名園桃李盡荆榛，空谷獨開君莫怨。重來省視兩何如，惆悵歸時有餘戀。

北郭秋夜喜徐幼文遠來兼送南遊

東海徐君我同里，按陳史：「徐陵，字孝穆，東海郯人。」此借以擬幼文。日共周旋接冠履。斯人自是眞可人，不見心憂見之喜。豈容遠別間山岳，兩歲僅收書一紙。頗聞微祿不自養，霧雨南方疫時起。誰能忽送千里來，應有飛鴻度江水。蟲聲今夜空館涼，秉燭相看疑夢裏。瓊枝何以失舊色，客路風塵亦勞矣！我今不解出門行，病眼流眵肉生髀。廣韻：「眵，目汁凝也。」韓愈短燈檠歌：「兩目眵昏頭雪白。」蜀志先主傳：「住荆州數年，嘗于表坐起至廁，見髀裏肉生，慨然流涕。還坐，表怪問備，備曰：『吾嘗身不離鞍，髀肉皆消，今不復騎，髀裏肉生；日月若馳，老將至矣，而功業不建，是以悲耳！』」與奪得喪未足較，惟有一貧聊復爾。暫來卽去何使然，撫琴東西覓知己。當時結交豈不多，下車相揖今無幾。風土記：「越俗性率朴，初與人交有禮，封土壇，祭以雞犬，祝曰：『君乘車，我戴笠，他日相逢下車揖。君擔簦，我跨馬，他日相逢爲君下。』」願君窮達存此心，勿使千年笑餘耳。見上泉南兩義士歌。

次韻答朱冠軍遊城西之作

前年城西作冶游，晉子夜春歌：「冶游步春露。」柳條拂蓋花迷舟。笑看明月問狂客，我舉大白君當浮。去年城西復偶住，酒伴家家邀卽去。東鄰寺裏花正開，半醉半醒遊幾度。今年有花愁獨尋，閉門三日臥春陰。將軍小隊遊何處，杜甫詩：「元戎小隊出郊坰，問柳尋花到野亭。」日暮空聽車馬音。皋橋泰娘殊窈窕，爲我喚來歌水調。客愁草草不易除，世事茫茫本難料。玉壺一雙秋露傾，庶物異名疏：「薌林秋露，向伯恭酒名。」唯此可以忘一作陶。吾情。醉歸共射草中石，笑擘弓弦霹靂鳴。

贈步鍊師禱雨 原注：「宗浩。」

白頭道士騎一鶴，手把青蓮下寥廓。李白詩：「起舞蓮花劍。」漢書晉灼注：「劍首，以玉作井鹿盧形，上刻木作山形，如蓮花初生未敷時。」人間又見海田枯，十丈黃塵沒城郭。昔年服事茅長君，見卷七登句容塔望茅山。能役鬼神呼風雲。下爲羣生埽旱沴，雨工驅起如羊羣。異聞錄：「柳毅下第，將還湘濱，往涇陽告別。至六七里，鳥飛馬驚，又六七里乃止。見婦人牧羊于道畔，詰之，女曰：『妾洞庭龍君小女也。』問：『牧羊何用？』女曰：『非羊也，雨工也。』問：『何爲雨工？』曰：『雷霆之類也。』數顧視之，則皆矯顧怒步，飲齕甚異，而大小毛角，則無別羊焉。」陰雷填填天欲怒，楚辭：「雷填填兮雨冥冥。」靈飈吹旗紫壇暮。書入重關虎豹開，見卷九觀虎圈。璧沉古井蛟龍護。水經注：「澹臺子羽，齎千金之璧渡河，陽侯波起，兩蛟挾舟，子羽操劍斬蛟曰：『吾可以義求，不可以威劫。』」太平廣記：「唐明皇在東都，夢一女子，高髻廣裳，拜而言曰：『妾凌波池中龍也。久護寶花，陛下知音，乞賜一曲。』帝覺，爲作凌波曲，奏于池上，神出于波間。」須臾甘澍何滂沱？蘇軾詩：「沛然倒賜三尺雨，甘澍不爲龍所隔。」十日不雨應無禾。蘇軾喜雨亭記：「十日不雨則無禾。」祠官空爲大雩舞，玉篇：「雩，請雨祭也。」爾雅釋訓注：「雩之祭，舞者吁嗟而求雨。」覡女羞作迎神歌。明朝師歸定何許，雲裏懸珠赤如黍。更煩夜起把天瓢，見前董元臥沙龍。翻作東南洗兵雨。說苑：「武王伐紂，風霽而乘以大雨，散宜生諫曰：『此非妖與？』王曰：『非也，天洗兵也。』」梁簡文帝詩：「洗兵逢驟雨。」

題朱澤民荆南舊業圖

姓譜：「朱德潤，字澤民，崑山人。幼誦讀一過能記，壯攻詩文，間得許道寧畫，試加塗抹，遂臻其妙。延祐末，遊京師，趙孟頫薦之，召見，命爲編修。」一統志：「荆南山，在宜興縣西南三里荆溪之南。」

睢陽醉磨一斗墨，元詩傳：「澤民九世祖貫，爲睢陽五老之一，其後世渡江爲吳人。」杜衍睢陽五老圖詩注：「杜衍八十歲，王煥九十歲，畢世長九十四，馮平八十七，朱貫八十八。」畫斷：「王墨酒酣後，先以墨潑絹，脚踏手捫，隨其形爲山水石，不見墨汁之處。」夢落荆南寫秋色。太陰垂雨尚淋漓，哀壑迴風更蕭瑟。楓林思入煙霧清，湖水愁翻浪波白。谿上初逢野老航，山中遠見先生宅。秫田半頃連芋區，晉書陶潛傳：「爲彭澤令，在縣公田，悉令種秫穀。曰：『令我常醉于酒足矣！』妻子固請種秔，乃使一頃五十畝種秫，五十畝種秔。」蜀都賦：「其園有蒟蒻、茱萸、瓜疇、芋區。」茅屋三間倚蘿薜。僧來看竹乘小輿，唐書襄邑王神符傳：「以足不良歸第，太宗就第慰問，又令乘小輿入紫薇殿，三衞扶輿以行。」客去尋茶借高屐。顏氏家訓：「梁朝全盛之時，貴游子弟，無不駕長簷車，跟高齒屐。」任公臺下石可坐，名勝記：「臺在宜興縣荆溪上，任昉守郡時嘗釣此。」周侯廟前路曾識。一統志：「在宜興縣治南，祀晉平西將軍周處，廟號英烈。」虎跡時留暮苔紫，蛟氣或化秋雲黑。城郭當年別已久，風塵此日歸不得。落日書齋半壁明，畫圖臥對空相憶。

月支王頭飲器歌

史記大宛列傳：「匈奴破月氏王，以其頭爲飲器。」

磧中萬騎驕嘶雪，頭挂金鞍敵初滅。歸來漆作大白杯，胡酒寒凝色如血。故國無塋歸夢迷，朽骨飲恨空如泥。杜甫詩：「先拚一飲醉如泥。」琵琶聲中鬼語雜，酥燈照夜風淒淒。法苑珠林：「誦咒時，然八枝酥燈。」崐崙倒瀉黃河入，山海經：「崐崙山，河水出其東北隅。」又酉陽雜俎：「魏賈鏘于黃河中流，以瓠匏接河源水，日不過七八升，經宿，色如絳，以釀酒，名『崐崙觴』，芳味絕世。」李賀詩：「卷起黃河向身瀉。」袍汗淋漓疑淚濕。部落誰酬國士恩，史記刺客列傳：「趙襄子最怨智伯，漆其頭以爲飲器。豫讓遁逃山中，欲爲智伯報仇曰：『智伯國士遇我，我故國士報之。』」尊前一夜無聲泣。烏孫降王猶疾首，大宛列傳：「烏孫，在大宛東北二千里，與匈奴同俗，控弦者數萬，敢戰，故服匈奴。及盛，取其羈屬，不肯往朝會焉。」起奉單于千萬壽。

海石爲張記室賦

大星墮水聲若吼，史記：「秦始皇三十六年，熒惑守心，有墜星下東郡，至地爲石。」祖龍下叱神羊走。始皇本紀：「使者從關東夜過華陰平舒道，有人持璧遮使者曰：『爲吾遺滈池君。』因言曰：『今年祖龍死。』使者問其故，忽不見，置其璧去。」三齊略記：「始皇作石橋，欲渡海觀日出處；時有神人能驅石下海，石去不速，神輒鞭之，皆流血，至今悉赤。陽城山石皆起立，嶷嶷東向，狀如相隨行。」「神羊」見卷八煮石山房。誰將五色補天餘？列子：「天亦物也，物有不足，故昔者女媧氏鍊五色石以補闕。」屹障狂瀾歲時一作年。久。空憐山頭精衞鳥，見卷八溫陵節婦行。身墮風波銜不了。媧皇去後幾桑田，鼇背靈峯一拳小。列仙傳：「巨鼇負蓬萊山而抃滄海之中。」

張中丞廟

唐書張巡傳：「巡，南陽人，博通羣書，曉戰陣法，志氣高邁。開元末，擢進士第，爲清河令，有治績；後調眞源令。祿山反，巡起兵討賊，與許遠同守睢陽，大小四百戰，糧盡城陷，罵賊而死。贈揚州大都督，郡人廟祀焉。」

延秋門上烏啼霜，見卷三謁雙廟注。杜甫詩：「長安城頭頭白烏，夜飛延秋門上呼。」羯兒曉登天子牀。通鑑：「天寶十五載春正月，安祿山僭號，自稱大燕皇帝，改元聖武。」江頭老臣淚暗滴，萬乘西去關山長。公卿相率作降虜，草間拜泣如羣羊。當時不識顏平原，通鑑：「天寶十四載冬，平原太守顏眞卿起兵討賊，遣平原司兵李平間道奏之。上始聞祿山反，河北郡縣皆風靡。歎曰：『二十四郡，曾無一人義士耶？』及平至，大喜曰：『朕不識顏眞卿作何狀？乃能如是！』」豈復知有張睢陽。孤城落日百戰後，瘦馬食盡〔校記〕明詩綜及列朝詩集均作「尾」。人裹瘡。通鑑：「尹子奇久困睢陽，城中食盡，與士卒同食茶紙。既盡，遂食馬，馬盡；羅雀掘鼠，雀鼠既盡，巡出愛妾殺以食士，遠亦殺其僕，然後括城中婦人食之。既盡，繼以男子老弱，人知必死，莫有叛者。所餘才四百人，病不能戰。」後漢書吳漢傳：「漢圍蘇茂于廣樂，劉永將周建救廣樂。漢墮馬，傷膝還營，諸將曰：『大敵在前，而公傷臥，衆心懼矣！』漢乃勃然裹創而起，椎牛饗士，且曰，齊鼓而進，建軍大潰。」男兒竟爲忠義死，碧血滿地嗟誰藏？莊子：「萇弘死于蜀，藏其血，三年，化爲碧。」賀蘭不斬尙方劍，見卷三謁雙廟注。漢書朱雲傳：「雲曰：『願賜尙方斬馬劍，斷佞臣一人頭，以厲其餘。』上問誰？對曰：『張禹。』上怒，御史將雲下，雲攀殿檻，檻折，呼曰：『得從龍逢、比干，遊于地下足矣！』」英雄有恨何時忘。千年海上見祠廟，古苔叢木秋風荒。摩挲畫壁塵網裹，勇氣燁燁虬髯張。巫歌大招客酹酒，王逸楚辭章句：「大招者，屈原之所作也。」忠魂或能來故鄉。

靈巖琴臺 姑蘇志：「靈巖山巔有琴臺，刻字猶存。」

美人玉琴何處遊？遺譜寫入風泉秋。落葉無人登舊樹，滿山明月烏啼夜。

送劉將軍

朔風吹沙復吹雪，笑解吳鈎初欲別。見卷一。酒酣擊筑和悲歌，將軍出關車騎多。

和杜彥正徐幼文過甫里 以下七首從槎軒集補

桃花紅雨春江狹，舟逐飛鷗櫓雙夾。甫里祠前有客過，竹弓莫射能言鴨。見卷五鬭鴨篇。

我今塵夢何時歸，水漲夜没祠前磯。長歌滄浪拍銅斗，見卷八劉松年畫。誰酹先生一巵酒？

送董軍咨赴邊

官亭風高酒旗折，獨騎山行滿鞍雪。此時我友去邊城，不是尋常送人别。誰憐磊落萬夫奇，豪氣都成篋内詩。乍見難留十日飲，史記范雎列傳：「秦王遺平原君書曰：『願與君爲十日之飲。』」重來定隔幾年期。隨身一劍寒江上，遠事西平莫惆悵。唐書李晟傳：「帝乃拜晟鳳翔隴右涇原節度使、行營副元帥，徙王西平郡。」汝祖曾遭布被兒，史記平準書：「公孫弘以漢相，布被，食不重味，爲天下先。」白頭只作江都相。漢書：「董仲舒爲江都相。」

夜坐有感

一鴞不驚城鼓低，窗雨入竹暗凄凄。東鄰夜宴歌尙齊，西鄰戰没正悲啼。此時掩卷誰能問，默坐燈前對瘦妻。杜甫詩：「瘦妻面復光。」

雪海爲楊孟載題

原注：「楊嘗夢過海見大雪，因以自號云。」

江國黃雲閉寒節，一鳥橫歸暮將絕。問君何能海上遊，萬頃茫茫看飛雪。人間熱惱相煩煎，淸夢遠欲追羣仙。鯨波無窮只飛渡，此夜不要山陰船。見卷四送徐山人韻。蓬萊玉妃下相見，韓愈雪詩：「從以萬玉妃。」陳鴻長恨歌傳：「有道士自蜀來，知上皇心念楊妃。自言有李少君之術，旁求四虛上下，東極天海，跨蓬萊，見最高山，山上多樓闕，西廂下有洞戶東向，闔其門，署曰玉妃太眞院。」白鳳踈翎吹落遍。月薄煙空看不分，拂袖時驚有餘片。濤頭忽湧千崔嵬，恍疑積處高城堆。齊州遙望皆一色，李賀詩：「遙望齊州九點煙，一泓海水杯中瀉。」却笑此水眞銀杯。韓愈雪詩：「隨車翻縞帶，逐馬散銀杯。」瓊臺苦冷誰能宿，覺後應愁體生粟。蘇軾雪詩：「凍合玉樓寒起粟，光搖銀海眩生花。」路斷那堪問碧桃，尹喜內傳：「老子西遊，省太眞王母，共食碧桃紫梨。」歌殘猶記聽黃竹。穆天子傳：「日中大寒，北風雨雪，有凍人。天子作詩二章以哀民，乃宿於黃竹。」回頭弱水淺復空，飄花倏滅隨春風。迺知何者非夢幻，雞鳴旭日初生東。

送王邑長彥強

雨昏沙漵蒹葭濕，離人暮逐江鴻集。田家回首隔村遙，煙路逶迤一帆入。縣齋明日寫秋吟，古城高樹淸砧急。

范魏公手書伯夷頌爲其裔孫天章題

有宋名臣誰第一，公爲國家眞輔翼。豐功茂烈何煌煌，信與日月爭輝赫。力扶風化成唐虞，苦進忠讜同契稷。平生文詞耀金石，乘暇亦嘗躬翰墨。丰姿勁直儼端人，書畫譜：「唐柳玭書，筆筆端人正士。」氣韻剛方著心畫。魏了翁論三家書：「石才翁才氣豪贍；范德儒資稟端重；文與可操韻淸逸；世之品藻人物者，固有是論矣。今觀其心畫，各如其爲人。」伯夷況是聖之淸，貪夫可廉懦可立。當時書寫豈無謂，要示後人爲鑑格。三百年來筆尚新，敬玩如親覩顏色。世間至寶誠難得，貽爾子孫宜什襲。闞子：「宋人得燕石，以爲寶也。革匱十重，緹巾什襲而藏之。」

送劉冠軍

朔風吹雪復吹沙，壯士此日行辭家。酒酣悲歌和擊筑，四座離人淚相續。黃鵠舉兮其奈何，同心遠別今無多。

奉橘圖 此從淮郡文獻志補

堂前紅橘吹香早，堂上白頭人欲老。韓家公子勝陸郎，吳志陸績傳：「績年六歲，於九江見袁術，術出橘，績懷三枚。去，拜辭墜地，術謂曰：『陸郎作賓客而懷橘乎？』績跪答曰：『欲歸遺母。』術大奇之。」摘來長帶秋林霜。婁江別後親應健，每見畫圖如見面。願君榮顯親平安，年年薦橘堆金盤。君有阿婆我無母，見卷九送王孝廉至京，題詩對此欷歔久。

高青丘集卷十一

長短句體

青丘子歌 有序

江上有青丘，予徙家其南，因自號青丘子。閒居無事，終日苦吟，間作青丘子歌言其意，以解詩淫之嘲。

青丘子，臞而清，本是五雲閣下之仙卿。葛洪枕中書：「墨翟爲太極仙卿。」何年降謫在世間，向人不道姓與名。躡屩厭遠遊，荷鋤懶躬耕。有劍任鏽澀，李綱劍詩：「鐵花鏽澀蒼蘚痕。」有書任縱橫。不肯折腰爲五斗米，晉書陶潛傳：「爲彭澤令，郡遣督郵至縣，吏白應束帶見之。潛歎曰：『吾不能爲五斗米折腰，拳拳事鄉里小人耶！』解印去縣。」不肯掉舌下七十城。史記淮陰侯列傳：「蒯通謂信曰：『酈生一士，伏軾掉三寸舌，下齊七十餘城。』」但好覓詩句，自吟自酬賡。田間曳杖復帶索，列子：「榮啓期鹿裘帶索，鼓琴而歌。」旁人不識笑且輕。謂是魯迂儒、楚狂生。青丘子，聞之不介意，吟聲出吻不絕咿咿鳴。朝吟忘其飢，暮吟散不平。當其苦吟時，兀兀如被酲。頭髮不暇櫛，家事不及營。兒啼不知憐，客至不果迎。不憂回也空，不慕猗氏盈。水經注：「猗頓，魯之窮士也。聞朱公富，往問術焉。朱公曰：『子欲速富，當畜五牸。』于是十年之間，其息不可計，以興富于猗氏。」不慚被寬褐，不羨垂華纓。不問龍虎苦戰鬭，見卷四陶篷先生。不管烏兔忙奔傾。吳都賦：「籠烏兔于日月。」向水際獨坐，林中獨行。斲元氣，搜元精。造化萬物難隱情，冥茫八極遊心兵，韓愈詩：「冥茫觸心兵。」坐令無象作有聲。微如破懸蝨，列子：「紀昌學射于飛衞。飛衞曰：『學視而後可。』昌以氂懸蝨于牖，南面望之，三年之後，如車輪焉。乃以燕角之弧，朔蓬之簳射之，貫蝨之心而懸不絕。」壯若屠長鯨，楊烱碑文：「剗封豕而斬長鯨。」清同吸沆瀣，見卷五太湖。險比排崢嶸。靄靄晴雲披，軋軋凍草萌。高攀天根探月窟，邵雍詩：「乾遇巽時爲月窟，地逢雷處見天根。」犀照牛渚萬怪呈。晉書：「溫嶠至牛渚，水深不可測，世云其下多怪物，嶠遂燃犀角照之，須臾，見水族覆火，奇形怪狀。其夜夢人謂曰：『與君幽明道別，何意相照也？』」妙意俄同鬼神會，佳景每與江山爭。星虹助光氣，煙露滋華英，聽音諧韶樂，咀味得大羹。世間無物爲我娛，自出金石相轟鏗。見卷四白水冒我田。江邊茅屋風雨晴，閉門睡足詩初成。叩壺自高歌，朱松詩：「客醉高歌叩缺壺。」不顧俗耳驚。欲呼君山老父攜諸仙所弄之長笛，見卷五松江亭注。和我此歌吹月明。但愁欻忽波浪起，鳥獸駭叫山搖崩。天帝聞之怒，下遣白鶴迎。不容在世作狡獪，見卷九蔡經宅。復結飛珮還瑤京。

登陽山絶頂

原注：「在城西北，古名秦餘杭山。吳中山最高者。中有白龍湫，旱必禱焉。」姑蘇志：「陽山，在府城西北三十里，高八百五十餘丈，逶迤二十餘里，以其背陰面陽，故曰陽。大峯一十五，而箭缺爲絶頂。相傳秦皇射于此，故其下有射瀆。有文殊寺，寺內石井，大旱不涸。有白龍洞，西有龍母塚，東北有白鶴山，以丁令威宅名山。又名白蓮峯，以下有白蓮寺也。今名澄照寺，白龍廟在焉。」

我登此山巔，不知此山高。但覺羣山總在下，坐撫其頂同兒曹。又見太湖動我前，洶湧三十萬頃煙波濤。長風吹人度層嶂，不用仙翁赤城杖。陸游詩：「倚天山作海濤傾，看徧人間兩赤城。」自注：「青城山，一名赤城，而天台之赤城，乃余舊游。」吳志趙達傳注：「仙人介象善諸方術，吳主聞而徵之。吳主得鯔魚，使廚下切之，欲得蜀薑作齏，象即令吳主指左右一人，以錢五十付之。象書一符，以著青竹杖中，使行人閉目騎杖，須臾已至成都。乃買薑，復騎杖閉目，須臾已還到吳。廚下切鱠適了。」峯迴秋凝海鶻〔校記〕三十家作「鶴」。飛，日出夜聽天雞唱。中有一泉長不枯，乃是蜿蜒神物之所都。老藤陰森洞府黑，樹上不敢留棲烏。常年禱雨車，來此投金符。見卷二迎送神曲。宋之問謁禹廟詩：「夏王乘四載，茲地發金符。」靈旗風轉白日晦，馬鬣一滴霑三吳。見卷十臥沙龍。指掌圖：「以蘇、常、湖爲三吳。」巖巒蒼蒼境多異，樵子尋常不曾至。探幽歷險未得歸，忽聽鐘來澗西寺。此時望青冥，脱略塵世情。白雲冉冉足下起，如欲載我昇天行。古來名賢總何有，只有此山長不朽。欲呼明月海上來，照把長生一瓢酒。浮丘醉枕肱，見卷四孤鶴篇。洪崖笑開口，神仙傳：「衞叔卿歸華山，漢武帝令叔卿子度求之，見其父與數人博，度問曰：『向與博者爲誰？』叔卿曰：『是洪崖先生、王子晉、薛容也。』」郭璞詩：「姮娥揚妙音，洪崖頷其頤。」天一作秋。風吹落浩歌聲，地上行人盡回首。

張節婦詞　原注：「靈壽張明府嫡母，早寡守志。」

誰言妾有夫，中路棄妾身先殂。誰言妾無子，側室生兒與夫似。漢書文帝紀：「朕高皇帝側室之子。」兒讀書，妾辟纑，空房夜夜聞啼烏。兒能成名妾不嫁，良人瞑目黃泉下。

與客飲西園花下

一壺酒正滿，一樹花仍新。傾壺對花樹，日暮西園春。不愛枝上花，愛此花下人。相逢莫學花無賴，杜甫詩：「韋曲花無賴，家家惱殺人。」明日分飛隨路塵。

吳中逢王才隨朝京使赴燕南歸　此首與卷十送王孝廉作似複。

江南草長蝴蝶飛，白馬新自燕山歸。燕山歸，不堪說，易水寒風薊門雪。朝邸空隨使者車，禁闥不受書生謁。一杯勸君歌莫哀，杜甫短歌行贈王郎：「王郎酒酣拔劍斫地歌莫哀，我能拔爾抑塞磊落之奇才。」歸時應過黃金臺。不見荒基秋來土花紫，伯圖已歇昭王死，千載無人延國士。

白雲泉

原注：「在天平山腰，乳泉也。」白居易詩：「天平山上白雲泉，雲自無心水自閒；何必奔衝下山去？更添波浪在人間。」

白雲不爲雨，散在清泉流。泉氣復成雲，山中同一秋。巖前石竇幽寒處，雲自長浮泉自注。潛龍未起出深泓，渴烏時來下高樹。雲應無心飛上天，泉亦不肯隨奔川。老僧愛此不復下山去，臥雲飲泉終歲年。

戎王追㲋圖

前騎脫兔奔，後騎驚鴻急。蘇軾詩：「驚鴻脫兔爭後先。」火燒秋草獵場空，一㲋窮追勢難及。大小當戶左右賢，史記匈奴列傳：「冒頓強大，置左右賢王，其官號置左右大當戶。」單于勇銳閼支妍。見卷一王明君。雕戈白羽謾爭發，衆中得雋知誰先？左傳莊公十一年：「得雋曰克。」君不見，天策將，眞天子，通典：「唐武德初，秦王既平王世充及竇建德，高祖以秦王功殊今古，乃特置天策上將軍以拜焉，位在王公上。」馳一馬，殪四豕。唐書唐儉傳：「儉從獵洛陽苑，羣豕突出于林，帝射四發，輒殪四豕。一豕躍及鐙，儉投馬搏之，帝拔劍斬豕。顧笑曰：『天策長史，不見上將擊賊耶？』」

茅山陳道士臥雲所

「茅山」見卷五送蕭隱君。山有陶弘景聽松閣。

不逐雲渡海，寧隨雲出山。但邀雲共宿，日夕三峯間。絪緼枕席潤，晻靄房櫳閒。聽松閣前風滿耳，吹盡白雲應睡起。

贈醉樵

列朝詩集張簡傳：「勝國時，法網寬大，人不必仕宦。浙中每歲有詩社，聘一二名宿如楊廉夫輩主之。宴賞最厚。饒介之分守吳中，自號醉樵，延諸文士作歌；仲簡詩擅場，居首坐，贈黃金一餅，高季迪白金三斤，楊孟載一鎰。後承平久，張洪修撰為人作一文，得五百錢。」

川釣已遭獵，李白詩：「如逢渭川獵，猶可帝王師。」野耕終改圖。史記：「伊尹處士，湯使人聘之，五反然後往。」不如山中樵，醉臥誰得呼。采山不采松，松花可為酒。酒熟誰共斟，木客為我友。蘇軾詩：「山中木客解吟詩。」十道四蕃志：「虔州上洛山有木客鬼，與人交甚信。」木客已去空石牀，舉杯向月邀吳剛。酉陽雜俎：「月中有桂高五百丈，下有一人常斫之，樹創隨合。其人姓吳名剛，學仙有過，謫令伐樹。」借汝快斧斫大柱，要令四海增清光。林風吹髮寒擁耳，獨枕空尊碧巖裏。此時忘却負薪歸，猛虎一聲驚不起。世間萬事如浮煙，看棋何必逢神仙。述異記：「信安郡石室山，晉時王質伐木至，見童子數人棋而歌，質因聽之。童子以一物與質，如棗核，質含之，不覺飢。俄頃，童子謂曰：『何不去？』質起視斧柯盡爛；旣歸，無復時人。」青松化石鶴未返，一統志：「金華永康縣延眞觀前，唐建中間道士馬自然指庭松曰：『此松已三千年，當化爲石。』至夕，大風雨，其松果化。」酒醒又是三千年。

雷雨護嬰圖爲包山徐庭蘭賦

兒衣寒，母衣濕，風雨蒼黃歸意急。漢書郊祀志：「或如虹氣蒼黃。」雷忽鳴，兒忽驚，抱兒與兒同死生。樹聲吹迴水聲注，田家倚遙無避處。看圖誰念亂離人，白日青天棄兒去。

南園

原注：「在城南。吳越廣陵王錢元璙所闢，營之三十年，勝甲吳中，今郡學前菜圃也。」

君不見，平樂館，漢書武帝紀：「元封六年夏，京師民觀角抵于上林平樂館。」古城何處寒雲滿。君不見，奉誠園，元稹詩：「蕭相深誠奉至尊，舊居求作奉誠園。」自注：「奉誠園，馬司徒舊宅。」荒臺無蹤秋草繁。白日沉山水歸海，寒暑頻催陵谷改。皇天大運有推移，富貴於人豈長在。請看當年廣陵王，十國春秋：「廣陵王元璙，字德輝，武肅王第六子，文穆王元瓘兄也。吳王行密以女妻之，累勅授中吳、建武等軍節度使，蘇、常、潤等州團練使，太傅、同中書門下平章事。在蘇州三十年，文穆王立，晉勅封廣陵郡王。」雙旌六纛何輝光！唐書百官志：「節度使掌總軍旅，顓誅殺，賜雙旌雙節，行則建節樹六纛。」幸逢中國久多故，一家割據誇雄強。園中歡遊恐遲暮，美人能歌客能賦。車馬春風日日來，楊花吹滿城南路。疊石爲山，引泉爲池，辟疆舊園何足奇。見卷八。經營三十年，欲令子孫永保之。不知回首今幾時，繁華埽地無復遺。門掩愁鵶嘯風雨，劉孝威詩：「愁鵶集古樹。」種菜老翁來作主。空餘怪石臥池邊，欲問興亡不能語。春已去，人不來。一樹兩樹桃花開，射堂踘圃俱青苔。庾信春賦：「分朋入射堂。」篇海：「蹋踘戲，以韋爲之，實以柔物，今謂之毬。」何須雍門琴，見卷一野田行。但令對此便可哀。人生不飲何爲哉！人生不飲何〔校記〕列朝詩集作「胡」。爲哉！

滄浪亭

原注：「在郡學東，積水數十畝，蘇子美得之，構亭于上，其名始著。」

滄浪平，無風波之驚。滄浪廣，有風月之賞。歐陽修滄浪亭詩：「清風明月本無價，可惜祇賣四萬錢。」吳興長史舊遷謫，宋史蘇舜欽傳：「范仲淹薦其才，召試，除集賢校理，監進奏院。會院當祀神，舜欽與右班殿直劉巽，用鬻故紙公錢召妓樂、設宴。御史中丞王拱辰廉得之，諷其屬論奏，事下開封劾治，舜欽、巽坐自盜除名。久之，復起爲湖州長史，寓居蘇州，買木石作滄浪亭。」買得此水自號滄浪客。垂釣在北渚，榜船臨西洲；白鷗不來往，遺興誰同遊？發淸歌，弄淸景，醉入荷花夢魂冷。天念儒臣去國寃，蘇舜欽傳：「先是，舜欽娶宰相杜衍女，衍方與仲淹、富弼在政府，欲更定庶事，故拱辰等不便之，論奏舜欽，欲因以搖衍也。」故與無塵水雲境。斯人去已遠，我來空復情。滄浪水雖在，不似昔年清。躊躇獨過亭前路，疎葦寒煙沙鳥鳴。

石射堋

原注：「在石城山，有石鼓，世傳鼓鳴卽有兵。又有石馬，望如人騎。」

石射堋，張石城，石鼓響或發，石騎勢欲行。彷彿古戰場，上有愁雲生。餓鴟嘯寒風，砉若箭鏑鳴。何人作此留山中，鳥獸欲過膽盡驚。疑是神禹治水時，來教鬼射降妖精。至今風雨夕，猶聽人馬聲。嘗聞父老言，鼓鳴則有兵。方今瘡痍民，脫命見太平。我願碎其鼓，隳其堋，一人安，四海清，自此萬年無戰爭。

走狗塘

原注：「在城西，吳王遊獵處也。」

春堤長，春草淺，此地吳王曾走犬。獵場四面圍畫旗，紅炬照輦還宮遲。割鮮夕宴誰共食，臺上妃子非樊姬。見卷一楚妃歎。春苑年來草仍綠，韓盧已去多麋鹿。說苑：「韓氏之盧，天下疾狗也。見兔而指屬，則無失兔矣！」君不見，漢皇縱狗殊有功，史記蕭何世家：「高帝曰：『諸君知獵乎？』曰：『知之。』『知獵狗乎？』曰：『知之。』高帝曰：『夫獵，知殺獸兔者，狗也；而發蹤指示獸處者，人也。今諸君徒能得走獸耳！功狗也。至如蕭何，發蹤指示，功人也。」又：淮陰侯列傳：「狡兎死，走狗烹；高鳥盡，良弓藏；敵國破，謀臣亡。」

逐兎直到烏江東。見卷一虞美人注。

清泠閣爲陳協律題　閣在綠水園，見卷六。

臨清池，敞華閣，明月入綺疏，微風颭羅幕。白波連遠洲，竹冷芙蓉愁。客聽秋聲起，魚驚星影流。冰絃彈罷鵾雞曲，見卷一王明君。天河墮水良宵促。試問西園閣上遊，何如南浦舟中宿？

烏夜村　原注：「在崑山縣，晉穆帝何皇后父淮寓此。產后之夕，有羣烏夜驚于村落。自後有烏徹夜鳴，必有大赦。」

荒村烏夜棲，忽繞月明啼。生得東家女，身爲萬乘妻。至今種高樹，不遣烏飛去。居人凡幾家，愛聽啼啞啞。啼啞啞，勿驚怪！婦開門，向烏拜。

醉贈宋卿

勸君歸來休，莫作澹蕩遊。黄雲已蔽燕國晚，白露正滿梁園秋。千石酒，萬戶侯，請君論此誰當優？吳門日出花滿樓，小婦喚客不解羞。君留綠綺琴，見卷四綠綺軒。我脫紫衣裘。

李白詩：「倒披紫衣裘。」今朝春好能飲否？東風吹散江南愁。

鐵網珊瑚載高啓醉歌贈宋仲溫，與此互異，附錄備覽：「書足記姓名，劍可酬恩讎。少學兩不就，空作澹蕩遊！與君相逢在東州，赤氣浮面非凡儔。驅車欲過公子宅，苦心莫伸涕横流。黄雲已蔽燕國晚，白露正滿梁園秋。天高海闊無處往，借問何以銷煩憂？千石酒，萬戶侯，請君論此誰當優？吳門日出花滿樓，醉眠不須遣客休。君留綠綺琴，我脫紫綺裘，今朝春好能飲否？東風吹散江南愁。」

潘隱君月樓歌

樓高高，月皓皓。容月多，得月早。朝看西墮江，夕見東生島。我歌烏飛向穹昊，見卷八中秋玩月。樓中之人須醉倒。人長閒，月長好，月中藥成人不老。傅玄擬天問：「月中何所有？白兔擣靈藥。」

約諸君看范園杏花不果後偶獨遊而杏已盡落惟桃數樹盛開感而有賦因寄諸君

「范園」，見卷十。

久欲與君往，那期成獨來。參差二月暮，過却杏花開。杏花雖好今無在，只有桃花笑相待。杏白桃紅何淺深，春還不負看花心。看花心，君更劇，莫爲不來空歎息。世間萬事盡如花，著意相尋應不得。

番人移帳圖

懸爾弧，韜我弓，拔帳何徙榆林東。一統志：「榆林，漢五原郡，唐榆林，今隸陜西都司。地臨河套，朔北要關。」顧語勿驅，日暮中野，兒未十歲，不能騎馬。

夜聞謝太史誦李杜詩

前歌蜀道難，李。後歌偪仄行。杜。商聲激烈出破屋，林烏夜起鄰人驚。我愁寂寞正欲眠，聽此起坐心茫然。高歌隔舍如相和，雙淚迸落靑燈前。李供奉、杜拾遺，當時流落俱堪悲。嚴公欲殺力士怒，唐書杜甫傳：「嚴武以世舊待甫，甫見之，或時不巾。嘗醉登武牀，瞪視曰：『嚴挺之乃有此兒！』武銜之，一日欲殺甫，冠鉤于簾三，左右白其母，奔救之得止。」「力士」見卷十鳳臺圖注。白首江海長憂飢。二子高才且如此，君今與我將何爲？

贈金華隱者

一統志：「金華洞，在府城北，即道書第三十六金華洞元之天。」

我聞名山洞府三十六，一一靈蹤紀眞籙。李白詩：「爲我草眞籙。」金華秀出向東南，遠勝陽明與句曲。本教龜山白玉上經：「第十洞，會稽山，名陽明洞天。」洞天福地記：「第八句曲山之洞，名曰金壇華陽之天，茅君所理，在潤州句容縣界。」樓臺縹緲開煙霞，天帝賜與神仙家。靈源有路不可入，但見幾片流出雲中花。子房之師赤松子，三千年前亦居此。一統志：「金華有赤松溪、赤松觀、赤松祠。」飛行恍惚誰解尋？漫說至今猶不死。松花酒熟何處遊？瑤草自綠春巖幽。羣羊臥地散如石，老鹿耕田馴似牛。浙江通志：「鹿田山，在金華縣北二十五里，上有沃野可耕。」聞有隱君子，乃是學仙者。自從入山中，不曾到山下。世人莫知其姓名，以山呼之不敢輕。樵夫忽見苦未識，只疑便是黃初平。見卷八煮石山房。嗟我胡爲在塵網，遠望高峯若天壤。茯苓夜煮儻許餐，夷堅續志：「邛州蒲江縣長秋山，有女子汲井得茯苓，蒸食之，仙去。主簿王食其遺，亦仙去。」鐵杖來敲石門響。蘇軾詩：「故教鐵杖鬬淸堅。」

春初來

春初來，柳條欲舒花未開。曉日窗前鳥聲喜，似報春來喚人起。東風吹暖入煙痕，綠遍江南幾千里。去年春去憶愁人，倏忽今年又見春。但欲逢春醉杯酒，不管相思成白首。

題黃大癡天池石壁圖

鳧藻集小引：「吳華山有天池石壁。老子枕中記云：『其地可度難，蓋古靈壤也。』元泰定間，大癡黃先生遊而愛之，爲圖四五本，而池之名益著。此爲其弟子李可道所畫，尤得意者也。温陵陳彦廉得之，求余賦詩其上，或云此廬山天池景也。余未有以辨，然舊見別本，張貞居題之，首句云：『嘗讀枕中記。』則亦以爲華山池矣。前輩言貞居與大癡數同遊于此，則其言信可徵。初不必舍此而取彼也。因爲賦長歌，欲張吾鄉之山水，使與香爐、九老爭高云。」圖繪寶鑑：「黃公望，字子久，號一峯，別號大癡，浙江衢州人。生而神童，通三教，善山水，居富春，領略江山釣灘之概。後居常熟，探閱虞山朝暮之變幻，四時陰霽之氣運，得於心而形於筆，故所畫千丘萬壑，愈出愈奇，重巒叠嶂，越深越妙，其設色淺絳者多，青綠水墨者少。雖師董源，實出于藍，元四大家，首推重焉。」

黃大癡，滑稽玩世人不知，疑似阿母旁，再竊偷桃兒。漢武故事：「東都獻短人，召東方朔至，短人曰：『西王母種桃，三千年一開花，三千年一結子，此兒不良，已三過偷之矣。』」平生好飲復好畫，醉後灑墨秋淋漓。嘗爲弟子李少翁，見卷一李夫人。貌得華山絕頂之天池。乃知別有縮地術，坐移勝景來書帷。身騎黃鵠去未遠，縞素飄落流塵緇。潁川公子欣得之，手持示我請賦詩。我聞此中可度難，玉枕祕記傳自青牛師。見卷六宿寧眞道館。池生碧蓮花，千葉光陸離。服食可騰化，遊空駕雲螭。奈何靈蹟久閟藏，荒竹滿野啼猩狸。尋眞羽客不肯一相顧，却借釋子營茅茨。我昔來遊早春時，雪殘衆壑銷寒姿。磴滑不敢騎馬上，青鞵自策桃笻枝。蜀都賦：「靈壽桃枝。」注：「竹屬，可爲杖。」上有煙蘿披拂之翠壁，下有沙石蕩漾之淸漪。晴天倒影落明鏡，正如〔校記〕大全集、列朝詩集並作「似」。玉女曉沐高鬟垂。見卷五天池注。飲猿忽下藤裊裊，浴鶴乍立風澌澌。匡廬有池我未到，見卷六送袁憲史。未省於此誰當奇？埽石坐其涯，沿洄引流巵。醉來自照影，俯笑知爲誰。落梅撲香滿接䍦，晉書：「山簡鎭襄陽，童兒歌曰：『時時能騎馬，倒著白接䍦。』」按：接䍦，白帽，晉書作籬。暮出東澗鐘鳴遲。歸來城郭中，復受塵土欺。十年勝賞難再得，怳若淸夢一斷無由追。朝來觀此圖，惻愴使我悲。當時同遊已少在，我今未老形先疲。人生擾擾嗟何爲，不達但爲高人嗤。漢南既老司馬樹，晉書桓溫傳：「溫自江陵北伐，行經金城，見少爲琅邪時所種柳，皆已十圍。慨然曰：『木猶如此，人何以堪？』攀枝執條，泫然流涕。」峴首已仆一作又沒。羊公碑。見卷五遊天池。惟應學道悟眞訣，不與陵谷同遷移。仙巖洞府孰最好？東有地肺西峨嵋。南徐州記：「茅山內有靈府洞室，七塗九原，交通四方。外有五穴，南二穴，東西北各一穴，所謂金陵地肺也。」輿地志：「峨眉山在眉州城南，來自岷山，連岡叠嶂，延袤三百餘里，至此突起三峯，其二峯對峙，宛若蛾眉。」高崖鐵鎖不可攀援以逕上，杜甫詩：「鐵鎖高垂不可攀，致身福地何蕭爽！」仰望白雲樓觀空峨巍。此山易上何乃遺？便與猿鶴秋相期。欲借太乙舟，劉因詩：「高亭雲錦遶淸流，便是吾家太乙舟。」夜臥浩蕩隨風吹。洞簫呼起千古月，照我白髮涼絲絲。傾玉醪，薦瑤芝，招君來遊愼勿辭，無爲漫對圖畫日夕遙相思。

書夢中

夢行塞下沙，無水無蒹葭。牧羊人歸霜草短，平地雁羣棲不炦。騎馬茫茫入遠煙，一行銜起上秋天。我夢驚回雁飛去，角聲吹斷江城曙。

嬀蜼子歌 原注：「爲友王常宗作，蓋其號也。」注見卷三懷十友詩。

嬀蜼子，乃是軒轅之裔、虞鰥之孫，書堯典：「釐降二女于嬀汭。」婁堅王常宗傳：「方先生之得請也，自號嬀蜼子以見志。嬀，陳姓也，先生本陳氏之裔，欲復姓而未果。蜼於物，昂鼻長尾，雨則挂于木，以尾塞鼻。」混沌既死一萬年，莊子：「南海之帝爲儵，北海之帝爲忽，中央之帝爲混沌。儵與忽時相遇于混沌之地，混沌待之甚善；儵、忽謀報混沌之德曰：『人皆有七竅以視聽食息，此獨無有？』嘗試鑿之，日鑿一竅，七日而混沌死。」獨抱大樸存。竊伏在草野，冥心究皇墳。韓愈詩：「高詞媲皇墳。」孔安國尚書序：「伏羲、神農、黃帝之書，謂之三墳。」蚤逢三光五嶽之氣乍分裂，天狼下地舐血流渾渾。見卷六下將軍墓。鹿走秦中原，見卷四感舊。蛇鬭鄭國門。左傳：「初，內蛇與外蛇鬭于鄭南門中，內蛇死，六年而厲公入。」俎豆棄草莽，干戈欻崩奔。嬀蜼子，便欲東遊渡弱水，山海經：「勞山，弱水出焉，西流注于洛。」舊唐書東女國傳：「其王所居名康延川，中有弱水南流，用牛皮爲船以渡。」沐髮滄海朝陽盈。謝朓辭隋王牋：「沐髮晞陽，未測涯涘。」又欲西行泝河漢、踰崑崙。山橫川阻兩地俱不可以往兮，歸來掩戶臥旦昏。蒔黍一區，注醪一樽，妻給井臼，兒牧雞豚。不詰曲以媚俗，不偃蹇而凌尊。作爲古文詞，言高一作和。氣醇温。手提數寸管，欲發義理根。上探孔孟心，下弔屈賈魂。其質耀金石，其芳吐蘭蓀。叩虛答有響，斫險成無痕。陸珍雜水怪，變狀弗可論。幾年兀兀不肯出。說文：「兀兀，不動貌。」韓愈進學解：「恆兀兀以窮年。」坐待眞主應運九五開乾坤。鶴書自天來，孔稚圭北山移文：「鶴書赴隴。」幽隱初見拔。使者遠造廬，雞鳴起膏轄。韻會：「轄，車軸端鍵。」與一作興。纂金匱編，尙書爲給札。姦魂泣幽塚，下恐遭誅殺。書成一代進紫宸，鸞旗羽衞夾陛陳。閤門導謁稱小臣，宋史職官志：「東上閤門、西上閤門使各三人，掌朝會、宴享、供奉、贊相、禮儀之事。若慶禮奉表，則東上閤門掌之；慰禮進名則西上閤門掌之。」麻衣不脫拜聖人。摭言：「劉虛白與裴垣同硯席，垣主文，虛白猶是舉子。簾前獻一絕句云：『二十年前此夜中，一般燈燭一般風。不知歲月能多少？猶著麻衣待至公。』」捧函近前殿，龍顏喜回春。敕賚內帑之金與綺段，其文織作銀麒麟。杜甫麗人行：「繡羅衣裳照暮春，蹙金孔雀銀麒麟。」蒙恩乞還家，以奉白髮親。戴古弁，垂長紳，一作「練圻草堂東海濱，苧袍芒屩烏角巾。」自號山澤之臞民。見卷三出郊東屯。嫣雌子，幸際明良時，無爲寂默坐老東海湄。靑丘有客鈍且癡，與汝欲結同襟期。左鼓淸瑟，右吹鳴篪，作歌共祝天子壽，五風十雨，萬國赤子同熙熙。

贈劉生歌 原注：「生善鍛，爲李鍊師製三隅鐵刔藥刀，求歌贈之。」

君不見，歐冶子，吳越春秋：「干將與歐冶子同師，俱能爲劍。」金鑄魚腸照吳市。吳越春秋：「越王允常聘歐冶子作名劍五枚：豪曹、巨闕、魚腸、純鉤、湛盧。」君不見，徐夫人，藥淬匕首驚函秦。見卷一結客少年場，卷四詠荊軻。奇鋒當年非不利，氣奪秋雲愁白帝。史記高祖本紀：「高祖被酒，夜經澤中，大蛇當徑，高祖拔劍斬蛇。後有一老嫗夜哭曰：『吾子，白帝子也，化爲蛇當道，今爲赤帝子斬之。』」注：「秦居西戎，主少昊之神，作西畤，祠白帝。」伯圖恃此竟無成，良冶徒爲殺人器！何如劉生獨采一作煉。昆吾鋼，列子：「西海上多昆吾石，冶成鐵作劍，切玉如泥。」大爐夜鍛一作煉。騰虹光。神鍼妙刃兩如水，隋書經籍志：「赤烏神鍼經一卷。」元稹詩：「磨礱刮骨刃。」提出二豎皆奔藏。左傳：「晉侯疾，求醫于秦，秦伯使醫緩爲之；未至，公夢疾爲二豎子曰：『彼良醫也，懼傷我，焉逃之？其一曰居肓之上、膏之下，若我何？』」利器一作物。之功有如此，特爲醫仙起人死。囊中長得伴刀圭，見卷四贈惠山醫僧。海上何須剸犀兕？李尤寶劍銘：「龍淵耀奇，太阿飛名，陸斷犀兕，水截鯢鯨。」我看十年太白西方明，見卷四感舊。銅山尋鑿兵縱橫。漢書食貨志：「從建元以來，用少，縣官往往即銅山而鑄錢。」幸逢聖人生，干戈戢，四海淸，願生但制此器勿制兵！民無疫癘樂太平！

登金陵雨花臺望大江

江寧府志：「雨花臺，在南城三里聚寶門外，據岡阜最高處，梁武帝時，雲光法師講經于此。凡講經，天雨花如雪片，故以名其臺。」

大江來從萬山中，山勢盡與江流東。鍾山如龍獨西上，欲破巨浪乘長風。江山相雄不相讓，形勝爭誇天下壯。秦皇空此瘞黃金，丹陽記：「秦始皇埋金玉雜寶以厭天子氣，故名金陵。」佳氣葱葱至今王。我懷鬱塞何由開，酒酣走上城南臺。坐覺蒼茫萬古意，遠自荒煙落日之中來。石頭城下濤聲怒，武騎千羣誰敢渡。黃旗入洛竟何祥，三國吳志：「初，丹陽刁玄誑國人曰：『黃旗紫蓋，見于東南。』又壽春有童謠曰：『吳天子當上。』皓聞之，喜曰：『此天命也。』即載其母妻子及後宮數千人，從牛渚陸道西上，云『青蓋入洛陽，以順天命』。行遇大雪，乃還。」鐵鎖橫江未爲固。晉書：「王濬攻吳丹陽，克之，吳人于江磧要害處，並以鐵鎖橫截之；又作鐵椎長丈餘，暗置江中，逆拒舟艦。王濬作大筏數十，方百餘步，縛草爲人，被甲持仗，令善水者以筏先行，遇鐵椎，椎皆著筏而去；又作大炬長十餘丈，大數十圍，灌以麻油，在船前遇鐵，燃炬燒之，須臾融液斷絕，船無所礙。」前三國，後六朝，草生宮闕何蕭蕭！英雄乘時務割據，幾度戰血流寒潮。我生幸逢聖人起南國，禍亂初平事休息，從今四海永爲家，不用長江限南北。

春日客園無花偶感

荒園多青草，而無一樹花。東風吹春來，只向何人家？南池舊日花滿煙，美人夜彈蜀國絃；亂枝迷眼歸不得，醉帶月露花陰眠。無花雖足歎，無酒更可悲。如今但得一壺滿，何用紛紛紅紫爲！

白下送錢判官岳

白門有垂楊，復有春酒香。此地逢君誰，乃是錢少陽。李白有贈錢徵君少陽詩。相逢既沽白門酒，相送還攀白門柳。不向公車更上書，却趨官署初垂綬。日落淮水頭，送君去悠悠。梁王苑裏花飛盡，明日相思過汴州。

聽錢文則琴呈良夫

鳧藻集贈錢文則序：「山陽錢文則，讀書好修，善鼓琴。」

古樂久不聞，古器亦殘缺。惟有朱絃琴，韻與箏琵迴殊別。此夜聽君彈，四座寂不喧。古人有遺恨，似向絃中言。初調乍沖融，再弄忽悽惋。秋猿春鳥相間啼，夢遶瀟湘碧雲遠。怒濤勢一作始。出峽，孟貫詩：「江上秋風捲怒濤。」李白詩：「袖拂白雲開素琴，彈爲三峽流泉音。」注：「三峽流泉，琴操名也。」鬭石轟奔雷。高銖山亭詩：「鬭石類巖巘，飛流瀉潺湲。」世說：「趙師，字耶利，善鼓琴。貞觀初，獨步上京。嘗云：『吳聲淸婉，若長江廣流，綿綿徐逝，國士之風。蜀聲躁急，若急浪奔雷，亦一時俊快！』」〔校記〕「世說」疑有誤，再校。漫流入滄海，悠然去無回。銅瓶一墮井，杜甫詩：「陰井敲銅瓶。」汲引不可上。離車軋軋曉出關，欲行未行苦惆一作怊。悵！夜深庭樹風雨驚，恍疑鬼神入蒲城。見卷七松梢瀑布圖。須臾響靜月照席，玉壺凍破冰崢嶸。我心正如水，萬籟不到耳。無端聽此聲，雙淚迸落百感生。起請且莫彈胡笳，文姬思家意咨嗟。蔡琰別傳：「琰，字文姬，興平中喪亂，爲胡騎所獲，沒于南匈奴左賢王十二年。春正月，登胡殿，感笳之音，作胡笳十八拍。」請莫彈履霜，孝子在野愁彷徨。琴操：「尹伯奇至孝，後母譖之，清晨履霜援琴，作履霜操。」願君拂拭登高堂，先彈南風後文王。家語：「帝舜彈五絃之琴，歌南風之詩曰：『南風之薰兮，可以解吾民之慍兮。南風之時兮，可以阜吾民之財兮。』」琴錄：「文王得太公于渭陽，大悅，乃援琴而鼓之，自敍思士之意，故有文王思士操。」美哉大雅聲洋洋，使我坐聽憂俱忘。

雪齋爲述上人賦

君不見，韓刺史，疲馬度關愁欲死。韓愈至藍關示姪孫湘詩：「雲橫秦嶺家何在？雪擁藍關馬不前。」君不見，党將軍，美人擁帳飲正醺。憔悴豪華兩何有，世人徒勞競奔走。雪深三尺坐寒龕，誰似西齋衲衣叟。開門一笑定起遲，虛空大地皆春熙。松梢一片忽墮響，夜靜山空人不知。此地應憐無熱惱，蘇軾雪齋詩：「人間熱惱無處洗，故向西齋作雪峯。」尋梅莫若尋詩好。便穿蠟屐踏瓊瑤，晉書阮孚傳：「初祖約性好財，孚性好屐，同是累，而未判其得失。有詣約，見正料財物，客至屏當不盡，以身蔽之。有詣阮，正見自蠟屐，因歎曰：『未知一生當著幾量屐！』于是勝負始分。」曉徑從埋不須埽。

燕覆巢

雙燕生五雛，怡怡向高屋。雛飢母出風雨來，新作深巢竟傾覆。主人念雛不解飛，移之別壘待母歸。雛雖得壘燕勿喜，相逢主人亦偶爾。明年作巢當更好，須信安居最難保。

五禽言和張水部

一作張子宜。蘇軾五禽言序：「梅聖俞作四禽言，余寓居定惠院，繞舍皆茂林修竹，春夏之交，鳥鳴百族，土人多以其聲之似者名之，遂用聖俞體，作五禽言。」唐六典：「自晉、宋、齊、梁、陳，營宗廟則權置水部尚書，事畢省之。隋開皇三年，始置工部尚書。」

泥滑滑，本草：「山菌子，即竹雞也。蜀人呼爲雞頭鶻，南人呼爲泥滑滑，因其聲也。」梅堯臣竹雞詩：「泥滑滑，苦竹岡，雨蕭蕭，馬上郎。」啼空山，行人愁，道路難。高天浮雲自多雨，人不知還空怨汝。

提壺盧，歐陽修詩：「獨有花上提壺盧，勸我有酒花前傾。」趣沽酒，杏花村中媼家有。君如不飲過却春，此鳥枝頭應笑人。

郭公，郭公，爾雅「鳲鳩，一名布穀，又名郭公，又名鵓鴣。」天寒水空，朝飛暮棲蒹葦中。蒹葦中，啼不息，千載魂應怨亡國！春秋傳：「齊桓公之郭，問父老曰：『郭何故亡？』曰：『以其善善而惡惡也。』公曰：『若子之言，乃賢君也，何至于亡？』父老曰：『郭公善善不能用，惡惡不能去，所以亡也。』」

婆餅焦，稗史：「有戍婦從山頭望夫，時烹餅爲餉，使其子偵之，恐其焦不可食。母久不至，子往視之，已化爲鳥，但呼婆餅焦也。」婆去餉孫田隴遙，隴頭小麥穗已搖。但願好收食自饒，爾莫憂，婆餅焦。

脫却破袴，蘇軾禽言詩：「溪邊布穀兒，勸我脫破袴。」陳師道詩：「潑袴不容脫，鳥語徒殷勤。」自注：「人以布穀爲催耕，其聲云脫了潑袴。」脫却破袴，谿深無船須涉渡。亦思脫舊復換新，春機已空愁殺人。

約王孝廉看梅

君莫憶，東閤吟。初學記：「何遜作揚州法曹，廨舍有梅一株，遜嘗吟咏其下。後居洛思之，再請其任，抵揚州，花方盛開，遜對樹彷徨，終日不能去。」杜甫詩：「東閣官梅動詩興，還如何遜在揚州。」我莫憶，西湖見。見卷九和衍上人觀梅。兩地年來信不通，塵埃正滿春風面。不知山中三日雪掩扃，修竹斜倚愁娉婷。讀書屋空滿梁月，夢斷冷落留餘馨。相尋定有迎船鶴，煙霧籠寒縞衣薄。一尊好共殘花魂，明日關山笛中落。「梅花落」，見卷八會飲城南。

題滕用衡所藏山水圖

姑蘇志：「滕用亨，字用衡，長洲人，問學辨博，文詞爾雅，尤精六書之學；其篆隸之妙，高出近世。永樂三年召見，面試篆書，稱旨。授翰林待詔。尤善鑒古，嘗侍上閱畫卷，衆目爲趙千里，用亨頓首言筆意類王晉卿。及終卷，果有駙馬都尉王侁名。」

滕君興在煙霞間，遠遊十年今始還。畫圖示我有層嶂，竟似何處之名山。君言我初適東越，酒船横渡鏡湖月。一統志：「紹興府城西南鑑湖，一名鏡湖，漢太守馬臻鑿。詔賜賀知章鑑湖一曲，即此。」醉詠謫仙天姥吟，李白有夢遊天姥吟。海光欲曙清猿歇。瑤草春已生，便入金華行。道逢牧羊兒，疑是黄初平。從此西遊楚江水，大帆如雲挂空裏。柁樓醺酒喚長風，杜甫詩：「翻疑柁樓底，晚飯越中行。」一日看山一千里。不聞東林鐘，一統志：「東林寺，在廬山，晉僧慧遠與同門慧永居西林，學徒日衆，別居林之東。謝靈運爲鑿池種蓮，號蓮社。」但見香爐峯。見卷八廬山宋隱君。波迷洞庭闊，樹隔瀟湘重。白沙翠壁經過好，就中幾度曾幽討。麻姑壇上埽落花，一統志：「麻姑山，在建昌府西南，周迴四百里，即道書三十六洞天之一。」李白詩：「石聳麻姑壇。」堯女祠前薦芳藻。見卷一湘中絃。晚客湖南逢雁回，一統志：「回雁峯，在衡州府城南，雁至衡陽不過，遇春而回，故名。」登臨長上楚〔校記〕大全集作「定」。王臺。天從朱鳥峯頭轉，文耀鈎：「南宫赤帝，其精爲朱鳥。」杜甫望嶽詩：「南嶽配朱鳥。」江自黄牛峽外來。見卷二竹枝詞。蒐奇歷險今應倦，默坐舊遊空數遍。時向明窗看此圖，好山一一皆重見。我聞君言自歎嗟，身如處女愁離家。閉門讀書無半車，髀肉漸生空鬢華。見卷十北郭秋夜。牀前塵土蔽雙屐，何不著之踐苔石？幸逢盛世道路平，五嶽尋眞皆可適。便當往抱綠綺彈松風，李白詩：「蜀僧抱綠綺，西下峨眉峯，爲我一揮手，如聽萬壑松。」行盡萬壑千巖中。仙書探得金匱空，歸來誇君重相逢，握手一笑吳門東。

余未有嗣雪海道人以張仙畫像見贈蓋蘇老泉嘗禱而得二子者予感其意因賦詩以謝

我年已及壯，吉夢未兆熊。詩：「維熊維羆，男子之祥。」雖有三女兒，豈足慰乃公。史記高祖本紀：「幾敗乃公事。」每聞鄰家子，夜雨誦經史。起坐秋燈前，顧影長嗟不能止。道人念我書無傳，畫圖卷贈成都仙。十國春秋後蜀慧妃徐氏傳：「氏靑城人，幼有才色，後主嬖之，號花蕊夫人。國亡入宋，心未忘蜀，每懸後主像以祀，詭言宜子之神。」注：「張仙挾彈圖，卽後主也。童子爲太子玄喆，武士爲趙廷隱。」云昔蘇夫子，建之玉局禱甚虔，茅亭客話：「蜀玉局洞中，出五色雲，觀者千餘人，移時而散。」乃生五色兩鳳鶵，〔校記〕大全集作「鷇」，竹素軒本同。和鳴上下遂與夫子相聯翩。勸我勤禮之，當有明珠出深淵。北齊書陸卬傳：「卬少善屬文，甚爲河間邢邵所賞，邵又與卬父子彰交遊。嘗謂子彰曰：『吾以卿老蚌，遂出明珠。』」我感道人意，捧觴拜其前。君不見，東家翁，力耕積多田。平生辛苦立門戶，兩兒棄擲如浮煙。惡兒亦何須，願得一子賢。上以承吾宗，下以與吾玄。見卷一神仙曲。仙乎有驗看明年，請君更賦懸弧篇。禮記內則：「子生，男子設弧于門左，女子設帨于門右，國君世子生，射人以桑弧蓬矢六，射天地四方。」

釣臺歌送嚴陵徐尊生太史

一統志：「釣臺，在桐廬富春山，一名嚴陵山，清麗奇絕，號錦峯繡嶺。前臨大江，卽嚴子陵釣處，左右二臺，各高數百丈。」後漢書隱逸傳：「嚴光，字子陵，小字狂奴，餘姚人。少與光武同學，及帝卽位，令物色訪之。齊國上言有男子披羊裘釣澤中，帝知爲光也；備安車玄纁，三聘乃至，除諫議大夫，不屈。」靜志居詩話：「徐尊生，字大年，淳安人。洪武三年，召修元史，史成，授翰林應奉文字，自引求去。省臣留修庚申君史，又編集禮樂書，書成，乃始得歸。」此首從槎軒集補。

羊裘翁，遺釣臺，蒼翠兩相向，勢壓千崔嵬。巉巖峭壁聳雲表，泱泱桐江流遶其下徒喧豗。一統志：「桐江源出天目。」清風在翁振千古，唾視軒冕浮輕埃。心懷高潔猶可覩，時吐片月峯頭來。先生當代詞林載筆有良史才。不展調元手，居鼎台。胡傳：「調元者，宰相之事。」却思釣臺亟歸去，胸襟灑落何如哉！胸中之樂何如哉！